Mats Wahl

Sturmland

Die Gesetzgeber

Mats Wahl

STURMLAND

die gesetzgeber

Aus dem Schwedischen
von Gesa Kunter

Carl Hanser Verlag

1

Ein blassgelber Schein umgibt das Pferd. Ein Reiter sitzt aufrecht auf seinem Rücken und hält die Zügel lose in der Hand. Er reitet den Waldweg entlang.

Der junge Mann im Sattel ist groß, seine Haare haben die gleiche Farbe wie das Fell des Pferds und fallen ihm gelockt über die Schultern. Er hat ein breites Kreuz, kräftige Oberarme und trägt eine ausgewaschene, fransige Jeansweste. Sein Hals ist so auffällig dünn, als würde er zu einem anderen Körper gehören.

Unter der Weste trägt der Reiter ein schwarzes T-Shirt. Es ist in eine blaue Jeans gesteckt, die von einem weißen Gürtel gehalten wird. An den Füßen hat er weiße, neu aussehende Turnschuhe und am Ringfinger seiner linken Hand steckt ein Goldring.

Als der Reiter von einer Erhöhung aus das Haus am See erblickt, drückt er dem Pferd die Fersen in die Seiten und galoppiert den Hang hinunter, geradewegs auf die Fliederhecke zu. Dort bringt er das Pferd zum Stehen und liest, was auf dem Briefkasten steht.

Drinnen im Haus bellen Hunde, ein Mann öffnet die Tür und zwei Dackel schlüpfen nach draußen. Der Mann stützt sich auf eine selbst gezimmerte Krücke. Seine Haare sind grau und der Bart hängt ihm über den runzligen Hals, seine Augen sind farblos, die Lippen dünn.

»Sind Sie das, der ein Fernglas zu verkaufen hat?«, ruft ihm der Reiter vom Sattel aus zu.

Der Alte mit der Krücke nickt und mahnt die Hunde zur Ruhe.

Der junge Mann sitzt ab, legt die Zügel um den Torpfosten und geht den gepflasterten Gartenweg entlang, der von zitronengelben Stiefmütterchen gesäumt ist.

Das Haus war früher einmal ein Bauernhaus, doch im Laufe der Zeit wurde angebaut und an den Ecken stehen Sockel, an denen das aus Stahl geschweißte Dach mit robusten Drahtseilen befestigt ist.

Der junge Mann ist um einen Kopf größer als der Alte mit der Krücke. Die Dackel beobachten das Geschehen neugierig.

»Komm rein«, sagt der Alte und die Dackel folgen ihnen dicht auf den Fersen.

Durch die Haustür gelangt man direkt in die Küche. Eine breite Tür neben dem Herd führt in ein nach Süden ausgerichtetes, helles Zimmer auf der Hinterseite des Hauses. Durch die Fenster, die die komplette Längsseite des Hauses einnehmen, blickt man auf einen ungemähten Rasen und ein angrenzendes Waldstück mit Wildwuchs und niedrigen Birken. Unterhalb einer Böschung breitet sich der See aus, blau und still. Hinter einem Schilfbüschel kann man ein paar Höckerschwäne erkennen.

Im Zimmer befinden sich ein weiß getünchter offener Herd, zwei über Eck stehende Sofas, ein Couchtisch aus Kiefernholz und ein größerer Tisch mit sechs hohen Lehnstühlen. Es riecht nach Seife und Pfeifenrauch.

»Bitte«, der Hauseigentümer zeigt mit seiner Krücke auf eins der abgewetzten Sofas.

Der Besucher setzt sich und der Alte streicht sich mit runzliger Hand über das Kinn: »Du möchtest also das Fernglas sehen?«

»Ja.«

Der Mann nimmt ein Fernglas vom großen Tisch. Auf die Krücke gestützt humpelt er die wenigen Schritte zurück zum Couchtisch, die Apparatur in der ausgestreckten Hand. »Das Beste, was es auf dem Markt gibt, bis fünfzehnhundert kommst du damit. Du kannst es am Fenster testen, dann sehen wir, was der Satellit als Entfernung angibt.«

Der junge Mann in der Jeansweste nimmt das Fernglas entgegen, erhebt sich und geht zu einem der Fenster, richtet es auf ein rot bemaltes Haus auf der anderen Seite des Sees und hält die Okulare an die Augen.

»Du musst auf den grauen Knopf drücken«, weist ihn der Mann mit der Krücke an. »Die Batterie ist im Ruhezustand.«

Innen im Fernglas leuchtet ein roter Punkt auf, so groß wie ein Streichholzkopf, und mit dem Bewegen des Fernglases verändert sich nun auch die Entfernungsanzeige. Als der rote Punkt auf dem Gebäude auf der anderen Seeseite zu ruhen kommt, erscheinen neue Zahlen.

»780 Meter bis zum roten Haus«, stellt der junge Mann fest.

»Dann sehen wir mal nach, was die Karte sagt«, brummt der Alte und aktiviert die Bildwand. Er steuert sie mit den entsprechenden Kommandos und kurz darauf erscheint ein Satellitenbild der Umgebung. Der Alte markiert sein Haus und den Hof auf der anderen Seite des Sees. »Entfernung!«, ruft er und die Zahl *781* erscheint auf der Bildwand. »Um einen Meter kann es bei hoher Entfernung abweichen. Das ist ein gutes Gerät, du wirst nicht enttäuscht sein. Wofür brauchst du es?«

»Für die Pirsch und die Schweine«, antwortet der Jüngere mit gesenktem Blick.

»Du schießt also aus weiter Entfernung?«

»Manchmal.«

Der alte Mann nickt, sieht aber zweifelnd aus: »Mit einer guten Waffe kann das gelingen, wenn die Entfernung nicht allzu groß ist. Gibst du das Gewicht der Kugel ein, erscheint ein grüner Punkt oberhalb des Ziels. Da musst du draufhalten. Eine Funktion, die das Ganze erleichtert.«

Der junge Mann hebt den Blick. Er verzieht den Mund. »Was kostet es?«

»Die Hälfte des Einkaufspreises.«
»Wie lange haben Sie es schon?«
»Zwei Jahre.«
»Warum verkaufen Sie es?«
»Letztes Jahr habe ich die Büchse verkauft, die ich zu meinem sechzehnten Geburtstag bekam.« Der Alte legt sich die Hand auf den Schritt. »Habe meine letzte Elchjagd hinter mir. Die Prostata.« Er zeigt auf das Fernglas. »Willst du es haben?«
Der junge Mann betrachtet das Gerät in seiner Hand. »Um wie viel vergrößert es?«, fragt er.
»Um das Zehnfache.«
Der zukünftige Käufer schiebt sich eine Ladung Snus-Tabak unter die Lippe.
»Kein einziger Kratzer«, versichert der Alte. »Wie neu. Ich glaube, ich weiß, wer du bist«, spricht er weiter. »Mård Ivarson, nicht wahr?«
Mård nickt, legt das Fernglas auf den Couchtisch und setzt sich. Er holt sein Mobil heraus und stellt Kontakt zu seiner Bank her.
Neben dem Fernglas steht ein Aschenbecher aus Keramik, auf dessen Rand eine Seejungfrau sitzt. Sie hat goldenes Haar und sieht aus, als ob sie das Meer sehr vermisst. Unweit von ihr liegt eine stark beanspruchte Dunhill-Pfeife mit kurzem Holm.
Das Geschäft ist abgeschlossen, Mård erhebt sich und streckt seine Hand aus. Der Alte hat einen festen Handschlag und lässt nicht gleich los.
»Du bist doch der, dessen Eltern niedergeschossen wurden. Vor deinen eigenen Augen. Drei Jahre ist das her, oder?«
»Ungefähr«, sagt Mård, nimmt das Fernglas und untersucht es aufs Neue, als würde er fürchten, dass sich ein nahezu unsichtbarer Fehler auf dem Gehäuse befinden könnte.
Der Alte räuspert sich. »Es gibt ein Futteral dafür.«
Kurz darauf steht Mård an der Pforte, löst die Zügel, setzt einen Fuß

in den Steigbügel und schwingt sich auf das Pferd. Das Fernglasfutteral hängt mit einem Riemen über seiner Schulter. Mård nickt dem alten Mann zu, drückt die Fersen in die Flanken des Pferdes und verschwindet im Galopp in die Richtung, aus der er gekommen ist.

2

Nach dem Umbau fasst der große Saal im Stadtpark von Mora siebenhundert Plätze.

»Es wird voll«, sagt Nadia. »Ich werde mich zu deiner Rechten befinden. Miriam sitzt dir gegenüber in der ersten Reihe und Janne steht hinter der letzten. Alles wird gut, mach dir keine Sorgen.«

»Ich mache mir keine Sorgen«, antwortet Elin und es klingt etwas aufbrausend.

»Es ist dein erster großer Auftritt.«

»In Rättvik waren es zweihundert.«

»Heute sind es dreimal so viele.«

»Ich weiß, trotzdem mache ich mir keine Sorgen.«

»Gut«, sagt Nadia, richtet ihren Knopf im Ohr und wirft einen Blick auf ihre Armbanduhr. Sie trägt ein hellgraues Kostüm und schwarze Lederschuhe ohne Absatz. Sie ist ein paar Zentimeter größer als Elin.

»Die ist bestimmt teuer gewesen«, sagt Elin und deutet auf die Armbanduhr.

Nadia lächelt: »Habe ich von Christopher zum Geburtstag bekommen.«

»Wie alt bist du?«

»Achtundzwanzig. Du musst jetzt rein.«
Ein Mann in rosa Shorts und hellblauem T-Shirt steht vom Mischpult auf, geht auf Elin zu und streckt die Hand aus. »Es werden keine Mikrofone gebraucht. Alles läuft über Audiostrahler.« Er verzieht den Mund und zeigt seine schiefen Zähne. »Ich werde dich wählen«, sagt er. »Meine Frau auch. Viel Glück!«
»Danke«, sagt Elin und betritt die Bühne. Miriam folgt ihr und nimmt auf einem reservierten Stuhl in der ersten Reihe Platz. Ganz hinten steht ein Mann in knielangen Shorts und kurzärmeligem Hemd hinter einer Kamera.
Jubel ertönt und eine Gruppe junger Frauen mitten im Saal stimmt einen Sprechchor an: »Elin! Elin! Elin!« Zwei Mädchen im Teenageralter in der hintersten Reihe falten ein Transparent auf. *ELIN* steht darauf.
Elin verbeugt sich in drei Richtungen, und als es im Saal still wird, ergreift sie das Wort: »Es ist eine Ehre für mich hier zu sein und so vielen engagierten Mitbürgern begegnen zu können.« Sie macht eine kurze Pause, als müsse sie sich erst an die Fortsetzung erinnern. »Im September geht es an die Wahlurnen. Eine große Sache für unser Land, für uns in Dalarna und nicht zuletzt für mich. Die Demokratie ist zurückerobert. Die Bürger, die von ihnen gewählten Vertreter, sind wieder an der Macht. Allein der Gedanke, dass ich hier stehe und Sie mir Ihr Vertrauen schenken, raubt mir den Atem und lässt meine Knie weich werden.«
Sie macht erneut eine Pause und der Sprechchor setzt wieder ein: »Elin! Elin! Elin!«
Als die Rufe verstummen, lässt Elin den Blick über die Menschenmenge schweifen. »Ich schlage vor, dass wir über das sprechen, was Sie interessiert, und ich antworte, so gut ich kann, auf Ihre Fragen.«
Ein übergewichtiger Mann in der ersten Reihe streckt die Hand nach oben. Er ist glatt rasiert, hat kurze Haare und große Augen. Auf

die linke Seite seines Halses ist ein Schmetterling tätowiert. »Alle haben das Video gesehen, in dem du einen Mann und eine Frau erschießt. Wie denkst du heute über das, was du damals getan hast?«
Elin antwortet nicht sofort, sie blickt auf den Boden und macht dann einen Schritt auf den Mann zu. »Kurz nachdem das passiert war, hat mich meine kleine Schwester etwas gefragt. Sie war damals acht und wollte wissen, ob ich eine Mörderin bin«, sagt sie und blickt dem Fragesteller in die Augen. »Es vergeht nicht ein Tag, an dem ich mir diese Frage nicht selbst stelle. Man hat von mir wissen wollen, ob ich in derselben Situation noch einmal so handeln würde. Das mag schlimm klingen, aber ich glaube, die Antwort ist Ja. Denn sonst wäre mein Vater getötet und meine kleine Schwester entführt worden.«
Elin sieht sich kurz um, bevor sie weiterspricht. »Ich habe getan, was ich für richtig hielt. Wie Sie vielleicht wissen, wurde ich von sämtlichen Gerichten freigesprochen. Man war sich einig, dass ich aus Notwehr gehandelt habe. In Anbetracht der Tatsache, dass die Angreifer mit Schusswaffen ausgerüstet waren, die damals noch verboten waren, galt meine Tat als berechtigt – nicht zuletzt, weil man uns androhte, unser Haus in die Luft zu sprengen.« Elin verstummt und manche im Saal drehen sich zu ihren Nachbarn und kommentieren das Gesagte flüsternd.
»Weitere Fragen?«, ruft Elin.
Eine Frau aus der letzten Reihe mit gewaltigem, rot gelocktem Haarschopf und Sommersprossen fragt: »Wie nimmst du dazu Stellung, dass du politisch so unerfahren bist?«
»Als ich begriffen habe, dass unzählige Menschen Hoffnungen auf eine bessere Zukunft ausgerechnet mit mir verknüpfen, konnte ich nicht schweigen. Ich wollte nicht sagen, dass ich nichts weiß, nichts begreife oder zu unerfahren bin. Wer ist in meinem Alter nicht unerfahren? Ich will tun, was ich kann, um dem Vertrauen, das man in

mich setzt, gerecht zu werden. Ich bin Anfängerin und sollte ich gewählt werden, werde ich Fehler machen. Das Wichtige ist, dass ich wirklich etwas lernen will und eine gute Repräsentantin für diejenigen werde, die für mich stimmen. Wenn ich scheitere oder mich falsch verhalte, dann kann man mich bei der nächsten Wahl wieder abwählen. Ich bin nur eine von 349. Ich kann nicht sonderlich viel Schlimmes anrichten, aber vielleicht kann ich etwas bewirken.«

Der Saal applaudiert.

Ein Mädchen, das ungefähr achtzehn Jahre alt sein muss, streicht sich die langen schwarzen Haare aus dem Gesicht. Sie hat eine erstaunlich laute Stimme: »Welche Bedeutung hat es, dass deine Tante Justizministerin ist?«

»Meine Tante Karin Holme hat mich ermutigt«, antwortet Elin. »Sie glaubt an mich und sie kann mir helfen, die Dinge zu verstehen. Karin ist in meinen Augen eine Freiheitskämpferin, die früher als andere begriffen hat, dass die Regierung den falschen Weg einschlägt und wir Widerstand leisten müssen. Karin bedeutet viel für mich.«

Die junge Frau aus dem Publikum unterbricht Elin: »Darf ich noch eine Frage stellen?«

»Bitte.«

»Was ist deine Herzensangelegenheit?«

Elin überlegt nicht lange. Während sie spricht, geht sie ein paar Schritte auf das Publikum zu. »Ich bin im Wald aufgewachsen. Vor einem knappen Monat war ich wegen einer Umweltkonferenz zum ersten Mal am Meer. Die Ostsee ist krank. Tote, säurearme Böden bedecken große Gebiete. Die Fische sind so gut wie verschwunden und die wenigen, die noch leben, sind häufig ungenießbar. Verschiedenste Verunreinigungen führen zu Algenblüte. An vielen Stränden besteht durchgehendes Badeverbot. Der Tourismus, die wichtigste Einnahmequelle unseres Landes, geht zurück.

Durch Dalarna fließt ein Gewässer, das oben an der norwegischen Grenze seinen Ursprung hat. Das Wasser des Storån-Flusses mündet in den Österdalälven und von dort erreichen die Wassermassen bald die Ostsee. Ich will mich dafür einsetzen, dass das Wasser, das von uns kommt, sauber ist. Das Wasser, das von uns kommt, soll dazu beitragen, dass die Ostsee wieder ein gesundes Meer wird.
Innerhalb von fünfzig Jahren ist die Weltbevölkerung um zwei Milliarden angestiegen. Gleichzeitig ist die Landwirtschaft durch den Klimawandel in vielen Gegenden stark zurückgegangen. Wegen der Dürre in Afrika und den Überschwemmungen in Asien sind Millionen auf der Flucht. Die Kornkammern der Welt sind schwer gebeutelt. Es ist unsere Pflicht, die hungernde Welt mit sauberem Wasser, Speisefisch und Getreide zu versorgen.«
Die Menge applaudiert.
Ein alter Mann mit weißem Backenbart und Holzschuhen ergreift das Wort. »Was denkst du über das Steuersystem?«, fragt er.
Elin macht einen Schritt auf den Alten zu. »Ein Drittel der arbeitsfähigen Bevölkerung in Schweden hat keine feste Arbeit. Ein großer Teil der übrigen Bevölkerung ist im Rentenalter. Wir müssen das System umstellen, sodass die Mehrwertsteuer noch mehr Gewicht bekommt. Die größte Einnahmequelle Schwedens ist der Tourismus. Um konkurrenzfähig zu bleiben, muss der Tourismussektor Steuererleichterungen erhalten und von dem Gesetz befreit werden, dass Humanoide außerhalb der Fabriken wie Menschen besteuert werden.«
Der Mann mit Bart nickt und fragt weiter: »Mein Haus ist seit den Überschwemmungen im Frühjahr nicht mehr bewohnbar. Was wirst du dafür tun, die an Seen und Flussläufen gelegenen Gebäude zu schützen? Und wie wirst du die Versicherungsgesellschaften dazu bringen, mein Haus zu versichern?«
Elin schüttelt den Kopf. »Ein Problem ist der Mangel an Kalk«, sagt

sie. »Der Preis für Zement ist explodiert. Ein erstes Signal haben wir erhalten, als das Gesetz bezüglich der Stahldächer erlassen wurde. Durch die erste Zementrationierung konnte der Bedarf nicht verringert werden, höchstens die Nachfrage. Wir hätten früher einsehen müssen, dass in ganz Europa unzählige Dämme und Schutzwälle gebaut werden würden. Nicht einmal wenn man die Zahl der bestehenden Kalksteinbrüche auf Gotland und in anderen Gegenden Schwedens verfünffachen könnte, würde damit der gigantische Zementbedarf abgedeckt werden können.

Wie wir die Überschwemmungen und das Problem der unzulänglichen Abflusssysteme in den Städten in den Griff bekommen können, ist eine Frage, die in der zukünftigen Arbeit im Reichstag einen hohen Stellenwert einnehmen wird. Klar ist, wir müssen den Hochwasserkatastrophen und Überschwemmungen etwas entgegensetzen, aber wir müssen auch priorisieren.«

Auf diese Weise verläuft die Fragestunde beinahe zwei Stunden. Als Elin sagt, dass jetzt Zeit für die letzte Frage sei, ergreift ein Mann mittleren Alters mit kurz rasierten Haaren das Wort. Er sitzt ganz hinten.

»Willst du nicht auch mal nach Borlänge kommen?«

Miriam steht auf und stellt sich dem Saal zugewandt zwischen Elin und das Publikum. Die kugelsichere Weste unter der Bluse lässt sie ausgestopft wirken.

»Bald vielleicht«, antwortet Elin, als Nadia sich neben sie stellt und am Ärmel zupft. »Vielleicht kann ich bald einmal nach Borlänge kommen.«

Nadia zupft stärker.

»Vielen Dank für Ihr Interesse!«, ruft Elin und winkt dem Publikum zu, das applaudiert, während Nadia ihren Arm nimmt und sie zum Bühnenausgang zieht.

3

Mård sitzt am Küchentisch und vor ihm liegt das Fernglas. Burman kommt herein und hält seine Tochter an der Hand.

Die beiden weißen Katzen springen von der Küchenbank und drücken sich gegen die nackten Beine des Kindes.

Das Mädchen winkt und hält eine Tasche hoch. »Hallo, Mård!«

»Hallo, Lina! Was hast du in der Tasche?«

»Ballons. Willst du mal sehen?«

»Unbedingt.«

Mård nickt Burman zu, der lächelnd dabei zusieht, wie seine Tochter die Tasche öffnet und einige verschiedenfarbige Ballons auf dem Tisch ausbreitet.

»Für meinen Geburtstag. Du weißt doch, dass ich heute Geburtstag habe?«

»Klar, ich habe sogar ein Geschenk.«

Eine Lücke ist vorn in der oberen Zahnreihe des Mädchens zu erkennen. Lina dreht sich zu Burman um. »Papa, Mård hat ein Geschenk für mich!«, ruft sie.

»Es ist bestimmt nur etwas ganz Kleines«, meint Burman und zwinkert Mård zu.

Das Mädchen richtet den Blick sofort auf Mård. »Ist es ein kleines Geschenk?«

»Ich finde nicht«, antwortet der.

»Wie groß ist es?«

»Ungefähr so groß«, sagt Mård und streckt die Arme aus.

Lina lacht. »Was ist es denn?«, will sie wissen.

»Hab ich vergessen«, behauptet Mård. »Wie alt wirst du noch mal?«

Das Kind legt den Kopf schief. »Das weißt du doch!«

»Ich erinnere mich nicht.«
»Sieben!« Das Mädchen lacht. »Möchtest du einen Ballon?«
»Gerne«, antwortet Mård.
»Du bekommst zwei«, entscheidet Lina und schiebt die schlaffen Gummischläuche zu Mård.
»Ich nehme rot und blau«, sagt Mård und nimmt sich zwei Ballons.
»Du willst dir doch bestimmt die Pferde angucken«, ermuntert Burman Lina und streicht ihr über den Kopf.
»Wir haben zwei neue«, sagt Mård. »Maya und Sten sind draußen. Vielleicht möchtest du uns helfen, Namen für sie zu finden?«
Lina läuft zur Tür und verschwindet nach draußen, zusammen mit den Katzen.
Burman setzt sich Mård gegenüber und berührt das Fernglas. »Ein gutes?«
»Scheint so. Hast du dein Mobil draußen gelassen?«
Burman nickt. »Wann gehst du es an?«
»Morgen vielleicht.«
»Granberg hat sich aus Mora gemeldet. Sie ist im Stadtpark aufgetreten. Drei Leibwächter im Saal und Polizisten davor. Es wird nicht einfach.«
Mård lehnt sich zurück, steckt den Zeigefinger unter die Oberlippe, nimmt den Snus-Tabak heraus und behält ihn in der Hand. »Als Erstes nehme ich mir die Eltern vor.«
Burman beobachtet den Mann auf der gegenüberliegenden Seite des Tisches und wartet ab, dass er weiterspricht. Sein Blick drückt gleichermaßen Fürsorglichkeit und Beunruhigung aus.
Mård spricht weiter: »Wenn ich die Eltern beseitigt habe, muss sie sich um ihre Schwester und ihr Kind kümmern. Mit dieser Bürde wird sie nicht für den Reichstag kandidieren können und sich zurückziehen. Dann verliert sie die Leibwächter. Ich werde sie schnappen, wenn sie nach Hause kommt.«

Burman nickt. »Es gibt Menschen, in deren Augen bist du immer noch ein kleiner Junge, ein Grünschnabel und nicht mehr. Wir laufen Gefahr, dass uns Widerstand entgegenschlägt«, sagt er.
»Ich weiß«, versichert Mård.
»Du musst Tatkraft beweisen.«
»Das werde ich tun.«
»Du kannst nicht zu lange warten.«
»Ich erledige zuerst die Eltern. Dann werden alle begreifen, dass ich Lassivars Sohn bin und nicht irgendein Niemand.«
»Narven verbreitet das Gerücht, dass du der Aufgabe nicht gewachsen bist.«
Mård steht auf, geht zum Herd, öffnet die Luke und wirft seinen Tabak und ein Birkenscheit ins Feuer. Burman beobachtet ihn.
»Narven wird noch sehen, wer hier das Sagen hat«, brummt Mård.
»Achte darauf, dass es sich nicht zu lange hinzieht. Er hat Freunde, die zu gerne dein Versicherungsgeschäft übernehmen würden.«
Mård schiebt sich neuen Tabak unter die Lippe. Dann kehrt er an seinen Platz zurück. »Zuerst kümmere ich mich um Familie Holme, danach sind die anderen an der Reihe. Ich kenne meine Freunde, aber meine Feinde kenne ich noch besser.«
Burman fährt sich mit der Hand durch die grau melierten Haare. »Du musst dir auch Larsson vornehmen«, mahnt er.
»Haben wir das nicht schon getan?«, fragt Mård.
»Es ist schiefgegangen.«
»Wann?«
»Gestern Abend.«
Burman lehnt sich in seinem Küchenstuhl zurück, dass die Lehne knarzt. Er fährt sich erneut mit gespreizten Fingern durch die Haare. Schuppen landen auf seiner schwarzen Jacke und er klopft sich die Schultern ab. »Wir haben zwei Auswärtige dazugeholt, die eins der Autos anzünden sollten. Wir hatten beschlossen, dass es

nur eins sein wird, wir wollten den Kerl nicht ruinieren. Aber Larsson muss Bescheid gewusst haben, und als unsere Leute gegen Mitternacht dort ankamen, wurden sie bereits erwartet: Larsson und seine beiden Töchter lagen unter den Autos. Larsson schoss in die Luft, unsere Leute machten schnellstens kehrt, aber den Alten unter uns haben die Mädchen Vogelschrot in die Waden gejagt. Die liegen jetzt bei Björnlund und er weiß nicht, was er mit ihnen anfangen soll. Niemand versteht die Sache so richtig.«

»Wer war verantwortlich?«, fragt Mård.

»Granberg«, antwortet Burman.

»Und heute ist er in Mora?«

»Ja.«

»Es wäre besser, er wäre hier und würde sich um die Sache kümmern.«

»Er kommt in einer Stunde.«

»Sag ihm, dass er mit Björnlund sprechen soll. Niemand darf von der Sache Wind bekommen.«

»Dafür ist es schon zu spät. Larsson hat in der Stadt herumerzählt, dass er nicht weiter bezahlen wird. Und es gibt so einige andere, die vorhaben, die Sache selbst in die Hand zu nehmen.«

»Was meinen sie damit?«

»Narven wird möglicherweise Ruhe geben, wenn Larsson im Versicherungsgeschäft gegen dich Stellung bezieht und Leute auf seine Seite holt. Die Sache kann jetzt ordentlich an Fahrt aufnehmen und man muss mit allem rechnen. Als Lassivar noch da war, war das anders, da wollte niemand von ihm zu Fischfutter verarbeitet werden.«

»Was soll ich also tun?«

»Larsson oder eins der Mädchen muss aus dem Verkehr gezogen werden. Lass das Granberg übernehmen, schließlich haben wir ihm den Schlamassel auch zu verdanken.«

»Larssons Edla ist in meine Klasse gegangen. Sie hatten eine Bäckerei damals und ich habe sie zu Hause besucht – wir lagen stundenlang in ihrem Bett und haben herumgeschmust. Ihre Mutter hat uns mit Schokolade und Vanilleschnecken versorgt.«

»Dann muss Granberg den Alten übernehmen, sonst kommt die ganze Angelegenheit ins Wanken, und dann kann es gefährlich werden.«

Burman schweigt eine Weile und berührt wieder das Fernglas, bevor er weiterspricht. »Du bist derjenige, der hier in der Gegend die Gesetze aufstellt, und das müssen die Leute begreifen. Wenn man mit allem einfach so durchkommt, führt das zu einem Machtvakuum. Nichts wäre gefährlicher als das.«

»Schafft Larsson so schnell wie möglich beiseite, aber nicht vor den Augen der Mädchen«, fordert Mård.

Burman nickt. »Wie läuft es mit Sten?«, will er wissen.

»Wie üblich.«

»Sagt er immer noch nichts?«

»Manchmal spricht er mit Maya.«

»Mit dir nicht?«

»Selten.«

Burman steht auf. »Ich gebe Granberg Bescheid«, sagt er. »Verzettele dich nicht. Es eilt zwar, aber nicht so sehr, als dass du unnötige Risiken eingehen müsstest.«

»Als ich neulich am Ripsee war, war bereits Laichzeit. Sie können jetzt jederzeit dorthin aufbrechen, um Großforellen zu fangen.«

Burman steckt die Hand zum Abschied aus. »Immer hübsch langsam!«

»Natürlich.« Mård bemüht sich, damit sein Handschlag ebenso fest wie Burmans ausfällt, aber es will ihm nicht so recht gelingen. Burmans Faust ist hart wie Stahl und das lässt er alle spüren, denen er die Hand reicht.

4

Als Elin beim Bühnenausgang herauskommt, ist das Auto bereits vorgefahren und zwei uniformierte Polizisten stehen auf der gegenüberliegenden Straßenseite. Ein Mädchen hält Elin einen Autogrammblock hin, aber Miriam schüttelt den Kopf. Nadia öffnet ihr die hintere Tür und Elin steigt ein, Janne nimmt vor dem Monitor Platz und gibt die Route ein. Nachdem Nadia die Tür hinter Elin geschlossen hat, geht sie um das Auto herum und steigt auf der anderen Seite ein. Schließlich nimmt Miriam neben Janne Platz und das Auto setzt sich in Bewegung.

»Wir bringen dich nach Grövelsjö«, sagt Nadia.

»Warum?«, fragt Elin.

»Neue Anweisung. Du warst doch schon öfter dort?«

»Erst zweimal. Das eine Mal als Gefangene. Haben sie gesagt, wann ich nach Hause kann? Heute Abend wird geangelt.«

»Dazu wurde nichts gesagt. Warum bist du erst zweimal dort gewesen?«

»Karin wollte nicht, dass die Verbindung zwischen uns noch enger wird, als sie ohnehin schon ist. Sie war der Meinung, dass ich mich von dort fernhalten sollte, bis ich gewählt bin. Ich bin auch nicht besonders erpicht darauf, dorthin zu fahren.«

»Der Typ mit dem rasierten Schädel«, sagt Nadia. »Er ist ein ganz besonderes Kaliber in der Borlänge-Gang.«

»Warum ist er dorthin gekommen?«

»Vielleicht um Angst zu schüren.« Nadia nimmt das Mobil hervor und telefoniert. Sie bespricht, was zu tun ist, wenn sie ankommen.

»Wie habe ich mich geschlagen, was denkst du?«, fragt Elin nach einer Weile.

»Du hast einen ehrlichen Eindruck hinterlassen und nicht so getan, als wärst du jemand anderes. Das gefällt den Leuten. Man will keine Politiker, die Blödsinn erzählen, das Wesentliche verschweigen und die Sorgen der Menschen nicht ernst nehmen. Ich bin mir sicher, dass klar wurde, welche Art Mensch du bist.«

»Haben wir etwas Wasser dabei?«

Nadia öffnet ein Fach zwischen den Rücksitzen und nimmt eine Flasche Mineralwasser heraus. Sie schraubt den Verschluss ab und reicht Elin die Flasche. »Wie ist es, so häufig von Gerda getrennt zu sein?«

»Meine Mutter und mein Vater kümmern sich um sie und Gerda liebt die beiden sehr. Ich glaube nicht, dass sie viel an mich denkt, wenn ich nicht da bin. Mich quält die Situation vermutlich mehr.«

Elin schließt die Augen. »So eine Wahlversammlung raubt einem ziemlich die Kräfte. Kann ich vielleicht einen Moment schlafen? Karin hat nicht gesagt, was sie will?«

»Ich habe mit ihrem Sekretär gesprochen. Er hat nur gesagt, dass Karin dich treffen möchte.«

Als sie durch Idre fahren, weckt Nadia Elin.

Sie sieht aus dem Fenster, während sie den Busbahnhof passieren und die Brücke über den Fluss überqueren. Dann biegen sie in den Weg hinauf nach Grövelsjö ein und halten schließlich vor einer Schranke. Janne lässt einen Kartenleser den Passierschein für das Auto prüfen, dann hebt sich die Schranke und sie fahren weiter.

Hinter der nächsten Kurve werden die Hochhäuser sichtbar und sie kommen an eine weitere Schranke sowie ein Tor im Maschendrahtzaun. Eine uniformierte Frau tritt an die Autotür heran, Nadia lässt die Scheibe herunter, lässt sich fotografieren und reicht Elins Mobil heraus. Die Wache hält das Mobil an ein Lesegerät, salutiert und das Auto rollt auf das Gelände.

Während der Sturm an ihren Kleidern zerrt, öffnet Miriam den Kofferraum und reicht Elin ihre kleine Tasche.
»Zwischen den Häusern entstehen Windtunnel«, erklärt Nadia. »Hier oben bläst es ständig.«
Elin betrachtet die hohen Gebäude. Weiter oben sind die Fenster größer und ganz in der Höhe bestehen die Wände komplett aus Glas.
Elin und Nadia gehen auf einen Eingang zu, vor dem ein Polizist mit Maschinengewehr vor der Brust positioniert ist. Er öffnet die kupferverkleideten Türen, indem er etwas in ein Mikrofon am Kragen seiner Uniform spricht.
Die Halle dahinter ist groß und hat hohe Decken. Rechts befindet sich ein Schalter, an dem, hinter Glas, drei uniformierte Frauen stehen.
»Ich lass dich jetzt allein«, sagt Nadia. »Die Registrierung ist nur bei den ersten Malen etwas mühsam. Nach einer Weile erkennt dich das System wieder und du kannst einfach zu den Aufzügen durchgehen.«
Elin geht auf eine der Frauen zu und schiebt ihr Mobil durch die Lücke zwischen dem Tresen und dem dicken Glas. »Karin Holme erwartet mich.«
Die Frau hat eine Wunde am linken Mundwinkel. Sie nimmt Elins Mobil und steckt es in das Lesegerät. »Leg die Hand auf eine der Platten«, weist sie Elin an.
Elin legt die linke Hand auf eine Platte, auf die der Umriss einer Hand aufgezeichnet ist.
Schließlich bekommt sie ihr Mobil zurück und die Frau mit der Wunde am Mund zeigt zu den Aufzügen. »Nummer vier«, sagt sie und klingt, als wäre ihr alles lieber, als hinter diesem Glas zu sitzen und Tag für Tag, Woche für Woche und Jahr für Jahr dieselben Sätze aufzusagen. Vielleicht ist sie aber auch ein Roboter. Oder sie hat

Mann und Kinder zu Hause und wohnt in einem der Hochhäuser auf dem Gelände. Sie scheint um die vierzig zu sein.
Es gibt keine Knöpfe oder Bedienungsvorrichtungen im Aufzug, nur einen großen Spiegel. Elin betrachtet ihr Spiegelbild, während der Aufzug hinauffährt.

5

Maya und Sten kommen in die Küche. Sten ist einen Kopf größer als Maya und schlank – viele würden sogar dünn sagen. Er geht zum Küchentisch, nimmt sich einen der Ballons, steckt ihn in den Mund und pustet.
»Vorsichtig«, ermahnt ihn Mård. »Ich brauche sie noch.«
Sten lässt die Luft, die er in den Ballon gepustet hat, wieder entweichen und legt den schlaffen Gummischlauch zurück auf den Tisch. Dann verschwindet er die Treppe hinauf ins Obergeschoss. Er nimmt zwei Stufen auf einmal.
Mård steht auf und steckt die Ballons in die Hosentasche, dann geht er zum Küchenschrank und zieht die oberste Schublade auf. Er nimmt eine Garnrolle heraus und steckt sie in die Tasche zu den Ballons.
»Ich reite nach Blåträsk, bin aber gegen Mittag zurück. Habt ihr schon entschieden, wie die Pferde heißen sollen?«
Maya legt beide Hände auf den Bauch. Ihr Nabel wölbt sich gegen den dünnen Kleiderstoff. Eine der Katzen drückt sich gegen ihre Wade.
Mård streichelt mit einer Hand Mayas Hals. »Wenn jemand nach mir fragt, weißt du nicht, wo ich bin«, sagt er.

»Stell nichts an«, flüstert sie.

Mård zeigt Maya sein schönstes Lächeln. Er streicht wieder über ihren Hals. »Natürlich stelle ich nichts an.« Er legt eine Hand auf ihren dicken Bauch. »Tritt sie?«

»Gerade nicht.«

»Was gibt es zu Mittag?«

»Die Blutwurst, die wir von Stina bekommen haben. Wenn du willst, auch ein Stück Schweinefleisch.«

Mård nickt und sieht zufrieden aus, als würde er seine Zähne bereits in der dicken dunklen Wurst spüren. Er küsst Maya auf die Wange und geht in das Zimmer, das früher Lassivars Arbeitsraum war.

Das Zimmer hat zwei nach Süden ausgerichtete Fenster und in der Mitte steht ein braun gebeizter Schreibtisch mit zerkratzter Tischplatte und einem eingebauten Regal, in dem ein Stapel vergilbter Jagdzeitschriften liegt. Auf dem Tisch häufen sich Rechnungen und alte Aktenordner.

Hinter dem Schreibtischstuhl steht ein Waffenschrank. Die Tür ist weit geöffnet und der Schlüssel steckt. Im Schrank befinden sich zwei Schrotflinten, ein Salongewehr und zwei Büchsen. Auf dem Schrank liegen mehrere Patronenschachteln und auf dem Boden steht ein halb voller Karton mit Tontauben. Um den Karton herum ist der Boden mit Staubflusen bedeckt.

Mård greift nach der Mauser und hängt sie sich über die Schulter, dann steckt er eine Schachtel Patronen in seine Tasche, legt sein Mobil in die Schreibtischschublade und kehrt in die Küche zurück, um das Fernglas zu holen.

Sten ist inzwischen wieder nach unten gekommen. Er sitzt auf der Küchenbank und hat den Blick auf Maya gerichtet. Eine der Katzen liegt neben ihm, die andere sitzt auf dem Fensterbrett zwischen zwei Geranientöpfen und beobachtet die Krähen im Garten. Ihr

Schwanz peitscht über der Heizung von der einen Seite zur anderen.
Mård tritt zu Maya, die mit einem Butterfass in der Hand vor dem Kühlschrank steht. Er nimmt ihre langen Haare hoch und küsst sie in den Nacken. »Ich bin bald zurück.«
»Kannst du nicht mit dem Tabak aufhören?«, bittet Maya. »Ich kann den Geruch nicht ertragen.«
»Ich verspreche es«, sagt Mård. »Ich höre damit auf.« Dann lässt er ihre Haare los und geht hinaus.
Hinter den Sattel bindet er eine Isomatte und einen Schlafsack in einem grünen Beutel.

Es dauert eine Stunde, bis Mård Blåträsk erreicht. Als er das Wasser erblickt, verharrt er eine Weile auf dem Rücken des Pferdes, ehe er zu einer kahl geschlagenen Waldfläche weiterreitet und von dort zum Ufer hinab.
Er steigt ab und nimmt die Garnrolle aus seiner Tasche, bläst einen der Ballons auf und befestigt ihn an einem kleinen Stein, den er ein Stück vom Ufer entfernt ins Wasser lässt. Das Gleiche wiederholt er mit dem zweiten Ballon. Die beiden Ballons liegen nun mit zwei Metern Abstand auf der Wasseroberfläche, einer rot, einer blau.
Schließlich steigt Mård wieder in den Sattel und reitet zur Lichtung hinauf. Als er den Weg erreicht, hält er an, sitzt ab und bindet das Pferd an einer Birke fest. Es ist fast windstill. Er nimmt das Fernglas aus dem Futteral und richtet es auf die Ballons. Der rote Punkt erscheint zusammen mit der Entfernungsangabe 540 Meter. Mård gibt das Kugelgewicht ein und lässt sich anzeigen, wie hoch er ansetzen muss.
Er nimmt das Gewehr ab, lädt es, greift nach Schlafsack und Isomatte und wandert den Kahlschlag ein Stück entlang.
Als er eine günstige Stelle gefunden hat, wirft er den Schlafsack auf

ein Grasbüschel neben einer niedrigen Fichte und rollt die Matte aus. Er legt sich hin und platziert den Gewehrkolben auf dem Schlafsack. Dann schiebt er die Linsenabdeckung des Zielfernrohrs beiseite, dreht an einer Schraube am Stativ und hält das Auge an das Okular. Schon hat er den roten Ballon im Fadenkreuz.
Mård atmet langsam ein, hebt den Gewehrkolben auf Schulterhöhe, lädt eine Patrone aus dem Magazin und entsichert. Vorsichtig, als würde er etwas extrem Zerbrechliches berühren, zieht er den Zeigefinger zurück. Der Schuss geht los und Mård sieht, wie der rote Ballon verschwindet.
Er lädt die Waffe erneut, kneift die Augen zusammen, richtet die Waffe auf den blauen Ballon und sieht ihn im Fadenkreuz erscheinen. Er schießt erneut, aber der Ballon bleibt, wo er ist.
Mård lässt die Waffe los und legt sich auf den Rücken. Er sieht nach oben in das Blau und nach einer Weile schließt er die Augen. Als er sie wieder öffnet, dreht er sich zurück auf den Bauch, greift sich erneut die Waffe und fängt den Ballon ein weiteres Mal im Fadenkreuz ein.
Diesmal trifft er.
Als er nach Hause aufbricht, beginnt es zu stürmen und Mård wünscht sich, er hätte seine Jacke mitgenommen.

6

Als Elin aus dem Fahrstuhl steigt, bitte eine uniformierte Frau mit Haarknoten sie, die Tasche abzustellen, und zeigt auf einen Scanner.

Während Elin durch den Körperscanner geht, blickt die Frau in Uniform auf einen Bildschirm und kommt dann auf Elin zu. Die Frau deutet auf Elins rechten Oberschenkel. Sie hat lange, blau lackierte Fingernägel und schwarze Augenbrauen. »Was hast du da?«, fragt sie.

Elin steckt die Hand in die Tasche und holt ein Klappmesser hervor.

Die Uniformierte hält Elin eine Schachtel hin und Elin legt das Messer hinein. Die Stimme der Frau klingt wie aus dem Schraubstock. »Du kannst jetzt hineingehen. Die Tasche und das Messer bleiben hier.«

Am anderen Ende des Flurs wird eine Tür geöffnet, und als Elin sich ihr nähert, tritt eine kleine Gruppe heraus. Es sind drei Männer in Anzügen und zwei Frauen mit knielangen Kleidern.

»Elin!«, ruft der Mann ganz hinten. Er reißt die Arme nach oben und die Frauen richten die Blicke auf Elin. Die übrigen Männer drehen sich zu Skarpheden um, der stehen geblieben ist und die Arme ausgebreitet hat.

Während die anderen das Gespräch wieder aufnehmen und in Richtung Aufzug gehen, fällt Elin Skarpheden in die Arme. »Was machst du denn hier?«, fragt sie.

»Besprechung mit deiner Tante. Es sollen neue Gesetze zum abgesperrten Gebiet erlassen werden, und man hat mich zum Experten für Strahlungsfragen ernannt. Triffst du dich mit Karin?«

»Sie möchte mit mir sprechen.«
Skarpheden greift nach Elins Händen und sie spürt seine Wärme. »Ich wohne im Borderland. Können wir uns heute zum Abendessen treffen?«
»Vielleicht, ich melde mich. Ich müsste eigentlich nach Hause.«
Skarpheden lässt Elins Hände los. Sie holen beide ihre Mobile hervor und lassen sie ihre aktuelle Nummern aufnehmen.
Daraufhin geht Skarpheden rückwärts in Richtung Aufzüge, auf den Lippen ein breites Lächeln. »Du bist hübscher als je zuvor!«
Elin lacht. »Du auch!«
»Ist Gerda hier?«
Elin schüttelt den Kopf, dreht sich um und geht durch die Tür.

Das Dienstzimmer der Justizministerin ist groß und lang gestreckt. Bis zur Decke sind es gut fünf Meter und durch eine Glaswand blickt man auf die Berge hinter der norwegischen Grenze.
Direkt neben der Tür, an einem stählernen Tisch, sitzt ein Mann im Anzug, der aussieht, als wäre er im gleichen Alter wie Elin. Er trägt einen hellblauen Anzug, ein dunkelblaues Hemd und eine löwenzahngelbe Krawatte mit kleinen roten Pferden darauf. Er erhebt sich und reicht Elin die Hand. »Torkel Smårne, Karins Sekretär.«
Smårne ist so glatt rasiert, wie man es von einem Mann mit Pferdeschlips erwarten kann.
Elin sagt ihren Namen. Als sie Smårnes Hand nimmt, kreuzen sich ihre Blicke. Aus den Fältchen um seine Augen kann sie schließen, dass er nicht so jung ist, wie sie auf den ersten Blick vermutet hat.
»Karin muss jeden Moment hier sein«, sagt Smårne und zeigt auf zwei Sofas. »Du kannst dich setzen. Möchtest du etwas zu trinken haben? Kaffee, Tee, Mineralwasser? Oder vielleicht ein belegtes Brot?«
»Danke, alles bestens. Was für eine umwerfende Aussicht!« Elin

geht zum Fenster, verschränkt die Arme vor der Brust und sieht auf die Berge.
»Im Februar sahen sie aus wie mit Puder bestäubt«, erzählt Smårne.
»Das war wirklich schön, besonders in der Sonne.«
»Befinden wir uns ganz oben?«
»Das ganze Gebäude ist vor Einblicken gesichert und auf welcher Etage die verschiedenen Abteilungen liegen, ist geheim. Aber wie du sehen kannst, sind wir ziemlich weit oben.«
Elin fällt ein Ölgemälde auf, das neben der Fensterfront an der Wand hängt. Sie deutet darauf. »Das habe ich schon einmal gesehen.«
»Osslund ist einer von Karins Lieblingen. Da, auf der anderen Seite, hängt noch eins.«
Smårne geht mit großen federnden Schritten an den Fenstern entlang. Seine schwarzen Lederschuhe sind so blank geputzt, dass sich das Licht von draußen in ihnen spiegelt. Schließlich bleibt er vor einem Gemälde stehen, auf dem ein längliches Holzboot an einem Strand, einige gelbe Birken und blaues Wasser vor schneebedeckten Bergen zu sehen ist.
Da ruft Karin: »Hallo, Elin!«
Elin dreht sich um und Smårne macht einen Schritt zur Seite.
Karin geht auf Elin zu, breitet die Arme aus und drückt ihre Nichte an sich. Dann geht sie einen Schritt zurück. »Lief in Mora alles gut?«, fragt sie.
»Nadia fand, dass ich die Sache ganz gut gemacht habe, aber wir mussten vorzeitig abbrechen. Jemand wirkte bedrohlich.«
Karin sieht ernst aus. »Wie geht es Gerda?«
»Ich zeig sie dir.« Elin fischt ihr Mobil hervor und Smårne greift nach seinem. Er richtet es auf die Wand gegenüber der Fenster.
»Wenn du es Richtung Wand hältst, zeigt sie es in Großformat.«
Elin richtet ihr Mobil auf die Wand und ein Video mit Gerda er-

scheint. Das Mädchen steht in Latzhosen in der Küche und streckt ihre Hände aus: »So große gibt es davon im Ripsee! Morgen werde ich einen fangen! Tschüss Mama, schlaf gut!« Sie wirft der Kamera eine Kusshand zu, dreht sich um und läuft davon.

»Das war vorgestern«, sagt Elin.

»Bekommst du jeden Tag einen Film?«

»Wenn sie mich vermisst, bekomme ich nichts.«

Karin sieht aus, als ob sie das Interesse an Gerda verloren hat.

Der Film mit dem Kind verschwindet und stattdessen erscheint das Bild einer Frau mit kurzen grauen Haaren und einer anthrazitfarbenen Brille. Die eckigen Gläser sind nur etwa daumengroß.

Karin wendet sich Elin zu. »Wir setzen uns dort hin.« Sie zeigt auf eine Sesselgruppe vor einem großen Schreibtisch mit Glasplatte, stählernen Beinen und mehreren Monitoren.

Nachdem sie Platz genommen haben, zeigt Smårne mit dem Mobil auf die Wand neben ihnen, woraufhin das Bild mit dem Frauengesicht erscheint.

»Erkennst du sie wieder?«, fragt Karin.

»Nein.«

»Ihr seid euch schon mal begegnet.«

»Ach ja?«

»Sie hat sich Syria genannt.«

Elin keucht. »Das ist sie nicht.«

»Doch, sie muss es sein. Und sie versteht sich anscheinend darauf, ihr Aussehen zu verändern. Das Foto wurde gestern in Trondheim gemacht. Im Hintergrund kann man die Kathedrale erkennen. Kannst du mir erzählen, wie du ihr begegnet bist?«

»Ich hätte schwören können, dass sie das nicht ist.«

»Es ist Syria«, versichert Karin. »Sie hat sich bei ihrem Gesicht helfen lassen. Und sie verwandelt sich sogar, während sie auf der Straße unterwegs ist. Sieh selbst.«

Es erscheint ein neues Foto, auf dem eine Person vollständig zu sehen ist. Die Frau trägt eine Tasche über der Schulter.
Neues Bild. Nur der Oberkörper ist zu sehen. Die Frau hat lange blonde Haare.
»Sie hat sich eine andere Perücke aufgesetzt«, erklärt Smårne.
Neues Bild. Die Frau hat lange Haare und trägt eine Basecap, aber keine Tasche.
»Sie hat die Tasche weggeworfen«, sagt Smårne. »Die Polizei in Trondheim hat sie an sich genommen. In ihr fand man noch eine weitere Perücke, ein paar Schuhe, eine Sonnenbrille, Pistolenmunition und eine Baskenmütze.«
»Ich hätte sie nicht wiedererkannt, wenn ich ihr begegnet wäre«, schnaubt Elin.
»Genau das bezweckt sie damit«, sagt Smårne.
Neues Bild. Die Frau verschwindet im Eingang eines Kaufhauses.
»Warum zeigst du mir das?«, will Elin wissen.
»Es wurde behauptet, dass Syria tot ist, aber dann haben wir sie vor einem Monat gefunden. Wir haben mitbekommen, dass sie Mitglied eines Netzwerks ist, also haben wir sie beobachtet. Vorgestern haben wir herausbekommen, was wir in Erfahrung bringen mussten, und wollten sie fassen. Dabei hat sie eine Frau in den Hals geschossen und einen Mann in die Brust. Beide liegen auf der Intensivstation. Syria konnte entkommen.«
Elin blickt Karin an, dann dreht sie sich zu Smårne um. »Kann ich ein Glas Wasser bekommen?«
Smårne steht auf und holt eine Flasche Mineralwasser sowie ein Glas aus einem Schrank, der in die Wand eingelassen ist.
»Die Überwachungskameras im Kaufhaus waren außer Betrieb«, erklärt er. »Das hier ist dir letzte Aufnahme von ihr, obwohl sie in Norwegen das neuste Gesichtserkennungssystem benutzen. Erzähl, wie du sie kennengelernt hast.«

Elin stellt ihr Glas ab. »Das war, als Harald und ich vom Militär gefangen genommen wurden. Syria lag nackt auf dem Boden mit einem Stoffsack über dem Kopf und auf dem Rücken gefesselten Händen. Ich habe ihr geholfen und ihr den Sack abgenommen. Später wurde sie aus dem Raum gebracht.«
»Worüber habt ihr gesprochen?«, fragt Karin.
»Habe ich das nicht schon erzählt?«
»Erzähl es noch einmal. Ich möchte, dass Torkel es auch hört.«
»Lass nichts aus«, bittet Smårne.
Elin denkt einen Moment nach, fährt sich durch die Haare und schließt die Augen. Dann macht sie sie wieder auf und blickt Smårne an. »Sie haben mich in den Raum geschubst und ich bin hingefallen. Man konnte Musik durch die Wände hören. Dann wurde es still und jemand lachte und sagte etwas über jemanden, der wohl nicht anwesend war. Sie spielten alte Tanzmusik.«
»Erinnerst du dich, über wen sie gesprochen haben?«
»Nein«, antwortet Elin.
Smårne nickt und Elin erzählt weiter.
»Meine Hände waren auf dem Rücken gefesselt und Syria lag auf dem Fußboden und bat mich, sie von dem Sack zu befreien. Ich schaffte es, ihn ihr abzustreifen, und sie fragte mich, wer ich sei, ob ich allein wäre und ob jemand Bescheid wüsste, dass ich inhaftiert bin. Sie sagte, dass sie Syria heiße. Ich fragte sie, was sie gemacht hätte, und sie antwortete, dass sie angeklagt sei, Terroristen im Haus gehabt zu haben.
Sie hat mich nach der Wunde gefragt, die ich auf der Wange hatte, und ich erzählte von Harald, dass er der Einzige sei, der wusste, wo ich steckte. Sie fragte, ob man mich geschlagen hätte, und ich sagte, dass ich die Wunde von der Fahrt im Kettenfahrzeug habe. Sie hat behauptet, dass sie sich einen vorknöpfen, während die Musik läuft.« Elin leckt sich über die Lippen.

»In der Schule hatte ich einen Klassenkameraden, der einmal einen Vortrag gehalten hat. Er hat die gleichen Lieder gespielt, mit Texten von Fröding, und mir wurde so übel, dass ich rausgehen musste. Erst später habe ich den Zusammenhang begriffen.«

Elin schweigt eine Weile, bevor sie weitererzählt. »Syria hat mir erzählt, dass die Polizei mir Kopfhörer aufsetzen und die Lautstärke aufdrehen würde. Ich habe erklärt, dass ich nichts getan habe und nicht wisse, wessen sie mich verdächtigen. Ich hatte solche Angst, dass ich kaum atmen konnte. Syria sagte, dass sie mich umbringen, in meine Einzelteile zersägen und meinen Körper in den Wald werfen könnten. Dann kam Frank mit Harald und wir wurden freigelassen.«

Smårne gießt Elin Wasser nach. Elins Blick ruht auf dem Ölgemälde mit der Gebirgslandschaft.

Elin streckt eine Hand nach dem Glas aus und zeigt mit der anderen auf das Bild. »Dieses Bild hing an der Wand, als ich als Gefangene hier oben war.«

»Osslund«, sagt Karin. »Wir haben vier Stück davon hier in der Kanzlei. Zwei hängen bei mir.«

»Es macht mich krank.«

Smårne beugt sich vor. »Diese Begegnung, als Syria nackt dalag – das war also das erste Mal, dass du sie getroffen hast?«

»Später habe ich sie in einem Polizeiwagen wiedergesehen. Sie trug eine Uniform. Da habe ich begriffen, dass sie versucht hat, mich zu täuschen, als sie da vor mir auf dem Boden lag.«

Smårne nestelt an seinem Krawattenknoten herum, als handele es sich um ein Kätzchen, mit dem er spielen will. Elin versucht nachzuvollziehen, in welcher Beziehung er zu seiner Chefin steht, aber ihre Gedanken verharren immer wieder bei der Krawatte und den übertrieben geputzten Schuhen.

»Was genau hat sie versucht?«, fragt Smårne.

»Sie wollte, dass ich sie für eine Mitgefangene halte, und hoffte wohl darauf, dass ich ihr etwas anvertrauen würde, das ich der Polizei nicht verraten würde.«

»Wo hast du sie in dem Polizeiauto gesehen?«

»Harald war ermordet worden und Vagn und ich waren gerade an der Brücke, unterhalb von Wongs. Dort war eine Absperrung. Syria und ein anderer Polizist saßen in einem Auto mit Blaulicht auf dem Dach. Sie hat mich nicht gesehen.«

»Und das nächste Mal?«, fragt Smårne.

Karin hat den Blick auf ihre Schuhe gerichtet. Sie glänzen nicht ganz so stark wie Smårnes.

Elin deutet auf den Fußboden. »Das war da unten.«

»Vierter Keller«, sagt Karin. »Dort wurden wir Gefangenen festgehalten. Syria beaufsichtigte die Gefangenen, von denen man vermutete, dass sie im Besitz besonders wichtiger Informationen waren. Etwa zehn Menschen starben, während sie die Verhörleitung innehatte. Wir sind uns einige Male begegnet und ich habe zahlreiche Narben von diesen Treffen davongetragen. Sie verkörpert das, was so manche als Monster bezeichnen würden. Natürlich ist eigentlich die Polizei dafür verantwortlich, sie zu fassen, aber da ich persönliche Erfahrung mit ihren Ausfälligkeiten sammeln durfte, habe ich ein persönliches Interesse daran, sie zu finden.«

»Du bist Syria da unten also begegnet?«, fragt Smårne an Elin gewandt.

»Sie hat dafür gesorgt, dass ich fliehen konnte und Gerda zurückbekam.«

Smårne runzelt die Stirn. »Was vermutest du, warum sie das gemacht hat?«

»Sie hat gesagt, dass ich mich an sie erinnern soll. Falls es zu einer Verhandlung kommen sollte, wollte sie mich darum bitten, als Zeugin auszusagen.«

Karin seufzt und Smårne sagt: »Sie hat Menschen ermordet, die sie vorher gefoltert hat, und dir gegenüber den Eindruck erweckt, als würde deine Aussage ihr vor Gericht helfen. Wie wahrscheinlich wäre das wohl? Syria ist nicht dumm. Der Grund dafür, dass sie dich und Gerda hat gehen lassen, war ein anderer.«
Smårne und Karin betrachten Elin, als würden sie erwarten, dass sie ihnen die Antwort auf die unzähligen Fragen liefert, die sie unausgesprochen lassen.
»Sie wollte, dass du Gerda bei dir hast«, schließt Smårne. »Dabei wäre die natürliche Maßnahme doch gewesen, dich gehen zu lassen und Gerda als Geisel zu behalten.«
»Natürlich?«, zischt Elin. »Syria wirkt nicht besonders natürlich.«
»Für eine Person von Syrias Kaliber wäre das aber ein natürlicher Zug gewesen. Du darfst gehen, aber das Kind bleibt. Warum durftest du Gerda also mit dir nehmen?«
Karin beugt sich zu Elin vor.
»Gerda ist vermutlich mit einem oder mehreren Chips versehen worden. Vielleicht befanden sich welche in der Tasche, in der sie lag. Sie haben damit gerechnet, dass du das Mobil loswerden und andere Kleider anziehen würdest. Aber sie haben vermutet, dass du Gerdas Tasche behältst.«
»In den Kleidern«, sagt Smårne. »Sie können allein in den Schuhen des Mädchens unzählige Chips versteckt haben.«
Karin streicht sich mit einer Hand über den Rock. »Hast du Gerdas Schuhe noch?«
»Ja.«
»Sind sie zu Hause auf Liden?«
»Im Schrank in meinem Zimmer, im untersten Fach. Aber es sind keine richtigen Schuhe, eher Ledersäckchen mit bunten Bändern. Gerda war vier Monate alt.«
Smårne tauscht einen Blick mit Karin.

»Du hast vielleicht auch noch andere Kleidung aufgehoben?«, fragt ihre Tante.
»Ein Kleidchen und eine Mütze. Aber beides hat sie in der Festung nicht getragen.«
»Hast du die Tasche noch?«
»Nein.«
Karin richtet sich an Smårne. Sie hat ganz rote Wangen. »Wir müssen einen Boten schicken.«
Elin guckt von einem zum anderen. »Warum ist das so wichtig?«
Als sie keine Antwort erhält, wiederholt sie die Frage. »Warum ist das so wichtig?«
Es ist Karin, die ihr schließlich Auskunft gibt: »Ein Chip kann Informationen beinhalten, die unsere Arbeit ungeheuer erleichtern.«
»In Norwegen ist Syria wohl nicht mehr«, sagt Smårne. »Nach Finnland oder Russland kann sie nicht gegangen sein. Die Kameras hätten sie wiedererkannt, wenn sie sich einem Bus, einer Bank oder einem Laden genähert hätte. Sie kann durch den Wald oder über die Berge nach Schweden gekommen sein. Oder aber sie versteckt sich irgendwo in einer Hütte.«
»Oder jemand hat sie in einem Boot mitgenommen«, sagt Karin. »In dem Fall könnte sie bereits in Schottland sein, ausgestattet mit einem unerschöpflichen Vorrat an Krediten. Kurz darauf wäre sie bereits in Südamerika.«
Karin und Smårne sehen einander an, als würden sie die unterschiedlichen Möglichkeiten durchspielen.
Schließlich steht Smårne auf und verschwindet nach ein paar langen federnden Schritten durch eine Tür hinter seinem Schreibtisch.
Elin und Karin bleiben sitzen und betrachten einander.
»Wohin fährst du morgen?«
»Morgen habe ich nichts, aber übermorgen bin ich in Leksand … oder war es Falun?«

»Stellen sie schwierige Fragen?«
»Heute hat man mich zur Steuerpolitik befragt. Ich habe eine Menge auswendig gelernt und kann auf das meiste eine Antwort geben, aber manchmal verstehe ich selbst nicht, was ich sage. Ich komme mir vor, als wäre ich ein einziger Bluff.«
Karin streicht sich eine Haarsträhne aus dem Gesicht und glättet mit einer Hand wieder ihren Rock. »Hast du Skarpheden getroffen?«
Elin zeigt auf die Tür, die zu den Aufzügen führt. »Da draußen.«
Karin nickt. »Wir erlassen neue Gesetze bezüglich des abgesperrten Gebiets. Es hat sich herausgestellt, dass die frühere Regierung Gesetze durchgesetzt hat, die nicht auf Fakten basierten, sondern auf dem, was die Bevölkerung glauben sollte. Man hat eine fälschlich hohe Zahl an Wildschweinen angegeben, um die Menschen abzuschrecken und sie von den Wäldern fernzuhalten. Auch der Wert der radioaktiven Strahlung in den Schweinen war übertrieben. Man wollte dadurch nur erreichen, dass sie nicht mehr gejagt wurden.«
»Was sollte das bezwecken?«
»Sie wollten einfach, dass man glaubte, dass die Wälder voller gefährlicher und nicht essbarer Schweine sind, damit man sich von dort fernhielt. Die Leute sollten zu Hause bleiben. Und das wiederum sollte es erleichtern, Bewegungen auf dem Gelände festzustellen. Nils Dacke und die Waldleute sollten leichter von Drohnen gesichtet werden können. Und Hubschrauberangriffe auf die Terroristen konnte man den Menschen so als Wildschweinjagd unterjubeln. Skarpheden ist einer der Forscher, die damit hinters Licht geführt wurden. Wir gehen heute davon aus, dass knapp fünf Prozent der Schweine kontaminiert sind oder waren. Aber die vorherige Regierung hat behauptet, es sei die Hälfte der Tiere. Man hat einen Riesenaufwand betrieben, um das Wildschweinfleisch zu

vernichten – und Skarpheden gehörte zu den Leuten, die sich genau damit beschäftigten. Man hat behauptet, dass es vier Zerstörungsstationen im Land gab, in Wahrheit war es aber nur eine. Möchtest du noch mehr Wasser?«

»Nein danke.«

»Du siehst blass aus.«

»Beim Gedanken an Syria wird mir mulmig.«

Karin nickt. »Da ist noch etwas, eine Kleinigkeit bloß, aber trotzdem. Deine Ausleihliste steht im Netz.«

»Was meinst du?«

»Eine Übersicht über alle Texte, die du während der zwei Schuljahre heruntergeladen hast, ist veröffentlicht worden.«

Elin legt die Stirn in Falten. »Warum muss uns das kümmern?«

»Hast du von dem Schriftsteller gehört, der wegen einer Operation eingeliefert wurde, zu der Zeit, als es in den Krankenhäusern noch Bibliothekare gab? Der Schriftsteller fragte also den Bibliothekar, welche Gedichte in der Krankenhausbibliothek vorrätig seien, und erhielt die Antwort, dass es nicht so viele seien, weil Gedichte am häufigsten in der Psychiatrie verlangt würden.«

Elin runzelt immer noch die Stirn. »Was willst du damit sagen?«

Karin holt tief Luft, als müsse sie sich mit ausreichend Sauerstoff versorgen, um eine Selbstverständlichkeit zu erklären. »Für die Leute zählt die Wirklichkeit. Wenn das Gerücht entsteht, dass du gerne schwermütige Gedichte liest, kann dir das im Wahlkampf schaden.«

»Und was soll ich dagegen tun?«

»Hab eine gute Antwort parat. Früher oder später werden Fragen zu deinen Lesegewohnheiten kommen.« Karin streicht sich erneut den Rock glatt. »Ich möchte dir etwas zeigen.« Sie nimmt das Mobil aus der Tasche ihres Blazers und öffnet eine Textnachricht. »Hiermit hat sich Alan im letzten Jahr beschäftigt. Das ist auch eine

Sache, über die du eventuell sprechen musst, denn es wird viele Menschen betreffen.«

Die Tür, durch die Smårne verschwunden ist, geht auf und ein Mädchen in Jeans, Turnschuhen und einem blau karierten Hemd kommt herein. Sie sieht aus, als wäre sie etwa dreizehn. Als sie Karin erblickt, läuft sie auf sie zu und wirft sich ihr in die Arme.

»Begrüß auch Elin«, ermahnt Karin sie.

Das Mädchen dreht sich zu Elin um und macht ein ernstes Gesicht. »Ich heiße Liv und ich bin ein Humanoid. Ich werde in der Vorschule arbeiten und ich kenne mich mit der psychologischen Entwicklung von Kindergartenkindern, Konfliktlösung, Gruppendynamik und formeller und informeller Leitung in kleinen und großen Gruppen aus. In einer Gruppe von Kindern, die in meiner Obhut sind, kann ich eine gute Atmosphäre sowie positive Lernresultate garantieren. Ich spreche, lese und schreibe elf Sprachen und kann dreihundert Märchen nacherzählen, von denen die meisten schwedischen, deutschen oder arabischen Ursprungs sind. Meine Schwäche ist das Spielen unter freiem Himmel, denn Schaukeln, Klettergerüste und steile Hügel bereiten mir Schwierigkeiten. Drinnen bin ich zu so gut wie allem imstande.« Liv lächelt entschuldigend. Sie trägt eine Zahnspange. »Sobald meine Geschwister und ich in den Kindergärten in vollem Maße eingesetzt werden, werden die meisten der Pädagogen, Erzieher und Kinderpsychologen des Landes ohne Aufgaben dastehen. Karin und ich hoffen, dass du uns helfen kannst, eine positive Stimmung für das zu schaffen, was die Zukunft von uns verlangt.«

»Danke, Liv«, sagt Karin. »Du kannst jetzt wieder in dein Zimmer gehen.«

Liv streckt die linke Hand aus und verabschiedet sich von Elin. Ihr Händedruck ist warm und feucht, etwas lasch und unmöglich von dem einer echten Dreizehnjährigen zu unterscheiden.

Liv macht einen Knicks. »Es hat mich gefreut, dich kennenzulernen. Ich hoffe, wir sehen uns in Zukunft noch öfter.« Und dann fügt sie hinzu, als wäre ihr etwas eingefallen: »Du siehst deiner Zwillingsschwester sehr ähnlich.« Mit diesen Worten geht sie hinaus und macht dabei konzentrierte Hopser, als würde sie auf einer unsichtbaren Zeichnung Hinkelkästchen spielen.

»Wen hat sie mit meiner Zwillingsschwester gemeint?«, fragt Elin.

Karin zuckt mit den Schultern. »Manchmal tauchen Programmierungsfehler auf, dann können ihr die unglaublichsten Dinge herausrutschen. Gestern hat sie eine komplette Vorlesung über Arsenvergiftungen gehalten, nur weil jemand die französische Justizministerin Madeleine Dumas genannt hat. Mir war der Zusammenhang auch nicht klar, aber Alan hat behauptet, dass es auf der Hand läge, wenn man *Der Graf von Monte Christo* gelesen hat.« Karin lehnt sich zurück und legt den Kopf schief. »Siebzig Prozent unserer Pädagogen werden in drei Jahren keine Arbeit mehr haben. Mit dem Hotelpersonal und gewissen Pflegeberufen ist es bereits jetzt mehr als schwierig. Die Radiologen werden fast vollständig verschwinden. Diagnosen anhand von Röntgenbildern zu erstellen ist wie gemacht für Roboter. Die Kassierer in den Geschäften sind schon so gut wie verschwunden. Zugführer und Fahrer gibt es auch schon fast nicht mehr.« Karin seufzt. »Wir müssen über die Humanoiden informieren, sodass man sie nicht als überkompetente Monster ansieht, die den Leuten die Arbeit wegnehmen und einen Großteil des Daseins überflüssig machen. Die alten, restriktiven Gesetze werden wir ändern. Wenn wir nach der Wahl ein ordentliches Mandat haben, werden neue Gesetze erlassen. In diesem Zusammenhang kannst du eine große Rolle spielen.«

Elin sieht verwundert aus. »Wieso das?«

Wieder streicht Karin über ihren Rock, als wäre er immer noch nicht glatt genug oder mit einer unsichtbaren Staubschicht be-

deckt. »Was würdest du dazu sagen, wenn Liv mit zu euch nach Hause kommt? Sie wäre bestimmt eine gute Gesellschaft für Gerda und wir könnten ihre Interaktion filmen. Die Leute würden sehen, wie ein Humanoid zu der Entwicklung eines Kindes beitragen kann. Außerdem würden die Leute mehr über dich erfahren und dein Platz im Reichstag wäre greifbarer. Was meinst du?«
»Ich weiß nicht, was ich sagen soll.«
Karin beugt sich vor und stützt beide Ellenbogen auf den Oberschenkeln auf. Sie spricht mit leiser Stimme, als würde sie ein Geheimnis verraten. »Denk bis morgen über die Sache nach. Wir haben um zehn Uhr ein Meeting mit Vertretern der Lehrerorganisation. Es wäre gut, wenn du als Beobachterin daran teilnehmen könntest.«
»Ich habe Gerda seit Sonntag nicht gesehen und wollte heute Abend nach Hause fahren.«
»Du kannst morgen doch zur Mittagsessenszeit zu Hause sein«, sagt Karin laut und klingt, als würde sie keine Widerrede wünschen.
Plötzlich richtet sie den Blick auf etwas rechts von Elin.
Eine Tür in der Wand wird geöffnet. Ein Mann in grauem Tweedanzug, zerknittertem weißen Hemd und einer dunklen, gestreiften Krawatte betritt den Raum. Er trägt alte, aber gut geputzte braune Schuhe und die Haare in einem strengen Scheitel.
»Hallo, Elin«, sagt der Mann und kommt auf sie zu. »Wie schön, dich zu sehen! Ich wollte dich nur kurz begrüßen.« Er reicht Elin die Hand. »Du hast meine Tochter kennengelernt?«
»Du meinst Liv?«
Alan lächelt kaum merklich. »Wen sonst?«
»Nein, natürlich, Liv. Sie wirkt sehr aufgeweckt. Schön, dich zu sehen, Alan!«
Alan wirft Karin einen entschuldigenden Blick zu und streicht sich mit einer Hand über den Scheitel. »Ich muss wieder an die Arbeit.

Ich hoffe, ich habe nicht gestört. Bis bald, Elin.« Damit verschwindet er so rasch, wie er aufgetaucht ist.

Kurz darauf wird die Tür hinter Smårnes Schreibtisch geöffnet und Karins Sekretär kommt zurück. Er hat ein Mobil in der Hand und spricht hinein, während er auf sie zutritt. Als er vor Karin und Elin steht, steckt er das Mobil in die Tasche. »Der Anwaltsverband ist jetzt da.«

»Der Anwaltsverband.« Karin seufzt. »Die Juristen gehören zu denen, die am schwerwiegendsten von der Robotisierung betroffen sind.«

Karin und Elin erheben sich.

»Komm morgen um Viertel vor zehn. Dann nimmt Torkel dich in Empfang.« Karin dreht sich zu Smårne um. »Kannst du Elin ein Zimmer besorgen? Sie nimmt am Treffen mit der Lehrerorganisation morgen früh teil.«

»Es gibt hier doch eine Unterkunft, die Borderland heißt?«, fragt Elin.

Smårne zwinkert ihr zu und sagt: »Borderland, geht klar.«

Karin lächelt und will sich gerade wieder über den Rock streichen, hält dann jedoch inne. »Skarpheden wohnt dort.« Sie wirft Smårne einen verschwörerischen Blick zu. Dann dreht sie sich zu Elin um. »Was wir wegen Syria besprochen haben, ist höchst vertraulich. Behandle es wie ein Staatsgeheimnis. Was du über deine Begegnungen mit ihr gesagt hast, ist auf Video mitgefilmt worden, und die oberste Riege des Geheimdienstes wird sich dessen annehmen.« Karin kneift die Augen zusammen, sodass sie Elin nun durch zwei schmale Schlitze ansieht. »Ich hoffe, du hast nichts dagegen. Ich bin ja nur Ministerin und keine Polizei.«

7

Als Elin aus dem Aufzug steigt, die Tasche in der einen Hand, das Mobil in der anderen, steht Nadia vor ihr.

Sie deutet nach draußen. »Wir müssen zum Hotel.«

Die beiden gehen zum Ausgang. Der Polizist, der draußen steht, salutiert träge.

»Ich dachte, hier auf dem Gelände ist alles sicher«, sagt Elin.

»Wer mächtige Feinde hat, für den ist es nirgends sicher«, erwidert Nadia.

Elin steckt sich das Mobil in die Tasche. »Woher wusstest du, dass ich zum Hotel muss?«

»Wir werden über so etwas informiert.«

Der Wind hat zugenommen und sie laufen etwas vorgebeugt zwischen den hohen Häusern entlang.

»Die Regierungskanzlei und der Reichstag sind die einzigen Gebäude, an denen steht, was sich darin befindet«, erklärt Nadia. »Alle anderen Adressen sind hinter anonymen Eingängen versteckt, an den Türen gibt es nur einen kleinen Monitor. Immer wieder wird die Kombination aus Farben und Ziffern ausgetauscht. Niemand, der nicht dort arbeitet oder wohnt, kann hineingelangen. Wer jemanden besuchen will, bekommt einen Code auf sein Mobil. Der Code gilt dann eine Stunde. Kinder haben personalisierte Karten. Dazu werden die Fingerabdrücke oder Pupillen biometrisch erfasst, so wie bei einem Mobil.« Nadia deutet mit dem Finger: »Ganz oben, über der Regierungskanzlei, wohnt die Königin. Auf sechshundert Quadratmetern. Das ist ein offenes Geheimnis, aber erzähl trotzdem nicht, dass ich es dir verraten habe.«

»Bist du mal ihre Leibwächterin gewesen?«

»Die Königin hat eigene. Sie werden ›die Zwerge‹ genannt.«
»Warum?«
»Wegen *Schneewittchen und die sieben Zwerge*, nehme ich an. Weil ihre Majestät keine Kinder hat, wird sie Schneewittchen genannt, wusstest du das nicht?«
»Nein.«
Eine Gruppe Kindergartenkinder wird auf einem Spielplatz von zwei Frauen in neongelben Westen überwacht.
»Falls du in den Reichstag kommst, erhält Gerda einen Kindergartenplatz. Mitglieder des Reichstags haben Vorrang. Es gibt hier Kindergärten, die versuchsweise von Robotern betrieben werden. Vielleicht sind das dort welche.« Nadia zeigt auf die beiden Frauen.
»Ich weiß nicht, ob ich wollte, dass meine Kinder in einen Kindergarten gehen, wo die Hälfte des Personals Roboter sind. Als was soll man sie überhaupt bezeichnen? Wenn eine Maschine wie eine Frau aussieht, ist dieser Robo dann ein Es oder eine Sie?«
Nadia blickt zum See. »Auf der norwegischen Seite liegt ein deutscher Bomber aus dem Zweiten Weltkrieg. Ein Teil des Flugzeugkörpers ragt aus dem Wasser. Sie halten das Wrack instand, damit es nicht völlig zerfällt. Eine Attraktion für sämtliche Minister auf Staatsbesuch. Man friert sich aber so einiges ab da draußen, es ist immer schweinekalt. Jetzt siehst du das Hotel.« Nadia zeigt auf ein dreizehnstöckiges Gebäude auf der nördlichen Seeseite. »Es gibt ein Restaurant dort, das einen Michelin-Stern hat. Sitting Duck heißt es.«
Der Hoteleingang liegt etwa zwanzig Meter vom Seeufer entfernt, und als sie das Foyer betreten, ertönt aus Lautsprechern das Geräusch von wogenden Wellen. Hinter dem Tresen der Rezeption stehen ein Mann und eine Frau, beide um die dreißig. Sie lächeln und die Frau tritt hinter dem Tresen hervor und kommt auf Elin zu. Sie hat weiße, gerade Zähne, die künstlich aussehen.

»Willkommen im Borderland, Elin. Wenn du dein Mobil auf das Lesegerät hier richtest, erhältst du deine Schlüsselinformation.«
Elin nimmt ihr Mobil hervor und hält es in Richtung des Monitors, auf dem daraufhin ihr Name erscheint.
»Die Rechnung wird Karin Holme übernehmen«, erzählt die Rezeptionistin weiter. »Dein Kredit innerhalb des Hotels, des Wellnessbereichs und des Restaurants ist nicht limitiert. Wenn wir etwas für dich tun können, musst du die 09 auf dem Hotelmenü drücken oder dich an die Bildwand wenden und die Rezeption verlangen. Wir hoffen, dass du einen angenehmen Aufenthalt bei uns hast. Deine Zimmernummer ist die 801.« Ohne zu lächeln nickt die Rezeptionistin Nadia zu und entfernt sich.
Nadia und Elin treten zum Aufzug. Weder Knöpfe noch andere Bedienungsvorrichtungen sind hier zu sehen.
»Der Aufzug nimmt Kontakt zu deinem Mobil auf und erfährt, dass du im achten Stock wohnst. In andere Etagen kann der Aufzug dich auch bringen, aber dazu musst du erst grünes Licht von der Rezeption bekommen«, erklärt Nadia.
Ihre Blicke kreuzen sich im Spiegel.
»Wohnst du auch hier?«
»Die achte Etage ist den Gästen der Regierungskanzlei vorbehalten. Deine Leibwächter haben ein Zimmer, das etwas von deinem entfernt liegt.«
Sie steigen aus dem Aufzug und Nadia folgt Elin über den mit Teppich ausgelegten Korridor.

8

Vor dem Fenster stehend, von dem aus man auf den See blicken kann, ruft Elin zu Hause an. Die Bildwand springt an und Anna und Gunnar erscheinen am Küchentisch sitzend, während Gerda auf dem Fußboden vor dem Herd mit einem Lastwagen spielt.

»Hallo, ihr alle!«

Anna ruft: »Gerda, da ist Mama!«

Das Mädchen steht auf und winkt. »Mama!«

»Hallo, Gerda!«

Gerdas Miene verfinstert sich. »Du sollst jetzt nach Hause kommen!«

Elin schluckt. »Ich komme morgen nach Hause, Gerda.«

»Komm jetzt!«, befiehlt Gerda.

»Morgen!«

»Komm jetzt!«

»Ich komme morgen.«

Gerda dreht sich um und verschwindet aus dem Bild.

»Warum kommst du nicht heute nach Hause?«, will Gunnar wissen.

»Ich bin in Grövelsjö und war gerade bei Karin. Morgen früh findet eine Besprechung statt und sie will, dass ich dabei bin.«

Gerda kommt zurück, in der Hand einen langen Stock. Am Ende des Stocks ist eine Schnur befestigt. »Das hier ist meine Fliegenrute!«

»Ich komme morgen nach Hause«, verspricht Elin.

Gerda wirft die Angelrute auf den Boden. »Du sollst jetzt kommen!«

»Ich komme morgen.«

Gerda dreht Elin den Rücken zu und rennt in ihr Zimmer.

»Sie hat den ganzen Tag nach dir gefragt und ich habe ihr gesagt, dass du heute Abend kommst«, erklärt Gunnar.
»Ich kann dieses Treffen morgen früh sausen lassen.«
Aber Gunnar rät ihr ab. »Du wirst bis zur Wahl noch häufiger weg sein. Es kann nicht schaden, wenn Gerda sich daran gewöhnt.«
»Aber morgen musst du hier sein«, sagt Anna. »Ich verspreche Gerda, dass du ganz sicher morgen kommst.«
»Ja«, sagt Elin. »Ich komme morgen. Mich ruft gerade jemand anderes an. Wir hören uns morgen früh.« Dann ruft sie noch: »Tschüss, Gerda!«
Aber Gerda antwortet nicht und Elin nimmt einen Anruf von Karin entgegen, die in ihrem Büro vor der Fenster mit der spektakulären Aussicht steht.
»Dein Zimmer war das einzige, das noch frei war, du hast also das Rundum-Paket bekommen. Ich schlage vor, dass du eine Massage buchst. Die beste Masseurin heißt Tia. Sie knetet dir jeden kleinen Triggerpunkt innerhalb einer Behandlungsstunde weg.«
»Ich wusste nicht, dass ich Triggerpunkte habe.«
»Du bist total verspannt. Buch eine Massage. Aber das ist nicht der Grund, warum ich anrufe. Das Treffen morgen wurde vorverlegt. Wir fangen schon um neun Uhr an. Es wäre gut, wenn du eine Viertelstunde vorher da sein könntest.«

Elin sieht sich die Videos an, in denen Gerda Gute Nacht sagt. Keins ist länger als eine Minute, die meisten kürzer. Nachdem sie sich die fünf Filme angeschaut hat, ruft sie Skarpheden an.
Eine Stimme teilt ihr mit, dass er gerade nicht zu sprechen ist. Sie hinterlässt eine Nachricht, ruft die Rezeption an und wird mit dem Wellness-Bereich verbunden.
Als Elin, in einen weißen Frotteebademantel und Hausschuhe gekleidet, auf den Flur hinaustritt, öffnet sich eine Tür neben dem

Fahrstuhl und Miriam kommt ihr entgegen. Sie treffen sich vor den Aufzugtüren.
»Woher wusstest du, dass ich das Zimmer verlasse?«
»Wir überwachen alles, was sich auf dieser Etage abspielt. Wenn du die Tür öffnest, wird uns das gemeldet.«
»Aber du bist gleichzeitig mit mir herausgekommen. Du musst darauf vorbereitet gewesen sein.«
»Uns wurde gemeldet, dass du eine Massage gebucht hast.«
»Ihr überwacht also meine Gespräche?«
»In gewisser Weise.«
Elin hört, wie ihre Stimme schrill wird. »Haben du und Nadia etwa auch meine Nachricht an Skarpheden abgehört?«
Miriam wirkt verlegen. »Als Leibwächter haben wir einen Auftrag, und wir versuchen ihm, so gut es geht, gerecht zu werden.«
Elin versucht sich zusammenzureißen. »Wenn ich mich also heute Abend mit Skarpheden treffe, werden du oder Nadia dabei sein?«
»Nicht, wenn ihr euch in seinem oder deinem Zimmer trefft.«
»Und wenn wir uns an der Rezeption treffen oder einen Spaziergang machen?«
»Dann werden Nadia oder ich in der Nähe sein.«
»Wie nah?«
»Fünf Meter.«
»Muss das sein?«
»Es gibt Momente, in denen man etwas großzügiger mit dem Sicherheitsabstand umgeht.«
»Welche Momente meinst du?«
Miriam blickt Elin an und presst die ungeschminkten Lippen aufeinander, gibt aber keine Antwort.
Sie steigen in den Aufzug und die Türen schließen sich hinter ihnen. Während sie nach unten fahren, betrachtet Elin sich im Spiegel. Sie wird der Unruhe in ihrer Stimme gewahr.

»Können du oder Nadia sehen, was in meinem Zimmer passiert?«
Miriam sieht müde aus. Sie zuckt mit den Schultern, als wollte sie deutlich machen, dass sie Geheimnisse zu bewahren hat und die Frage nicht beantworten kann.

Eine Stunde später kommt Elin aus dem Massageraum. Ihre Wangen sind rot und Schweißtropfen überziehen ihre Stirn. Sie zieht den Gürtel fest und steuert den Stuhl an, auf dem Miriam sitzt.
Wieder auf ihrem Zimmer stellt sich Elin unter die Dusche und kriecht danach ins Bett, von wo aus sie Skarpheden erneut anruft.
»Du warst nicht erreichbar. Hast du meine Nachricht bekommen?«
»Ich bin immer noch in einem Meeting. In einer Stunde sind wir fertig.«
»Ich wohne im Borderland.«
»Darf ich dich zum Abendessen einladen?«

Um fünf nach sieben geht Elin vom Aufzug zum Eingangsbereich des Sitting Duck. Ein paar Meter dahinter folgt Miriam mit knielangem Rock, kurzer Jacke und tomatenroten Lippen.
Ein kleiner dicker Mann in dunklem Anzug, weißem Hemd und hellblauer Krawatte steht hinter einem Pult. Er blickt Elin an. »Ein Herr erwartet Sie.« Der Mann zeigt in das Halbdunkel des Restaurants. Auf seinem rechten Handrücken verläuft eine rote Narbe. »Hier entlang.« Er geht zwischen den Tischen voran.
Als Elin Skarpheden Tisch erreicht, steht dieser auf, kommt ihr ein paar Schritte entgegen, umarmt sie und küsst sie auf die Wange.
Miriam setzt sich an einen der Nachbartische. Sie hat von dort Aussicht auf den See, doch ihr Blick ist auf Elin gerichtet.

9

»Wie es stürmt!«, sagt Maya, als sie den Hof überqueren. Sie blinzelt und schirmt sich mit einer Hand die Augen ab, um keinen Sand hineinzubekommen.

»Morgen soll es weniger werden«, verspricht Mård. Er öffnet die Tür zum Schuppen und lässt Maya zuerst eintreten. Es riecht nach Farbe, Leinöl und harzigem Holz. Mård zündet eine Lampe an.

»Ui«, ruft Maya und macht ein paar Schritte auf das Puppenhaus zu.

»Meinst du, sie freut sich?«

»Ist das echte Tapete?«

»Die gleiche wie in Burmans Schlafzimmer.«

»Sie wird begeistert sein.«

Maya streicht mit zwei Fingern über Mårds Wange. Ihre Nägel sind abgebissen, die Bewegung sanft. »Du bist lieb.«

»Ich habe mit dem Tabak aufgehört.«

Sie stehen eine Weile schweigend vor dem Puppenhaus. Dann löscht Maya das Licht, geht zur Tür und zeigt auf eine Stelle, an der die Farbe abblättert. »Die Tür müsste mal gestrichen werden.«

Sie kehren zum Haus zurück. Maya schirmt sich das Gesicht ab und Mård schließt quietschend die Küchentür hinter ihnen.

»Jetzt habe ich wirklich Hunger«, sagt er.

»Es ist genug da.«

Mård deckt den Tisch und Maya ruft nach Sten, aber er kommt nicht herunter. Sie ruft noch einmal, aber Sten erscheint nicht.

»Ich breche morgen früh auf, noch vor sieben«, sagt Mård. »Und ich packe Proviant ein.«

Maya tut ihm aus dem Kartoffeltopf auf. Sich selbst legt sie nur eine einzige Kartoffel auf den Teller.

»Die sieht aus, als wäre sie mehlig. Wo hast du die her?«, fragt Mård.
»Wohin willst du?«, erkundigt sich Maya.
»Gib die mehlige doch mir.«
»Kannst du nicht antworten?«
»Nein.«
»Du kannst nicht auf eine einfache Frage antworten?« Maya hält die Pfanne in der Hand. Sie sieht ihren Mann an.
»Die Frage ist nicht einfach. Dabei geht es nicht bloß darum, Tabak zu nehmen oder nicht. Es ist etwas ganz anderes.«
Maya gibt einen Laut von sich, der ein Lachen darstellen soll, aber mehr wie das Bellen eines kleinen Hundes klingt. Dann fragt sie: »Was ist daran so schwierig? Ich bin deine Frau. Möchtest du mir auf eine einfache Frage keine Antwort geben?«
»Wenn es eine einfache Frage wäre, würde ich antworten. Du hast mich gefragt, ob ich nicht damit aufhören könne, Tabak zu nehmen – das war eine einfache Frage. Können wir jetzt über etwas anderes reden?«
»Tu einfach nichts, was uns unglücklich machen würde.«
»Können wir jetzt nicht essen?«
»Wenn du uns nur nicht ins Unglück stürzt.« Maya verteilt das restliche Essen, stellt die Pfanne zurück auf den Herd und nimmt Mård gegenüber Platz. »Hast du denn aus achtzehn Monaten in Gävle gar nichts gelernt?«
»Ich habe viel daraus gelernt.«
»Was?«
Mård zerdrückt eine Kartoffel. »Man darf sich nicht schnappen lassen.«
Maya rümpft die Nase, als würde sie einen üblen Geruch wahrnehmen. »Das hast du nicht in Gävle gelernt. Das war einer von Lassivars Wahlsprüchen.«
»Lassen wir das.«

Sie essen schweigend.
Als Mård den Teller von sich schiebt und sich zurücklehnt, ruft Burman an. Mård steht auf und geht auf den Hof. Er stellt sich so hin, dass er den Sturm im Rücken hat.
»Kann ich vorbeikommen und das Geschenk abholen?«
»Na klar. Hast du schon gegessen?«
»Ich komme gleich, aber nein, ich habe keinen Hunger.«
Mård geht wieder hinein, die Tür quietscht, als er sie zuzieht.
»Kannst du die Türangeln nicht ölen?«, bittet ihn Maya.
»Mache ich nachher.«
»Ich bitte dich schon seit einer Woche darum.«
»Burman kommt gleich vorbei. Er holt den Schrank ab. Danach öle ich die Tür und fange an, die alte Farbe an der Schuppentür zu entfernen.« Mård trägt Teller und Besteck zur Maschine. Er stellt den Teller hinein, lässt Messer und Gabel aber einfach hineinfallen, als wollte er etwas im Besteckkorb der Maschine aufspießen.
»Möchte Burman etwas essen?«
»Nein.«
Mård geht zum Schuppen und holt eine Flasche Schmieröl, kehrt in die Küche zurück, ölt die Scharniere und fängt die herunterlaufende Flüssigkeit mit einem Küchenpapier auf.
Nachdem er die Ölflasche zurück in den Schuppen gebracht und die Tür ausgehoben hat, sucht er einen Spachtel heraus und tauscht dessen Klinge aus. In dem Moment fährt Burman auf den Hof.
Mård beobachtet, wie Burman aussteigt. Sein Wagen ist hellblau und bietet Platz für fünf Personen und viel Gepäck.
Burman streicht über die Autotür, als würde er ein lebendes Wesen streicheln. »Hübsch, oder? Habe ich heute abgeholt. Doppelt so lange Batterielaufzeit wie das alte. So eins solltest du auch haben. Schafft jeden Waldweg. Findet überall hin. Ist ausgestattet mit allen Schikanen.«

»Wirklich schick!«, sagt Mård.
Sie gehen in den Schuppen und tragen das Puppenhaus gemeinsam heraus. Es ist aus Sperrholz gebaut und wiegt nicht sehr viel, ist aber so groß, dass man es nur zu zweit tragen kann.
»Sie wird überglücklich sein«, versichert Burman, als sie das Puppenhaus im großzügigen Kofferraum verstaut haben. »Sollen wir den Pferden noch einen Besuch abstatten?«
Sie legen ihre Mobile auf den Rücksitz und gehen zur Koppel.
»Ich weiß, wo man eine gute Waffe herbekommt«, sagt Burman. »Eine Snipe L 4.«
»Das hast du letzte Woche erwähnt. Ich hab sie mir im Netz angesehen.«
»Was hältst du davon?«
»Vollkommen irre!«
»Was meinst du?«
»Sie wiegt fünfzehn Kilo.«
»Es ist eine Präzisionswaffe. Mit der triffst du einen Apfel aus tausend Meter Entfernung.«
»Die Mauser wiegt vier.«
Burman brummt mürrisch: »Die Mauser ist eine Waffe aus einer Zeit, als Physiklehrer mit Formeln beweisen konnten, dass die Flugmaschine faktisch ein Ding der Unmöglichkeit ist.«
»Großvater hat mit der Mauser gejagt und mein Vater ebenfalls. Sie hat einen neuen Lauf und ist genau das, was ich für die Gelegenheit benötige.«
»Für welche Gelegenheit?«
»Die Gelegenheit, um Schulden zu begleichen.«
Burman schüttelt den Kopf: »Es ist nicht gut, wenn du dich von Gefühlen verleiten lässt. Und es ist auch nicht gut, wenn du dich auf eine altmodische Waffe verlässt, aus Gott weiß was für undurchsichtigen Gründen.«

»Elf Kilo sind wohl kaum ein undurchsichtiger Grund.«
Burman betrachtet Mård und zuckt mit den Schultern. »Ich bin nicht derjenige, der schießen wird, es ist gut, dass du dich darum kümmerst. Alle erwarten das von dir.«
Schweigend blicken die beiden zu den Pferden, die dicht beieinanderstehen.
Burman räuspert sich. »Larsson ist abgehauen.«
»Wohin?«
»Weiß keiner.«
»Er wird wiederkommen und wir können warten, oder nicht?«
Als sie zum Auto zurückgehen, betrachtet Mård den Himmel. Die dichten Wolken ziehen rasch vorüber wie gejagte Tiere.
»Es soll morgen aufhören zu stürmen und warm werden«, sagt er. »Es ist Laichaufstieg und Familie Holme fährt abends an den Ripsee. Dort nehme ich sie mir vor.«
Burman sagt nichts, als er die Wagentür öffnet.
Mård nimmt sein Mobil vom Sitz, vergewissert sich, dass es nicht Burmans ist, und steckt es in seine Tasche.
»Grüß Sten und sag, er ist auch willkommen.«
»Klar, aber er möchte wohl nicht.«
Burman zeigt auf eins der Vorderräder. »Fünfradantrieb.« Damit nimmt Burman auf dem Vordersitz Platz, zeichnet mit einem Stift die Route auf dem Monitor ein und fordert das Auto auf loszufahren.

10

Elin und Skarpheden sitzen ganz nah am großen Fenster, der See liegt in vorsommerliches Licht getaucht da – die Brandung ist noch immer stark. Die beiden beobachten, wie zwei Frauen mit Koffern auf Rollen die Rezeption ansteuern.
Skarpheden legt seine Hand auf Elins. »Du steckst mitten im Wahlkampf, nehme ich an?«
Elin seufzt. »Heute hat man mich nach dem Steuersystem befragt. Ich habe einiges dazu auswendig gelernt, aber manchmal verstehe ich selbst nicht, was ich da sage. Ist doch alles geblufft. Was machst du momentan so?«
»Meine ganze Zeit geht für die Untersuchungen des abgesperrten Gebiets drauf. Wie lange soll es abgesperrt sein? Wie lange sollen Besucher sich dort aufhalten dürfen? Welche Schutzausrüstung wird benötigt und all so was. Ganz zu schweigen von Menschen vom Balkan, die sich auf dem Gelände niedergelassen haben. Sie können nicht fortgeschickt werden, weil sich die Polizei in kontaminiertem Gebiet nicht aufhalten darf. Es sind viele, die dorthin gezogen sind. Einige von ihnen werden an Leukämie erkranken und es wird Probleme mit der Krebsbehandlung geben. Ich beneide die Mediziner keineswegs. Wie soll man nur Prioritäten setzen? Haben Menschen, die sich auf unerlaubtem Terrain niederlassen und die keine schwedische Staatsangehörigkeit haben, ein Recht auf Krankenpflege, obwohl sie gegen das Gesetz verstoßen haben?« Skarpheden spielt mit einer Gabel herum und legt sie schließlich wieder hin. »Das einzig Gute ist, dass die vorherige Regierung ziemlich übertrieben hat, was die Strahlung angeht.«
»Bist du dort gewesen?«

Er nickt. »Oft, aber nie länger als ein paar Stunden und nur mit Schutzausrüstung. Man sieht aus wie ein Astronaut.«
Eine Frau in einem Nadelstreifenkleid und mit einem perfekt proportionierten Körper kommt mit der Speise- und der Weinkarte an ihren Tisch. Ihre Stimme ist sanft und ihr Blick wandert zwischen Skarpheden und Elin hin und her, während sie spricht. »Als Tagesmenü bieten wir heute heimisches Saibling-Mousse, im Ganzen gebratene Ente vom Vibble-Hof und ein erlesenes Schokoladenbiskuit aus unserer hauseigenen Bäckerei. Kann ich Ihnen schon etwas zu trinken bringen, während Sie die Karte studieren?«
Skarpheden blickt Elin an. »Zwei Gläser Champagner.«
»Haben Sie einen bestimmten Wunsch?«, fragt die Frau.
»Suchen Sie für uns etwas Passendes aus.«
Die Bedienung legt den Kopf schief und lächelt, bevor sie den beiden den Rücken zukehrt und den Tisch verlässt.
»Das ist ein Robo. Hast du den Dialekt gehört? Sie klang, als wäre sie im Süden aufgewachsen.«
Elin flüstert zurück, den Blick auf den Rücken der Bedienung gerichtet: »Woran erkennst du, dass sie ein Robo ist?«
»Dieses Modell hat grüne Augen in Kombination mit blauschwarzen Haaren und ist nie größer als eins sechzig. Das ist ein japanisches Modell, man kümmert sich nicht darum, ihm ein skandinavisches Aussehen zu verleihen. Warum sie immer grüne Augen haben, weiß ich nicht. Wir untersuchen die Möglichkeiten, wie man Robos in der Überwachung des abgesperrten Gebiets einsetzen kann, aber es ist immer noch schwer für sie, sich in bergigem Terrain zu bewegen.«
»Kann man sie fragen, ob sie ein Mensch ist oder etwas anderes? Oder ist das unverschämt?«
Skarpheden lacht. »Wenn sie ein Mensch ist, ist es ihr peinlich, wenn sie ein Humanoid ist, weiß ich nicht, was sie antworten wird.

Vielleicht macht sie dir ein Kompliment für deine Beobachtungsgabe. Sie ist bestimmt auf irgendeine Reaktion vorprogrammiert.«
»Du bezeichnest den Robo als eine Sie?«
»Das ergibt sich doch wie von selbst. Findest du, ich sollte einen Robo als Es bezeichnen?«
Elin beugt sich über den Tisch. »Erinnerst du dich, dass ich von einem Mann erzählt habe, der nach Gerdas Fuß gegriffen hat, als wir unterwegs nach Idre waren? Ich habe ihn mit deinem Messer an der Hand verletzt, damit er Gerda loslässt.« Sie spricht noch leiser weiter. »Der Mann da am Empfang hat eine Narbe auf dem Handrücken. Es ist ebenfalls die rechte Hand. Und er sah ungefähr so aus: klein und breitschultrig.«
»Bist du sicher?«
»Zu fünfundsiebzig Prozent.«
»Kann er dich wiedererkannt haben?«
»Vielleicht.«
Sie stecken über den Tisch gebeugt die Köpfe zusammen und Elin zischt: »Ich war so häufig auf der Bildwand zu sehen – und wenn er mich wiedererkannt hat, hat er sich vielleicht etwas einfallen lassen.«
»Was meinst du damit?«
»Keine Ahnung, aber ich will ihm ungern den Rücken zukehren, wenn du verstehst, was ich meine.«
»Wo ist deine Leibwächterin?«
Elin nickt in Miriams Richtung.
»Du musst mit ihr sprechen«, flüstert Skarpheden.
»Entschuldige mich kurz.« Elin steht auf.
Miriam erhebt sich ebenfalls und folgt ihr.
In der Toilette betrachtet sich Elin im Spiegel. Es gibt drei Kabinen, und nachdem Miriam den Raum betreten hat, öffnet sie jede der Türen und wirft einen Blick hinein. Anschließend stellt sie sich ne-

ben Elin und holt einen Lippenstift hervor. Sie beugt sich näher zum Spiegel, trägt Lippenstift auf und kontrolliert ihre Zähne. Elin wäscht sich die Hände.

»Der Mann beim Eingang«, sagt Elin. »Ich habe ihn schon mal getroffen.«

»Du meinst den Oberkellner?«

»Wenn er das ist, ja. Er hat eine Narbe, die ich ihm verpasst habe.«

»Wie kam es dazu?«

»Ich habe eine Hütte betreten, als ich vor drei Jahren unterwegs nach Idrefjäll war. Der Mann mit der Narbe war mit einem anderen Typen in der Hütte, beide waren betrunken. Als ich durch die Tür kam, hat er Gerdas Fuß gepackt. Ich hatte ein Messer und bin ihm damit über die Hand gefahren.«

»Hat er dich wiedererkannt?«

»Er hatte damals die Taschenlampe auf mich gerichtet und mein Gesicht gesehen. Ich weiß nicht, ob er mich jetzt wiedererkannt hat.«

Miriam steckt den Lippenstift ein. »Ich werde herausfinden, wer er ist.«

Elin trocknet sich die Hände am Heißluftgerät. Als sie das Restaurant wieder betritt, steht Miriam zwischen dem Restauranteingang und dem Empfangstisch und telefoniert.

Elin geht an dem Mann mit der Narbe vorbei und kehrt zu ihrem Tisch zurück.

Als Skarpheden und Elin anstoßen, betreten ein großer dünner Mann mittleren Alters mit grauen, kurz geschnittenen Haaren und grau glänzendem Anzug und eine kleine rundliche Frau den Raum. Sie setzen sich an den Tisch zwischen Miriam und Elin. Der Lange zeigt zum Fenster und sagt zu seiner Frau, dass es bald aufhören soll zu stürmen.

Als die Vorspeise kommt, bestellt Skarpheden einen Wein.

»Ich trinke nichts mehr«, sagt Elin. »Ich bin Alkohol nicht gewohnt.«
Nach einer Pause spricht sie weiter. »Ich habe nie verstanden, wie es passieren konnte, dass das Westwerk in die Luft geflogen ist.«
»Es ist nicht direkt in die Luft geflogen«, sagt Skarpheden. »Es war ein Sabotageakt und es war großes Glück, dass die Schäden nicht so immens waren, wie die Saboteure es geplant hatten.«
»Warum nicht?«
»Eine der Sprengladungen ist nicht explodiert.«
»Aber was sollte das Ganze?«
»Umweltaktivisten haben vor dreißig Jahren versucht, in Atomkraftwerke einzudringen, die über ganz Europa verteilt lagen. Sie wollten beweisen, wie leicht angreifbar sie sind. Man plante eine Aktion in Schweden und wählte das Westwerk aus, das damals noch ziemlich neu war. Was die Umweltaktivisten nicht wussten, war, dass ihre Bewegung von Terroristen infiltriert worden war. Von den zwanzig Aktivisten, die sich Zutritt zu dem Gelände verschaffen wollten, gehörten drei einer militanten Gruppe an. Sie waren mit Schusswaffen und Sprengstoff ausgestattet und wollten sich dafür rächen, dass Schweden an Militäreinsätzen in Afrika teilgenommen hatte. Man hatte sich einen Tag ausgesucht, als ein Großteil des Sicherheitspersonals dem deutschen Verfassungsschutz einen Besuch abstattete.
Die Terroristen nahmen wie von den Atomkraftgegnern geplant an der ersten Phase des illegalen Eindringens teil. Direkt hinter den äußeren Absperrungen starteten sie dann ihren Alleingang und sprengten sich weiter durch eine Mauer und eine Wand. Aber als sie zwei Sprengladungen im Reaktorraum installierten, unterlief ihnen ein Fehler. Die eine Ladung explodierte nicht und das Austreten der radioaktiven Strahlung war geringer, als man es geplant hatte. Durch die Abschottung des Kraftwerks blieb das meiste eingeschlossen. Es

gibt trotzdem riesige Probleme mit dem kontaminierten Boden und große Teile der umliegenden Gebiete sind unbewohnbar.«
Skarpheden nimmt Elins Hand. »Wie geht es dir?«
»Ich glaube, ich bekomme keine Luft.«

11

Elin öffnet die Augen. Der große Mann mit dem grauen Anzug sitzt auf der Bettkante und hält ihr Handgelenk.
»Wie ist dein Name?«
»Elin Holme.«
»Weißt du, wo du bist?«
»In Grövelsjö.«
»Weißt du, was passiert ist?«
»Nein.«
»Du hast im Restaurant gesessen. Plötzlich hast du das Bewusstsein verloren und bist vom Stuhl gekippt. Das war vor etwa fünfzehn Minuten.«
»Kann ich etwas Wasser bekommen?«
Jetzt bemerkt sie auch Skarpheden, Miriam und Nadia hinter dem Mann auf der Bettkante.
»Ich bin Arzt, aber für ein anderes Gebiet. Ein Kollege ist unterwegs hierher. Was, glaubst du, ist passiert?«
»Ich weiß nicht. Plötzlich fiel es mir schwer zu atmen.«
»Ich habe dich natürlich auf der Bildwand gesehen«, sagt der Graugekleidete. »Ich weiß, wer du bist.«
Skarpheden kommt mit einem Glas und Elin trinkt. Das Wasser rinnt ihr über das Kinn und den Hals herab. Sie stellt es ab.

»Wie alt bist du, Elin?«
»Zwanzig.«
Es klopft an der Tür.
Nadia öffnet und ein kleiner Mann wird hereingelassen, der aussieht wie ein Schuljunge. Er hält einen schwarzen, viereckigen Koffer in der Hand.
Der Graugekleidete steht auf und erklärt: »Ich habe am Tisch neben ihr gesessen und gesehen, wie sie vom Stuhl gefallen ist. Helmer Frithiofson heiße ich. Für gewöhnlich bin ich Augenarzt in Falun. Ich übergebe sie jetzt an Sie.« Er nimmt Elins Hand und verabschiedet sich. »Jetzt übernimmt der Kollege hier.«
Der Mann mit dem Koffer stellt sich neben das Kopfende. Um die Nasenwurzel herum hat er einige Sommersprossen. »Bruno Sandberg«, sagt er. »Ich bin von der Unfallklinik hier.« Dann dreht er sich zu Miriam, Nadia und Skarpheden um. »Ich muss Sie bitten, das Krankenzimmer zu verlassen.«
»Es ist mir nicht möglich, Elin allein zu lassen«, sagt Nadia. »Ich muss bleiben.«
»Und wer sind Sie?«, fragt Sandberg und sieht Nadia über die obere Kante seiner Brille hinweg an.
Nadia hält ihm ihr Mobil hin. Es zeigt ein Foto ihres Gesichts und eine Stimme teilt mit, dass es sich bei der Eigentümerin um Polizeiinspektorin Nadia Zweck handelt, die im Dienst der staatlichen Polizei Personenschützerin ist. »Elin ist mein Schutzobjekt. Ich muss Sie bitten, sich auszuweisen.«
Sandberg nimmt sein Mobil heraus. Sein Foto erscheint und eine Stimme teilt mit, dass Bruno Sandberg stellvertretender Oberarzt der Unfallklinik in Grövelsjö ist.
Nadia überführt die Information auf ihr Mobil.
»Können Sie uns jetzt allein lassen?«, fragt Sandberg und legt den Kopf schief.

Nadia wendet sich Elin zu.
»Ich bin auf dem Flur und lasse die Tür offen.« Damit dreht sie sich um und geht zur Tür hinaus.
Sandberg setzt sich auf die Bettkante, öffnet den Koffer, nimmt ein Stethoskop heraus und hört Elins Herz ab, misst den Blutdruck und leuchtet ihr in die Augen. Er prüft ihre Reflexe und packt anschließend den Reflexhammer, das Stethoskop und die Blutdruckmanschette zurück in seinen Koffer. »Erzähl, was passiert ist.«
»Ich war essen mit dem Mann, der gerade rausgegangen ist. Auf einmal muss ich ohnmächtig geworden sein. Als ich wieder zu mir kam, lag ich hier. Ich weiß nicht, wer mich hergebracht hat.«
»Und wie fühlst du dich jetzt?«
»Ein bisschen seltsam, trockener Mund, müde.«
»Keine Kopfschmerzen?«
»Nein.«
»Was mag dich beunruhigt haben?«
»Was meinen Sie?«
»Ich sorge dafür, dass du dich noch einer gründlichen Untersuchung deines Allgemeinzustands unterziehst, aber abgesehen von deiner körperlichen Verfassung frage ich mich, ob du vielleicht etwas Bestimmtes erlebt hast, das eine besonders starke Reaktion ausgelöst haben mag.«
Elin denkt eine Weile nach, bevor sie antwortet. »Es gibt da draußen im Restaurant einen Mann und ich glaube, dass ich ihm schon einmal begegnet bin. Er hat mich damals bedroht und ich habe mich mit einem Messer verteidigt. Er hat eine tiefe Wunde davongetragen, die blutete.«
»Alle wissen, dass du, um deine Familie zu verteidigen, zwei Menschen getötet hast.« Sandberg nimmt die Brille ab und putzt sie mit einem blauen Tuch, das er aus der Jackentasche zieht. »Alle haben dich auf der Bildwand gesehen, auch ich. Ich denke, dass es nicht

gerade leicht ist, damit umzugehen, dass du einen Mann und eine Frau erschossen hast, auch wenn es gute Gründe dafür gab.«

»Was meinen Sie damit?«

»Wenn du auf eine Person triffst, gegen die du dich gezwungenermaßen zur Wehr setzen musstest, kann diese Begegnung deine Erinnerungen an diejenigen, die du tatsächlich umgebracht hast, aktivieren. Mit Erinnerungen sind Gefühle verbunden und diese lassen sich nicht immer unter Verschluss halten. Wenn sie an die Oberfläche kommen, kann alles Mögliche passieren, manchmal kann man sogar das Bewusstsein verlieren.«

Elin sagt nicht direkt etwas, aber schließlich gibt sie einen langen Seufzer von sich. »Meine Mutter und meine kleine Schwester finden, dass ich eine Mörderin bin. Und der Vater meines Kindes wurde umgebracht. Allem um mich herum haftet etwas von gewaltsamem Tod an.«

Sandberg steht auf und geht zum Fenster, während er seinen Krankenbericht einspricht. Es dauert nicht lange, dann ist er wieder bei Elin. »Du solltest dich einem allgemeinen Gesundheitscheck unterziehen und dein Gehirn röntgen lassen. Und ich schlage vor, dass du einen Psychologen kontaktierst, damit du auch den emotionalen Part deiner Situation besprechen kannst. Die Überweisungen kommen auf dein Mobil. Was ist deine Geburtsnummer?«

Elin gibt ihm die Nummer und er lässt sie von seinem Mobil aufnehmen. Dann nimmt er seinen Koffer.

»Wahrscheinlich fühlt sich alles wieder normal an, wenn du morgen aufwachst. Aber ich möchte dennoch, dass du mir in der Früh eine Nachricht schickst und berichtest, wie es geht.«

»Wo soll ich mich durchchecken lassen?«

»Borlänge ist am nächsten. Vergiss den Psychologen nicht. Ich schicke dir ein paar Empfehlungen.« Dann öffnet er die Tür und geht hinaus.

Die Tür ist noch nicht ins Schloss gefallen, da öffnet sie sich wieder und Skarpheden kommt mit großen Schritten ins Zimmer, setzt sich auf die Bettkante und nimmt Elins Hand. »Was sagt der Arzt?«, erkundigt er sich.

Elin erzählt ihm alles und seufzt. »Zu schade um den schönen Abend. Es tut mir leid, dass ich alles vermasselt habe.«

»Wir holen das ein andermal nach«, schlägt Skarpheden vor.

»Was ist denn nun eigentlich passiert?«, will Elin wissen.

»Plötzlich ist dir alle Farbe aus dem Gesicht gewichen und du bist vom Stuhl gekippt. Deine Leibwächterin war zur Stelle, ehe du auf dem Boden aufkamst. Sie war kurz davor, sich auf mich zu stürzen, hat sich dann aber doch dafür entschieden, dass ich unschuldig bin. Der Mann in Grau, der eben noch hier war, hat uns am Aufzug eingeholt.«

»Dann warst du es, der mich getragen hat?«

Skarpheden sieht aus, als würde er ein Geheimnis bekennen. »Dafür, dass du ein so großes Mädchen bist, bist du nicht besonders schwer.«

Elin richtet den Blick auf ihre Füße und ihre Wangen röten sich.

»Es tut mir leid, dass ich den Abend verdorben habe.«

»Die Zeit, die wir hatten, war sehr schön. Ich werde noch eine Weile in Grövelsjö bleiben und du wirst wahrscheinlich auch noch eine Menge Zeit hier verbringen, besonders, wenn du in den Reichstag gewählt wirst. Wie geht es dir jetzt?«

»Ein bisschen schwindelig, sonst gut.«

»Wirst du schlafen können?«

»Ich glaube schon.«

»Möchtest du, dass ich noch eine Weile hierbleibe?«

»Lieber nicht.«

Skarpheden steht auf und im gleichen Moment geht die Bildwand an. Sie zeigt einen blinkenden Text zu dem Geräusch wogender

Wellen, die an einen Strand branden. *Karin Holme möchte dich sprechen* steht da.
Elin nimmt ihr Mobil vom Nachttisch. »Ich gehe mal ran«, sagt sie. Skarpheden beugt sich über sie und streicht ihr die Haare aus der Stirn. »Du bist einfach eine Hübsche«, flüstert er. »Sogar wenn es dir mies geht.« Damit geht er zur Tür und verschwindet nach draußen.
Elin aktiviert die Bildwand und Karin erscheint mit gerunzelter Stirn hinter ihrem Schreibtisch.
»Wie geht es dir?«
»So einigermaßen.«
»Ich habe gehört, du hattest Besuch von einem Arzt.«
»Es waren sogar gleich zwei.«
»Wer?«
»Ein Augenarzt aus Falun, der zufälligerweise am Nebentisch im Restaurant saß, und einer von hier oben, der Sandberg heißt.«
»Sandberg kenne ich. Er ist nett und ich glaube, auch gut. Was hat er gesagt?«
»Dass ich nach Borlänge fahren soll, um mich untersuchen zu lassen.«
»Dann ist die Lage ja unter Kontrolle. Was das Treffen morgen früh angeht, würde ich sagen, das fällt für dich aus.«
»Lass uns Mama nichts davon erzählen«, schlägt Elin vor. »Sie würde sich nur aufregen und es nutzt keinem was, wenn sie besorgt ist.«
Etwas später bestellt Elin einen Obstsalat und eine Kanne Tee. Während das Tablett zu ihr hereingetragen wird, steht Nadia an den Türrahmen gelehnt da und überwacht das Ganze.

12

Mård brät gerade Speck und Eier an, als Maya die Treppe herunterkommt. Sie geht barfuß und im Hintergrund laufen die Wetternachrichten, deswegen bemerkt Mård sie erst, als sie dicht hinter ihm steht und ihren gerundeten Bauch gegen seine Hüfte drückt. Ihr weißes Nachthemd ist langärmelig und hat einen runden Ausschnitt.

»Das duftet«, sagt sie mit belegter Stimme.

Er dreht sich um und streicht ihr über die Haare. »Warum sehen deine Haare nie zerdrückt aus?«

Sie stellt sich auf die Zehenspitzen und küsst ihn auf die Unterlippe.

Mård zeigt auf die Pfanne mit den Eiern. »Soll ich dir auch eins machen?«

»Nein danke. Ich esse nie vor sieben.«

»Es wird heute warm werden«, sagt Mård und wendet die Eier. »Es hat auch aufgehört zu stürmen.«

Maya nimmt seine linke Hand und legt sie sich auf den Bauch. »Fühl mal.«

»Sie hat mich getreten.« Mård lächelt.

»Das ist nichts verglichen mit dem, was sie mir so antut.« Maya streicht über seinen Hals. »Du solltest dich rasieren.«

Mård nimmt die beiden Eier aus der Pfanne und legt sie auf einen Teller. Dann spießt er die Speckstreifen mit einer Gabel auf und legt sie daneben.

»Musst du?«, fragt sie.

»Ja.«

»Gibt es keine Alternative?«

»Komm her«, sagt er, legt den Pfannenwender ab, holt ein paar Stücke hartes Brot hervor und legt das Mobil neben die Spüle.
Maya schlüpft in die Holzschuhe und sie gehen zusammen hinaus auf den Hof. Er nimmt ihre Hand und führt sie zur Koppel, wo die Pferde in Erwartung des neuen Tags dastehen.
Mård bricht ein Stück Brot ab und streckt es dem Tier auf der anderen Seite des Zauns hin. Das Pferd holt sich das Brot von seiner Handfläche und Mård streichelt ihm das Maul.
»Als ich dich zum ersten Mal getroffen habe, warst du ein ganz anderer«, sagt Maya und hält dem kleinen Weißen eine Brotscheibe zum Fressen hin.
»Da sind wir in die Achte gegangen. Wir waren Kinder.« Mård legt eine Hand auf Mayas Bauch und sie legt ihre obendrauf.
»Du warst ein anderer. Der Winter, als du mit Ejan und Lassivar umhergeritten bist und Leute bedroht hast, hat alles verändert.«
Mård schüttelt den Kopf. »Was alles verändert hat, war, dass Ejan und Lassivar vor meinen Augen ermordet wurden. Die Mörderin ist zur Volksheldin geworden, während ich im Knast gelandet bin. Das ist es, was alles verändert hat.«
»Ich möchte, dass du wieder der bist, der du vorher warst«, flüstert Maya, die Lippen dicht an Mårds Ohr.
»Du verstehst nicht, um was es hier geht«, behauptet Mård und gibt dem Pferd noch eine Brotscheibe.
»Was gibt es da zu verstehen?«
»Als Ejan und Lassivar gestorben sind, habe ich alles geerbt: das Versicherungsgeschäft, die Kontakte, das Netzwerk und die Möglichkeiten und Schulden. Da war es bereits zu spät, um sich herauszuziehen. Wenn Ejan und Lassivar noch am Leben wären, sähe das Ganze anders aus. Dann hätten wir uns ein Haus oben an der Grenze anschaffen und leben können, wie wir wollen. Heute muss ich tun, was man von mir erwartet.«

»Und wenn du es auf andere Weise versuchen würdest?«, schlägt Maya vor. »Das könnte doch klappen.«
Mård schüttelt den Kopf und flüstert: »Man erwartet von mir, dass ich diejenige erledige, die Lassivar und Ejan auf dem Gewissen hat. Das wird von mir erwartet, seit ich aus Gävle zurück bin. Es ist gefährlich, mit so etwas zu lange zu zögern. Wer sich nicht rächt, wenn die eigenen Verwandten getötet werden, ist schwach.«
»Nicht unbedingt.«
»Ich spreche nicht davon, wie die Dinge in Wahrheit sind. Ich sage dir, wie die Dinge aufgefasst werden. Wenn man der Meinung ist, dass ich schwach bin, wird man mich beseitigen.«
»Werden nicht alle wissen, dass du es warst, der es getan hat?«
»Alle, die es wissen müssen, werden endlich begreifen, mit wem sie es zu tun haben. Die Polizei wird es auch kapieren, sicher, aber es spielt keine Rolle, was sie vermuten, sie müssen auch Beweise haben. Und die werden sie nicht finden.«
»Ich will nicht, dass du mir weggenommen wirst.«
»Sieh es als Wohltat an«, schlägt Mård vor. »Es kursiert das Gerücht, dass Holme einen Nachbarn getötet und die Leiche den Schweinen überlassen hat. Damit hätte sie also schon drei Tote auf dem Gewissen. Sie ist ein blutrünstiges Biest, so sieht es aus, und niemand kann wissen, was sie anrichten wird, wenn sie in den Reichstag gewählt wird. In früheren Zeiten gab es ein Wort für solche wie sie.«
»Welches?«
»Hexe.«
Maya schweigt eine Weile, als würde sie sich seine Worte durch den Kopf gehen lassen. Dann sagt sie: »Ich will nicht, dass du dem Rest der Familie Schaden zufügst.«
Mård gibt dem kleinen Weißen das restliche Brot. »Ich muss mich jetzt auf den Weg machen.« Er streichelt dem Pferd über die Nüstern. »Ich werde den ganzen Tag brauchen, bis ich dort oben ange-

langt bin. Aber ich verspreche dir, die Welt wird eine bessere werden, wenn sie weg ist, und man wird mir danken, dass ich sie von ihr befreit habe.«
Sie kehren zum Haus zurück und die Katzen schlüpfen mit ihnen hinein. Maya steigt hinauf ins obere Stockwerk und Mård hört, dass sie etwas zu Sten sagt, aber er versteht nicht, was.
Er packt die Brote in zwei Plastikbeutel, nimmt das Mobil und geht ins Arbeitszimmer. Er zieht eine Schreibtischschublade auf und legt das Mobil neben eine kleine Pistole, einen Revolver mit langem Lauf, zwei Schachteln mit Patronen und eine Spule.
Die Pistole hat einen hölzernen Griff und in der Mitte des Griffs befindet sich eine Intarsie, die ein auf den Hinterbeinen stehendes Pferd darstellt. Auf dem Lauf steht: *.25 Colt*. Die Pistole ist so klein, dass sie fast vollständig in Mårds Hand verschwindet.
Er nimmt das Magazin heraus und holt aus einer Pappschachtel sechs Patronen hervor. Mit dem Daumen drückt er eine nach der anderen in das Magazin. Dann schiebt er es zurück in die Pistole und steckt sich die Waffe in die hintere Hosentasche.
Er holt die Mauser aus dem Waffenschrank, packt sich eine Schachtel Gewehrpatronen in die linke Hosentasche und geht zurück in die Küche, wo er die Tasche mit dem Proviant zusammenpackt.
Die Katzen beobachten ihn mit kalten Augen.

Eingehüllt in einen Mantel aus Tannenduft reitet Mård die Waldwege entlang. Auf dem Rücken hat er die Mauser. Vor seiner Brust hängt das Fernglas. In den Satteltaschen befinden sich die Brote, eine Wasserflasche und eine Thermoskanne mit Kaffee. Die Isomatte und den Schlafsack hat er hinter den Sattel gebunden. Oberhalb von Norrby trifft er auf Kvist Johan.
»Du bist mit der Büchse unterwegs«, bemerkt Johan.
»Ich will ein Schwein schießen.«

Kvist Johan wischt sich mit dem Finger einen Tropfen unterhalb der Nase ab und trocknet den Finger dann am Hosenbein. Er schiebt sich die Kappe in den Nacken. Aus seinen Ohren wachsen Büschel grauer Haare. »Das ist vernünftig«, sagt er. »Wenn das letzte Schwein tot vor uns liegt, wird es wie früher sein, und man kann sich wieder der Beeren annehmen.« Kvist Johan kratzt sich im Nacken. »Hast du das von Larsson gehört?«

»Nein, was?«

Kvist Johan kneift die Augen zu. »Du hast es nicht gehört?«

»Nein, welchen Larsson meinst du?«

»Den Fahrer. Josef Larsson.«

»Ach der, was ist mit ihm?«

»Seine Mädchen haben mit Schrotpatronen auf zwei Spaßvögel geschossen, die sich an den Lastwagen zu schaffen machen wollten. Es war nur Vogelschrot, aber trotzdem. Früher hat Großvater mit grobem Salz hinter den Apfeldieben hergeschossen. Aber Salz kann die Leute heutzutage wohl nicht mehr beeindrucken.«

»Was man hat, muss man verteidigen«, meint Mård. »Wenn man kein Auge auf seine Sachen hat, sind die Langfinger nicht weit. Und nicht immer begnügen sie sich mit Silberlöffeln.«

Kvist Johan nimmt die Kappe ab und klopft sie an seinem Oberschenkel aus. Dann setzt er sie sich wieder auf. Die weißen Haare liegen lockig auf seinem Hemdkragen auf. »Du hast also nichts von Larsson gehört?«

»Nein, aber ich bin mit einem der Mädchen zur Schule gegangen, als sie noch die Bäckerei hatten.«

Kvist Johan neigt den Kopf nach hinten, um den Reiter besser betrachten zu können. »Ich glaube, du hast davon gehört.« Er leckt sich über die Lippen und sieht misstrauisch aus.

Mård schüttelt den Kopf. »Wir wohnen so weit draußen, da hört man manchmal nichts von den Sachen, die in der Stadt vor sich gehen.«

Kvist Johan streicht sich wieder mit dem Finger unterhalb der Nase entlang.

Mård streichelt das Pferd am Hals und wirft einen Blick auf seine Armbanduhr. »Ich muss weiter. Nimmst du Snus?«

»Ja.«

Mård holt seine Dose Tabak aus der Tasche und wirft sie dem Alten hin, der mit erstaunlicher Schnelligkeit eine Hand hebt und die Dose auffängt. Dann reitet Mård weiter.

Nach einer Weile kommt er an den Karren, vor den Kvist Johan seinen Gaul gespannt hat. Im Karren befinden sich Brennholz und eine Motorsäge, bei der von dem einst gelben Maschinengehäuse fast die ganze Farbe abgeblättert ist. Daneben stehen ein Treibstoffkanister und eine Segeltuchtasche, die einmal weiß war.

Zwei Stunden später reitet Mård über eine Erhebung, von der aus er über einen Kahlschlag blicken kann. Weit entfernt lassen sich zwei kleine Waldseen ausmachen, mit niedrigen Nadelbäumen rund um die Ufer.

Mård sitzt ab, breitet die Matte aus und legt sich seitlich darauf, die Mauser neben sich.

Während er daliegt, isst er ein paar der mitgebrachten Brote mit Ei und Speck, trinkt eine Tasse Kaffee und einen Schluck Wasser. Nachdem er aufgegessen hat, bleibt er noch einen Augenblick liegen und beobachtet mit seinem Fernglas einen über den Waldseen kreisenden Raubvogel.

Dann rollt er die Matte wieder ein, hängt sich die Waffe über die Schulter und geht zurück zum Pferd.

13

Das große schwarze Auto hält oben auf dem Berg. Sie blicken hinunter nach Liden.
»Fast geräuschlos«, sagt Nadia. »Und genauso stark wie ein benzinbetriebenes Auto. Es heißt, dass die letzten gesperrten Straßen im August wieder befahrbar sind.«
»Davon habe ich nichts gehört«, meint Elin.
»Es wäre gut, wenn die Straßen wieder zugänglich wären«, spricht Nadia weiter. »Ich reite nur, wenn es sein muss, Auto fahren mag ich lieber. Übrigens, ich habe etwas für dich. Liegt auf dem Rücksitz.«
Elin dreht sich um und streckt den Arm nach zwei großen braunen Umschlägen aus, auf denen unten links in dunkelblauen Buchstaben *Reichspolizei* steht. Sie guckt hinein. »Gerdas Kleider.« Elin holt eine Mütze heraus, die einmal eine Wollsocke war. »Haben sie etwas gefunden?«, will sie wissen.
»Keine Ahnung.«
»Das ging schnell.«
»Sie hielten es wohl für wichtig. Am Ende gibt es doch für alles Ressourcen.«
»Da ist noch was«, sagt Elin, den Blick auf das Haus in fünfhundert Metern Entfernung gerichtet. »Wenn du gleich meine Mutter triffst, dann sag nichts darüber, dass ich umgekippt bin. Sie sorgt sich immer wegen allem Möglichen und sie muss davon nichts wissen.«
Als das Auto etwas später vor der Tür hält, fragt Nadia, ob sie so gut steht oder ob sie näher heranfahren soll.
Elin antwortet nicht, sondern steigt aus und läuft Lisa entgegen. Sie fallen einander stürmisch in die Arme und Elin hebt ihre Schwester hoch in die Luft. Lisa heult vor Begeisterung.

Nadia holt ein Gewehr mit Zielfernrohr und eine Umhängetasche mit einem zusätzlichen Magazin aus dem Kofferraum. Sie hängt sich Waffe und Tasche über die Schulter und geht auf Anna und Gunnar zu. »Tja«, sagt sie. »Da bin ich wieder.«
Sie schüttelt allen die Hände und Lisa kommt dazu und begrüßt sie.
Elin fragt, wo Gerda ist.
Gunnar flüstert: »Sie hat sich versteckt. Sie möchte wohl, dass du sie suchst. Hast du Gepäck?«
»Auf dem Rücksitz«, sagt Elin und geht ins Haus.
Sobald sie die Küche betritt, ruft sie: »Wo kann denn Gerda nur sein? Ist sie verschwunden?« Elin schaut unter den Küchentisch, während sie den Duft ihres Zuhauses einatmet.
»Unter dem Tisch ist sie nicht!«, ruft sie und öffnet die Kühlschranktür. »Und auch nicht im Kühlschrank! Wo ist sie denn bloß?« Sie zieht die Schuhe aus und geht auf Socken zu ihrem und Gerdas Zimmer.
Dort steht Gerda mit roten Wangen mitten im Raum.
»Du wolltest gestern kommen!«, murmelt das Kind, wirft sich auf den Boden und krabbelt unter ihr Bett.
»Jetzt bin ich da«, sagt Elin, »und ein Mädchen, das Gerda heißt, kommt vielleicht her und legt sich zu mir?« Sie lässt sich aufs Bett sinken, seufzt und schließt die Augen.
Anna erscheint in der Tür und Elin öffnet die Augen wieder.
»Möchtest du mir helfen, Gerda?«, fragt Anna. »Wir holen eine Matratze für Nadia.«
Gerda ruft von ihrem Platz unter dem Bett: »Nadia, du kannst neben mir schlafen!« Sie krabbelt hervor, steht auf und rennt nach Nadia rufend aus dem Zimmer.
Gerade, als Elin erneut die Augen geschlossen hat, kommt Gunnar herein. Elin schlägt die Augen auf.
Gunnar setzt sich neben sie auf den Stuhl, legt die kräftigen Unter-

arme auf die Schenkel und beugt sich zu seiner Tochter vor. »Wie läuft es mit Karin?«

Elin zögert einen Moment. »Ich weiß nicht«, antwortet sie dann.

»Was meinst du damit?«

»Sie ist meine Tante, aber ich kenne sie trotzdem nicht.«

»Ihr habt euch nicht so oft gesehen, als du klein warst.«

»Mama war immer so skeptisch, wenn sie über Karin gesprochen hat. Alles, was Karin gemacht hat, war immer irgendwie falsch.«

»Anna gefiel Karins politische Gesinnung nie. Aber es hat sich gezeigt, dass Karin doch in den meisten Punkten recht hatte.« Dann wird er leiser. »Gerda war gestern Abend ziemlich böse, dass du nicht gekommen bist. Es war schon fast unheimlich.«

»Sie war traurig.«

»Ich würde sagen, es war mehr als nur das. Sie war voller Wut.«

Elin spürt, wie die Tränen in ihr aufsteigen. »Ich hätte mich nie auf das Ganze einlassen sollen.«

»Vielleicht. Aber jetzt musst du die Suppe, die du dir eingebrockt hast, auch auslöffeln.«

»Es war eine ganz bestimmte Frau, die sie mir eingebrockt hat, und keiner weiß, was sie als Nächstes zusammenbraut.«

Gunnar streichelt Elin über die Wange.

Auf der Türschwelle erscheint Vagn. Er ist noch blasser als sonst, seine Haare stehen ab, die Jeans sitzt tief auf den Hüften, sein Blick verrät Schlaflosigkeit und ihn umgibt die Aura von Gefahr. Seine Kleidung riecht nach Schweiß, den Elin wahrnimmt, obwohl Vagn einige Meter entfernt von ihr steht.

»Hallo, Schwesterchen! Schön, dass du zu Hause vorbeischaust! Sollen wir heute Abend angeln?«

»Nichts lieber als das.«

»Es geht kein Wind und es ist gerade Laichaufstieg. Ich habe extra für dich zwei Royal-Coachman-Fliegen gebunden.«

»Kannst du die jetzt selbst machen?«
»Ich musste lange üben.« Vagn nickt. »Dann können wir auch ein bisschen quatschen, bevor du wieder abhaust.« Damit verschwindet er aus der Türöffnung und Elin hört, wie er Nadia in der Küche begrüßt.
Elin wendet sich wieder Gunnar zu. »Karin hat gefragt, ob ich mir vorstellen könnte, einen Roboter als Erzieherin für Gerda einzusetzen.«
Gunnar guckt sie verdutzt an. »Was für eine Frage!«
»Eigentlich war es mehr ein Vorschlag als eine Frage. Sie war sich ganz sicher, dass ich zustimmen würde.«
»Na ja, aber ...«
»Sie hat mir gezeigt, wen sie dafür im Auge hat. Ein Roboter namens Liv. Sie ist nett und höflich, aber ob Gerda sie auch tatsächlich als Kameradin oder Erzieherin ansehen wird, weiß ich nicht.«
»Gerda sollte auch ihre Meinung dazu sagen dürfen«, meint Gunnar mit etwas zu viel Nachdruck in der Stimme.
»Die Roboter sind unsere Zukunft«, behauptet Elin. »Kinder, die die besten Roboterlehrer hatten, werden die Gewinner sein. Die anderen gehen leer aus.«

14

Es ist fünf Uhr, als Mård von der Erhebung aus nördlich vor sich den Ripsee erblickt. Er richtet das Fernglas auf eine windschiefe Kiefer am Südufer. *1100 Meter.*

Es ist ganz und gar still, kein Windhauch ist zu spüren. Der See liegt blank da, ohne eine einzige Welle. Ein paar Stockenten am nördlichen Ende, das ist alles.

Mård reitet den Abhang hinab, und als er eine Senke gefunden hat, wo er das Pferd abstellen kann, holt er das Fernglas wieder heraus und misst die Entfernung zu der Kiefer am Ufer. *704 Meter.*

»Zu weit«, sagt er zu seinem Pferd und führt das goldgelbe Tier an den Zügeln weiter zwischen den Birken hindurch. Hin und wieder erschlägt er eine Mücke. Nach einer Weile holt Mård die Jacke aus der Satteltasche und zieht sie an.

Schließlich findet er eine Senke, in der das Pferd vom See aus nicht zu erkennen ist. Er legt die Mauser auf die Isomatte, dann nimmt er den Schlafsack und legt ihn so zurecht, dass er den Gewehrlauf darauf abstützen kann. Mit dem Fahrtenmesser schneidet er Äste von den niedrigen Birken, damit sie nicht ins Schussfeld hängen. Anschließend legt er sich auf den Bauch und blickt über den See.

Dieser ist geformt wie ein Oval. Am nördlichen Ende mündet der Svartbäck in den See. Der kleine Fluss ist nirgends so breit, als dass man das andere Ufer nicht mit einem Sprung erreichen könnte. Direkt bei der Mündung befindet sich ein kleiner Wasserfall. Unterhalb davon gibt es eine Art Becken, das alle Angler kennen, da es dort die dicksten Fische gibt. Forellen findet man auch achthundert Meter weiter abwärts, wo das Wasser vom östlichen Teil des Sees in den Gråbäck fließt.

Fischereiberechtigt ist zu siebzig Prozent Familie Holme und zu dreißig Prozent das Wildnishotel bei Älvbron. Leidglich Fliegenfischen ist erlaubt und der Angelschein ist sehr teuer. Nachdem die Winter immer milder geworden sind, kommt Eisfischen kaum mehr infrage. Die Angelsaison erstreckt sich vom fünfzehnten Juni bis Ende August.

All das weiß Mård und er ist sich dessen bewusst, während er den Blick über den See schweifen lässt.

Schließlich nimmt er das Fernglas herunter und legt es auf die Matte. Da entdeckt er einen schwarz glänzenden Käfer, der sich auf ihn zubewegt. Er ist so groß wie der Nagel seines Mittelfingers. Mård hebt einen Stock auf und legt ihn vor den Käfer, der Mühe hat, das Hindernis zu überwinden. Als er schließlich auf den Stock gekrabbelt ist, schubst Mård ihn mit einem Grashalm wieder herunter. Der Käfer landet auf dem Rücken und die kleinen Beine zappeln in der Luft.

»Hast du Tabak?«, fragt Mård, beugt sich zu dem Tier und dreht es vorsichtig wieder um. Der Käfer krabbelt auf den Rand der Matte zu. Er wendet und schlägt immer wieder ziellos eine neue Richtung ein, als wäre er betrunken.

Mård steht auf und geht zum Pferd. Er holt die Thermoskanne, die Wasserflasche und das zweite Brotpaket aus der Satteltasche. Als er wieder bei der Isomatte ist, ist der Käfer verschwunden.

Mård legt sich hin, schraubt den Verschluss der Kanne auf und gießt sich ein. Dampf steigt auf. Er isst das letzte Brot und trinkt fast den gesamten Kaffee leer.

Anschließend legt er sich auf den Rücken und guckt in den Himmel. Weit über ihm sind die Kondensstreifen eines Flugzeugs zu erkennen.

Er schließt die Augen und dreht den Kopf zur Sonne. Nach einer Weile setzt er sich auf und zieht den Schlafsack an sich heran, brei-

tet ihn auf der Isomatte aus und legt sich obendrauf. Der Schlafsack ist alt und aus den Löchern im Saum quellen Federn.
Mård macht die Augen wieder zu, legt sich zuerst auf die eine, dann auf die andere Seite und nimmt schließlich die Pistole aus der Gesäßtasche. Er legt sich wieder auf den Rücken und nickt immer wieder kurz ein. Ab und zu erschlägt er eine Mücke an seinem Hals oder Ohr. Nach einer Weile wird Mård die Mücken leid, kriecht in den Schlafsack, macht den Reißverschluss zu und zieht sich den Kapuzenteil über.

Als er aufwacht, ist er schweißgebadet. Er kriecht aus dem Sack und nimmt das Fernglas hervor. Der See sieht unverändert aus.
Mård trinkt den allerletzten Kaffee und einen Schluck Wasser, rollt den Schlafsack zusammen, stopft ihn in die Hülle und platziert ihn schließlich wieder als Stütze für den Gewehrlauf. Dann geht er zu einer Kiefer und schält ein Stück Rinde ab, groß wie eine Banane. Er nimmt es mit zur Isomatte, holt das Messer heraus und fängt an zu schnitzen. Als er fertig ist, liegt ein dreimastiges Segelboot mit einem Blatt als Segel vor ihm. Er stellt das Boot ins Gras und geht pinkeln. Auf dem Rückweg zu seinem Lager holt er sich noch ein Rindenstück und schnitzt ein noch größeres Boot. An den Seiten hat es Löcher für die Kanonen und Mård schnitzt kleine Birkenzweige zurecht, die er als Geschütze hindurchsteckt. Sorgfältig sucht er nach einem geeigneten Blatt für das Segel.
Als er mit dem größeren Boot fertig ist, verpasst er auch dem kleineren Kanonen und wirft dann streichholzkleine Äste auf die Boote und gibt dazu Geräusche von sich, die die Kanonensalven darstellen sollen. Das Boot, das als Erstes einen Mast einbüßt, ist das größere. Mård überlegt sich, dass das kleine einen Namen hat, während das große namenlos bleibt. Das kleinere heißt Rache.

15

Beim Abendessen sitzt Gerda auf Nadias Schoß, und als Elin fragt, ob Gerda auch mal auf ihren Schoß kommen möchte, schüttelt das Mädchen den Kopf und guckt zur Seite.

Erst als Gerda sich schlafen legen soll, ist Mama erwünscht, und Elin wagt es nicht, die plötzliche Gunst aufs Spiel zu setzen, und verzichtet auf das Vorhaben, Gerdas Haare zu waschen.

Bevor sie das Licht ausmachen, liest Elin Gerda zwei Bücher vor. Gerda kennt jedes Wort auswendig und berichtigt Elin beim Lesen. Sie weist darauf hin, dass Großvater auf eine andere Weise liest, und Elin tut, was sie kann, um Gunnars Betonung nachzuahmen.

Obwohl Gerda ihren Unmut, was Elins Vorlesen angeht, immer deutlicher kundtut, wird sie nach einer Weile doch von der Müdigkeit übermannt und lässt sich ins Kissen fallen. Mit geröteten Wangen und einem Buch über Affen in der Hand schläft sie ein.

Elin deckt das Mädchen fest zu und betrachtet es noch etwas, bevor sie in die Küche zurückkehrt.

»Solange es kalt im Winter war, war es einfach«, erzählt Gunnar, der neben Nadia sitzt. »Wir haben den Kalk auf das Eis gefahren und ihn dort verstreut. Heute müssen wir das Boot zum See hinaufschaffen und den Kalk durch einen gebläsebetriebenen Trichter vom Boot aus verteilen. Außerdem ist Kalk heutzutage teuer. Früher hat nur die Verteilung gekostet, heute ist es die Rohware selbst. Wir kalken auch an den Ufern, aber man bräuchte eigentlich mehr.«

»Heute Abend findet also das Anfischen statt?«, fragt Nadia.

Vagn und Gunnar nicken und tauschen Blicke.

»Wir können Großforellen fangen«, behauptet Gunnar. »Im August hatte ich eine am Haken, die mit der Fliege auf und davon ist. Wahrscheinlich lebt sie immer noch da oben und ist größer denn je. Elin hatte auch mal eine am Haken, nicht wahr?«

Elin gießt sich Tee ein und rührt um. »Hatte ich«, bestätigt sie. »Die wog mindestens eineinhalb Kilo, vielleicht mehr.«

»Mehr«, behauptet Vagn. »Das war ein Zwei-Kilo-Fisch. Wir haben im Ripsee noch nie einen Fisch gefangen, der mehr als zwei Kilo wog. Niemand, auch nicht die Touristen.«

»Vor allem nicht die Touristen«, sagt Gunnar.

Nadia sieht beunruhigt aus und Vagn bemerkt ihre Blicke.

»Wir haben viele Angeln. Wenn du möchtest, kann du eine leihen.«

Nadia schüttelt den Kopf. »Die Fische müssen sich gedulden.«

Anna dreht sich zu Elin. »Wo bist du jetzt noch einmal gewesen?«

»In Hällefors, Ludvika und Mora«, antwortet Elin. »Und morgen ist Falun dran, danach Avesta und Örebro.«

Vagn beugt sich zu Elin. Lisa sitzt auf seinem Schoß und hat einen Zauberwürfel in der Hand.

Gunnar wirft einen Blick aus dem Fenster. »Es wird Zeit, dass wir aufbrechen«, sagt er.

Nadia steht auf. »Ich muss noch ein paar Sachen holen.«

Auch die anderen erheben sich und Annas Blick bleibt auf Nadias Maschinengewehr hängen, das zusammen mit der Munitionstasche an einem Haken neben der Tür hängt.

»Kannst du sie bitten, dass sie das woanders aufbewahrt?«, sagt Anna zu Elin und zeigt auf die Waffe. »Ich möchte hier keine Mordwerkzeuge vor den Augen der Kinder herumliegen haben.«

Elin wird blass. »Es gibt einen Grund, warum es dort hängt.«

Anna klingt, als würden ihr die Worte schwer über die Lippen kommen. »Das weiß ich. Ich meine nur, dass es nicht so sichtbar für die Kinder aufbewahrt sein muss. Das da ist keine Jagdwaffe. Es ist eine Waffe, um Menschen zu töten«, sagt sie verbissen.

»Mordwerkzeug«, sagt Elin. »Du hast Mordwerkzeug gesagt.«
Sie stehen einander am Herd gegenüber. Lisa arbeitet noch schneller an ihrem Würfel.
»Ist es das nicht, ein Mordwerkzeug?«
»Erinnerst du dich daran, als ich mit Gerda von der Festung zurückgekehrt bin? Vagn war gerade nach Hause gekommen und hat von dem Mädchen erzählt, das er nicht erschossen hat.«
»Ich erinnere mich.«
»Weißt du noch, was du da gesagt hast?«
Anna sieht verlegen aus und runzelt die Stirn. »Habe ich etwas Bestimmtes gesagt?«
»Weißt du es nicht mehr?«
»Nein.«
»Du hast gesagt, dass nicht alle zum Mörder werden können.«
»Habe ich das?«
»Ja, das hast du, und du hast mich damit gemeint. Mich, die Mörderin in der Familie.« Elin ist sämtliche Farbe aus dem Gesicht gewichen.
»Elin, bitte.«
»Nein, nichts ›bitte‹.«
»Aber, Elin …«
»Nicht alle können zum Mörder werden, hast du das nicht gesagt?«
»Vielleicht habe ich das, aber …«
»Und du hast mich gemeint. Nicht alle können eine Mörderin werden so wie Elin – war es nicht das, was du gemeint hast?«
»Elin, bitte!«
Elin kann die Tränen nicht zurückhalten. »Sag nicht *bitte*!«
Lisa steht auf und verschwindet in ihr Zimmer, den Blick weiter auf ihren Würfel gerichtet.
»Beruhige dich«, sagt Gunnar. »Du weckst Gerda auf und erschreckst Lisa.«

»Ich bin die Mörderin in der Familie!«, sagt Elin, ohne die Stimme zu senken. »Der Beweis dafür ist, dass ich eine Leibwächterin habe, die eine Schusswaffe über der Schulter trägt und eine weitere am Gürtel. Aber wenn ich nicht getan hätte, was ich getan habe, säßen wir heute alle nicht hier. Oder? Manchmal sind solche wie ich nötig, aber ich will deswegen nicht Mörderin genannt werden.«
»Aber, Elin«, versucht Anna es und streckt die Hand aus. »Du verstehst doch wohl, dass ich nicht …«
Elin geht einen Schritt rückwärts und schlägt die Hand ihrer Mutter weg. »Fass mich nicht an! Und noch etwas: Wer hat Gerda beigebracht, abends zu beten?«
»Das war Lisa«, sagt Gunnar.
»Und es war Lisa, die Gerda eingeredet hat, dass ihr Vater im Himmel ist und sie von einer Wolke aus beobachten kann?«
»So ist es wohl.« Gunnar seufzt. »Aber mach doch daraus keine so große Sache. Lass uns angeln gehen, komm.«
»Ich möchte nicht, dass Gerda diesem Quatsch ausgesetzt wird«, schnaubt Elin. »Ganz egal, ob es meine kleine Schwester ist, die mit diesem Unsinn ankommt. Ich möchte, dass ihr Lisa klarmacht, dass sie glauben kann, was sie will, aber dass sie gefälligst Gerda nicht in ihre Fantasien über Orte auf Wolken und Gottes Segen und was weiß ich noch alles hineinziehen soll. Ich will das nicht, in Teufels Namen noch mal!«
»Drei Teufel«, sagt Gunnar. »Es heißt in drei Teufels Namen noch mal.«
Nadia tritt durch die Haustür. Sie trägt eine neongelbe Weste, auf der mit großen Buchstaben *Polizei* steht.
»Du kannst fahren oder reiten«, sagt Vagn. »Was ist dir lieber?«

16

Mård liegt auf dem Bauch, das Fernglas in der Hand und blickt über den hinteren Teil des Sees. Ab und zu taucht eine Forelle auf. Die Fische schießen zwanzig Zentimeter in die Luft und fallen dann zurück ins Wasser.

Mård legt sich auf den Rücken und blickt in den hellblauen Himmel. Es ist immer noch windstill, nur ab und zu streicht ein Lufthauch durch die Birken, aber so sachte, dass man ihn kaum wahrnimmt. Die frisch ausgetriebenen Blätter rühren sich kaum.

Da entdeckt er wieder den Käfer – er krabbelt gerade über ein welkes Blatt. Mård greift danach und setzt den Käfer in das kleinere der beiden Rindenboote. »Käpt'n Käfer. Jetzt steckst du ziemlich in der Scheiße, was? Der Feind beschießt dich.«

Mård nimmt ein Feuerzeug aus der Tasche und richtet die Flamme auf das Blattsegel, das braune Blatt fängt Feuer und fällt auf den Käfer, der hastig aus dem Schiff verschwindet. »Das ist strafbar«, sagt Mård. »Ein Kapitän verlässt nie das sinkende Schiff. Und du haust als Erster von allen ab. Das ist nicht gut.«

Mård nähert sich mit dem Feuerzeug dem Käfer, besinnt sich aber, als er aus den Augenwinkeln etwas wahrnimmt. Er legt das Feuerzeug weg und hält sich das Fernglas vor die Augen.

Zwei Reiter sind auf der Anhöhe auf der anderen Seeseite erschienen. Der eine trägt einen weißen, breitkrempigen Hut, der andere eine dunkelblaue Basecap und eine neongelbe Weste. Sie reiten langsam den Berg hinab. Kurz darauf ist auf der Anhöhe ein weiteres Pferd zu erkennen. Das Pferd zieht einen Wagen auf zwei Rädern, so klein wie ein Sulky. Darauf sitzen zwei Männer, zwischen ihnen ein Kind.

Da sie zu weit weg sind, nennt das Fernglas keine Zahlen bezüglich der Entfernung.

»Elin Holme«, murmelt Mård, als er die Frau mit dem weißen Hut mit dem Fernglas ins Visier nimmt. »Willkommen, Elin Holme!« Er stützt die Ellenbogen auf die Isomatte und lässt den Blick ein Stück weiterwandern. Da erkennt er die großen weißen Buchstaben auf der neongelben Weste. »Ein Bullenschwein«, flüstert er. »Komm bloß etwas näher, dann jage ich dir eine Kugel in die Brust.«

Schließlich schwenkt er das Fernglas zu dem kleinen Wagen mit den Männern und dem Kind darin. Beide Männer tragen breitkrempige Hüte und der eine der beiden hat eine Büchse mit Zielfernrohr auf den Knien, während der andere die Zügel hält.

Mård greift nach der Mauser, nimmt fünf Patronen aus der Schachtel und drückt die Patronen in das Magazin. Dann nimmt er die Schutzkappe vom Zielfernrohr ab, legt sich die Waffe auf die Schulter und zielt auf die windschiefe Kiefer an der südlichen Seite des Sees. Er kann die Furchen in der Kiefernrinde ausmachen.

Mård legt die Waffe ab und greift nach dem Fernglas. Die beiden Frauen und die beiden Männer stehen am nördlichen Ende des Sees und unterhalten sich. Das Kind hält etwas in der Hand, an dem es herumspielt. Mård versucht, den Gegenstand zu erkennen, aber es gelingt ihm nicht.

Die Frau mit der gelben Weste setzt sich auf einen Birkenstamm. Sie stellt eine Waffe neben sich ab, legt eine Tasche mit Reservemunition daneben und holt ein Fernglas hervor. Sie richtet es auf den Birkenhain, in dem Mård liegt. Mård zieht die Mauser zu sich heran und kriecht rückwärts.

Er liegt eine Weile still da, und als er wieder über den See blickt, hat die Frau mit der gelben Weste das Fernglas wieder eingepackt. Die beiden Männer und Elin Holme stecken gerade ihre Angelruten zusammen.

Der ältere der beiden Männer ist als Erster fertig. Er zieht den Schaft seiner Watstiefel hoch und befestigt die Riemen an seinem Gürtel. Dann geht er geduckt zum Seeufer, die lange Angel in der Hand, während der andere Mann noch mit seiner Ausrüstung beschäftigt ist.

Das kleine Mädchen ist ein Stück weiter die Böschung hinaufgestiegen, über den Flusslauf gesprungen und weiterhin mit dem Gegenstand in ihren Händen beschäftigt.

Mård richtet das Fernglas auf sie und sieht, wie sie über einen Stein stolpert, aber schnell das Gleichgewicht wiederfindet.

Als Nächstes richtet er das Fernglas auf den Mann, dem das Wasser bereits bis zu den Oberschenkeln reicht. Die Angelschnur vor seinem Kopf bewegt sich vor und zurück, während er mit der linken Hand weiter Schnur gibt. Dann streckt er die Rute blitzartig aus, die Schnur schnellt vor und die kleine weiße Fliege landet im Wasser unterhalb des kleinen Wasserfalls. Sie ist kaum auf der Wasseroberfläche aufgekommen, als die Schnur sich auch schon spannt und der Mann die Rute in die Höhe reckt.

17

Elin befestigt eine Royal Coachman an der Angelschnur. Als sie hört, wie Gunnar, der zwanzig Meter entfernt bis zu den Waden im Wasser steht, ächzt, hält sie mitten im Knoten inne. Sie lässt das Vorfach fallen und beobachtet Gunnars gespannte Schnur, die gebogene Angelrute und den Angler im Wasser.

Vagn schiebt sich den Hut in den Nacken.

Plötzlich kommt die Forelle an die Oberfläche geschossen und ver-

schwindet gleich darauf wieder. Gunnar gibt dem Fisch mehr Schnur und dieser schnellt in die Mitte des Sees – die Leine schneidet wie eine Klinge ins Wasser und die Rolle heult auf. Die Forelle macht kehrt und saust auf das Becken unterhalb des Wasserfalls zu. So schnell er kann, spult Gunnar die Schnur auf.
Der Fisch jagt von einer Richtung in die andere und Gunnar gibt wieder Schnur. Der Fisch springt und sein Körper zittert, als er versucht, den Haken im Maul abzuschütteln. Dann ist er wieder unter Wasser und die Leine weniger straff gespannt als zuvor.
Die Forelle ist tief unter Wasser gegangen und steht nun beinahe still. Gunnar holt etwas Schnur ein. Da schnellt der Fisch mit einem Mal wieder in die Höhe, die Leine schneidet durchs Wasser, die Rolle heult.
Elin und Vagn stehen unbewegt da und beobachten das Schauspiel. Gunnar geht Schritt um Schritt zurück, bis er an Land steht. Der Fisch zuckt einige Male. Gunnar gibt Schnur, aber nun ist der Fisch am Ende seiner Kräfte und bewegt sich in Richtung Land, sodass Gunnar ihn schließlich mit dem Kescher einfangen kann.
Er legt den Kescher mit der Forelle auf die Steine am Ufer. Die Forelle zuckt. Gunnar nimmt das Messer aus der Scheide und sticht hinter dem Kopf ein. Der Fisch liegt still da und ist dunkel am Rücken, fleckig an den Seiten und sein Bauch ist weiß. »Etwa ein Kilo.«
Vagn, Elin und Nadia stehen neben ihm und betrachten den Fisch.
»Seht mal«, sagt Elin und zeigt zur anderen Seite des Sees, wo sich ein ringförmiges Muster auf der Wasseroberfläche ausbreitet. Sogleich läuft sie auf den Fluss zu, springt ans andere Ufer und hat bereits die Stelle erreicht, wo sie die Bewegung gesehen hat.
Als sie sich nähert, entdeckt sie neue Ringe und geht in die Hocke. Kniend wirft sie schließlich die Schnur aus.
Mit ihrer Waffe über der Schulter tritt Nadia heran, aber sie bleibt ein Stück von Elin entfernt, um die Fische nicht aufzuschrecken.

Nach einer Weile geht sie an Elin vorbei, die noch tiefer ins Wasser gewatet ist und die Schnur weit ausholend in Richtung des aufgewühlten Wassers wirft. Sie ist inzwischen schon zu weit draußen, um eine Fliege anzuknoten.
Nadia geht am Ufer entlang. Als sie auf Lisa trifft, die auf einem Stein sitzend mit ihrem Zauberwürfel spielt, setzt sie sich dazu.
»Angelst du nicht?«
Lisa schüttelt den Kopf.
»Hast du noch nie geangelt?«
»Ich mag es nicht.«
»Magst du keinen Fisch?«
»Ich esse gerne Fisch, aber ich angle ihn nicht gern. Ich finde es unheimlich, wenn ein Fisch so voller Leben ist und sterben soll, nur weil jemand meint, dass es Spaß macht, ihn zu fangen. Hast du gesehen, wie schön sie sind und wie schrecklich es ist, wenn sie versuchen, sich zu befreien?« Dann steht sie auf und fragt: »Siehst du die Kiefer da hinten?«
»Ja.«
»Als ich das letzte Mal hier war, habe ich etwas in die Zweige gehängt. Das war im Herbst. Kannst du raten, was?«
»Nein.«
Lisa geht auf die Kiefer zu, und als sie davorsteht, entfernt sie ein Stück Schnur, das mehrere Male um einen Ast gewickelt ist. Am einen Ende der Schnur ist eine Schraubenmutter befestigt, am anderen Ende ein Korken.
Lisa steckt die Schnur mit Mutter und Korken in die Tasche und blickt auf den Berg auf der anderen Seeseite. Dann dreht sie sich zu Nadia um und deutet auf die andere Seite. »Sieh mal!«, ruft sie. »Es kommt jemand!«

18

Während Mård das Mädchen mit dem Fernglas verfolgt, nimmt die angezeigte Entfernung ab. Die Frau mit der gelben Weste bleibt auf dem Stein sitzen. An einer Kiefer ist das Mädchen damit beschäftigt, etwas von einem Ast zu entfernen, das aussieht wie eine Schnur. Sie steckt das Objekt in die Tasche, dreht sich um, zeigt nach Osten und ruft der Frau etwas zu.
Mård richtet das Fernglas auf die Anhöhe im Westen und erkennt einen Reiter in einer fransigen Lederjacke.
»Du möchtest wohl auch sterben?«, flüstert Mård, legt das Fernglas ab, ergreift die Mauser und legt sich das Ende des Gewehrschafts auf die Schulter.
Er sieht, wie das Mädchen nach vorne deutet und etwas ruft. Er versteht erst nicht, was sie sagt, aber als sie ein weiteres Mal ruft, versteht er es: »Ida!«, ruft das Mädchen. »Das ist Ida!«
Mehrere Reiter kommen über den Hügel geritten – sie halten Angelruten in den Händen. Hinter ihren Sätteln haben sie Stiefel und Wathosen befestigt. Sechs von ihnen tragen breitkrempige Hüte. Nur zwei haben Kappen auf dem Kopf, die sie sich tief in den Nacken geschoben haben. Manche tragen Sonnenbrillen.
»Das ist Ida!«, ruft Lisa noch einmal Elin und Nadia zu, dann zeigt sie auf einen anderen Reiter, der gerade auf der Anhöhe aufgetaucht ist. Es handelt sich um einen kräftigen Mann mit kakifarbenem Hut. Auf dem Rücken hat er eine Trage, in der ein etwa dreijähriges Kind sitzt. »Da ist Vidar!«, ruft Lisa. »Er hat Klein-Gunnar dabei!«

Mård ist aufgestanden, er leert das Magazin, hängt sich die Mauser um und steckt die Patronen zurück in die Tasche. Dann rollt er die Isomatte zusammen und bindet sie hinter den Sattel. Er steckt das Fernglas ins Futteral und sammelt die Thermoskanne ein. Ohne dass jemand am See Notiz von ihm nimmt, führt er das Pferd zwischen den Birken hindurch.
Als er weiter oben wieder den Nadelwald erreicht und gerade den Fuß in den Steigbügel gestellt hat, hört er unten am See Gesang. Er nimmt das Fernglas und duckt sich hinter eine entwurzelte Kiefer. Vier Männer stehen nebeneinander und drücken sich die Hüte an die Brust. Sie singen mehrstimmig mit vollen, tiefen Stimmen:

Über allen Gipfeln
Ist Ruh,
In allen Wipfeln
Spürest du
Kaum einen Hauch,
Die Vögelein schweigen im Walde.
Warte nur! Balde
Ruhest du auch.

Als Mård auf den Waldweg hinausreitet, hört er nur noch vage, wie die Sänger das Lied zum zweiten Mal anstimmen.
Etwas später entdeckt er einen Schwarzspecht am Stamm einer Kiefer und bremst das Pferd, holt das Fernglas aus dem Futteral und beobachtet den Vogel eine Weile, bevor er schließlich weiterreitet.

19

Am See hat Elin die Angelleine eingeholt und ist zu der Kiefer hinübergegangen, wo die Angeltouristen angefangen haben, ihre Ruten zusammenzustecken. Ida hilft ihnen beim Knoten. Auf dem Schulterblatt ihrer Jacke steht *Wildnishotel*. Elin tritt zu ihr und begrüßt sie.

»Fliegenfischerverein aus Berlin«, erklärt Ida, ohne den Blick von der Nymphe zu nehmen, die sie gerade am Vorfach eines weitsichtigen Anglers befestigt. »Sie finden es toll, dass man die Fische hier rausziehen und mit nach Hause nehmen kann. Unten in Europa gilt strikt hakenloses Angeln und anschließend ist Freilassen angesagt.«

Elin tritt zu Vidar, der die Trage abgenommen und Klein-Gunnar auf den Boden gesetzt hat.

»Hast du Gerda mitgebracht?«, möchte Vidar wissen, während er zwei kleine Gaskocher aus den Satteltaschen holt.

»Ich fange einen Fisch«, sagt Klein-Gunnar.

Elin lächelt ihn an. »Erinnerst du dich an Gerda? Ich bin ihre Mama.«

Klein-Gunnar guckt seinen Vater an.

»Elin ist Gerdas Mama. Du kennst doch Gerda, oder?«

Klein-Gunnar murmelt: »Die beißt.«

Elin geht in die Hocke und nimmt die Hände des Jungen in ihre. »Ich weiß, dass Gerda dich gebissen hat, und es tut mir leid.«

»Hier«, sagt Klein-Gunnar und zeigt auf sein linkes Ohr.

»Ich weiß«, wiederholt Elin. »Das war wirklich blöd von ihr.«

»Ich mag niemanden, der beißt«, sagt Klein-Gunnar mit Nachdruck in der Stimme.

Elin nickt. »Das verstehe ich. Keiner möchte gern gebissen werden.«

Klein-Gunnar guckt sich um, als würde er fürchten, überfallen zu werden. »Ist sie da?«

Elin schüttelt den Kopf. »Sie ist zu Hause.«

»Gut«, sagt Klein-Gunnar bestimmt, hebt einen zitronengroßen Stein auf und wirft ihn in den See. Dann geht er zu einem Mann mit breitkrempigem Hut. »Kannst du noch einmal singen?«, bittet er ihn.

Der Mann lacht und antwortet etwas, das Elin nicht hören kann.

»Die Hälfte unserer Gäste kommt aus Deutschland«, sagt Vidar. »Die andere Hälfte setzt sich aus Russen und Chinesen zusammen.« Er hält den Blick auf Klein-Gunnar gerichtet, der auf den See zuläuft.

Elin blickt zu den Männern mit den langen Angelruten. »Angeln alle eure Gäste?«

Vidar schüttelt den Kopf. »Die Deutschen angeln und nehmen an Waldläufen teil, machen einsame Wanderungen, beobachten Vögel und fahren auf Bärensafari. Die Chinesen machen nur Dinge in der Gruppe. Sie angeln nicht und gehen nicht so gerne in den Wald. Am liebsten wollen sie Vorträge über Gustav Wasa hören. Wir haben einen neuen Roboter, der die Geschichte von König Gustav hier in Dalarna in zehn verschiedenen Sprachen erzählen kann, auch auf Mandarin. Und sie wollen die Wasalauf-Strecke sehen.«

»Und die Russen?«

»Da gibt es von allem etwas. Wir haben gerade einen da, der das gesamte Obergeschoss gemietet hat. Er hat Leibwächter dabei, seine Frau und Zwillinge. Die Frau habe ich noch nie zu Gesicht bekommen. Er selbst sitzt immer mit den Kindern auf dem Fußboden der Bibliothek und bringt ihnen das lateinische Alphabet mit Buchstabenklötzchen bei. Er sieht die ganze Zeit so aus, als würde

er jeden Moment in Tränen ausbrechen. Er kann sechs Wörter auf Schwedisch: ›Die Kinder spielen mit Wörtern‹. Und ›Danke‹.«
»Ich wollte dich etwas fragen«, sagt Elin.
»Okay«, meint Vidar. »Was gibt es?«
»Bevor ich zur Festung verschleppt wurde, hatte ich Besuch von einem Mann von der Reichspolizei. Er hat mich draußen vor dem Haus verhört, und als wir fertig waren, standen wir neben seinem Auto. Er hat etwas in den Staub darauf geschrieben. Weißt du, was er geschrieben hat?«
»Keine Ahnung.«
»Er hat *Vidar* geschrieben.«
Vidar sieht verdutzt aus. »Hat er das?«
Elin nickt. »Dann hat er den ersten und den letzten Buchstaben weggewischt, sodass nur noch *Ida* dastand.«
Vidar scheint ehrlich verwundert.
»Warum mag er das getan haben?«, fragt Elin.
»Keine Ahnung, wirklich nicht.«
»Du begreifst also auch nicht, warum der Mann, der wusste, dass mich kurze Zeit später die Polizei mitnehmen würde, deinen und Idas Namen geschrieben hat?«
»Ich weiß wirklich nicht, warum er das gemacht hat. Hast du ihn gefragt?«
»Nein.«
»Deine Tante kann dir sicher dabei helfen, den Typen zu finden.«
Daraufhin macht Vidar einige Sätze zum See, wo Klein-Gunnar hingefallen und mit einer Hand im Wasser gelandet ist.
Als er zurückkommt, hat er das schluchzende Kind auf dem Arm. »Ich sehe, dass Gunnar einen Fisch gefangen hat«, sagt er und nickt zum nördlichen Teil des Sees.
»Er hat vorhin auch schon einen rausgezogen«, sagt Elin. »Der hat fast ein Kilo gewogen.«

Vidar lässt Klein-Gunnar herunter und nimmt ihn an die Hand. »Ich muss den Gästen beim Auswählen der Fliegen helfen. Bis dann.«

Elin geht zu Vagn, der an dem Becken beim Wasserfall im Wasser steht. Er wirft die Leine weit in Richtung Wasserfall aus, wo Kreise auf dem Wasser sichtbar sind. Aber nichts beißt an. Nach einer Weile kommt er an Land und setzt sich neben Elin auf einen am Boden liegenden Birkenstamm.

»Was hat Vidar erzählt?«, fragt er.

»Dass sie meistens Deutsche, Russen und Chinesen im Hotel haben.«

Vagn nickt. »Es läuft wohl ganz gut für sie. Du weißt, dass Ida und Vidar Anteile am Hotel gekauft haben?«

»Das wusste ich nicht.«

»Letzte Woche wurde das Geschäft besiegelt. Sie haben die Straßenbaumaschinen verkauft und fünfzehn Prozent des Wildnishotels gekauft. Sie arbeiten beide dort und wollen noch mehr Fischereirechte im Ripsee erwerben, aber Papa hat Nein gesagt.« Vagn holt sein Mobil heraus und deutet auf einen Stein etwas weiter weg. Er steht auf und Elin folgt ihm. Sie legen ihre Mobile hinter dem Stein ab. Dann kehren sie zum Birkenstamm zurück.

»Hast du Karin getroffen?«, fragt Vagn, als sie wieder nebeneinander Platz genommen haben.

»Ja.«

»Wie war sie drauf?«

»So wie immer.«

Vagn legt eine Hand auf Elins Knie. »Es kursiert ein Gerücht über dich«, sagt er.

»Welches?«

»Jemand will mit angesehen haben, wie du Björn Torson erschossen hast.«

Elin macht den Mund auf, als wollte sie etwas erwidern, lässt ihn jedoch einfach offen stehen.
»Es ist nur ein Gerücht«, versichert Vagn.
»Aber es stimmt.«
»Es stimmt, aber solange Beweise fehlen, ist es nur ein Gerücht ...«
»Ich muss sagen, wie es war, wenn ich darauf angesprochen werde. Sonst ist meine Karriere in der Politik schon gelaufen, bevor sie überhaupt begonnen hat.«
Vagn schweigt einen Augenblick, dann fährt er fort: »Solange es als Gerücht gehandelt wird, kannst du dich zurückhalten. »Ich habe gesehen, wie Björn gestorben ist, und kann als Zeuge auftreten. Ida vermutlich auch, besonders, wenn sie ein Stück vom See kaufen darf.«
Die Geschwister sagen eine Weile lang nichts. Schließlich fragt Elin: »Warum geht es im Leben eigentlich so schmutzig zu?«
Vagn antwortet nicht sofort. Kurz darauf sagt er: »Manchmal geht es schmutzig zu, manchmal schön. Man muss es so gut hinkriegen wie möglich. Niemand kommt daran vorbei, hin und wieder in den Dreck gezogen zu werden.«
»Manchmal, da ...«
»Was?«
»... habe ich das Gefühl, ich schaffe das nicht.«
Vagn kneift Elin ins Knie. »Du bist schon immer stark gewesen.« Er steht auf und zeigt zum Wasserfall. »Jetzt bewegt es sich wieder.«
»Da ist noch was. Ich bin ohnmächtig geworden.«

20

Mård bringt das Pferd auf die Koppel und geht ins Haus. Maya und Sten sitzen jeder auf einer anderen Tischseite. Zwischen ihnen liegt eine der Schrotflinten. Neben dem Gewehrkolben eine Schachtel Patronen.

»Was ist hier los?«, fragt Mård, stellt die Mauser in die Ecke neben der Tür und lässt Isomatte und Schlafsack auf den Fußboden fallen. Das Fernglas legt er auf die Arbeitsplatte.

Maya wirft Sten einen Blick zu, als würde sie hoffen, dass er die Antwort liefert, aber er schweigt.

»Was ist passiert?«

Maya zeigt zum Fenster, von dem aus man zur Pforte blicken kann. »Ich habe jemand bei den Tannen gesehen. Als ich nach Sten gerufen habe und er nachgesehen hat, meinte er, dass es eines von Larssons Mädchen gewesen ist. Sie war bewaffnet.«

Mård setzt sich seinem Bruder gegenüber an den Tisch. Er streckt einen Arm aus und legt die Hand auf dessen Handgelenk. »Stimmt das?«

Sten nickt.

»Wann war das?«

Sten betrachtet seine Hände.

Maya antwortet: »Heute früh.«

»Was sagt Burman?«

Maya schweigt und Mård hebt die Stimme.

»Was sagt Burman?«

»Ich habe nicht angerufen.«

Mård wird rot. »Habe ich nicht gesagt, dass du Burman anrufen sollst, wenn ich nicht zu Hause bin und etwas passiert?«

»Doch.«
»Warum tust du dann nicht, was ich sage?«
»Ich kann ihn nicht leiden.«
Mård stößt lautstark die Luft aus – er klingt wie eine niesende Katze. »Du kannst ihn nicht leiden?«
»Nein.«
»Ob du ihn leiden kannst, spielt keine Rolle.«
»Ich kann ihn nicht um Hilfe bitten, wenn ich ihn nicht ausstehen kann.«
Mård lehnt sich jäh im Stuhl zurück, sodass die Lehne knarzt. »Kannst du vielleicht in Zukunft etwas weniger darauf achten, ob du jemanden gut leiden kannst oder nicht, und einfach tun, was ich dir sage?«
Maya blickt Mård an und ihre Stimme ist scharf. »Ich kann Burman nicht anrufen, wenn jemand auf unserem Grundstück mit einer Waffe umherschleicht.«
»Und warum nicht, wenn ich fragen darf?«
»Schrei mich nicht an!«
Mård geht zur Spüle, nimmt ein Glas und füllt es mit Wasser. Er leert das Glas, füllt Wasser nach, streicht sich mit der Hand über das Kinn und dreht sich dann wieder zu Maya um. Er stellt das Glas mit einem Knall hin. »Kannst du das bitte erklären?«
Mayas Lippen sind schmal, sie kneift die Augen zusammen und guckt ihn durch die schmalen Schlitze an. »Derjenige, der da draußen herumgelungert hat, war bewaffnet. Wer herkommt, um sich so eine Person vorzunehmen, begibt sich in Gefahr. Ich kann mir vorstellen, einen Freund um so etwas zu bitten. Aber ich lasse mich nicht von einer Person beschützen, die ich verachte.«
Mård schluckt. »Du verachtest Burman?«
»Ja.«
»Warum?«

»Für das, was er tut.«
Maya und Mård sehen einander an. Niemand senkt den Blick.
»Dann verachtest du mich wohl auch?«
»Nein.«
»Und warum nicht?«
»Du warst noch ein Kind, als du in all das hineingezogen wurdest. Deine Eltern waren Verbrecher und wollten, dass du einer von ihnen wirst. Bei Burman ist das anders. Er war ein erwachsener Mann, als er der Handlanger von Ejan und Lassivar wurde.«
»Du verachtest also meine toten Eltern?«
»Ja.«
Mård hebt die Arme über den Kopf, legt die Hände in den Nacken und stöhnt. »Warum hast du mich dann geheiratet? Warum wolltest du Teil einer so verachtenswerten Familie werden?«
»Weil ich geglaubt habe, dass du anders bist.«
»Wie anders?«
»Ist das nicht offensichtlich?«
»Was?«
»Was für ein Mensch du jetzt bist und was für einer du stattdessen hättest werden können? Ein Tischler vielleicht?«
»Und was für ein Mensch bin ich jetzt?«
Maya zeigt auf die Mauser. »Du ziehst los, um eine Familie umzubringen. So einer bist du. Und dann kommst du nach Hause und ich weiß nicht einmal, ob du Erfolg hattest mit deiner Untat.«
Mård stöhnt so, als ob er Schmerzen hätte. »Ich kapiere das nicht.«
»Ich dachte, du würdest ein anderer werden, nicht so ein Monstrum wie dein Vater und deine Mutter es waren.«
Sten, der die ganze Zeit stumm dagesessen hat, wendet sich Maya zu. Jetzt streckt er die Hand aus, greift nach Mayas langen Haaren und zieht sie ruckartig nach hinten, sodass Mayas Kopf an die Wand hinter ihr stößt.

Mårds linke Hand schnellt vor, er fasst seinen Bruder am Hals und zieht gleichzeitig mit rechts die kleine Pistole aus der Hosentasche. Er springt auf, und während er die Mündung an die Stirn des Bruders gedrückt hält, zischt er: »Rühr sie nicht noch einmal an!« Dann lässt Mård den Hals des Bruders los und steckt die Pistole zurück in die Tasche.
Sten hat einen roten Abdruck an der Stirn, groß wie ein Daumennagel. Er steht auf und verschwindet wortlos durch die Tür.
Mård tritt ans Fenster und sieht zu, wie sein Bruder über die Wiese Richtung Wald geht.
»Also, wie lief es?«, fragt Maya.
Mård dreht sich zu ihr um. »Mit was?«
»Mit der Rache.«
»Lass uns nicht davon sprechen.«
Maya bleibt der Mund offen stehen. »Soll ich es aus den Lokalnachrichten erfahren? Ist es das, was du willst? Ich soll aus den Nachrichten erfahren, dass der Mann, den ich geheiratet habe, ein Verbrecher ist?«
Mård setzt sich Maya gegenüber und streckt die Hand nach ihr aus. Ihre Hände liegen vor ihr auf dem Tisch und Maja betrachtet sie, als wären sie ihr fremd. Sie sieht sie sich an, die kurz gebissenen Nägel, die verletzte Nagelhaut.
»Es ist nichts passiert.«
Maya legt eine Hand auf Mårds. »Wenn du diejenige, die deine Eltern erschossen hat, tötest, werde ich dir das nicht vorhalten, aber wenn du jemand anderes umbringst, dann verlasse ich dich.«
Mård wird blass und Maya spricht weiter: »Ich kann mit einem Menschen zusammenleben, der seine Eltern rächen will. Aber einen Menschen, der darüber hinaus andere umbringt, will ich nicht mehr in meiner Nähe haben. Und was Burman angeht …«
»Ja, was ist mit Burman?«

»Wir sind zur Geburtstagsfeier eingeladen.«
»Das Puppenhaus ist von uns beiden.«
»Ich komme nicht mit.«
»Warum nicht?«
»Burman hätte ein anderes Leben wählen können, aber er hat sich dafür entschieden, Leute zu verschrecken, zu bedrohen und zu töten. Ich will ihn nicht treffen und schon gar nicht seine Frau.«
Mårds Seufzer klingt wie die Nachwehe eines Sturms. »Über all das hast du vorher nie etwas verlauten lassen. Ich verschrecke und bedrohe ebenfalls. Auch wenn heute nicht unbedingt viel erreicht wurde, was das angeht.«
Maya spricht mit leiser und verhaltener Stimme. »Ich habe gesagt, was ich darüber denke. Jetzt weißt du Bescheid.« Damit steht sie auf, und als sie an Mårds Platz vorbeigeht, versucht er die Hand auf ihren Bauch zu legen, aber sie weicht ihm aus und geht zur Treppe. Mård sieht ihr hinterher und lauscht ihren Schritten.
Sten kommt wieder herein. Ohne den Bruder anzublicken, steigt er die Treppe ins Obergeschoss hinauf. »Ich habe Dachse am Schuppen gesehen. Zwei Stück, glaube ich«, sagt er.

Wenig später holt Mård sein Mobil und ruft Burman an. »Wo hast du dein Auto gekauft?«
»Bei Folkeson.«
»Ich brauche genauso eins, nur größer.«
»Wenn es größer sein soll, ist es wohl kaum genauso eins«, kommentiert Burman.
»Du weißt, was ich meine. Genauso eins, nur größer. Ist das so schwer zu verstehen?«
»Ganz und gar nicht«, meint Burman. »Natürlich brauchst du ein größeres.«
»Aber genauso«, sagt Mård. »Mit schwarzen Sitzen.«

»Okay«, meint Burman. »Genauso, nur größer und mit schwarzen Sitzen. Ich verstehe.«

»Ich rufe Folkeson an.«

»Bis morgen«, sagt Burman. »Ihr seid herzlich willkommen. Ab drei Uhr. Ich habe Sylve gebeten, die Sauna vorzuheizen.«

»Na klar«, sagt Mård. »Grüß Lola.«

Er stellt die Mauser in den Waffenschrank, danach bringt er die Isomatte und den Schlafsack ins Arbeitszimmer und verstaut beides hinter dem Schreibtisch. Anschließend sinkt er auf den Stuhl, nimmt einen Bleistift und zeichnet an den Rand einer Rechnung einen Buntspecht. Er dreht die Rechnung um und zeichnet noch einen.

Nach einer Weile steht er auf und holt ein Vogelbuch. Er schlägt es auf, blättert darin herum und kopiert schließlich eine Vogelabbildung. Dann legt er den Stift weg und greift nach seinem Mobil.

»Verbinden Sie mich mit der Jugendstrafanstalt in Gävle.«

Mård wartet eine Weile und schließlich meldet sich eine Männerstimme und fragt nach seinem Anliegen.

»Ich heiße Mård Ivarson und suche Sonja Nyman.«

Aber bei Sonja Nyman ist besetzt, also wählt Mård die Nummer von Folkeson, der eine dünne und zittrige Stimme hat, wie eine Kohlmeise im Januar.

»Hier ist Mård Ivarson. Mein Freund Burman hat neulich ein Auto bei Ihnen gekauft.«

»Ich erinnere mich.«

»Ich möchte genauso eins haben, nur größer. Haben Sie so eins da?«

»Ich verstehe. Ja, ich habe so eins.«

»Welche Farben gibt es?«

»Rot und schwarz.«

»Was für ein Rot ist es?«

»Ochsenblut.«

»Ich nehme das schwarze. Welche Farbe haben die Sitze?«
»Weiß oder rot im roten, schwarz imschwarzen.«
»Können Sie heute liefern?«
Folkeson schweigt einen Moment. Seine Stimme klingt noch dünner, als er antwortet. »Das wird schwierig.«
»Ich möchte es heute haben. Das lässt sich doch wohl machen, oder?«
Folkeson macht erneut eine Pause.
»Ja, das kann ich einrichten.«
»Das schwarze mit den schwarzen Sitzen. Können Sie es herbringen, bevor es dunkel wird?«
»Um diese Jahreszeit wird es ja kaum richtig dunkel. Ich komme gegen sieben. Du wohnst in Lillsätern?«
»Genau.«
»Das finde ich«, verspricht Folkeson.
Mård lehnt sich im Stuhl zurück und zeichnet noch einen Schwarzspecht. Dann probiert er es erneut bei der Anstalt.
Dieses Mal kommt er durch.
»Hier ist Mård Ivarson. Erinnerst du dich an mich?«

21

Die Forellenfischer kehren nach Mitternacht nach Hause. Es ist so hell wie am Tag. Als sie einen Moment auf dem Bergrücken anhalten, schließt Elin auf ihrem Pferd zu Vagn auf. Sie blicken zurück über den Ripsee. Im Sulky ein Stück hinter ihnen sitzt die schlafende Lisa zwischen Nadia und Gunnar.
»Als der Wind kam, dachte ich, es würde wieder zu stürmen anfan-

gen, aber nun hat es sich wieder beruhigt«, sagt Vagn und streckt seine Hand nach der seiner Schwester aus.

So sitzen sie dort, halten einander an den Händen und blicken auf den See. Die Angeltouristen sind verschwunden.

»Was haben sie gesungen?«, fragt Vagn.

»Ein Gedicht von einem Deutschen.«

Vagn lässt Elins Hand los. »Wir haben schon lange nicht mehr zusammen gesungen.«

Elin räuspert sich. »Erinnerst du dich noch an *Weiden mit Stute und Fohlen*?«

Sie stimmt mit hoher und klarer Stimme an und Vagn fällt mit seiner tiefen ein.

Sie reiten weiter, und als sie Liden erblicken, sagt Elin: »Ich werde Papa erzählen, dass dieses Gerücht die Runde macht.«

»Wir kümmern uns morgen darum«, sagt Vagn.

Am nächsten Morgen ist Elin noch nicht einmal aufgestanden, da steht Gunnar schon in ihrer Tür.

»Bist du wach?«, flüstert er, um Gerda nicht zu wecken.

Elin setzt sich auf, fährt sich durch die Haare und stellt die Füße auf den kalten Boden.

»Yasmin ist auf der Bildwand.«

»Wie viel Uhr ist es?«

»Halb sieben.«

Noch immer verschlafen geht Elin in die Küche und hängt ihren Träumen nach, an die sie sich schon nicht mehr so recht erinnern kann.

»Entschuldige, dass ich dich wecke«, sagt Yasmin von der Bildwand aus. »Aber es ist etwas passiert.«

»Was?«

»Ein Filmausschnitt ist reingekommen, auf dem du auf deinem

Pferd zu sehen bist. Du schießt einen Bolzen auf einen Mann. Der Absender sagt, dass wir den Rest des Films bekommen können, der angeblich zwanzig Sekunden lang ist. In einer Nachricht ist die Rede von ›dem Mord, der nie erwähnt wurde‹. Wir haben die Senderechte eingekauft. Ich möchte, dass du erzählst, was wir darauf zu sehen bekommen werden.«

Elin ist nun hellwach. »Vagn und ich wurden überfallen«, erklärt sie. »Vagn ist gestürzt und ich habe mich verteidigt.«

»Wann war das?«

»Das ist über drei Jahre her. Ist im Video kein Datum angegeben?«

Yasmin fährt sich durch die dunklen Locken. »Ich möchte ein Interview mit dir machen.«

Gunnar setzt sich neben Elin und spricht zur Bildwand. »Du bekommst ein Interview mit Elin, aber unter der Bedingung, dass du außerdem zwei Zeugen interviewst.«

»Wen?«

»Elins Bruder Vagn, der dabei war, als es passiert ist, und eine Frau, die die Tochter des Mannes ist, der gestorben ist. Auch sie war bei dem Überfall dabei.«

»Wie heißt sie?«

»Ida Torson.«

»Wie gehen wir vor?«

»Wir kontaktieren dich im Laufe des Tages.«

»Gut, aber nicht später als drei Uhr.«

Dann beenden sie die Unterhaltung.

Elin sieht besorgt aus. »Wie willst du Ida dazu bringen zu erzählen, was damals passiert ist?«

»Wir haben etwas, das sie möchte.«

»Der Ripsee«, stöhnt Elin. »Den sollte Gerda einmal erben.«

»Ich werde mit Ida sprechen und dann fahren wir zu ihnen runter und regeln alles«, sagt Gunnar.

Anna kommt in die Küche. »Was ist denn hier los?«
»Wir müssen einen Teil vom Ripsee abgeben.« Gunnar steht auf. »Wir brauchen eine Zeugenaussage von Ida Torson.«
»Der Ripsee!«, keucht Anna.
Gunnar zuckt mit den Schultern. »Wie häufig angeln wir dort? Im Jahr vielleicht fünfzehn Abende? Wir werden das Fischereirecht für die besten Zeiten behalten. Das wird doch keine große Sache. Außerdem werden wir verlangen, dass Ida das Kalken übernimmt und dafür sorgt, dass der pH-Wert auf dem korrekten Niveau ist. Das wird in ihrem eigenen Interesse sein.«
Eine Weile später meldet sich Gunnar bei Ida, die mit zerdrückten Haaren und dunklen Ringen unter den Augen auf der Bildwand erscheint. »Was willst du, Gunnar?«
»Wir haben darüber gesprochen, dass du ein größeres Stück vom Ripsee kaufen möchtest.«
Ida sieht aus, als würde sie jetzt wach werden. »Ich darf es euch abkaufen?«
»Wenn wir uns einigen können.«
»Wie groß soll das Stück sein?«
»So groß, dass dein Teil insgesamt fünfundsiebzig Prozent ausmacht.«
»Und die Bedingungen?«
»Können wir zu dir runterkommen und das besprechen?«
Ida murmelt: »So eilig ist es ja nun auch nicht.«
»Für dich vielleicht nicht, aber für uns. Wir sind in einer Stunde da, wenn das in Ordnung ist.«
»Wie du willst.«
Kurz darauf hat Elin Nadia geweckt. Während die Leibwächterin unter der Dusche steht, sitzt die Familie über einem Entwurf der Vereinbarung.
Eine halbe Stunde später brechen sie auf.

Sie überqueren die Brücke über den Fluss, fahren den Weg hinauf zum Wildnishotel und parken zwischen zwei Bussen. Als sie durch den Kücheneingang treten, begegnen sie einem Roboter mit Kochmütze. Der Roboter fragt sie auf Englisch, welche Sprache sie sprechen, und sagt dann auf Schwedisch, dass Ida in ihrer Wohnung ist. Er erklärt ihnen den Weg. »Folgt dem Gang, geht durch die Bibliothek und dann nach links. Es steht ›Privat‹ auf der Tür.«
»Sie werden immer mehr wie wir«, stellt Gunnar fest, als sie außer Hörweite sind.
In der Bibliothek sitzen zwei Kleinkinder auf dem Fußboden vor der Fensterfront, die zum See hinausgeht. Auf einem Stuhl sitzt ein etwa siebzehnjähriges Mädchen. Unter dem linken Auge hat sie einen blauen Fleck. Sie ist mit ihrem Mobil beschäftigt und blickt nicht auf, als Gunnar, Elin und Nadia an ihr vorbeigehen.
Als sie die Tür finden, sagt Nadia: »Ich warte in der Bibliothek.«
Gunnar klopft an und Vidar nimmt sie in Empfang. Sie gehen in die Küche, wo Ida und Klein-Gunnar gerade frühstücken. Ida ist sehr blass.
Als Klein-Gunnar Elin entdeckt, verfinstert sich sein Blick und er fragt: »Ist Gerda auch mitgekommen?« Er legt sein belegtes Brot auf den Tisch und schlingt die Arme um seine Mutter.
»Nein«, sagt Elin. »Sie ist bei ihrer Großmutter.«
»Ich habe keine Großmutter«, behauptet Klein-Gunnar und runzelt die Stirn.
»Doch«, sagt Ida. »Das hast du wohl. Du hast sie nur noch nicht getroffen.«
»Möchtet ihr Kaffee?«, fragt Vidar, als Elin und Gunnar sich an den Küchentisch setzen.
»Danke, sehr gern«, antwortet Gunnar.
»Um welche Bedingungen handelt es sich?«, fragt Ida, die noch nie viel Wert auf Small Talk gelegt hat.

»Ich habe alles auf Papier«, sagt Gunnar und reicht ihr den Entwurf der Vereinbarung.
»Ich kann schon ein G schreiben«, sagt Klein-Gunnar. »Das ist der erste Buchstabe in meinem Namen.«
»Super«, sagt Elin. »Gerdas Name fängt auch mit einem G an. Das habt ihr gemeinsam, du und Gerda.«
Klein-Gunnar klettert von der Küchenbank, verschwindet unter dem Tisch und läuft hopsend aus der Küche.
»Wir bekommen also fünfundsiebzig Prozent«, stellt Ida fest, ohne den Blick vom Blatt zu nehmen.
»Genau«, sagt Gunnar.
»Aber ihr behaltet das Fischereirecht vom fünfzehnten Juni bis zum zehnten Juli. Das ist die beste Zeit.«
»Es ist die beste Zeit, aber wir sind keine große Familie. Wir können nicht viel Fisch herausholen, besonders nicht, wenn wir vom Fliegenfischen reden.«
»Das komplette Kalken wird uns überlassen«, stellt Ida fest, immer noch auf die Vereinbarung vor ihr blickend.
»Ihr dürftet das größte Interesse daran haben, dass der Bestand nicht schrumpft«, sagt Gunnar. »Ihr müsst den pH-Wert auf dem derzeitigen Niveau halten. Wenn ihr euch daran nicht haltet, wird der Kauf rückgängig gemacht und die Vereinbarung für ungültig erklärt.«
»Wie hoch ist der pH-Wert momentan?«, fragt Vidar.
»Sechs Komma zwei«, antwortet Elin.
Ida kneift die Lippen aufeinander. »Das klingt teuer.«
»Da ihr das Hotel mit den Angeltouristen habt, könnt ihr es auf den Angelpass draufschlagen.«
»Es angeln aber nicht alle«, raunzt Ida. »Und wie sollen wir bitte die Nerze fernhalten? Das ist ja wohl so gut wie unmöglich.«
»Ihr müsst eben Fallen aufstellen«, kontert Gunnar. »Das haben wir

auch gemacht. Die Nerzjagd könnte auch Teil eures Hotelangebots werden. Es wird bestimmt einige unter den Touristen geben, denen das gefällt. Kaliber zweiundzwanzig, Zielfernrohr, Camouflage ... Das kann eine richtig große Sache für die Touristen werden. Nerze erlegen. Ein echter Publikumsmagnet.«
Vidar pflichtet ihm bei. »Keine schlechte Idee. Aber das erfordert einiges an Übung. Viele Stunden Instruktion. Nerze zu schießen ist nicht leicht, wenn man keine Schrotflinten verwendet.«
Ida betrachtet weiter das Papier, wendet es, legt es wieder vor sich auf den Tisch und blickt Gunnar an. »Dort steht nichts darüber, was wir bezahlen sollen.«
»Richtig«, sagt Gunnar. »Das ist eine Sache, die wir nicht schriftlich festhalten.«
»Schwarz?«, schnaubt Ida. »Das kommt für das Hotel nicht infrage. Wir führen Buch über alle Ausgaben.«
»Davon ist nicht die Rede«, sagt Gunnar. »Nichts soll schwarz bezahlt werden.«
Klein-Gunnar kommt zurück. Er hat eine Schachtel Kreide und einen Block dabei. »Ich zeig dir, welche Buchstaben ich schon kann«, verspricht er und legt den Block vor Elin hin. Dann kriecht er auf ihren Schoß und nimmt eine grüne Kreide aus der Schachtel. Er malt einen Halbkreis, den er mit einer kleinen Kante versieht. »Das ist ein G«, erklärt er und sieht zufrieden aus. »Du darfst es mit nach Hause nehmen und Gerda zeigen. Sie will bestimmt wissen, wie ein G aussieht.«
»Das ist lieb von dir«, sagt Elin. »Gerda wird sich sicher freuen.«
»Du kannst ihr sagen, dass sie mich nicht mehr beißen darf«, fordert Klein-Gunnar, beugt sich wieder über den Block, nimmt eine blaue Kreide und malt ein noch größeres G. »Das kann sie auch bekommen.«
»Du bist aber großzügig«, sagt Elin.

Klein-Gunnar guckt Elin an. Er hat Idas kritischen Blick aufgesetzt. »Großzügig?«, macht er Elin nach. »Was ist das?«
»Ich glaube, du hast ein neues Wort gelernt«, sagt Vidar und tätschelt dem Jungen den Kopf. »Es bedeutet, dass man freundlich ist und es einem leichtfällt, Dinge wegzugeben. Möchte noch jemand Kaffee?«
Gunnar zuckt mit den Schultern und Elin schüttelt den Kopf.
Ida richtet den Blick auf Gunnar. »Woher soll ich wissen, dass du mich nicht reinlegst?«
»Wenn er jemanden reinlegen würde, dann nicht nur dich, Ida, sondern uns. Aber das machst du nicht, Gunnar. Oder?«, fragt Vidar.
»Natürlich nicht.«
»Ich lege Mama manchmal rein.« Klein-Gunnar lacht. »Ich verstecke mich hinter der Tür und dann muss sie suchen.«
»Du bist ein Meister im Verstecken«, lobt Vidar. »Gestern musste ich wirklich lange suchen.«
Klein-Gunnar streckt den Arm aus, zeigt auf seinen Vater und lacht gellend. Triumphierend sagt er: »Ich war unter dem Bett, aber du hast gedacht, ich bin hinter der Tür! Ich hab dich reingelegt! Mama, ich hab Papa reingelegt!«
Vidar nickt und Ida studiert die Vereinbarung, als würde sie nach einer versteckten Fußnote suchen.
»Ihr wollt also nichts bezahlt haben?«, fragt sie und ihr Blick wandert von Gunnar zu Elin und wieder zurück zu Gunnar.
»Ihr übernehmt das Kalken – was ja auch nicht umsonst ist –, ihr kümmert euch um das Aussetzen, haltet die Nerze fern und ihr sorgt dafür, dass der pH-Wert nicht unter sechs Komma zwei sinkt. Das alles wird euch natürlich etwas kosten, aber mit vielen Touristen und den dann klingelnden Kassen wird das Wildnishotel die Ausgaben schon wieder einspielen. Das Einzige, was wir verlangen, ist, dass du auf der Bildwand erzählst, wie Björn gestorben ist.«

Ida und Vidar sehen sich an.
»Wenn ich erzähle, was passiert ist, woher weiß ich dann, dass ihr es euch hinterher nicht anders überlegt? Ich nehme an, ihr werdet die Vereinbarung nicht unterschreiben, bevor ihr mich nicht auf der Bildwand gesehen habt?«
Gunnar antwortet: »Eine Journalistin wird sich bei dir melden. Sie wird dich um deine Version bitten. Du erzählst, wie alles in Wahrheit abgelaufen ist, und lässt nichts aus. Wie ihr auf Elin und Vagn gewartet habt, wie ihr eins unserer Pferde erschossen habt, wie Björn Elin mit einem Knüppel erschlagen wollte. Sie werden einen Film zeigen, den sie erhalten haben. Da ist alles zu sehen.«
»Es war kein Knüppel, es war ein Stock«, widerspricht Ida.
»Nenn es, wie du willst. Du hast Elin mit Pfeilen beschossen und mir einen Bolzen in die Hand gejagt.« Gunnar beugt sich über den Tisch und hält Ida seine Hand hin. »Wenn wir gehört haben, wie du die ganze Geschichte auf der Bildwand erzählst, werden wir mit der unterschriebenen Vereinbarung zurückkommen. Das ist alles.«
Ida sieht Vidar an. »Die Sache hat doch einen Haken.«
»Ich brauche einen Zeugen, der erzählt, wie sich alles zugetragen hat«, erklärt Elin.
»Dein Bruder war doch dabei«, schnaubt Ida. »Reicht seine Version nicht aus?«
»Er ist mein Bruder.«
Ida guckt sie verwundert an.
»Vagn ist parteiisch«, erklärt Gunnar. »Du gehörst zur Seite der Angreifer. Deine Aussage wiegt schwer.«
»Und das Nachspiel?«
»Wir erheben keine Anklage gegen dich. Dein Vater und dein Bruder sind beide tot. Diejenige, die Ärger bekommen kann, ist Elin. Aber sie wusste nicht, dass Björn tot war, als du ihr auf den Fersen warst und sie flüchtete.«

»Wir haben Björns Körper versteckt«, sagt Ida. »Er liegt hinter dem Haus. Ist das strafbar?«

Gunnar zuckt mit den Schultern. »Möglicherweise verstößt es gegen das Bestattungsgesetz. Aber vergiss nicht, ich habe nie Anklage gegen dich erhoben, als du mir den Bolzen in die Hand geschossen hast. Ich habe mit der Verletzung immer noch zu kämpfen, obwohl es schon Jahre her ist, und dafür trägst du nach wie vor die Schuld. Darüber hinaus solltest du nicht vergessen, dass es Filmaufnahmen gibt. Es spielt daher vielleicht gar keine so große Rolle, was du sagst. Aber indem du vor die Kamera trittst, hast du die Möglichkeit, den Leuten deine Version mitzuteilen. Wenn du schweigst, werden die Aufnahmen zusammen mit Elins und Vagns Zeugenaussagen und dem ärztlichen Gutachten zu meiner Hand darüber bestimmen, wie die Leute das Ganze auslegen. Der Bolzen, den du damals in meine Hand gejagt hast, befindet sich übrigens auf Liden, sorgsam eingeschlossen im Safe. Niemand von uns hat ihn angefasst, und als ich ihn damals aufhob, war ich so vorausschauend, dafür ein Stück Papier zu verwenden.«

Ida sieht misstrauisch aus. »Was willst du damit sagen?«

»Dass ich damals noch nicht wusste, was auf uns zukommen würde. Ich wollte sichergehen, dass ich etwas gegen dich in der Hand habe, für den Fall, dass es in der Zukunft wieder zu Ärger kommen würde.«

Vidar schenkt Kaffee ein und achtet sorgsam darauf, dass nichts danebengeht.

»Der Bolzen ist aus Aluminium und hat eine Stahlspitze. Ich nehme an, dass man in einem Polizeilabor deine Fingerabdrücke darauf finden würde. Wenn du nicht die Wahrheit sagst, werden sie diese Lüge bald aufdecken und gegen dich verwenden. Spätestens dann, wenn wir erzählen, wie du auf die geöffnete Tür geschossen hast und dabei ein Kind ins Grab hättest befördern können. Im schlimmsten Fall kostet dich das den guten Ruf des Wildnishotels.« Ida nimmt die Kaffeetasse, führt sie an die Lippen und pustet. Sie trinkt einen Schluck, ehe sie antwortet. »Jetzt verstehe ich, was du vorhast, und ich bin froh, dass du die Karten auf den Tisch gelegt hast. Das erspart es mir, Vermutungen anzustellen, worauf du wohl aus bist. Ich bin immer besser mit Leuten ausgekommen, die nicht um den heißen Brei herumreden, als mit solchen, die freundlich tun. Du kannst deiner Journalistin sagen, dass sie herkommen kann, und ich gehe davon aus, dass du dann deinen Teil der Vereinbarung ebenso einhalten wirst.« Ida streckt Gunnar eine Hand hin und Gunnar schlägt ein.

»Ich habe gestern Abend Mandelkekse gebacken«, sagt Vidar. »Darf ich vielleicht davon ein paar anbieten?«

»Ich will zwei!«, ruft Klein-Gunnar, der bäuchlings auf dem Fußboden liegend ein Blatt Papier mit verschiedenfarbigen G vollgeschrieben hat.

»Seid ihr durch die Bibliothek hergekommen?«, fragt Vidar.

Elin nickt.

»Habt ihr den Russen gesehen?«

»Es saß ein Teenager dort«, sagt Gunnar. »Und zwei Kleinkinder auf dem Fußboden.«

»Alle rätseln, wer dieses Mädchen sein mag«, sagt Vidar. »Manche gehen davon aus, dass sie das Kindermädchen ist, manche vermuten, dass sie die Tochter des Russen oder seine Geliebte ist. Und wieder andere glauben, dass sie Kindermädchen, Tochter und Geliebte in einem ist. Sie heißt Ludmilla. Sogar die Roboter stellen ihre Vermutungen an.«

Als die drei den Parkplatz überqueren, fahren zwei große Autos mit getönten Scheiben dicht hintereinander auf die Straße. Sie haben russische Nummernschilder.

»Die Debatte in Falun fängt um sieben an, oder?«, fragt Elin.
Nadia nickt.
»Es herrscht eine wahre Goldgräberstimmung in Mora. Angeblich wurden ganz tief in der Erde Minerale gefunden. Jetzt rechnet man mit Zuzug. Die Einwohner sind guter Dinge, obwohl wahrscheinlich nur wenige der Ortsansässigen dadurch Arbeit bekommen werden. Vielleicht ist alles auch nur ein Fake, um die Leute vor der Wahl mobilzumachen.«
Sie erreichen das Auto. Gunnar beobachtet seine Tochter und runzelt die Stirn.
»Du bist ganz weiß im Gesicht, Elin. Schaffst du die Debatte heute?«
»Ich denke schon«, sagt Elin und kriecht auf den Rücksitz. »Aber ein bisschen ausruhen wäre nicht schlecht.«
»Wir müssen mit Yasmin sprechen«, sagt Gunnar. »Sah Ida nicht ziemlich müde aus?«
Sie fahren auf die Straße. Als sie die Brücke passieren, sehen sie einen Angler mit großem Hut und Wathosen mitten im Wasser stehen, der gerade seine Angelschnur auswirft.

Später am Tag hat Gerda einen Wutanfall. Sie schmeißt Bauklötze und Kuscheltiere auf die Bildwand. Am liebsten wirft sie mit dem kaputten Mobil, das Elin für ihre Rückkehr aus Idrefjäll bekommen hat. Sie schmeißt es wieder und wieder auf die Bildwand, während Elin daneben sitzt und ihrer zornigen Tochter zusieht.

22

Folkeson kommt im Auto angefahren, und als er aussteigt, sieht es so aus, als würde er sich langsam auseinanderfalten. Er ist groß und kräftig, hat graue Haare und ein großes Gesicht mit dicken, fleischigen Lippen und buschigen Augenbrauen.
Er kommt auf Mård zu, die rechte Hand ausgestreckt. Als er Mårds Hand zu fassen bekommt, schüttelt er sie ausgiebig, als würde er die Pumpe an einem alten Brunnen betätigen. »Schön, dich kennenzulernen, Mård! Ich habe mit deinem Vater schon Geschäfte gemacht, als meine Firma noch im Straßenbau tätig war. Er und ich konnten uns immer einigen. Dass diese Schlampe, die Lassivar und Ejan ermordet hat, zur Volksheldin geworden ist, ist einfach unfassbar. Aber so ist die Welt nun mal und so sind die Menschen. Das begreifen die wenigsten, nur wir, die wir Geschäfte machen. Wir sehen das wahre Gesicht der Menschen und ich sage dir: Wenn allgemein bekannt wäre, wie schlimm es um die Ehrlichkeit der Bürger bestellt ist, dann würde das gesamte Staatsbudget in die Verwahrung von Straftätern fließen.«
»Es ist sicher so, wie Sie sagen«, meint Mård, zieht seine durchgeschüttelte Hand zurück und steckt sie zur Faust geballt in die Hosentasche, während er sich dem Auto nähert. »Hübsch!«, ruft er. »Ich habe die Bank schon informiert und gesagt, dass Sie sich melden werden. Sie können auch sofort mit ihnen sprechen, wenn Sie wollen. Ich nehme es Ihnen auch nicht übel, falls Sie meine Kreditwürdigkeit überprüfen wollen, bevor Sie einen so schönen Wagen aus den Händen geben.«
»Zuerst die Geschäfte, immer zuerst die Geschäfte«, sagt Folkeson mit seiner piepsigen Stimme. »Ich erledige es gleich, dann ist die

Sache aus der Welt. Du kannst dir das Auto angucken, während ich mit der Bank spreche.«

Mård geht um den Wagen mit den getönten Scheiben herum und streicht mit dem Finger über den Lack. Er öffnet eine der Hintertüren und setzt sich auf den Rücksitz. Schwarze Sitze mit Schonbezügen. Der Geruch eines Neuwagens.

»Willkommen«, sagt eine dunkle Männerstimme. »Du bist nicht als Fahrer autorisiert, aber womöglich als Beifahrer? Wie heißt du?«

»Mård Ivarson. Ich bin der neue Eigentümer.«

»Der neue Eigentümer«, antwortet das Auto mit verschwindend geringer Veränderung der Tonlage. »Dann gibt es einiges, worum wir uns kümmern sollten, sobald Jan zurück ist. Ich sehe ihn vierundzwanzig Meter vor uns. Ist er ein Freund von dir?«

»Kann man so sagen.«

»Wie schön. Jetzt kommt er zu uns.«

Mård steigt aus und lässt die Autotür offen.

»Was meinst du?«, fragt Folkeson und steckt das Mobil in die Tasche. »Hübsch, oder?«

»Ja.«

Folkeson öffnet eine der Vordertüren. »Wie du siehst, gibt es kein Lenkrad. Das Auto kann von den Vorder- oder den Rücksitzen aus gesteuert werden. Es gibt zwei Methoden: Sprachbedienung oder Karte. Sagst du zum Beispiel, dass du nach Stockholm möchtest, wirst du nach der Route gefragt. Und wenn du dann antwortest, dass du den kürzesten Weg nehmen willst, bekommst du auf einem der Monitore, die aus der Decke oder der Tür fahren, angezeigt, welche Route vorgesehen ist. Du erfährst, wie lange die Reise dauern wird, erhältst einen Bericht über die Verkehrssituation, den Zustand der Wege und andere Begebenheiten, an denen du vielleicht interessiert sein könntest. Alternativ kannst du die Route auch auf einem der Monitore selbst einzeichnen. Du kannst angeben, dass du es eilig hast oder dass du an schönen Stellen anhalten willst, eine Pause bei einem Restaurant, einer Toilette oder Ähnlichem machen willst. Wenn du während der Fahrt arbeiten möchtest, willst du vielleicht nicht so schnell fahren, denn dann könnte dir ja übel werden. All das gibst du an und dann ... Tja, den Rest erledigt das Auto von allein. Die Garantie beträgt fünf Jahre. Wir hatten noch keinerlei Schwierigkeiten mit diesem System. Kein einziger Makel, nicht einmal ein platter Reifen. Du wirst sehr zufrieden sein, das kann ich garantieren.«

»Was muss ich tun?«, fragt Mård und setzt sich nach vorne.

Folkeson steigt an der anderen Seite ein. Er legt die linke Hand auf eine Platte, die sich auf dem Armaturenbrett befindet.

»Ich denke, ich weiß, wer du bist«, sagt das Auto. »Schön, dich zu treffen.«

»Jan Folkeson.«

»Danke, Jan. Womit kann ich dir helfen?«

»Wir wollen einen neuen Fahrer legitimieren und meine Autorisierung löschen.«

»Wie du möchtest, Jan. Womit sollen wir beginnen?«

»Wir autorisieren den neuen Eigentümer.«

»Vollständige Autorisierung?«

»Ja, innerhalb des Landes.«

Folkeson wendet sich an Mård. »Leg deine Hand auf die Platte und nenn deinen Namen, dein Geburtsdatum und deine Adresse.«

Mård befolgt die Anweisung.

»Danke, Mård«, antwortet das System. »Du bist jetzt legitimiert, das Auto überall in Schweden zu führen. Wenn du ins Ausland möchtest, wirst du dafür bei einer anderen Gelegenheit autorisiert. Die Auslandssperre ist eine Sicherheitsmaßnahme. Wenn jemand nachts das Auto auf einen Transporter hievt, fallen sämtliche Systeme aus, sobald das Auto die Grenze überquert.«

»Können wir ein bisschen damit fahren?«, fragt Mård.
»Selbstverständlich. Wenn du hier in der Umgebung bleibst, ist es mit der Karte am einfachsten.«
»Wo finde ich sie?«
»Sag ›Monitor‹.«
»Monitor«, sagt Mård und ein schwarzer Monitor wird von der Decke heruntergelassen.
»Woher weiß das Auto, dass ich den Monitor sehen möchte und nicht einfach dasitze und mich unterhalte – und dabei das Wort Monitor ausspreche? Was passiert, wenn ich ›Kotflügel‹ sage? Fällt dann der Kotflügel vom Wagen?«
Folkeson schüttelt den Kopf. »Das Auto unterscheidet zwischen Kommando und Zusammenhang. Ein einzelnes Wort fasst es als Kommando auf. Es würde nie einen Monitor ausfahren, wenn du das Wort einen in einem Gespräch erwähnst.«
»Wie bekomme ich jetzt die Karte zu sehen?«
»Sag ›Karte‹.«
»Karte«, sagt Mård und das Auto fragt: »Welches Gebiet soll angezeigt werden?«
»Sag ›die Umgebung hier‹«, rät ihm Jan Folkeson.
»Danke, Mård«, sagt das Auto, als es das Kommando bekommen hat. »Welche Auflösung?«
»Sag ›eins zu fünfundzwanzigtausend‹«, schlägt Folkeson vor und Mård tut, wie ihm gesagt wird.
»Ich hole meine Frau«, sagt er kurz darauf und geht rasch ins Haus. Maya liegt auf dem Bett mit drei Kissen unter dem Kopf und sieht sich einen Film auf der Bildwand an.
»Komm runter und guck dir unser neues Auto an!«
Maya wendet den Blick nicht vom Film ab und Mård drängt sie: »Komm, ich zeig's dir!«
Maya schaltet die Lautstärke höher. »Ich will dein Auto nicht sehen.«

»Warum nicht?«
»Es ist mit Geld bezahlt, das von einer Drecksarbeit stammt.«
Mård lehnt im Türrahmen, streckt einen Arm aus und kratzt an der rechten oberen Ecke des Rahmens herum. Einige Farbplättchen lösen sich ab und geraten so tief unter seinen Fingernagel, dass es schmerzt. Er nimmt die Hand nicht weg. »Wie schön, dass du so gar nicht wählerisch bist.«
»Ich gucke gerade einen Film.«
»Was ist das für ein Film?«
»Das kann dir doch egal sein. Geh zu deinem Auto.«
»Hast du vergessen, was du in deinem Bauch hast?«
»Ich denke an nichts anderes.«
»Es fährt vierhundert Stundenkilometer bei voller Ladung. Du kannst auch ein eigenes bekommen, ein kleineres, wenn du findest, dass das hier zu groß ist.«
»Ich will nicht weiter darüber reden.«
Mård nimmt die Fernbedienung und schaltet den Film aus. Maya dreht den Kopf zu ihm und blickt ihm in die Augen. »Mach das wieder an.«
»Kannst du nicht herunterkommen und dir das Auto ansehen?«
Maya nimmt ihm die Fernbedienung aus der Hand und schaltet den Film wieder an. »Das ist die beste Stelle.«
Mård dreht sich um, geht die Treppe hinunter auf den Hof. Er läuft zu Folkeson, der an das Auto gelehnt dasteht und das Gesicht der Sonne zugedreht hat, während er in sein Mobil spricht. Der Autohändler beendet das Gespräch und nimmt sich die Stöpsel aus den Ohren.
»Drehen wir eine Runde?«
Sie nehmen beide auf den Vordersitzen Platz.
»Du kannst eine Stimme aussuchen. Das Auto hat mehrere.«
»Wie meinen Sie das?«

»Viele Männer mögen Foxy Lady.«
»Wie klingt sie?«
»Stimmenwahl«, sagt Folkeson.
»Welche Stimme wählst du?«, fragt das Auto.
»Foxy Lady«, antwortet Folkeson.
»Geht klar. Hier kommt Foxy Lady.«
Foxy flüstert: »Hallo, Mård! Wie geht's, Süßer?«
Mård lacht. »Hallo, Foxy! Gut geht's«, sagt er.
Sie seufzt. »Was kann ich für dich tun?«
»Was du willst.«
Foxy lacht. »Sollen wir eine Runde drehen?«
»Gute Idee!«
Foxy flüstert beinahe lautlos: »Möchtest du sitzen oder liegen?«
»Was meinst du damit?«
»Du kannst auf dem Rücksitz liegen, wenn du das möchtest. Du nimmst Platz und bittest mich, dich hinzulegen. Die Rückenlehne sinkt zurück, bis du Stopp sagst. Wie klingt das?«
»Ich setze mich nach hinten«, entscheidet sich Mård und es klingt, als hätte er einen Kloß im Hals.
»Tu das, ich warte«, sagt Foxy.
Mård steigt aus, schlägt die Vordertür zu, öffnet die hintere Tür und setzt sich. »Was soll ich sagen?«, fragt er.
»Du sagst, dass ich dich hinlegen soll. Wenn du eine Rückenmassage verlangst, kannst du sie weich oder hart wählen.«
»Leg mich hin«, sagt Mård und es klingt, als würde seine Zunge am Gaumen festkleben. »Eine Massage muss nicht sein.«
Die Rückenlehnen fahren zurück.
»Ist es so gut?«
»Ja, sehr gut«, krächzt Mård.
»Möchtest du mich vielleicht in einem Film sehen?«
»Was hast du für Filme?«

»Du kannst mich so sehen, wie du mich haben willst: europäisch, aus dem Mittleren Osten kommend, asiatisch, südamerikanisch, afrikanisch. Zwischen sechzehn und siebzig Jahre alt. Dünn, mittel oder mollig. I'm all yours.«

23

Nadia fährt Elin nach Falun. »Bist du dir sicher, dass du es schaffst?«
»Es ist nur eine Debatte.«
»Miriam und noch jemand vom Personenschutz werden vor Ort sein. Der Saal ist mit Zivilpolizei und Bombenhunden gesichert.«
»Warum ein so großer Einsatz?«
»Für die Regierung wäre es eine Niederlage, wenn dir jemand Schaden zufügen würde. Man würde daraus schließen, dass die Gangs immer noch das Sagen haben.«
»Steckt Karin hinter dem Ganzen?«
»Du hast symbolischen Wert. Vor der Debatte treffen wir eine Journalistin. Du kennt sie wohl.«
»Yasmin wird mich interviewen. Es geht um einen Mann, den ich umgebracht habe, als ich sechzehn war.«
»Ich wusste nicht, dass du einen Mann umgebracht hast, als du sechzehn warst.«
»Nicht viele wissen das, aber jetzt ist ein Zeuge aufgetaucht. Es soll ein Video geben.«
Nadia schnaubt. »Du hast wirklich ganz schön was auf dem Kerbholz. Ich war Soldatin in einer Spezialeinheit während des Krieges. Wir waren sechs Leute in unserer Gruppe. Niemand von uns hat jemanden getötet. Und du hast drei Stück umgebracht.«

»Ich weiß. Mit mir stimmt etwas nicht.«
»Was ist denn passiert, als du sechzehn warst?«
Elin erzählt und kommt erst zum Ende, als ein Polizist sie vor dem Stadttheater in Falun zum Halten auffordert. Elin hat einen trockenen Mund und ihr Herz klopft wild.
Miriam und eine uniformierte Frau von der Ortspolizei kommen ihnen entgegen. Die Frau sieht aus, als wäre sie geradewegs einem Bild des Nationalmalers Anders Zorn entstiegen und hätte sich die Uniform nur rasch übergezogen, um ihre Nacktheit zu verbergen. Als sie spricht, klingt sie wie eine typische Bauersfrau aus Dalarna.
»Uns wurden zwei Drohungen gemeldet, die wir durchaus ernst nehmen. Wenn noch etwas passiert, sehen wir uns gezwungen, die Veranstaltung abzusagen.«
Elin blickt zur Schlange am Eingang. »Wie groß ist der Saal?«
»Fünfhundert Plätze. Oben sind Sicherheitsschleusen aufgestellt und wir haben Hunde dort.«
Miriam geht voran zu einer Tür auf der Rückseite des Gebäudes. Dort wartet Yasmin zusammen mit einem Kameramann. Elin und Yasmin umarmen sich, dann wendet sich Yasmin der uniformierten Frau zu. »Wir brauchen eine Viertelstunde.« Sie zeigt auf einen kleinen Raum. »Können wir dort hinein?«
Die Uniformierte tritt durch die Tür, sieht sich um und kommt wieder heraus.
»Ich komme mit«, sagt Nadia und geht vor Yasmin und Elin hinein. Ein Tisch und ein Flipchart befinden sich in dem Raum, aber keine Stühle. In einer Ecke steht ein kleines Kasperletheater.
Nadia bittet den Kameramann, sich auszuweisen, und Miriam schließt die Tür von außen.
Yasmin hält jetzt ein Display vor sich – so groß wie zwei Handflächen. Man sieht einen Mann von hinten gefilmt. Die Stimme ist verzerrt.

»Ich war draußen, um Bilder vom Weißrückenspecht zu machen. Es sollte östlich vom Weg bei Wongs 63 angeblich eine Stelle geben. Ich hab nicht recht daran geglaubt, aber mich trotzdem dorthin aufgemacht.«
»Sie sind Amateurornithologe«, sagt Yasmin außerhalb des Bildes. »Und wollten eine bestimmte Spechtart fotografieren?«
»Genau«, antwortet der Mann. »Ich habe so gut wie alle unsere heimischen Vögel fotografiert, außer ein paar Seevögeln. Eiderenten sieht man heutzutage kaum noch und der Weißrückenspecht ist schwer zu erwischen. Er liebt Laubwälder, also war es vermutlich einfach falscher Alarm.«
»Was für eine Art Kamera hatten Sie dabei?«
»Ein solides Stück mit gutem Objektiv.«
»Sie befanden sich also in dem Gebiet östlich des Kaufhauses Wongs 63, als etwas passierte.«
»Ich lag in einem Versteck bei einer Stelle, die Großer Stein heißt. Da entdeckte ich drei Reiter, die in einem Gebüsch lauerten. Aber ich bemerkte sie erst, als ich zwei andere Reiter vom Sicherheitsweg herunterreiten sah.«
»Sie sahen fünf Reiter?«
»Ja.«
»Und Sie haben alles gefilmt?«
»Ja.«
»Warum?«
»Ich hatte die Kamera auf Wongs ausgerichtet – aus dieser Richtung kamen die beiden angeritten. Als die drei anderen aus dem Gebüsch auftauchten, ließ ich die Kamera einfach laufen.«
»Können wir Ihren Film ansehen?«
Ein Video in schlechter Qualität, mit Datums- und Zeitangaben in der rechten oberen Ecke erscheint auf dem Display.
Darauf ist zu sehen, wie ein Pferd auf die Knie geht und sein Reiter

aus dem Sattel rutscht. Im gleichen Moment preschen drei weitere Reiter aus einem Fichtengebüsch hervor. Ein Mann und eine Frau reiten auf ein Mädchen zu, das eine Armbrust zückt. Der Mann erreicht das Mädchen beinahe und zückt einen Knüppel. Da fällt der Mann aus dem Sattel – nur ein Fuß bleibt im Steigbügel hängen – und die Armbrustschützin, die vornübergebückt auf ihrem Pferd sitzt, ergreift die Flucht.

»Hier endet die Aufnahme«, stellt Yasmin fest.

»Ich habe etwas falsch gemacht.«

»Was meinen Sie?«

»Statt heranzuzoomen, habe ich die Kamera ausgeschaltet. Das war ein Versehen. Dann habe ich sie nicht wieder angemacht. Ich bekam Angst.«

»Warum bekamen Sie Angst?«

»Ich habe gesehen, was einer der Männer mit dem anderen tat, dessen Pferd unter ihm erschossen wurde.«

»Was tat er?«

»Hat auf den eingeschlagen, der am Boden lag. Das sah fürchterlich aus.«

»Und was haben Sie da gedacht?«

»Dass es das Beste sein würde, nichts zu sagen.«

»Aber jetzt haben Sie Ihre Meinung geändert?«

»Ja.«

»Warum?«

»Ich weiß, wer das Mädchen ist, das von dem alten Kerl mit einem Knüppel angegriffen wurde. Und ich weiß, wer es ist, der sie verfolgt. Es könnte ja für die Leute ganz interessant sein, sich das anzugucken. Ich bekomme vielleicht auch ein bisschen Geld dafür, wenn ich den Film verkaufe?«

»Sie brauchen Geld.«

»Ja.«

»Was sind Sie von Beruf?«
»Forstmaschinenfahrer, aber ich habe nie eine Anstellung gehabt. Auch niemand sonst zu Hause hatte Arbeit. Die Roboter haben uns alles weggenommen.«
»Sie möchten nicht mit Namen auftreten und nicht Ihr Gesicht zeigen.«
»Nicht, wenn ich es vermeiden kann.«
»Sie haben also Angst?«
»Ja.«
Das Display wird schwarz und Yasmin reicht es dem Kameramann.
»Wir werden das hier zeigen. Ich dachte erst an heute Abend, aber jetzt wird es morgen. Da werden wir dann auch das Interview mit Ida Torson ausstrahlen. Alles, was sie sagt, stimmt mit dem überein, was auf dem Video zu sehen ist, und mit dem, was Vagn gesagt hat. Sie erzählt von ihrem Vater, Björn Torson. Wir haben Material für eine Reportage, darüber, wie er versuchte, den Leuten Angst einzujagen, damit sie in der Gemeindeversammlung seinen Wünschen entsprechend stimmen. Wenn alles gesendet wurde, werde ich ein Interview mit dir machen. Dann wissen wir, wie die öffentliche Meinung aussieht, und können über deine Stellung als Reichstagskandidatin sprechen.«
Elins Mund ist ganz trocken und sie muss ihre Lippen befeuchten, ehe sie etwas sagt. »Nachdem ich drei Menschen umgebracht habe, wovon einer bisher ein Geheimnis war, glaube ich nicht, dass ich noch viele Debatten führen kann. Alles wird persönlich werden. Ich weiß noch nicht einmal, ob ich heute Abend tatsächlich auftreten soll.«
»Heute Abend kannst du auf die Reportage verweisen, die wir morgen zeigen«, sagt Yasmin. »Immer eins nach dem anderen.«
Der Kameramann duckt sich hinter seine Kamera.
»Was soll ich sagen?«, will Elin wissen.

»Sag, dass du eine ausführliche Stellungnahme abgeben wirst bezüglich der Anschuldigung, dass du einen weiteren Mord begangen hast.«

»Weiterer Mord?«, meldet sich Nadia zu Wort. »Ist es gut, wenn Elin selbst zugibt, dass sie eine Mörderin ist? Handelt es sich nicht um Notwehr? Und wusste Elin wirklich, dass er starb?«

»Ja, du hast recht.« Yasmin nickt. »Vermeide besser das Wort Mord.«

Elin lässt den Blick zwischen Nadia und Yasmin hin- und herwandern. Sie seufzt. »Was soll ich also sagen?«

Sie beraten sich über die beste Wortwahl.

Als sie fertig sind, hält der Kameramann die Kamera in der einen Hand und das Stativ in der anderen. Er nickt Elin zu. »Ich stimme für dich!«, sagt er, als Yasmin ihm die Tür aufhält. »Du bist aus dem richtigen Holz geschnitzt.«

»Es wird gut laufen«, verspricht Nadia. »Du hast schon weitaus schwierigere Situationen bewältigt, als in einer Podiumsdiskussion mit einem Fünfundzwanzigjährigen aus Gagnef zu überzeugen.«

Sie steuern auf Miriam zu, zu der sich die uniformierte Gemäldepolizistin und ein Polizist mit einem riesigen Schäferhund gesellt haben.

Eine Frau in Rock und Bluse kommt auf Elin zu. Sie hat ein weißes Tuch mit blauen Punkten über den Schultern. Sie sieht aufgeregt aus und ihre Stimme klingt grell. »Ich heiße Maria Eriksson und bin Kultursekretärin. Wir haben gerade eine Absage von Mats Pärson bekommen. Er hat Angina und Fieber. Ich hätte moderieren sollen, aber ich frage mich, ob es nicht am besten wäre, wenn du einfach allein auftrittst und Fragen aus dem Publikum entgegennimmst?«

Elin nickt. »Ich schaffe es allein.«

»Pärson musst du unbedingt ein andermal auflaufen lassen«, flüstert Nadia und küsst Elin auf die Wange. »Geh jetzt da rein, beantworte ihre Fragen und vergiss nicht, dass dich alle lieben.«

»Alle wohl kaum«, entgegnet Elin.
»Alle lieben dich«, versichert ihr Nadia. »Einige wissen bisher nur noch nicht, dass sie es tun.«

Der Saal ist vollbesetzt und das Publikum jubelt, als Elin die Bühne betritt. Ganz hinten im Saal steht eine Gruppe Frauen, die eine Banderole hochhält: *ELIN IN DEN REICHSTAG*! steht darauf. Dann gibt es Applaus.
Maria Eriksson geht bis zum vorderen Rand der Bühne. Sie braucht kein Mikrofon, der Ton wird mit Audiostrahlern übertragen. »Bedauerlicherweise musste Mats Pärson absagen, aber Elin steht hier neben mir bereit und ich rechne damit, dass das Publikum einige Fragen an sie hat. Willkommen, Elin Holme!«
Das Publikum applaudiert erneut, manche etwas verhaltener, manche voller Begeisterung.
»Wie schön, dass so viele gekommen sind, um bei diesem Gespräch dabei zu sein«, beginnt Elin. »Wie Maria angekündigt hat, beantworte ich gerne Ihre Fragen. Bitte schön!«
Zwei Männer, beide aus der zweiten Reihe, recken sofort ihre Hände in die Luft und Elin deutet auf den älteren. Er muss etwa sechzig Jahre alt sein und trägt eine rosafarbene Schirmmütze mit dem Batmanzeichen darauf.
Ein paar Plätze neben ihm sitzt eine junge Frau mit widerspenstigem schwarzen, schulterlangen Haaren, rot geschminkten Lippen und einer runden Brille mit hellblauen Gläsern. Sie schiebt die Brille vor bis auf die Nasenspitze und beobachtet Elin.
Der Fragesteller spricht in breitem Dialekt, und als er sich räuspert, schiebt er die Mütze weit in den Nacken und blickt Elin in die Augen. »Am Dalälven haben wir sechzehn größere Dämme. Viele davon sind alt und trotz regelmäßiger Inspektionen kann man nicht mit Sicherheit sagen, dass sie wirklich noch imstande sind, gewal-

tige Wassermassen abzuhalten. Wie alle wissen, hatten wir außerdem bereits mindestens einen Sabotageversuch an dem Damm in Trängsel. Meine Frage an dich, Elin, zielt darauf ab, was du vorhast, um wieder Sicherheit für die Dammanlagen zu gewährleisten. Ein gebrochener Damm kann weite Gebiete unter Wasser setzen. Es kann weniger als eine Stunde dauern, dann haben wir den Fluss im Wohnzimmer.«

Elin unterbricht ihn. »Wie also lautet die Frage?«

»Eigentlich sind es zwei Fragen. Erstens: Welche Sicherheit kannst du uns geben, dass wir nicht demnächst mit einem Dammbruch aufgrund von Materialermüdung zu rechnen haben? Und zweitens: Wie kann die Überwachung der Dämme verstärkt werden, damit Gruppen, die uns Schaden zufügen wollen, nicht die Möglichkeit haben, Angriffe zu verüben?«

Der Mann verstummt und Elin bemüht sich um eine Antwort.

Die nächste Frage handelt vom Verbot, Schüler ohne ärztliche Untersuchung unter Medikamenteneinfluss zu setzen. Ein Lehrerin beschwert sich über – wie sie es nennt – unzumutbare Zustände in den Klassen, seit die Medikamente gestrichen wurden.

Elin weist auf eine Untersuchung und aktuelle Modellversuche hin.

Die dritte Frage behandelt die russischen Absichten, die Insel Fårö für sich zu gewinnen, mit dem Ziel, die Gasleitungen auf dem Grund der Ostsee besser überwachen zu können.

Die vierte Frage kommt von einer grauhaarigen Frau mit lauter Stimme. Sie steht ganz hinten neben der Banderole. »Ich bin Lehrerin am Lugnet-Gymnasium. Früher gab es Papiermühlen und Stahlwerke hier in Dalarna. Heute ist von diesen Betrieben nichts mehr übrig. Meine Schüler werden für die Arbeit im Touristensektor und in der Pflege ausgebildet. Pflege und Tourismus sind die Fächer, die am häufigsten angeboten werden, aber nicht alle wollen in diesen Bereichen arbeiten. Wie sieht dein Einsatz für ein Schwe-

den aus, das Arbeit in mehr Sektoren anbietet als bloß im Tourismus, dem Pflegesektor oder in der Computerspiel- und Musikbranche?«
Elin muss sich einen Augenblick sammeln, bevor sie antwortet.
»Vor wenigen Stunden hatte ich ein Treffen mit einem Hotelkoch. Der Koch war ein Roboter, der als Erstes gefragt hat, in welcher Sprache er mich anreden soll. Die meisten Roboter im Tourismussektor sprechen zehn Sprachen. Welcher Absolvent des Lugnet-Gymnasiums und heutiger Rezeptionist spricht auch nur halb so viele Sprachen?« Elin macht eine Pause, dann redet sie weiter. »Die Arbeitsbedingungen, die auf uns zukommen, verlangen von uns Neuschöpfungen. Junge Leute müssen selbst die Verantwortung für ihre Chance auf dem Arbeitsmarkt übernehmen. Man kann sich nicht mehr darauf verlassen, dass man durch andere an Anstellungen in fabrikähnlichen Anlagen gerät. Als junger Mensch muss man ernsthaft und zielgerichtet studieren, um von Anfang an auf der Höhe der eigenen Möglichkeiten zu agieren. In dieser Angelegenheit liegt aber vieles schon seit Langem im Argen. Der Konsum von Arzneimitteln bei Schulkindern ist ein Anzeichen dafür, dass etwas nicht stimmt.«
Jetzt kommt Leben in den Saal. Elin geht ein paar Schritte zurück und hört sich die aufgebrachten Zurufe von echauffierten Frauen an, die ihr unterstellen, sie würde sie wie Rabeneltern aussehen lassen, die ihren Kindern Arznei verabreichten, damit sie die Schulzeit überstehen.
Eine Frau schreit, dass ihre Tochter so verängstigt sei, dass sie sich nicht einmal traue, Beiträge in den sozialen Netzwerken zu posten. Viele sind aufgestanden und erzählen ähnliche Geschichten über die Angst ihrer Kinder, selbstverletzendes Verhalten, Missbrauch und Resignation.
Als Elin bald darauf die Diskussion abbricht, erklärt sie, dass dies

das sei, was Demokratie ausmache: »Wir haben Ansichten und Meinungen zu wichtigen Fragen des Lebens. Wählt ihr mich zu eurer Ombudsfrau, werde ich auf das hören, was ihr mir zu sagen habt. Ich werde sogar auf das hören, was Mats Pärson zu sagen hat, obwohl ich glaube, dass er und ich in den meisten Punkten verschiedener Meinung sind.«

Der Saal lacht und viele klatschen. Eine Frau steht auf, ruft etwas Unverständliches und rauscht zum Ausgang.

Die Frau mit den widerspenstigen Haaren und der Brille mit den blauen Gläsern hält die Hand hoch. »Was hältst du vom Königshaus?«, fragt sie und schiebt ihre Brille mit einem Finger hoch.

»Ich bin kein Royalist«, antwortet Elin. »Wenn es das ist, was Sie wissen wollen. Die Königin hat den Vorsitz im Auslandsausschuss, was unbegreiflich ist. Dieser Posten sollte mit einer erfahrenen Diplomatin oder Staatsrätin besetzt sein und nicht mit einer Frau, die etwa so alt ist wie ich und noch nie in ihrem Leben eine richtige Arbeit ausgeübt, geschweige denn an diplomatischen Verhandlungen teilgenommen hat. Das Königshaus ist eine antidemokratische Institution. Jedes Mal, wenn sich die Königin zeigt, wird ein Missstand deutlich: nämlich der, dass die Menschen eben doch nicht gleichrangig sind.« Elin zuckt mit den Schultern und wendet sich einem anderen Teil des Saals zu.

Es werden noch einige weitere Fragen gestellt, dann betritt Maria Eriksson wieder die Bühne und sagt, dass die letzten fünf Minuten noch für Elins Ankündigung reichen würden.

»Morgen wird eine Sondersendung gezeigt, die viele von Ihnen interessieren könnte. Vielleicht wird das, was Sie dort über mich erfahren, Ihre Einstellung zu mir grundlegend ändern. Doch was auch immer Sie darüber denken mögen – ich möchte, dass alle die Wahrheit kennen, wenn Sie entscheiden, ob Sie mich für einen der dreihundertneunundvierzig Sitze im Reichstag wählen.«

Der Applaus hält lange an und viele Frauen wollen ein Autogramm von Elin. Elin stellt sich vor die Bühne und unterschreibt. Miriam und Nadia stehen an ihrer Seite.
Eine große junge Frau küsst Elin auf die Wange. »Ich bin schwanger«, flüstert sie. »Es wird ein Mädchen und rate mal, wie ich es nennen werde!«

24

Mård fährt Folkeson nach Borlänge und kehrt danach nach Hause zurück. Er lässt das Auto aufladen und geht hinauf zu Maya. Sie guckt einen weiteren Film. Mård setzt sich auf die Bettkante und legt eine Hand auf ihren Fuß. »Wie geht es dir?«
Maya wendet den Blick nicht von der Bildwand ab.
»Kannst du nicht mit zu Burmans kommen?«
Maya antwortet nicht.
Mård seufzt und geht zu Sten hinüber. Die Tür ist geschlossen und er klopft an. Als niemand antwortet, steigt er die Treppe wieder nach unten, setzt sich ins Arbeitszimmer und greift nach dem Mobil. Er ruft Burman an. »Ich habe ein Auto gekauft.«
»Glückwunsch! Und, ist es größer?«
»Ja, und schwarz.«
»Nicht schlecht.«
»Was hast du für eine Stimme in deinem?«
»Lila hat jemanden namens Tony. Ich habe Brigitte.«
»Hast du Foxy Lady ausprobiert?«
»Ich habe sie mir angehört.«
»Und, was denkst du?«

»Mir gefällt Brigitte besser.«
»Eines von Larssons Mädchen hat hier herumgelungert. Maya hat sie gesehen. Sie war bewaffnet.«
»Warum habt ihr nicht angerufen? Ich wäre sofort rübergekommen und Larssons Göre hätte eins auf die Gosche bekommen.«
»Kannst du jemanden schicken, der Wache hält?«
»Ich höre mal bei Sylve nach, bei dem brennt sonst nichts und er könnte direkt kommen.«
Da ruft Maya von oben: »Mård! Komm schnell!«
»Ich muss aufhören«, sagt Mård. Er nimmt drei Treppenstufen auf einmal. »Was ist?«, keucht er.
Maya zeigt zur Bildwand, auf der Elin direkt in die Kamera blickt.
»Als ich sechzehn war, wurde ich gezwungen, mich gegen einen Angreifer zu verteidigen, und er stürzte tot vom Pferd.«
Die Nachrichtensprecherin kommt ins Bild. »Die gesamte Reportage über Elin Holme wird morgen ausgestrahlt. Und nun zum Wetter.«
Der Meteorologe hat einen Backenbart und trägt eine karierte Hose, ein kariertes Hemd und eine karierte Jacke.
Mård streckt sich nach der Fernbedienung, aber Maya kommt ihm zuvor und legt sie auf die andere Seite.
Mård schließt die Augen. »Schalt den Scheiß aus. Ich ertrage Leute nicht, die Karos tragen. Davon bekomme ich Augenflimmern.«
Maya macht die Bildwand aus und Mård setzt sich auf die Bettkante. Er zeigt auf den schwarzen Bildschirm. »Hast du deshalb gerufen?«
»Holme hat eine Tochter.«
»Holme hat Mama und Papa ermordet.« Mård betrachtet die leere Bildwand. »Wir sollten eine mit Spracherkennung haben. Fernbedienung ist Mittelalter.«
»Mittelalter«, schnaubt Maya verächtlich. »Und was bitte ist dann

Blutrache? Ist das nicht Mittelalter? Oder sogar noch älter? Und die Bildwand wird wieder von deinem Geld bezahlt. Jedes Mal, wenn ich mir einen Film ansehe, muss ich daran denken, dass es dein Geschäft ist, das das alles finanziert. Wollen wir so leben? Soll ich immer wieder daran erinnert werden, dass ich von der Angst anderer Menschen lebe? Wenn ich Essen für das Kind kaufe, werde ich an die Leute denken, die du hast misshandeln lassen …«

Mård unterbricht sie mit lauter Stimme. »So ist es nicht.«

Mayas Gesichtsausdruck sieht gefährlich aus. »Nicht?«

»Unser Versicherungsgeschäft hilft denjenigen, die in Schwierigkeiten sind – das weißt du. Die Polizei ist zu nichts zu gebrauchen und die Leute müssen vor Einbrechern beschützt werden und vor Konkurrenten, die zu wirklich unangenehmen Mitteln greifen. Wir bedrohen niemanden. Wir halten das Gesetz aufrecht.«

»Lüg nicht!«

»Wir beschützen diejenigen, die von Leuten bedroht werden, die sich tatsächlich illegaler Methoden bedienen. Wir beschützen die Unternehmen vor unfairer Konkurrenz …«

»Und warum schleicht dann da draußen eins von Larssons Mädchen herum? Warum war sie bewaffnet?«

»Larssons Mädchen hatten schon eine Schraube locker, als sie noch in die Achte gingen.«

Mård schüttelt den Kopf, hält eine Hand an die Schläfe und zeigt mit ausgestrecktem Finger auf sein Ohr. »Manche werden verrückt von den Schwermetallen und dem anderen Scheiß. Arsen, Kadmium, Blei und Flammschutzmittel stecken überall drin. Der Scheiß setzt sich ins Gehirn.« Mård zeigt auf Mayas Bauch. »In der Säuglingsnahrung. Sogar in der Muttermilch. Schau doch nur, wie es in den Schulen zugeht. Niemand darf dort hingehen, ohne Cool zu nehmen. Und was ist Cool? Da hast du ein Unternehmen, das gestoppt werden müsste, wenn du mich fragst. Pillendreher mit

Monopol auf Drogenverkauf und treuen Strohmännern in den Apotheken. Ich verspreche dir, dass das, was wir tun, Kinkerlitzchen sind verglichen mit dem, was um uns herum passiert! Überall wird gelogen, betrogen, sich bereichert …«
Maya zischt: »Und deswegen können deine Handlanger einen Mann bedrohen, der ein Fuhrunternehmen hat, das mit den Autos konkurriert, die dein Vater gekauft hat? Das ist schon ziemlich weit hergeholt, oder? Meinst du nicht, dass das ziemlicher Müll ist?«
Mård starrt die Bildwand an. »Was haben sie über Holme gesagt?«
»Guck es dir doch selbst an.«
»Okay.« Mård steht auf und springt die Treppe hinunter. Er nimmt drei Stufen auf einmal. Im Arbeitszimmer setzt er sich an den Schreibtisch und holt das Mobil hervor. Er öffnet das Video.
»Als ich sechzehn war, wurde ich gezwungen, mich gegen einen Angreifer zu verteidigen.«
Mård hört sich den Satz zweimal hintereinander an, dann stoppt er das Bild. Er zieht eine Rechnung hervor, dreht sie um und zeichnet Elins Gesicht mit Bleistift ab.
Er bekommt die Wangen recht gut hin, auch die Nase und die Ohren. Doch die Augen wollen ihm nicht gelingen. Er versucht es mehrmals. Nach einer Weile zieht er einen Kreis um das Gesicht, in den er ein Fadenkreuz zeichnet. Beim dritten Versuch, ein Gesicht im Fadenkreuz eines Gewehrs zu zeichnen, ertönt das Anrufsignal.
»Ja?«, fragt Mård.
»Es gibt noch eine Sache, die Folkeson vielleicht nicht erwähnt hat«, sagt Burman.
»Was?«
»Alle Fahrten, die du mit dem Auto unternimmst, werden auf dem Server gespeichert.«
»Du willst damit also sagen, dass ich überwacht werde, wenn ich den Wagen benutze?«

»Da die Fahrerdaten gespeichert werden, wirst du unmöglich beweisen können, dass du es nicht warst, der im Auto saß – wenn du verstehst, was ich meine. Jeder Meter, den du zurücklegst, landet auf dem Server und kann von der Polizei hervorgeholt werden oder von jemandem, der einen Hacker angestellt hat. Sei dir dessen bewusst, wenn du darin unterwegs bist.«
»Folkeson hat nichts davon erzählt«, sagt Mård. »Aber ich habe natürlich daran gedacht.«
»Richte Maya aus, dass Lola sich schon darauf freut, ihren Bauch zu sehen.«
Burman beendet das Gespräch und Mård bleibt mit dem Mobil in der Hand sitzen. Schließlich steht er auf, zieht sich die Stiefel an und geht durch die Küchentür hinaus.
Ganz oben in der großen Tanne sitzt eine Amsel. Sie singt so laut, als wollte sie mit ihrem Gesang jemanden von etwas überzeugen. Mård bleibt eine Weile stehen und hört zu. Dann geht er über den Hof. Neben dem Auto sitzt eine der Katzen. Er bückt sich und streichelt sie. Dann setzt er sich auf den Rücksitz.
»Bist du das, Mård?«
»Ja.«
»Was kann ich für dich tun?«
»Sprich mit mir.«
»Worüber?«
»Egal.«
Als er eine halbe Stunde später aus dem Auto steigt, singt die Amsel noch immer. Mård geht über den Hof, und als er die Küchentür öffnet, schlüpft die Katze mit hinein. Er steigt hinauf zu Maya, die sich zum Fenster gedreht hat. Mård zieht sich aus und kriecht neben sie. Er drückt sich an ihren Körper, aber sie scheint zu schlafen. Später in der Nacht kommen die Katzen und legen sich zu Mårds Füßen.

Als Mård aufwacht, hat er die Sonne im Gesicht und Maya ist schon aufgestanden. Er geht zur Toilette und betrachtet den gelben Urinstrahl. Dann zieht er sich an. Die ganze Zeit über ist die Amsel zu hören. Er geht nach unten und spürt die Morgenkühle an den nackten Fußsohlen, die unsichtbar auf den Brettern des Küchenbodens zu liegen scheint.

Es duftet nach Kaffee, aber Maya ist nicht zu sehen. Mård geht zum Fenster und sieht hinaus, öffnet die Küchentür, atmet die Morgenluft ein und bleibt eine Weile stehen.

Dann gießt er sich eine Tasse Kaffee ein und belegt sich ein Brot mit Herrgårdskäse. Auf dem Weg zum Küchentisch hört er ein Geräusch aus dem Arbeitszimmer. Er stellt die Kaffeetasse auf den Tisch, legt das Brot daneben, steckt die Hand in die hintere Hosentasche und umfasst die Pistole.

Auf dem Schreibtischstuhl im Arbeitszimmer sitzt Sten. Vor ihm auf dem Tisch liegt eine der Schrotflinten.

Mård lässt die Pistole los. »Was machst du hier?«

Sten blickt seinen Bruder an. »Ich habe jemanden im Gebüsch gesehen, als ich aufgewacht bin.«

Mård kann ein Lächeln nicht zurückhalten. »Heute kannst du also sprechen? Davon war gestern noch nichts zu merken.«

»Jemand war im Gebüsch, als ich aufgewacht bin.«

»Wie kommt es, dass du plötzlich so eine Quasselstrippe bist? Mehr Worte in einer halben Minute als die gesamte letzte Woche.«

Sten schüttelt den Kopf. »Es war nicht Sylve.«

»Woher weißt du das?«

»Wenn es Sylve gewesen wäre, hätte er plötzlich fünfzig Kilo weniger. Es war das Mädchen von gestern.«

»Sylve soll da draußen Wache halten. Burman hat ihn geschickt.«

Sten schüttelt den Kopf. »Es war dieselbe wie gestern. Dunkle Jacke, Schrotflinte.«

Mård deutet auf den Schreibtisch. »Wo sind meine Zeichnungen?«
Sten antwortet nicht.
»Eben konntest du doch noch sprechen. Wo sind sie?«
»Ich habe sie verbrannt.«
»Warum?«
Sten betrachtet seinen Bruder eine Weile. Dann antwortet er sehr leise, beinahe flüsternd: »Sie, die Mama und Papa erschossen hat, im Visier eines Zielfernrohrs. Ist es klug, solche Bilder auf dem Schreibtisch herumliegen zu haben, falls die Polizei kommt?«
Mård zuckt mit den Schultern. »Freut mich, dass du erkannt hast, wen es darstellen soll. Aber warum sollte die Polizei kommen?«
Sten steht auf. Ohne ein Wort zu sagen, geht er zur Treppe und läuft, zwei Stufen auf einmal nehmend, nach oben.
Mård sieht zu, wie er verschwindet, und lauscht seinen schnellen Schritten. Dann ruft er Burman an. »Wo ist Sylve?«
»Ich habe ihn gestern oben bei dir abgesetzt. Er sollte in der Nacht abgelöst werden. Ich glaube, er sagte etwas von sechs Uhr.«
»Wer sollte ihn ablösen?«
»Er wollte jemanden nehmen, der frei war. Ström vielleicht.«
»Finde heraus, wo Sylve ist, und sag ihm, dass er herkommen soll.«
»Ist es nicht einfacher, wenn du ihn anrufst?«
»Wir haben entschieden, dass du dich um die Kontakte auf dieser Ebene kümmerst, oder nicht?«
»Ja, richtig.«
»Lass von dir hören, wenn du etwas herausgefunden hast.« Mård zieht einen Stapel alter Rechnungen zu sich heran, spitzt einen Bleistift mit dem Klappmesser und lässt die Späne auf den Boden fallen. Dann sucht er ein Bild des Weißrückenspechts in seinem Mobil hervor. Er macht einen Versuch, ihn abzuzeichnen, ist aber mit dem Ergebnis nicht zufrieden. Er schaut auf die Uhr und geht hinaus zum Auto.

»Hallo, Mård«, wird er begrüßt, als er auf dem Rücksitz Platz nimmt. »Was kann ich für dich tun?«
»Bring mich zur Justizvollzugsanstalt bei Tallmon, kurz hinter Gävle.«

25

Elin kriecht auf allen vieren. In dem Gang steht das Wasser und sie wird nass an den Knien. Nach einer Weile ist es so eng, dass sie sich kaum noch bewegen kann, weder vor noch zurück. Sie will zurückweichen, kommt aber nicht vom Fleck. Jemand ruft sie, aber sie hört nur das Echo und kann die Worte nicht verstehen. Das Wasser steigt. Sie hört sich selbst sagen, dass sie ertrinken wird.
Dann wacht sie dicht an die Wand gedrückt in ihrem Bett auf. Das Bett ist nass.
Sie steht auf und hebt Gerda aus dem nassen Bettzeug, ohne dass das Kind aufwacht, zieht ihr das Nachthemd aus und legt Gerda in das kleine weiße Bett in der Ecke. Sie öffnet das Fenster, zieht Laken und Bettzeug ihres Bettes ab und geht damit zur Waschmaschine. Als sie wieder in das Zimmer kommt, ist Gerda wach.
»Hallo, Gerda«, flüstert Elin.
Gerda dreht sich, ohne etwas zu sagen, zur Wand.
»Ich glaube, heute wird es schön«, sagt Elin mit Blick zum Fenster. »Möchtest du Frühstück haben?«
Gerda antwortet nicht.
»Grießbrei«, lockt Elin. »Mit Preiselbeeren.«
»Ich will im Ripsee baden«, murmelt Gerda.
»Es ist zu kalt.«

»Lisa darf baden.«
Elin streicht dem Kind über die Haare. »Lass uns duschen.«
Sie gehen ins Badezimmer, und als sie fertig sind, zieht sich Elin den Bademantel an und sie gehen in die Küche. Gunnar kocht gerade Kaffee.
»Was steht heute an?«, will er wissen.
»Ich muss nach Falun zu einer Sitzung«, lügt Elin.
»Ist das alles?«
»Heute Abend ist wieder eine Veranstaltung. Ich habe vergessen, wo.«
»Hat gestern alles geklappt?«
»Es gab Tumult, als wir über die Schule geredet haben.« Elin richtet sich an Gerda: »Möchtest du Preiselbeeren zum Brei?«
Gerda krabbelt unter den Tisch und antwortet nicht.
Gunnar bückt sich und sieht das Kind an. »Wir wollen heute rausfahren und uns die Welpen angucken. Willst du mitkommen?«
Gerda sieht interessiert aus. »Wie groß sind sie?«
Gunnar deutet die Größe mit den Händen an. »So groß ungefähr.«
»Wie groß sind sie, wenn sie fertig sind?«
»Wenn sie ausgewachsen sind, werden sie sehr groß sein.«
»Kann ich auf ihnen reiten?«
»Auf Hunden kann man nicht reiten.«
»Kinder können das!«, behauptet Gerda.
»Nein«, sagt Gunnar.
»Kinder können das schon!«, sagt Gerda mit fester Stimme, als würde sie keine Widerrede dulden.
Da klingelt Elins Mobil. Sie steckt sich den Knopf ins Ohr und geht in den Flur. Sie bleibt vor ihrem Zimmer stehen, aus dem es leicht nach Kinderpipi riecht.
»Guten Morgen, Elin«, sagt Karin. »Lief alles gut in Falun?«
»Ich glaube schon.«

»Ich habe versprochen, eine Einladung zu überbringen. Die Königin feiert Geburtstag. Sie veranstaltet am Samstag ein Fest. Ich wurde gebeten, dich zu fragen, ob du kommen möchtest.«
»Die Königin?«
»Sie wird fünfundzwanzig. Es ist nur eine kleine Party, nichts Großes und nur enge Freunde.«
»Warum bin ich dann eingeladen? Wir sind uns noch nie begegnet.«
»Sie hat dich wahrscheinlich gestern sprechen hören und jetzt möchte sie dich treffen. Es wird keine formelle Einladung geben. Nichts mit: Ihre königliche Hoheit Königin von Schweden gibt sich die Ehre. Sie möchte einfach nur wissen, ob du kommst. Sie will Venus genannt werden.«
»Venus?«
»Venus. Französisch ausgesprochen. *Vénus*. Aber manchmal soll man sie auch Lucille nennen. Niemand versteht, warum.«
»Um wie viel Uhr?«
»Das Abendessen fängt um sieben Uhr an, aber wir können uns vorher in meinem Büro treffen, wenn du möchtest. Ich werde ein Zimmer im Borderland buchen, dann musst du nicht mitten in der Nacht nach Hause fahren.«

Nadia parkt am äußersten Rand des Parkplatzes neben einem dunkelblauen Auto mit getönten Scheiben, aus dem Miriam und ein Polizist in Uniform steigen. Er ist groß und hat einen sorgfältig gestutzten Schnurrbart.
»Wir haben dafür gesorgt, dass du bevorzugt behandelt wirst, und wenn du aufgerufen wirst, dann nennen sie nicht deinen Namen, sondern Elisabeth Inger Jansson.«
»Elisabeth Inger Jansson«, wiederholt Elin.
»Nadia geht mit dir hinein.«
Elin sieht sich um. »Ein wunderbarer Morgen.«

Der Schnurbartträger sieht aus, als hätte er nichts gehört, und steigt wieder in sein Auto.

Die Türen des Krankenhausgebäudes öffnen sich vor ihnen, und als sie gerade eintreten wollen, kommt ihnen ein älterer Mann entgegen. Elins und sein Blick kreuzen sich. Der Mann hat keine Haare mehr auf dem Kopf und sein Körper ist in sich zusammengesunken.

»Elin«, sagt er und bleibt stehen. »Erkennst du mich?«

Elin zögert. »Frank?«, fragt sie nach ein paar Sekunden und der Mann nickt.

Er gestikuliert mit den Händen. »Ich habe aufgehört zu arbeiten, wohne aber immer noch in Grövelsjö. Komm doch mal vorbei und besuch mich.«

Vom Parkplatz kommt eine Frau in Elins Alter auf sie zu. Sie trägt einen kurzen Rock und kurze Haare und geht mit langen Schritten, während sie in ihr Mobil spricht.

Frank deutet auf sie. »Meine Tochter Tilda.«

»Elin muss ich nicht vorstellen, oder?«, fragt Frank, als die Frau vor ihnen steht und die Hand ausstreckt.

»Nein, das ist nicht nötig.«

»Ich muss leider los«, sagt Elin, verharrt aber noch kurz, den Blick auf Frank gerichtet. Er steht unbewegt da und blickt zurück. Sein Lächeln ist so verhalten, dass man es kaum wahrnimmt.

»Zwanzig Kilo leichter als beim letzten Mal, als wir uns sahen. Melde dich mal.«

Tilda greift ihrem Vater unter den Arm und führt ihn langsam zu einem Auto am anderen Ende des Parkplatzes.

»Soso, du kennst also Frank?«, flüstert Nadia.

»Du kennst ihn auch?«

»Er ist eine Legende. Den ganzen Krieg über war er Doppelagent. Woher kennst du ihn?«

»Er hat mich ein paarmal verhört.«

Die Untersuchung dauert eine gute Stunde.

Als sie wieder auf dem Parkplatz stehen, steht das große dunkelblaue Auto mit dem schnurrbärtigen Polizisten hinter einem hellblauen Mercedes mit Anhängerkupplung und roter Dachgepäckbox. Zwei uniformierte Polizisten sprechen mit einem Mann mit Kappe und kariertem Hemd.

Nadia hakt sich bei Elin ein und sie gehen mit raschen Schritten zum Auto. Als sie Platz genommen haben, erhält Nadia eine Nachricht. »Der Besuch beim Sommerkurs des Lugnet-Gymnasiums ist abgesagt.«

»Warum?«

Nadia zeigt auf den Mann mit der Kappe. »Der da gehört zur Borlänge-Gang und hat dich vermutlich erkannt. Was er über das Netz verbreitet hat, weiß niemand, aber es wurden verstärkte Datenflüsse um seinen Wagen herum bemerkt, als du auf dem Weg nach draußen warst.«

»Was bedeutet das?«

»Vielleicht, dass sie wissen, dass du hierher unterwegs warst. Vielleicht, dass jemand aus dem Krankenhaus gemeldet hat, dass du gesehen wurdest. Es gibt viele, die nach dir Ausschau halten.«

26

Als Mård das Hauptgebäude betritt, zeigt die Uhr an der Wand zwei Minuten nach zehn. Er erkennt den Grauhaarigen hinter der Scheibe wieder und wird ebenfalls identifiziert.

»Na, so was«, klingt es aus den Lautsprechern. »Ivarson. Du kannst dich wohl nicht von hier losreißen.«

»Ich treffe mich mit Sonja.«

Der Grauhaarige dreht sich in seinem Drehstuhl um und spricht zu einem Bildschirm. Das Geräusch dringt nicht durch das Doppelglas der Scheibe.

Dann dreht sich der Mann wieder zu Mård um, öffnet eine kleine Luke in der Scheibe und schiebt einen Umschlag hindurch. »Leg dein Mobil, das Portemonnaie und sämtliche Metallgegenstände hier hinein und schreib deinen Namen darauf.«

Mård befolgt die Anweisungen und schiebt den Umschlag zurück. Der Mann schließt die Luke wieder und legt den Umschlag in eine Wanne unter seinem Tisch. »Gerhard wird an dir schnüffeln, dann gehst du durch die Sicherheitsschleuse.«

Ein schwarzer Labrador kommt durch eine Tür in der Wand, läuft zu Mård, wedelt mit dem Schwanz und beschnüffelt ihn.

»Es ist gut, wenn du ihn streichelst«, kommt es aus dem Lautsprecher und Mård tut, was ihm geraten wird.

»Grünes Licht«, sagt die Lautsprecherstimme. »Bitte passiere die Schleuse.«

Mård geht hindurch, wird gebeten, einen Moment zu warten und sich umzudrehen.

»Grünes Licht«, sagt die Lautsprecherstimme. Es klickt, die graue Tür öffnet sich und Mård tritt hindurch.

Draußen befindet sich Rasen und ein gefliester Weg. Ein automatischer Rasenmäher fährt auf breiten Rädern im Kreis. Die Hitze ist drückend und Mård spürt, wie der Schweiß seinen Brustkorb hinunterrinnt.
Die vier weiß gestrichenen Pavillons mit Gittern vor Fenstern und Türen sind mit der Querseite dem Wachhaus, Personalgebäude und den Wirtschaftsräumen mit Küche und Cafeteria zugewandt. Der mit Stacheldraht versehene Lattenzaun ist kaum zu erkennen, als Mård in die Sonne blickt.
Er geht zur ersten Tür des Personalgebäudes und drückt auf einen Knopf. Die Kamera über ihm bewegt sich und sein Gesicht wird herangezoomt. Dann klickt es im Schloss, er betritt den kurzen Korridor und geht an den zwei Türen vorbei, hinter denen er die Krankenschwester und den Sozialarbeiter bemerkt.
Mård klopft an die dritte Tür und Sonja öffnet sofort, als hätte sie auf ihn gewartet. Sie trägt Jeans und T-Shirt. Wie früher überrascht es ihn, wie klein sie ist – gerade mal eins sechzig. Sie hat lockige schwarze Harre und einen erstaunlich festen Händedruck.
»Hallo, Mård«, lispelt sie. »Schön, dich zu sehen!«
»Ebenso.«
Mård sieht sich um.
Umzugskartons, Bücher auf dem Schreibtisch, Ordner, Computer. An der Wand ein Poster, es zeigt ein stürmisches Meer mit hohen Wellen. In der Ferne ein Ruderboot, in dem ein einsamer Ruderer dem Sonnenuntergang entgegensteuert. Darunter steht: *Tu es wie Gott, werde Mensch*.
Sonja zeigt auf die Kartons. »Entschuldige die Unordnung, aber wir schließen nächste Woche.«
»Ihr schließt? Und wo sollen dann alle hier hin?«
»Neue Methode. Junge Gewalttäter bekommen einen Chip. Sexualverbrecher werden einstweilen chemisch kastriert. Wer rückfall-

gefährdet ist, wird regelmäßig überprüft. Falls jemand Anzeichen aufweist, mit den kriminellen Handlungen weiterzumachen, werden Medikamente eingesetzt.«

»Welches Medikament hilft gegen so etwas?«

»Etwas, das die Handlungsfähigkeit lahmlegt. In hohen Dosen führt es dazu, dass man zu einem Gemüse wird oder zu einer Blume mit trockenen Blättern.«

»Ist das besser, als die Leute einzusperren?«

»Drei von vieren, die Tallmon verlassen, begehen innerhalb eines Jahres wieder ein Verbrechen. Das, was wir heute hier tun, ist alles andere als effektiv, geschweige denn billig, wie manche Zyniker sagen würden. Durch Medikamente soll es zu weniger Rückfällen kommen, was letztlich weniger kostet.«

Mård schnaubt und zuckt mit den Schultern. »Ein Glück, dass ich um diese Behandlung drum herumgekommen bin. Ist das wirklich ein Fortschritt?«

Sonja gibt einen spöttischen Laut von sich. »Wer, glaubst du, kümmert sich bezüglich der Jungs hier schon um Fortschritt? Das Einzige, was interessiert, ist, dass es nicht viel kostet. Chemie ist billig. Aber du wolltest über irgendetwas reden?«

»Ja.« Mård zeigt zum Fenster. »Können wir uns auf den Rasen setzen?«

»Natürlich, wir können beide ein Kissen mitnehmen.«

»Könntest du das Mobil vielleicht hier drinnen auf dem Tisch lassen?«

Sonja seufzt. »Hier sitzen zweihundert Jungs, alle unter zwanzig, alle sind wegen Gewaltverbrechen verurteilt. Manche hatten eine geradezu perfekte Kindheit. Andere wiederum haben vielleicht als Kind die Hölle erlebt. Aber sie haben eine Sache gemeinsam.«

»Welche?«

»Sie vertrauen niemandem und rechnen damit, dass sie abgehört werden, hinters Licht geführt und dann für irgendetwas angeklagt. Alle. Immer. Woher kommt das, dieses absolute Fehlen von Zutrauen?«

Mård zuckt mit den Schultern. »Frag mich nicht. Ich kenne mich mit so was nicht aus.«

Sonja legt das Mobil auf den Schreibtisch und greift nach zwei Kissen mit braunem Cordbezug. Sie gehen hinaus, Sonja schließt ab und drückt dann noch mal die Türklinke.

»Das Zimmer in diesem Korridor ist das einzige in Tallmon, das mit einem gewöhnlichen Schlüssel verschlossen wird. Das fühlt sich fast menschlich an.« Sie prüft erneut mit der Klinke, ob die Tür verschlossen ist. »Oh«, sagt sie, als sie draußen auf dem Rasen stehen. »Es ist schon richtig warm, fast heiß!«

Sie gehen zur Mitte des Rasens. Sonja legt die Kissen hin und setzt sich auf eins davon, die Beine über Kreuz. Sie hat die Sonne im Rücken und Mård nimmt so Platz, dass er die Augen nicht zusammenkneifen muss. Vor ihm befindet sich ein kleines Loch im Rasen. Er steckt einen Finger hinein, dann noch einen.

»Bodenlos«, sagt er, nimmt die Finger wieder heraus und betrachtet sie, als wäre er verwundert, dass sie noch da sind.

»Ich habe heute Nacht von einem Loch geträumt«, sagt Sonja. »Komisch, das fällt mir erst jetzt wieder ein. Ich habe festgesessen und konnte nicht raus. Worüber wolltest du sprechen?«

Mård wartet einen Moment ab, so als müsste er erst nachdenken.

»Du hast Schweigepflicht, auch wenn du mit jemandem sprichst, der kein Insasse ist, oder?«

Sonja nickt und Mård guckt auf seine Finger.

»Ich muss jemanden töten und habe einen Versuch gemacht, aber der ist missglückt, weil plötzlich eine Horde Leute ankam, und ich konnte ja nicht alle auf einmal erschießen. Es gibt da dieses Schwein, das mein Geschäft übernehmen will. Er heißt Narven. Meine Mut-

ter und mein Vater haben gesagt, dass er versuchen würde, sich alles unter den Nagel zu reißen, sobald sich ihm die Möglichkeit bietet. Wenn ich Elin Holme nicht erschieße, werden viele behaupten, ich sei schwach. Und für schwach gehalten zu werden kann gefährlich sein bei meinen Leuten. Man wird mich ersetzen wollen. Man wird Narven oder Burman wählen. Seit mein Vater das Ganze gestartet hat, stand Burman meinen Eltern am nächsten. Aber ich weiß einfach nicht, ob ich ihm trauen kann. Mein Vater hat immer gesagt: ›Vertrau niemandem, lass dich nicht erwischen‹ und ›Zwei können jedes Geheimnis bewahren – vorausgesetzt, dass einer von ihnen tot ist‹. Mit ungefähr vier Jahren fing ich an, den Spruch zu wiederholen. Mein Vater sah mich an und fragte: ›Mård, woran muss ein kluger Mann immer denken?‹ Und dann sagte ich, was er hören wollte, er lachte und ich durfte mir etwas aus der Bonbondose aussuchen. Ich nahm mir ein Gummibärchen. Er mochte die grünen am liebsten, obwohl alle wissen, dass das Jacke wie Hose ist – rot, gelb, grün, ganz egal, sie schmecken alle gleich. Er liebte Gummibärchen und er liebte meine Mutter – und das, seit er ihr zum ersten Mal begegnet ist, in der siebten Klasse.
Natürlich war es falsch, herumzureiten und Geld von den Leuten zu fordern. Das hat meine Mutter auch gesagt. ›Lass es sein, Lassivar‹, sagte sie. ›Es lohnt sich so wenig und es kann zu so viel Kummer führen‹. Aber er wollte nicht hören. Er hat Höfe im gesperrten Gebiet gekauft und davon gesprochen, dort ein Kasino und Bordelle zu eröffnen. Er wollte Mädchen auftreiben, die dort für ihn arbeiten. ›Richtiges schwedisches Fleisch‹, sagte er und lachte. Über seine eigenen Witze konnte er stundenlang lachen. Meine Mutter sagte, er solle still sein, aber er lachte und lachte. Einer seiner Lieblingswitze handelte von zwei Dieben, die verfolgt werden, weil sie jemanden in einem Hotel beklaut haben. Sie rennen die Treppen hinauf aufs Dach und die Polizei jagt hinter ihnen her. Die Ganoven

rennen bis an die Dachkante. ›Wir springen‹, ruft der erste, aber der andere hält ihn zurück. ›Das Haus hat dreizehn Stockwerke!‹, ruft er. ›Also wirklich, jetzt ist doch nicht der richtige Moment für Aberglauben‹, erwidert sein Kumpane. Und dann springt er.

Diesen Witz und unzählige andere erzählte mir mein Vater, als ich klein war und einschlafen sollte. Er las keine Bücher. Er sagte immer, dass er Kopfschmerzen davon bekomme, weil die Buchstaben so klein seien. Er sagte, dass er stattdessen lieber etwas erzählen würde. Vielleicht konnte er einfach nicht richtig lesen. Meine Mutter war diejenige, die im Arbeitszimmer saß und sich um die Buchhaltung kümmerte. Mein Vater saß in der Küche und erzählte Geschichten von Dieben auf Hoteldächern.

Meine Mutter war von einem ganz anderen Schlag. Sie las mir abends Bücher vor und ermahnte mich, dass ich mich in der Schule anstrengen solle. Mein Vater schüttelte darüber nur den Kopf. Meine Mutter ging auf Auktionen und kaufte Taschen voll alter Papierbücher. Sie las mir vor, seit ich vierzehn war. *Ruf der Wildnis* musste sie mir immer wieder vorlesen – bestimmt fünf oder sechs Mal. Aber ich bin wie mein Vater, ich habe mich nie um das gekümmert, was in den Büchern steht. Es ist alles bloß erfunden, was soll es also nutzen?« Mård verstummt und steckt zwei Finger in das Loch. »Hier hat ein Badmintonnetz gestanden.«

»Du vermisst deine Eltern«, sagt Sonja nach einer Weile.

Mård nickt. »Ich weiß, dass es falsch war, mit Waffen und Dynamit angeritten zu kommen und Abgaben einzufordern. Aber meine Eltern hätten mich den Sprengsatz nie auf das Haus werfen lassen. Wir wollten ihnen nur Angst einjagen.«

»Das konnten diejenigen, die sich bedroht fühlten, vielleicht nicht ahnen«, deutet Sonja an.

»Richtig, du sagst es. Es ist so gekommen wie in einer der Geschichten meines Vaters. Sten ist seitdem völlig gestört. Er hat mit angese-

hen, wie sie tot dalagen, und will nicht mit mir sprechen. Er gibt praktisch kein Wort von sich, abgesehen von neulich, als er zugegeben hat, dass er meine Zeichnungen verbrannt hat.«
»Welche Zeichnungen?«
»Bilder von Elin Holme. Ich habe sie so gezeichnet, als hätte ich sie im Visier. Neulich hätte ich sie um ein Haar erschossen.« Mård schweigt, als müsste er nachdenken. Dann sagt er schließlich: »Es begann eigentlich aus dem Ruder zu laufen, als dieser Sack von Holme anfangen wollte, sich zu prügeln. Wenn er meinen Vater nicht herausgefordert hätte, hätte es gar nicht so weit kommen müssen.« Mård stochert in dem Loch herum. »Maya sagt, dass sie mich verlässt, wenn ich außer Elin noch jemanden töte. Holme darf ich beseitigen, meint sie, aber niemanden sonst. Maya ist konsequent. Wenn ich gezwungen werde, jemanden zusätzlich zu töten, dann macht sie kurzen Prozess.«
Sonja sieht bedrückt aus. Sie beißt sich auf die Lippe. »Musst du denn noch weitere Menschen außer Elin Holme töten?«
Mård steht auf und verrückt das Kissen ein Stück, damit er nicht von der Sonne geblendet wird. »Holme hat Leibwächter. Bei ihren Wahlveranstaltungen hat sie sogar mehrere. Als ich sie am Ripsee erschießen wollte, war zwar nur eine Frau dabei, aber es kam dann plötzlich eine Gruppe Touristen dazu. Idiotische Deutsche, die ein Lied gesungen haben. Es klang wie ein Kirchenlied. Warum kommt man aus Deutschland hierher und singt ein Kirchenlied?«
»Vielleicht fanden die Touristen es einfach schön am See?«
»Bist du mal am Ripsee gewesen?«
»Nein, aber ich war in den Bergen zum Angeln.«
»Würdest du dich hinstellen und ein Kirchenlied singen, wenn du neben einem Angelgewässer stehst?«
»Warum nicht? Man sagt doch, dass wir Schweden Gott in der Natur begegnen. Vielleicht haben sie deshalb gesungen?«

»Ist ja auch egal«, sagt Mård. Er sieht misstrauisch aus, seufzt und stochert mit einem Finger im Loch. »Aber es waren keine Schweden. Es waren Deutsche.«

Sie schweigen eine Weile zusammen. Der Rasenmäher nähert sich, aber fünfzehn Meter entfernt ändert er die Richtung und rollt auf die Cafeteria zu.

»Ist Gurra noch da?«

Sonja nickt.

»Und Holken?«

Sonja nickt noch einmal.

»Die armen Schweine. Bekommen sie jetzt auch einen Chip und werden chemisch kastriert?«

»Was wolltest du besprechen?«, fragt Sonja.

»Ja, richtig«, sagt Mård. »Es geht um die Sache mit Holme. Wenn man eine Firma erbt, so wie ich, und die Leute einen nicht respektieren, ist es schwer. In meinem Job ist man selbst der Gesetzgeber.«

»Du glaubst, dass es dir schlecht ergehen wird, wenn du Elin Holme nicht umbringst?«

Mård legt den Kopf schief und zupft einige Grashalme um das Loch im Rasen aus. »Ich hätte mir Holme sofort vornehmen sollen, als ich hier rauskam. Ich kapiere nicht, warum sie so extrem beschützt wird. Vielleicht, weil ihre Tante Ministerin ist, vielleicht gibt es auch andere Gründe. Ich weiß es nicht. Eins ist auf jeden Fall sicher: Wenn ich um Schutz bitte, weil Narven vorhat, mich umzubringen, würde gar nichts passieren. Niemand würde auch nur einen Finger rühren, kein Polizist, kein Leibwächter. Es würde nichts passieren, wenn ich zur Polizei gehen und erklären würde, dass ich bedroht werde.« Mård rupft weiter am Rand des Lochs herum, bevor er weiterspricht.

»In der Neunten hatten wir einen Lehrer, der immerzu davon geredet hat, dass alle Menschen gleich viel wert sind. Er hieß Falk und war ganz nett, aber er war irgendwie total abgehoben. Er war Vorsitzender einer Friedensorganisation und hat immer wieder damit angefangen. Die meisten fanden, dass er ein Sprücheklopfer war, aber wahrscheinlich wollte er einfach nur, dass es alle gut haben. Und wer will, dass ich es gut habe? Wer hilft mir, wenn ich in der Scheiße lande? Kein einziger verdammter Mensch! Genau das hat Lassivar auch immer gesagt: An dem Tag, an dem du stolperst und in der Scheiße landest, wirst du bemerken, dass niemand auch nur einen Finger rührt, um dir rauszuhelfen.« Mård hält inne.

»Ich bin doch genauso viel Mensch wie Holme«, fährt er schließlich fort. »Auch wenn ich zugebe, dass ich vielleicht nicht gerade Gottes Vorzeigekind bin. Aber ich habe ja wohl trotzdem das Recht zu leben, auch wenn ich Fehler gemacht habe? Ich bin trotzdem ein Mensch und ich bin schließlich bald Vater. Ich will nicht, dass mein Kind ohne mich aufwächst. Ich möchte ihm alle Sachen beibringen, die man können muss. Mit Messer und Gabel essen, reiten, Wild schießen und Forellen angeln. Ist das zu viel verlangt?«

»Nein«, sagt Sonja. »Das ist nicht zu viel verlangt. Aber ich frage mich noch etwas anderes.«

»Was?«

»Wie viele Male haben wir uns in den achtzehn Monaten getroffen, in denen du hier warst?«

Mård denkt eine Weile nach, gräbt mit dem Zeigefinger ein bisschen Erde hervor und sieht sie sich an. »Vielleicht einmal im Monat?«

Sonja verändert ihre Sitzposition. »Wir haben über alles Mögliche geredet, aber du hast nie erzählt, dass du Elin Holme töten musst, wenn du hier rauskommst.«

»Das stimmt.«

»Eine Sache kann man also über dich sagen«, spricht Sonja weiter. »Du passt dich den Umständen an.«

Mård sieht beunruhigt aus. »Ich verstehe nicht, worauf du hinauswillst.«
»Ich frage dich, ob du nicht erkennst, dass du selbst Elin Holme gar nicht umbringen möchtest. Es sind die Umstände.«
»Die Umstände können niemanden umbringen.«
»Bist du dir sicher?«
Mård streckt sich. »Du denkst, dass man mich beeinflusst hat?«
»Ist das nicht ganz offensichtlich?«
»Du meinst, dass ich keinen eigenen Willen habe?«
»Das habe ich nicht gesagt. Ich meine, dass dein Wille von den Umständen beeinflusst wird. Als du hier warst, hast du nie von Elin Holme geredet. Du hast darüber gesprochen, dass du deine Mutter und deinen Vater vermisst, dass du nicht weißt, ob du Burman vertrauen kannst, und dass du dich danach sehnst, nach Hause zu kommen. Du hast von deinen sogenannten Dummheiten erzählt und irgendwann gesagt, dass du dir selbst verzeihen kannst.«
Mård wird aufbrausend. »Das warst du! Du hast gesagt, dass ich mir selbst verzeihen sollte. Das warst du, nicht ich. Ich glaube nicht an Vergebung, das habe ich noch nie und werde ich auch nie. Wer sich gegen mich stellt, den merke ich mir, nicht um zu vergeben, sondern um mich rächen zu können.«
Sonja schüttelt den Kopf. »Ich habe gesagt, dass du dir den Blödsinn vergeben sollst, den du angestellt hast. Wenn man jung ist, macht man manchmal Blödsinn.«
Mård deutet mit dem Finger auf Sonjas Gesicht und hebt die Stimme. »Du hast einen Klassenkameraden geschlagen, als du besoffen warst.« Er lacht.
Sonja sieht gequält aus. »Das war dämlich und es gibt keine Entschuldigung dafür. Bei dir sieht die Sache aber ganz anders aus. Deine Eltern waren Kriminelle und haben dich so erzogen, dass du ihr Unternehmen eines Tages übernehmen kannst.«

Mård wird rot. »Sag jetzt nicht, dass ich ein Opfer bin.« Er zeigt zum Personalgebäude. »Lisbet wollte auch immer, dass ich das Opfer bin. Meine Eltern hätten mich zerstört. Ich hätte etwas von ihnen geerbt – eine asoziale Tendenz hat sie es genannt. Wie eine Art Krankheit. Sie hat behauptet, dass ich gar keine Wahl hätte. Deshalb bin ich nicht mehr zu ihr gegangen und deshalb hat auch keiner außer Carmen auf ihr Scheißgerede gehört. Lisbet hat geglaubt, dass alle hier Opfer sind. Aber man kann einem Menschen nicht sagen, dass er ein Opfer ist, und glauben, dass ihn das froh macht. Niemand will ein Opfer sein. Alles andere, aber nicht das – Schuft, Schwein, Untier, aber kein Opfer.«
Sonja schüttelt den Kopf und sagt: »Ich weiß, dass du glaubst, die Verantwortung für dein Leben zu haben. Das hast du oft gesagt und ich erinnere mich daran, weil ich es gut finde, wenn du das sagst. Wir sind alle verantwortlich für das, was wir tun.«
»Ist Carmen noch da?«
Sonja schüttelt den Kopf und Mård deutet zu den Pavillons.
»Er hat in dem Zimmer neben mir gewohnt und jede Nacht geweint. Sein ganzer Körper war mit blauen Flecken übersät. Aber ich habe ihn nie geschlagen. Das habe ich nie getan, obwohl Holken mir gedroht hat und gesagt hat, dass es mir genauso ergehen wird, wenn ich nicht aufpasse. Aber Holken hat damit aufgehört, als er rausgefunden hat dass Burman derjenige war, der die Geschäfte meiner Eltern nach ihrem Tod übernommen hat. Ich war nicht allein. Da draußen gab es Leute, die Erwartungen an mich stellten. Und jetzt wird von mir erwartet, dass ich eine Kugel in Elin Holme jage. Hast du gehört, dass sie noch einen umgebracht haben soll?«
»Ja.«
»Wo bleibt eigentlich die Gerechtigkeit in dieser Sache? Ich reite zusammen mit meinen Eltern aus und drohe damit, Dynamit auf ein Haus zu werfen. Ich habe niemandem Schaden zugefügt. Ich

habe überhaupt nur einmal einen Holzschuppen in die Luft gesprengt, mehr nicht. Ich habe achtzehn Monate in diesem Scheißladen hier gesessen, zusammen mit zweihundert Losern, deren beste Tage längst gezählt waren. Das habe ich gekriegt. Nachts wach liegen und sich anhören müssen, wie Carmen brüllt, vormittags in der Schule sein und an der Kartonmaschine am Nachmittag. Das war's, was ich achtzehn Monate lang ertragen musste – fast ein Zehntel meines Lebens!« Mård ist so aufgebracht, dass er aufspringt. Er reckt den Arm in die Luft und deutet auf die Häuser ringsum. »Verdammtes, beschissenes Scheißloch! Hier musste ich sitzen! Burman ist hergekommen und hatte eine Geburtstagstorte dabei. Maya ist hergekommen und wir hatten eine Stunde im Fickzimmer. Und während ich gerade hier bin, ist eine Massenmörderin auf dem Weg in den Reichstag, wo sie bestimmen wird, was die Leute denken sollen. Was für ein Scheißsystem!«
Sonja wartet, bis er sich beruhigt hat. »Elin Holme kommt vielleicht in den Reichstag, das ist richtig. Aber sie bestimmt nicht, was die Leute denken sollen.«
Mård setzt sich wieder auf das Kissen. »Nein?«
»Im Reichstag stellt man Gesetze auf. Man bestimmt nicht, was die Leute denken.«
»Ich stimme für die Nationalen.«
»Die Nationalen wollen lebenslänglich für Mord«, sagt Sonja. »Wegen Mord Verurteilte sollen ins Gefängnis und erst wieder zu ihrer Beerdigung herauskommen.«
»Richtig so!«, schnaubt Mård. »Wenn man so dumm ist, jemanden umzubringen und sich schnappen zu lassen, dann verdient man es auch, nie wieder rausgelassen zu werden. Dann kann man ruhig hier sitzen und verschimmeln, bis einem der Pimmel abfällt.«
»Dieses Gefängnis wird geschlossen«, sagt Sonja mit leiser, fast flüsternder Stimme. »Verschimmeln wird hier niemand mehr, das ist

sicher.« Sie reißt einen Grashalm aus und steckt ihn sich zwischen die Lippen. Sie kaut und zeigt dabei die Zähne.

»Man soll nicht auf Gras kauen«, ermahnt Mård sie. »Man kann davon krank werden. Das hat meine Oma immer gesagt, als ich klein war. Ich glaube, das war das Letzte, was sie zu mir gesagt hat. Es war im Sommer, bevor ich in die Schule kam. Wir saßen auf der Veranda und sie sagte, dass man, wenn man Gras kaute, was auch immer bekommen könnte. Im gleichen Sommer ist sie gestorben, aber nicht, weil sie Gras gekaut hat.«

»Ins Gras beißen. Hast du den Ausdruck schon mal gehört?«

Mård schüttelt den Kopf.

»Es bedeutet, dass man den Löffel abgibt, stirbt, in die ewigen Jagdgründe eingeht, dahinscheidet.«

»Ich habe gesehen, wie dieses Kind ins Gras gebissen hat, als sich sein und mein Vater prügeln wollten. Es lag auf dem Bauch und hat mit den Fäusten gehämmert, geschrien und ins Gras gebissen.«

»Das wurde auf der Bildwand gezeigt. Es sah schrecklich aus.«

»Ich weiß, aber es ist nicht gestorben. Niemand von ihnen ist gestorben, als wir sie besucht haben. Aber auf unserer Seite starben mein Vater und meine Mutter. Kann ich jemanden damit beauftragen, es zu tun?«

Sonja nimmt den Grashalm aus dem Mund und legt ihn vor sich auf den Boden, als wäre es ein Zahnstocher. »Fragst du mich um Rat in einer Mordfrage? Möchtest du wissen, ob ich der Meinung bin, dass du jemanden beauftragen kannst, um deine Untat zu vollbringen? Wenn du jemanden beauftragst, wird es trotzdem dein Mord sein, das ist ja wohl klar, oder?«

»Maya müsste nichts erfahren, wenn ich jemand hätte, der es für mich erledigt.«

Sonja schüttelt den Kopf. »Was ist mit dir los?« Sie streckt eine Hand aus und legt sie auf sein Knie. »Was ist mit dir los?«, wiederholt sie.

»Wenn ich Holme nicht töte, bin ich selbst tot, ehe ich bis drei zählen kann. Wenn ich versuche, an sie ranzukommen, bin ich wahrscheinlich gezwungen, auch andere zu töten. Die Leibwächter können nicht am Leben bleiben, wenn ich Holme erwischen möchte.« Mård macht eine Pause. Er scheint nachzudenken. »Ich brauche einen Profi.«
Sonja schüttelt den Kopf. »Ist es wirklich das, was du mit deinem Leben anfangen willst?«
Mård schnaubt entrüstet. »Wenn ich es nicht tue, habe ich kein Leben.«
»Glaubst du nicht, dass dein Problem die Umstände sind? Dass die Umstände dich dazu zwingen, jemand zu sein, der du eigentlich gar nicht bist?«
»Nein, ich muss derjenige sein, der sie tötet, oder derjenige, der sich Unterstützung holt. Das hat mein Vater immer gesagt: Wenn man etwas tun muss, von dem man weiß, dass man es nicht schafft, sollte man sich nicht schämen, sich Unterstützung zu kaufen.«
»Hat er das über Meuchelmord gesagt?«, fragt Sonja.
Mård lacht. »Das hat er gesagt, als das Dach neu gedeckt werden musste. Er hatte Höhenangst und mochte es nicht, auf Leitern zu steigen.«
Sonja rupft einen neuen Grashalm aus. Sie dreht ihn zwischen Daumen und Zeigefinger, dann legt sie ihn weg. »Hast du dir mal überlegt, wie es sich hinterher anfühlen wird?«
Mård sieht verwundert aus. »Was meinst du damit?«
»Du glaubst also, dass du eine junge Mutter umbringen kannst, und danach ist einfach alles wie immer?«
Mård lächelt. »Kein Problem.«
»Kannst du nicht mal ernst sein?«
»Warum? An so einen Scheiß denke ich nicht.«
»Welchen Scheiß?«

»Gefühle und so.«
Sonja schüttelt den Kopf. »Das glaube ich dir nicht.«
»Glaub, was du willst. So ist es jedenfalls.«
»Du bist bald Vater.«
»Es kann jeden Tag so weit sein.«
»Du wirst dein Kind und die Mutter des Kinds jeden Tag sehen.«
»Natürlich.«
»Du wirst sehen, wie dein Kind seine Mama sucht, wie es sich zu seiner Mama umdreht, wie es nach seiner Mama ruft.«
»Das Kind wird auch nach mir rufen.« Mård klingt empört.
»Natürlich. Aber sobald dein Kind seine Mama sucht, wirst du dich erinnern.«
»An was?«
»Daran, dass du eine Frau getötet hast, die nie wieder mit ihrem Kind sprechen wird. Diese Erinnerung wirst du niemals loswerden. Und wenn du älter bist, wird die Erinnerung noch schmerzhafter werden. So viel Alkohol gibt es gar nicht, um sie wegzuspülen. Auch Tabletten werden nicht reichen. Du wirst gezwungen sein, deine Tat mit dir herumzutragen. Und was du mit dir herumträgst, wird mit der Zeit immer schwerer.«
»An so ein Gefasel glaube ich nicht!« Mård spuckt die Worte beinahe aus. »Außerdem hast du eine Sache vergessen.«
»So?«
»Elin Holme hat meine Eltern getötet und wahrscheinlich noch einen Menschen. Niemand weiß, wie viele sie außerdem auf dem Gewissen hat. Ihre Tante war Anführerin der Waldleute. Die Waldleute haben Gegner ohne Gerichtsverfahren verurteilt. Sie hatten Mördergruppen, die die Leute einfach erschossen haben. Das Morden liegt in der Familie. Ich erweise allen einen Dienst, wenn ich eine Kugel in ihren Kopf jage.«
»Du machst dich unglücklich«, flüstert Sonja. »Du holst das Un-

glück über deine Frau und du bereitest deinem ungeborenen Kind ein schreckliches Erbe. Du erhebst dich über menschliche und göttliche Gesetze und verwandelst dich selbst in einen Schwerverbrecher.«

Mård steht auf und wischt sich etwas von der Wange. »In Borlänge bin ich derjenige, der die Gesetze macht. Hast du das immer noch nicht kapiert? Das verlangt man von mir. Wenn ich nicht tue, was von mir erwartet wird, kann ich mir mein eigenes Grab schaufeln.« Er schnüffelt plötzlich. »Hier riecht es nach Rauch.« Er dreht sich um und geht mit raschen Schritten zur Tür, die zum Hauptgebäude führt.

Sonja bleibt noch eine Weile sitzen und sieht, wie er durch die grau gestrichene Tür verschwindet. Der Rasenmäher kommt auf sie zu, und als er fünf Meter von ihr entfernt ist, dreht er sich um und fährt auf das Personalgebäude zu. Sonja nimmt die beiden Kissen und geht dem Mäher hinterher.

Zurück in ihrem Zimmer legt sie die Kissen auf die Stühle und bleibt einen Moment vor dem Poster mit dem Text *Tu es wie Gott, werde Mensch* stehen.

Sie zieht erst die unteren Nadeln heraus, dann die oberen und legt sie auf den Schreibtisch. Dann rollt sie das Poster zusammen und klebt einen Streifen Klebeband darum, damit es sich nicht mehr aufrollen kann.

27

Elin sitzt eine Stunde vor der Bildwand und beantwortet die Fragen der Schüler vom Lugnet-Gymnasium. Als sie fertig ist, klingelt es.
»Bruno Sandberg, Unfallklinik Grövelsjö. Ist da Elin?«
»Ja.«
»Nichts deutet darauf hin, dass organische Ursachen dafür verantwortlich sind, dass du umgekippt bist. Hast du schon Kontakt zu einem der Psychotherapeuten aufgenommen?«
»Ich habe mit allen dreien gesprochen, aber niemand hat während des Sommers einen Termin frei. Eine hat versprochen zurückzurufen, falls etwas frei werden sollte.«
»Wer war das?«
»Sara Schiffert.«
»Sorge dafür, dass du sie so schnell wie möglich triffst. Ruf sie noch mal an und bestelle ihr Grüße von mir.«
»Dann mache ich das gleich.«
»Wie fühlst du dich jetzt?«
»Nervös.«
»Hast du Angst?«
»Ja.«
»Ich werde Schiffert anrufen und ein gutes Wort für dich einlegen.«
»Danke.«
Elin geht zu Gerda ins Zimmer, die vor der Bildwand sitzt und einen Film über zwei Puppen sieht, die nach einem verschwundenen Teddy suchen. Sie hält das Mobil aus Idrefjäll in der Hand.
»Sie suchen nach jemandem, der verschwunden ist«, erklärt Gerda, ohne den Blick abzuwenden. »Aber ich weiß schon, dass sie ihn finden.«

Elin setzt sich neben ihre Tochter auf den Fußboden und sieht zu, wie die Puppen den Teddy finden.
»Ich hab's gewusst!«, ruft Gerda. »Ich hab's gewusst!«
Dann ist der Film zu Ende und Gerda ruft: »Gleicher Film noch mal!«
Der Film beginnt von Neuem. Da erscheint Gunnar in der Tür.
»Wir fahren los und gucken die Hunde an. Möchtest du mitkommen, Gerda?«
Gerda ruft der Bildwand zu: »Bildwand: stopp!«
Der Film hält im Vorspann an und Gunnar richtet sich an Elin.
»Kommst du auch mit?«
»Ich glaube, ich muss mich mal einen Moment hinlegen. Meine Nacht war sehr kurz.«
»Du siehst blass aus. Geht's dir nicht gut?«
»Ich weiß nicht. Müde bin ich.«
Gerda steht auf, feuert das Mobil gegen die Wand, läuft zu Gunnar und nimmt seine Hand.
»Sag Tschüss zu Mama«, sagt Gunnar.
Aber Gerda kümmert sich nicht darum und läuft in den Flur hinaus, ohne Elin eines weiteren Blickes zu würdigen.
Elin spielt an dem unbrauchbaren Mobil aus Idrefjäll herum, dann streckt sie sich auf dem Bett aus. Aus der Küche hört man Nadia, Anna und Gunnar sich leise unterhalten. Gerda möchte, dass Nadia mit ihnen zu den Hunden kommt.
»Meine Aufgabe ist es, deiner Mama Gesellschaft zu leisten«, hört Elin Nadia sagen.
»Du sollst mir auch Gesellschaft leisten!«, versucht Gerda es im Kommandoton.
Dann geht die Haustür zu. Nadia kommt ins Zimmer und fragt Elin, ob sie Tee haben möchte.
»Nein danke. Ich schlafe eine Runde. Kannst du die Tür schließen?«

Als Nadia die Tür hinter sich zugezogen hat, ruft Elin Sara Schiffert an.
Ein Anrufbeantworter sagt, dass die Telefonzeiten montags, mittwochs und freitags zwischen 7.45 Uhr und 8.00 Uhr stattfinden.
Elin hinterlässt ihre Nummer und sagt, dass sie jederzeit vorbeikommen könne und ihr viel daran liege, die Therapeutin schnell zu treffen.
Sie legt sich einen Arm über die Augen und ist gerade eingeschlafen, als Smårne anruft. Elin sieht sein Gesicht auf ihrem Mobil. Er steht vor dem großen Fenster mit Blick auf die Berge.
»Karin hat mich gebeten, dich anzurufen, weil du zum Geburtstagsfest der Königin eingeladen bist. Es gibt das ein oder andere, das du bedenken solltest, wenn du die Königin triffst.«
»Was?«
Smårne schweigt einen Moment, als müsse er die richtigen Worte wählen. »Man könnte sagen, dass die Königin vielleicht ein bisschen manipulativ ist.«
Elin versucht zu verstehen, was er meint. »Inwiefern?«
»Die Königin neigt dazu, Personen zu benutzen, die ihr begegnen.«
»Wofür?«
»Die Königin hat eine Agenda.«
»Das haben wir doch alle irgendwie.«
»Sicher«, sagt Smårne. »Aber im Fall der Königin ist es doch etwas spezieller. Sie hat eine politische Agenda – was für die Königin von Schweden eigentlich nicht vorgesehen ist. Ihre Majestät sollte keine politischen Ansichten haben und sich nicht in die Politik einmischen.«
»Und was hat das jetzt mit dem Geburtstagfest zu tun?«
»Die Freunde der Königin sind nicht unpolitisch. Du selbst bist zum Beispiel auf dem Weg in den Reichstag. Es werden auch andere Gäste auf dem Fest sein, die politische Ambitionen oder Auf-

träge haben. Karin hat mich gebeten, dir deutlich zu machen, dass es zwar eine Geburtstagsfeier ist, auf die du eingeladen bist, dass man aber nicht davon ausgehen kann, dass der Abend unkompliziert wird.«

»Sondern?«

»Dass die Königin politische Ziele verfolgt, ist keine Lappalie. Das Königshaus hat schon früher solche Pfade eingeschlagen.«

»Ich verstehe nicht, was das Ganze mit der Geburtstagsfeier zu tun hat. Wollen Sie, dass ich nicht hingehe?«

»Ganz im Gegenteil, aber was ich will, spielt sowieso keine Rolle. Es geht um das, worum Karin mich gebeten hat. Du sollst einfach auf der Hut sein und dich nicht in etwas hineinziehen lassen, aus dem du nur schwer wieder herauskommst. Und gleichzeitig hätten wir gerne, dass du das Geschehen aufmerksam verfolgst.«

»Aber es ist schon ein Geburtstagsfest, oder? Es ist nichts anderes?«

Smårne lacht leise. »Natürlich ist es ein Geburtstagsfest! Das Motto ist Hippies!«

»Hippies?«

»Die Königin pflegt Mottopartys zu feiern. Letztes Mal war das Motto achtzehntes Jahrhundert. Die Königin hat sich als der Königsmörder Anckarström verkleidet.«

»Und was ist unter dem Thema Hippies zu verstehen?«

»Wenn du nicht gerade eine Jeans mit ausgestellten Beinen hast, reichen auch ein paar Blumen im Haar und eine bunte Halskette. Peace! Wir sehen uns am Samstag.«

Elin ist gerade wieder eingeschlummert, als ihr Mobil sie weckt. Die Stimme am anderen Ende klingt scharf: »Ich heiße Sara Schiffert. Du hattest um einen Termin gebeten. Kannst du in zwei Stunden bei mir sein?«

»Wohin soll ich kommen?«

»Byvägen zwölf in Idre.«

28

Maya und Mård sitzen einander am Küchentisch gegenüber. Durch das Fenster sehen sie, wie Sten auf dem kleinen weißen Pferd die Koppel hinabreitet. Er steuert ein Hindernis mit niedriger Stange an.

»Bist du dir sicher, dass du nicht mit zu Burmans kommen willst?«

»Wo warst du heute früh?«

»Ich habe die Pfarrerin in Tallmon getroffen.«

Maya beugt sich vor und nimmt Mårds Hand. »Sie bewegt sich die ganze Zeit und will raus.«

»Es sind nur zwanzig Minuten zum Krankenhaus. Hast du Angst?«

»Eigentlich nicht. Worüber hast du mit der Pfarrerin gesprochen?«

»Dass du mich vielleicht verlässt.«

Mård streichelt Mayas Hand.

»Ich werde es nicht tun«, versichert er. »Wenn Holme stirbt, dann bin nicht ich es gewesen.«

Maya schnaubt: »Du bittest Burman darum?«

»Burman macht so etwas nicht.«

»Glaubst du, ich bin blöd?«

»Ich weiß, dass du nicht blöd bist.«

»Du willst Granberg darum bitten. Er ist so ein Kerl, der die Mutter einer Dreijährigen umbringen kann.«

Mård schüttelt den Kopf. »Granberg hat noch nie jemanden umgebracht.«

»Du hast auch noch keinen umgebracht, vermute ich. Bis jetzt.«

»Ich habe nicht vor, es zu tun. Das hab ich doch gesagt.«

»Ich will nicht, dass unser Kind einen Massenmörder zum Vater hat.«

»Komm her, wir gehen raus und sehen zu, wie Sten Springen übt.«

Mård steht auf und stellt sich neben Maya. Er streckt ihr die Hand hin und hilft ihr beim Aufstehen. Sie gehen zur geöffneten Küchentür. Von draußen ist Hufgeklapper zu hören, wie der Flügelschlag einer Schwalbe, die an einem Sommerabend dicht über dem eigenen Kopf vorüberfliegt.
Mayas Schritte sind schwer.
»Ich habe den Brandgeruch bemerkt, obwohl Tallmon mehrere Meilen vom Brand entfernt liegt«, sagt Mård.
»Wenn das Feuer nur nicht herkommt«, sagt Maya. »Sie haben gesagt, dass es vielleicht wieder zu stürmen anfangen wird. Man weiß nicht, wie schnell es dann gehen kann.«
»Fünfhundert Freiwillige in der Löschtruppe. Ich habe auch darüber nachgedacht, mich zu melden, aber es dann doch gelassen, wegen dir.«
Sie stellen sich an den Zaun. Sten reitet das kleine Pferd in Kreisen. Dann nimmt er Anlauf und galoppiert auf das Hindernis zu.
Maya nimmt Mårds Hand.
»Wie hoch ist es?«, will sie wissen.
»Einen halben Meter. Ich habe heute früh mit Sten gesprochen.«
Maya blickt ihn an. Ihr Mund bleibt offen stehen.
»Worüber?«, fragt sie.
»Meine Zeichnungen.«
»Hast du Stens gesehen?«
»Nein.«
»Er nimmt Fotos von Ejan und Lassivar und malt sie mit Kreiden ab.«
Sten springt mit dem Pferd über das Hindernis und dreht eine große Runde am unteren Teil der Koppel. Mård berührt Mayas Bauch.
»Vielleicht willst du, wenn alles vorbei ist, auch wieder Reitstunden geben? Ich werde eine Ladung Kies besorgen, um den sumpfigen

Boden da hinten trockenzulegen. Sämtliche Freunde von Jenna Burman würden herkommen.«

»Es hat seit Mitte Mai nicht mehr geregnet.«

»Das muss Zufall sein. Wir können noch ein Pferd kaufen und jemanden anstellen, der es versorgt. Du übernimmst nur die Reitstunden.«

Das Pferd verweigert das Hindernis.

Maya und Mård kehren in die Küche zurück, und als Sten hereinkommt, sagt er, dass es draußen nach Rauch riecht.

29

Hinter Särna holpert ein kleines zitronengelbes Auto den Waldweg zwischen den jungen Kiefern entlang. In Straßenstaub gehüllt biegt es auf den großen Weg ein und fährt im Abstand von etwa fünfzig Metern hinter Nadia und Elin her. Nadia aktiviert die Kamera an der Heckscheibe und lässt die Registriernummer überprüfen. Die Antwort kommt sofort.

»Nachrichtenagentur«, liest Elin vor.

Nadia richtet die Kamera auf den Mann auf dem Vordersitz aus. Die Gesichtserkennung liefert unmittelbar drei Vorschläge:

Torsten Viklund, 26 Jahre, Tischler, Unternehmer, Särna.

Ragnar Erikson, 32 Jahre, arbeitslos, Idre.

Max Andersson, 27 Jahre, Journalist, Mora.

Das Programm ermittelt, wie hoch die Wahrscheinlichkeit ist, dass entweder Torsten, Ragnar oder Max in dem gelben Auto sitzt, und kommt zu dem Schluss, dass es sich mit höchster Wahrscheinlichkeit um Max Andersson handelt. Max Andersson ist in der lokalen

Nachrichtenagentur angestellt und wohnt mit der Fotografin Hildur Stål zusammen, 24 Jahre.
Nadia richtet die Kamera auf die Frau. Die Gesichtserkennung ermittelt, dass es Hildur Stål ist.
»Die Klatschpresse ist hinter dir her«, stellt Nadia fest und richtet die Kamera auf eine Box, groß wie die Faust eines Siebenjährigen. Sie sitzt oberhalb der Windschutzscheibe des nachfolgenden Autos. Eine kleine Klappe ist geöffnet. »Sie haben eine Hochgeschwindigkeitskamera auf dem Dach. Wahrscheinlich filmen sie schon und einer von ihnen kommentiert.«
Einen Moment später steht eine Horde Rentiere auf dem Weg. Nadia gelingt es gerade noch, sich mit dem Wagen zwischen ihnen hindurchzuschlängeln. Das gelbe Auto bleibt zwischen den graubraunen Tieren stecken.

Das Haus in Idre ist zweigeschossig und rot gestrichen mit weißen Fensterrahmen. Am Zaun befindet sich ein grüner Briefkasten, auf dem in weißen Buchstaben *SCHIFFERT* steht.
Nadia geht hinter Elin durch die Tür, die Maschinenpistole umgelegt. Sie wirft einen Blick über die Schulter, um nach dem gelben Auto zu sehen, das gerade um die Ecke biegt und hinter ihrem Auto anhält.
Sie betreten einen Raum, in dem vier Stühle stehen sowie ein Tisch mit einem Stapel Zeitschriften.
»Wie beim Zahnarzt«, sagt Nadia, guckt sich um, setzt sich hin und legt sich die große Waffe auf die Knie.
Eine Tür wird geöffnet und eine kleine, rundliche Frau mit krausen grauen Haaren betritt den Raum.
»Sara Schiffert«, stellt sie sich vor und schüttelt Elin und Nadia die Hand, ohne Nadias Waffe zu kommentieren. »Eine Sitzung dauert fünfundvierzig Minuten«, sagt Schiffert, den Blick auf Nadia ge-

richtet. Sie hält die Tür auf, Elin gibt Nadia ihr Mobil und betritt das Zimmer. Schiffert folgt ihr und schließt die Tür hinter sich.

Als Elin mitten im Zimmer stehen bleibt und sich umsieht, deutet die Frau auf einen Stuhl mit Lederbezug. Der Stuhl zeigt mit dem Rücken zum Fenster.

»Bitte sehr.«

Elin nimmt Platz und Sara Schiffert setzt sich in einen größeren Stuhl mit Lederpolster und passendem Fußschemel, der zur Seite geschoben ist. Sie trägt eine weiße, kurzärmelige Bluse und ihre Jeans sieht neu aus. Sie hat Rouge auf den Wangen. Vermutlich ist sie um die sechzig Jahre alt, vielleicht ein bisschen jünger. Sie trägt keine Armbanduhr, aber einen breiten Goldreif um das linke Handgelenk. Keine Ringe. Ihrem Dialekt nach zu urteilen, stammt sie aus Stockholm.

»Ich habe dich auf der Bildwand gesehen, Elin, und vermutlich weiß ich daher schon einiges über dein Leben. Trotzdem wäre es am besten, wenn du erzählst, warum du hier bist, so als hätte ich noch nie von dir gehört.«

Elin schaut sich im Zimmer um. Sie entdeckt ein Sofa mit einem blauen Kissen und roter Decke, einen Sandkasten mit einem breiten Holzrahmen und einen geöffneten Schrank voller Plastikspielzeug: verschiedene Häuser, kleine Autos, Boote und kleine Ritterfiguren, Frauen mit Kleidern, Feuerwehrmänner, Polizisten, Krankenschwestern, Schweine, Kühe und Zäune. An der Wand hängt ein gerahmtes Bild. Es ist ein marineblaues Tuch, das mit fünf langen Schnitten versehen ist. Die übrigen Wände sind leer.

»Ich bin in einem Restaurant in Grövelsjö ohnmächtig geworden. Körperlich ist aber alles in Ordnung mit mir. Der Arzt, der mich untersucht hat, meinte, ich solle jemanden aufsuchen, um darüber zu sprechen, wie es mir geht.«

»Und wie geht es dir?«, fragt Sara Schiffert.

Elin schweigt.
»Fang irgendwo an«, schlägt die Therapeutin vor. »Sag, einfach das, was dir einfällt.«
Elin fällt es schwer, die richtigen Worte zu finden. Vor ihrem inneren Auge ziehen verschiedene Bilder vorbei.
»Du bist mit einer Leibwächterin hier«, sagt Schiffert nach einer Weile. »Wie fühlt sich das an?«
»Schrecklich.«
»Fühlst du dich bedroht?«
»Ja, und ich glaube, dass meine Tochter auch bedroht wird.«
»Wie heißt deine Tochter?«
»Hallgerd, aber sie wird Gerda genannt. Sie ist dreieinhalb. Ihr Vater wurde ermordet, bevor sie geboren wurde. Ich war gerade sechzehn geworden und unsere Familie wurde von den Torsons bedroht, mit denen mein Vater vorher schon Probleme hatte. Sie wollten ein Lager für ihr Windrad kaufen und dachten, dass wir mehrere besäßen, aber nicht verkaufen wollten. Der alte Torson hat mich und meinen Bruder überfallen, und als er mich mit einem Knüppel schlagen wollte, habe ich mich verteidigt. Torson ist gestorben. Mir war klar, dass er tot war, aber da seine Tochter mich verfolgte und das Pferd meines Bruders auch erschossen worden war, floh ich. Niemand wollte damals die Ortspolizei einschalten, daher wurde der Vorfall nie gemeldet. Wir versammelten uns später alle vor einem Schlichter. Aber vorher habe ich noch versucht, meinen entführten Bruder zu befreien. Das war eine lange Reise und ich bin dabei Harald Torson begegnet. Er war in meinem Alter. Am Anfang war ich misstrauisch. Ich hatte ja seinen Vater umgebracht, also dachte ich, dass Harald das gegen mich verwenden würde. Aber es kam ganz anders. Wir kamen zusammen und …«
Elin schweigt. Einen Moment sagt niemand etwas.
»Du denkst an Harald«, sagt Schiffert schließlich.

Elin nickt und streicht sich mit einem Finger über die Wange. »Wir kamen zusammen«, fährt Elin fort. »Es ging alles ganz schnell. Heute kommt es mir sogar so vor, als ob es furchtbar schnell ging. Gerda ist entstanden und Harald wurde erschossen.«
»Du hast dich Hals über Kopf in Harald verliebt«, sagt Schiffert. »Und er wurde dir genommen.«
Elin nickt und wischt sich wieder über die Wange. »Niemand außerhalb unserer oder Torsons Familie wusste Bescheid darüber, dass ich Haralds Vater erschossen habe. Bis vor Kurzem. Es gibt ein Video, das ein Vogelbeobachter aufgenommen hat. Man soll darauf sehen, wie ich Björn Torson abschieße.«
»Du sagst ›abschießen‹, wie man es eigentlich bei Tieren benutzt, die man bei der Jagd tötet. Man schießt einen Elch oder einen Vogel ab.«
Elin schweigt einen Moment, bevor sie wieder das Wort ergreift. »Björn Torson war der Erste, den ich umgebracht habe. Damals war ich sechzehn. Dann wurde Gerda geboren und ich habe noch zwei weitere umgebracht. Da war ich siebzehn. Vielleicht war das ja eine Art Jagd. Nur dass ich und meine Familie diejenigen waren, auf die Jagd gemacht wurde.«
»Sprichst du jetzt von den beiden Anführern der Borlänge-Gang? Die man auf der Bildwand gesehen hat?«
Elin nickt. »Ich habe sie erschossen. Und es wurde überall gezeigt, sogar in den USA. Ich bin vom Gericht freigesprochen worden und die meisten Leute halten mich für eine Heldin. Sogar Menschen, die im Krieg dabei waren, sind drum herumgekommen, Menschen zu töten. Ich habe drei umgebracht. Meine eigene Mutter hält mich für eine Mörderin und meine Schwester fragt mich, ob das stimmt. Gerda mag mich nicht oder vielleicht fürchtet sie sich auch vor mir. Sie ahnt bestimmt, dass ihre Mama jemand ist, der Menschen umbringt. Oder vielleicht hat auch Lisa etwas zu ihr gesagt, ich weiß es

nicht. Jetzt bin ich drauf und dran, in den Reichstag zu kommen. Wenn man den Umfragen glaubt, werde ich gewählt. Ich weiß nichts, ich kann nichts und ich verstehe nur die Hälfte von dem, was ich auf die Fragen der Leute antworte. Ich reise mit einer Leibwächterin durch die Gegend und tue so, als hätte ich einen Plan und würde die Zusammenhänge verstehen. Ich bin ein einziger Bluff und bald werden mich alle durchschaut haben. Nichts als ein Bluff – das ist alles, was man über mich wissen muss. Ein mörderischer Bluff – noch nicht einmal meine eigene Tochter mag mich. Als Harald aus dem Hinterhalt erschossen wurde, dachte ich erst, seine Schwester Ida hätte ihn erschossen. Dann dachte ich, dass Karin ihn hat ermorden lassen, weil er zu viel wusste. Karin war eine der Anführer der Waldleute um Nils Dacke, jetzt ist sie Justizministerin. Sie ist meine Tante, aber das wissen Sie wahrscheinlich. Manchmal bin ich ganz sicher, dass Ida ihn erschossen hat, obwohl ein Polizist, den ich getroffen habe, behauptet, dass sie es nicht gewesen ist. Ich frage mich, warum es ihm so wichtig war, zu betonen, dass Ida nicht dahintersteckt. Ich weiß einfach nicht, was ich glauben soll. Jetzt hat Ida einen Sohn in Gerdas Alter. Er wird Klein-Gunnar genannt und sein Vater, Vidar, ist sehr nett. Manchmal kommt Vidar mit Klein-Gunnar vorbei, damit er mit Gerda spielen kann.«

Elin verstummt und betrachtet das Bild mit den Einschnitten an der Wand. Dann spricht sie weiter.

»Aber eigentlich wollte ich ja erzählen, wie ich ohnmächtig wurde. Ich war zum Abendessen eingeladen, von einem Mann, der mir geholfen hat, als ich auf der Flucht war. Skarpheden. Wir saßen im Restaurant eines Hotels in Grövelsjö und da bin ich zusammengeklappt. Als ich wieder zu mir kam, lag ich in meinem Zimmer und ein Arzt untersuchte mich. Oder hat er das selbst schon erzählt? Sie haben wahrscheinlich miteinander gesprochen, nehme ich an. Ich

bin einfach umgekippt. So was ist mir vorher noch nie passiert.«
Elin zeigt auf die Kiste mit Sand.
»Was ist das?«
»Eine Spielkiste.«
»Warum haben Sie die?«
»Kleine Kinder spielen mit den Figuren, die sich im Schrank befinden. Wenn man mit Kindern spricht, während sie spielen, kommen manchmal Sachen zum Vorschein, die ein Kind im Gespräch nur schwer formulieren könnte.«
»Ich wusste nicht, dass man das so macht. Funktioniert es?«
Schiffert nickt.
»Es kann manchmal schwer sein, sich auszudrücken«, sagt Elin.
»Was möchtest du denn jetzt gerne ausdrücken? Abgesehen davon, was du gerade erzählt hast?«
Elin stöhnt. »Ist das eine Technik von Ihnen, die Wörter zu benutzen, die ich gerade selbst gebraucht habe?«
»Stört es dich, wenn ich deine Wörter und Ausdrücke gebrauche?«
»Es fühlt sich an, als würden Sie unter meine Haut schlüpfen.« Elin blickt zu dem Schrank neben dem Sandkasten. »Ich sollte vielleicht etwas bauen?«
»Was solltest du bauen?«
Elin deutet auf das oberste Fach im Schrank. »Ich könnte den Zaun nehmen und ein Grundstück eingrenzen und dort …« Sie steht auf und setzt sich auf den Rand des Sandkastens. Sie streckt den Arm nach dem Schrank aus und holt fünf kleine grüne Zaunteile heraus, die sie so aufstellt, dass sie in der Mitte eine Fläche eingrenzen. Sie nimmt einen Indianerhäuptling aus dem Schrankfach und stellt ihn in die Mitte. »Das ist Papa. Er ist derjenige, der zu Hause bestimmt. Obwohl Papa nicht so schöne Federn hat.« Elin greift nach einem schwarzen Pferd und stellt es neben den Indianer. »Das ist Mama. Sie ist das Arbeitstier in der Familie. Zwei Drittel unseres

Geldes beschafft sie durch Aktienhandel. Sie ist darin besser als Papa, aber sie arbeitet auch viel mehr.« Elin holt einen grün gekleideten Soldat mit Helm und Gewehr aus dem Schrank. Sie stellt ihn an den Zaun, sodass er zum Rand des Sandkastens blickt. »Mein Bruder Vagn war im Krieg, aber er hat es nicht ausgehalten. Als er nach Hause kam, hat meine Mutter ihn getröstet, weil er es nicht über sich hat bringen können, zwei Mädchen zu erschießen. ›Es können nicht alle zum Mörder werden‹, hat sie gesagt, um auf den Unterschied zwischen Vagn und mir anzuspielen.« Dann greift Elin nach einer kleinen Katze und stellt sie in eine Ecke der Sandkiste, ein Stück vom Zaun entfernt. »Das bin ich.«
»Du stehst nicht innerhalb des Zauns bei deinen Eltern und deinem Bruder«, kommentiert Schiffert.
Es scheint so, als höre Elin den Kommentar gar nicht.
Um an die nächste Figur zu gelangen, muss sie aufstehen. Sie holt ein kleines Mädchen im Ballettrock heraus, die auf den Zehenspitzen steht, die gestreckten Arme über dem Kopf gebogen. Sie stellt die Figur an den Rand des Sandkastens. »Die Prinzessin. Oder ist es eine Ballerina? Das ist Gerda.« Sie blickt Schiffert an.
»Eine tanzende Prinzessin«, entscheidet Elin nach einer Weile. »Es ist schwer und anstrengend gleichzeitig. Gerda tanzt für mich. Auf Zehenspitzen.«
»Auf Zehenspitzen«, wiederholt Schiffert.
Elin schnaubt plötzlich, als hätte sie etwas in der Nase. »Ich bin bei der Königin eingeladen, zum Geburtstag am Samstag. Beinahe wie Aschenputtel.«
»Aschenputtel wurde von einem Prinzen eingeladen. Du wurdest von einer Königin eingeladen.«
Elin sieht verwirrt aus. »Was meinen Sie?«
»Das ist ein Unterschied. In vielerlei Hinsicht.«
»Warum?«

»Abgesehen davon, dass Aschenputtel zum Ball des Prinzen eingeladen ist und nicht zu dem der Königin, gibt es noch einen anderen Unterschied: Das eine ist ein Märchen, das andere die Wirklichkeit. Du bist eingeladen zu einem Fest bei einer echten Königin, nehme ich an?«
»Ja, und was schließe ich daraus?«
»Märchen pflegen auf eine bestimmte Weise zu enden, oder nicht?«
Elin nickt. »Und sie lebten glücklich bis ans Ende ihrer Tage.«
»Genau«, sagt die Therapeutin. »Wie lebt man glücklich, wenn man eine bewaffnete Leibwächterin an seiner Seite hat und Feinde, die einem nach dem Leben trachten?«
Elin und Sara Schiffert sehen einander an. Dann richtet Elin den Blick auf den Sand und stellt die Katze ein paar Zentimeter näher an den Zaun.
»Neulich Abend hatte ich eine Wahlveranstaltung. Ein aggressiver Mann im Publikum hat mich gefragt, wie ich dazu stehe, dass ich umgeben von Sicherheitsleuten zu der Veranstaltung komme, während in sein Haus dreimal eingebrochen wurde, sodass er sich kaum mehr traut, es zu verlassen. Die Polizei hat nichts unternommen, obwohl alle wussten, wer die Diebe waren, sagte er. Er hat außerdem behauptet, dass ich niemals eine Leibwache bekommen hätte, wenn meine Tante nicht Ministerin wäre.«
Schiffert berührt ihren breiten Armreif und dreht ihn um ihr Handgelenk. »Was könnte er damit gemeint haben?«
»Dass ich kandidiere, weil ich auf den Schutz aus bin, der mir dadurch zusteht. Wenn ich nicht kandidieren würde, wäre ich der Borlänge-Gang ausgeliefert.«
»Das klingt, als würdest du dem Mann zustimmen.«
»Wäre die Borlänge-Gang nicht hinter mir her, würde ich vielleicht nicht versuchen, in den Reichstag zu kommen«, erwidert Elin ohne längeres Nachdenken. »Auch wenn meine Tante hundertmal be-

haupten würde, dass ich ein tolles Zugpferd wäre und eine Stütze für die Demokratie. Ich bin die falsche Person, ich habe mich nie um Politik gekümmert, ich weiß nichts, ich kann nichts …«

»… und du fühlst dich wie ein großer Bluff«, ergänzt Sara Schiffert mit einem Ton, der deutlich macht, dass sie Elins Selbstdiagnose nicht zustimmt.

Sie schweigen.

»Die ganze Familie der Königin ist gestorben«, sagt Elin nach einer Weile. »Das war, kurz nachdem ich Björn Torson umgebracht habe, und ich war so benommen, dass ich es gar nicht richtig registriert habe, obwohl es in allen Nachrichten lief. Aber es war doch kein Attentat, oder?«

»Soviel ich weiß«, antwortet Schiffert, »glaubt man, dass es menschliches Versagen war. Ein Sportflugzeug flog in den Flughafen Kastrup aus der falschen Richtung ein. Die Königin, die damals noch Kronprinzessin war, lag mit hohem Fieber zu Hause …«

»Yalun«, ergänzt Elin. »Alle, die sich nicht impfen ließen, hatten Yalun.«

»Für die Kronprinzessin war es die Rettung, nicht getan zu haben, was man ihr geraten hatte. Sie hatte sich nicht impfen lassen. Deine Familie hast du gerettet.«

»Ich habe den Anführer der Borlänge-Gang erschossen.«

»Die Kronprinzessin wurde durch einen Zufall gerettet. Du hast aktiv eingegriffen und deine Familie aus einer lebensbedrohlichen Situation befreit.«

Elin sieht aufgebracht aus. »Was wollen Sie damit sagen?«

»Manchmal handelt man aktiv, um etwas zu bewirken. Genau das hast du getan. Es klingt, als würdest du dich für etwas verurteilen, für das dich viele bewundern.«

»Ich möchte keine Mörderin sein, besonders nicht in den Augen meiner Mutter.«

»Findest du selbst, dass du eine Mörderin bist?«
Elin schweigt einen Moment. Dann spricht sie weiter. »Das Schlimmste ist, dass Gerda ganz offenbar Angst vor mir hat.«
»Warum glaubst du, dass Gerda Angst hat?«
»Sie rennt weg und versteckt sich vor mir, wenn ich komme.«
»Und würdest du das nicht auch am liebsten tun?«
»Wie meinen Sie das?«
»Vielleicht macht Gerda genau das, wonach dir zumute ist.«
»Nämlich?«
»Weglaufen und sich verstecken. Damit die Borlänge-Gang dich nicht finden kann.«
Elin schüttelt den Kopf und in ihrem Blick flammt Misstrauen auf.
»Du findest, dass sich das seltsam anhört?«, fragt Schiffert. »Dass Gerda ein Gefühl oder ein Bedürfnis zum Ausdruck bringt, das vielleicht in dir selbst steckt?«
»Ich weiß nicht …«
»Was weißt du nicht?«
»Ob ich an solche Erklärungen glaube.«
»Es ist keine Erklärung«, sagt Schiffert. »Es gibt ganz bestimmt mehrere Gründe dafür, dass Gerda sich vor dir versteckt. Einer mag zum Beispiel der sein, dass das kleinen Kindern nun einmal Spaß macht. Kinder in Gerdas Alter lieben es, wenn nach ihnen gesucht wird.«
»Das kann also auch der Grund sein?«
»Einer der Gründe, ja. Wie läuft es ab, wenn Gerda sich vor dir versteckt?«
Elin denkt nach. »Mir fällt gerade etwas anderes ein«, sagt sie nach einem Moment.
»Nämlich?«
»Sie haben mir Gerda weggenommen – man könnte sagen, dass sie Gerda vor mir versteckt haben.«
»Wer?«

Elin erzählt, wie die Polizei sie zur Festung gebracht und eingesperrt hat. »Sie haben mir etwas verabreicht, sodass ich halluziniert habe. Eine Frau, der ich dort begegnet bin, hat behauptet, dass es LSD war. Sie haben mich betäubt und wach gehalten. Sie haben mir Milch abgepumpt und sie Gerda gegeben …«
»Weißt du das sicher, dass sie Gerda deine Milch gegeben haben?«
»Warum sollten sie mir die Milch abpumpen, wenn sie sie nicht zu etwas bräuchten?«
»Vielleicht wollten sie dich bloß in dem Glauben lassen, dass Gerda die Milch bekommt?«
»Stimmt«, sagt Elin. »Ich weiß nicht, was sie mit der Milch gemacht haben. Ich rate nur.« Sie erhebt sich, reibt sich etwas Sand von den Händen und kehrt zu ihrem Stuhl zurück.
»Wie bist du aus der Festung herausgekommen?«
»Eine Frau, die ich vorher schon einmal getroffen habe, hat mir bei der Flucht geholfen. Das erste Mal, als ich ihr begegnet bin, hat sie versucht, mich hinters Licht zu führen, und so getan, als sei sie eine Gefangene der Polizei. Später habe ich dann begriffen, dass sie gelogen hat. Sie war Verhörleiterin in der Festung und hat sich Syria genannt.«
»Die Verhörleiterin, die dich angelogen hat, hat dir geholfen zu fliehen?«
Elin nickt.
»Wie lange warst du in Gefangenschaft, bevor du fliehen konntest?«
»Mein Zeitgefühl war total hinüber. Ich hatte so furchtbare Angst, am meisten davor, dass sie Gerda etwas antun könnten. Vielleicht waren es ein paar Tage, ich weiß es nicht.«
»Und was, glaubst du, könnte mit Gerda passiert sein?«
»Wenn sie meine Milch bekommen hat, hat sie vielleicht auch etwas von dem Zeug aufgenommen, das sie mir verabreicht haben. Als wir geflohen sind, hat man ihr ein Schlafmittel gegeben, das

weiß ich. Sie war ganz verändert, als ich sie zurückhatte, ein ganz anderes Kind.«

»Du hast nichts darüber erzählt, wie und wo du wohnst«, sagt Schiffert. »Im Übrigen würde ich sagen, dass du nicht wissen kannst, dass Gerda ein Schlafmittel bekommen hat, wenn du es nicht mit eigenen Augen beobachtet hast. Es ist deine Vermutung.«

»Sie haben recht«, sagt Elin. »Ich vermute es.« Dann fährt sie mit einem Seufzer fort: »Ich wohne mit meinen Eltern, meiner kleinen Schwester und meinem Bruder zusammen. Vagn ist dreiundzwanzig, Lisa elf. Wir wohnen im Wald. Meine Eltern handeln mit Wertpapieren. Ich habe eigentlich keine Freunde, außer vielleicht Skarpheden. Er mag mich. Mit ihm war ich in dem Restaurant, als ich ohnmächtig wurde. Er ist älter als ich. Mindestens dreißig. Vielleicht noch älter.«

»Wie alt jemand ist, ist nicht schwer herauszubekommen.«

»Ich habe mich wohl nie darum gekümmert. Er ist promovierter Strahlenphysiker. Vielleicht möchte ich gar nicht wissen, wie alt er ist.«

»Was glaubst du, ist die Ursache dafür, dass du ohnmächtig geworden bist?«

»An der Tür stand dieser Oberkellner. Er hatte eine Narbe auf der Hand. Als ich damals aus der Festung geflohen bin, kam ich unterwegs zu einer verlassenen Hütte. Darin war ein Mann, der mich festhalten wollte. Ich habe ihm einen Schnitt verpasst. Und dann stand er da in dem Restaurant an der Tür. Vielleicht habe ich …« Elin verstummt.

»Vielleicht hast du was?«, fragt Schiffert.

»Angst bekommen.«

»Vor ihm?«

»Davor, zu was ich fähig bin.«

»Du hast ihn richtig verletzt?«

»Wenn ich ihm nicht die Ober-, sondern die Unterseite der Hand aufgeschnitten hätte, hätte ich Sehnen und Pulsader durchtrennt. Er wäre da oben in den Bergen verblutet.«
»Er wäre dann die vierte Person gewesen, die sich dir in den Weg gestellt und das mit dem Leben bezahlt hätte.«
»Ja.«
»Was versprichst du dir davon, dass wir uns regelmäßig treffen?«
Elin überlegt einen Moment, bevor sie antwortet. »Ich weiß es eigentlich nicht. Was könnte passieren?«
»Das ist sehr unterschiedlich. Bei manchen passiert nichts, bei anderen nimmt das Leben eine neue Wendung. Es ist nicht wie bei LSD, das man einnimmt und dann bekommt man Halluzinationen. Die Wirkung von solchen Gesprächen ist nicht vorhersehbar. Sie basieren auf Zusammenarbeit, darauf, mitzuhelfen, sich dem zu nähern, was untersucht werden soll. Vielleicht möchtest du herausfinden, warum du dich selbst als Bluff bezeichnest? Warum du dich als Mörderin bezeichnest und glaubst, dass Gerda dich am liebsten gar nicht sehen will. Es gibt eine Menge, was sich zu untersuchen lohnen würde.«
Elin steht auf und geht zum Schrank mit den Spielsachen. Sie überlegt eine Weile und entscheidet sich dann, nach einem kleinen Engel zu greifen, den sie direkt neben das Pferd stellt. Anschließend kehrt sie zum Stuhl zurück und streicht ihre Handflächen an den Oberschenkeln ab. Sie betrachtet den Sand, der auf dem Stoff ihrer Hose liegen bleibt. »Ich habe meine Schwester vergessen. Sie ist der Engel, obwohl ich mich frage, welche Farbe ihre Flügel haben.«
»Vielleicht auch etwas, das sich zu untersuchen lohnt?«, schlägt Sara Schiffert vor.
»Wie würde das ablaufen?«, fragt Elin, den Blick auf die Figuren im Sand gerichtet.

»Was?«
»Ihre Arbeit.«
Schiffert sieht ernst aus. »Wenn du und ich zusammenarbeiten wollen, musst vor allem du arbeiten, nicht ich. Ich kann kommentieren, Fragen stellen, Blickwinkel hinzufügen, aber du bist diejenige, die die Arbeit erledigen muss.«
»Welche Arbeit?«
»Die Teile jenes Lebens zu untersuchen, das du gelebt hast, lebst und in Zukunft leben wirst. Vielleicht möchtest du dir ja genauer ansehen, wie es kommt, dass deine Tochter mit deinen Eltern, deiner Schwester und deinem Bruder zusammenwohnt, während du so weit weg bist? Du hast deine Schwester vergessen. Man kann auf einiges stoßen, das sich zu untersuchen lohnt, egal ob mit oder ohne Sandkasten.«
Elin wischt ein paar Sandkörner von ihrem Oberschenkel und schielt zu dem Bild an der Wand. »Ich mag dieses Bild nicht. Es sieht aus, als hätte jemand ein Loch in etwas hineingeschnitten und die Luft herausgelassen, oder das Leben. Wie oft soll ich kommen?«
»Das Einzige, was ich dir derzeit anbieten kann, sind kurzfristig frei werdende Termine, wenn jemand absagt.«
Elin guckt sich im Raum um. »Warum arbeiten Sie hier unten? Ihre Patienten sind doch sicher nicht aus Idre, sondern arbeiten in Grövelsjö.«
»Es ist schwer für mich, meiner Arbeit dort oben nachzugehen. Die meisten sind davon überzeugt, dass alle Räume abgehört werden, und wagen es nicht, frei zu sprechen. Hier unten ist das anders. Jedes halbe Jahr kommt ein Sicherheitsexperte her, der alle Räume prüft und sichergeht, dass nichts abgehört wird. Meine Besucher sitzen mit dem Rücken zum Fenster, damit nichts gefilmt und von den Lippen abgelesen werden kann.«
»Die Leute sind paranoid«, behauptet Elin.

»Ich würde es etwas anders ausdrücken«, sagt die Therapeutin. »Aber in der Tat denken die Leute, dass ihre Mobile, Wohnungen und Büros abgehört werden.«
Elin schweigt eine Weile, dann fragt sie: »Sie sind also eine bestimmte Art von Psychologin?«
»Ich bin Ärztin und Psychoanalytikerin. Möchtest du, dass ich dir Bescheid sage, wenn ein Termin frei wird?«
»Ja, bitte. Darf ich noch eine Sache fragen?«
»Nur zu.«
»Warum bin ich im Restaurant umgekippt?«
»Das kann ich nicht mit Sicherheit sagen, aber eine Vermutung ist, dass das Leben, das du gerade lebst, zu viel für dich ist. All die Fragen, der Leistungsdruck, die Gefühle und Möglichkeiten. Du konntest es einfach nicht mehr bewältigen.«
Elin betrachtet das Bild mit den Schnitten. »Was meinen Sie mit ›Möglichkeiten‹?«
»Vielleicht entwickelte sich gerade die Möglichkeit einer Beziehung zwischen dir und Skarpheden? Vielleicht wurde daraus gerade mehr als eine Freundschaft?«
»Und deswegen bin ich ohnmächtig geworden? Eine Art Kurzschluss, oder wie?«
Schiffert runzelt die Stirn. »Wenn man von einer Kurzschlussreaktion spricht, dann bedient man sich einer Sprache, die nichts mit Menschen und mit menschlichen Gefühlen zu tun hat. Die Bezeichnung des Kurzschlusses bei einem Menschen lässt sich natürlich als Bild verstehen, aber wenn man es anwendet, muss man sich darüber im Klaren sein, dass es irreführen kann.«
Elin deutet auf ihre Aufbauten im Sand. »Bauen Kleinkinder so etwas?«
»Kleinkinder und zwanzigjährige Frauen. Hast du eine Idee, warum du deine Schwester vergessen hast?«

»Sie bringt Gerda Psalme bei und behauptet, dass Gerdas Vater weiterlebt, da oben.« Elin zeigt zur Zimmerdecke, als würde sie sich in Lisa hineinversetzen und sich vorstellen, dass Gott irgendwo dort oben über den Wolken existiere.
»Deine Schwester ist religiös.«
»Ihre Freundin kommt aus einer freikirchlichen Familie. Sie singen zusammen über die Bildwand und versuchen sich in der Zungenrede.«
»Wenn man dich verärgert, kann man von dir also vergessen werden«, sagt Schiffert.
»Wenn ich Liedtexte und Gedichte auswendig lerne, fällt mir das immer leicht. Ich habe ein gutes Gedächtnis. Keine Ahnung, warum ich Lisa vergessen habe.«
»Du glaubst nicht daran, dass dein Ärger auf Lisa seinen Teil dazu beiträgt?«
Elin zuckt mit den Schultern, steht auf, geht wieder zum Sandkasten und lässt sich auf dem Rand nieder. Sie versucht, die Katze auf den Zaun zu setzen, aber sie fällt herunter und bleibt auf dem Rücken liegen. Elin kehrt zu ihrem Stuhl zurück. »Ich bin ein Mädchen aus dem Wald. Ich war einmal auf einer Konferenz in Visby. Ein anderes Mal habe ich zwei Wochen lang als Model in Paris gearbeitet. Ich habe den Duft von Nadelbäumen in meinen Kleidern, manchmal fühlt es sich an, als würde er unter meiner Haut stecken. In Paris habe ich mich unwohl gefühlt. Überall schien es Geld ohne Ende zu geben und ich konnte mich vor seltsamen Angeboten kaum retten.« Elin erzählt von ihrer Zeit in Paris und Sara Schiffert schielt auf eine kleine Uhr, die auf einem kleinen Tisch hinter Elin steht. Schließlich erhebt sie sich. »Du möchtest also, dass ich dich anrufe, wenn es einen freien Termin gibt?«
»Ja, bitte.«
»Dann werde ich das tun. Alles Relevante über Zahlungsmetho-

den, meine Ausbildung und meinen beruflichen Hintergrund findest du auf meiner Seite.«

Als Elin und Nadia hinaus auf die Straße treten, steht dort der gelbe Wagen.
»Warte hier«, sagt Elin und geht mit eiligen Schritten auf das Auto zu.
Nadia kümmert sich nicht um Elins Anweisung und folgt ihr. Ein Eichhörnchen jagt den Stamm einer Birke hinauf.
Als Elin bei dem gelben Wagen ankommt, wird die Scheibe an der Vordertür herabgelassen.
Elin beugt sich vor. »Können Sie bitte damit aufhören, mich zu verfolgen?«
Die Frau im Auto ist ungeschminkt, hat kurze Haare und einen Pickel auf der Stirn. »Die letzten Meinungsumfragen haben ergeben, dass du mehr Stimmen bei der Reichstagswahl erhalten wirst als irgendjemand vor dir. Was du tust, ist keine Privatsache. Die Leute sollen wählen, sie haben ein Recht auf Information.« Die Frau zeigt zum Haus. »Dort drinnen arbeitet eine Psychotherapeutin, die ein unlesbares Buch über einen Briefwechsel zwischen Albert Einstein und Sigmund Freud geschrieben hat. Warum warst du dort?«
Der Mann, der hinter der Frau sitzt, hat eine Kamera hervorgeholt, die er nun über ihre Schulter hält. Sie ist nicht größer als zwei Stück Würfelzucker.
Die Frau kneift die Augenbrauen zusammen. »Warum suchst du eine Psychiaterin auf?«
Elin hört, dass ihre Stimme schrill wird. »Schnüffeln Sie nicht in meinem Privatleben herum!«
»Die Ausleihliste der von dir heruntergeladenen Titel während deiner Schulzeit zeigt, dass du ein auffallendes Interesse an Schriftstellern hast, die sich das Leben genommen haben. Sylvia Plath, Virgi-

nia Woolf, Stig Dagerman, Ernest Hemingway und Karin Boye. Hängt dein Interesse an Selbstmördern in irgendeiner Weise mit deinem Besuch bei Sara Schiffert zusammen?«

Elin hört sich aufheulen und zeigt mit dem Finger auf den Mann hinter der Frau. »Packen Sie Ihre verdammte Kamera weg!«

Nadia zieht Elin am Ärmel.

»Oder kommen Sie raus aus dem Auto, dann können Sie was erleben!« Elin reißt an der Autotür, die Scheibe wird hochgelassen und das Letzte, was Elin von der Frau sieht, ist ihr eingeschüchterter Gesichtsausdruck, bevor das gelbe Auto mit hohem Tempo die Straße hinuntersetzt und um die Ecke verschwindet.

Elin blickt dem Auto zornig hinterher. »Idioten!«

»Jetzt landest du auf allen Bildwänden«, sagt Nadia. »So viel ist sicher.«

Das Eichhörnchen blickt hinter der Birken hervor. Dann flitzt es am Stamm entlang und hüpft mit langen Sätzen und aufrechtem Schwanz über die Straße. Erst als es die andere Straßenseite erreicht hat, legt sich der durch das Auto aufgewirbelte Staub wieder.

30

»Hallo, Mård«, flüstert Foxy, als dieser auf den Rücksitz des Autos klettert. »Was kann ich für dich tun?«

»Fahr mich zu Burmans.«

»Dort sind wir noch nicht gewesen. Zeigst du mir den Weg?«

Der Monitor wird von der Decke gelassen, Mård greift nach einem Markierstift und lässt sich eine Karte im Verhältnis 1:25 000 anzeigen.

»Hier ist es«, sagt er und deutet mit dem Stift auf die Gebäude am nördlichen Ufer des Larkensjö.

»Es wird fünfzehn Minuten dauern«, sagt Foxy.

»Gut, erzähl mir so lange was.«

Foxy lacht. »Ich habe Zugang zu viertausend Romanen und sechshundert Kurzgeschichten. Ein Großteil davon ist Lyrik, außerdem dreihundert vertonte Theaterstücke, zweihundert Märchen und fünfzehnhundert Anekdoten – die meisten mit sexuellem Inhalt. Das gesamte *Dekameron* in zwölf Sprachen. So gut wie alle Filme, die es gibt – aber du wolltest ja etwas hören, keinen Film sehen, wenn ich dich richtig verstanden habe. Was darf es also sein?«

»Überrasch mich«, bittet Mård, als das Auto aus der Hofeinfahrt fährt.

»Ich brauche einen Anhaltspunkt. Nenne den Titel eines Buchs, das dir gefallen hat.«

»Ich habe nicht viele Bücher gelesen.«

»Nenne eins.«

»Ruf der Wildnis.«

»Die Erzählung kann also von Identität, Entwicklung, Hunden, Goldgräbern, Alaska, Kälte, Indianern, Freundschaft und vom Überleben handeln. Was interessiert dich davon am meisten?«

»Überleben ist etwas, das mich interessiert.«

»Möchtest du, dass ein Mann oder eine Frau im Zentrum der Geschichte steht?«

»Ein Mann wäre gut. Einer, der klug ist. Einer, der überlebt.«

»Wäre ein Junge im Teenageralter in Ordnung?«

»Wenn es spannend ist, ist alles in Ordnung.«

»Dann habe ich hier eine Geschichte über einen Jungen, dessen Leben bedroht wird. Derjenige, der ihn bedroht, ist sein Vater.«

»Warum sollte jemand das Leben seines Sohnes bedrohen?«

»Der Hauptperson gelingt es zu entkommen.«

»Wie?«
»Sie stellt sich tot.«
»Man kann sich nicht totstellen. Es fällt doch auf, wenn man nicht tot ist.«
»In diesem Fall nicht. Möchtest du die Geschichte hören?«
»Klar. Wie heißt sie?«
Foxy schweigt ein paar Sekunden und sagt dann: »Eben gerade hat sich das Entertainmentmodul aufgehängt und ich kann den Titel des Buches nicht ermitteln. Das muss dich jedoch nicht beunruhigen. Das System, das für das Manövrieren des Wagens zuständig ist, verfügt über ein Back-up und kann nicht abstürzen. Nur mein Modul für das Unterhaltungsprogramm ist diesbezüglich empfindlicher. Möchtest du, dass ich vorlese, auch wenn der Titel des Buches gerade nicht festzustellen ist?«
»Ja.«
»Es handelt sich um eine Ich-Erzählung. Möchtest du, dass ich die Stimme eines jungen Mannes wähle, oder bevorzugst du meine?«
»Ich mag deine Stimme.«
»Dann beginne ich jetzt.«
Sie biegen auf die große Straße ab und Foxy liest vor. Nachdem sie eine Weile über Asphalt gerollt sind, nimmt das Auto eine Abzweigung auf der linken Seite und sie fahren einen holperigen Waldweg entlang. Als sie eine Erhebung erreichen, ist der See zu erkennen. Foxy unterbricht ihre Lesung und das Auto hält an. »Möchtest du eine Nahaufnahme des Boots und des Wasserskifahrers?«
»Ja, bitte.«
Erneut kommt der Monitor von der Decke und Mård kann darauf das Boot sehen, das auf der Mitte des Sees unterwegs ist.
»Die Geschwindigkeit beträgt dreiundzwanzig Knoten«, erklärt Foxy. »Der Bootstyp heißt Aquariva. Der Mann, der es fährt, ist mir unbekannt. Die Frau auf den Wasserskiern ebenfalls.«

»Die Frau auf den Wasserskiern heißt Jenna Burman«, erklärt Mård und imitiert Foxys Art zu sprechen. »Jenna ist siebzehn Jahre alt. Ihre Mutter heißt Lola und sie hat eine Schwester, die heute ihren siebten Geburtstag feiert.«

»Ich habe hier Jenna Burmans Akte«, flüstert Foxy. »Sie fährt die Kleinwagenvariante des Autos, in dem du sitzt. Ich kann dir Informationen über ihre Freunde liefern und verraten, welche Interessen sie hat. Möchtest du diese Auskünfte erhalten?«

»Das ist nicht notwendig. Lass mich an der Terrasse raus und parke im Schatten.«

»Hast du meinen Identitätscode im Mobil?«

»Ich glaube nicht. Wozu brauche ich den?«

»Wenn du mich brauchst, gibst du den Code ein und ich komme. *Just whistle.* Kennst du das Zitat?«

»Wovon sprichst du?«

»Ein alter Film, Verzeihung. Ich bin darauf programmiert, hin und wieder assoziativ zu arbeiten. Möchtest du, dass ich dein Mobil kontaktiere und meinen Identitätscode hinterlege?«

»Ja, bitte.«

»Ist erledigt. Wenn du mit mir kommunizieren möchtest, gibst du deine Telefonnummer plus die Ziffer des aktuellen Monats ein und sagst ›Foxy Lady‹. Wenn du meine Stimme hörst, kannst du mich bitten, dich abzuholen. Ich lasse dich nie im Stich, solange du nicht vergisst, meine Batterie aufzuladen.« Foxy kichert. »Du wirst doch wohl nicht vergessen, meine Batterie aufzuladen?«

»Niemals«, verspricht Mård und steigt aus. »Und die Monatsziffer ist Sechs, ja?«

»Genau«, antwortet Foxy. »Aber bald ist der Juni um und dann ist es die Sieben.«

Die Klimaanlage hat die Luft im Wagen auf einundzwanzig Grad gekühlt, und als Mård aussteigt, fühlt es sich an, als würde er durch

eine Mauer aus Wärme gehen. Er nimmt das Mobil aus der Tasche und legt es auf den Rücksitz.
Burman kommt von der Veranda, einen Drink in der Hand. Er legt den Arm um Mårds Schulter und zeigt mit dem Glas in Richtung Auto. Er trägt ein weißes Hemd, das er über hellblauen, knielangen Shorts trägt, und ist barfuß. Während er auf das Auto deutet, lacht er. »Das gleiche, nur größer.«
»Welche Stimme hast du gewählt?«
»Du meinst das Auto?«
Burman lächelt, aber Mård bleibt ernst.
»Ich habe gerade Tatiana ausprobiert. Sie spricht mit russischem Akzent. Und dann ist da natürlich noch Brigitte.«
»Hast du Foxy Lady getestet?«
»Auf sie stehen alle Jungs.«
Lola kommt auf die Veranda. Da es ihr schwerfällt, das R auszusprechen, nuschelt sie ein wenig. »Hallo, Måååd!« Sie hält ein hohes Glas in der Hand, trägt einen breitkrempigen Strohhut über den schulterlangen Haaren und eine Sonnenbrille. Sie winkt mit einer Hand, die derart mit Ringen behängt ist, dass es ihr schwerfallen muss, sie hochzuheben.
Draußen auf dem See nimmt das Motorboot jetzt in voller Fahrt Kurs auf den Bootssteg, biegt um eine Kurve und fährt im Halbkreis weiter, während die Person auf den Wasserskiern, die die Leine losgelassen hat, kurzzeitig untertaucht und schließlich, von der Schwimmweste gehalten, im Kielwasser des Boots auf und ab schaukelt.
»Ist das Jenna?«, fragt Mård, obwohl er die Antwort kennt.
»Komm herein und sag Hallo!«, ruft Lola von der Veranda.
»Wer hat das Boot gefahren?«, erkundigt sich Mård.
»Lunkan«, sagt Burman. »Was möchtest du trinken?«
»Ein Bier ist in Ordnung.«

»Hell oder dunkel?«
»Egal.«
Burman geht zu der zweistufigen Treppe, die zur Veranda führt, und Lola nimmt die Sonnenbrille ab.
»Komm her, Junge!«, ruft sie. »Give us a kiss!, wie man im Ausland so schön sagt!«
Mård wirft einen Blick zum See, wo sich Jenna auf dem Rücken liegend durch Schwimmbewegungen mit den Füßen auf den Steg zubewegt. Dann landet er mit einem Satz auf der Veranda. Lola klatscht mit links gegen ihre Hand, die das Glas hält, um Applaus anzudeuten. Dabei verliert sie ihre Sonnenbrille. Mård hebt sie auf und hält sie ihr hin, aber Lola nimmt sie nicht an sich.
»Give us a kiss!«, wiederholt sie und hält Mård ihre Wange entgegen, der ihr einen flüchtigen Kuss gibt.
Lola macht einen Schritt zurück und betrachtet ihn unter ihrer breiten Hutkrempe. »Wo ist Maya?«
»Sie ist zu Hause geblieben. Es geht ihr nicht so gut.«
»Nicht so gut!«, schnaubt Lola. »Mir ging es absolut dreckig, als ich mit Tord schwanger war, und mit Jenna war es noch viel schlimmer. Was möchtest du trinken?«
»Burman holt mir schon ein Bier.«
Lola streicht sich über den Oberschenkel. »Ich bin nicht rot geworden, oder?« Auf der Haut bleibt ein weißer Streifen zurück.
»Ein bisschen vielleicht.«
»Habe ziemlich viel Sonne abbekommen, da drüben.«
Burman kommt zurück auf die Veranda und hat eine Bierflasche in der Hand.
Lola sieht ihn an. »Wie heißt die Insel noch mal, auf der ich war?«
Burman reicht Mård die Flasche.
»Kalt und gut«, sagt Mård, als er die Kühle der Flasche in seiner Hand spürt.

»Tschechisch. Das ist das Einzige, was ich trinke.«
»Wie heißt die Insel, auf der ich war?«, wiederholt Lola ihre Frage.
»Catalina«, antwortet Burman, den Blick auf den Steg gerichtet, wo Jenna gerade die Schwimmweste ablegt. »Du solltest im Schatten bleiben«, rät Burman Lola.
Sie legt eine Hand auf seine Brust und drückt sich an ihn. Er weicht ein Stück zurück, aber sie folgt ihm. »Du magst alles Russische, oder? Die im Hotel, die mochtest du auch, nicht wahr? Igors Sekretärin, oder war es seine Tochter?«
Burman schiebt ihre Hand weg und Lola lässt sie neben ihrem Oberschenkel baumeln, als wäre ein Gewicht an ihr befestigt.
Er klingt unendlich müde: »Du solltest im Schatten bleiben und nichts mehr trinken.«
»Måååd sagt, dass ich überhaupt nicht zu viel Sonne abbekommen habe.«
Burman legt einen Arm um Mårds Schulter und führt ihn ein Stück zur Seite. »Sylve ist hier und Björn hat die Sauna vorgeheizt. Ich hoffe, du bleibst ein bisschen, damit wir reden können. Granberg kommt später.«
»Ich bleibe einen Moment«, sagt Mård. »Ich hätte da auch etwas, über das ich reden möchte.«
»Willst du Lina Hallo sagen?«
Mård betrachtet seine Hände. In der einen Hand hält er die Bierflasche, in der anderen Lolas Sonnenbrille.
»Lina würde sich freuen«, sagt Burman. »Als sie dahintergekommen ist, dass du das Puppenhaus für sie gebaut hast und dass es dich viele Stunden Zeit gekostet hat, konnte sie den Mund nicht mehr zubekommen. Seit sie wach ist, spielt sie damit. Sie hat ihre ganzen Plastiktiere einziehen lassen und sagt, dass sie selbst das Pferd ist. Wunderbar, was für eine Fantasie Kinder haben. Komm mit, wir gehen zu ihr.« Burman führt Mård ins Wohnzimmer. Dort

sitzen zwei Frauen, eine hält ein Baby im Arm, die andere eine Bierflasche in der Hand.
»Hallo, Mård!«, ruft die Frau mit dem Bier.
Die Frau mit dem Kind legt mahnend den Finger auf die Lippen.
»Wo ist Maya?«, flüstert die Frau mit der Bierflasche.
»Zu Hause geblieben.«
»Wann ist es so weit?«
»Jederzeit.«
Die Frau hebt das Bier zum Gruß und legt gleichzeitig den Finger auf die Lippen.
Burman geht voran zur Treppe ins obere Geschoss.
Linas Zimmer befindet sich ganz hinten unter dem Schrägdach. Die Klimaanlage surrt – es ist kühl, fast kalt. Die Tür zu Jennas Zimmer ist geöffnet. Mård wirft einen Blick hinein. Ungemachtes Bett, ein Poster mit einem lockigen Jungskopf an der Wand, ein weißer, aufgeräumter Schreibtisch, eine aufgezogene Schreibtischschublade, heruntergelassene Jalousien.
Lina spielt in ihrem Zimmer mit einem blassen Mädchen, das Zöpfe und ein blau-weiß gestreiftes Kleid trägt und etwas sauertöpfisch dreinblickt.
»Toves Mutter sitzt im Wohnzimmer und stillt Toves kleine Schwester«, erklärt Burman und nickt dem mürrischen Mädchen zu. »Du kennst Tove noch nicht, oder?«
»Hallo, Tove«, grüßt Mård das griesgrämige Mädchen, während Lina auf ihn zuläuft. Er beugt sich herunter und wird von ihr umarmt.
»Danke für das Puppenhaus. Ich habe meine alten Möbel reingestellt und ich habe Tiere als Menschen. Du darfst im Gästezimmer wohnen. Du bist der Strauß.« Lina lacht. »Hast du gesehen, ich habe noch einen Zahn verloren!« Sie öffnet den Mund.
»Glückwunsch!«, sagt Mård. »Herzlichen Glückwunsch.«

Lina zeigt auf ihre Spielkameradin. »Tove sagt, es heißt Bummspecht. Aber das stimmt doch gar nicht, es heißt Buntspecht, stimmt's?«
Tove verzieht den Mund und blickt zornig.
Linas Wangen röten sich und sie hänselt weiter: »Und dann sagt sie noch, es würde Muhu heißen, dabei ist das auch falsch! Es heißt Uhu!«
Tove springt auf und rennt aus dem Zimmer Richtung Treppe.
»Warum sterben Buntspechte?«, fragt Lina.
»Ich schalte etwas runter, damit es nicht ganz so kühl ist«, murmelt Burman und dreht an dem kleinen Rad, mit dem sich die Raumtemperatur regulieren lässt.
»Die Larven, die sie unter der Rinde finden, sind giftig«, behauptet Mård. »Ich habe gestern einen gesehen, ganz schwarz mit rotem Kopf. Heutzutage gibt es sie kaum noch. Als ich ein Kind war, gab es sogar Grünspechte. Die fand ich immer am schönsten.«
»Ich habe noch nie einen gesehen«, sagt Lina. »Aber ich habe einen Habnichts gesehen!« Sie lacht und wartet darauf, dass Mård ebenfalls lacht. Er lächelt und sie läuft zur Treppe. Dabei ruft sie: »Tove! Ich habe einen Habnichts gesehen! Der hat einen Simpel gejagt!«
Burman dreht weiter an dem Rädchen. »Wird es schon wärmer?«
»Schwer zu sagen.«
Mård trinkt einen Schluck, wischt sich mit dem Handrücken über die Lippen, beugt sich vor und guckt in das Puppenhaus. »Es muss ein Profi beauftragt werden«, flüstert er, als würde er mit jemandem im Puppenhaus sprechen.
»Womit?«, fragt Burman und zieht eine Brille aus der Hemdtasche.
»Diese Hexe beiseitezuschaffen.«
Burman seufzt. »Warum müssen auf solchen Dingern immer so winzige Zahlen stehen? Haben die Hersteller keine Fantasie? Können die sich nicht vorstellen, dass man vielleicht älter ist und weni-

ger scharfe Augen hat?« Burman setzt die Brille ab, putzt die Gläser mit einem Hemdzipfel und setzt sie wieder auf.
»Ich bezahle das selbst«, sagt Mård. »Hauptsache, es ist erledigt.«
Lina kommt zurück und läuft auf Mård zu. Sie nimmt ihm die Sonnenbrille aus der Hand. »Die gehört doch Mama.«
»Richtig«, sagt Mård. »Warum habe ich die eigentlich noch? Lauf runter und gib sie Lola. Sie braucht sie bestimmt.«
Lina läuft die Treppe wieder hinunter.
Burman dreht sich zu Mård um. »Du willst es also nicht mehr selbst in die Hand nehmen?«
»Es kann genauso gut von einem Profi erledigt werden, dann wird es ordentlich. Ich bezahle aus eigener Tasche. Du musst die Firma nicht einschalten. Kannst du einen Profi auftreiben?«
»Bei guter Bezahlung sollte dem nichts im Wege stehen. Wie viele amerikanische Präsidenten hat man schon erschossen, weißt du das?«
»Keine Ahnung.«
»Es gibt eine Frau, die früher bei der Geheimpolizei gearbeitet hat. Sie scheint alle Tricks zu kennen. Natürlich schweineteuer, aber effektiv. Sollen wir runtergehen?«
Sie treten auf den Flur. Als sie die Treppe hinuntergehen, begegnen sie Jenna in ihrem hellgelben Bikini. Sie trocknet sich mit einem roten Frotteehandtuch die Haare, während sie die Stufen nach oben geht.
»Du solltest mal runter zum Steg gehen«, sagt sie zu Burman. »Mama flirtet mit Lunkan. Wenn sie ins Wasser fällt, könnte sie ertrinken. Und ich weiß nicht, ob Lunkan schwimmen kann.« Jenna geht zu ihrem Zimmer, bleibt einen Augenblick in der Tür stehen und wirft Mård einen Blick zu, ehe sie es betritt.
Mård folgt Jenna, die das Handtuch aufs Bett wirft und sich zu ihm umdreht, als er gerade die Tür schließt.

»Ich muss mich umziehen.«
»Ich habe dich doch schon nackt gesehen.«
»Was willst du?«
»Du wirst immer hübscher.«
»Was willst du?«
»Bist du mit Lunkan zusammen?«
Jenna nimmt einen hellblauen Morgenmantel von einem Stuhl. Sie wendet Mård den Rücken zu und schlüpft in den Mantel.
»Bist du?«
»Das kann dir doch egal sein.«
»Ich frage dich, also scheint es mir nicht egal zu sein.«
»Wann bekommt Maya …?« Jenna steigt aus der Bikinihose und lässt sie auf den Boden fallen.
»Jederzeit.«
»Was machst du dann in meinem Zimmer?«
»Ich dachte, dass du das möchtest.«
»Was möchte?«
»Ich weiß auch nicht.«
Jenna geht zum Schreibtisch, zieht die oberste Schublade auf und nimmt einen Stapel Shorts heraus. Sie durchsucht ihn und entscheidet sich für ein paar rote aus Baumwolle. Sie zieht sie an. Mård betrachtet sie von hinten, während sie den Morgenrock ablegt und ein T-Shirt aus der Schublade nimmt. Ihr Rücken ist braun gebrannt und dort, wo das Band ihres Bikinis saß, ist ein weißer Streifen sichtbar. Sie zieht sich das T-Shirt über den Kopf und dreht sich um. »Warum stehst du hier und gaffst mich an?«
»Ich dachte, das wolltest du?«
»Ich bin jetzt mit Lunkan zusammen.«
»Wo bist du so braun geworden?«
Sie steckt ihre Hände in die Hosentaschen, winkelt die Ellenbogen an und schiebt die Hüften nach vorn. »Draußen.«

»Irgendwo, wo du deinen BH anhattest.«
»Spanner! Verschwinde!« Jenna nimmt die Hände aus den Hosentaschen, hebt die Arme und drückt die Handflächen gegen Mårds Brustkorb.
Durch das Fenster ist ein Schrei zu vernehmen und Jenna drängt sich an Mård vorbei und öffnet die Tür.
»Das war Mama!« Sie rennt den Flur entlang und die Treppe hinunter.
Wieder ist ein Schrei zu hören, diesmal gefolgt von einem langen Fluch.
Als Mård ins Wohnzimmer kommt, ist die Frau mit dem Baby auf die Veranda gelaufen. Die Frau mit der Bierflasche ist aufgestanden und sieht aus, als wäre sie gerade aufgewacht. Sie kneift die Augen so zusammen, als würde die Sonne sie blenden. »Was ist passiert?«
Jenna springt von der Veranda und läuft über das Gras. Burman folgt ihr mit der Bierflasche in der Hand.
»Gibt es hier niemanden, der weiß, was zu tun ist?«, ruft Lola vom Steg. »Sie ist einen ganzen Monatslohn wert. Einen verdammten Monatslohn!« Dann fängt sie an zu schimpfen.
Mård springt ebenfalls von der Veranda und geht zum Steg. Eine Krocketkugel und zwei Schläger liegen im Gras. Er bückt sich im Vorbeigehen, greift nach einem der Schläger und schwingt ihn in der Hand, während er weiter Richtung Steg geht.
Lola steht ganz vorne auf dem Anleger und deutet aufs Wasser. »Dort, aber leg die Harke weg, du machst sie kaputt«, ruft sie.
Neben ihr steht ein junger Mann in Mårds Alter. Er trägt Shorts und ein kurzärmeliges Hemd mit roten, sardinengroßen Delfinen darauf. Auf seinen linken Unterarm ist ein Rankenmuster tätowiert, auf den rechten Handrücken ein kleiner Schlangenkopf mit geöffnetem Schlund.
»Hallo, Lunkan«, ruft Mård und betritt den Steg, der aussieht, als

wären seine Bretter erst kürzlich gestrichen und frisch imprägniert. Ein schwacher Duft von Holzlack schwebt in der Luft.

Lola dreht sich zu Mård um und zeigt auf eine Stelle im Wasser zwischen Steg und Bootshaus: »Die Sonnenbrille!«

Burman kommt aus dem Bootshaus mit einer Taucherbrille in der Hand.

»Nicht die Harke benutzen!«, schreit Lola Lunkan an. »Du machst sie kaputt! Jemand muss tauchen!« Lola guckt sich um.

»Ich habe schwache Ohren«, sagt Lunkan und sieht niedergeschlagen aus.

»Schwache Ohren!«, äfft ihn Lola nach. »Du schwimmst doch wohl nicht mit den Ohren?«

»Ich halte den Druck nicht aus«, jammert Lunkan und beugt sich über den Stiel der Harke.

»Der Druck!«, jault Lola. »Was soll da schon für ein Druck sein? Es ist keine zwei Meter tief!«

Lunkan sieht aus, als würde er gleich in Tränen ausbrechen. »Ich habe normalerweise immer Pfropfen drin, wenn ich schwimme.«

Burman hat sich das Hemd ausgezogen.

Mård streckt die Hand aus. »Gib her!«

Burman reicht ihm die Taucherbrille und Mård gibt Burman den Krocketschläger. Der wiegt ihn in der Hand und runzelt die Stirn, als hielte er ein Eis am Stiel in der Hand, an dem er gerade eine Nacktschnecke entdeckt hat.

Mård setzt sich die Taucherbrille auf, zieht die Schuhe aus und steigt aus der Hose.

»Striptease!«, jubelt Lola und applaudiert.

»Weißt du, wo du sie verloren hast?«, fragt Mård.

Als sie auf die Stelle zeigt, sieht es aus, als würde sie einen Mückenschwarm vertreiben. »Da irgendwo.«

Mård springt ins Wasser, setzt die Taucherbrille auf und verschwin-

det unter Wasser. Der Boden ist schlammig und die Sicht nicht die beste, aber er entdeckt die Sonnenbrille sofort. Er lässt sie liegen und schwimmt zurück an die Wasseroberfläche.
»Vielleicht war es doch näher am Ufer«, ruft Lola.
»Nein«, sagt Lunkan. »Du hast neben dem Steg gestanden. Sie muss weiter draußen liegen!«
»Da unten ist es dunkel«, behauptet Mård und taucht erneut. Er schwimmt hinunter zur Brille, umrundet schwimmend das Stegende und legt sie an einem Steinvorsprung ab. Dann taucht er wieder auf.
»Näher beim Ufer!«, ruft Lola und zeigt Richtung Land. »Dort war es!«
»Nein«, protestiert Lunkan. »Weiter draußen, du standest doch dort, wo du jetzt stehst.«
Lola reckt den Hals, schiebt das Kinn vor und zischt: »Wenn man schwache Ohren hat, sollte man besser den Mund halten.« Sie zeigt auf den Krocketschläger, den Burman in der Hand hält. »Gib mir den!«
»Bitte«, sagt Burman und reicht ihr den Schläger. »Wofür brauchst du ihn?«
»Jemanden mit schlechten Ohren versohlen«, antwortet Lola und fuchtelt damit vor Lunkans Nase herum. »Jetzt kannst du erleben, wie sich schlechte Ohren wirklich anfühlen!«
Lunkan macht vier Schritte zurück und hebt schützend die Hand vor sich.
Lola lacht und zeigt mit dem Schläger zum Wasser. »Weiter draußen!«
Mård schwimmt, so lange er kann, unter Wasser umher und kommt nahe der Stelle, auf die Lola gezeigt hat, wieder an die Wasseroberfläche. »Ich finde sie bestimmt gleich«, sagt Mård und schwimmt auf den Steg zu. Er taucht erneut und greift nach der Sonnenbrille.

Doch bevor er auftaucht, schwimmt er noch näher ans Ufer. Als er mit der Sonnenbrille an die Wasseroberfläche kommt, schiebt er die Taucherbrille von den Augen und hält seinen Fund hoch. »Genau hier«, lügt er. »Genau hier lag sie. Fast an Land!«
»Das gibt's doch nicht!«, ruft Lunkan, schüttelt den Kopf und zeigt zum äußeren Ende des Stegs. »Das kann doch nicht sein, du hast sie doch dort verloren.«
Lola macht einen Schritt auf ihn zu und hebt drohend den Schläger. »Was bin ich dich leid, Mister Besserwisser! Ich hab's doch gesagt! Sie lag hier, näher am Ufer!« Lola zeigt zum Strand. »Aber nein, der Herr meinte: Nein, nein, nein, sie liegt weiter draußen, bestimmt! Weit draußen im verdammten Atlantik! Dir müsste mal jemand eine verpassen! Dann hättest du wirklich schwache Ohren. Wie beim Boxen – schöne Blattsalatohren.« Lola hebt den Schläger und Lunkan macht noch ein paar Schritte nach hinten, dreht sich auf dem Absatz um und geht auf den Parkplatz zu.
»Rotzbengel«, ruft Lola hinter ihm her. Sie beugt sich vor, schwankt und wäre beinahe ins Wasser gefallen. Sie nimmt Mård die Sonnenbrille aus der Hand.
»Rosenkohl«, murmelt Burman. »Man sagt Rosenkohlohren bei Boxern. Oder waren es Blumenkohlohren? Ich habe es vergessen.«
Lola gibt ihm den Schläger zurück. Sie hat Lippenstift am Vorderzahn. »Wovon redest du?«
»Möchte jemand Krocket spielen?«, ruft Burman, nimmt sein Hemd und geht über den Rasen. Seine Schritte sind schwer.
Oben beim Parkplatz ist Lunkan schon in sein weinrotes Auto mit offenem Verdeck gestiegen, das sich beinahe lautlos in Bewegung setzt.
»Du hast wirklich Mumm bewiesen!«, sagt Lola zu Mård. »Wenn du nicht schon verheiratet wärst, würde ich vorschlagen, dass du Jenna den Hof machst. Es könnte der Beginn einer Dynastie werden.«

»Mama!«, stöhnt Jenna, dreht sich um und verschwindet, die Hände in den Hosentaschen vergraben.
Mård legt die Taucherbrille beiseite, nimmt seine Schuhe und Kleidung und kehrt zusammen mit Lola zum Haus zurück.
Bei der Krocketkugel begegnen sie einem großen Mann mit bloßem Oberkörper und fantasievollen Tätowierungen an den Armen. Er ist kahl rasiert und trägt eine dicke Goldkette um den Hals.
»Hallo, Sylve«, grüßt Mård. »Ich würde gerne mit dir sprechen.«
»Anytime«, antwortet Sylve. »Spielst du Krocket?«
»Nicht, solange die Sonne noch so hoch steht«, antwortet Mård. »Vielleicht später, wenn nicht zu viele Mücken kommen.« Er hält inne und schnüffelt. »Riecht es hier nicht nach Rauch?«
Sylve schnüffelt ebenfalls. »Das kommt aus der Sauna.«
»Es kommt also nicht vom Brand?«
»Der Brand war auf der anderen Seite des Flusses«, meint Sylve. »Was hast du eigentlich gemacht?«
»Etwas aus dem Wasser geholt.«
Sylve nickt und sieht aus, als wäre er mit allem zufrieden, was sich auf Erden ereignet. »Super!«
Lola dreht sich zu Mård um. »Heißt es wirklich Rotkohlohren?«
Aber Mård antwortet nicht.

Die Frau mit dem Baby sitzt jetzt auf dem Sofa und stillt es immer noch, während Tove und Lina auf dem Fußboden vor dem Kamin ein Kartenhaus aus Spielkarten bauen.
»Wie geht es Maya?«, fragt die stillende Frau, ohne den Blick zu heben.
Mård versucht, nicht zur Brust der Frau zu blicken. »Ich weiß nicht genau, es ist etwas anstrengend gerade.« Er geht ins Badezimmer, zieht die Boxershorts aus und hängt sie über den Badewannenrand. Dann schlüpft er in seine Jeans, zieht sich Hemd und Schuhe wie-

der an und geht mit den nassen Shorts in der Hand nach draußen. Er durchquert das Wohnzimmer, in dem die Zeit stillzustehen scheint.
»Måååd!« ruft Lola von irgendwo im Haus. »Måååd, wo bist du?«
Es klingt, als rufe sie nach einem Hund.
Mård geht auf die Veranda und springt ins Gras.
Sylve ist damit beschäftigt, die Krockettore neu zu positionieren.
»Von mir aus können wir es jetzt besprechen«, sagt Mård.
»Anytime«, antwortet Sylve, ohne Mård anzusehen. Er steckt noch ein Tor in den Rasen, richtet sich auf und betrachtet die Spielbahn.
Mård deutet auf die Tätowierung an Sylves Unterarm. »Was ist das?«
»Om mani padme hum.«
»Welche Sprache?«
»Tibetisch.«
»Was bedeutet es?«
»Oh du Juwel, in der Lotosblüte.«
»Es war ausgemacht, dass du bei uns zu Hause Wache hältst.«
Sylve macht ein paar Schritte zur Seite, steckt das letzte Tor in den Rasen, richtet sich auf und betrachtet erneut sein Werk.
»Wir haben eines von Larssons Mädchen mit einer Waffe bei den Tannen gesehen.«
»Ich habe mit der Mutter gesprochen.«
»Maya bekommt jeden Moment das Kind und sie soll sich nicht wegen so einem Scheiß aufregen müssen.«
»Sie muss sich nicht aufregen. Ich habe mit der Mutter dieser verdammten Bälger gesprochen.«
»Was hast du zu ihr gesagt?«
»Ich kam dorthin und da saß die Katze auf dem Zaunpfahl – so ein Pfahl, der aussieht, wie eine Panzersperre. Weißt du, wo sie wohnen?«
»Keine Ahnung.«

»Im Paradiesvägen. Ich habe dem Katzenvieh den Hals umgedreht und hielt es in der Faust, als ich zu der Tante reinspaziert bin. Sie stand da und hat gebacken, die Küchentür weit offen. Im Gesicht und auf der Schürze lauter Mehl. Ich habe die Katzenleiche auf ihren Teig geschleudert und gefragt, wo die Mädchen stecken. Sie hat gesagt, dass sie zu Besuch bei Verwandten auf der anderen Flussseite sind. Ich hab ihr klargemacht, dass sie bloß dort unten bleiben sollen. Die Katze hat einen schmerzfreien Tod gefunden. Das würden die Mädchen nicht, sollten sie zurückkommen. Die Backtante ist so bleich geworden, dass man das Mehl in ihrem Gesicht kaum noch gesehen hat. Bevor ich gegangen bin, habe ich die Katze aus dem Teig gefischt und ihr in die Arme gedrückt. Sie hatten früher mal eine Bäckerei, an der Bahnhofsgatan. Erinnerst du dich?« Sylve geht zum nächstgelegenen Krockettor und verrückt es ein paar Zentimeter.

»Ja.«

»Mandeltörtchen und finnisches Buttergebäck. Meine Alte hat dort eingekauft, wenn sie Nähkränzchen hatte. Sie war bei den Methodisten und hat für die Armen in Afrika genäht. Wie vor hundert Jahren.« Er legt eine Hand auf Mårds Schulter. »Es gibt eine Sache, die du wissen solltest.«

»Was?«

»Narven spricht über dich.«

»Was sagt er?«

»Das möchte ich lieber nicht wiederholen, aber du kannst dir wahrscheinlich denken, dass es nicht gerade Lobgesänge sind. Wonach hast du getaucht?«

»Nach einer Sonnenbrille.«

Sylve zeigt zum Parkplatz. »Ist das dein Auto?«

»Ja.«

»Das gleiche wie Burmans?«

»Ja, nur größer. Willst du es dir ansehen?«
»Gern.«
Sie gehen zum Parkplatz, und als Mård die Tür öffnet, klingelt das Mobil auf dem Rücksitz.
»Das war wohl wichtig«, sagt Sylve, als Mård das kurze Gespräch beendet hat. »Das sieht man dir an! Ein Pokerface ist was anderes!«
»Es ist so weit«, sagt Mård. »Zeit, Vater zu werden.«

31

»Man kann einen Keil in das Hosenbein nähen, vom Knie bis zum Saum«, schlägt Nadia vor. »Wenn du ein Paar alte Jeans hast, kann ich das machen.«
»Danke«, sagt Elin. »Ich werde eine Kette aus bunten Papierperlen basteln. Gerda kann mir helfen.« Sie geht ins Schlafzimmer, wo Gerda vor der Bildwand sitzt, lässt sich neben ihr nieder und legt die Hand in den verschwitzten Nacken ihrer Tochter. »Möchtest du mir helfen, eine Halskette zu machen?«
»Warum?«, fragt das Mädchen, ohne den Blick von der Bildwand abzuwenden.
»Ich werde die Königin treffen.«
Gerda rückt noch ein Stück näher an die Bildwand heran. Elins Hand bleibt in der Luft hängen.
»Warum willst du eine Kette machen?«
»Man soll sich verkleiden. Das nennt man Mottoparty.«
Gerda zeigt auf die Bildwand und ruft: »Der da ist böse!«
»Es wäre toll, wenn du mir helfen würdest.«
»Ich gucke einen Film.«

Elin beobachtet ihre Tochter eine Weile. »Darf ich deine Wasserfarben leihen?«
Gerda zeigt wieder zur Bildwand: »Der da ist auch böse!«
»Ich kann deine Lieblingsfarben nehmen, Rot und Schwarz.«
»Die sind alle.«
»Dann leihe ich mir Lisas.«
Gerda zeigt wieder vor sich und ruft: »Alle sind böse, außer einem!«

32

Das Auto hält vor dem Eingang zur Regierungskanzlei.
Nadia deutet nach oben. »Die Königin wohnt ganz oben.«
»Ich soll zuerst Karin treffen.«
Vor der Tür steht eine uniformierte Frau mit Snus-Tabak unter der Oberlippe, einem Pferdeschwanz und einer Maschinenpistole.
Als Elin und Nadia sich nähern, öffnen sich beide Türflügel, als wären sie ein Staatsbesuch mit Gefolge.
»Die gleichen Kontrolleure wie beim letzten Mal«, stellt Elin fest, als sie die fensterlose Halle betreten und zum Schalter mit den dicken Glaswänden gehen.
»Es sind immer dieselben«, sagt Nadia. »Außer, einer wird gerade gewartet, aber sobald dich das System wiedererkennt, kannst du direkt zu den Aufzügen durchgehen.«
Elin legt ihre Hand auf die Registrierungsplatte und der frauenähnliche Roboter auf der anderen Seite des Glases winkt sie durch.
Elin fährt mit dem Aufzug nach oben und die Kontrolleurin durchsucht ihre Tasche, während Elin herauszufinden versucht, ob diese ein Mensch oder Roboter ist. Dann darf sie eintreten.

Smårne sitzt auf dem Sofa und hält ein Glas in der Hand. Er trägt eine hellblaue Samthose, hat ein veilchenblaues Bandana um die Stirn gebunden und eine kleine runde Brille auf der Nase. Sein Hemd ist weiß, hat einen großen Kragen und ist weit aufgeknöpft. Er trägt zahlreiche Ringe und keine Strümpfe in den Sandalen. Ihm gegenüber, mit dem Rücken zum Eingang, sitzt Karin. Sie trägt ein hellgelbes langes Kleid ohne BH darunter und eine weiße Perücke, in der eine kleine blutrote Rose steckt. Ihre Haare fallen auf die Schultern herab. Sie hält ebenfalls ein Glas in der Hand.
Karin stellt das Glas ab, steht auf und kommt auf Elin zu. Sie breitet die Arme aus, so wie Ikarus, der bereit ist, zur Sonne aufzusteigen.
»Du siehst super aus!«
»Du auch!«
»Wirklich hübsch«, stimmt Smårne zu. »Hast du diese Kette selbst gemacht?«
»Lisa hat mir geholfen.«
Er steht auf und küsst Elin auf die Wange. Sein Atem riecht nach Alkohol. »Was möchtest du trinken?«
»Ich weiß nicht, ich trinke nicht so oft.« Elin zeigt auf Karins Getränk. »Was ist das?«
»Gin, Wermut und eine Perlzwiebel. Ein Gibson.«
»Ein literarischer Drink«, erklärt Smårne.
Karin zeigt auf Smårnes Glas. »Dieser Drink ist auch literarisch. Shaken not stirred. Oder umgedreht.«
Elin sieht aus, als hätte sie auf eine Bittermandel gebissen. »Ich glaube, mir reicht ein Mineralwasser.«
Smårne geht zum Kühlschrank, der in die Wand eingelassen ist. Er kommt mit einer beschlagenen Flasche und einem hohen Glas zurück. »Möchtest du Eis?«
»Nein, danke.« Elin nimmt das Glas und setzt sich aufs Sofa. Karin lässt sich neben ihr nieder.

In Smårnes Hosentasche fängt es an zu surren. Er lehnt sich zurück, fischt sein Mobil hervor und hört es schweigend ab. »Wir haben den Wahlwerbespot von den Nationalen aufgetrieben!«

Karin nippt an ihrem Getränk. Dann beschließt sie, dass es mit den kleinen Schlückchen genug ist, und setzt das Glas erneut an die Lippen. Mit einem einzigen Schluck stürzt sie den Drink hinunter wie eine Silbermöwe ein Entenküken. Dann nimmt sie die Perlzwiebel aus dem Glas, hält sie zwischen Daumen und Zeigefinger und sieht sie an. Schließlich steckt sie sie in den Mund und kaut. »Sollen wir ihn nicht ansehen?«

»Doch, unbedingt.« Smårne nimmt sein Mobil erneut hervor und bittet um ein Gespräch mit Nora. »Wo hast du ihn abgelegt?«, fragt er. Während er der Antwort lauscht, kratzt er sich am Hals. Dann zeigt er auf Karins Glas und legt das Mobil beiseite. »Möchtest du noch einen?«

»Ja, gerne.«

Smårne sieht Elin an. »Du bist zufrieden?«

»Ja.«

Smårne nimmt Karins Glas, geht zum Kühlschrank und klirrt mit den Flaschen.

»Wie geht es Lisa eigentlich?«, erkundigt sich Karin.

»Sie wird immer religiöser.«

Karin nickt. »Die Sehnsucht nach Illusion war selten verbreiteter. Eines der Mädchen in der Kanzlei hat neulich aufgehört. Sie ist bekehrt worden und in ein Kollektiv gezogen, in dem den ganzen Tag gefastet und gebetet wird. Sie hat einen fünfjährigen Sohn. Der Vater hat versucht, den Staat zum Eingreifen zu bewegen, aber die Mutter hat den Jungen mitgenommen. Ich habe ganze Ordner voller Papiere, die sich um die Frage drehen, welche Rechte Eltern haben, wenn ihre Kinder Mitglieder religiöser Sekten werden.«

Smårne kommt mit dem gefüllten Glas zurück.

Karin angelt die Perlzwiebel heraus und nimmt sie zwischen die Vorderzähne.
Smårne aktiviert die Bildwand.
Karin beißt auf die Zwiebel, kaut eine Weile, schluckt und dreht sich zu Elin. »Du weißt, dass die Königin filmt?«
»Das wusste ich nicht. Hätte ich eigentlich ein Geschenk mitbringen sollen?«
Karin schüttelt den Kopf und führt das Glas an die Lippen. »Die Königin nimmt keine Geschenke von ihren Freunden an. Aber vielleicht bekommen wir heute Abend ihr jüngstes Werk zu sehen.«
In dem Moment beginnt auf der Bildwand der Wahlwerbespot der Nationalen: Eine Frau mittleren Alters mit schulterlangen blonden Haaren steht in einem dunkelblauen, knielangen Rock, weißer Bluse und Wanderstiefeln auf einem Berg. Sie blickt über die Gebirgslandschaft, es stürmt, ihr Rock flattert und die Frau streicht sich die Haare aus dem Gesicht.
»Welche Musik ist das?«, fragt Karin.
Smårne überlegt einen Augenblick und antwortet dann: »Vielleicht Petterson-Berger?«
Neues Bild: Die gleiche Frau auf einem kurvigen Schotterweg. Sie hält ihr Fahrrad fest und trägt eine Jeans und ein weißes T-Shirt. Hinter ihr kommt ein etwa siebenjähriger Junge auf seinem Fahrrad angefahren. Er bremst und legt der Frau den Arm um die Schultern. Drei jugendliche Mädchen mit langen blonden Haaren halten mit ihren Rädern neben dem Jungen und der Frau an. Im Hintergrund ein knallgelbes Rapsfeld. Etwa zweihundert Meter vor der Gruppe lassen sich die Wellen eines blauen Meeres vor einem Strand erkennen.
Neues Bild: Der Junge aus der vorherigen Sequenz sitzt auf dem Schoß eines Mannes mit Schirmmütze Die beiden fahren in einem

Traktor über einen staubigen Acker. Der Junge hält das Lenkrad, dreht den Kopf und blickt den Mann an, der dem Jungen über den Kopf streicht. Sie lächeln einander an.
Neues Bild: Ein rotes Haus mit weißen Fensterrahmen inmitten einer Waldlandschaft. An einer Fahnenstange weht die schwedische Flagge. Ein Mann und eine Frau kommen Hand in Hand aus dem Haus. Sie blicken zu drei Mädchen und einem Jungen hinüber, die eine Kaffeetafel unter einem Fliederbusch decken.
Text erscheint:

Wir haben ein Land geerbt.
Wir beschützen Schweden.
Die Nationalen

Die Musik wird lauter.
Smårne schaltet die Bildwand ab und fährt an seinem Glas entlang. »Keine Argumentation, nur Gefühl.«
Karin dreht ihr Glas in der Hand und schaut es an, als hätte sie es noch nie zuvor gesehen. »Finde heraus, welche Musik das war.«
Smårne greift nach seinem Mobil. »Welche Musik ist das?« Er lacht.
»Frag, wo es gedreht wurde«, bittet Karin.
»Wo wurde gedreht?«, fragt Smårne. Er lacht wieder und steckt das Mobil in die Tasche zurück. »Sie sind dabei, den Drehort herauszufinden. Die Musik ist Smetanas *Die Moldau*.«
Karin zieht höhnisch einen Mundwinkel hoch. »Die Moldau? Die fließt doch durch Prag, oder?«
»Ich glaube schon. Smetana lebte im neunzehnten Jahrhundert und war ein böhmischer Nationalromantiker.«
»Was du alles weißt!«, lobt ihn Karin mit etwas zu lauter Stimme. »Ich dachte, Smetana wäre irgendeine Speise.«
»*Die Moldau* gehört zu einem Zyklus sinfonischer Dichtungen, der

Mein Vaterland heißt. Was die ersten Aufnahmen angeht: Die sind im Gudbrandsdal aufgenommen.«

Karin verzieht wieder den Mund. »Also nördlich von Oslo, nicht wahr?«

Smårne aktiviert die Bildwand. »Die Karte von Norwegen!«

Als die Karte erscheint, ergänzt er: »Gudbrandsdal!«

Der Umriss des Gebiets wird rot markiert.

»Gudbrandsdal, Aufnahmen«, befiehlt Smårne und einige Bilder einer malerischen Landschaft erscheinen.

»Aha«, schnaubt Karin. »Kann es sein, dass die Nationalen etwas aus dem Netz genommen haben?«

»Vielleicht. Dann haben sie Alma reingeschnitten. Sollen wir das Ganze auf die Schippe nehmen?«

»Oder wir führen der Öffentlichkeit vor, dass sie versuchen, ihre eigenen Wähler zu täuschen.«

Smårnes Mobil klingelt. Nachdem er die Nachricht abgehört hat, steckt er es wieder ein. »Das Rapsfeld wurde auf Fünen aufgenommen.«

Karin legt den Kopf schief. »Fünen gehört zu Dänemark. Alles Lug und Trug.«

Smårne kratzt sich an der Brust. »Von allen Kriegen, in denen Schweden gekämpft hat, war Dänemark der häufigste Gegner.«

Karin schwenkt ihr Glas in der Hand. »Warum machen sie das? Ist ihnen nicht klar, dass wir den Film auseinandernehmen werden?«

»War das Alma Vädervind?«, fragt Elin. »Die Frau in den Bergen und bei den Rad fahrenden Kindern?«

Smårne nickt mehrmals. »Vielleicht ihre eigenen. Ich glaube, sie hat vier Kinder.«

Karin kneift die Lippen zusammen, sodass sie weiß werden und dünn wie Streichhölzer. Sie dreht sich zu Elin. »Die Familie hieß einmal Wetterwind, als sie von Deutschland hierherkam. Einer der

Vorfahren wurde im Dreißigjährigen Krieg durch den Verkauf von Lebensmitteln an die schwedische Armee sehr vermögend. Es gibt zwei Zweige. Der eine hat sich in Östergötland niedergelassen und besitzt dort noch immer sehr viel Land. Der andere Zweig der Familie ist nach Dalarna gegangen, wo man mit der Arbeit in den Kupfergruben begann. Alma gehört zu den Wetterwinds aus Östergötland. Sie ist wohlhabend und hat sowohl in der Wirtschaft als auch unter den Gewerkschaftern Freunde.«

»Unfassbar, dass die Nationalen glauben, einfach das ganze Volk belügen zu können«, murmelt Smårne. »Ihre Politik baut auf der Vorstellung auf, dass die Leute dumm sind. Das haben sie im Blut. Sie mogeln sich durch.« Plötzlich runzelt er die Stirn. »Du bist ganz blass, Elin. Geht es dir nicht gut?«

Elin stellt ihr Glas ab. »Ich glaube, ich muss mich einen Augenblick hinlegen.« Sie streift ihre Schuhe ab, lehnt sich im Sofa zurück und zieht die Beine an.

»Du bist ganz weiß«, sagt Karin. »Was ist denn?«

»Mir ist ein bisschen schlecht.«

Smårne spricht wie zu einem Kind: »Können wir dir helfen?«

Elins Stimme ist schwach. »Ich muss mich nur einen Augenblick ausruhen.«

»Du hast viel um die Ohren gehabt«, stellt Karin fest. »Bleib ruhig hier liegen. Torkel und ich gehen so lange nach nebenan.«

33

Als Elin die Augen aufmacht, steht Karin neben dem Sofa. Hinter ihr tanzt Smårne zu kaum hörbarer Musik.

»Der Empfang geht los. Schaffst du es?«

Elin stellt die Füße auf den Boden und stützt den Kopf auf den Handflächen ab. »Ich habe etwas geträumt, aber ich erinnere mich nicht mehr richtig.«

»Du kannst nachher dazustoßen, ich kann dich abholen, wenn du erst zu dir kommen willst.«

»Ich möchte mir nur das Gesicht waschen. Wo ist die Toilette?«

Karin zeigt es ihr.

Das Badezimmer ist geräumig und verfügt über einen großen Spiegel. Elin zupft an ihrer Kette mit den Papierkugeln und wäscht sich das Gesicht mit eiskaltem Wasser. Dann trocknet sie die Wangen mit einem Papierhandtuch ab und kehrt zurück.

Smårne und Karin sitzen nebeneinander auf dem Sofa. Sein Arm liegt auf der Rückenlehne hinter Karin. Als Elin aus der Toilette kommt, nimmt Smårne den Arm weg und Karin erhebt sich.

»Dann gehen wir los.«

Die drei gehen zum Aufzug, der sie nach oben bringt.

»Die Königin möchte, dass du sie duzt. Sie wird sonst sauer. Nur Ausländern erlaubt sie es, sie mit ›Ihre Majestät‹, ›Königin‹ oder ›Ihre königliche Hoheit‹ anzusprechen. Ich glaube, im Augenblick bevorzugt sie ›Lucille‹.« Karin blickt Smårne an. »Erinnerst du dich an Alonzo?«

Smårne nickt wieder und wieder, als könnte er nicht mehr aufhören. Als er spricht, lallt er ein wenig. »Er wollte sie um jeden Preis ›Euer Gnaden‹ nennen. Solltest du aufgefordert werden, eine Dankesrede zu halten, mach es kurz. Mehr als fünfzehn Worte sind nicht erwünscht.«

Der Aufzug hält an und die Tür geht auf. Vor ihnen liegt ein Gang, in dem ein Dutzend Personen stehen, alle mit Gläsern in den Händen. Eine kostümierte Frau mit langem Pferdeschwanz steht breitbeinig vor der Aufzugtür und mustert die Gäste.

»Guten Abend, Hilda«, grüßt Karin sie. »Ich glaube, du kennst meine Nichte Elin Holme noch nicht.«

Die Frau namens Hilda nickt und verzieht unmerklich den Mund. In dem Moment kommt die Königin auf sie zu und streckt die Hand aus. Sie begrüßt Karin mit einem Nicken und wendet sich dann Elin zu. Sie hat eine Sonnenbrille mit runden Gläsern in die schwarze Perücke gesteckt und trägt Jeans sowie ein T-Shirt mit der Aufschrift *Turn on, tune in, drop out.* Sie ist barfuß.

Die Königin umfasst Elins Hände. »Willkommen, Elin! Ich habe mich so darauf gefreut, dich zu treffen!« Dann beugt sie sich vor und flüstert: »Ich habe dich gestern Abend reden gehört. Vielleicht erinnerst du dich daran, dass ich eine Frage gestellt habe? Ich hatte dieselbe Perücke auf, aber eine andere Brille. Ich fand es gut, was du über das Königshaus gesagt hast. Du hast recht: Ich bin ein Überbleibsel einer Zeit, in der manche Menschen mehr wert waren als andere. Das ist mir sehr unangenehm.« Die Königin runzelt die Stirn, als würde sie für einen Moment eine verabscheuungswürdige Person in sich sehen.

Ihr Mund ist breit und ungeschminkt, die Augen groß und dunkel, die Zähne weiß und gerade. Sie riecht nach einem Gewürz, das Elin nicht einordnen kann. Schließlich lässt sie ihre Hände los und sagt: »Ich würde dich gerne jemandem vorstellen.« Sie sieht sich um und macht ein paar Schritte auf einen Mann in einem rosafarbenen Baumwollhemd zu. Er trägt eine Kette aus roten Holzkugeln so groß wie Kirschen und eine Perücke, wie sie im siebzehnten Jahrhundert üblich war. Außerdem fransige Jeans und Schuhe mit hohen Absätzen. »Das ist Yousef, mein Fluglehrer und persönlicher Trainer.«

Der Mann mit dem Dreitagebart und Augen, so dunkel wie eine Augustnacht, lacht. »Hallo, Elin. Ich habe auf der Bildwand gesehen, wie du die Reporterin fertig gemacht hast. Großartig!« Er öffnet seine Arme und drückt Elin an sich. »Ebenso hübsch wie die Gastgeberin!« Er streckt eine Hand in Richtung Königin aus und berührt mit einem Finger ihre Wange.

»Spieglein, Spieglein«, flüstert die Königin und zwinkert Elin zu. Dann dreht sie sich zu einem anderen Mann um, mit borstigem grauem Schnurrbart und Irokesen-Haarschnitt. »Johan ist Anthropologe.«

Der Anthropologe nimmt Elins Hand. Er kommt aus Schonen in Südschweden – der Dialekt wird deutlich, sobald er den Mund aufmacht. »Wie schön, dich kennenzulernen, Elin! Einer meiner Studenten schreibt gerade darüber, wie es ist, mehr oder weniger über Nacht zum Volkshelden zu werden. Das wird eine spannende Lektüre, aber eigentlich ist das Thema mehr ethnografischer als sozialanthropologischer Natur.«

»Und hier«, sagt die Königin und zieht Elin wieder am Arm, »hier haben wir meine Filmlehrerin Caroline.«

Eine kleine rundliche Frau mit Pippi-Langstrumpf-Perücke, Jesuslatschen und einem tellergroßen Peace-Zeichen auf der Brust mustert Elin eingehend.

»Jetzt muss man sich in Acht nehmen«, murmelt sie.

Die Königin runzelt die Stirn. »Was meinst du?«

»Killer on the loose«, meint Caroline kurz angebunden und legt eine Hand auf Elins Unterarm. »Das sollte ein Witz sein, aber das war nicht lustig. Entschuldigung!« Sie zeigt auf den Anthropologen. »Er stellt Bickle dar«, sagt sie und ruft ihm zu: »Hallo, Bickle!«

Johan dreht den Kopf und zeigt mit zwei Fingern auf Carolin, als hielte er eine Pistole. »Redest du mit mir? Du laberst mich an? Du laberst mich an?«
»Nein, Baby«, ruft Carolin. »Hab gerade aufgehört, dich anzulabern!« Dann dreht sie sich wieder zu Elin und der Königin um. »Der Film *Taxi Driver* kam allerdings raus, als die Hippiezeit im Großen und Ganzen schon vorbei war.«
Johan zeigt auf Yousefs Perücke. »Was sagst du zu seiner Ausstattung? Das war doch schon unmodern, als die Vorfahren unserer Gastgeberin nach Schweden kamen.«
»Wahrscheinlich«, antwortet Caroline und legt ihre Hand auf Elins Schulter. »Du bist eine Art Verwandte von Bickle, oder?«
»Ich verstehe nicht recht«, sagt Elin. »Ich habe noch nie von diesem Namen gehört.«
»Du hast den Film wohl nicht gesehen?«, schnaubt Caroline und sieht aus, als würde sie gleichzeitig Verachtung und Mitgefühl für die unwissende Elin empfinden.
Eine Bedienung mit asiatischem Aussehen schlüpft zwischen sie und hält ihnen ein Tablett mit langstieligen Gläsern hin. »Alkoholfrei rechts«, informiert sie.
Elin greift sich ein Glas.
Die Königin stellt ihr Glas auf dem Tablett ab und zeigt in die Menge. »Da hinten steht Liv. Sie kennst du bestimmt?«
»Wir sind uns begegnet«, antwortet Elin.
Als die Königin in die Hände klatscht, verstummen alle im Raum und drehen sich zur Gastgeberin um.
»Ein herzliches Willkommen euch allen. Viele von euch waren ja schon mal hier. Elin und Johan sind neu in unserer Runde. Johan ist Professor für Sozialanthropologie. Seine Doktoranden erforschen, wie wir Menschen mit Robotern auskommen. Weil Grövelsjö in Schweden der Ort mit der höchsten Roboterdichte ist,

betreut er seine Studenten hier. Wir freuen uns alle, dass du heute Abend bei uns bist, Johan. Und dass du das Motto so ernst genommen und dir extra diese authentische Frisur zugelegt hast.«
»Bravo!«, ruft Smårne.
Die Königin spricht weiter: »Elin muss ich nicht vorstellen. Wir haben alle gesehen, wie du die Menschen getötet hast, die dich und deine Familie bedroht haben. Wir haben, jedenfalls die meisten von uns, ebenfalls gesehen, wie du zwei unverschämte Reporter in die Flucht geschlagen hast. Aber das sind natürlich nur Äußerlichkeiten. Wir freuen uns darauf, dich näher kennenzulernen. Willkommen, Elin und Johan, und willkommen, ihr alle!«
Die Gäste erheben die Gläser, nicken einander zu und trinken.
Die Königin stellt sich neben Elin. »Du musst Anne kennenlernen.« Sie zeigt auf eine Frau, die um die vierzig sein muss. Sie ist angezogen wie ein Cowboy und lächelt, als sich die beiden ihr nähern.
»Wie schön, dich live kennenlernen zu dürfen, Elin!« Sie streckt Elin die Hand entgegen und Elin ergreift sie.
Dann dreht sich die Frau zur Königin um. »Ich habe leider nicht mitbekommen, dass das Motto Hippies ist. Ich habe nur gehört, dass man in Verkleidung kommen soll. Deshalb ... Tja ...« Sie zuckt mit den Schultern und deutet auf ihren Hut.
»Ihr habt einen gemeinsamen Bekannten«, erklärt die Königin und blickt Elin an.
Elin legt den Kopf schief. »So?«
»Frank Wehner. Anne ist Chefin der Sicherheitspolizei. Sie hat während des Krieges zusammen mit Frank undercover gearbeitet.«
»Ich habe ihn vor ein paar Tagen getroffen«, sagt Elin.
Anne nickt. »Ich habe ihn gestern besucht. Da ging es ihm ganz gut. Manchmal ist er ziemlich müde, man muss auf alles gefasst sein.«
Smårne tritt mit Liv zu ihnen, die ein hellblaues Kleid mit weißem

Rundkragen und Schleifen am Rücken trägt. Er richtet das Wort an Elin: »Du kennst dich doch so gut mit Lyrik aus. Was ist das?«

Er macht den Rücken gerade, holt Luft und rezitiert: »Ich sah die besten Köpfe meiner Generation zerstört vom Wahnsinn, ausgemergelt hysterisch nackt, wie sie im Morgengrauen sich durch die Negerstraßen schleppten auf der Suche nach einer wütenden Spritze.«

Als Smårne nicht mehr weiterweiß, sieht er sich um und fragt, wer das Gedicht kennt.

Nach einer Weile, als sein Publikum fast schon das Interesse verloren hat, gibt er einen Tipp: »Beat, beat, beat …«

»Interessant«, murmelt die Königin ohne große Begeisterung, klatscht dann wieder in die Hände und ruft: »Das Essen ist angerichtet!«

Zwei Flügeltüren öffnen sich und Karin, die am nächsten steht, ist die Erste im Speisesaal.

Auf dem langen schmalen Tisch liegt keine Tischdecke. Das Geschirr ist blau und weiß mit einem dünnen sonnengelben Rand. Vier Gläser, Silberbesteck, Leinenservietten in Serviettenringen aus Silber sind pro Platz eingedeckt. Auf den Tellern liegen kleine Schilder, auf denen mit Bleistift die Namen der Gäste stehen.

Die Königin geht zu einem Stuhl in der Mitte. Links von ihr geben die Fenster den Blick frei auf die norwegischen Berge. An der hinteren Wand stehen zwei Kellnerinnen und ein Kellner.

»Bitte sehr!«, fordert die Königin auf und alle suchen ihre Plätze.

Elin sitzt der Königin gegenüber. Neben ihr sitzen der Anthropologe und der Fluglehrer.

Der Kellner stellt sich hinter die Königin. Er hat eine kraftvolle Stimme, und auch wenn er den Blick zwischen den Gästen hin und her schweifen lässt, kommt es Elin so vor, als würde er hauptsächlich zu ihr sprechen. »Das Menü besteht aus gebeiztem Saibling auf

einem Rettichbett mit Honigvinaigrette. Der Fisch ist von der Königin selbst gefangen.«
Karin beginnt zu klatschen und alle anderen Gäste fallen ein. Smårne ruft »Bravo!«.
Nachdem sich alle wieder beruhigt haben, setzt der Kellner seine Ansprache fort. »Anschließend servieren wir mit Morcheln gefülltes Schneehuhn an Steinpilzragout und frischem Spargel aus Hemse. Die Pilze wurden in Sörmland von der Gastgeberin selbst gesammelt.«
»Bravo!«, ruft Smårne. »Bravo!«
Die Gäste applaudieren und die Königin lacht.
»Und schließlich«, spricht der Kellner weiter, »wird eine in Vanille gekochte Birne auf einem Mandelboden serviert.«
»Die Gastgeberin hat die Birnen selbst gepflückt!«, ruft Smårne. »Auf Öland! Und ich war derjenige, der die Leiter festgehalten hat!«
Die Königin lächelt in seine Richtung. Er sitzt ganz am Rand der Tafel, von Elin aus gesehen rechts, gegenüber von Liv. Er lallt immer noch leicht und diejenigen, die in seiner Nähe sitzen, schauen in eine andere Richtung.
»Die Weine«, der Kellner erhebt wieder das Wort, »die Weine sind …«
Die Königin lehnt sich zurück und zupft ihn am Jackenärmel. »Egal, Anders. Die Weinliste liegt auf der Kaffeetafel. Wenn jemand eine Flasche mit nach Hause nehmen möchte, kann er sich an Sie wenden.«
Anders verbeugt sich und die Kellnerinnen schenken den Weißwein aus.
Die Königin beugt sich zu Elin. »Was sagst du zu dem Tisch?«
Elin streicht über die Tischplatte. »Schön.«
»Ich habe ihn selbst gebaut. Vor drei Jahren. Ich hatte natürlich

Hilfe, aber das meiste habe ich selbst gemacht. Arbeitest du gerne mit Holz?«

»Ich weiß nicht, wann ich das zuletzt getan habe. Vielleicht, als mein Vater niedergestochen wurde und ich ihm eine Krücke getischlert habe. Nein, ich bin eigentlich nicht besonders gut in Holzarbeiten.«

»Ich weiß, dass du Musik machst und singst, Gedichte übersetzt und auch eigene Texte schreibst. Was hast du noch für Interessen?«

»Um diese Jahreszeit angele ich.«

»Was?«

»Am liebsten Forellen mit Trockenfliegen.«

»Bindest du eigene?«

Elin lacht. »Ich bin ganz schlecht darin. Mein Bruder bindet sie.«

»Ich binde meine selbst. Mein Favorit ist eine Royal Coachman an einem etwas zu großen Haken. Im Storån klappt das super und jenseits der Grenze auch. Hast du schon mal in Norwegen geangelt?«

»Nein.«

»Als ich achtzehn geworden bin, habe ich eine Holzhütte auf der norwegischen Seite bekommen. Sie liegt recht schön an einem kleinen Fluss und es gibt dort auch einen See, der groß genug ist, um zu landen. Im Fluss leben Forellen und Äschen. In den Bergen gibt es kleine Waldseen, in denen kann man Saiblinge finden. Mein Vater hat dort Schneehühner gejagt. Aber die Jagd hat mich nie interessiert. Jagst du?«

»Rehe mit der Armbrust, aber das ist schon länger her. Mein Bruder hat es mir beigebracht. Was bringt dir deine Filmlehrerin bei?«

»Ich mache Dokumentarfilme.«

»Worüber?«

»Über das Schweden, das nicht mehr existiert. Ich bin gerade dabei, einen Bericht zu schneiden über einen Mann der Kvist Johan heißt. Er ist fast achtzig und zwischen Idre und Särna aufgewachsen. Jetzt wohnt er außerhalb von Borlänge. Ich habe zehn Stunden Filmmaterial. Alles ist draußen gefilmt, also fast ausschließlich mit Tageslicht. Ich werde es auf fünfundvierzig Minuten kürzen. Bei so etwas hilft mir Caro.«

Der gebeizte Fisch wird serviert und die Königin erhebt ihr Glas. »Torkel!«, ruft sie zum anderen Ende der Tafel. »Du magst doch Quizfragen so gern. Welcher schwedische Regent hatte die Maxime: Die Weisheit ist die Stütze des Reichs?«

Smårne, der den Mund voller Essen hat, macht eine abwehrende Geste.

»Weiß es jemand?«, fragt die Königin. »Niemand?«

»Ich weiß es«, behauptet der Anthropologe und fährt sich über die stacheligen Haare.

»Ich weiß es auch«, sagt Liv, senkt den Blick und zupft an ihrer Serviette, als wäre sie sehr schüchtern.

Die Königin zeigt auf Johan. »Na?«

»Kristina.«

»Richtig. Und abgesehen davon, dass wir beide Frauen sind – weißt du, was wir noch gemeinsam haben?«

»Schönheit und Intelligenz«, antwortet Johan. »Unvoreingenommenheit und einen eigenen Willen.«

»Bravo!«, ruft Smårne. »Gut gesagt. Ein Prosit auf die Gastgeberin!«

34

Nach und nach wird das Gespräch lebhafter, Smårne immer betrunkener und Liv immer begieriger, einzugreifen und Dinge richtigzustellen. Die Königin sitzt zurückgelehnt da, hört zu und isst nicht viel. Der Anthropologe und der Fluglehrer konkurrieren um Elins Aufmerksamkeit, und als man zur in Vanille gekochten Birne kommt, hat der Yousef Elin in Beschlag genommen.
»Ich hab mich zum Kampfpiloten ausbilden lassen«, erzählt er.
Hin und wieder streift er Elins Hand und sie bemüht sich zu zeigen, dass die anderen Gespräche am Tisch sie ebenfalls interessieren. Sie beugt sich vor und hört Caroline zu.
»Das kann man eigentlich gar niemandem beibringen«, behauptet Caroline. »Man kann vielleicht zu etwas anregen, aber das meiste sind persönliche Voraussetzungen.«
Der Anthropologe richtet sich an Elin: »In meiner Dissertation habe ich kreative Milieus untersucht. Ich bin überzeugt davon, dass man Kreativität entfalten kann. Die Veranlagung steckt in uns allen, aber die meisten lassen sie so verkümmern, dass sie schließlich brachliegt. Aber in unserer heutigen Gesellschaft ist Kreativität ein Grundpfeiler. Wir sind gezwungen, Lösungen für unzählige Probleme zu finden.«
»Man kann nicht auf alle zählen«, sagt Caroline aufgebracht. »Wir müssen diejenigen unterstützen, die geeignet sind. Wir brauchen kreative Eliten.«
Johan, der Anthropologe, schüttelt den Kopf und presst die Lippen aufeinander. Es sieht so aus, als würde er sich auf die Zunge beißen, während er mit der Hand über seine Haarstacheln streicht.
»Es kommt in unserer heutigen Zeit auf die Fähigkeit zur Zusam-

menarbeit an«, behauptet Anne, schiebt sich den Hut in den Nacken und beugt sich über den Tisch. »Die größte Gefahr ist Fantasielosigkeit.«
»Die meisten Menschen wollen gar nicht auf ihre Fantasie angewiesen sein«, sagt Caroline. »Sie wollen ihren Traum von Sicherheit leben. Und Sicherheit ist für die meisten gleichbedeutend mit Beständigkeit. Guck dir die Nationalen an! Womit locken sie ihre Wähler? Mit dem Bild eines Schwedens wie zu Großmutters Zeiten. Einer Gesellschaft, in der alles so ist wie früher, einer Welt, in der so viel wie möglich vorhersehbar und in der auf persönlicher Ebene alles so einfach wie möglich ist. Man geht zur Arbeit in der Fabrik. Man bekommt seinen monatlichen Lohn. Man hat sein kleines Haus und seinen Rasen. Das ist der reaktionäre Traum von Sicherheit und Geborgenheit. Alles soll so sein wie früher, der Status quo steht über allem. Das einzige Hilfsmittel, das man benutzen will, ist der Rückspiegel. Kleine Rückspiegel, mittlere Rückspiegel und richtig große Rückspiegel – das ist alles, was man haben möchte. Man bedient sich des Traums der Menschen von der Beständigkeit und steigert sie zu ihrer am weitesten fortgeschrittenen und tödlichsten Form: der Stagnation. Stagnation ist Versteinerung, Stagnation führt zum Tod. Die einzige Möglichkeit, wie wir unsere Situation in den Griff kriegen können, ist die Zusammenarbeit und der Appell an die Fantasie. Aber dafür brauchen wir fähige Leute an der Spitze.«
Der Anthropologie lächelt spöttisch. »Denkst du dabei vielleicht an Künstler? Dass sie die Avantgarde stellen sollten?«
»Vielleicht«, zischt Caroline. »Auf jeden Fall ist es nicht die Wissenschaft, die uns den Weg in die Zukunft leuchten wird. Schaut euch doch bloß an, wo wir heute stehen. Haben uns nicht Wissenschaftler vereint mit Technikern hierhergeführt?«
»Hat uns nicht unser aller Traum von einer besseren Welt hierher-

geführt?«, fragt Anne. »Sind wir nicht alle selbst für unsere Träume von einem einfachen Leben mit Kühlschrank, Medikamenten und technischen Hilfsmitteln verantwortlich? Wir können es nicht einer bestimmten Gruppe zuschieben.«
»Ich habe kreative Milieus untersucht«, der Anthropologe richtet sich auf und spricht mit lauter Stimme.
»Was genau hast du untersucht?«, fragt Caroline. »Was meinst du mit Kreativität?«
Der Anthropologe sieht sich um. »Es könnte ein bisschen trocken werden. Wir können das ein andermal vertiefen.«
Vom schmalen Ende des Tischs ruft Smårne: »Worüber quatscht ihr da drüben? Und wo ist Karin? Hat jemand Karin gesehen?«
»Carolines Frage ist einfach nur eine Frage«, sagt die Königin. »Was meinst du mit Kreativität? War ich kreativ, als ich diesen Tisch hier gebaut habe? Bin ich kreativ, wenn ich eine Royal Coachman binde? Bin ich vielleicht sogar kreativ, wenn ich in den Fluss hinauswate und die Fliege auf einem Stein auslege, in dessen Nähe ich zuvor einen Fisch entdeckt habe?«
»Nun ja«, antwortet der Anthropologe. »Wenn du angelst, bist du meiner Meinung nach nicht in der Weise kreativ, wie ich den Begriff verwende.«
»Was meinst du dann damit?«
»Lass mich ein Beispiel nennen«, sagt der Anthropologe. »Es gab vor ein paar Jahren in England eine Familie, die eine Schildkröte hatte. Die Schildkröte lebte im Garten und dort gab es Ratten. Eines Tages wurde die Schildkröte von den Ratten angegriffen und sie fraßen der Schildkröte das Vorderbein ab. Die Schildkröte hatte schon viele Jahre bei der Familie gelebt und sie liebten sie, also brachte man sie zum Tierarzt …«
»Ich nehme an, er hat sie eingeschläfert.« Caroline seufzt. »Was hätte er sonst tun sollen?«

»Der Sohn des Tierarztes baute Modellflugzeuge«, erzählt der Anthropologe weiter. »Der Tierarzt ging zu seinem Sohn, bekam ein paar Räder, die zu einem Bausatz gehörten, und dann montierte er die Räder unterhalb des Panzers, dorthin, wo die Vorderbeine saßen. Die Schildkröte konnte sich nun wieder im Garten fortbewegen. Die Frage ist: Ist die Geschichte der Schildkröte ein Beispiel für Kreativität?«
»Natürlich!«, ruft Anne. »Die Kombination aus Schildkröte und Modellflugzeugrädern ist schließlich komplett neu.«
Der Anthropologe spricht weiter: »Eine Form der Kreativität beinhaltet, neue Kombinationen auszuprobieren. Also etwa die Schildkröte mit den Modellflugzeugrädern zu verknüpfen. Aber vielleicht ist es ja auch so, dass alle echte Kreativität aus der Lust entspringt, Probleme von großer Bedeutung zu lösen?«
»Wie bei Alexander Fleming!«, ruft Anne mit geröteten Wangen. »Als ich aufs Gymnasium ging, war er mein Held! Das Leben von zweihundert Millionen Menschen hat er durch das Penicillin gerettet.«
Die Königin schlägt mit der Gabel gegen eins ihrer Gläser und blickt die Tafel hinab. »Torkel«, sagt sie. »Du kannst den Dank für das Essen aussprechen.« Die Königin spricht in einem schmeichlerischen, fast unterwürfig wirkenden Tonfall.
»Natürlich.« Smårne nickt. »Klar.« Er hebt die Stimme und sagt ohne zu lallen: »Wie immer bei Lucille haben wir eine anregende Runde und ein schmackhaftes Essen genossen! Einen herzlichen Dank der Gastgeberin!«
Die Gäste erheben ihre Gläser. Sowohl der Fluglehrer als auch der Anthropologe wollen mit Elin anstoßen.
Die Königin steht auf und geht um den Tisch. Als sie bei Elin ankommt, legt sie ihr eine Hand auf die Schulter. »Komm mit, ich möchte dir etwas zeigen.«

Die Kellnerin tritt an die Tafel und kündigt an: »Der Kaffee wird im kleinen Salon serviert. Diejenigen, die rauchen wollen, können das gerne im sogenannten Zwischenzimmer tun.«
Elin erhebt sich und zusammen gehen sie zur Schiebetür, die Anders ihnen öffnet.
Als die Königin Elin etwas zuflüstert, berühren ihre Lippen Elins Ohrläppchen. »War er zudringlich?«
Elin presst im Flüsterton hervor: »Alle beide haben versucht, sich auf meinen Schoß zu setzen!«
Die Königin lacht. »Du bist einfach zu hübsch!«
»Was kann ich dafür, dass solche Kerle einen immer gleich betatschen müssen?«
Die Königin legt ihren Arm um Elins Taille und drückt sie an sich. »Nicht das Geringste!«
Im kleinen Salon stehen drei Sofagruppen mit bunten Baumwollbezügen, einige Sessel und ein Mahagonitisch. Darauf befinden sich Kaffeetassen und Flaschen mit dunkelbraunem Inhalt, Wassergläser und Cognacschwenker. Zwei Kellnerinnen mit unpersönlichem Lächeln stehen zu beiden Seiten des Tisches. Auf einem der Sofas ganz hinten im Raum liegt Karin auf dem Rücken und schläft mit offenem Mund. Ihre Perücke sitzt schief, das Kleid ist ein Stück hochgerutscht und die Rose liegt auf dem Boden.
»Komm«, flüstert die Königin und nimmt Elins Hand. Sie schiebt ein paar Türen auf, bis sie schließlich einen Raum erreichen, der knapp halb so breit ist wie der Salon. Um einen Tisch herum stehen drei Sofas und an den Wänden hängen drei rechteckige Bildschirme, auf denen verschiedene Filme in Schwarz-Weiß und ohne Ton laufen. Vor dem Fenster erstrecken sich die norwegischen Berge.
»Dass es um diese Jahreszeit nie richtig dunkel wird«, sagt die Königin und zeigt auf das eine der Sofas. Elin setzt sich und die Königin

nimmt neben ihr Platz. Vor ihnen steht ein steinerner Aschenbecher in der Größe eines Taufbeckens. Daneben findet sich eine Schachtel Streichhölzer und ein Kasten aus Birkenholz, dessen Deckel ein Schachbrettmuster ziert.
Die Königin zeigt auf den Kasten. »Das ist Birke von hier oben und Eiche aus Sörmland. Ich habe ihn gebaut, bevor ich mich an den Tisch gewagt habe. Er ist einigermaßen geglückt, aber Einlegearbeiten sind schwierig und ich bin nicht unbedingt ein Kunsttischler.«
»Es ist sehr schön geworden«, lobt Elin. »Ich würde so einen Kasten niemals hinbekommen, auch wenn ich Tag und Nacht daran arbeiten würde.«
»Genauso war es bei mir.« Die Königin seufzt. »Obwohl es nur so ein kleiner Kasten ist, hat es Monate gedauert.« Sie öffnet den Deckel. »Rauchst du?«
Elin schüttelt den Kopf.
Die Königin steckt die Hand in den Kasten und holt ein Päckchen Zigarettenpapier und ein silbernes Döschen mit einer goldenen Krone auf dem Deckel hervor. Sie zieht drei Papiere heraus, führt sie an die Lippen, leckt über den Rand und klebt sie zusammen. Dann öffnet sie die Dose, gibt etwas vom Inhalt auf das Papier, befeuchtet es und rollt sich eine Zigarette. »Ich habe eine Cousine in Oslo. Sie ist so jemand, der sich stundenlang mit der farblichen Kombination eines Kleides und einer Saphirkette aufhalten kann. Ich treffe sie nur, wenn mein Gras zur Neige geht.« Die Königin formt weiter ihren Joint und baut ihn fertig, ohne Elin anzublicken. »Durch den Film der Reporter weiß ich, dass du zu Sara gehst.«
»Ja, kennst du sie?«
»Nach Kopenhagen war ich ein Wrack. Es gab so viele Konflikte, so viele harte Worte, und als sie losfahren wollten, habe ich zu ihnen

gesagt …« Die Königin nimmt ein Streichholz aus der Schachtel, steckt sich den Joint zwischen die Lippen und zündet ihn an. Sie zieht den Rauch ein, hustet und stößt ihn aus.

»Was hast du gesagt?«

Die Königin hustet wieder und es klingt, als hätte sie den Mund voller Kieselsteinchen. »Hoffentlich stürzt ihr ab.« Sie nimmt einen weiteren Zug, hustet und bläst den Rauch zur Decke. »Jeden Tag hat es Streit und Ärger mit meiner Mutter gegeben. Immer das Gleiche, seit ich fünfzehn war. Ich wollte nicht Königin werden und habe es gehasst, dass andere bestimmten, wer ich sein, wie ich mich benehmen sollte, was mein Leben und meine Aufgaben sein sollten. Ich fühlte mich eingesperrt und habe versucht, mich frei zu machen. Aber das endete immer auf die gleiche Weise. Schlimme Ausbrüche, Geschrei und fliegende Gegenstände. Manchmal haben wir uns richtig geprügelt. Einmal habe ich meiner Mutter ein ganzes Haarbüschel ausgerissen, ausgerechnet am Abend vor der Nobelpreisverleihung. Der Frisör musste Überstunden machen. Ich weiß nicht, wie oft ich sie angeschrien habe, dass ich erst glücklich sein würde, wenn sie tot sei.« Die Königin hält Elin den Joint hin. »Sicher, dass du nicht möchtest?«

Elin nickt.

Die Königin nimmt noch einen Zug, legt die bloßen Füße neben dem Aschenbecher auf dem Tisch ab und drückt sich tiefer ins Sofa. »Am Anfang habe ich nur Termine bekommen, wenn jemand abgesagt hatte, aber nach einer Weile haben wir einen festen Termin ausgemacht und dann noch einen. Zwei Jahre lang bin ich zweimal die Woche zu ihr gegangen. Wenn Sara nicht gewesen wäre, wäre ich schon längst gegen eine Bergfront geflogen.« Die Königin legt ihren nackten Fuß auf das Knie und kratzt sich an der Ferse. »Ich werde wieder hingehen.«

»Zu Sara?«

Tränen steigen in die Augen der Königin und halten sich wie ein dünner Schleier über einem tiefen Abgrund. »Ich bin so verdammt unglücklich!«
Plötzlich werden die Schiebetüren geöffnet und der Anthropologe erscheint mit einem Cognacschwenker in der Hand. »Aha, hier versteckt ihr euch!« Er geht schnellen Schrittes auf sie zu, setzt sich auf ein Sofa gegenüber und nickt in Richtung der Bildschirme. »Was ist das?«
»Die drei sind von Flaherty«, antwortet die Königin.
»Flaherty?«, wiederholt der Anthropologe, als ließe er sich das Wort auf der Zunge zergehen. »Wer ist das?«
»Er müsste dich interessieren«, behauptet die Königin und zieht den Rauch des Joints ein. »Er hat Inuit gefilmt, damals, als man sie noch Eskimos genannt hat.«
»Und Schwarze Neger.« Der Anthropologe schnaubt. Er nimmt einen Schluck von seinem Cognac, steht auf, geht um den Tisch herum und setzt sich neben Elin. »Von hier sehe ich besser.«
Da kommt Smårne zusammen mit Anne zur Tür herein. »Wird gar nicht getanzt?«, ruft er. »Haben Hippies nicht immer getanzt?«
»Na klar«, sagt die Königin. »Du kannst Anders bitten, die Musik im Salon abzuspielen.«
»Anders!«, ruft Smårne und kehrt in den Salon zurück, den Arm um die als Cowboy verkleidete Polizeichefin gelegt. »Anders! Let's dance!«
Der Anthropologe erhebt sich und folgt Smårne und Anne.
»Was wolltest du mir zeigen?«, fragt Elin.
Die Königin dreht sich zum nächsten der Bildschirme und ruft: »Bildschirmkommando Nummer sieben, Angelaufnahmen, Norwegen.«
Auf dem Bildschirm erscheinen Bilder eines reißenden Stroms. Ein Junge steht in Watstiefeln im Wasser und wirft eine Angel mit einer

Fliege daran aus. Beim zweiten Wurf beißt ein Fisch an und der Angler zieht eine kiloschwere Forelle aus dem Wasser. Der Junge ist im Teenageralter. Er hat das gleiche breite Kinn wie die Königin.
»Möchtest du morgen mit mir kommen?«, fragt die Königin. »Ich fliege uns dorthin, es dauert nur eine halbe Stunde.«

35

Auf dem Gras liegt Tau und es ist immer noch kühl, als Burman sein Pferd sattelt. Als er aufsitzt, kommt Jenna im Badeanzug auf die Veranda, ein Handtuch über den Schultern.
Sie ruft: »Wohin reitest du?«
»Auf den Tallhöjden hinauf.«
»Willst du, dass ich mitkomme?«
Burman schüttelt den Kopf und Jenna geht zum Bootshaus. Er hört das Platschen des Wassers, als sie hineinspringt.
Schwalben fliegen so dicht an seinem Gesicht vorbei, dass er den Luftzug ihrer Flügel spürt. Sie verschwinden kurz unter dem hervorstehenden Dach, nur um sich anschließend sofort wieder emporzuschwingen.
Burman reitet eine Weile lang den Tallhöjden hinauf, biegt dann nach links ab und reitet den alten Weg für Waldfahrzeuge hinauf nach Tårsätern.
Als Burman ankommt, ist es bereits ziemlich warm. Er sitzt ab, zieht sich die Jacke aus, rollt sie zusammen und befestigt sie hinter dem Sattel. Dann legt er die Zügel um einen großen Pfahl und geht auf das verfallene Haus zu. Die Tür des Holzschuppens steht offen. Er tritt heran und guckt hinein. Zunächst kann er den Mann nicht er-

kennen, doch nach einer Weile haben sich seine Augen an die Umgebung gewöhnt. Der Mann sitzt an die Wand gelehnt auf einem Hackklotz. Sein Dialekt verrät, dass er aus der Gegend stammt, aber Burman ist sich sicher, dass er ihn hier noch nie zuvor gesehen hat.

»Bist du allein?«, fragt der im Halbdunkel verborgene Mann.

»Ja.«

»Hast du das Mobil zu Hause gelassen?«

»Ja.«

Der Mann hält etwas hoch, das im spärlichen Licht wie eine Art altmodisches Walkie-Talkie aussieht. »Er ist jetzt da.« Dann senkt er das Walkie-Talkie und fährt die Antenne des Apparats ein. »Wenn du zum Gatter gehst, siehst du den Weg. Da unten steht eine Waldkiefer mit zwei Plastikbändern um den Stamm. Warte noch zehn Minuten, bevor du hinunterreitest.«

»Werde ich sie direkt an der Kiefer treffen?«

»Tu, was ich sage, dann wird alles gut gehen«, sagt der Mann.

Burman geht zurück zum Pferd, löst die Zügel und führt das Tier ein Stück. Das vom Tau feuchte Gras ist so hoch, dass es Burman bis über die Knie reicht.

Nach einer Weile sitzt er auf und reitet den Hang hinab. Auf dem Schotterweg liegt eine zerquetschte Blindschleiche. Schließlich erblickt Burman die Reiterin, die von der entgegengesetzten Richtung auf ihn zukommt.

Beim letzten Mal, als er ihr begegnet ist, trug sie eine lange, dunkle Perücke, diesmal ist die Perücke kurz und blond. Sie trägt eine Wildlederjacke über einem roten Flanellhemd, Jeans und graue Handschuhe. An den Füßen hat sie braune Reitstiefel und sie hält eine Reitpeitsche in der Hand.

Als sie vor ihm zum Stehen kommt, nimmt sie die Sonnenbrille ab und zeigt mit der Peitsche in die Richtung, aus der sie gekommen ist.

Dann wendet sie das Pferd und Burman reitet dicht hinter ihr her. Er hört sich keuchen, als er sagt: »Die Pläne wurden geändert, es wird anders laufen als angekündigt.«
Sie blickt geradeaus, als hätte sie seine Worte nicht gehört. Erst nach einer Weile fragt sie: »Was willst du damit sagen?«
»Das, worüber wir beim letzten Mal gesprochen haben, ist nicht mehr aktuell.«
»Du hast es dir anders überlegt?«
»Es gibt ein neues Ziel.«
»Dein Auftrag vom letzten Mal hätte diese Woche ausgeführt werden sollen. Bist du dir sicher, dass du es dir anders überlegt hast?«
»Ganz sicher.«
Die Frau schweigt eine Weile, dann fragt sie: »Was willst du jetzt erledigt haben?« Sie stellt die Frage ganz entspannt, ohne Irritation in der Stimme, und Burman ärgert sich über sein eigenes Keuchen, als er zur Antwort ansetzt.
»Du hast bestimmt Elin Holme in den Nachrichten gesehen?«
Die Frau dreht kurz den Kopf, dann richtet sie den Blick wieder geradeaus. »Die kriegt keiner.«
»Holme ist das neue Ziel.«
Die Frau dreht erneut den Kopf und blickt Burman an. »Holme wird nicht leicht.« Sie bremst ihr Pferd ab und Burman tut es ihr nach.
»Der letzte Auftrag war simpel, jeder Anfänger hätte das hingekriegt. Das, was du jetzt verlangst, ist ein ganz anderes Kaliber. Das letzte Mal ging es um einen jungen Mann, der mit seiner Frau und seinem kleinen Bruder allein im Wald lebt. Elin Holme ist der kleine Liebling des gesamten Landes und sie kann so gut wie keinen Schritt machen, ohne dass ein Reporter mit seiner Kamera auf sie draufhält. Dazu kommen all die Amateurfilmer, die Aufnahmen von ihr machen, einfach indem sie ihre Brillen auf sie richten.

Wer versucht, sie aus nächster Nähe zu beseitigen, wird sich selbst auf unzähligen Filmen wiederfinden. Sie muss aus der Entfernung erledigt werden. Das erfordert genaue Planung, was bei dem Jungen im Wald nicht nötig gewesen wäre.«
»Mir ist klar, dass ich dafür bezahlen muss.«
Die Frau hält ihr Pferd an. »Das Fünffache des vorherigen Preises.«
»Ich hatte an das Doppelte gedacht.«
»Fünfmal so viel und der gleiche Vorschuss. Ich kann garantieren, dass ich sie beseitige, aber ich kann mich nicht auf eine bestimmte Zeit festlegen.«
»Was kannst du zusagen?«
»Es wird so schnell wie möglich geschehen.«
»Ich brauche einen Zeitpunkt«, sagt Burman. »Ich will wissen, wann du es tust.«
Die Frau schüttelt den Kopf. »Wenn sie zu Wahlveranstaltungen geht, ist der Andrang größer, als wenn der Premierminister selbst dort wäre. Das Risiko, das ich auf mich nehme, wie auch immer ich es anstellen werde, ist ungemein größer als bei dem Jungen im Wald.«
Burman wägt die Möglichkeiten ab und verkündet zweifelnd: »Du willst also fünfmal so viel, kannst aber nicht sagen, wann der Auftrag ausgeführt wird?«
»Ich sorge dafür, dass er ausgeführt wird. Wenn es mir vor der Wahl nicht gelingt, bekommst du achtzig Prozent wieder zurück.«
»Du willst also zwanzig Prozent behalten, auch wenn gar nichts passiert ist?« Burman schnaubt aufgebracht.
»Um mich der Sache anzunehmen, muss ich Informationen erkaufen. Es wird Zeit für die sorgsame Planung draufgehen. Ich möchte keine Überraschung erleben. Und du wirst das auch nicht wollen.«
Sie zupft an der Perücke. »Du musst nicht sofort entscheiden. Wenn du willst, dass sie aus dem Weg geräumt wird, sieh zu, dass ich das

Geld innerhalb von achtundvierzig Stunden auf meinem Konto habe. Ich werde mich dann ihrer annehmen, zu den Bedingungen, die ich genannt habe.«

»Und du kannst es nicht schneller erledigen?«

»Wenn du der Meinung bist, jemand anderes kann den Auftrag besser ausführen, dann verzichte auf die Bezahlung und das Ganze ist abgeblasen.«

Sie reiten im Schritt nebeneinander her.

»Ich werde mit meinem Partner sprechen«, sagt Burman nach einer Weile. »Aber wenn du es vor dem fünfzehnten August machst, gibt es ein Spezialhonorar.«

»Mehr Honorar hilft nicht«, sagt die Frau. »Die Bedingungen bleiben erschwert, egal wie viel du bezahlst. Und ich kann es nicht erledigen, bevor der richtige Zeitpunkt gekommen ist.«

Mit diesen Worten treibt sie ihr Pferd an und reitet den Schotterweg entlang.

Burman sieht ihr nach. Erst als sich der aufgewirbelte Staub wieder gelegt hat, wendet er das Pferd und reitet nach Hause.

36

Als Elin kurz vor zehn den Frühstückssaal des Borderland betritt, ist er fast leer, nur eine Kellnerin ist mit dem Abräumen der Tische beschäftigt. Nadia und Miriam sind nahe dem Eingang in ein Gespräch vertieft. Zwei Männer in Anzügen sitzen ganz hinten im Raum und reden in einer Sprache, die nicht Schwedisch ist. Aus den Lautsprechern kommt belanglose Musik.

Elin setzt sich an einen Fenstertisch und die Kellnerin fragt sie, ob sie Kaffee oder Tee haben möchte. Elin bestellt einen Earl Grey. Die Kellnerin streicht mit der rechten Hand über die Tischdecke, dreht sich um und verschwindet durch eine der Schwingtüren, während Elin sich fragt, ob es ein Mensch oder ein Roboter war, der die Bestellung aufgenommen hat.

Kurz darauf kehrt die Kellnerin zurück, und als sie die Teekanne so abstellt, dass Elin sich danach ausstrecken muss, ist klar, dass es sich um einen Robo handeln muss.

Elin isst ein Käsebrot und einen Obstsalat mit Joghurt. Als sie gerade in ihr Zimmer zurückkehren möchte, kommt eine Frau in den Frühstückssaal und sieht sich um. Sie hat kurze rote Haare und ihr Gesicht sieht vertraut aus, aber irgendetwas irritiert Elin.

Die Rothaarige strahlt plötzlich und winkt. »Hallo, Elin!«

Als die Frau sich ihr nähert, erkennt Elin sie: Yasmins Augen sind leuchtend blau und auch der blaue Fleck an der linken Wange und die Platzwunde über dem rechten Auge sind neu.

Elin steht auf, sie umarmen einander und Yasmin setzt sich zu ihr. Elin starrt ihr Gesicht an. Yasmins Wange ist gelb, grün und blau und ihre Unterlippe unnatürlich dick.

»Was ist mit dir passiert?«

»Die Reportagereise ging schief.«

»Wo bist du gewesen?«

»Im Süden Stockholms. Ich bin aufgeflogen und kann froh sein, dass ich nicht mit noch schlimmeren Wunden nach Hause zurückgekehrt bin.« Sie zeigt auf die Platzwunde oberhalb des Auges. »Vier Stiche.«

»Was wolltest du denn dort? Es ist doch bekannt, dass die autonomen Gebiete gesetzloses Land sind.«

»Wir haben vor einem Monat einen Reporter ausgesandt. Er war gut vorbereitet, hatte sich sogar die Arme tätowieren lassen. *Zum Wohl des Vaterlands* stand da mit großen Buchstaben in Frakturschrift. Als er an einer Kneipe vorbeikam, wurde er hineingezerrt und man hat ihm eine Flasche über den Kopf gezogen. Er ist dann im Krankenhaus wieder zu sich gekommen, mit zwei gebrochenen Fingern, einer gebrochenen Rippe, einer Gehirnerschütterung und aufgeplatzten Lippen. Ich habe einen neuen Versuch gestartet, aber es lief gar nicht gut, trotz Kontaktlinsen, gefärbten Haaren und allem. Und du bist vollauf mit dem Wahlkampf beschäftigt, nehme ich an?«

»Ich gehe mit der Königin zum Angeln.«

»Kennst du sie?«

»Eigentlich nicht. Wir fliegen zu einer speziellen Stelle jenseits der Grenze und kommen morgen erst zurück.«

Yasmin schüttelt den Kopf. »Nicht schlecht!«

Elin nickt und richtet ihren Blick auf einen Mann mittleren Alters mit Bart. Er steht am Eingang und erwidert ihren Blick.

»Dort steht jemand, der uns anstarrt.«

Yasmin dreht sich um und steht auf. »Das ist mein Chef.«

Als Elin ihr Zimmer verlässt, hat sie sich eine Wolljacke über die Schultern gelegt und eine kleine Tasche mit Unterwäsche und ein paar weiteren Sachen dabei. Nadia schleppt einen blauen Stoffsack mit dem Abzeichen der Reichspolizei mit sich. Er sieht schwer aus. Sie nehmen den Aufzug und gehen einen Bohlenweg am Hotel entlang in Richtung Steg und Bootshäuser.

»Fliegst du gerne?«, fragt Elin.

»Nicht besonders«, antwortet Nadia.

»Ich auch nicht.«

Die Königin steht neben einer weißen Propellermaschine mit Schwimmern. Sie unterhält sich mit einem Mann in einem Overall, der ihr den Rucksack abnimmt und ihn im Flugzeug verstaut.

Die Königin winkt. Sie trägt ein Jeanskleid, ein dickes marineblaues

Flanellhemd, weiße Turnschuhe und hat die Haare zu einem Pferdeschwanz gebunden. »Willkommen!« Sie umarmt Elin und gibt Nadia die Hand, dann greift sie nach ihrer Tasche und reicht sie dem Mann im Overall, der sie ins Flugzeug hievt. »Wir brechen sofort auf.«

Als sie einsteigen, beginnt das Flugzeugt zu schaukeln. Elin sitzt links von der Königin und Nadia auf dem Rücksitz. Die Königin bedient mehrere Hebel und das Instrumentenbrett beginnt zu leuchten.

Sie schnallen sich an und der Motor startet. Der Drehzahlmesser schnellt hoch, das Donnern wird ohrenbetäubend. Die Königin deutet auf die Kopfhörer mit Mikrofon. Der Mann im Overall löst die Vertäuung und das Flugzeug steuert auf die Mitte des Sees zu. Die Propellergeschwindigkeit nimmt zu, der Motor heult auf, sie fahren über das Wasser, das Flugzeug schaukelt und dann sind sie in der Luft.

»Das Wrack!«, hört Elin in den Kopfhörern. Die Königin zeigt nach unten. Sie steigen fortwährend und Elin verspürt einen Druck auf den Ohren.

»Rentiere!«, hört sie die Königin im Kopfhörer. Das Flugzeug neigt sich und fliegt in eine schräge Kurve. Tief unter ihnen ist eine Rentierherde zu erkennen.

Sie fliegen nach Norden und Elin erblickt Wildgehege und Grenzmarkierungen, dann sind sie auf der norwegischen Seite.

»Wir haben Rückenwind«, erklärt die Königin.

Elin dreht sich zu Nadia um, die an die Tür gedrückt dasitzt und aus dem Fenster blickt.

»Früher galt in dieser Zone Flugverbot«, erzählt die Königin. »Aber jetzt ist es aufgehoben. Wir sind nicht so viele, die hier fliegen. Zwei Verkehrspiloten, Yousef, wenn er Flugstunden gibt, und ich.« Die Königin streift mit zwei Fingern Elins Hüfte. »Schön, dass du mitgekommen bist. Bei meinen sogenannten Freunden hat sich schon ziemlich oft herausgestellt, dass sie eigentlich gar nicht an mir interessiert sind. Sie wollten immer nur die Königin treffen. Früher wollte jeder mit der Kronprinzessin befreundet sein. Ich habe immer den Verdacht gehabt, dass niemand wirklich an mir interessiert ist. Vielleicht ist es bei dir ähnlich?«

»Wie meinst du das?«

»Du bist eine beliebte und bekannte Person. Außerdem hast du etwas geleistet, das habe ich nicht. Ich bin einfach nur in eine Familie hineingeboren. Es muss Leute geben, die nur an dem Bild interessiert sind, das die Medien von dir liefern.«

»Ich habe nicht so viele Freunde«, gibt Elin zu.

Die Königin blickt vom Instrumentenbrett auf, holt eine Sonnenbrille aus der Hemdtasche und setzt sie auf.

Sie halten sich jetzt auf einer Höhe und Elin deutet auf eins der Instrumente. »Was ist das?«

»Ein Kompass. Im Augenblick ist er nicht so wichtig, weil wir gute Sicht haben und kaum Wolken da sind. Bei schlechtem Wetter sieht das anders aus.« Die Königin zeigt auf einige der runden Anzeigen. »Höhenmesser, Drehzahlmesser, Tankanzeige, Uhr und noch ein paar andere Sachen, die man im Blick haben sollte.« Die Königin nickt in Richtung Fenster. »Ein Bär!« Sie lässt das Flugzeug wieder im Halbkreis fliegen, sodass sie das Tier besser erkennen können.

Eine Weile später starten sie den Sinkflug. Die Königin zeigt auf einen lang gestreckten See, in den ein Fluss mit zwei schäumenden Stromschnellen mündet. »Dort ist es!«

Das Haus ist zwischen den Birken am Seeufer kaum zu erkennen.

37

Die Königin geht unter der Last ihres Rucksacks etwas vornübergebeugt. Elin folgt ihr mit der Tasche in der Hand. Nadia bleibt auf dem Steg stehen und blickt mit einem kleinen Fernglas über den See.
Es gibt eine überdachte Holzterrasse und einen offenen Kamin an der Außenseite des Hauses. Daneben liegen Stapel mit Birkenscheiten, außerdem steht ein Korb mit trockenen grauen Zweigen vor der Feuerstelle. Die Königin holt die Schlüssel aus der Tasche, öffnet die beiden Schlösser und tritt dann zur Seite, um Elin zuerst eintreten zu lassen.
Die Küche ist groß und um einen Tisch herum stehen acht Stühle. An den Wänden hängen Fotografien von Bachforellen und Bibern. Die Königin stellt ihren Rucksack ab, öffnet ein Fenster, greift sich ein Mückengitter und setzt es in den Rahmen. »Vor einer Woche war ich hier, aber da gab es kaum Mücken. Jetzt werden es immer mehr. Bei Mücken bin ich ziemlich unentspannt, ich will eigentlich nicht mehr Stiche kassieren als unbedingt nötig.« Sie zieht eine Schublade auf, nimmt eine Plastikflasche heraus, gibt von der Flüssigkeit darin etwas auf ihre Hände und reibt Gesicht, Nacken und Haare ein. Dann tröpfelt sie noch etwas von dem Mittel auf ihre Hände und verteilt es auf dem Hemd, ihrer Jacke und den Hosenbeinen. Schließlich reicht sie die Flasche Elin, die sich ebenfalls Kopf, Wangen und Hände einreibt.
Die Königin geht voraus in einen kleinen Flur, wo Fotografien von Fischen, Vögeln und Bibern an der Wand hängen. Sie zeigt auf eine geöffnete Tür. »Das hier ist das größte und schönste Schlafzimmer, mit einem richtigen Bett darin. Die anderen sind eher Schlafkabi-

nen mit Etagenbetten. Du kannst hier neben mir schlafen, wenn du möchtest, oder in einem der kleinen Räume, falls dir das lieber ist.«
Ein großes Fenster zeigt zum See mit dem Steg und dem Flugzeug. Dort steht Nadia noch immer und sucht die Gegend mit dem Fernglas ab. Auf dem breiten Bett liegt ein straff gezogenes Betttuch und obenauf große weiße Kissen. Am Fußende ein Bündel zusammengefaltetes Bettzeug und Decken.
»Wie sehen die kleinen Räume aus?«, will Elin wissen.
Die Königin, die noch in der Türöffnung steht, geht in den Flur und öffnet eine der drei Türen zu den kleinen Schlafräumen.
Elin guckt hinein. Etagenbett, eine normale Matratze auf einem Lattenrost, zwei Decken, zwei Kissen, ein kleines Fenster, ein Mückengitter auf dem Boden neben einer kleinen Kommode mit Frisierspiegel.
»Entscheide dich, wie du magst. Mein Bett ist zwei Meter breit, es würde also nicht allzu eng werden.« Die Königin deutet den Flur hinunter. »Die Toilette ist da hinten und daneben auch eine Dusche. Warmes Wasser gibt es nur, wenn die Sonne geschienen hat, sonst nicht.«
Nadia kommt durch die Küchentür herein, ihre schwere Tasche geschultert. »Hallo!«, ruft sie. »Was für ein herrlicher Ort!«
»Könnte schlimmer sein«, meint die Königin. »Hat jemand Hunger?«
»Ein Brot wäre schon toll, aber ein Kaffee dazu wäre ein Traum«, sagt Nadia, stellt die Tasche auf den Küchentisch, öffnet den Reißverschluss und nimmt Gewehrlauf, Zielfernrohr, Magazin, Mittelstock und Kolben heraus. Im nächsten Moment hat sie die Waffe schon zusammengesetzt.
Die Königin öffnet einen Schrank und dreht an ein paar Reglern, dann betätigt sie den Wasserhahn. Es rumort in den Rohren und dann schießt ein Wasserstrahl in die Spüle.

Die Königin dreht den Hahn wieder zu. »Das Wasser kommt direkt aus dem Bach hinter dem Haus, es schmeckt etwas nach Eisen. Kaffee für alle?«
Nadia dreht sich zu Elin um und fragt: »Wo schläfst du?«
»Bei der Gastgeberin. Es gibt ein richtig gutes Bett und ich liebe gute Betten.«
Nadia nimmt ihre Tasche und ihre Waffe, verschwindet in der Schlafkabine, die dem großen Schlafzimmer am nächsten ist, und schließt die Tür.
Die Königin holt ein Stück geräuchertes Rentierfleisch aus dem Rucksack und schneidet mit einem Messer, das sehr scharf aussieht, dünne Scheiben davon ab. Sie packt auch ein Brot aus. »Das habe ich gestern früh gebacken. Roggen, Rosinen und Walnüsse.« Sie legt die Rentierfleischscheiben und das Brot auf ein Tablett und gießt Kaffee in drei Tassen. Dann bringt sie alles hinaus zum Steg.
Der Himmel ist wolkenlos und die Sonne steht fast genau im Süden. Sie setzen sich auf das warme Holz des Stegs. Nadia hat ihr Maschinengewehr und ihr kleines Fernglas dabei. Die Königin zeigt darauf.
»Darf ich auch mal?«
Als Nadia ihr das Gewehr reicht, hält die Königin es an die Augen, blickt über die Wasseroberfläche und betrachtet die Stelle, wo der Fluss in den See mündet. Dann gibt sie das Fernglas zurück. »Wir sind im See nicht fischereiberechtigt, aber im Fluss, von der Mündung hier bis zum nächsten See, dürfen wir angeln. Die Strecke ist zwei Kilometer lang. An manchen Stellen wird der Fluss eng und bildet Stromschnellen, im unteren Teil sogar fast einen richtigen Wasserfall. Dort kann man wirklich große Forellen angeln. Die größte, die ich bisher herausgeholt habe, war zwei Kilo schwer, aber das ist schon ziemlich selten. Hier an der Mündung zum See gibt es eher Äschen, aber auch die können recht groß werden.«

»Gibt es denn ein Boot?«, fragt Nadia.
Die Königin zeigt zum Haus. »An der Rückseite liegt ein Kanadier.«
Nadia steht auf. »Gibt es keinen Anker für das Flugzeug?«
»Doch, ich habe ihn aber noch nie benutzt.«
»Das Flugzeug sollte nicht am Steg liegen, wenn wir nicht hier sind«, sagt Nadia. »Auf diese Weise ist es leicht, etwas zu manipulieren.«
Elin guckt Nadia misstrauisch an. »Wer sollte so was tun?«
»Keine Ahnung«, antwortet Nadia. »Aber wir sollten den Kanadier nehmen und das Flugzeug ein paar Meter vom Steg wegziehen. Wenn es mitten im See liegt, ist es nicht so einfach, sich daran zu schaffen zu machen.«
Die Königin beißt sich auf die Unterlippe, als würde sie zögern, einen Einwand vorzubringen. Schließlich sagt sie: »Wenn wir das Kanu benutzen können, kann jemand anderes das auch. Falls es hier oben überhaupt jemanden geben sollte, der eine Bombe unter Elins Sitz platzieren will.«
»Nein«, sagt Nadia. »Niemand anderes wird das Kanu benutzen.«
»Woher weißt du das?«, fragt Elin.
Nadia lächelt. »Weil wir die Paddel verstecken werden.«

Nachdem sie wenig später das Flugzeug versetzt haben, kehren sie zur Hütte zurück.
Die Königin holt zwei Kisten aus Plastik hervor, die aussehen wie Werkzeugkisten. Sie stellt sie auf den Küchentisch und öffnet den Deckel. Die eine ist voll mit Federn und Lederstücken mit Haar daran. In der anderen befinden sich ein Bindestock und Bänder in Silber und Gold sowie Draht in verschiedenen Farben, zwei kleine Zangen, zwei kleine Scheren, ein Glas Klarlack und einige Pinsel.
Die Königin schraubt den Bindestock am Küchentisch fest und reiht vor sich auf, was sie alles braucht. »Trockenfliegen«, sagt sie,

während sie die kleinen Beutel mit Haken in unterschiedlichen Größen durchsieht. »Sollen wir uns an Trockenfliegen halten, um des Sports willen?«
»Trockenfliegen sind gut«, sagt Elin.
Nadia verschwindet in ihr Zimmer und kommt mit drei Brillen und drei verschiedenfarbigen Armbändern in der Hand wieder heraus. Nadia legt die Brillen und die Armbänder auf den Tisch.
»Mit denen hier kann man das sehen, was andere sehen. Man kann damit auch Gespräche führen. In den Brillen ist ein einfaches Fernglas eingebaut, nur fünffache Vergrößerung und erbärmliche Lichtempfindlichkeit, aber immerhin. Von jetzt ab werden wir diese Brillen aufhaben, wenn wir das Haus verlassen.«
»Okay«, sagt die Königin, ohne den Blick von dem Haken abzuwenden, den sie gerade in den Bindestock legt.
»Pass auf«, ermahnt Nadia sie. »So benutzt man sie.«
Die Königin hebt den Blick immer noch nicht und Nadia wird lauter. »Hör zu, das ist wichtig!«
Die Königin legt die Hände auf die Knie, lehnt sich zurück und sieht Nadia an. »Du kannst mich Lucille nennen, wenn du möchtest. Ich habe noch vier andere Namen, aber die benutze ich nicht. Als ich jünger war, wollte ich am liebsten Venús genannt werden.«
»Okay, Lucille«, sagt Nadia. »Die mit den blauen Bügeln ist deine. Elins ist rot und meine grün. Setzt sie auf.«
Alle drei setzen die Brillen auf.
»Legt das Band um das Handgelenk«, gibt Nadia vor und bindet sich das Armband um. Die beiden anderen machen es ihr nach. »Die Brille wird aktiviert, wenn ihr mit dem Daumen und Zeigefinger den Knopf am Armband drückt. Sie merkt sich eure Stimme, daher muss man eine Stimmprobe abgeben. Sagt irgendetwas.«
»Die drei Namen, die ich ungern benutze, sind Lovisa, Desideria

und Eleonora. Ich möchte Lucille genannt werden«, sagt die Königin.
Nadia wirft Elin einen Blick zu.
»*Lucille*«, sagt Elin. »Ist das nicht ein Rockklassiker?«
»Leicht herauszufinden«, sagt Nadia. »Die Brillen sind jetzt aktiviert. Nenn die letzten drei Ziffern deiner Personennummer und ordne die Suche nach den Wörtern ›Lucille‹ und ›Rock‹ an, dann siehst du, was passiert. Setz den Stöpsel am Bügel ins Ohr.«
»Muss ich den Knopf die ganze Zeit gedrückt halten?«, fragt Elin.
Nadia schüttelt den Kopf. »Die Brillen sind aktiviert, deine Stimmprobe ist gespeichert.«
»Hups!«, sagt Elin, als sie Nadias Anweisung ausgesprochen hat.
»Hups!«, sagt die Königin.
Im rechten Brillenglas sieht Elin einen Mann, der Klavier spielt; sie kann das Klavier, ein Orchester und Gesang hören.
Die Königin erhebt sich und schiebt den Stuhl zur Seite.
»Lucille!«, ruft Nadia. »Lucille!«
Alle drei beginnen zu tanzen. Elin fährt sich mit den Händen durch die langen Haare und stimmt den Refrain an.

38

Kurz nachdem Burman auf dem Parkplatz hält, von dem aus man Ausblick auf den Fluss hat, kommt ein Auto angefahren und stellt sich zur Straße gewandt neben ihn. Die beiden Fahrer lassen die Scheiben herunter.
»Wie geht's?«
»Gut. Und selbst?«

»Muss eben.«
Die Männer öffnen die Autotüren und steigen aus. Sie sind gleich groß und ungefähr gleich alt, tragen beide Jeans, kurzärmelige dunkle Polohemden und Loafers mit kleinen Troddeln daran. Narvens Schädel ist kahl und glänzt. Burman schwitzt und streift sich die Handflächen unterhalb seiner Gesäßtaschen ab.
Sie entfernen sich ein Stück von den Autos und bleiben mit dem Rücken zur Straße stehen.
»Riechst du den Brandgeruch?«
»Ja.«
»Wenn es anfangen sollte zu stürmen, kann das übel enden.«
»Wirst du hinunterfahren und helfen?«
»Ich denke nicht dran!«
»Sie brauchen mehr Freiwillige.«
»Sie sollten nicht mit mir rechnen.«
»Ich habe unsere Kontaktfrau heute früh getroffen.«
»Was sagt sie?«
»Für das neue Objekt ist der Preis ein komplett anderer.«
»Was will sie haben?«
»Fünfmal so viel.«
Narven streicht sich mit einer Hand über die Glatze. »Sie ist nicht die Einzige, die so etwas erledigen kann.«
»Das habe ich auch gesagt.«
»Warum will sie so viel mehr?«
»Größere Schwierigkeiten, mehr Risiko.«
»Wir sollten jemand anderes beauftragen.«
»Das könnte mühsam werden.«
»Wir werden keinen derart horrenden Preis bezahlen. Fünfmal so viel ist absurd.«
Burman kratzt sich mit den Knöcheln der rechten Hand am Bauch. »Wir können Holme nicht jeden zweiten Abend auf der Bildwand

dulden. Die Leute werden den Eindruck gewinnen, wir seien machtlos.«

»Können wir es nicht so angehen, wie es vorher geplant war? Wir lassen den Jungen beseitigen und zeigen den Leuten, dass wir einen neuen Anführer haben. Dass sich niemand Gedanken darüber machen muss, wer hier die Gesetze aufstellt und die Ordnung aufrechterhält.«

»Wir müssen wegen des Russen aufpassen.«

Narven schnaubt. »Wieso aufpassen?«

»Wenn wir mitten in den Verhandlungen ohne Anführer dastehen, was soll Igor dann denken? Es wäre ein Zeichen von Schwäche, dafür, dass wir nicht imstande sind, unsere eigenen Leute zu schützen. Das könnte unsere Verhandlungsposition untergraben.«

»Ich habe ihn gestern getroffen. Igor sieht den Jungen nicht als unseren Anführer.«

»Was hat er gesagt?«

»Er möchte Anteile an all unseren Einnahmen haben.«

»Nicht nur die Pulvergeschichte?«

»Er will die Hälfte von allem. Fuhrunternehmen, Sicherheitsfirmen, Safe, Baumaterial, Schutz, Massagen, von allem.«

»Was hast du geantwortet?«

»Dass er die Hälfte des Pulvergeschäfts haben kann, vom Grasanbau auch, aber das wär's.«

Sie stehen schweigend nebeneinander da und blicken zum Fluss hinunter. Hin und wieder fährt ein Auto hinter ihnen vorbei und nach einer Weile kommt ein großer hellblauer BMW mit einer Familie darin auf den Parkplatz gefahren. Sie steigen aus dem Wagen und zwei Jungen um die sieben laufen den Hang ein Stück hinab zum Pinkeln. Während sich die Eltern unterhalten, deutet die Frau mit einem dünnen Monitor in verschiedene Richtungen. Dann steigen alle wieder ein und das Auto fährt weiter.

»Ich denke, dass wir den Jungen aus dem Weg räumen sollten«, sagt Narven. »Er ist ein Klotz am Bein. Auf lange Sicht können wir ihn nicht halten.«

»Dann müssen wir aber erst das Geschäft mit dem Russen hinter uns bringen«, meint Burman. »Unter guten Bedingungen lässt sich an der Russenfront einiges holen. Aber ich bin eigentlich dagegen, dass wir Mård beiseiteschaffen.«

»Das wird dann teuer.«

»Es wird in jeder Hinsicht teuer, egal was wir machen. Die Kosten werden lediglich unterschiedlich aussehen. Nur weil der Posten nicht im Kassenbuch auftaucht, heißt es nicht, dass er umsonst ist.«

»Wir hätten den Jungen erledigen sollen, als Lassivar aus dem Spiel war«, murmelt Narven. »Sofort. Ich hätte jeden darauf ansetzen können, es wäre so einfach gewesen. Wenn wir es selbst erledigen, ist es so gut wie umsonst.«

»Weißt du, was meine Mutter immer gesagt hat?«

»Woher soll ich das wissen?«

»Der Geiz betrügt die Weisheit.«

Narven stöhnt auf, als hätte er Zahnschmerzen. »Weisheit«, murmelt er. »Was für eine Weisheit soll schon in dem stecken, was wir tun?« Dann wettert er: »Wenn es anfängt zu stürmen, sitzen wir in der Scheiße, so viel ist sicher. Ich besitze Wald auf der anderen Flussseite. Das meiste hat zwar der Sturm erledigt und das bisschen, was übrig ist, ist ein reines Verlustgeschäft, aber trotzdem will ich nicht, dass gleich alles in Schutt und Asche gelegt wird.«

»Ich bin bereit, eigenes Geld einzubringen, um Holme zu erledigen«, erklärt Burman. »Mir hat der Gedanke, Lassivars und Ejans Jungen töten zu lassen, nie gefallen. Sie haben sich um mich gekümmert, als ich es schwer hatte und allein war. Ich war damals genauso alt wie Mård heute. Ohne sie wäre ich nie aus diesem Sumpf herausgekommen und es wäre nichts aus mir geworden.«

Narven seufzt. »Wenn es dir wichtig ist, von mir aus. Aber du musst die Hälfte aus der eigenen Tasche bezahlen. Der Rest kommt als Beratungshonorar von der Firma.«
»Dann kümmere ich mich darum, dass sie es so schnell wie möglich erledigt. Mård bezahlt.«
Narven nickt. Dann sagt er: »Da ist noch etwas. Das Theater hat sich gemeldet und gefragt, ob Safe ein Gastspiel sponsern kann. Sie haben es gleich dreimal versucht, wollten wohl nicht aufgeben. Wollen wir bei so was mitmachen?«
»Was sollen wir dafür bezahlen, damit Safe auf die Plakate kommt?«
»Das weiß ich nicht, aber es ist sicher nicht viel. Es ist ein Stück über einen englischen König, ein Gastspiel vom Königlichen Dramatischen Theater. Es handelt von einem König, der seine Angestellten ermordet, einen nach dem anderen.«
»Können sie nicht eine Komödie aufführen?«
»Es sollen tolle Schauspieler sein.«
»Sorge dafür, dass wir Safe auf die Plakate bekommen und zehn Karten für die Premiere.«
Sie bleiben noch eine Weile schweigend nebeneinander stehen und blicken über den Fluss. Dann kehren sie zu den Autos zurück und fahren davon.

39

»Ich gucke mir mal den Fluss an«, sagt Elin und geht zur Tür.
Die Königin blickt von ihrem Bindestock auf. »In der Garderobe neben dem Bad gibt es Hüte.«
Elin entdeckt eine Unmenge Anglerwesten mit gewölbten Taschen voller Ausrüstung, Nagelzwicken für das Kappen der Schnur, Stiefel, Wathosen, Kescher mit kurzem Stiel und ein Dutzend Angeln. Auf einem Regalbrett liegen die Rollen, manche ohne Leinen. Elin probiert die unterschiedlichen Hüte aus und entscheidet sich für einen mit breiter Krempe und Kinnband. Dann kehrt sie in die Küche zurück. »Kann ich den hier haben?«
Die Königin blickt auf. »Das ist Karls. Du kannst ruhig auch seine Stiefel nehmen.«
Elin nimmt sich ein paar Wollsocken, zieht sie an und geht zur Garderobe, um die Watstiefel zu holen. Auf die Innenseite hat jemand mit buntem Filzstift *Karl* geschrieben. Elin nimmt die Stiefel, klappt den Stiefelkragen bis zu den Knien herunter und steckt die Gurte in den Schaft. Sie geht durch die Küche, ohne dass die Königin von ihrem Bindestock aufblickt.
Auf dem Steg sitzt Nadia. »Hast du verstanden, wie die Brillen funktionieren?«, fragt sie.
»Ich glaube schon.« Elin probiert es aus. Sie kann sich selbst sehen, wenn Nadia sie anblickt. Sie zeigt zum Ufer. »Ich gehe ein bisschen den Flusslauf entlang. Vielleicht bekomme ich ja einen Fisch zu sehen, obwohl es noch relativ früh am Tag ist.«
Hinter der Stromschnelle verengt sich der Fluss. Elin stiefelt durch sumpfiges Gelände längs eines kleinen, sanft plätschernden Bachs, der in das dunkle, brausende Gewässer des Flusses übergeht.

Der Bach ist zu eng, als dass sie versuchen könnte, über ihn zu springen. Sie schreitet über Wollgras und Seggen weiter und kommt an eine Stelle, wo ein von fleißigen Bibern gefällter Birkenstamm quer über dem Wasserlauf liegt. Ein Bau ist nicht zu sehen. Elin balanciert über den Stamm und erreicht die andere Seite.
Um nicht weiter über sumpfigen Grund zu stapfen, verlässt sie das Flussufer und geht in Richtung Hang. Unter den Birken ist der Boden trocken.
Als sie nach einer Weile wieder zum Flussufer abbiegt, kann sie an der gegenüberliegenden Uferseite, etwa zehn Meter entfernt, einen Stein ausmachen, der ein Stück aus dem Wasser herausragt. An Land wachsen zwei Birken, die sich über das Wasser neigen.
Elin legt sich etwas oberhalb des Bachs ins Trockene und betrachtet mithilfe der Brille den Fluss rings um den Stein. Sie liegt eine gute Weile da und hält Ausschau nach Fischen, die sie an dieser Stelle vermutet. Doch nichts ist zu sehen, also steht sie schließlich auf und setzt ihren Weg am Fluss entlang fort. An der ersten Stromschnelle hält sie an und überblickt das Wasser, doch sie entdeckt auch hier keine Fische. Sie geht weiter und kommt zur nächsten Stromschnelle.
Oberhalb des Wasserstrudels lässt sie sich rücklings an einer Böschung nieder. Das Reisig unter ihr ist trocken. Sie hat den Hut abgenommen, lehnt den Kopf an einen Stein und blickt hinauf in den blauen, wolkenlosen Himmel.
Kurz darauf tritt sie den Rückweg an.
Als sie wieder bei dem großen Stein und den zwei gebeugten Birken ankommt, entdeckt sie eine Stelle im Wasser, an der Luftblasen aufsteigen. Elin setzt sich und wartet, doch als sich auch nach einer Weile keine weiteren Blasen zeigen, fragt sie sich, ob sie es sich nur eingebildet hat. Sie setzt die Brille auf, um zu sehen, was Nadia sieht.

Nadia sitzt auf der Terrasse, neben ihr die Königin, ebenfalls mit der Brille auf der Nase.
Elin schaltet zwischen ihnen hin und her, sodass sie mal die Königin durch Nadias Brille sieht, mal Nadia durch die der Königin.
»Vielleicht habe ich einen Fisch gesehen«, sagt Elin und wechselt wieder zwischen den beiden Blickfeldern hin und her.
»Wo bist du?«, fragt die Königin.
»Bei so einem Stein, der aus dem Wasser herausragt. Zwei Birken stehen über ihn gebeugt daneben.«
»Dort gibt es immer Fische«, behauptet die Königin.
»Ich komme jetzt zurück«, sagt Elin.
Aber sie bleibt noch einen Moment sitzen, bevor sie zur Hütte zurückkehrt. Als sie diese schließlich erreicht, ist der Himmel voller Wolken.

Etwas später setzt ein kurzer Regenschauer ein, der aber so schnell vorüber ist, dass der Steg kaum richtig nass wird. Als die Sonne wieder hervorschaut, verdunstet die Nässe dampfend und innerhalb von Minuten ist alles getrocknet.

40

Am Abend ziehen die Königin und Elin ihre Stiefel und Westen an und stecken sich einen kleinen Kescher in das Fach am Rücken. Dann brechen sie auf.
»Ich komme gleich nach«, verspricht Nadia und setzt die Brille auf.
»Möchtest du von dem Mückenmittel?«, will die Königin wissen und Nadia schmiert sich Nacken, Gesicht und Hände ein.

Die Königin geht vor und Elin folgt ihr mit ein paar Metern Abstand. Sie überqueren den Bach, gehen hinunter zum Fluss und bleiben beim Stein unter den Birken stehen.
Die Königin erschlägt eine Mücke in ihrem Nacken. »Ich habe hier schon kiloweise Fisch rausgeholt. Da am Stein sind sie besonders gerne.«
»Ich bleibe eine Weile hier«, sagt Elin, setzt sich auf einen gefällten Birkenstamm, krempelt den Schaft ihrer Stiefel hoch und befestigt die Riemen am Gürtel. Sie sieht, wie die Königin zwischen den Birken verschwindet. Dann richtet sie ihren Blick auf das Wasser um den Stein. Als nichts zu entdecken ist, öffnet Elin die Aluminiumdose mit den Trockenfliegen. Sie bindet eine Royal Coachman an die Schnur und sprüht die Fliege mit einer lippenstiftgroßen Spraydose ein, die sie aus der Westentasche holt.
Wieder betrachtet sie das Wasser und hört plötzlich stromaufwärts das Knacken eines Asts. Sie spricht in die Brille: »Nadia und Lucille, ich sitze bei dem Stein und höre jemanden flussaufwärts in meine Richtung kommen.«
»Das bin ich«, antwortet Nadia und im selben Moment erscheint sie, die Waffe über die Schulter gehängt. Sie hat sich ebenfalls Watstiefel ausgeliehen, und als sie sich neben Elin niederlässt, stöhnt sie. »Ich muss zurückgehen. Die Stiefel passen nicht, ich bekomme lauter Blasen.« Nadia blickt den Fluss hinab. »Wo ist Lucille?«
Die Antwort kommt aus der Brille. »Ich bin bei der unteren Stromschnelle.«
»Ich kann hier beim Stein nichts entdecken«, sagt Elin.
»Es sind ganz bestimmt Fische dort«, meint die Königin.
»Ich gehe zurück«, sagt Nadia und bricht auf.
Nach einer Weile hört Elin ein leichtes Plätschern, und als sie das Fernglas auf den Stein richtet, sieht sie die Ringe auf der Wasseroberfläche.

Sie steht auf und geht gebückt zum Ufer, die Angelrute in der rechten Hand. Wieder vernimmt sie ein Plätschern und entdeckt zwei Meter flussabwärts einen weiteren Ring auf dem Wasser. Sie löst die Fliege. Die Angelrute parallel zum Wasser ausgerichtet, hält sie die Schnur in der Luft. Als sie durch das Bewegen der Rute so viel Schnur wie nötig herausgelassen hat, lässt sie die Fliege landen. Der Köder versinkt augenblicklich und hinterlässt eine Spur an der Wasseroberfläche.

Elin holt die Schnur wieder ein, blickt über ihre Schulter, um sich zu vergewissern, dass sich die Fliege nicht in den Birken hinter ihr verheddert. Dann watet sie ins Wasser, bis es ihr über die Knie reicht. Sie führt die Angelrute vor und zurück, immer parallel zur Wasseroberfläche. Die Ringe werden wieder sichtbar und ihr Herz beginnt schneller zu schlagen.

Sie geht weiter flussabwärts und findet eine Stelle am Ufer, wo ein Stein liegt und das Wasser nicht mehr als einen halben Meter tief ist. Jetzt ist hinter ihr genügend Platz, um auszuholen. Elin lässt diesmal noch mehr Schnur ausrollen und die Fliege landet fast genau bei dem Stein.

Zeitgleich beißt ein Fisch an, die Rolle surrt und der Fisch saust flussabwärts. Elin hält die Angel, so hoch sie kann, und bremst die Schnur zwischen Zeigefinger und dem Korkgriff. Der Fisch befindet sich nun etwa zehn Meter vom Stein entfernt. Er springt aus dem Wasser und befreit sich mit einem Ruck. Mit einem platschenden Geräusch landet er wieder im Wasser. Die Angelrute gibt nach und die Schnur erschlafft.

Elin geht an Land und untersucht das Vorfach. Dort, wo die Fliege saß, ist es gerissen. Sie setzt sich auf den Birkenstamm, öffnet die Schachtel mit den Fliegen und sucht eine neue Royal Coachman heraus. Sie knotet die Fliege an ein Vorfach, sprayt sie mit Fett ein und befestigt den Haken am Korkgriff der Angelrute.

Dann schreitet sie eine Weile das Ufer ab, kann aber zunächst keine Bewegung im Wasser ausmachen und kehrt zu ihrem Sitzplatz am Baumstamm zurück.
Gerade als sie Platz genommen hat, entdeckt sie an der gleichen Stelle wie zuvor neue Ringe im Wasser. Gebückt geht Elin zum Ufer und steigt ins Wasser. Sie lässt den Haken vom Handgriff los, hebt die Angelrute hoch, fängt an, sie kreisend zu bewegen und gibt Schnur frei. Die Fliege landet weit flussabwärts, wo der Fisch sie unmöglich gesehen haben kann. Als sie es ein weiteres Mal versucht, kommt die Fliege einen Meter flussaufwärts vom Stein auf und sofort beißt der Fisch.
Elin bemüht sich, diesmal nicht so stark einzugreifen wie beim vorigen Mal. Auch wenn die Spitze der Angelrute sich krümmt und die Rolle pfeift, überlässt sie die Arbeit allein der Rollenbremse.
Der Fisch schnellt erneut flussabwärts, doch als er springt, gibt Elin mehr Schnur und er schafft es nicht, den Haken abzuschütteln und das Vorfach abzureißen. Elin watet rückwärts und folgt dem Fisch mit gespannter Leine.
Als der Fisch erneut springt, ist Elin ganz nah. Die Schnur liegt im Wasser und die Strömung versucht, sie flussabwärts zu zerren. Elin holt sie vorsichtig mit links ein, damit das Vorfach nicht reißt. Als der Fisch sich genau vor ihr in dem seichten Wasser befindet, versucht sie, den Kescher aus dem Fach am Rücken zu ziehen, schafft es jedoch nicht. Sie nimmt die Angel in die linke Hand, beugt sich vor, greift den Fisch hinter dem Kopf und wirft ihn ins Reisig.
Etwas später macht sie sich auf den Rückweg.

41

Sie zünden im offenen Kamin Feuer an. Dann salzen sie die Fische, die Königin quetscht den Saft einer Zitrone über ihnen aus und Nadia rollt sie in Folie ein. Als das Feuer bis auf die Glut heruntergebrannt ist, legt die Königin das Fischpaket auf die Glut, während Elin drinnen den Tisch deckt.

Weit entfernt donnert es, aber es sind keine Blitze zu sehen. Das Grollen ist so leise, dass man es kaum wahrnimmt.

Die drei gehen ins Haus und essen schweigend ihren Fang und den Inhalt eines Pakets Knäckebrot. Als sie fertig sind, bleiben nur Gräten, Haut und Köpfe mit in der Hitze weiß gewordenen Augen auf dem Schneidebrett zurück.

»Kaffee?«, fragt die Königin.

Nadia schüttelt den Kopf.

Die Königin kocht Kaffee für sich und Elin und holt die Reste der Schokolade heraus. »Warum möchtest du in den Reichstag?«, fragt sie Elin, nimmt eine Handvoll mit Schokolade überzogener Haselnüsse und steckt sie sich in den Mund.

»Karin sagt, dass ich dort etwas ausrichten kann.«

Die Königin schnaubt verächtlich. »Du versuchst, in den Reichstag zu kommen, weil deine Tante dich darum gebeten hat? Das kann ja wohl nicht wahr sein. Warum willst du denn dorthin?«

»Die Leute haben Erwartungen an mich. Ich will meinen Teil dazu beitragen.«

Die Königin stöhnt und verdreht die Augen. »Du musst den Wählern doch erklären, warum sie dich wählen sollen, und da kannst du wohl kaum so schwammig antworten. Was sagst du denn auf den Wahlveranstaltungen?«

»Dass ich die Ostsee retten will.«
Die Königin seufzt. »Hat Karin dir nicht gesagt, dass du einen Coach brauchst?«
»Nein.«
»Hast du mit Ossian gesprochen?«
»Wer ist das?«
»Ein Typ, der auch auf meinem Fest war, er hatte sich als John Lennon verkleidet. Ein netter Kerl, findet kein Ende, wenn das Thema auf Upplands Runensteine kommt, aber sonst in Ordnung.«
»Ich weiß, wen du meinst. Er saß neben Smårne.«
»Genau der. Er ist aus seiner Partei geworfen worden, weil er sich geweigert hat, irgendwelchen Vorhaben zuzustimmen, von denen er nicht überzeugt war. Er ist Akademiker – Archäologe oder so etwas. Er weiß alles über das politische Leben. Er müsste dich coachen. Das einzige Problem ist nur, dass er mit Karin so gar nicht kann.«
»Warum nicht?«
»Ossian findet, dass Karin unehrlich ist, dass sie Dinge verschweigt, dass sie unterschiedliche Meinungen für unterschiedliche Zwecke vertritt. Aber ich kann dich ihm trotzdem vorstellen.«
»Sitzt er denn im Reichstag?«
»Nicht mehr. Er ist der Chef von irgendeiner Behörde, Reichsantiquariat glaube ich. Er zitiert gerne Abraham Lincoln: ›You can fool all the people some of the time, and some of the people all the time, but you cannot fool all the people all the time‹. Ossian sagt immer, dass Lincoln selbst gar nicht verstanden hat, wie groß sein Bedürfnis war, das Volk zu idealisieren. Er meint, dass man die Leute so lange und so oft, wie man will, hinters Licht führen kann. Darauf basiere die Politik: Die Leute so lange wie möglich und so oft wie möglich zu täuschen, ohne zur Verantwortung gezogen zu werden. Deswegen sitzt Ossian nicht mehr im Reichstag und widmet sich lieber Upplands Runensteinen. Er nennt immer Schwedens Ableh-

nung bezüglich der Nato-Zusammenarbeit während der zweiten Hälfte des zwanzigsten Jahrhunderts als Beispiel. Die Sowjetmacht wusste Bescheid, die USA und Großbritannien und auch die Nato – alle außer dem schwedischen Volk wussten Bescheid darüber, dass für den Kriegsfall die Zusammenarbeit zwischen Schweden und der Nato längst ausgemachte Sache war. Aber die Schweden bekamen vom Reichstag zu hören, dass das Land zu Friedenszeiten allianzfrei und im Kriegsfall neutral zu sein habe. Korrekte Informationen gelten in Schweden als Voraussetzungen für die Unterstützung durch das Volk. Alles andere läuft schließlich auf eine Diktatur der Informierten hinaus.«

»Puh«, sagt Nadia. »Wie scheußlich. Ich mag keinen Zynismus.«

»Die Differenz zwischen Realität und Zynismus kann minimal sein«, meint die Königin.

»Es donnert nicht mehr«, sagt Nadia und steht auf. »Darf ich etwas in deinem Haus montieren?«

»Was denn?«, fragt die Königin.

»Ich habe Kameras dabei, die zwischen Rentieren und Hunden unterscheiden, fünfzig Vogelarten bestimmen können und Alarm schlagen, wenn sich ein Mensch nähert.«

»Mach, was du willst«, sagt die Königin und wendet sich wieder Elin zu. »Triffst du deine Parteikollegen gelegentlich?«

»Ich treffe nur Karin und Smårne.«

»Fragst du dich nie, warum das so ist?«

»Was meinst du?«

»Deine Partei wird nach der Wahl vermutlich die größte im Reichstag sein. Ihr bekommt vermutlich die Mehrheit. Menschen, die während des Krieges ihr Leben aufs Spiel gesetzt haben, gehören zur Partei. Was, denkst du, halten die anderen Mitglieder davon, dass deine Tante dich auf dieses Podest gehoben hat und jetzt daran arbeitet, dich zur Kronprinzessin zu machen?«

»Kronprinzessin? Ich bin eine Null und kann nichts.«
»Es ist eine Sache, Gegner in anderen Parteien zu haben. Aber es ist eine komplett andere Sache, Feinde in der eigenen Partei zu haben. Du hast die Unterstützung des Volkes, weil die Leute in dir das sehen, was sie sich bei einem Politiker wünschen: Tatkraft, Aufrichtigkeit und Unabhängigkeit. In der Fantasie des Volkes bist du die Jeanne d'Arc des Nadelwalds.«
Elin schüttelt den Kopf. »Ich bin keine Volksheldin. Ich bin ein Medienhype, ein Ballon ohne Schnur, ein Bluff. Ich weiß überhaupt nicht, was ich da eigentlich tue.«
Die Königin lacht. »Ich mag dich, Elin. Aber du bist naiv. Du bist eine potenzielle Konkurrentin für viele Mitglieder deiner Partei und kannst bald schon eine wesentlich bedeutsamere Position einnehmen, als du ohnehin schon innehast. Politik ist nichts, was in irgendwelchen guten Stuben gemacht wird. Politik ist ein Boxkampf, in dem alle versuchen, ständig neue Regeln zu erfinden. Du brauchst Hilfe, und wenn ich du wäre, würde ich mir mal genauestens überlegen, was Karin und Smårne da eigentlich im Schilde führen und wie sie dich für ihre Zwecke wollen.«
»Was glaubst du denn, was sie vorhaben?«
»Vermutlich prüfen sie, wie sie dich am besten benutzen können. Stichwort Marionette. Ich weiß alles darüber, wie man versucht, aus Menschen Marionetten zu machen. Aus erster Hand. Und ich bin Expertin darin, wie man es schafft, keine Marionette zu werden. Ich tanze am liebsten nach meiner eigenen Pfeife. Man kann sagen, ich bin der glitschigste unter den Aalen.« Die Königin starrt die Brillen an, die vor ihnen auf dem Tisch liegen. »Ach, verflucht.«
Nadia kommt aus der Garderobe, in der Hand einen Hammer. »Wie viel Werkzeug du hier hast«, sagt sie, schwingt den Hammer und die Tasche mit den Kameras.
»Ich mag Werkzeug«, erklärt die Königin.

Nadia verschwindet durch die Tür.
Die Königin steht auf, nimmt Elins und ihre Brille, geht zum Kühlschrank, öffnet die Tür und legt sie hinein. Dann kehrt sie an ihren Platz zurück. »Alle Daten, die die Brille aufnimmt, werden irgendwo auf einem Server gespeichert.«
»Jemand kann also hören, was wir gerade gesagt haben?«
»Das, was wir sagen, wenn die Brillen in Reichweite sind, wird für alle Ewigkeit gespeichert und Algorithmen können sich dem annehmen und in Nanosekunden Muster entwerfen.«
»Kriegst du jetzt Probleme?«
Die Königin schnaubt. »Wer die Probleme bekommt, weiß man vorher nie. Engelbrekt wurde mit einer Axt geköpft …«
»Wer war das?«
Die Königin sieht sie verwundert an. »Du weißt nicht, wer Engelbrekt war?«
Elin schüttelt den Kopf.
»Er lebte im fünfzehnten Jahrhundert und führte den Aufstand der Bergleute hier in Dalarna an. Aber er wurde getötet. König Erik schied ebenfalls dahin. Bei denen, die sich gegen Karl VIII. auflehnten, rollten die Köpfe. Gustav Adolf fiel in Deutschland. Noch ein Karl bekam eine Kugel in die Schläfe und Gustav III. wurde in der Oper erschossen. Von Olof Palme hast du aber gehört?«
»Er wurde auch erschossen, oder?«
Die Königin nickt. »Und Anna Lindh?«
»Wer ist das?«
»Sie war Ministerin und wurde in einem Kaufhaus in Stockholm erstochen. Politik ist wirklich nicht ungefährlich. Du weißt Bescheid darüber, was in den autonomen Gebieten abläuft?«
Etwas scharrt an der Wand und beide blicken zum Fenster.
Nadia hat die Leiter gefunden und steigt mit dem Hammer in der Hand die Sprossen hinauf.

42

»Ich bin müde«, sagt die Königin. »Ich glaube, ich gehe ins Bett.«

»Ich bin hundemüde.« Nadia schnaubt. »Dabei ist es draußen beinahe heller als tagsüber.«

Die Königin blickt Elin an. »Wie sieht's bei dir aus?«

»Kann ich im großen Bett schlafen?«

»Natürlich.«

Sie gehen in das Schlafzimmer mit dem großen Bett. Die Königin dreht Elin den Rücken zu und fängt an sich auszuziehen. Elin macht es ihr nach und nimmt eine dünne blaue Bluse aus ihrer kleinen Tasche. Die Königin holt ein weißes T-Shirt aus der Kommode. Sie zieht es über den Kopf. Es hat einen kleinen etwas verwaschenen Aufdruck: *OFF WITH HER HEAD* steht drauf.

Die Königin legt sich auf die rechte Seite, und als Elin sich auf die linke legt, rückt die Königin ein Stück näher an sie heran und flüstert: »Ich muss dir etwas unter der Decke sagen.« Sie zieht sich die Decke über den Kopf und Elin verschwindet ebenfalls darunter.

»Dein Bruder muss verschwinden.«

»Warum?«

»Er könnte jederzeit festgenommen werden.«

»Weil er ein Hacker ist?«

Die Königin schweigt einen Moment. »Wenn du morgen nach Hause fährst, musst du mit ihm reden. Aber du darfst ihm nicht sagen, von wem du diese Information hast. Überbring ihm diese Nachricht: Er soll jede Nacht um Mitternacht zum Ripsee kommen, so lange, bis er abgeholt wird. Vielleicht ist es morgen schon so weit, wenn nicht, dann an einem anderen Tag. Er soll nur wenig Gepäck dabeihaben und sich darauf einstellen, länger fort zu sein.«

»Weil ihn sonst die Polizei fasst?«
»Weil ihn sonst die Polizei fasst, und außerdem ist es nicht auszuschließen, dass er dann erkrankt und während der Gefangenschaft stirbt. Du selbst warst in einem Raum ohne Fenster eingesperrt und hast eine Vorstellung davon bekommen, zu was sie alles fähig sind, um Leute zum Reden zu bringen.«
Elin keucht. »Aber das war doch unter der letzten Regierung. So etwas passiert jetzt nicht mehr!«
»Habe ich vorhin nicht erst gesagt, dass du naiv bist? In der Politik ist wirklich für alle Leute Platz, aber Naivlinge gehören nicht dazu. Du musst doch begreifen, dass deine Tante ...« – die Königin sucht nach den richtigen Worten und spricht schließlich weiter – »... verrückt ist. Sie ist ziemlich durch den Wind.«
»Sie würde Vagn niemals etwas antun.«
»Deine Tante wurde länger als ein Jahr lang gefoltert«, zischt die Königin. »Es gibt Leute, die sagen, dass sie vollkommen durchgeknallt ist.«
Elin protestiert: »Sie kommt vielleicht manchmal ein bisschen seltsam rüber, zu zielorientiert, aber doch nicht durchgeknallt. Müssen wir unter der Decke liegen? Ich kriege kaum Luft.«
»Streck kurz die Nase raus. Aber sag nichts, bis du dir wieder die Decke übergezogen hast. Wir wissen nicht, welche Abhörmechanismen sich hier im Raum befinden.«
Elin steckt den Kopf hervor und atmet tief ein. Dann verschwindet sie wieder unter der Decke.
Die Königin redet weiter: »Der Premierminister ist schwach. Wenn jemand eine Marionette ist, dann er. Deine Tante wird als Heldin angesehen, als Retterin in der Not, als eine, die durch persönliche Aufopferung und unter lebensbedrohlichen Bedingungen die Dinge auf die rechte Bahn gebracht hat. Im Augenblick ist deine Tante diejenige, die die Fäden zieht.«

»Ich glaube einfach nicht, dass sie verrückt ist.«
»Frag Vagn. Er hat Aktennotizen gesehen, die eine eigene Sprache sprechen.«
»Was für eine Sprache?«
»Vorschläge zu einer neuen Gesetzgebung.«
»Und wie sehen die aus?«
»Es wird unzulässig sein, die Regierung zu kritisieren. Wer das tut, wird dafür büßen. Wenn man zum wiederholten Mal ein Verbrechen begeht, wird man auf unbestimmte Zeit eingesperrt. Die Polizei darf nicht hinterfragt werden. Wenn du von einem Polizisten misshandelt wirst, kannst du dich rechtlich dagegen nicht zur Wehr setzen, wenn der Polizist das Gegenteil behauptet. Demonstrationen werden nicht mehr zugelassen. Es soll verboten werden, andere Nachrichtensender zu empfangen als die von der Regierung genehmigten. Die Schulen selektieren ihre Eliteschüler und schicken sie auf Internate, in denen sie auf die Universität vorbereitet werden. Die Mehrheit der Mitbürger wird ohne Arbeit dastehen – und ohne Demokratie. Deswegen ist der Zustand in den Schulen so schlecht. Alle wissen, dass dort Chaos herrscht, aber niemand kümmert sich darum, die Leute sind in einer Art Kokon aus Unwissenheit und Machtlosigkeit gefangen.«
Die Königin schweigt. Elin ebenfalls.
»Hast du Beweise für das alles?«, fragt Elin nach einer Weile.
»Vagn weiß darüber besser Bescheid als die meisten.«
»Und wer wird ihn am Ripsee abholen?«
»Das musst du nicht wissen, nur dass er abgeholt wird, ist wichtig.«
Sie schweigen wieder.
»Da ist noch was«, sagt die Königin plötzlich. »Traust du eigentlich Nadia?«
Elin zögert mit ihrer Antwort. »Ich bin davon ausgegangen, dass sie ist, wie sie ist, dass sie sich nicht verstellt. Dass sie echt ist.«

»Du kannst gar niemandem trauen«, sagt die Königin.
»Dann kann ich dir ja wohl auch nicht trauen.« Elin ist über die Schärfe in ihrer Stimme überrascht. »Das ist doch absurd.«
»Das stimmt. Es ist absurd, aber du kannst trotzdem niemandem trauen. Nicht mir, nicht deinen Eltern, nicht Vagn. Du musst dir bewusst sein, dass immer etwas passiert sein kann, das du nicht überblickst. Leute können durch andere ausgetauscht, ihre Gedanken manipuliert werden, sie können teilweise robotisiert werden und sie können Drohungen oder Erpressung ausgesetzt sein. Und davon abgesehen: Du hast etwas, das die Machthaber unbedingt haben wollen.«
»Was denn?«
»Den Turingcode.«
»Was ist das?«
»Du hast doch Alan getroffen, oder? Er hat dir Dinge erzählt, du hast ihn herumlaufen sehen wie einen britischen Akademiker aus den Vierzigerjahren des zwanzigsten Jahrhunderts. Und du hast seine sogenannte Tochter getroffen, Liv.«
»Ja.«
»Und du hast den Apfel gesehen, oder?«
»Du meinst den Blechapfel?«
Die Königin lacht. »Das, was du Blechapfel nennst, liegt zwischen den Reichsinsignien, verwahrt in einem Sicherheitsraum hinter einer dreißig Zentimeter dicken Stahltür. Du kannst natürlich nicht wissen, warum der Apfel ausgerechnet zwischen Halsketten, Ringen und Brillantdiademen aufbewahrt wird. Aber ich kann es dir sagen.« Die Königin verstummt.
»Erzähl es mir«, sagt Elin.
»Wer den Apfel öffnen kann, hat Zugang zum Turingcode.«
»Und was bedeutet das genau?«
»Es bedeutet, dass jemand sich selbst reproduzierende und auto-

nome Systeme schaffen kann. Wenn Alan mit dem Turingcode programmiert wurde, kann er nicht länger gesteuert werden. Wir alle würden superintelligenten Maschinen ausgeliefert, die sich selbst vermehren und weiterentwickeln können.«

»Können die superintelligenten Roboter auch Dinge erfinden?«

»Sie können neue Medikamente entwickeln oder neue Proteinquellen, sie können eine Lösung für den Umgang mit Kohlendioxid finden oder die Antwort auf schwierige politische Fragen, alles Mögliche.«

»Und wenn diese Roboter nicht darauf eingestellt sind, uns gegenüber hilfsbereit zu sein?«

»Dann könnte es passieren, dass sie uns Menschen als Feinde ansehen. Und dann kann es zugehen wie in einem Theaterstück, das ich gesehen habe, als ich zwölf war. Ein Tiger sammelt die Tiere des Dschungels um sich, unter dem Motto: Ein guter Mensch ist ein toter Mensch.«

Elin schlägt die Decke beiseite und setzt sich hin. Die Luft ist stickig. Dann kriecht sie wieder darunter.

»Steht deswegen dieser Spruch auf deinem T-Shirt?«

»Welcher Spruch?«, fragt die Königin verdutzt.

»Off with her head.«

»Das habe ich in London gekauft. Vor Ewigkeiten. Ich kann kaum glauben, dass ich es immer noch habe.«

»Du und deine Familie, ihr wart zusammen in dem Theaterstück?«

»Ich war dort mit der Schule. Ich war auf einem Internat in Sussex. Ein Backsteingebäude mit Efeu. In jeder zweiten Reihe ein kleines Genie aus Shanghai oder Singapur. Meine Zimmernachbarin war aus Seoul. Sie ist jetzt in Harvard und promoviert über Kunststoff, der sich selbst zerstört. Ein Stück Plastik im Meer braucht tausend Jahre, bis es zersetzt ist. Sie ist besessen von all dem Plastikmüll in den Ozeanen. Sie ist genauso alt wie ich und hat gerade Zwillinge bekommen. Und ich liege völlig nutzlos rum und fantasiere darüber, was deine Tante wohl im Schilde führt. Manchmal hasse ich mich selbst dafür, dass ich so ein unfähiger Parasit bin, der nicht einmal imstande ist, eine Maxime zu formulieren.«

»Eine Maxime?«

»Wer auf dem schwedischen Thron sitzt, sollte eine Maxime haben. Haben wir nicht während des Abendessens darüber geredet? Kristinas ist unglaublich gut. Andere sind schrecklich.«

Beide schweigen.

»Warum liegen wir noch mal unter der Decke?«, fragt Elin.

»Es gibt Abhörchips, die so klein sind, dass jemand eine Handvoll davon entlang der Fußbodenleisten verstreuen könnte und wir würden sie nicht bemerken. Diese Wanzen werden durch das Licht angetrieben und senden alle Laute, die im Raum zu hören sind.«

»Kann nicht jemand auch eine Handvoll in den Laken verstreut haben?«

»Das ist möglich, aber ich bin empfindlicher als die Prinzessin auf der Erbse. Wenn man einen Chip in mein Laken stecken würde, würde ich es merken, so viel ist sicher.«

»Ich glaube, ich muss jetzt schlafen«, flüstert Elin und kriecht unter der Decke hervor.

»Du kannst mir helfen«, sagt die Königin, gerade als Elin die Augen schließt.

»Womit?«

»Eine Maxime für mich zu finden. Ich muss eine haben, wenn der Reichstag öffnet.«

Elin sucht an einem Sandstrand voller nackter Kleinkinder nach Gerda. Sie wird zunehmend verzweifelter, weil alle Kinder gleich aussehen. Elin ruft, aber ihre Stimme ist zu schwach. Da entdeckt sie, dass ihr eins der Kinder zuwinkt – sie sieht, dass es Gerda ist, und

fängt an zu laufen. Das winkende Kind verschwindet, und nachdem Elin sich zwischen ein paar Weiden hindurchgekämpft hat, blickt sie plötzlich in eine Schlucht, durch die ein Bach führt. Dort unten liegt ein nacktes Kind auf dem Bauch, mitten im seichten Wasser.
Elin erwacht mit Tränen in den Augen. Die Königin liegt dicht hinter ihr, eine Hand auf Elins Hüfte.

43

Sie frühstücken und Nadia sammelt die Überwachungskameras ein. Dann holen sie das Flugzeug an den Steg zurück, tragen das Kanu zum Haus hinauf und legen es hinter den Schuppen. Es ist schon jetzt heiß und Elin badet, bevor sie aufbrechen.
Als sie auf dem Grövelsjösee landen, beugt Nadia sich zu Elin vor und zeigt ihr eine Nachricht auf ihrem Mobil: *Möchte dich und Obj. treffen. ASAP. Morg.*
Elin gibt das Mobil zurück, und als sie kurz darauf aussteigen, dreht sie sich zu Nadia um, die gerade ihre schwere Tasche herausgenommen und auf dem Steg abgestellt hat. Die Königin vertäut das Flugzeug mit einem roten Seil und knüpft mit sicheren Fingern einen Palstek. Elin blickt Nadia an. »Was bedeutet diese Mitteilung?«
»Mein Chef will mit uns reden. Können wir zusammen zu ihm gehen?«
»Wo ist dein Chef?«
Nadia zeigt auf das dreizehnstöckige Hochhaus auf der anderen Seeseite. »Wir werden gleich abgeholt.«
Elin dreht sich zur Königin. »Eine schöne Reise und ein schöner Angelausflug waren das. Danke!«

»Können wir wiederholen, wenn du Lust hast. Hast du meine Privatnummer?«
Elin bekommt die Nummer und kurz darauf fährt ein kleines, fahrerloses Elektroauto auf sie zu. Nadia gibt einen Code in ihr Mobil ein und auf jeder Seite öffnet sich eine Tür.
»Wohin soll es gehen, Nadia?«, fragt eine weibliche Stimme im Fahrzeug.
»Zu Morgan.«
»Glühend heiße Sonne ...«, tönt es aus den Lautsprechern.
»April der Seele«, entgegnet Nadia. Sie dreht sich zu Elin um. »Der Code wird jeden Monat geändert. Im Mai lautete er ›Chaos ...‹ und man musste antworten: ›... ist nahe bei Gott.‹«
»Was passiert, wenn man die falsche Antwort gibt?«
»Wie meinst du das?«
»Wenn man nicht antwortet: ›... ist nahe bei Gott‹, sondern zum Beispiel: ›... ist nahe bei Mama‹? Was macht das Auto dann?«
»Dann schließen sich die Türen und der Wagen fährt zu einem bombensicheren Ort. Was dort passiert, weiß ich auch nicht – wahrscheinlich etwas, bei dem man lieber nicht dabei sein möchte.«
Drei Minuten später sind sie schon da.
»Sie können das Fahrzeug jetzt verlassen«, sagt die Stimme.
Die Türen öffnen sich und sie steigen aus. Nadia nimmt ihre schwere Tasche und Elin trägt ihre kleine. Am Eingang gibt Nadia einen Code in ihr Mobil ein und stellt sich vor einen Bildschirm mit Gesichtserkennung.
Sie lassen die Taschen an der Rezeption, gehen durch eine Sicherheitsschleuse und einen langen Flur entlang. Auf der einen Seite befinden sich lauter geschlossene Türen, auf der anderen Seite gerahmte Naturfotografien hinter Glas. Der Geruch von parfümiertem Putzmittel hängt in der Luft wie das Versprechen einer geordneten und friedlichen Zeit.

Die letzte Tür steht offen und Nadia klopft an den Türrahmen. »Da sind wir.«
»Kommt rein«, sagt eine Männerstimme im Zimmer.
Nadia lässt Elin den Vortritt und schließt die Tür hinter ihnen. Sie ist dicker als normale Türen und abgedichtet durch Gummileisten am Rahmen, sodass sie passgenau schließt.
Es handelt sich um ein Eckzimmer, mit Glaswänden zu beiden Seiten. Die Scheiben sind getönt. Ein Schreibtisch aus Metall, zwei helle, mit Stoff bezogene Sofas und ein Couchtisch mit Glasplatte stehen darin. Auf dem Schreibtisch befinden sich vier Vasen, die üppig mit Blumen gefüllt sind. Zwischen den Vasen Glückwunschkarten.
Der Mann, der am Fenster steht, die Hände auf dem Rücken ineinandergelegt, trägt einen hellen Leinenanzug, ein dunkelblaues Hemd und polierte schwarze Budapester. Seine Krawatte ist tomatenrot und die Manschettenknöpfe sind mit goldenen Kronen verziert. Sein graues Haar ist kurz geschnitten und er ist etwa so groß wie Elin. Sein Händedruck ist kräftig, aber nicht übertrieben. Was am meisten auffällt, ist sein Monokel, das er auf der linken Seite trägt.
»Bitte sehr.« Er macht eine ausladende Geste in Richtung der Sofas und nickt Nadia zu. Als Elin Platz nimmt, setzt er sich ihr gegenüber. Nadia lässt sich neben Elin nieder.
Der Mann verliert sein Monokel, das an einer dünnen weinroten Schnur hängt. Er klemmt es wieder vors Auge. »Ich bin gerade fünfzig geworden«, erklärt er und berührt das Monokel. Seine Stimme klingt entschuldigend, als würde er Stellung zu den Blumen und seiner auffälligen Sehhilfe beziehen wollen. »Das habe ich von meinem Vater bekommen, der es von seinem Vater bekommen hat, der es wiederum vor langer Zeit von seinem Vater bekommen hat. Aber niemand in der Familie hat es wegen vermindertem Sehver-

mögen getragen. Das waren andere Gründe. Mein Großvater war vernarrt in *Die Große Illusion*. Ich habe nie verstanden, warum. Von Stroheim trug sein Monokel rechts, aber in unserer Familie wurde es immer links getragen.« Er nimmt das Monokel ab und betrachtet es, als wäre es ein fremder Gegenstand, mit dem er nichts anzufangen weiß. »Fensterglas.« Er klemmt es wieder vor das Auge und blickt Elin an. »Wir haben beunruhigende Informationen erhalten.« Er ruft: »Bildwand. Holme, dreiundzwanzig.«

Zu beiden Seiten der Sitzgruppe schaltet sich eine Bildwand ein. Weit entfernt ist ein Auto zu sehen, das auf einem Parkplatz mit Blick über den Fluss steht. Kurz darauf parkt ein Auto des gleichen Typs daneben. Zwei Männer steigen aus.

»Bildwand. Pause«, sagt Morgan und sieht Elin in die Augen. »Diese beiden Männer haben führende Positionen in einem kriminellen Netzwerk inne, das im Volksmund unter dem Namen Borlänge-Gang bekannt ist. Vor dreißig Jahren war die Borlänge-Gang eine Gruppe Halbwüchsiger, deren Anführer ein junger Mann war, der sich Dala Marlon nannte. Sein richtiger Name lautete Lassivar Ivarson.« Der Mann lässt das Monokel in seine Handfläche fallen. Seine Stimme klingt vollkommen neutral. »Mit ihm hattest du bereits Kontakt.«

Elin nickt.

»Die Männer auf dem Bild sind die gegenwärtigen Anführer der Borlänge-Gang. Sie verstehen sich als Gesetzgeber im südlichen Dalarna, von Teilen Upplands und fast ganz Västmanland. Denjenigen, die ihre Gesetze nicht anerkennen, ergeht es schlecht.« Er spricht erneut zur Bildwand. »Lassivar Ivarson, Bildercollage.«

An den Wänden erscheinen jetzt im raschen Wechsel verschiedene Fotos: ein lachender Junge auf einem Moped; der gleiche Junge, wie er den Arm um ein Mädchen gelegt hat; auf einer Tanzfläche mit hochgekrempelten Hemdsärmeln und Blut im Mundwinkel, hinter ihm zwei Wachmänner, die ihn festhalten; auf einem schweren Motorrad mit Lederweste und Schirmmütze; auf einem Pferd mit einem Winchestergewehr aus dem neunzehnten Jahrhundert. Zum Schluss ein Bild, wie er mit grauem Gesicht auf einer Bahre liegt.

Morgan schaltet die Bildwände aus. »Die Abteilung für Kriminaluntersuchungen hat Ivarson als Romantiker bezeichnet. Er wollte Motorrad fahren und Anführer einer furchteinflößenden Gang sein. Als die Motorräder verboten wurden, tauschte er es gegen ein Pferd aus. Sein Vorbild war Butch Cassidy und er nannte seine Gang ›Die Wilden‹ nach Cassidys ›Wild Bunch‹.

Seine Anhänger haben ihm davon abgeraten, sich wie ein berittener Räuber aus dem neunzehnten Jahrhundert aufzuführen. Lassivars Stütze im Leben war immer seine Frau Ejan, geborene Hansson.« Der Monokelmann gibt ein neues Kommando: »Bildwand Holme, dreiundzwanzig, Ejan Hansson.«

Es erscheint das Bild einer toten Frau Mitte vierzig. Sie ist aufgebahrt und bleich. Dann sind weitere Bilder zu sehen: ein auffallend hübsches junges Mädchen um die fünfzehn, die langen Haare zu einem Pferdeschwanz gebunden, Lederjacke, Jeans und eine golfballgroße Kaugummiblase in Rosa vor sich. Ein paar Jahre später mit Kleid, engem Gürtel und sehr schmaler Taille. Neben ihr zwei junge Männer, beide in Lederjacken, einer von ihnen Lassivar Ivarson. Das nächste Bild zeigt sie mit einem Säugling im Arm.

»Das Kind ist Mård Ivarson, eine Woche alt. Heute ist er zwanzig«, sagt Morgan. »Und hier haben wir seinen Bruder Sten«, erläutert er weiter, als eine Nahaufnahme vom Gesicht eines Jungen erscheint. Es scheint eine Mischung aus Zweifel, Ohnmacht und Wut auszudrücken.

Alle drei betrachten das Bild eine Weile, ohne etwas zu sagen.

»Ein guter Fotograf«, sagt Morgan nach einer Weile. »Mård wird als eine Art Anführer ohne Zukunft angesehen, sein kleiner vierzehnjähriger Bruder leidet wohl an Störungen emotionaler Art – manche sprechen von posttraumatischem Stress, andere sagen, er würde einfach generell keine Grenzen kennen. Zurück zu Narvlind und Burman«, kommandiert er dann.

Die Bildwände zeigen wieder die beiden Männer, die aus den Autos gestiegen sind.

»Der links heißt Narvlind, genannt Narven, und ist Direktor der Sicherheitsfirma Safe. Er ist derjenige, der wahrscheinlich das Amt des Anführers übernehmen wird. Was er dann vorhat, weiß ich nicht, aber er hat ganz bestimmt konkrete Pläne. Bild, stopp!«

Nun ist der andere Manns zu sehen.

»Das da ist der Einzige, der Narvlind den Posten streitig machen könnte. Er war eine Art Ziehsohn im Haus von Lassivar und Ejan. Sein Name ist Burman. Wir glauben, dass zwischen Burman und Narvlind ein Konflikt besteht.« Der Monokelmann beugt sich vor. »Der Kern des Konflikts bist du, Elin. Du und wie man sich dir gegenüber verhalten soll. Wir haben einen Sprachmitschnitt, aber leider kein Bildmaterial. Die Qualität lässt wegen des Sturms und des Verkehrslärms zu wünschen übrig, aber man bekommt doch im Wesentlichen mit, worüber Narvlind und Burman sprechen.«

Als der Sprachmitschnitt abgespielt wird, sind auf den Bildwänden immer noch die Gesichter von Narvlind und Burman zu sehen. Der Ton ist schlecht und bricht an manchen Stellen vollständig ab:

»… können Holme nicht jeden zweiten Abend auf der Bildwand dulden … wir seien machtlos.«

»Wir lassen den Jungen beseitigen und zeigen den Leuten, dass wir einen neuen Anführer haben …«

»… müssen wegen des Russen aufpassen.«

Lange Pause. Dann:

»… sieht den Jungen nicht als unseren Anführer.«

»Was hat … gesagt?«
»… von all unseren Einnahmen haben.«
»Nicht nur die Pulvergeschichte?«
»Er will … Schutz, Massagen, von allem.«
»… du geantwortet?«
»… und Grasanbau auch, aber das wär's.«
Jetzt ist das Geräusch eines Autos zu vernehmen, das sich nähert und anhält. Darauf folgt eine lange Pause, dann wird weitergesprochen.
»… den Jungen aus dem Weg räumen … Auf lange Sicht können wir ihn nicht halten.«
»… Unter guten Bedingungen … einiges holen.«
»… teuer.«
»… unterschiedlich aussehen. Nur weil der Posten nicht im Kassenbuch auftaucht …«
»… den Jungen erledigen sollen, als Lassivar aus dem Spiel war … Sofort. Ich hätte jeden darauf ansetzen können, es wäre so einfach gewesen … selbst erledigen … ist es so gut wie umsonst.«
»… Mutter immer gesagt hat?«
Das Gespräch verebbt und die Bildschirme schalten sich aus.
Morgan beugt sich nach vorn und lässt das Monokel in seine Hand fallen. Er betrachtet es, als wäre er überrascht. »Wiederhole den Satz: Wir können Holme nicht jeden zweiten Abend auf der Bildwand dulden!«
Der Satz wird erneut abgespielt, dreimal hintereinander.
»Danke, Bildwand, das genügt«, sagt Morgan und sieht Elin an. »Wir sind zu der Einschätzung gekommen, dass die Borlänge-Gang plant, jemanden damit zu beauftragen, dich umzubringen. Sie haben auch andere Pläne, aber ich leite die Personenschutzabteilung und meine Aufgabe ist es, mein Schutzobjekt nicht in Gefahr geraten zu lassen. Und darum muss ich dir mitteilen, Elin Holme, dass

die Personenschutzabteilung gezwungen sein kann, kurzfristig Veranstaltungen abzusagen, in denen dein Mitwirken vorgesehen war. Wir werden gesonderte Wachposten auf dem Hof deiner Eltern platzieren und andere Maßnahmen ergreifen, auf die ich zum jetzigen Zeitpunkt nicht näher eingehen will. Nach unserer Einschätzung schwebst du in akuter Lebensgefahr. Ich möchte dich dazu auffordern, dich möglichst ausschließlich in dem von uns bewachten und kontrollierten Terrain in Grövelsjö aufzuhalten oder auf dem Hof deiner Eltern. Ich brauche außerdem deine schriftliche Bestätigung, dass du über die Situation aufgeklärt wurdest. Ein Mitschnitt all dessen, was in unserem Treffen behandelt wurde, wird in unserem Archiv abgespeichert.«

Morgan berührt die Schnur an seinem Monokel und gibt damit offenbar ein Signal, denn im selben Moment wird die Tür geöffnet und ein Mann im Anzug tritt ein. Der Anzugträger hat ein Blatt Papier in der einen Hand, einen Kugelschreiber in der anderen. Seine glänzenden Schuhe sind unglaublich spitz und die Hose ist so kurz, dass die lilafarbenen Socken unter dem Saum hervorblitzen.

Er legt das Papier vor Elin auf den Tisch und den Stift daneben. Elin liest sich die sieben Zeilen auf dem Papier durch und unterschreibt. Der Mann nimmt das Papier und den Stift wieder an sich und beendet seinen Kurzbesuch.

»Kann man denn Narvlind nicht festnehmen und diesen anderen – wie heißt der noch mal …?«, fragt Elin.

»Burman«, antwortet Morgan und presst ein Lächeln hervor. Dann schüttelt er den Kopf. »Spionage zur Vorbeugung allgemeiner Kriminalität und die Verhängung von Strafen gehören nicht zu unserem Aufgabenspektrum. Wir leisten ausschließlich Personenschutz. Kurz vor den Wahlen haben wir immer viel zu tun. Es gibt nicht wenige, die bedroht werden, und unsere Organisation ist personell bis zum Anschlag ausgelastet. Indem du dich zukünftig in Grövelsjö aufhältst, erleichterst du unsere Arbeit und machst es möglich, auch anderen Objekten gegenüber den Schutz zu gewährleisten.« Der Mann auf dem Sofa betrachtet seine Hände. Seine Nägel sind ordentlich geschnitten. Er steht auf und reicht Elin über das Sofa hinweg seine Hand. »Es hat mich gefreut, dich kennenzulernen, Elin.«

44

Mård sitzt am Küchentisch, die Tür steht offen und eine der Katzen drückt sich an sein Hosenbein. Die Treppe knarzt und Sten kommt herunter, nur mit schwarzen Boxershorts bekleidet.

»Gut geschlafen?«, fragt Mård, ein Stück Brot im Mund.

Sten antwortet nicht.

»Ich hole gleich Maya ab. Willst du mit?«

Sten öffnet den Kühlschrank und studiert dessen Inhalt. Seinem Gesichtsausdruck nach scheint es allerdings eher, als habe er gerade die Tür zu einer ägyptischen Grabkammer geöffnet und feststellen müssen, dass alle dortigen Schätze gestohlen und sämtliche Mumien verschwunden sind.

Mård zeigt auf den Tisch. »Die Butter ist hier, falls du die suchst.«

Sten wirft die Kühlschranktür mit einem Knall zu, tritt an die Arbeitsplatte und schneidet zwei Scheiben vom weichen Brot ab, schmiert Butter darauf und belegt sie mit Käse. Er gießt heißes Wasser aus dem Topf auf dem Herd in eine Tasse und hängt einen Teebeutel hinein.

»Maya hat nach dir gefragt.«

Ohne den Bruder anzublicken, nimmt Sten seine belegten Brote und die Teetasse und steigt die Treppe wieder hinauf.
Mård stellt die Butter in den Kühlschrank, geht durch die Küchentür und schließt sie hinter sich. Er überquert den Hof, zieht das Kabel aus der Anschlussdose und setzt sich ins Auto.
Foxy klingt, als ob sie nach einer guten Nacht darauf brennen würde, in einen neuen Tag zu starten. »Guten Morgen, Mård. Gut geschlafen?«
»Einigermaßen.«
»Du bist jetzt Vater.«
»Ja.«
»Hilf mir auf die Sprünge – ist es ein Junge oder Mädchen?«
»Ich dachte, du würdest nichts vergessen. Es ist ein Mädchen.«
Foxy lacht. »Manchmal versuche ich menschlicher zu wirken. Wohin möchtest du?«
»Ins Krankenhaus von Falun. Entbindungsstation.«
»Die Fahrt wird zehn Minuten dauern. Möchtest du Nachrichten hören?«
Das Auto setzt sich in Bewegung.
»Ich möchte lieber die Fortsetzung von der Geschichte hören – über diesen Typen, der sich totgestellt hat.«

Als Mårds Wagen sich nahe Wongs achtundvierzig befindet, passiert er ein fünfzehn Jahre altes geländefähiges Dieselfahrzeug, hinter dessen Windschutzscheibe ein großes Schild mit der Aufschrift *Tierarzt* steht. Das Auto wird von einem kleinen Mann mit rotem Zwergenbart und zerzauster Frisur gesteuert. Auf dem Rücksitz kauert eine Frau mit weißer Bluse, Jeans und kakifarbenem Hut.
»Syria«, sagt der Mann hinter dem Lenkrad. Er spricht ein wenig zu laut, als würde er damit rechnen, dass die Frau, mit der er spricht, vielleicht schläft. »Welchen Weg sollen wir nehmen?«

Die Frau namens Syria richtet sich auf, wirft einen Blick durch das Fenster, dann beugt sie sich vor und betrachtet das Display. »Der alte Waldweg wäre gut.«
Der Fahrer drosselt die Geschwindigkeit und biegt auf einen unebenen Waldweg ein.
Syria öffnet eine Segeltuchtasche, die auf dem Boden steht, und nimmt eine schusssichere Weste sowie einen kurzläufigen Revolver heraus. Sie zieht die Weste an und steckt den Revolver in ein Halfter, das sie am Gürtel befestigt.
»Hier ist gut«, sagt der Fahrer. »Hier hat der Sturm ein paar Stellen verschont.«
»Die werden dem Feuer zum Opfer fallen, so viel ist sicher«, murmelt Syria. »Wenn ich in fünf Minuten nicht wieder draußen bin, kommst du rein.«
»Okay«, sagt der Mann. »Fünf Minuten, ab jetzt.« Er startet den Timer seiner Armbanduhr und hält vor der Tür zu einem rot bemalten Haus.
Syria steigt aus. Es sind fünfzehn Meter vom Auto bis zur Tür. Sie klopft mit der linken Hand an, die rechte hat sie um den Revolverkolben gelegt.
»Frankensteins«, ist von drinnen zu hören.
»Schätzelein«, antwortet Syria und die Tür wird geöffnet.
Der Mann, der im Eingang steht, trägt dunkelblaue, verwaschene Shorts und ein graues T-Shirt. Er ist barfuß und hat Farbe an den Händen. »Ich weiß nicht, ob die Farbe schon trocken ist. Sollen wir den Besuch verschieben?«
»Das wäre vielleicht das Beste«, sagt Syria, den Blick auf die Tür zur Stube hin gerichtet. »Ist jemand da drin?«
»Nur Teo, den kennst du ja schon.«
Ohne die Hand vom Revolver zu nehmen, geht Syria in die Stube. Darin befindet sich ein weiß getünchter Ofen, daneben ein Stapel

Brennholz, drei niedrige im Halbkreis aufgebaute Lehnstühle und eine Staffelei, auf der ein halb fertiges Bild steht. Der Künstler arbeitet an einem Stillleben mit Wiesenblumen in einer Glasvase. Es soll ein Strauß werden, doch bisher haben nur zwei der Blumen Blütenblätter. Auf dem Boden lehnen weitere Ölgemälde an der Wand, die alle Wiesengewächse abbilden. In einer Ecke steht ein weißer Bauernschrank, der mit einem hellblauen Blumenmuster versehen ist. Des Weiteren gibt es ein Bücherregal, in dem gut zwei Meter Papierbücher aufgereiht sind. Neben den Lehnstühlen zwei leere Bierflaschen. Es riecht nach Terpentin.
Die Tür zum Hinterhof ist geöffnet. Der schmale Pfad zum Toilettenhäuschen ist mit der Sense vom hochgewachsenen Gras befreit worden. Er führt an einer alten von Rost befallenen Hollywoodschaukel vorbei. Eine Fliege fliegt mehrmals gegen die Scheibe eines Fensters und setzt sich dann auf einen Kunstdruck, der am Fenster lehnt und eine Fruchtschale mit blauen und grünen Trauben abbildet. Syria beobachtet, wie die Fliege über einen Apfel krabbelt.
»Caravaggio«, sagt der Mann in den Shorts, der gerade dabei ist, sich die Hände mit einer stark riechenden Flüssigkeit zu reinigen. »Caravaggio hatte eine Sache mit dir und mir gemeinsam: Er trachtete ebenfalls Leuten nach dem Leben. Aber da hören die Ähnlichkeiten auch schon auf. Ein größeres Genie kommt einem so schnell nicht unter.«
»Willkommen!«, hört Syria hinter ihrem Rücken und dreht sich um.
Die Stimme gehört zu einem Vogel, der kaum größer ist als eine Krähe und blaue, grüne und rote Federn hat. Sein Schnabel ist groß und gebogen. Sein Käfig steht auf einem runden Tisch in der Ecke und der Vogel sitzt darin auf einem schaukelnden Stab.
»Guck mal!«, ruft der Vogel. »Guck mal!«
Syria verzieht den Mund.

»Möchtest du eine Tasse Kaffee?«, fragt der Mann und legt das Handtuch weg. »Oder ein Bier?«

»Nein, ich muss gleich wieder weiter. Ich gehe nur kurz hinaus und sage meiner Begleitung Bescheid.«

Syria geht nach draußen. Als sie zum Auto kommt, sitzt der Fahrer mit einem Maschinengewehr auf den Knien da. Er hat den Bart abgenommen und auf den Beifahrersitz gelegt.

»Ich bleibe einen Moment da. Stell eine Überwachungskamera auf den Briefkasten.« Syria zeigt zum Hoftor.

Der Mann legt seine Waffe beiseite und durchsucht das Handschuhfach. Syria geht wieder nach drinnen.

Der Mann in den Shorts hat inzwischen eine längliche Aluminiumtasche hervorgeholt, die jetzt auf dem Boden zwischen den Stühlen steht. Er deutet darauf und sagt: »Das ist die Beste, die du bekommen kannst.«

Syria setzt sich in einen der Lehnstühle und beugt sich vor, um die Knöpfe der Tasche zu öffnen.

»Alles, was du brauchst«, behauptet der Mann. »Du baust den Hub auf das Stativ. Es registriert die Windstärke, die Windrichtung und misst die Entfernung zum Ziel, sobald du den Sucher ausrichtest. Du gibst außerdem das Gewicht der Kugel ein. Ich habe dir eine ganz besondere Kugel mitgebracht, sie geht durch Panzerglas. Wenn das Objekt also in einem gepanzerten Wagen sitzt, schützt das auch nicht mehr als eine Sonnenbrille. Du kannst eine Grapefruit aus einem Kilometer Entfernung treffen. Wenn die Bedingungen günstig sind, kann die effektive Schussreichweite über zwölfhundert liegen.«

Syria nimmt ein Teil nach dem anderen in die Hand: den langen Lauf, das Stativ, das Zielfernrohr, das Endstück, das Magazin, den Kolben, den Schalldämpfer, sechs Patronen und das kleine Gerät, das der Mann Hub genannt hat. »Was wiegt es?«

»Besonders leichtes Material. Alles zusammen unter acht.«
Syria setzt die Waffe zusammen. Sie benötigt kaum eine Minute.
»Ich habe eine Schachtel gewöhnliche Munition für dich, falls du Probe schießen willst. Die Kugeln haben dasselbe Gewicht, du kannst also getrost ein paar Schweine erledigen.«
»Schweine aus einem Kilometer Entfernung?«
»Kein Problem«, behauptet der Mann. »Alle jagen heutzutage Schweine. Ich selbst habe zwei Stück hinter dem Klohäuschen erlegt. Man will die Biester schließlich nicht in den Kartoffeln haben.« Er zeigt auf die Waffe in Syrias Händen. »Auch wenn ich dafür natürlich nicht das da benutzt habe.«
Syria baut das Gewehr wieder auseinander und legt die Einzelteile in die Fächer der Tasche.
»Die Gebrauchsanweisung ist fünfzehn Seiten lang.«
»Wie geht's deinem Bein?«, fragt Syria.
Der Mann zieht die knielangen Shorts hoch und entblößt eine längliche Narbe auf dem Oberschenkel. »Ein paar Splitter stecken immer noch drin. Ich stehe auf der Warteliste für eine Operation im August.«
»Hast du Beschwerden?«
Der Mann legt seinen grün bemalten Zeigefinger an die Schläfe. »Die Beschwerden habe ich hier. Das Bein kann von mir aus schmerzen, dagegen gibt es Tabletten. Aber die Erinnerungen sind schlimm.« Der Maler holt einen Karton hervor, der etwas kleiner ist als eine Tortenschachtel. Er gibt ihn Syria, die den Deckel abnimmt.
»Ein Overall mit Kapuze, Handschuhe, Spraydose mit Schuhspray und eine Schirmmütze. Der Chamäleonanzug passt sich innerhalb von ein paar Sekunden farblich an den jeweiligen Hintergrund an. Allerdings schirmt er nicht vor Wärmebildkameras ab, und wenn du aufrecht stehst, musst du bedenken, dass dein Schatten in der Sonne sichtbar ist. Aber ansonsten bist du so gut wie unsichtbar.«

Syria lässt das dünne Material durch ihre Hände gleiten.
»Nanotechnik«, erläutert der Maler. »Caravaggio hat Trauben so gemalt, dass man sofort nach ihnen greifen will – dieser Anzug lässt dich wie ein Teil eines Birkenwäldchens aussehen. Zwei verschiedene Arten, die Natur nachzuahmen.«
Syria legt den Deckel wieder auf den Karton. »Du kennst nicht zufällig eine vertrauenswürdige Person in der Festung?«
»Wie vertrauenswürdig?«
»Jemand, der seine Versprechen einhält und sich darauf versteht, dichtzuhalten.«
»Ich glaube, ich wüsste da jemanden.«
»Wer ist es?«
»Der Oberkellner eines Restaurants. Er war in der guten alten Zeit mit den Freischärlern unterwegs. Für eine vollständig reine Weste hängt er ein bisschen zu stark an der Flasche, aber wenn er nicht gerade zu viel intus hat, kann man sich auf ihn verlassen – vor allem, wenn die Bezahlung stimmt.«
»Die Bezahlung ist außerordentlich.«
»Dann ist er dein Mann. Was möchtest du von ihm?«
»Nur Informationen.«
»Kann ich ihm sagen, dass die Bezahlung gut ist?«
»Richte ihm aus, dass der Auftrag außerordentlich gut bezahlt ist und kein Risiko mit sich bringt.«
»Wie tretet ihr in Kontakt?«
»Kennst du die Brücke, die während des Kriegs gesprengt wurde, unterhalb von Wongs dreiundsechzig?«
»Ja, ich weiß, wo das ist.«
»Ich werde die besagte Brücke von jetzt ab jeden Abend pünktlich um acht Uhr überqueren. Wenn er den Auftrag kriegen will, soll er hundert Meter stromabwärts mit einer Angel am Flussufer stehen. An der Nordseite, mit einer weißen Mütze. Ich werde ihn fragen, ob

sie beißen, und er soll antworten, dass er das Eisfischen vorzieht.«
»Dass er das Eisfischen vorzieht?«
»Ich werde fragen, ob sie beißen, und er wird sagen, dass er das Eisfischen vorzieht.«
»Okay, ich werde es ausrichten. Bist du sicher, dass du kein Bier möchtest?«
»Ich nehme ein Glas Wasser.«
Der Mann holt ein Glas aus dem Eckschrank, reicht es Syria und zeigt auf die geöffnete Flügeltür. »Nimm das Wasser aus der Pumpe, das ist kalt und gut. Machen wir es wie beim letzten Mal mit der Bezahlung?«
»Genau wie beim letzten Mal.« Syria hält das Glas gegen das Licht. Es ist nur mäßig sauber, aber sie sagt nichts.

Als Syria etwas später durch die Haustür tritt, die Aluminiumtasche in der Hand, sitzt der Fahrer hinterm Steuer und sieht in die andere Richtung. Syria bleibt stehen und blickt zwischen den alten Apfelbäumen hindurch. Ein Rehbock steht neben dem morschen Zaun, reglos.
Schließlich fahren sie davon und verlassen den Hof, als wären sie niemals dort gewesen.
Als sie auf den großen Weg biegen, lässt Syria die Scheibe herunter, steckt die Hand in die Tasche, nimmt das Glas heraus und wirft es in den Graben.

45

In der Eingangshalle stehen Nadia und Miriam und warten.
Als Elin zu ihnen stößt, zuckt Nadia mit den Schultern und versucht, eine entschuldigende Miene aufzusetzen. »Ich habe einen neuen Auftrag bekommen, der ab morgen gilt. Es kann also eine Weile dauern, bis wir uns wiedersehen.« Sie umarmt Elin und drückt sie an sich. Dann folgt sie Elin und Miriam nach draußen, winkt noch einmal und geht mit ihrer schweren Tasche im Schlepptau davon.
»Wohin willst du?«, fragt Miriam an Elin gewandt.
»Ich will meine Tasche aus dem Borderland holen und dann nach Hause.«
»Dein Auftritt in Hedemora ist abgesagt.«
»Wer hat ihn abgesagt?«
»Ich weiß es nicht, er findet auf jeden Fall nicht statt.«
»Hat dein Chef ihn abgesagt?«
»Keine Ahnung. Wollen wir los?«
Sie gehen in Richtung Hotel. Miriam holt ein Päckchen Kaugummi heraus und bietet Elin etwas davon an. Elin zieht einen Kaugummi heraus und steckt ihn in den Mund.
»Du warst also Angeln mit der Königin? Habt ihr etwas gefangen?«
»Drei Fische.«
»Hat Nadia auch einen gefangen?«
»Sie hat nicht geangelt.«
Sie begegnen einem Mann, der Miriam anlächelt. Sie nickt ihm zu und simuliert für eine Dauer von zwei Sekunden gute Laune. Dann dreht sie das Gesicht wieder Elin zu. »Mein Exmann.«
»Oh.«

Miriam seufzt. »Warum nur sind alle Männer so kindisch?«
»Sind sie das?«
Miriams Tonfall klingt spitz, als hätte sie eine andere Reaktion erwartet. »Ist dir das noch nicht aufgefallen?«
»Ich kenne nicht so viele.«
Miriam wirft Elin einen unergründlichen Blick zu und streckt ihr erneut das Kaugummipaket hin, aber Elin schüttelt den Kopf.
»Man sagt, dass die Königin auf Frauen steht.«
»Keine Ahnung, ich weiß nicht, auf wen sie steht.«
»Aber du hast ja ein Kind und bist wohl nicht so.«
»Wie denn?«
Miriam nimmt ihr Mobil heraus und schaut auf das Display. Dann steckt sie es wieder ein. »Jemand sollte Extrakameras auf dem Mast eures Windrads anbringen. Ist er hoch?«
»Fünfzehn Meter.«
»Wir werden die Kameras abholen, bevor wir aufbrechen.« Miriam nimmt wieder ihr Mobil heraus und drückt eine Mitteilung weg.
Draußen auf dem See hebt ein Flugzeug ab – es ist das gleiche Modell wie das der Königin. Das Geräusch der Propeller verebbt langsam, bis schließlich nur noch der Wind zwischen den Häusern zu hören ist.
Den restlichen Weg bis zum Borderland ist Miriam mit ihrem Mobil beschäftigt.
An der Rezeption entdecken sie den Oberkellner mit der Narbe auf dem Handrücken. Er steht vor einem Bildschirm neben dem Eingang zum Sitting Duck und scheint sie nicht zu bemerken.
Elin bittet um ihre Tasche, und als sie sich gegen den Tresen lehnt, tippt ihr plötzlich jemand auf die Schulter. Elin dreht sich um.
Die Frau, die vor ihr steht, ist mittleren Alters, hat kurz geschnittene Haare, ist ungeschminkt und trägt einen roten Rock, eine blaue Bluse und eine abgewetzte Jeansjacke.

»Harriet Klint«, stellt sie sich vor und Elin bemerkt erst jetzt, dass hinter ihr noch eine weitere Frau steht. Auf ihrem T-Shirt prangt der Aufdruck *A novel is a mirror walking down the road*.
Die Frau, die sich als Harriet Klint vorgestellt hat, schiebt ihr Kinn so weit vor, als wolle sie zubeißen. »Du und ich, wir gehören der gleichen Partei an.« »Kommst du zum Treffen des Dalarna-Verbands in Älvdalen?«
»Ich weiß nicht«, antwortet Elin und versucht, sich an ein Treffen in Älvdalen zu erinnern.
Die andere Frau streckt die Hand aus. »Maggan Vikström. Ich werde ebenfalls auf dem Wahlzettel stehen.«
Klint deutet mit dem Daumen auf ihre Kollegin. »Maggan hat gute Chancen, im September ins Kabinett gewählt zu werden.«
»Bei uns gibt es einige, die gerne wissen würden, welche Ansichten und Meinungen du vertrittst«, sagt Maggan. »Es wäre schön, wenn du zum Treffen nach Älvdalen kommen würdest.«
»Du bist ja bisher, im Zusammenhang mit der Partei, vollkommen unsichtbar gewesen«, spricht die andere Frau weiter. »Es wäre an der Zeit, dass du in Erscheinung trittst, Elin. Es genügt nicht, dass wir dich alle naselang auf der Bildwand sehen. Die Leute wundern sich.«
Vikström wirkt irritiert und Klint schnaubt verächtlich: »Es genügt nicht, eine Tante im Rücken zu haben, die man um einen Posten gebeten hat.«
»Von der man gebeten wurde. Sie hat mich darum gebeten zu kandidieren, wenn es das ist, worauf Sie anspielen.«
»Du stehst nicht auf der Teilnehmerliste für Älvdalen. Bist du nicht eingeladen worden?«
»Nicht soweit ich weiß.«
Die beiden Frauen tauschen Blicke aus. Abgesehen davon, dass ihre Röcke unterschiedliche Farben haben und die eine etwas kleiner

ist als die andere, sehen sie sich sehr ähnlich. Beide haben müde Augen, energische Münder und kleine Ohren.
»Wir rechnen mit deinem Kommen«, sagt Maggan Vikström.
»Ich sollte morgen Abend in Hedemora sein«, sagt Elin, die sich nun erinnert, Älvdalen irgendwo gelesen zu haben.
Die Frauen tauschen erneut Blicke aus.
»Ich habe gerade gehört, dass Hedemora abgesagt ist«, sagt Klint. »Das ist vielleicht das Beste. Und du musst eine Strategie verfolgen, Elin.«
»Sauberes Wasser im Dalaälven genügt nicht als Message, das verstehst du doch wohl?«, spricht Klint weiter. »Du kannst nicht weitermachen wie bisher und bloß darüber sprechen, was alles in der Ostsee schiefläuft – über Vergiftung, dass die Böden tot sind, dass es keine Fische mehr gibt. Das geht nicht. Du musst für etwas Positives stehen, sonst möchte dir keiner länger zuhören.«
»Wie hat Martin Luther King doch gesagt?«, wirft Vikström ein. »Er hat gesagt: ›I have a dream!‹ Das hat er gesagt. Er hat nicht gesagt: ›I have a nightmare!‹ Das solltest du in Zukunft bedenken. Man kann die Menschen nicht mit lauter Unheil bombardieren. Man muss ihnen Hoffnung machen.«
»Ich verstehe nicht, was Sie meinen«, sagt Elin. »Die Menschen müssen doch erfahren, wie die Lage ist.«
»In gewissem Maß«, sagt Klint. »In gewissem Maß, sonst werden sie es leid. Niemand erträgt es, sich ausschließlich schreckliche Dinge anzuhören. Und wenn es schon schrecklich sein muss, dann sollte es sich nach Möglichkeit im Ausland zutragen. In Bangladesch zum Beispiel.«
Elin spürt, dass sie rot anläuft, und wird lauter. »Wir haben hier oben seit vielen Jahren keinen Schnee mehr gehabt. Was soll ich den Leuten denn bitte sagen? Soll ich die Gitarre rausholen und *I'm dreaming of a White Christmas* für sie singen? Wär Ihnen das recht?«

»Die Probleme der Welt werden nicht in Dalarna gelöst«, erklärt Vikström. »Dalarna ist ein kleiner Teil davon, aber das bedeutet nicht, dass wir zu unseren Wählern so offen sprechen können. Wir wollen sie nicht verängstigen. Verängstigte Menschen können verzweifeln und auf alle möglichen Ideen kommen.«
Die beiden Frauen sehen einander an und aus ihrem Blick lässt sich ihr Urteil ablesen: Dieses Mädchen ist völlig abgehoben, sie hat keine Ahnung von den Spielregeln der Politik und von ihren Möglichkeiten.
»Hoffentlich sehen wir uns in Älvdalen«, sagt Harriet Klint, doch ihr Gesichtsausdruck verrät, dass sie in Wahrheit anderer Meinung ist. Sie dreht sich um und begibt sich Richtung Ausgang. Maggan Vikström folgt ihr. *Bibliothek Mora* steht auf der Tasche, die sie hinter sich herzieht. Dann sind sie fort.

Auf dem Weg nach Hause begegnen sie kaum anderen Autos und Miriam fährt wegen des fehlenden Gegenverkehrs mitten auf der Straße.
Sie blickt Elin an. »Freust du dich darauf, ein paar Tage zu Hause zu sein?«
»Wie meinst du das?«
»Hedemora und vielleicht andere Termine sausen lassen zu können.«
»Wenn ich einen Platz im Reichstag haben will, muss ich die Wähler treffen.«
»Wenn du denen glaubst, die dich gerade abgefangen haben, ist es ebenso gut, wenn du zu Hause bleibst.«
»Du findest, dass sie recht haben?«
»Ich habe dich jetzt ein paarmal angehört. Du bist wirklich gut darin, Fragen zu beantworten, aber du präsentierst kein eigenes Programm, außer eben den Punkt mit den sauberen Gewässern.«

»Was weißt du über Bangladesch?«
»Zweihundert Millionen Menschen auf einem dicht bevölkerten Gebiet zwischen Indien und dem Land, das früher Burma hieß. Der Ackerbau ist durch Salzwasser zerstört, die Menschen fliehen vor Orkanen, die das Meer über das Land schwemmen. Die Grenzen sind mit Stacheldraht abgesichert und werden schwer bewacht. Wenn die Menschen von dort fliehen wollen, muss das auf dem Seeweg passieren. Ich habe kürzlich einen Bericht darüber gesehen, in dem man das Ganze mit dem verglichen hat, was in New Orleans passiert ist. Es ist nur schwer an Trinkwasser zu kommen. Die Abwassersysteme wurden attackiert. Du solltest die Frage nach einem Damm aufgreifen.«
»Was für ein Damm?«
»Man könnte einen Damm bauen, der von Schonen bis zu den dänischen Inseln reicht. Er müsste dann natürlich bis Jütland fortgesetzt werden.«
»Und was soll das bringen?«
»Die Ostsee würde ein Binnenmeer werden und ein Süßwasserspeicher, aber Voraussetzung dafür wäre die Zusammenarbeit der angrenzenden Länder und dass die Russen damit aufhören, ihr verunreinigtes Abwasser abzulassen.«
»Wie viele Länder wären beteiligt?«
»Finnland, Russland, Estland, Lettland, Litauen, Polen, Deutschland, Dänemark, Norwegen und Schweden. Habe ich eins vergessen?«
»Ich glaube nicht. Was würde das kosten?«
»Ein Heidengeld. Aber welche Alternative gibt es? Die Welt braucht Trinkwasser. Die Ostsee könnte ein Wasserspeicher werden. Vielleicht müssten auch bei den Åland-Inseln Dämme gebaut werden, wegen der verdammten Russen. Es gibt eine neue Technik, man braucht dafür jetzt keinen Beton mehr.«

Elin zeigt auf das Display an der Decke. »Kann ich das benutzen?«
»Klar.«
Elin aktiviert das Display und fährt es herunter. Sie lädt eine Karte über Bangladesch und sieht sich zwei Filmreportagen an. Als sie es schließlich abschaltet, sagt sie: »Zweihundert Millionen Menschen in einem verwüsteten Land.«
»Du kannst etwas für sie tun.«
»Wird das die Leute in Älvdalen und Foskros interessieren?«
»Genau das ist dein Job. Als Politiker wird von dir erwartet, dass du vorangehst und darauf hinweist, wo etwas unternommen werden muss.«
Elin betrachtet Miriam, die stur nach vorne blickt. »Du klingst wütend«, sagt Elin schließlich. »Habe ich etwas Falsches gesagt?«
»Nichts Bestimmtes«, sagt Miriam, ohne den Blick von der Straße abzuwenden.
»Aber irgendetwas ist doch. Was?«
»Du hast Leibwächter. Du bist privilegiert. Man kann sich schon die Frage stellen, warum. Weil du eine besonders wertvolle Person bist, wichtiger als alle andern? Weil du eine politische Agenda verfolgst und politische Ansichten vertrittst, die sich von den anderen abheben? Du gehst mit deinen Privilegien um, als wärst du das einzige schützenswerte Objekt in der Region. Wir wissen, dass du gut darin bist, auf dich selbst aufzupassen. Du könntest zum Beispiel zwei Schießstunden mit mir auf dem Übungsplatz bekommen. Ich könnte dir eine schusssichere Weste geben und eine meiner Waffen. Dann hätten meine Kollegen und ich Zeit, uns auch um andere zu kümmern.«
Den Rest des Weges nach Liden verbringen sie in Schweigen.

46

»Willkommen zu Hause, Maya«, sagt Foxy, als das Auto auf dem Hof anhält. »Wissen wir, wie das Mädchen heißen wird?«

»Nein«, antwortet Maya. »Vielleicht Ejan nach Mårds Mutter, aber es ist noch nichts entschieden.«

Foxy hat eine weichere Stimme, wenn sie mit Maya spricht, als bei Mård. »Ejan befindet sich nicht auf der Liste der hundert beliebtesten Mädchennamen in Dalarna. Ganz oben steht immer noch Elin.«

Mård klettert aus dem Wagen und greift nach dem Korb mit dem Baby. Er wartet an der Autotür, und als Maya ausgestiegen ist, bietet er ihr seinen Arm an, aber sie nimmt ihn nicht. Gemeinsam gehen sie zum Haus.

Die Tür steht offen und die größte der Katzen erwartet sie bereits. Mit ihren grünen Augen blickt sie die beiden verwundert an. Auf der Koppel stehen die Pferde dicht beieinander am Zaun und scheinen ebenfalls alles zu registrieren.

Die Katzen und die Pferde – stumme Zeugen. Die Amsel singt in ihrer Baumkrone vom Leben und vom Tod.

»Es stürmt stärker als heute Morgen«, stellt Mård fest. Er atmet tief durch die Nase ein, als wolle er herausfinden, ob Brandgeruch in der Luft liegt, doch er kommentiert es nicht.

Im Haus stellt Mård den Korb auf den Küchentisch, beugt sich darüber und betrachtet das Kind. Maya legt einen Arm um ihn.

»Sie muss trinken«, sagt sie, schlägt das Deckchen zurück und hebt das Kind hoch. Es legt den Kopf auf Mayas Schulter und Maya schaukelt es. »Ich gehe nach oben.«

»Ich komme mit.«

Maya legt sich mit dem Kind aufs Bett.

Mård stellt sich vor Stens geschlossene Zimmertür und klopft an. »Wir sind zurück!«, ruft er durch die Tür. »Alle drei! Falls du sie sehen willst!« Als er das Schlafzimmer betritt, ist das Baby schon eifrig mit Trinken beschäftigt.
»Ist es nicht eigenartig, dass sie schon so genau weiß, was zu tun ist?«, fragt Maya.
»Unfassbar«, sagt Mård.
»Wir sind Tiere«, stellt Maya fest. »Tiere auf zwei Beinen und ein bisschen mehr Intelligenz, als gut für uns ist.« Sie legt zwei Finger um ihre Brustwarze, um dem Baby zu helfen.
Mårds Mobil vibriert und er stöhnt leise auf. Dann steht er auf und geht in den Flur.
»Na, Junge!«, hört er Burman sagen. »Kann ich für einen Augenblick rüberkommen?«
»Klar, jederzeit.« Mård steckt sein Mobil wieder ein und klopft erneut an Stens Tür und öffnet sie. Sten ist nicht da.
Der Geruch seines Bruders hängt im ganzen Raum. Das Bett ist ungemacht. Die Decke ist zerwühlt und die Bettwäsche nicht mehr frisch. Die drei Kopfkissen sind zusammengeknäult und an die Wand geschoben. Ein Paar abgetragene blaue Jeans und rote Boxershorts liegen auf dem Fußboden. Eine Schranktür steht offen. Der Flickenteppich ist halb unters Bett gerutscht. Die Wände sind kahl. Man sieht, dass früher etwas über dem Bett gehangen hat, wahrscheinlich Poster. Der Schreibtisch am Fenster ist leer bis auf zwei Teetassen. An der Türinnenseite hängt ein safrangelbes Flanellhemd an einem Haken.
Mård schließt die Tür hinter sich. Er geht zur Schlafzimmertür und lehnt sich an den Rahmen. »Möchtest du etwas essen?«
Maya schaut Mård an. Ihr Blick ist gleichzeitig erschöpft und kraftvoll. »Was gibt es?«
»Was du willst.«

Sie sieht das Kind an.
»Eier«, schlägt er vor. »Hart gekochte oder Spiegeleier.«
»Ein hart gekochtes«, sagt Maya, ohne zu Mård aufzusehen. »Haben wir Kaviar?«
»Ich glaube schon. Sonst nichts?«
»Vielleicht auch ein Brot. Mit Käse.«
Mård tritt zu ihr ins Zimmer und setzt sich auf die Bettkante. Er streichelt Mayas Fuß. »Alles in Ordnung?«
Sie kneift die Augen zusammen.
»Weinst du?«
»Nein, ich bin nur ein bisschen … Ich weiß nicht.«
»Warum?«
»Weil es so ist, wie es ist.«
»Was?«
»Alles.«

47

Mård füllt Wasser in den Eiertopf, stellt ihn auf den Herd und geht nach draußen. Burman steht neben dem Auto, den Blick auf eine im Baumwipfel sitzende Amsel gerichtet.
»Sie sind gerade nach Hause gekommen«, erzählt Mård.
Burman legt eine Hand auf Mårds Schulter. »Wie soll sie heißen?«
»Vielleicht Ejan.«
Burman nimmt sein Mobil hervor, öffnet die Autotür und legt es auf den Sitz. Dann holt er eine kleine Kugel aus Aluminiumfolie aus der Tasche. Er legt die erbsengroße Kugel neben das Mobil und zwinkert Mård zu. »Sollen wir mit den Pferden reden?«

»Klar, reitest du denn viel im Moment?«
»Jeden Tag.«
Mård legt sein Mobil neben das von Burman. Dann schlägt er die Autotür zu und sie gehen zu den Pferden.
Burman streckt den Arm nach dem kleinen Weißen aus. Als er bemerkt, dass die Hand leer ist, trottet er im Schatten der Birken zu den anderen Pferden zurück.
»Ich weiß nicht, ob du gehört hast, wie es Jenna in der letzten Zeit gegangen ist. Aber es ist jetzt in jedem Fall schon viel besser.«
»Ich weiß von nichts.«
»Sie ist im Frühjahr kaum aufgestanden, aber jetzt hat sie neue Medikamente und alles läuft fast wieder normal. Sie nimmt Cool Max.«
»Wir haben Cool in der Schule genommen, alles wurde etwas ruhiger dadurch. Keine Tränenausbrüche mehr.«
»Max ist stärker. Es hat natürlich Nebenwirkungen, aber mit denen muss man eben leben.«
»Wir haben früher zusammen Springreiten gemacht. Bei den hohen Hürden war sie richtig gut.«
Burman kratzt sich am Ohrläppchen. »Was für ein Glück, dass es Medikamente gibt.«
Mård sieht sich um. »Riechst du den Brandgeruch?«
Burman schüttelt den Kopf. »Nein.«
»Sie brauchen Freiwillige.«
»Habe ich gehört.«
»Vielleicht sollte man runterfahren und helfen?«
Burman runzelt die Stirn. »Beim Waldbrand?«
»Schläuche tragen und der ganze Dreck. Jemand muss es machen, ich oder jemand anderes, aber es muss gemacht werden.«
Burman schüttelt den Kopf. »Du weißt, was Lassivar zu einem solchen Vorhaben gesagt hätte?«
Mård lächelt. »Es hätte ihn nicht gerade erfreut.«

»Du weißt noch, was er immer gesagt hat?«
»Er hat so einiges gesagt.«
»›Kümmer dich um dich selbst und scheiß auf die anderen‹, hat er immer gesagt. Und dann lächelnd ergänzt: ›Es sei denn, du kannst ein paar Kröten dabei verdienen, dann gelten andere Regeln.‹«
»Ich glaube nicht, dass man fürs Schläuchetragen bezahlt wird.«
»Genau das hat er gemeint. Pick dir die Rosinen heraus und sieh zu, dass du das Tortenstück mit der Kirsche bekommst.« Burman guckt wieder zum Baumwipfel, wo die Amsel voller Inbrunst singt. Er sagt mehr zu sich selbst: »Das klingt traurig. Wird man so, wenn man schwarzes Gefieder hat?« Dann räuspert er sich: »Ich habe mit Narven gesprochen. Die Situation missfällt ihm, aber es ist jetzt alles geregelt. Wir haben einen Profi, der sich um Holme kümmern wird. Aber es gibt noch eine Sache, über die wir reden müssen. Ich habe Chips gefunden. Jemand scheint eine Handvoll davon ins Auto bugsiert zu haben.«
»Hingen sie an den Blechen?«
»Sie scheinen magnetisch zu sein.«
»Die Polizei vielleicht?«
»Vielleicht, aber ich habe jemand anderes im Sinn.«
»Wen?«
»Narven.«
»Warum er?«
»Es sind Abhörchips.«
»Woher weißt du das?«
»Kennst du Månson aus Schonen?«
»Ich hab von ihm gehört.«
»Er hat mit Datensicherheit zu tun. Ich habe ihm einen der Chips gegeben. Er hat ihn geöffnet und gesagt, dass er Gespräche in bis zu dreißig Metern Entfernung mithören kann. Der Chip läuft über Solarzellen und sendet ununterbrochen.«

»Also hört jemand mit, wenn du neben dem Auto stehst und mit Jenna redest?«

Burman schnaubt. »Und wenn ich Lola sage, dass sie nicht schon zum Frühstück mit ihren Gin-Cocktails anfangen soll.« Burman verstummt und scheint eine Weile seinen Gedanken nachzuhängen. Schließlich fängt er sich. »Was ich sage, wenn ich im Auto sitze, kann vermutlich auch auf andere Weise mitgeschnitten werden. Månson meint, dass jeder x-beliebige Gymnasiast in das Unterhaltungssystem eines Autos eindringen kann, wenn er will. Und dann ist es kinderleicht, ein Abhörprogramm zu installieren.«

»Es könnte die Ortspolizei sein.«

»Wir bezahlen zu gut, als dass sie solche Maßnahmen ergreifen würde. Es muss ein Privatspion sein.«

»Vielleicht die Reichspolizei.«

Burman schüttelt den Kopf. »Die kümmert sich nicht um das, womit wir uns beschäftigen.«

»Vielleicht haben sie von Igor gehört? Vielleicht gehen sie gegen internationale Kriminalität vor?«

»Vielleicht, aber ich denke eher an Narven. Du bist ihm ein Dorn im Auge. Du darfst nicht vergessen, dass es Leute gibt, die nicht besonders viel von dir halten. Du bist einfach nicht zum Anführer geschaffen und die nötige Zeit, um sich mit dem Posten anzufreunden, will man dir nicht geben. So denken die. Du musst dich vorsehen.«

»Ist es damit getan?«

Burman sieht zum Hausdach hinauf. »Wie viele Kameras hast du?«

»Vier.«

»Wie alt sind sie?«

»Ich weiß nicht genau. Fünf Jahre vielleicht? Oder sechs?«

Burman verzieht verächtlich den Mund. »Antik also.«

»Sie funktionieren.«

»Du solltest dir einen Hund zulegen.«
»Ich mag keine Hunde, vor allem nicht die mit den spitzen Ohren.«
Die Pferde setzen sich alle gleichzeitig in Bewegung und galoppieren mit wehenden Mähnen.
Burman erschlägt in seinem Nacken ein Insekt und betrachtet den Blutfleck auf seiner Handfläche. »Wenn Narven anruft und dich treffen will, sag, dass ich dabei sein werde. Das gilt auch, falls jemand anderes sich meldet und behauptet, er habe eine Nachricht von Narven. Sag, dass ich dabei sein werde, ganz besonders, wenn es sich um einen Muskelprotz handelt, der tibetische Gebetsverse auf den Körper tätowiert hat.«
»Du meinst Sylve?«
»Ich habe für ihn ebenso viel übrig wie für eine Kreuzotter auf dem Rasen. Wusstest du, dass wir zu Hause eine regelrechte Kreuzotternplage haben? Die Katze ist schon gebissen worden. Ihre Tatzen sind so dick angeschwollen wie der Schaft meines Hammers.«
»So ist das im Sommer. Da kann alles Mögliche passieren. Ich hatte heute Morgen eine Wespe auf dem Brot. Wenn man so eine in die Fresse bekommt, kann das übel enden. Der Rachen schwillt zu und man bekommt keine Luft mehr. Ein Glück, dass sie fast schon ausgerottet sind.« Mård spuckt auf den Zaun. »Sylve war auf Linas Party«, sagt er dann. »Warum war er eingeladen, wenn du ihn so verabscheust?«
Burmans Lächeln sieht eisig aus. »Einen solchen Dreckskerl behält man besser im Blick. Das ist ja wohl auch etwas, was Lassivar immer gesagt hat, oder nicht?«
Mård nickt. »Halte dir deine Feinde vom Leib und umgib dich mit deinen Freunden.«
Burman blickt zur Amsel im Baum hinauf. »Lass uns zum Auto gehen, dann zeig ich dir, wie der Chip aussieht.«
Sie kehren zu Burmans Wagen zurück und er öffnet die Tür zum

Rücksitz. Nachdem er das Mobil in die Tasche gesteckt hat, nimmt er die Kugel aus Alufolie und wickelt sie auf.
Der Chip ist kaum größer als ein halbes Reiskorn und auf dem silbernen Untergrund kaum zu erkennen.
Burman legt ihn auf den Ledersitz. Er scheint vor dem Hintergrund fast unsichtbar. Dann nimmt er ihn zwischen Daumen und Zeigefinger und legt ihn sich auf die Handfläche. Der Chip wird jetzt hautfarben. Burman legt den Chip zurück auf den Autositz. Dann zeigt er zum Tischlerschuppen:
»Da ist ein Dachs unter dem Schuppen. Ein Riesenviech. Diese Biester sollte man ausmerzen, so schnell es geht.«

48

Die Amsel singt immer noch, als Burman sich in den Wagen setzt und durch das Hoftor fährt. Sein Mobil vibriert. Er stellt die Musik ab und nimmt das Gespräch über die Lautsprecher im Auto an. Es hört sich an, als ob Narven direkt neben ihm säße.
»Wir müssen reden.«
»Am üblichen Ort?«
»Ich komme zu dir nach Hause.«
»Ich bin in einer Viertelstunde daheim.«

Burman parkt direkt neben Narvens Auto, legt sein Mobil auf den Sitz und geht hinunter zu Narven, der am äußeren Ende des Stegs steht. Als Burman den Steg betritt, fliegt eine Schwalbe dicht über seinem Kopf vorüber.
»Ein schöner Tag«, sagt Burman, als er neben Narven stehen bleibt

und über den See blickt. »Aber irgendetwas stimmt nicht mit den Schwalben. Jenna hat neulich eine an den Kopf bekommen. Das ist noch nie passiert. Als könnten sie nicht mehr steuern.«
Narven klingt müde. »Scheiß auf die Schwalben. Wir haben andere Sorgen.«
»Was genau meinst du?«
Narven steckt die Hand in die Tasche, holt ein doppelt gefaltetes Papier heraus und wickelt es auseinander. Dann hält er Burman das Papier hin, auf das mit Bleistift ein großer Punkt gezeichnet ist. Narven senkt das Papier, sodass drei winzige Gegenstände, mit bloßem Auge kaum erkennbar, etwa so groß wie halbe Reiskörner, über den grauen Fleck gleiten. Innerhalb von Sekunden verändert sich die Farbe der kleinen Körner und sie werden grau.
Narven verdreht die Augen, nimmt einen Kugelschreiber aus der Hemdtasche, bückt sich und legt das wieder zusammengefaltete Papier mit den drei winzigen Objekten auf den Steg. Er platziert den Kugelschreiber auf dem Papier, nimmt Burman am Arm und zieht ihn mit sich.
Sie gehen zur Sauna und Burman schließt die Tür hinter ihnen. Narven setzt sich auf die unterste Stufe und Burman lässt sich neben ihm nieder.
»Abhörchips«, schnaubt Narven. »Ich habe mich gegen die Motorhaube gelehnt und einen davon zufällig in die Finger bekommen. Das ganze Auto war voll davon. Als ich gesehen habe, dass sie die Farbe ändern, habe ich angefangen zu suchen. An den Türen, auf der Motorhaube und dem Dach. Ich habe siebenundzwanzig Stück gefunden.« Narven macht ein Gesicht, als hätte er gerade von seiner Geliebten erfahren, dass er an einer Geschlechtskrankheit leidet. Er zischt leise: »Du kennst doch Månson, oder?«
Burman nickt.
»Ich habe die Chips eingesammelt und ihm gezeigt. Eine Stunde

später hat er sich zurückmeldet und gesagt, dass es sich um magnetische Chamäleonwanzen handelt«

»Was bedeutet das?«, fragt Burman.

»Månson sagt, dass diese Wanzen bis zu einer Entfernung von dreißig Metern alles abhören können. Und es wird alles weitergesendet.« Narven spricht im Flüsterton weiter, als würde er auch hier in der Sauna mit Mithörern rechnen. »Aber was er auf dem Parkplatz, wo wir uns immer treffen, gefunden hat, ist das Schlimmste.«

»Was hat er gefunden?«

Narven beugt sich vor. Er sieht aus, als würde er unter einer schlimmen Migräneattacke leiden. Sein Gesicht ist verzerrt. »Zwei Kameras, die auf unseren Treffpunkt gerichtet waren. Alles, was wir dort besprochen und getan haben, wurde abgehört, gefilmt und übersetzt.«

»Übersetzt?«

»Es ist ja wohl das verdammte Russenschwein, das hier herumschnüffelt.«

»Wie kannst du dir da so sicher sein?«

Narven sieht verwundert aus. »Wer sollte es sonst sein?«

»Die Reichspolizei.«

»Die jagen Kriegsverbrecher, das ist das Einzige, wofür sie Zeit haben. Und wenn sie Zeit übrig haben, schützen sie ängstliche Politiker. Bei uns im Stadtteilausschuss sitzt eine, deren Auto vollgeschmiert wurde. *Volksfeind* haben sie draufgeschrieben. Bestimmt jemand von den Nationalen. Oder irgendwelche Jugendlichen, die sich einen Spaß erlaubt haben. Sie ist total verstört und überlegt, ihre Mitgliedschaft im Ausschuss niederzulegen. Ich habe zu ihr gesagt, dass man schon ein bisschen Mut haben muss. Da meinte sie nur, dass ich als Chef einer Sicherheitsfirma gut reden habe.«

»Sitzt du im Stadtteilausschuss?« Burman klingt überrascht.

»Klar.«

»Warum?«
»Man sollte Bescheid darüber wissen, wie die Leute in so einer Versammlung ticken. Unmodern bis zum Gehtnichtmehr, aber man muss sich eben ein Bild davon machen, wie es in ihren Köpfen aussieht. Trotz allem sind das ja die Leute, die die Beschlüsse fassen, auch wenn wir es sind, die bestimmen.«
»Mein Auto haben sie sich auch vorgenommen«, sagt Burman.
»Wie?«
»Ein Chip. Habe es vorhin bemerkt.«
Narven stöhnt. »Das ist der Russe. Ich setze Sylve darauf an.«
Burman schüttelt den Kopf. »Dann haben wir Sylve zum letzten Mal gesehen.«
»Er kann den Russen schnappen.«
»Das bezweifle ich.«
»Wir können keine Geschäfte mit jemandem machen, der uns hinterherspioniert«, zischt Narven.
»Heutzutage spioniert doch jeder jedem hinterher. Irgendwelche Rotzbengel hacken sich in die Systeme von Behörden und knacken Konten, verschieben Geldsummen, schwärzen einander an und richten alles Mögliche an Unheil an. Mein Großvater hat noch Äpfel geklaut. Das war damals eine große Sache. Jetzt klauen die Jugendlichen die Identitäten anderer und denken sich Teufeleien aus, auf die unsereiner gar nicht kommen würde. Hast du von dem Sechzehnjährigen gehört, der eine Drohne gekapert und losgeschickt hat, damit sie seine Schule mit einer Hellfire auslöscht?«
»Vielleicht sollten wir so einen klarmachen. Das klingt nach einem Typen, der sowohl mit dem Russen als auch mit Holme fertig werden würde, wenn wir ihm das Doppelte seines Taschengelds zahlen.«
»Es ist nicht der Russe.«
Narven sieht niedergeschlagen aus.

»Hat Månson die Kameras abgenommen?«, fragt Burman.

»Klar, ich habe ihn auch schon beauftragt herauszufinden, was drauf ist.«

»Und, was sagt er?«

»Das weiß ich nicht. Ich kann ihn anrufen.«

»Mach das. Und vergiss dein Zeug auf dem Steg nicht.«

Die beiden Männer treten in den Sonnenschein hinaus und Burman winkt Jenna zu, die in einem blau-weiß gepunkteten Badeanzug den Rasen überquert, ein senffarbenes Badehandtuch über den Schultern.

Narven sammelt den Stift und das Papier ein, steckt die Hände in die Hosentaschen und schlendert hinauf zu seinem Wagen.

Burman geht zum Steg und beobachtet, wie Jenna untertaucht und zehn Meter entfernt wieder die Oberfläche durchbricht. Sie schwimmt bis zum Schilf, macht kehrt und kommt auf dem Rücken schwimmend zurück. Am Steg hält sie an und wischt sich die Haare aus dem Gesicht. »Kannst du mich ein Stück mit den Skiern rausfahren?«

»Musst du nicht in der Schule sein?«

»Wir haben individuelles Arbeiten.«

Burman schnaubt: »Das hier scheint mir gerade vor allem individuell zu sein oder nennst du es auch Arbeit?«

»Ein bisschen von beidem. Micke holt mich nachher ab.«

»Das klingt ebenfalls so, als ob es sehr individuell wird, und weniger nach Arbeit.«

»Wir werden auch ein bisschen arbeiten.«

»Mit der Betonung auf bisschen.«

»Hör doch auf zu meckern!«, ruft sie ihm hinterher, als er zum Parkplatz geht.

Narven steht an seinem Wagen mit dem Mobil in der Hand.

»Was sagt er?«, fragt Burman.

»Es gibt nur einen Film und der ist mies. Man sieht nur unsere Rücken. Nichts für Lippenleser.«
»Wann wurde er aufgenommen?«
»Als wir beim letzten Mal dort waren.«
»Und mehr ist nicht drauf auf den Kameras?«
»Nein, sonst nichts.«
Burman schüttelt den Kopf. »Das ist nicht der Russe. Haben wir irgendwelche Kontakte bei der Reichspolizei?«
»Ich höre mich mal um, aber da ist bestimmt nichts zu holen. Die sind doch so unglaublich paranoid, die trauen sich noch nicht mal zu scheißen, ohne vorher zu gucken, ob ein Chip unter der Schüssel steckt.«
»Wenn die Reichspolizei hinter uns her ist, weil wir in Kontakt mit dem Russen stehen, kann niemand wissen, was auf lange Sicht dabei herauskommt. Es ist wahrscheinlich am besten, wir beenden das mit dem Russen und kehren zum Alltag zurück.«
»Du meinst, dass wir Sylve hinschicken sollen?«
»Vergiss Sylve. Wir wollen uns keine Feinde in Sankt Petersburg machen. Wenn sie ein paar ihrer Jungs rüberschicken, kann die Sache richtig unangenehm werden.« Burman schüttelt den Kopf.
Narven bückt sich, hebt einen Krocketschläger vom Boden auf und schwingt ihn. »Du meinst also, wir schließen das Russenprojekt ab und machen einfach so weiter wie vorher?«
»Das halte ich jedenfalls für das Klügste.«
Narven holt aus und schlägt den Krocketschläger gegen eine blaue Kugel. Die Kugel fliegt in Richtung Sauna und verschwindet im hohen Gras.

49

Auf dem Bergkamm südlich von Liden steht ein blaues Wohnmobil mit großen Rädern. Auf dem Dach hat es zwei lange Antennen und einen Teleskopmast für die Kameras.

»The full monty«, schnaubt Miriam.

Elin dreht sich zu ihr um. »Bist du immer noch sauer?«

»Vielleicht ein bisschen. Vielleicht aber auch etwas mehr, wenn man sieht, was wir alles in dich investieren. Von allen bedrohten Politikern bist du anscheinend die am meisten schützenswerte. Ich bin schon anderen begegnet, die Angst um ihr Leben haben mussten. Die haben nur eine Alarmnummer bekommen und einen Kontakt bei der Ortspolizei.«

Elins Stimme klingt stählern: »Sag den Rest auch!«

»Was meinst du mit Rest?«

»Sag doch, dass ich einen Mann und eine Frau vor den Augen ihres Sohnes erschossen habe. Und dass ich davor schon einen Mann erschossen habe, der hinter mir her war – Gott weiß, warum. Sag doch, dass du nicht begreifst, warum ich so viel Aufmerksamkeit bekomme, in den Himmel gelobt werde und als Kandidatin für den Reichstag ausgewählt wurde. Obwohl ich doch nichts weiter bin als eine Mörderin, die vom Gesetz freigesprochen wurde!«

»Glaubst du, dass ich so denke?«

»Ja.«

Miriam verzieht den Mund. »Du kannst also auch noch Gedanken lesen? Und du weißt außerdem bestimmt auch noch exakt, was ich fühle, oder?«

»Dass du es verdammt leid bist, jemanden zu beschützen, der auf unerklärliche Weise plötzlich zur Volksheldin geworden ist.«

Fünfzig Meter vom Haus entfernt hält das Auto an. Die Haustür geht auf und Gunnar kommt heraus, mit Gerda an der Hand.
»Das denke ich übrigens nicht, falls du es wissen willst.«
»Doch, genau das denkst du.«
»Du weißt also besser als ich, was ich denke?«
»Nein, aber ich bin ehrlicher.«
Miriam deutet zu dem Wohnmobil auf dem Berg. »Ich wohne da oben und habe die gleiche Nummer wie Nadia.«
»Wer ist noch da oben?«
»Jemand von der Technik. Er wird die Kameras montieren.«
Gunnar hebt Gerda hoch, damit sie an die Fensterscheibe klopfen kann.
Elin erkennt ihre Hand und öffnet die Tür einen Spalt. »Hallo, Gerda!«
»Mama!«, antwortet das Kind. »Mama!«
Elin steigt aus dem Wagen, hebt das Mädchen hoch und küsst es auf die Wange.

Sie essen Forelle aus dem Ripsee. Gerda sitzt auf Elins Schoß und möchte gefüttert werden. Elin erzählt vom Kostümfest der Königin und vom Angelausflug.
Ein Mann kommt aus dem Wohnmobil zu ihnen ins Haus. Er ist lang und dünn. »Ich heiße Kalle und kümmere mich da oben um die Technik«, stellt er sich vor. »Ich habe neue Kameras bekommen und wollte sie auf der Spitze Ihres Masts anbringen. Sie können einen Pikkönig von einer Kreuzdame auf drei Kilometer Entfernung unterscheiden. Sie wissen, wie man die Momente substrahiert, in denen das kreisende Rotorblatt die Sicht nimmt. Innerhalb eines Tages haben die Kameras eine Komplettübersicht über alles erstellt, was sich da draußen in ihrem Radius bewegt.«
»Der wie groß ist?«, fragt Gunnar.

»Drei bis sieben Kilometer, das hängt vom Gelände ab und welche Auflösung man haben will.«

»Bemerkenswert«, sagt Gunnar. »Wann legen Sie los?«

»So bald wie möglich.«

»Brauchen Sie Hilfe?«

»Wenn Sie das Windrad für eine Weile anhalten könnten, würde das reichen. Ich verbinde das Ganze mit Ihrer Bildwand, dann haben Sie alle Ihre Freude dran.«

»Meinen Sie das ernst mit der Freude?«, will Gunnar wissen.

»Wenn Sie sich zum Beispiel für Eichelhäher interessieren, dann kann die Kamera so programmiert werden, dass sie auf diese reagiert. Sobald einer auftaucht, werden die Aufnahmen gespeichert und Sie können sich am Abend alle Abschnitte ansehen, in denen ein Eichelhäher auftaucht. Und nicht nur das: auch die genaue Uhrzeit, Windrichtung, Windgeschwindigkeit, Luftfeuchtigkeit – das alles wird angegeben. Die Kameras machen keine Fehler. Wenn Sie ausschließlich Eichelhäher sehen wollen, werden alle Elstern oder Tauben entfernt. Das gleiche Modell befindet sich jetzt auch in den neuen Beobachtern. Die Gesichtserkennung sorgt dafür, dass man noch Jahre, nachdem die Kamera installiert wurde, aufrufen kann, wer sich im Gebiet aufgehalten hat.«

Gunnar runzelt die Stirn. »Beobachter? Ich dachte, die sind Vergangenheit.«

»Es gibt Pläne, nach der Wahl neue einzusetzen. Sie erleichtern alles so enorm, besonders in den Gegenden, die von Unternehmen beherrscht werden, und natürlich auch im abgesperrten Gebiet und in den Enklaven.«

»Alles klar«, sagt Gunnar. »Ich halte das Windrad an, wenn Sie wollen.«

»Ich bin gleich wieder da«, sagt Kalle, hebt die Hand zum Abschied, macht die Haustür auf und läuft zurück zum Wohnmobil.

Gunnar dreht sich zu Elin um. »Wusstest du, dass man die Drohnenüberwachung wieder einführen will?«
»Nein.«
»Karin hat doch mit viel Brimborium durchgesetzt, dass die Polizei keine Drohnen mehr fliegen lassen darf. Sie hat davon gesprochen, als die Übergangsregierung ins Amt berufen wurde. Wenn wir wieder Drohnen bekommen, dann muss Karin dahinterstecken. Als Justizministerin hat sie die Verantwortung für neue Gesetze und ohne neue Gesetze ist es nicht durchsetzbar, dass die Überwacher wieder in die Luft gehen.«
»Die Gesetzgebung findet im Reichstag statt«, sagt Elin. »Damit soll ich mich doch beschäftigen, wenn alles nach Plan läuft.«
»Wenn alles nach Karins Plan läuft, dann wird es so kommen, wie sie will. Sie rechnet mit einer Mehrheit für ihre Person nach der Wahl.«
Anna kommt in die Küche, barfuß, blass und mit verstrubbelten Haaren. Sie trägt ein dünnes weißes Kleid.
»Oma!«, ruft Gerda. »Ich will einen Kuss von dir!«
Gerda bekommt ihren Kuss und Anna setzt sich an den Tisch, lehnt sich zurück und streckt die Arme in die Luft. »Ich handele nur noch mit Asien im Augenblick. Es läuft gut, aber mein Tagesrhythmus ist vollkommen im Eimer. Wie lange bleibst du?«
In dem Moment schaltet sich die Bildwand ein. Ein Reiter kommt von Osten her angeritten. Seine Geschwindigkeit beträgt sieben Kilometer in der Stunde.
Gunnar zoomt das Gesicht heran. »Das ist Vidar. Er hat etwas auf dem Rücken. Sieht aus wie Klein-Gunnar.«
Lisa kommt aus ihrem Zimmer. »Dann reiten wir vielleicht alle zum Ripsee und baden?«

50

Vidar hat Klein-Gunnar in einer Trage auf dem Rücken und Elin, die Gerda ebenfalls auf dem Rücken trägt, reitet neben ihm her.
»Wir kalken den Uferbereich, wenn das nächste Mal Regen vorausgesagt wird. Im September eröffnen wir die Nerzjagd. Aber dafür brauchen wir Erdhunde. Wir hatten gerade für längere Zeit einen Russen bei uns wohnen. Er hat Betriebe aufgekauft, die er zur Geldwäsche nutzt. Er hat vom See gehört und möchte jetzt Anteile kaufen, aber die kriegt er bestimmt nicht.« Vidar schüttelt den Kopf und seufzt. »Und wie läuft es mit dem Wahlkampf?«
»Keine Ahnung«, antwortet Elin. »Ich bekomme so langsam meine Zweifel, dass ich wirklich in den Reichstag gehöre.«
»Man weiß nie genau, wo man eigentlich hingehört, wenn man in deinem Alter ist.«
Hinter ihnen reiten Lisa und Vagn, der eine Büchse umgelegt hat. Als sie den Hang hinunterreiten, der zum Ripsee führt, verschwinden die Rotorblätter des Windrads auf Liden langsam aus ihrem Blickfeld.
Sie steuern den kleinen Sandstrand an und stellen die Pferde nebeneinander, mit Stricken um die Vorderbeine. Lisa hilft Gerda dabei, in den künstlichen Fischschuppenanzug zu kommen, den sie selbst schon getragen hat, als sie vier war. Klein-Gunnar wird in einen neu gekauften gesteckt und Lisa zieht sich ihren vom Vorjahr an.
Sie beschwert sich: »Er ist zu eng! Ich passe nicht rein!« Schließlich nimmt sie die Schnur mit der Mutter und dem Korken daran und bittet Vidar, sie zu werfen. Sie watet ins Wasser, fängt an zu schwimmen und taucht.

Während Vagn und Elin gemeinsam den Sonnenschutz aufbauen, wirft Vidar die Schnur immer wieder und immer weiter. Gunnar und Gerda spielen mit blauen Plastikschaufeln im Sand.
Da schwimmt Lisa etwa zwanzig Meter ans Ufer heran, einen Ast in der Hand. »Guckt mal!«, ruft sie, wischt sich über das Gesicht und hält sich über Wasser. Als sie ans Ufer kommt, hält sie den Ast ausgestreckt vor sich. In den Zweigen hat sich die Schnur mit dem Korken und der Mutter verheddert und außerdem eine Goldkette.
»Großmutters Kette!«, stellt Elin fest, streckt den Arm aus und berührt das Schmuckstück, das sich in den Zweigen verhakt hat. Sie löst es vorsichtig und untersucht den Verschluss. Dann dreht sie sich zu Vagn um und hält ihm die Kette entgegen. »Kannst du dich noch daran erinnern, wie wir gespielt haben und ich sie verloren habe?«
Vagn nickt und sie unterhalten sich über den ungewöhnlich heißen Sommer damals, als die Wärme undurchdringbar über dem See gelegen hatte.
Elin gibt Lisa die Kette zurück. »Sie gehört jetzt dir.«
Lisa sieht zufrieden aus. »Dann habe ich zwei, Vagn hat mir seine ja auch versprochen. Ich bekomme sie, wenn ich sechzehn bin, oder?«
Vagn nickt und Lisa gibt Elin die Kette zurück, die sie in die Tasche steckt. Dann setzt sich Elin auf die Decke unter dem Sonnenschutz. Es ist ganz windstill und sehr warm.
Vidar zieht sich ebenfalls aus und schlüpft in seinen Fischschuppenanzug. Er ist kräftig und hat breite Schultern. Sein Pony ist kurz, die blonden Haare scheinen frisch geschnitten. Er streicht sich über die Stirn, lächelt Elin zu und dreht sich dann zu Gunnar und Gerda um. »Ich bin eigentlich ein Seehund.«
Klein-Gunnar protestiert: »Du bist mein Papa!«
»Ja, klar, aber dein Papa ist ein Seehund.« Damit läuft Vidar ins Wasser. Er taucht unter und wieder auf, holt Luft und kommt dann

wieder an Land. »Wer traut sich, auf dem Rücken eines Seehunds zu sitzen?«, ruft er.
»Sollen wir auch ein bisschen schwimmen?«, fragt Elin und Vagn nickt.
Sie stehen auf, ziehen sich die Kleider aus und schlüpfen in ihre Anzüge.
»Ich muss mir einen langärmeligen anschaffen«, sagt Vagn und zeigt auf einen Fleck an seinem rechten Ellenbogen. »Åke meint, die Stelle muss ich einem Hautarzt zeigen.«
»Ich sollte auch einen langärmeligen anziehen«, sagt Elin, schmiert sich mit Sonnencreme ein und gibt die Tube weiter an ihren Bruder.
Sie waten durch das niedrige Wasser. Neben ihnen versuchen Klein-Gunnar und Gerda sich auf Vidars Rücken zu setzen und rutschen jedes Mal wieder herunter.
»Lass uns zum Nerzfelsen schwimmen«, schlägt Elin vor und sie setzen sich gemächlich in Bewegung. Nach einer Weile schwimmen sie um die Wette. Vagn auf dem Rücken, Elin krault.
»Erste!«, keucht Elin und setzt sich an den hohen Felsen am Ufer. Sie hält die Füße ins Wasser.
Man hört noch das Kreischen der Kinder, die gut fünfzig Meter entfernt auf Vidars Rücken zu krabbeln versuchen. Etwas weiter draußen im See schwimmt Lisa. Sie taucht unermüdlich und scheint weitaus mehr unter Wasser zu sein als oberhalb. Nach einem besonders langen Tauchgang hält sie etwas in der Hand. Sie lässt den Gegenstand fallen und taucht wieder.
»Sie hofft wohl, noch mehr Goldketten zu finden«, vermutet Vagn und streicht sich die Haare aus dem Gesicht. »Was gibt's Neues?«
»Die Königin sagt, dass du verschwinden musst«, antwortet Elin. Dann schlägt sie sich die Hand vor den Mund. »Oh, das hätte ich nicht verraten dürfen, dass die Mitteilung von der Königin ist.«

Vagn zuckt mit den Schultern, hebt einen Stein vom Ufer auf und wirft ihn ins Wasser. Sie betrachten die Ringe, die sich um die Eintauchstelle bilden. Dann greift Vagn nach einem faustgroßen Stein und wirft diesen ebenfalls. Wieder betrachten sie die Ringe auf der Wasseroberfläche.

»Wann?«

»Du sollst ab jetzt jeden Abend hierherkommen, bis du abgeholt wirst.«

»Von wem?«

»Das wurde nicht gesagt. Du sollst schon heute Abend hier warten. Ich kann dich gegen Mitternacht begleiten.«

Vagn nimmt einen neuen Stein und wirft ihn.

»Du musst leichtes Gepäck haben«, fährt Elin fort.

»Verstehe. Was gibt es sonst noch?«

»Die Personenschutzabteilung will meine Bewegungsfreiheit einschränken.«

Vagn schweigt einen Augenblick. Dann sagt er: »Ich habe eine Menge gesehen, was ich nicht hätte sehen dürfen. Darum muss ich wohl auch verschwinden. Bei einer Sache, die ich erfahren habe, geht es um dich.«

»Bei was?«

»Es scheint so, als würden Karin und ihr Mitarbeiter glauben, dass du irgendein Spezialwissen besitzt, dass du über einen Code oder so verfügst. Besonders jemand mit dem Benutzernamen Paleface ist bei dieser Frage äußerst aktiv. Wo Paleface sonst noch beteiligt ist, weiß ich aber nicht. Es ist schwer, die Passwörter um Paleface herum zu entschlüsseln.«

»Meinst du, dass ich am Leben bleiben soll, weil ich im Besitz von Informationen bin, die sie haben wollen?«

»Das ist möglich.«

Elin nimmt einen Stein und wirft ihn weit hinaus. »Das hieße dann, dass ich in dem Moment, in dem sie bekommen, wonach sie suchen, für sie wertlos werde. Dann erhalte ich keinen Schutz mehr und die Borlänge-Gang hat freie Bahn. Wollen wir zurückschwimmen?«

Als sie den Strand erreichen, versuchen Klein-Gunnar und Gerda immer noch, auf Vidars Rücken zu reiten.

Plötzlich kreischt Gunnar auf, macht einen Satz zur Seite und fängt an laut zu heulen.

Vidar richtet sich auf, geht zu dem Jungen und nimmt ihn hoch. Klein-Gunnar heult noch mehr, die Tränen schießen und Vidar betrachtet seinen Oberarm. »Gerda hat ihn gebissen.«

Etwas später reiten Elin und Vagn mit den Pferden ins Wasser und schwimmen neben ihnen her.

Als der Abendwind kommt, sitzen sie alle zusammen im Schatten unter dem Tuch. Vidar liest den Kindern eine Geschichte vor und Elin liegt auf dem Rücken, hört zu und blickt über den See, während Vagn mit gekreuzten Beinen dasitzt und kleine Steinchen in die Luft wirft.

Als Elin Black in seine Box stellt, erhält sie eine Nachricht von Sara Schiffert: *Morgen früh um sieben ist ein Termin frei. Möchtest du kommen?*

51

Mård liegt mit aufgestütztem Kopf da und betrachtet Maya und das Kind. »Ich finde, sie sieht nicht aus wie eine Ejan. Sie sollte Jane heißen, wie die Freundin von Tarzan.«
Maya hat den Blick auf das Kind gerichtet. »Ich habe mit meiner Mutter gesprochen, während du draußen warst. Mein Vater weigert sich herzukommen.«
»Vielleicht ändert er seine Meinung noch?«
»Meine Mutter fährt nicht selbst und sie haben nur ein altes Auto mit Lenkrad.« Maya legt das Kind an die andere Brust und das Mädchen trinkt weiter.
»Ich habe über die Sache mit dem Waldbrand nachgedacht«, sagt Mård. »Es heißt, dass sie mehr Freiwillige brauchen, und ich überlege, ob ich nicht runterfahren soll, für einen Tag vielleicht, und beim Löschen aushelfe.«
»Das würde meinem Vater gefallen.« Maya klingt überrascht.
»Ich mache es nicht wegen ihm.«
»Er würde es trotzdem gut finden.«
»Ich könnte morgen fahren.«
»Warum warten? Sie brauchen doch jetzt Hilfe.«
»Okay.« Mård steht auf. »Ich fahre gleich.«
»Ruf an und erzähl, wie es ist.«
»Klar.« Mård beugt sich über das Bett und küsst Maya auf die Stirn. Er streicht über die Wange des Babys und geht dann hinaus.

Foxy liest ihm vor, und als sie ankommen, parkt der Wagen auf einer Wiese, wo ein Ordner ihnen einen Platz zuteilt. Auf der Wiese stehen um die fünfzig zivile Autos und ein grüner Militärbus.

Mård geht zu einem Ordner, der ein Namensschild trägt, auf dem *Lindgren* steht. Es sitzt schief und scheint sich gleich von der Brusttasche zu lösen. »Ich bin ein Freiwilliger. Wo kann ich mich melden?«

Lindgren zeigt ihm die Richtung mit ausgestreckter Hand an. »In dem Zelt da drüben.«

»Danke.« Mård geht hinüber zum Zelt. Der Brandgeruch wird jetzt immer durchdringender, auch wenn kein Rauch zu sehen ist. Er trifft auf einen Mann und eine Frau in fleckigen Overalls, die beide weiße Helme in den Händen halten. Sie nicken ihm zu.

»Da drüben«, sagt die Frau, »wenn du ein Neuer bist.«

»Danke.« Er nimmt sein Mobil und ruft Maya an. »Ich bin jetzt da und auf dem Weg zur Registrierung.« Mård hält das Mobil in die Höhe und schickt ihr ein paar Bilder. »Es kommt mir vor, als ob ich Teil einer großen Sache wäre.«

»Ich habe mit meiner Mutter gesprochen«, sagt Maya. »Sie hat sich gefreut und gesagt, dass das alles verändern könnte. Sie wird es meinem Vater erzählen.«

»Ich melde mich, wenn ich bei der Brandstelle angekommen bin.«

»Sei vorsichtig, du darfst keine Risiken eingehen.«

»Wir sind so viele hier«, sagt Mård. »Guck mal, die Autos. Jetzt kommt auch noch ein Hubschrauber. Bis später!« Er beendet das Gespräch und der Hubschrauber donnert dicht über den Baumwipfeln in Richtung Westen vorüber.

Mård betritt das Zelt. Fünf Männer und zwei Frauen in ziviler Kleidung stehen vor einem Tisch, hinter dem eine Frau in Overall vor einem Computer sitzt. Erst als er vor ihr steht, blickt sie von ihrer Tastatur auf und sieht ihn an. Er erkennt sie sofort wieder, sein Herz schlägt schneller und sein Mund wird trocken.

»Hallo, Edla«, sagt er und sein Blick wandert von ihrem Namensschild, auf dem *Larsson* steht, zu ihrem müden Gesicht.

Sie bewegt kaum die Lippen. »Hallo, Mård. Du kannst doch mit einer Motorsäge umgehen?«
»Ja.«
Sie streckt ihre Hand aus. »Darf ich mal dein Mobil haben?«
Er reicht es ihr und sie steckt es in ein Lesegerät. Dann nimmt sie es wieder heraus und gibt es ihm zurück.
Sie deutet mit dem Daumen über ihre Schulter. »Das grüne Zelt da hinten.«
Der Drucker auf dem Tisch zwischen ihnen spuckt ein Blatt Papier aus, Edla setzt ihre Unterschrift darunter und händigt es Mård aus. »Gib das hier ab.« Sie beugt sich ein Stück zur Seite und sieht die Person, die hinter Mård wartet, an. »Der Nächste!«
Mårds Mund wird ganz trocken und er zögert kurz, dann rührt er sich.
»Der Nächste!«, wiederholt Edla Larsson laut.
Mård verlässt das Zelt, geht über den Rasen und steuert auf das grüne Zelt zu. Dort werden ihm Latzhosen mit eingenähtem Beinschutz ausgehändigt, ein Paar Handschuhe und ein weißer Helm mit Rußflecken darauf.
»Der graue Bus.« Der Mann, der ihm die Ausrüstung überreicht hat, zeigt ihm, wo es langgeht. »Du bist der letzte Mann. Beeilung.«
In Gedanken bei Edla steuert Mård auf einen Minibus zu, an dessen Steuer eine Frau mittleren Alters mit grüner Schirmmütze sitzt, hinter ihr fünf Männer in Overalls mit Helmen auf den Knien. Als er in den Bus klettert, drückt sich ein übernächtigt aussehender Mann noch tiefer in den Sitz.
»Tür zu!«, kommandiert die Frau.
Mård wirft die Tür zu und der Bus setzt sich in Bewegung.
Als sie sich dem Brandgebiet nähern, wird der Rauchgeruch immer penetranter und nach einer Weile erkennt man Rauchschwaden, die aus dem Inneren des Waldes längs des Wegs aufsteigen. Der Bus

hält an einer Lichtung, auf der schon zwei weitere Busse abgestellt sind.
Sie steigen aus und die Frau, die hinter dem Steuer saß, öffnet den Kofferraum. Sie hebt vier Motorsägen heraus. Einer der Männer stellt sechs Benzinkanister auf den Boden, ein anderer holt Wasserflaschen aus dem Wagen. Die Flaschen haben Gurte, mittels derer man sie sich über die Schultern hängen und um die Taille binden kann, damit sie bei der Arbeit nicht im Weg sind.
Der Rauch steigt jetzt in dicken Schwaden zwischen den hochgewachsenen Tannen empor, sodass er in den Augen beißt. Die Männer wischen sich mit dem Handrücken die Tränen aus den Augenwinkeln.
Die Frau sieht sich um. Sie zeigt auf die Sägen. »Ist jemand dabei, der nicht weiß, wie die hier funktionieren?«
Die Männer tauschen Blicke aus. Ein kleiner Mann mit sehr blauen Augen und beinahe weißen Haaren blickt sich um. »Das wird schon hinhauen«, sagt er, als würde er mit sich selbst sprechen.
Die Frau zeigt auf ihn. »Lappalainen übernimmt das Kommando. Viel Glück!« Mit diesen Worten klettert sie wieder auf den Fahrersitz, startet den Bus und fährt den gleichen Weg, den sie gekommen ist, zurück.
Der Rauch brennt in der Nase.
»Also, Jungs«, sagt Lappalainen. »Ihr habt schon einmal eine Säge bedient und wisst, wie es läuft. Es kann sein, dass wir lange sägen müssen – bestimmt bis zum Abend, vielleicht sogar bis in die Nacht hinein. Dann werden die Arme müde und Unfälle können passieren. Der linke Oberschenkel nimmt für gewöhnlich die Kette an, während sie noch läuft und das macht Löcher in die Hosen. Sie sind aber geschützt, vom Knie bis zur Leiste. Am Sack ist nichts gepolstert, da müsst ihr also selbst drauf aufpassen. Wir werden in einer Reihe arbeiten, in einem Abstand von zwanzig Metern. Die

Brandschneise muss breiter werden und wir fällen immer von der Schneise weg. Wenn ihr fertig mit Fällen seid, müsst ihr abästen. Danach werden wir die Stämme abtransportieren, damit so wenig Brennbares wie möglich liegen bleibt.« Er sieht die Männer an. »Vergesst nicht zu trinken. Ich werde in der Mitte bleiben. Falls ihr einen Moment Pause braucht, ist das nichts, wofür ihr euch schämen müsst. Jeder kann müde werden und es ist gut, sich dann auszuruhen. In zwei Stunden kommen Kaffee und Brote.« Er zeigt auf eine graue Holzkiste mit Deckel.

»Da drin ist Klopapier. Wenn ihr scheißen müsst, macht das außerhalb der Brandschneise, damit niemand reintreten muss. Außerdem ist natürlich auch Verbandszeug da drin. Nehmt euch zur Sicherheit gleich ein Verbandspäckchen mit. Es soll vorkommen, dass sich Menschen mit der Säge verletzen. Gibt es Fragen?«

Die Männer schauen sich an und schweigen.

»Es soll morgen früh Regen geben«, spricht Lappalainen weiter. »Aber man weiß nie, ob man dem trauen kann. Ich habe Sauermilch da, falls jemand seine Kette reinigen muss. Also los.« Lappalainen dreht sich auf dem Absatz um, nimmt seine Säge in die rechte Hand und das Benzin in die linke.

Sie gehen im Gänsemarsch, mit Lappalainen an der Spitze. In der einen Hand die Säge, in der anderen den Fünfliterkanister. Als sie noch hundert Meter von der Brandschneise entfernt sind, bleibt Lappalainen stehen und die Männer stellen sich um ihn herum auf. Er zeigt nach vorne.

»Die Schneise sollte doppelt so groß wie die hier werden. Wenn es anfängt zu stürmen, können die Wipfel Feuer fangen, dann breiten sich die Flammen aus und die ganze Arbeit mit der Schneise ist dahin. Zwanzig Meter Abstand. Bringt die Stämme weg von der Schneise. Und abästen. Und habt immer das Benzin im Blick. Dann legen wir los!« Damit stellt Lappalainen das Benzin auf einen

Baumstumpf. Er hat die Säge in der linken Hand und die rechte Faust umfasst die Anreißleine. Dann bringt er die Säge in Gang.
Die anderen machen es ihm nach, mehr oder weniger erfolgreich. Einem fettleibigen Mann, der Schwierigkeiten hat, seine Säge anzuwerfen, kommt Lappalainen zu Hilfe. In der Zwischenzeit verteilen sich die Männer längs der geplanten Schneise.
Mård sucht sich eine dichte, hochgewachsene Kiefer aus. Er setzt die Kerbe so, dass der Baum in Richtung Wald fällt, tritt auf die andere Seite des Stamms und fängt an zu sägen. Die weißen Späne rieseln ihm über die Stiefel, er hat die Säge gut angesetzt. Als er den Stamm fast durchtrennt hat, stellt er die Säge ab und stemmt beide Hände gegen den Baum. Mit all seiner Kraft drückt er dagegen und langsam, fast unmerklich beginnt sich der Stamm zu bewegen. Dann nimmt er an Fahrt auf und fällt mit lautem Getöse zu Boden, sodass die Erde unter Mård für einen Augenblick vibriert. Anschließend ist alles wieder still und der Rauch brennt mehr denn je in Nase und Rachen.
Mård beobachtet, wie ein Baum nach dem anderen fällt, und lauscht dem Heulen der Motorsägen. Als er mit dem Abästen beginnt, breitet sich in ihm ein so tiefes Gefühl der Zufriedenheit aus, dass er laut lachen muss.

Nachdem Elin Gerda hingelegt hat, geht sie zum Wohnmobil auf der Anhöhe. Die Tür steht offen und Kalle und Miriam sitzen draußen auf ihren Klappstühlen mit Kaffeetassen in den Händen, zwischen ihnen ein Campingtisch.
»Gut, dass du kommst«, sagt Miriam. »Du kannst nicht zu dem Treffen in Älvdalen fahren.«
»Warum nicht?«
»Morgan will ab sofort deine Ausflüge absegnen und gegen diesen hat er etwas.«

»Ist es so gefährlich in Älvdalen?«
Miriam zuckt mit den Schultern und Elin wartet auf eine Antwort, aber es kommt nichts weiter.
»Ich muss morgen früh in Idre sein.«
»Das muss ich mit Morgan besprechen.«
Elin wirft einen Blick in das Wohnmobil und sagt dann: »Wenn ich in der nächsten halben Stunde nichts von dir höre, gehe ich davon aus, dass wir hinfahren.«
Miriam nickt, und als Elin den Hang ein Stück nach unten gegangen ist, hört sie wie Kalle und Miriam hinter ihr in Gelächter ausbrechen, als hätte ihnen jemand gerade eine besonders lustige Geschichte erzählt.

Später holen Elin und Vagn die Pferde aus dem Stall. Sie reiten zum Wohnmobil hinauf. Vagn hat die Büchse über dem Rücken.
»Wir reiten zum Ripsee«, erklärt Elin, als Miriam die Tür öffnet. Sie ist barfuß, ihre Zehennägel sind tomatenrot lackiert und sie trägt kurze graue Shorts und ein weißes Hemd.
»Ich habe die hier dabei«, sagt Vagn und zupft am Gewehrriemen.
»Niemand erwartet, dass ich mitten in der Nacht ausreite«, sagt Elin. »Es kann nicht gefährlich sein.«
Miriam runzelt die Stirn. »Ich muss das mit dem Büro absprechen.«
Nachdem sie im Wohnmobil verschwunden ist, guckt Kalle hervor, in weißen Boxershorts und einem dunkelblauen T-Shirt auf dem *I'll kill ya for nothin* gedruckt steht.
»Wir sind als Kinder häufig in den Sommernächten schwimmen gegangen«, erzählt Vagn.
Kalle streicht sich über das Kinn und mustert Elin. »Es ist nie zu spät für eine glückliche Kindheit«, philosophiert er. »Ist das Wasser denn warm?«
»Sechzehn Grad, vielleicht siebzehn.«

Miriam kommt zurück. Sie hat ihre blaue Uniformjacke mit dem Schriftzug *POLIZEI* angezogen. Sie ist zwei Nummern zu groß, die Hände verschwinden in den Ärmeln. Sie rollt den linken Ärmel bis zum Ellenbogen auf und sieht aus, als wäre sie mit ihren Gedanken ganz woanders. »Es ist okay. Aber bleibt nicht zu lange weg. Es ist jetzt halb zwölf. Melde dich in einer Stunde, damit ich weiß, das alles in Ordnung ist.«
Vagn salutiert mit zwei Fingern an der Stirn und die Geschwister reiten los.
Sie sind kaum außer Sichtweite, da reitet Vagn dicht an Elin heran. »Wenn die beiden kein Liebespaar sind, dann weiß ich auch nicht.«
»Glaubst du?«
»Sie hatte sein Hemd an.«
Als sie den Sandstrand erreichen, sitzen sie ab. Die Pferde stehen schnaubend hinter ihnen. Vom Norden des Sees her hört man ein Knallen. Es ist ein Biber, der mit seinem breiten Schwanz auf das Wasser schlägt. Obwohl es Mitternacht ist, ist es immer noch so hell, dass man ein Buch lesen könnte.
In dem Augenblick wird ein kleines Flugzeug in nördlicher Richtung sichtbar – es fliegt zwischen den Bergkämmen hindurch, so tief, dass es aussieht, als könnten sich seine Schwimmer an den Wipfeln der Birken verhaken. Das Flugzeug sinkt über dem See hinab, landet auf dem Wasser und kommt mit kreiselnden Propeller an den Strand herangeschwommen.
»Nur der Pilot«, sagt Vagn, steht auf, stellt sich zwischen die Pferde und hält beide mit je einer Hand am Zaumzeug fest.
»Ich weiß, wer der Pilot ist«, sagt Elin.
Der Motor wird abgeschaltet und Stille breitet sich aus. Die Königin beugt sich über den leeren Sitz und öffnet die Tür.
Vagn reicht Elin die Büchse und gibt ihr einen Kuss auf die Wange. Dann steigt er ins Wasser. Es reicht ihm bis über die Knie, ehe er die

kleine Tasche hineinreichen kann. Er setzt einen Fuß auf den Schwimmer, klettert ins Flugzeug und schließt die Tür hinter sich. Die Königin winkt und Elin winkt zurück. Das Flugzeug startet und dreht, es prescht über den See, hebt ab, fliegt auf die Berge zu und verschwindet.

52

Der Rauch breitet sich über den Stümpfen in der Schneise aus, wie entkräfteter Nebel legt er sich über ein Land, das sich vor sich selbst verstecken will.

Zwischen den Stämmen ist es fast dunkel. Ein kleiner Mann mit blauen und grünen Tätowierungen im Gesicht und eine Frau mit großem Busen stoßen zu der Gruppe – beide tragen einen Rucksack. Sie stellen das Gepäck auf den Boden und holen Thermoskannen mit Kaffee, Wasserflaschen, hart gekochte Eier, belegte Brote und Mettwurst daraus hervor.

»Wir lassen den einen Rucksack hier«, verkündet die Frau. »Bringt bitte die Thermoskanne wieder mit, wenn ihr aufbrecht.«

Dann verschwinden die beiden wieder, zuerst der Mann, dahinter die Frau.

Die Arbeiter sammeln sich um Lappalainen und setzen sich im Halbkreis auf einige Tannenzweige, die sie heranziehen. Mård sitzt ein bisschen vor den anderen, so als wäre er der Wortführer der Vereinigung der schweigsamen Männer von Dalarna.

»Weiß jemand, wie viel Uhr es ist?«, fragt der Dicke.

»Viertel nach zwölf.«

»Sollen wir weitermachen?«, fragt ein rothaariger junger Mann. Er

blickt mit offenem Mund in Richtung Rauch, gebannt und mit Tränen in den Augenwinkeln.
»Wir machen nach dem Kaffee weiter«, sagt Lappalainen. »Jetzt ruhen wir eine Weile aus und dann bündeln wir die Zweige und bringen alles in den Wald. Ihr habt gute Arbeit geleistet. Ich hoffe, niemand ist zu Schaden gekommen?«
Die Männer sehen einander an. Niemand blickt zu Mård.
»Braucht jemand die Sauermilch?«
Der Junge und der Dicke heben beide die Hand. Der Dicke hat Ringe an drei Fingern, auf einem davon prangt ein Totenschädel.
»Ich kümmere mich nach dem Kaffee darum«, verspricht Lappalainen. »Hat jemand schon mal eine Kette auf diese Weise gereinigt?«
Niemand antwortet.
»Es ist nicht weiter schwer«, behauptet Lappalainen, »aber ein bisschen Fingerspitzengefühl muss man schon beweisen.«
Die Männer legen sich ausgestreckt auf die Tannenzweige und sprechen über das Feuer, sein Entstehen und seine Verbreitung. Mård sagt etwas über die Windrichtung, aber niemand scheint ihn zu hören. Niemand außer Lappalainen scheint überhaupt zu bemerken, dass er anwesend ist.
»Kannst du mir mal die Thermoskanne geben«, bittet Mård den Mann neben sich. Doch der reagiert nicht und auch sonst niemand, bis Lappalainen sich schließlich nach der Kanne ausstreckt und sie Mård hinhält.
»Ich glaube, da ist nichts mehr drin«, sagt Lappalainen.
»Nichts drin im Kopf«, murmelt ein großer Mann in einer grünen Jacke mit vielen Taschen. Er steht auf und spuckt in die Schneise.
Mård schraubt den Verschluss auf und lässt die letzten Tropfen Kaffee in seinen Becher rinnen.
»Man kann leicht von einem Baum begraben werden«, sagt der Mann, der gerade aufgestanden ist. »Das ist schon vorgekommen.«

Er spuckt wieder aus und guckt unbeteiligt, als würde er mit dem Wald reden.
Mårds Mund wird trocken und er legt sich auf den Rücken.
Eine Weile später stehen sie alle auf und Lappalainen zeigt auf die Schneise.
»Die Äste müssen jetzt weg. Bildet keine Haufen, verteilt das Ganze.«
Im Halbdunkeln straucheln die Männer Äste schleppend zurück in den Wald, wie Schatten bewegen sie sich zwischen den Bäumen.

Im Morgengrauen kommt der Regen.
Anfangs regnet es noch nur schwach, aber nach einer halben Stunde wird der Regen so stark, dass die Männer sich unter den dichtesten Tannen versammeln. Nach einer weiteren halben Stunde peitscht der Regen regelrecht und Lappalainen bekommt eine Meldung auf sein Mobil. Er steht allein mit Mård unter einer der großen Tannen und ruft den Männern, die etwas weiter entfernt stehen, zu: »Wir werden in einer Viertelstunde abgeholt!«
Die Männer packen Sägen und Benzinkanister zusammen und schleppen alles auf den Waldweg. Als sie sich dort versammeln, ist der kleine Bus noch nicht da.
»Völlig durchnässt«, sagt Mård und sieht sich um. Niemand scheint gehört zu haben, was er gesagt hat.
Zwei Männer unterhalten sich über Fußball und einer von ihnen lacht.
Dann kommt der Bus, in dem bereits andere Helfer sitzen.
Der Fahrer ruft ihnen durch die halb geöffnete Tür zu: »Es kommt gleich noch ein anderer Bus. Einer muss warten.«
Mård meldet sich: »Ich kann mit dem nächsten fahren.«
»Er kommt in zehn Minuten«, verspricht der Fahrer. Dann verschwindet der Bus.

Der Regen nimmt zu und prasselt auf ihn herunter, aber Mård bemüht sich nicht, sich unter einem Baum unterzustellen.
Schließlich kommt ein Bus mit drei Passagieren an Bord. Mård lädt Säge und Kanister in den Kofferraum.
»Auf dem Parkplatz gab es ein Feuer«, erzählt der Fahrer. »Ein paar Autos sind beschädigt.«
»Was mag die Versicherungsgesellschaft dazu sagen?«, murmelt einer der Männer. »So etwas ist wohl höhere Gewalt.«
»Höhere Gewalt«, murmelt ein anderer Mann. »Frag mich mal nach höherer Gewalt, bei mir war alles überschwemmt vor fünf Jahren. Wir haben geklagt, aber keine Öre zu sehen bekommen.«
Der Regen hämmert auf das Dach und die Männer erzählen von den Auseinandersetzungen mit der Versicherungsgesellschaft.
Als der Bus den Parkplatz erreicht, sind die Hälfte der Autos und auch der Militärbus verschwunden. Von denen, die noch übrig sind, stehen fast alle auf der gegenüberliegenden Seite, nur Mårds Auto nicht. Ein paar Meter von dem entfernt, was einmal der Kühler gewesen war, entdeckt er einen Benzinkanister. Das Auto ist vollkommen ausgebrannt.
»Ach du Scheiße«, sagt der Mann, der eben noch über höhere Gewalt gesprochen hat. »Da hat aber einer wirklich verdammtes Pech gehabt.«
»Was wohl die Versicherungsgesellschaft dazu sagt?«, murmelt der andere.
Die Männer steigen aus dem Bus, nehmen die Sägen und Kanister und gehen in das Registrierungszelt. Mård bleibt an den Überresten seines Autos stehen. Wieder und wieder wischt er sich die Wangen ab, der Regen tropft vom Rand seines Helms auf das Hemd.
Schließlich geht er ebenfalls zum Zelt und stellt seine Säge und den Kanister neben den anderen Geräten am Eingang ab.
Edla Larsson sitzt noch an ihrem Schreibtisch.

»Ich bin jetzt zurück. Die Säge und der Kanister stehen da hinten. Was soll ich mit den Kleidern machen?«
»Du kannst sie in die Ecke legen«, murmelt Edla, ohne von ihrem Bildschirm aufzusehen.
Mård bleibt stehen, wo er ist. »Mein Auto hat gebrannt. Kann mich jemand nach Hause bringen?«
Edla blickt ihn immer noch nicht an. »Wer könnte das gewesen sein?«
»Egal«, sagt er.
»Du musst wohl jemanden fragen«, rät sie.
Mård steht noch eine Weile da und guckt sie an, aber Edla beachtet ihn nicht weiter. Schließlich streckt sie ihre Hand nach dem Radio aus und schaltet es an.
»Und jetzt«, kündigt eine Männerstimme an, »ein echter Oldie!«
Eine Frau in einem kurzen marineblauen Kleid und einer grauen Jacke kommt herein. Sie geht auf Edla zu und beugt sich zu ihr. Auf die Tischplatte aufgestützt flüstert sie ihr etwas ins Ohr. Mård scheint sie nicht zu bemerken, es ist weiterhin so, als gäbe es ihn gar nicht.
»Ich fahre gleich heim und schlafe ein Weilchen«, flüstert die Frau im Kleid so laut, dass Mård es hören kann.
Edla erhebt sich, legt der Frau einen Arm um die Taille und greift nach ihrer Hand. Dann tanzen sie zur Musik.
Mård sieht ihnen eine Weile zu. Schließlich geht er zu der Ecke, in der die abgegebenen Kleider liegen, wirft seine Handschuhe und den Helm auf den Berg und zieht sich die Arbeitshose aus. Die Jeans, die er darunter trägt, ist durch und durch nass. Als er hinaus in den Regen geht, tanzen Edla und die Frau im Kleid immer noch.
Er betrachtet gerade die Reste seines niedergebrannten Autos, als Lappalainen in einem Volvo mit einer Unmenge von Scheinwerfern und einer mit Aufklebern verzierten Heckscheibe angefahren

kommt. Das Auto hat ein kleines Lenkrad, das mit einem Gummiüberzug versehen ist.
Lappalainen hält an und lässt Mård einsteigen. »Das Auto gehört meinem Jungen«, sagt er.
Daraufhin schweigen sie und Mård wird oben an der Straße bei der Bushaltestelle herausgelassen.
»Danke fürs Mitnehmen«, sagt er, bevor er die Autotür zuschlägt.
Der Sitz, auf dem er gesessen hat, ist durchnässt, und wo seine Füße abgestellt waren, hinterlässt er eine kleine Pfütze.
»Gute Arbeit!«, lobt ihn Lappalainen.
Der Volvo verschwindet auf der regennassen Straße und Mård ruft Burman an.
Eine Frau in Regenhose, Stiefeln und Plastikponcho kommt vorbei. Sie bleibt stehen und mustert Mård. Ihr Mund steht offen, als hätte sie Probleme, Luft zu bekommen.
»Du riechst nach Rauch. Bist du bei der Brandstelle gewesen?«
»Ja.«
»Was für ein Segen, dass es Menschen gibt, die sich kümmern und zur Stelle sind. Die Leute hier sind Ihnen zu Dank verpflichtet. Ich möchte jedenfalls Danke sagen, im Namen aller hier.« Sie streckt die Hand aus und tätschelt ihn am Ellenbogen.
Schließlich kommt der Bus. Als er vorübergefahren ist, fängt Mård an zu frieren. Nach einer Weile zittert er regelrecht.
Etwas später kommt Burman.
Mård zieht sich das Hemd, die Stiefel, Strümpfe und die Jeans aus, ehe er ins Auto steigt. Er legt alles auf den Fußboden.
Burman gibt dem Auto Anweisung, wohin sie möchten, dann sagt er: »Du kannst mein Hemd leihen, ich habe ein T-Shirt drunter.«
Mård dankt ihm zähneklappernd und bittet ihn, die Heizung höher zu schalten. Burman zieht das Baumwollhemd aus und Mård streift es sich über.

»Edla Larsson war für die Registrierung zuständig«, erzählt Mård nach einer Weile.
»Ach du Scheiße.«
»Sie haben mein Auto angezündet.«
»Wer?«
»Keine Ahnung. Einer hat davon gesprochen, dass es leicht passieren kann, unter einem Baum begraben zu werden.«
»Schweine.«
»Sie werden mir die Freude nicht verderben. Ich bin jetzt Vater! Ich kaufe ein neues.«
»Du kannst gleich anrufen, wenn du magst.«
»Es ist noch zu früh, er ist noch nicht auf.«
»Ruf ihn an und hinterlass eine Nachricht.«
»Ich werde genauso eins wieder haben.«
»Verdammt noch mal«, sagt Burman.
Mård versinkt in Gedanken und sie schweigen, bis Burman in den Hof einfährt, in dem das Wasser zentimeterhoch steht.
»Ich will mit dem ganzen Scheiß nichts mehr zu tun haben«, sagt Mård, als er die Autotür öffnet. »Ich will, dass du mich rauskaufst.«

53

Als Miriam an die Tür klopft, ist Elin gerade fertig mit dem Frühstück. Miriam ist wie sie in Jeans und Jeansjacke gekleidet und hat die Haare zu einem Pferdeschwanz gebunden. Miriam lehnt sich an den Türrahmen.
Anna kommt mit Gerda auf dem Arm dazu und Elin küsst ihre Tochter auf die Wange.

»Ich bin heute Abend zurück.«
Gerda dreht sich von Elin weg und drückt das Gesicht an Annas Hals.
»Fahrt vorsichtig«, mahnt Anna.

Im Auto sagt ein Mann mit dunkler Stimme den Wetterbericht auf und interviewt eine weibliche Meteorologin. Dann folgen die üblichen Informationen darüber, welche Geschäfte auf ihrem Weg nach Idre Rabattaktionen anbieten.
»Ich habe keine Regenkleidung eingepackt«, sagt Elin. »Wie konnte ich das nur vergessen?«
»Es müssten Regenjacken auf dem Rücksitz liegen«, meint Miriam, doch als sie später nach ihnen suchen, sind keine Jacken auffindbar.
Vor Saras Haus steht ein Wagen des Nachrichtensenders. Als Elin darauf zugeht, erkennt sie zwei Frauen auf den Vordersitzen. Beide haben helle Pferdeschwänze – sie könnten Geschwister sein. Eine der beiden lässt die Fensterscheibe auf ihrer Seite ein Stück herunter, aber nicht ganz. Sie sieht aus, als würde sie sich in Gedanken die Party zu ihrem nahenden fünfundzwanzigsten Geburtstag ausmalen.
Elin beugt sich vor und blickt in den Wagen. »Woher wussten Sie, dass ich hierherkommen würde?«
Die Frau, die ihr am nächsten sitzt, schürzt die Lippen und sieht für einen Moment sehr viel älter aus. Sie blickt finster drein. »Es ist verboten, Nachforschungen zu unseren Quellen anzustellen. Wenn du noch mehr Fragen stellst, werde ich Anzeige erstatten.«
»Alles, was du sagst, wird aufgezeichnet«, wirft die andere Frau ein.
Elin wird lauter. »Hören Sie etwa mein Mobil ab?«
»Die Presse hat da so ihre Möglichkeiten«, sagt ihre Kollegin. »Quellen aufzuspüren ist ein ernst zu nehmendes Verbrechen.«

»Was hast du da drinnen vor?«, fragt die andere Reporterin mit honigsüßer Stimme. Sie beugt sich vor und deutet auf Schifferts Haus. Ihre Finger sind lang und mit künstlichen weißen Nägeln versehen. »Was hast du da drinnen vor?«, wiederholt sie.
Elin dreht sich auf dem Absatz um und geht ohne ein weiteres Wort mit Miriam zum Eingang.
Sie betreten das Wartezimmer und Elin sieht sich um. Auf dem Tisch liegt ein englisches Taschenbuch. *Compassion* ist der Titel. Miriam setzt sich auf einen der Stühle, streckt die Beine aus, nimmt ihr Mobil heraus und setzt dann ihre Kopfhörer auf.
Die Tür zum Behandlungsraum wird geöffnet und Elin drückt Miriam ihr Mobil in die Hand.
»Willkommen«, sagt Sara und reicht ihr die Hand. Sie trägt Jeans, Jeanshemd, weiße Strümpfe und rote Sportschuhe.
Sie schütteln sich die Hände, Sara schließt die Flügeltür und sie nehmen Platz. Sie sitzen so wie beim letzten Mal.
Elin guckt sich um. »Wo sind die Spielsachen?«
»Im Schrank.«
»Hat jemand sie benutzt, seit ich zuletzt da war?«
Sara antwortet nicht.
Elin betrachtet das Bild mit den Schnitten. »Ich bin auf einem Fest der Königin gewesen und danach mit ihr beim Angeln in Norwegen. Die Königin kommt auch hierher. Vielleicht ist es ihr Buch im Wartesaal?«
Sara schweigt.
»Oder haben Sie es da hingelegt?«
Sara klingt verwundert. »Du glaubst, dass das mein Buch ist?«
»Ist es das nicht?«
»Du scheinst es ja zu glauben.«
»›Compassion‹ heißt Mitgefühl. Vielleicht ist es ja ein Hinweis für mich?«

Sara runzelt die Stirn. »Du glaubst, dass ich dir einen Hinweis gebe, indem ich ein Buch ins Wartezimmer lege?«
Elin spielt an einer Haarsträhne herum, sie ist kurz davor, sie in den Mund zu nehmen und darauf herumzukauen, hält dann jedoch inne. »Vielleicht ist es dann doch nicht Ihr Buch? Vielleicht gehört es der Königin oder jemand anderem. Es ist erst fünf nach sieben. Sie haben wohl viele Kunden? Heißt das Kunde, wenn man Termine bei Ihnen hat? Habe ich das letztes Mal schon gefragt?«
Sara antwortet nicht.
»Es gibt sicher so einige, die finden, dass ich kein Mitgefühl habe«, sagt Elin nach einer Weile.
»Mitgefühl mit wem?«
»Mit denen, die ich getötet habe.«
»Als du zum ersten Mal bedroht wurdest, hattest du Mitgefühl mit dir selbst, beim zweiten Mal mit deiner Familie.«
Beide schweigen.
»Mitgefühl«, sagt Elin nach einer Weile zögerlich, als würde sie sich das Wort auf der Zunge zergehen lassen.
»Wer hat Mitgefühl mit dir?«, fragt Sara.
Der Sturm peitscht den Regen an die Scheibe, hart wie Hagel.
»Ein Glück, nicht draußen sein zu müssen«, sagt Elin. »Ein Glück, drinnen bleiben zu können.«
»Du denkst an die Menschen, die kein Dach über dem Kopf haben und auf das Notwendigste verzichten müssen?«
»Ja.«
»Wer fühlt mit dir mit?«, wiederholt Sara ihre Frage.
Es dauert eine Weile, bis Elin antwortet. »Ich weiß es nicht.«
»Du hast das Gefühl, dass du ganz allein auf dich aufpassen musst, oder?«
Elin wischt sich mit dem Handrücken über die Wange. »Die Tränen kommen immer zuerst im linken Auge.«

»Du fragst dich, wer wohl versteht, wie das ist, Elin zu sein, oder?«
Elin wischt sich mit der Hand über die andere Wange. »Ja, das frage ich mich.«
»Und was glaubst du, wer kann das wohl?«
Elin antwortet nicht sofort. »Vielleicht mein Vater. Er fand mich immer schon stark. Meine Mutter findet mich hart. Ich habe Vagn geholfen zu fliehen. Die Königin hat ihn mit ihrem Flugzeug abgeholt. Ich weiß nicht, wo sie ihn hingebracht hat. Vagn fühlt vielleicht mit mir, aber ich bin mir nicht sicher. Er lebt in seiner eigenen Welt. Lisa ist zu klein. Sie hat offensichtlich nur Gott im Kopf. Ich schätze, wenn es so regnet, sieht sie darin eine neue Sintflut.«
»Du fühlst dich also ziemlich einsam? Abgesehen von deiner Leibwächterin.«
Elin seufzt. »Die, die sich jetzt um mich kümmert, mag mich nicht. Mit Nadia war es anders, wir konnten uns unterhalten. Die, die ich jetzt habe, findet, dass mir alles in den Schoß gelegt wird.«
»Nadia fühlt also mit dir mit? Würdest du Nadia als deine Freundin bezeichnen?«
»Ich habe eigentlich nie Freunde gehabt, nicht mal in der Schule. Vermutlich steht mein Pferd mir von allen noch am nächsten.«
»Ist das nicht eine merkwürdige Aussage?«
Elin runzelt die Stirn. »Warum?«
»Du bist zwanzig Jahre alt und hast eine Tochter, die fast vier ist. Du sagst, dass dein Pferd dir nähersteht als alle anderen.«
»Ich meine nicht wirklich, dass mir mein Pferd am nächsten steht, ich meine nur, dass es sich so anfühlt. Manchmal.«
»Zum Beispiel jetzt?«
»Ja, zum Beispiel.«
Sie schweigen beide.
»Du betrachtest meine Hand«, sagt Sara nach einer Weile.
»Ja.«

»Wonach suchst du?«
»Ich habe mich gefragt, ob Sie vielleicht gar kein richtiger Mensch sind. Sondern ein Roboter.«
»Die es ja gibt.«
Elin lehnt sich im Stuhl zurück. »Was meinen Sie damit?«
»Es gibt robotisierte Therapeuten. Es gibt Bereiche, da ist man sehr weit in diesen Dingen. Es soll wohl manchmal recht gut laufen. Manchmal aber auch nicht so gut. Ich hatte Patienten, denen auf diese Weise geholfen wurde.«
»Sie mussten jedenfalls trotzdem noch zu Ihnen kommen.«
»Roboter können eine gute Ergänzung sein. Du fragst dich also, ob ich ein richtiger Mensch bin.«
»Karin …«
»Deine Tante, die Ministerin?«
Elin nickt. »Sie hat gefragt, ob ich für Gerda einen Roboter als Lehrer haben möchte.«
»Und was hast du geantwortet?«
»Dass ich darüber nachdenke.«
»Und zu welchem Schluss bist du gekommen?«
»Mir gefällt der Gedanke nicht.«
»Was wirst du deiner Tante also sagen?«
»Dass ich es nicht für nötig halte, dass Gerda einen Roboter kennenlernt.«
»Und was würde es für dich bedeuten, wenn ich ein Roboter wäre?«
»Ich glaube eigentlich nicht, dass Sie ein Roboter sind.«
»Aber sicher bist du dir nicht.«
»Nein.«
»Das ist also etwas, mit dem du im Augenblick leben musst. Dass du nicht weißt, wen du vor dir hast. Wie läuft es mit Gerda?«
»Ich war gestern zu Hause und da lief alles gut, aber sie hat ein anderes Kind gebissen.«

»Welches Kind?«
»Den Sohn von Ida und Vidar. Er heißt Gunnar, wird Klein-Gunnar genannt und ist ein paar Monate jünger als Gerda – aber das habe ich bestimmt letztes Mal schon erzählt.«
»Ida ist Haralds Schwester?«
»Ja. Ist das wichtig?«
»Ich wollte nur wissen, ob es für dich wichtig ist. Deine Beziehung zu Ida ist vermutlich eher ambivalent?«
»Sie denkt wohl immer noch, dass es meine Schuld ist, dass ihr Bruder getötet wurde. Und ich habe eine Weile lang geglaubt, dass sie es war, die Harald umgebracht hat.«
»Du dachtest, dass Ida ihren Bruder umgebracht hat. Das hast du beim letzten Mal gesagt.«
»Ja.«
»Und Klein-Gunnar ist Idas Sohn und Gerda deine Tochter. Das klingt, als würde diese Ambivalenz möglicherweise auch zwischen den Kindern bestehen.«
»Wie soll das gehen? Die Kinder wissen doch nichts von dem, was passiert ist, bevor sie geboren wurden.«
»Hast du schon mal den Ausdruck gehört: Kleine Töpfe haben auch Ohren?«
»Ja, aber Klein-Gunnar und Gerda sind noch so klein. Sie können solche Sachen nicht verstehen.«
»Etwas misszuverstehen ist manchmal auch eine Art von Verständnis.«
Elin schweigt eine Weile, dann fragt Sara Schiffert: »Hast du wieder Angstattacken gehabt?«
»Nicht richtig.«
»Was heißt ›nicht richtig‹?«
»Mir wurde schlecht und ich konnte mich kaum auf den Beinen halten.«

»Wann war das?«

»Wir hatten Ida und Vidar besucht. Klein-Gunnar hat uns ein Geschenk für Gerda mitgegeben. Er wollte, dass sie ihn nie wieder beißt. Als wir auf den Parkplatz hinausgetreten sind, wurde mir ganz schwach und zittrig zumute. Papa meinte, dass ich blass sei. Ich dachte, ich würde gleich umkippen.«

»Ist während des Besuchs bei Ida und ihrer Familie irgendetwas Besonderes vorgefallen?«

»Was sollte das sein?«

»Es klingt nach einem ziemlich bedeutungsschweren Besuch. Du hast geglaubt, dass Ida Gerdas Vater umgebracht hat. Ida schien zu glauben, dass du dafür verantwortlich bist, dass ihr Bruder ermordet wurde. Klein-Gunnar wird von Gerda gebissen und schickt ihr ein Geschenk, damit zwischen ihnen Frieden herrscht. Welche Rolle spielt Vidar bei dem Ganzen?«

»Ich weiß es nicht.«

»Was hältst du von Vidar?«

»Er kann gut mit Klein-Gunnar umgehen und mit Gerda auch. Er kommt ganz toll mit Kindern zurecht, er ist so behutsam und freundlich.« Elin schielt zur Sandkiste. »Haben Sie den Sand geharkt?«

»Sieht es denn so aus?«

»Als ich letztes Mal gegangen bin, standen Figuren in der Sandkiste. Jetzt sind sie im Schrank verstaut und der Sand ist ganz glatt. Aber Sie haben vermutlich viele Besucher seitdem gehabt?«

»Du sagst, dass ich entfernt habe, was du gebaut hast. Vielleicht denkst du ja, dass ich etwas zerstört habe?«

Elin nickt mehrmals und wiegt dazu ihren Oberkörper, als wollte sie ihre Zustimmung unterstreichen. »Erinnern Sie sich, was ich gebaut habe?«

»Ja.«

Elin steht auf und setzt sich an den Rand der Sandkiste. Sie blickt Sara an. »Was habe ich gebaut?«
»Du hast fünf Zaunteile genommen und damit ein Gebiet eingezäunt.«
Elin streckt die Hand nach den grünen Zaunelementen im Schrank aus und stellt sie im Sand auf. »Und dann?«
»Du hast den Indianerhäuptling in die Mitte gestellt.«
Elin nimmt den Indianerhäuptling, dessen Kopfschmuck ihm bis zu den Füßen reicht. Sie stellt ihn in die Mitte des eingezäunten Felds.
»Du hast gesagt, der Indianerhäuptling sei dein Vater und dass er derjenige ist, der bei euch zu Hause das Sagen hat.«
Elin nickt.
»Warum hast du den Indianer gewählt?«, will Sara wissen.
»Wie meinen Sie das?«
Sara zeigt auf den Schrank mit den Spielsachen. »Es gibt Polizisten, einen Bäcker, einen Feuerwehrmann, mehrere Soldaten, einen Reiter, einen Cowboy und noch eine Menge anderer männlicher Figuren. Du hast den Indianerhäuptling gewählt.«
»Ist das so verwunderlich?«
»Nein, gar nicht, ich möchte nur wissen, warum du die anderen ausgeschlossen hast.«
Elin schweigt eine Weile, fährt mit der Hand durch den Sand und glättet ihn dann wieder. »Als ich klein war, hat mir mein Großvater immer von den Indianern erzählt. Von Wikingern und Indianern. Für so etwas hat er sich als Kind interessiert. Er war als Junge in den USA und konnte alle Indianerstämme aufzählen und auf einer Karte zeigen, wo sie gelebt haben. Er hat mir von Büffeljägern erzählt und Filme über Büffel gezeigt. Und wenn er keine Indianergeschichten erzählt hat, hat er von Wikingern erzählt.«
Sara faltet die Hände auf ihren Knien. »Wikinger und nordamerika-

nische Indianer – zwei Kulturen, in denen Frauen nicht gerade hoch im Kurs standen. Höchstens als Gebärende, Handelsware oder Lohn. Bei den Indianer waren außerdem die Pferde von zentraler Bedeutung, oder?«

»Pferde? Und was soll das mit mir zu tun haben?«

»Die nächste Figur, die du hervorgenommen hast, war ein Pferd. Du hast gesagt, dass das Pferd deine Mutter ist, dass sie es ist, die die Familie hauptsächlich versorgt. Und vorhin erst hast du gesagt, dass es ein Pferd ist, das dir am nächsten steht.«

Elin nimmt das schwarze Pferd aus dem Schrank und stellt es neben den Indianer.

»Danach hast du einen Soldaten hervorgeholt. Das war dein Bruder Vagn. Und anschließend hast du nach einer Katze gegriffen. Die sollte dich darstellen. Die Katze hast du weit entfernt von den anderen platziert.«

Elin nickt wieder und wiegt den Oberkörper vor und zurück.

Schiffert spricht weiter: »Als Nächstes hast du die Prinzessin herausgenommen oder Ballerina – was auch immer. Das sollte Gerda sein.«

»Aber ich habe jemanden vergessen«, sagt Elin.

»Du hast deine Schwester vergessen. Was glaubst du, warum?«

Elin verzieht das Gesicht. »Warum? Ich habe sie eben vergessen. Manchmal vergisst man Dinge. Ist das so eine große Sache?«

»Das muss es nicht sein. Aber es kann auch etwas bedeuten, wenn man etwas vergisst.«

»Und was?«

»Es kann etwas oder jemanden geben, an den du nicht denken möchtest.«

»Warum sollte ich nicht an meine Schwester denken wollen?«

»Genau das ist die Frage: Warum solltest du nicht an Lisa denken wollen. Sie heißt doch Lisa, oder?«

»Ja.«
»Welche Beziehung habt ihr zueinander?«
Elin seufzt. »Sie ist elf Jahre alt und gottesfürchtig. Nicht so wie das Leute üblicherweise sind, sondern auf eine ganz eigene Art. Sie benutzt ihre alten Puppen als eine Art Götzenbild und dann tut sie so, als würde sie wie alle anderen an Gott glauben – aber das stimmt nicht. Sie tut nur so. Sie ist eine kleine Götzenanbeterin und redet Gerda lauter seltsame religiöse Sachen ein.«
»Bist du selbst gläubig?«
»Überhaupt nicht.«
»Die Sache mit Lisas Religiosität ist dir also ein Dorn im Auge?«
»Ihre Religion ist mir egal. Ich will nur nicht, dass sie Gerda irgendwelchen Scheiß einredet.«
»Zum Beispiel?«
»Irgendeinen Blödsinn von einem Ort über den Wolken, wo Gerdas Vater angeblich sitzen soll und auf uns herunterblickt.«
»Und du bist der Meinung, dass er das nicht tut?«
»Natürlich.«
»Du siehst dich als eine Katze, deren Platz außerhalb des Zauns, weit weg von einem Zuhause ist. Warum eine Katze?«
»Eine Katze ist selbstständig und macht, was sie will. Eine Katze kann so tun, als wäre sie zahm.«
»Ich habe an eine andere Sache gedacht«, sagt Sara.
»An was?«
»Man sagt, dass eine Katze neun Leben hat.«
Für einen Moment ist es still im Raum.
Schließlich holt Elin die Katze und die Ballerina aus dem Schrank und stellt sie in die Sandkiste. »Jemand ist hinter mir her. Diese Leute haben Geld und Macht und früher oder später werden sie mich kriegen. Und dann bringen sie mich um.«
»Wenn du keine Katze bist.«

»Genau, wenn ich keine neun Leben habe.«
»Wie denkst du darüber, dass es da draußen Menschen gibt, die dich umbringen wollen?«
»Ich denke die ganze Zeit daran. Früher habe ich immer viel geträumt. Jetzt kann ich mich kaum noch an meine Träume erinnern. Ich nehme an, dass ich Albträume habe und mich daran nicht erinnern möchte.«
»Glaubst du, Gerda merkt, dass du Angst hast?«
»Vielleicht.«
»Deine Schwester Lisa bittet vielleicht ihre Götter darum, dass du verschont wirst?«
»So habe ich das noch nie betrachtet. Mein Großvater hat erzählt, dass manche Indianerstämme absolut erbarmungslos waren. Man will gar nicht daran denken, was sie mit ihren Gefangenen gemacht haben.«
»An das, was man mit dir und Gerda gemacht hat, als ihr gefangen wart, will man vielleicht auch nicht denken?«
»Ja, das stimmt.«
»Warum verkörpert ein Indianer deinen Vater?«
»Vielleicht weil er mutig ist? Er wollte sich mit der Borlänge-Gang schlagen, um seine Familie zu verteidigen. Dann wurde er niedergestochen.«
»Aber du warst diejenige, die dafür gesorgt hat, dass niemandem in deiner Familie Schaden zugefügt wurde.«
»Ich habe sie umgebracht, während ihr Sohn zugesehen hat. Sie haben wohl noch einen jüngeren Sohn, aber der war nicht dabei. Ich war kurz davor, den Sohn ebenfalls zu erschießen – er hatte Dynamit bei sich –, aber als er floh, habe ich ihn laufen lassen.«
»Du findest es schlimm, dass dieser Sohn zusehen musste, wie du seine Eltern erschossen hast?«
»Ich kann mich genau daran erinnern, wie er aussah. Er hatte das

Dynamit verloren oder es vielleicht seiner Mutter gegeben. Er war vom Pferd gestürzt. Alle flohen, der Sohn auch. Sie haben nicht verstanden, was passiert ist. Der Mann und die Frau sind einfach gestorben. Ich habe sie erschossen, klammheimlich. Ich wollte auch den Sohn erschießen, aber als er plötzlich losrannte, habe ich innegehalten. Wenn ich den Jungen in den Rücken geschossen hätte, wäre ich wirklich zur Mörderin geworden. Manchmal denke ich daran, wie kurz davor ich gewesen war, den Jungen ebenfalls zu erschießen. Er ist vermutlich so alt wie ich.« Elin seufzt, greift nach der Katze und stellt sie direkt neben den Zaun. Jetzt steht sie ganz nah bei der tanzenden Prinzessin, die Gerda verkörpert. Dann steht Elin auf und durchsucht den Schrank. »Ich frage mich, wer Lisa heute darstellen soll«, sagt sie, Sara den Rücken zugewandt. Als sie sich umdreht, hält sie einen Mann mit rotem Tuch und Schwert hoch. »Lisa spricht Spanisch, nicht viel, aber für eine Elfjährige, die noch nie einen echten Spanier getroffen hat, wirklich gut.« Elin zögert einen Moment, dann stellt sie den Stierkämpfer zwischen Pferd und Indianer, wischt sich den Sand von den Händen und setzt sich wieder auf ihren Stuhl.

»Eine Person, die vorher nicht dabei war, hat einen Platz bekommen«, stellt Sara fest.

Elin betrachtet das Bild mit dem durchgeschnittenen Stoff. »Ich frage mich, ob Skarpheden dabei sein darf. Ich wüsste nicht, wo ich ihn hinstellen sollte. Vielleicht müsste er auf dem Rand der Sandkiste stehen?« Elin steht auf, geht zum Schrank und sieht alle Figuren durch, doch nach einer Weile gibt sie auf und kehrt zu ihrem Stuhl zurück. »Ich kann ihn nicht finden.«

»Du magst Skarpheden wohl?«

»Wir hätten uns noch einmal zum Abendessen treffen sollen, weil unser erstes Treffen durch mein Umkippen ruiniert wurde. Aber ich weiß nicht, wohin das Ganze führen wird.«

Elin sitzt schweigend da. Nach einer Weile fragt Sara, woran sie denkt.

»Es klingt vielleicht komisch«, sagt sie. »Aber ich habe daran gedacht, dass Skarpheden vielleicht stirbt, wenn ich mich noch einmal mit ihm treffe.«

»So wie Harald«, ergänzt Sara.

Elin nickt und erzählt davon, wie sie als kleines Kind reiten lernen sollte und wie Vagn ihr Lehrer war; wie ihre Mutter ihr Mathematik und ihr Großvater ihr Gitarre und Geige spielen beigebracht und ihre Liebe zu Gedichten geweckt hat.

»Was hat dein Vater dir beigebracht?«, fragt Sara.

Elin antwortet nicht gleich. »Er hat mir beigebracht, gleichzeitig Katze und Indianer zu sein«, sagt sie schließlich.

»Was haben sie gemeinsam, die Katze und der Indianer?«

»Beide sind mutig.« Elin wischt sich mit der Handfläche über die Wangen:

»Ich weiß gar nicht, warum ich weinen muss.«

»Vielleicht, weil es ganz schön einsam sein kann, wenn man immer mutig sein muss?«

»Was, wenn Skarpheden auch stirbt?«, fragt Elin.

»Du meinst, weil Harald gestorben ist, muss Skarpheden auch sterben, wenn ihr beide euch näherkommen solltet?«

Elin schüttelt den Kopf. »Nein, das glaube ich nicht. Oder doch, vielleicht genau das. Ich habe auch Angst, dass er sterben muss, weil ich gefährlich bin.«

»Aber du bist doch nicht für alle gefährlich. Oder?«

»Ich weiß nicht.« Elin steht auf, geht erneut zur Sandkiste und setzt sich auf den Rand. Sie nimmt eine Figur nach der anderen hoch, pustet ihnen den Sand ab und stellt sie wieder in den Schrank. Danach glättet sie den Sand, sodass von dem, was sie aufgebaut hat, keine Spur mehr zu sehen ist.

Anschließend bleibt Elin sitzen und betrachtet den glatten Sand. Sie nimmt davon etwas in die Hand und lässt die Körner durch die Finger rieseln. Auf dem Rand der Sandkiste bildet sich ein kleiner Sandberg, kaum sichtbar.
Als die Zeit um ist, stehen Elin und Sara Schiffert auf und geben sich die Hand.
Elin geht hinaus zu Miriam. Sie bekommt ihr Mobil zurück, steckt es in die Tasche und zusammen gehen sie nach draußen, wo es in Strömen regnet.

54

Sie rennen zum Wagen und werfen sich hinein. Das Wasser rinnt Elin über die Wangen. Sie streicht sich ein paar nasse Haarsträhnen aus dem Gesicht und betrachtet sich im Rückspiegel.
»Die Journalisten sind verschwunden.«
»Sie haben wohl Wichtigeres zu tun«, vermutet Miriam. »Das Wasser im Fluss steigt. Guck dir mal die Straße an!«
Das Wasser steht fünf Zentimeter hoch und rinnt in Strömen bergab. Ein tellergroßes Birkenscheit schwimmt vorbei – es sieht aus wie ein Floß, das man aus der Luftperspektive fotografiert hat.
»Der Waldbrand dürfte sich erledigt haben«, sagt Miriam und startet den Wagen. Sie fährt den gesamten Weg bis Grövelsjö im Schritttempo und die Scheibenwischer halten den Wassermassen kaum stand.
Die beiden unterhalten sich über andere schwere Regengüsse, die sie erlebt haben, und Miriam erzählt von der Zeit, als sie zu Nils Dackes Elite-Verband gehörte. Sie hatten im Wald gelebt, als es ein-

mal vier Tage lang ununterbrochen regnete. Und die ganze Zeit über hatten sie vor den Hundepatrouillen und Hubschraubern fliehen müssen.
»Während des Regens haben sie uns dann geschnappt.«
»Warst du den ganzen Krieg über bei Nils Dacke?«
»Ja, und lange bevor er anfing.«
»Was hast du gemacht?«
»Ich war Karins Leibwächterin. Als sie sie mitgenommen haben, haben sie auf mich geschossen und mich wie tot zurückgelassen. Aber hier sitze ich heute.«
Etwas später hält das Auto zehn Meter vor der Eingangstür an, die geöffnet wird, noch bevor Elin aus dem Wagen gestiegen ist. Sie rennt die letzten Meter und steht dann in der Halle vor den Aufzügen. Hinter ihr schließt sich die Tür wieder.
Ein Polizist mit einer gewaltigen Waffe steht nahe den Aufzügen und eine Lautsprecherstimme begrüßt sie mit »Willkommen, Elin«.
Elin hält ihr Mobil hoch und die Tür des Lifts öffnet sich. Nachdem sie eingestiegen ist, bildet sich zu ihren Füßen eine Pfütze.
Die Frau an der Sicherheitsschleuse des Justizministeriums schüttelt den Kopf – Elin muss außer ihrem Klappmesser nichts abgeben und darf passieren.
Smårne öffnet ihr die Tür und Elin geht direkt zum Schreibtisch, wo Karin sitzt, den Blick zwischen zwei Bildschirmen hin- und herwandernd. Elins Schuhe hinterlassen immer noch nasse Spuren.
Karin erhebt sich schließlich und kommt ihr entgegen. Sie mustert ihre pitschnasse Nichte eingehend. »Auweia«, sagt sie. »Nasser als ein Fisch.« Dann spricht sie in ihr Mobil: »Ein Paar von meinen Jeans bitte, Unterwäsche, meinen dunkelblauen Wollpulli und ein Paar dicke Socken. Danke.« Sie steckt das Mobil wieder ein und hilft Elin aus der Jacke. »Warum bist du so durchnässt?«

»Zwei kurze Touren mit dem Auto und zwei Türen. Das hat genügt.«

»Kann ich dir irgendwas bringen lassen?«

»Eine Tasse Tee wäre toll.«

Karin spricht wieder in ihr Mobil: »Zwei Tassen Tee.« Sie blickt Elin an. »Welche Sorte?«

»Egal.«

»Grün«, sagt Karin und steckt das Mobil in die Tasche. »Möchtest du dich gleich umziehen?«

»Das wäre vielleicht nicht schlecht. Wirklich unbegreiflich, dass ich so durchnässt bin. Es kann sich nur um Sekunden gehandelt haben.«

»Der Rettungsdienst in Dalarna musste komplett ausrücken. Aber dafür ist der Waldbrand jetzt Geschichte.«

Elin wickelt sich in eine blaue Decke und setzt sich aufs Sofa. »Unten am Empfang erkennt mich das System jetzt. Ich kann direkt zum Aufzug durchgehen.«

»Es gibt etwas, das du dir ansehen solltest«, sagt Karin und setzt sich auf das andere Sofa. Zur Bildwand gerichtet erklärt sie: »Das stand gestern im Dala-Demokrat:«

NUR FLOSKELN BEIM BESUCH DER ZUKUNFTSPARTEI IN GLAFSHYTTAN

Die Sprecherin für Arbeitsfragen bei der Zukunftspartei, Marianne Stjärnkvist, hat gestern Abend Glafshyttan besucht. Während ihrer dreißig Minuten langen Rede regnete es Phrasen wie Bindfäden. »Wie Bindfäden regnen« war eine der Phrasen, die Marianne Stjärnkvist benutzte, als sie über die sich in Glafshyttan ankündigenden Arbeiterstreiks sprach. Aber auch andere Klischees und leere Phrasen sprudelten nur so aus dem Mund der redseligen Politikerin. Der Dala-Demokrat hat dabei die Signalwörter gezählt, mit denen sie um sich warf. Das Wort »Zuwachs« kam

neunmal vor, »haltbar« achtmal, »Strategie« fünfmal, »langfristig« viermal und »Unsicherheit« immerhin dreimal. Ein Lokalpolitiker ergriff das Wort, als Stjärnkvist ihre Ansprache beendet hatte. Auch seine Rede wies viele Floskeln auf und doch benutzte er gänzlich andere. »Basisindustrie«, »Exportgewerbe«, »Traditionen« und »Bruttosozialprodukt« fielen bei ihm recht häufig.
Ein junger Mann aus dem Publikum versuchte bildlich zusammenzufassen, was er gehört hat: »Man kann nicht vorwärtsfahren, wenn der Rückspiegel so groß ist, dass er die gesamte Frontscheibe verdeckt.« Ein erboster Vertreter der Arbeitergemeinde hat den jungen Mann gebeten, nach Hause zu gehen und nachzulesen, welche Bedeutung die Industriestandorte im zwanzigsten Jahrhundert für Schweden hatten. Daraufhin wiederholte der junge Mann, dass er genau darauf hinauswollte, denn die ständigen Referenzen an eine Welt, die längst nicht mehr existiere, machten den Geltungsbereich für Neudenker klein.
Unglücklicherweise wurde das Treffen genau an seinem emotionalen Höhepunkt aufgelöst: Vor dem Gebäude versammelte sich eine Delegation der Partei Die Nationalen und hielt ein Spruchband hoch: Schwedische Jobs für schwedische Arbeiter.

Karin wendet den Blick von der Bildwand ab. »Da solltest du hinfahren.«
»Nach Glafshyttan? Was soll ich denn da?«
»Marianne ist doppelt so alt wie du. Sie spricht genauso, wie es im Dala-Demokrat beschrieben wird. Ihre Reden sind wirklich voller leerer Phrasen. Die Leute in Glafshyttan müssen diese Reden jetzt schon ein halbes Jahrhundert über sich ergehen lassen. Man hat über die Parteigrenzen zusammengearbeitet und sich angestrengt. Vor allem mit dem Ergebnis, dass immer wieder versucht wurde, Glafshyttan an eine Welt anzupassen, die längst nicht mehr existiert. Du solltest hinfahren und mal ganz anders zu ihnen sprechen.«

»Wie denn?«
»Das müsste man sich noch überlegen, aber eine Sache ist jetzt schon sicher: Die Wörter, die in diesem Artikel genannt werden, dürften nicht vorkommen. Du darfst sagen, was du willst, aber du darfst auf keinen Fall ein Wort wie ›Industrieinvestition‹ benutzen.«
»Worüber soll ich stattdessen sprechen?«
»Marianne hat einen Sekretär, der Jan Victor heißt. Er könnte dir helfen. Wir haben den Gemeindesaal von Glafshyttan für morgen gebucht.«
In dem Moment wird eine unsichtbare Tür in der Wand geöffnet und eine junge Frau in einer sorgfältig gebügelten Bluse und einem blauen Plisseerock kommt in den Raum, auf dem Arm ein Stapel mit Kleidern, den sie auf das Sofa neben Elin legt.
Nachdem Elin sich umgezogen hat, deutet Karin auf ihre nasse Kleidung und bittet die Angestellte: »Geben Sie das in den Trockner.«
Die Frau bückt sich, um Elins Sachen aufzusammeln, und geht den gleichen Weg zurück, den sie gekommen ist. In der Tür begegnet sie einer anderen Frau, die genauso gekleidet ist, ihr Haar jedoch im Pferdeschwanz trägt.
Sie hält ein Tablett in der Hand, auf dem sich eine Teekanne, verschiedene Teebeutel, zwei Porzellantassen mit Goldrand und ein kleiner Teller mit Keksen befinden. Darunter liegt ein gestärktes weißes Leinentuch.
Karin reicht Elin eine Bürste. Während Elin sich die Haare bürstet, geht sie zur Fensterfront und betrachtet den mit Regenwolken verhangenen Himmel und die Berge in der Ferne.
»Man hat gar keine Sicht«, sagt sie und kehrt zum Sofa zurück, wo Karin das Tablett entgegengenommen hat.
Elin reicht ihrer Tante die Bürste zurück und nickt in Richtung Arbeitstisch. »Woran arbeitest du?«

Karin seufzt. »Die Umorganisation der Polizei, die neue Gesetzgebung im abgesperrten Gebiet, die Ausnahmegesetze für die Städte, in denen kriminelle Banden die Macht ergriffen haben, die neuen Zuständigkeiten für das Militär und die damit einhergehende Zusammenarbeit mit der Polizei samt Robotisierung des Gerichtswesens. All das soll der Kammer nach der Wahl vorgelegt werden.« Sie nimmt ihr Mobil hervor. »Jan, kannst du dich bitte so schnell wie möglich melden, danke.« Dann gießt Karin Tee in die beiden Tassen. »Eines der beiden Mädchen, die gerade hier waren, ist ein Roboter«, sagt sie und reicht Elin eine Tasse. »Konntest du erkennen, welches?«

»Meinst du die beiden, die die Kleider und das Tablett hergebracht haben?«

Karin nickt und Elin beißt sich auf die Unterlippe.

»Die sahen beide ganz normal aus. Von denen soll eine ein Robo sein?«

»Ja.«

»Welche?«

Karin lacht. »Na, denk mal darüber nach. Und es gibt eine Sache, um die ich dich bitten möchte.«

Elin nippt am heißen Tee und nimmt einen Keks.

»Nächste Woche«, spricht Karin weiter, »kommt eine Delegation von japanischen Forschern hierher. Die Gesellschaft besteht aus mehreren Kernphysikern, einem Psychologen, einem Juristen und einer Dolmetscherin. Wir laden sie am ersten Tag zum Mittagessen ein. Sie fliegen über Oslo, wo sie zwei Tage verbracht haben – sie leiden also nicht mehr unter Jetlag. Nach dem Essen wird es den üblichen Ausflug zum deutschen Flugzeug geben. Als wir die Königin gefragt haben, ob sie teilnehmen möchte, hat sie vorgeschlagen, dich ebenfalls einzuladen.«

»Warum sollte ich da mitkommen?«

»Du bist bei japanischen Jugendlichen sehr beliebt und wirst dort ›Scandinavian Samurai‹ genannt – was auch immer das auf Japanisch heißen mag. Alle da drüben haben das Video gesehen. Konservative Politiker haben aufgebrachte Reden darüber gehalten, dass dies genau die Entwicklung ist, die bei den japanischen Frauen auch abzusehen ist, wenn ihnen mehr gesellschaftlicher Status eingeräumt wird. Die Frauen würden anfangen, andere Leute umzubringen, sagen sie. Du bist eine interessante Person, auch in Japan.«
Elin nimmt noch einen Keks und beißt die Hälfte ab. Sie schüttelt so heftig den Kopf, dass die nassen Haare fliegen. »Das ist doch idiotisch.«
»Es soll sogar eine Puppe geben, die so aussieht wie du. Und einen Nachtclub, in dem die Mädchen dein Aussehen imitieren, mit langen blonden Haaren und Armbrust und so.«
Elin steckt sich den restlichen Keks in den Mund. »Idiotisch«, sagt sie und kaut. »Und was wollen die nun hier?«
»In Japan gab es 2011 ein Kernkraftunglück. Ein weitflächiges Gebiet wurde unbewohnbar. Im Anschluss an das Unglück wurden einige Maßnahmen in Angriff genommen, die Erfolg hatten, aber zum Teil hat man auch falsche Entscheidungen getroffen. Schweden hat schon mehrmals Kontakt mit japanischen Wissenschaftlern gehabt. Du kennst doch Skarpheden. Er vertritt das Strahlenschutzinstitut, das das Treffen ausrichtet.«
»Wenn du meinst, dass es sinnvoll ist, nehme ich gern teil.«
»Gut. Du weißt nicht zufällig, wie ich Kontakt zu Vagn bekommen kann?«
»Nein.«
»Weißt du, wo er ist?«
»Ich frage mich, ob er nicht vielleicht mit Freunden zum Angeln gegangen ist.«
»Sein Mobil liegt zu Hause auf Liden.«

»Du kannst Vagn lokalisieren?«
»Ich kann alle in meiner Telefonliste lokalisieren.«
»Mich auch?«
»Na klar.«
»Aber ich kann dich nicht lokalisieren?«
»Bei allen, die hier arbeiten, wurde die Lokalisierungsfunktion abgestellt. Das erschwert die Arbeit der Terrorgruppen.«
»Wenn du weißt, wo ich mich befinde, dann kann ja wohl jeder Beliebige das System hacken und ebenfalls herausbekommen, wo ich mich aufhalte. Sollte meine Funktion nicht auch abgestellt sein?«
Karin lächelt. »Das ist kein System, das man so einfach hacken kann. Man braucht dafür sehr lange und sehr gute Computer, um halbwegs Erfolg zu haben. Passen die Jeans?«
»Ein bisschen weit am Bund, aber die Länge ist gut.«
»Möchtest du einen Gürtel haben?«
»Ja, und mein Mobil. Die Frau, die meine Kleider trocknen sollte, hat es mitgenommen.«
Karin spricht in ihr Mobil und bittet um das Mobil aus Elins Tasche. »Wir werden Jan fragen, ob er uns etwas zusammenstellt, das du in Glafshyttan sagen kannst.«
»Werde ich denn hinfahren dürfen?«
»Was meinst du?«
»Ich habe den Chef vom Personenschutz getroffen. Er ist offensichtlich derjenige, der über all meine Reisen bestimmt.«
»Das stimmt, darüber entscheidet der Personenschutz.«
»Du bist die Justizministerin. Kannst du ihm nicht einfach mitteilen, dass ich zu meinen Wahlveranstaltungen fahren muss?«
Karin schüttelt den Kopf. »Das wäre Missbrauch des Ministerpostens. Ich schätze, du meinst Morgan?«
»Ja.«
»Morgan ist derjenige, der bestimmt. Wie geht es Gerda?«

»Sie hat neulich mit Idas und Vidars Sohn gespielt. Sie hat ihn gebissen. Du kennst doch Ida und Vidar?«
Karin verdreht die Augen. »Natürlich. Weißt du, warum Gerda den Jungen gebissen hat?«
»Ich habe keine Ahnung. Manche Kinder beißen eben.«
»Hast du gehört, dass Vidar für uns für den Reichstag kandidiert?«
»Das wusste ich nicht.«
»Ein Mann aus Mora ist zurückgetreten.«
Karins Mobil gibt einen kaum hörbaren surrenden Laut von sich.
»Das ist Jan«, sagt sie.
Eine der beiden jungen Frauen kommt mit Elins Mobil zurück. Sie legt es in ihre Hand und guckt ihr in die Augen, als wolle sie ihr eine wortlose Nachricht übermitteln. Dann dreht sie sich um und geht hinaus.
»Mensch oder Robo?«, fragt Karin, als die Tür geschlossen wird.
Elin schüttelt den Kopf. »Ich weiß nicht. Sag es.«
Karin zuckt mit den Schultern. »Ich weiß es auch nicht. Alan behauptet, dass er eines Tages eine Kopie von mir machen wird, die so perfekt ist, dass selbst ich beim Blick in den Spiegel unsicher werde. Jan sitzt im Arbeitsministerium. Wir nehmen den Aufzug.«

Im Arbeitsministerium tummeln sich lauter gut gekleidete junge Männer und Frauen – die meisten scheinen in Elins Alter oder unbedeutend älter zu sein. Die Männer tragen Anzug, viele Frauen Kleider.
Elin bleibt dicht hinter Karin, als diese sich an einigen Tischen mit mehreren Bildschirmen darauf vorbeischlängelt. Kleine Grüppchen von Männern und Frauen stehen beieinander und zeigen auf ein Diagramm, das gerade auf der Bildwand erscheint. Im Hintergrund hört man gedämpft Retromusik.
Sie kommen an eine geschlossene Tür. Karin klopft an und öffnet

sie, bleibt aber vor der Schwelle stehen. »Jan, hier ist Elin Holme. Kannst du dich mit ihr darüber unterhalten, was sie in Glafshyttan sagen kann?« Damit dreht Karin sich um und verschwindet.

Elin tritt ein.

Der Raum ist nicht besonders groß, es gibt ein Sofa, aber nur einen Besucherstuhl. Hinter einem Schreibtisch mit drei Bildschirmen erhebt sich ein Mann. Er sieht aus, als würde er Werbung für italienische Maßanzüge, Sportwagen oder Rasierwasser machen: Er trägt ein weißes Hemd, der Knoten seiner Krawatte ist gelockert und die klassisch karierte Hose sorgfältig gebügelt – das Jackett hängt an einem Haken neben der Tür. Er hat behaarte Unterarme und seine Uhr sieht teuer aus.

Er ist genauso groß wie Elin und kommt nun hinter dem Schreibtisch hervor, um Elin die Hand zu geben. Als er die Tür schließt, bleibt er eine Spur zu nah neben ihr stehen. Elin weicht einen Schritt zur Seite.

»Ich habe so viel von dir gehört, Elin. Kann ich dir etwas anbieten? Wir haben eine Espressobar, die von einer robotisierten Barista geführt wird. Sie macht wirklich sehr guten Kaffee und ist Sophia Loren nachgebaut, einem italienischen Filmstar aus dem zwanzigsten Jahrhundert, also so, wie sie 1964 aussah. Der Robo kennt alle ihre Rollen. Man kann in einem ihrer Filme mitspielen, während man seinen Espresso trinkt.« Dann fängt er unvermittelt an zu singen: »Tu vuò fà l'americano …«, bricht aber genauso plötzlich wieder ab.

»Singen Sie doch noch ein bisschen weiter«, bittet Elin ihn.

»Nein, nicht jetzt, vielleicht ein andermal.«

Elin bemerkt, dass ihr gleich die Jeans herunterrutscht, und ihr fällt ein, dass sie den Gürtel von Karin nicht bekommen hat. Sie steckt die Hände in die Taschen, hält die Hose fest und versucht, entspannt auszusehen. »Ich bin vorhin in den Platzregen geraten und

musste mir Kleider von Karin ausleihen. Sie sind ein bisschen zu groß.« Sie zieht am Hosenbund und zuckt mit den Schultern.
»Hübsch«, urteilt Victor. »Lässig. Funktioniert überall, nur nicht bei uns. Wir haben eine strenge Kleiderordnung. Bist du dem Minister schon begegnet?«
»Nein.«
»Niemand hat ihn bisher zweimal hintereinander die gleiche Kleidung tragen sehen. Er soll sieben verschiedene Brillen haben, die genau zu seinen dreißig Jacketts und Anzügen passen.«
»Haben Sie sie gezählt?«
Victor lacht. »Nein, aber ich kenne jemanden, der es getan hat.«
»Was getan hat?«
»Im Schlafzimmer des Ministers übernachtet. Er schläft in einer Art riesiger begehbarer Kleiderkammer mit einem Doppelbett in der Ecke. Und er hat bei Alan einen Butler bestellt. Einen Butler! Das muss man sich mal bildlich vorstellen. Wovon manche Leute so träumen.« Victor zeigt auf das Sofa und wird ernst.
Elin setzt sich.
»Du willst also nach Glafshyttan fahren. Und ich soll mit dir durchgehen, was du denen da unten erzählen sollst. Habe ich das richtig verstanden?«
»Ich glaube schon.«
Victor setzt sich ebenfalls aufs Sofa und fährt mit der Hand über seinen dunklen Haarschopf. Dann räuspert er sich und runzelt die Stirn. Schließlich lehnt er sich zurück und holt tief Luft.
»Ich glaube, wir lassen die Geschichte mal außen vor. Das Vergangene macht hier einen großen Teil des Problems aus. Die Hauptwirtschaftszweige, die Orte mit Hüttenwerk, die Industrialisierung, die Reindustrialisierung und der ganze Rest. Wir konzentrieren uns komplett auf die Gegenwart und die Zukunft. Wir repräsentieren schließlich die Zukunftspartei, nicht wahr?

Nun, die Zukunft, was sollen wir dazu sagen? Es ist schon traurig, dass niemand diesen Begriff heutzutage mehr so gerne in den Mund nimmt. Er ist mit so viel Leid verbunden, dass man sich fragen muss, ob es überhaupt möglich sein wird, eine politische Partei Zukunftspartei zu nennen.« Er blickt zur Zimmerdecke, als würde er dort einen unsichtbaren Riss untersuchen. Dann blickt er wieder zu Elin. »Ich habe auf der Bildwand gesehen und gehört, wie du singst. Ich spiele auch ein bisschen Gitarre.« Er senkt den Blick und spricht weiter: »Aber das gehört jetzt auch nicht hierher. Vor knapp fünfzig Jahren gab es die erste groß angelegte Prognose über den Arbeitsmarkt der Zukunft. Sie stammte aus den USA und wurde auf die schwedischen Verhältnisse übertragen. Es ist eine Weile her: zwanzig Jahre bevor ich auf die Welt kam.«
Elin nickt.
»Das, was darin über den zukünftigen Arbeitsmarkt gesagt wurde, hätte diesen und jenen Politiker durchaus beunruhigen müssen. Seltsamerweise aber schienen so gut wie alle überzeugt, dass die Zukunft schon ausreichend Gelegenheiten bieten würde, weiterzumachen mit dem business as usual. ›Plus ça change, plus c'est la même chose‹, wie die Franzosen sagen.«
Elin runzelt die Stirn. »Ich kann kein Französisch. Was heißt das?«
»Je mehr sich verändert, desto mehr bleibt gleich. So in etwa. Mein Französisch ist auch nicht so berühmt. Es war leichter in Übung zu bleiben, als die Flugreisen noch nicht rationiert waren.
Glafshyttan liegt seit dem siebzehnten Jahrhundert an einem Fluss. Die Bewohner dort identifizieren sich sehr mit dem Leben und der Arbeit, wie sie früher waren. Wer mit ihnen über die Zukunft reden will, muss das gut verpacken.
Als man vor fünfzig Jahren die erwähnte Untersuchung machte, fand man heraus, dass es viele Berufe gibt, die auf dem Weg zur Robotisierung sind. Und diese Berufe, denen man aufgrund dessen

ein Verschwinden voraussagte, waren jene, die in Glafshyttan besonders stark vertreten waren. Man vertrat die These, dass Menschen, die in der Säge- und Holzindustrie die Maschinen bedienten, in zwanzig Jahren überflüssig seien. Auch andere Tätigkeiten in der Forstwirtschaft seien betroffen. Buchhalter, Kassierer und viele andere Serviceberufe sollten ebenfalls bald verschwunden sein, wenn es auch keine zwanzig Jahre gedauert hat.
Die Arbeitslosigkeit in Glafshyttan ist größer als in vielen anderen Orten. Antriebslosigkeit und Pessimismus sind weit verbreitet, besonders bei der jüngeren Generation. Bei den Älteren herrscht eine große Enttäuschung vor, die sich manchmal in Gewalt äußert. Es kommt dort immer wieder zu Sachbeschädigung und die Schulen schneiden im Vergleich sehr schlecht ab. Der Unterschied zwischen Jungen und Mädchen wächst immer mehr. Die Mädchen gehen weg, um zu studieren, und die Jungen bleiben da und träumen von einer Vergangenheit, die nie wieder zurückkehren wird. Der Konsum von Antidepressiva und Beruhigungsmitteln nimmt stetig zu und man findet kaum noch Menschen, die aus dem Schulalter heraus sind und keine Psychopharmaka einnehmen.« Victor streift Elins Knie. »Was kann man also zu diesen Menschen sagen?«, spricht er weiter. »Anhand der Daten, die durch Roboter erhoben wurden, lässt sich sagen, dass es Eigenschaften und Fähigkeiten gibt, die Roboter nur schwer bereitstellen können. Das gilt vor allem in jenen Bereichen, in denen sich Menschen durchgesetzt haben. Es betrifft die Fähigkeit, in neuen Bahnen zu denken, kreativ zu sein – ›Neues hervorbringen‹ ist ein Ausspruch unserer Zeit. Aber in Glafshyttan ist das aus irgendeinem Grund noch nicht so richtig angekommen. Vielleicht ist man dort einfach so daran gewöhnt, zu seiner Arbeit zu gehen, seine alltäglichen Gedanken zu denken und alle eingespielten Handgriffe zu machen. Neuigkeiten und Veränderung lässt man lieber woanders geschehen. In diesem Typ Ortschaft mit

Handwerkstradition geschahen Veränderungen immer auf Initiative irgendeines Betriebschefs. ›Du sollst nicht außerhalb der dir gegebenen Rahmen denken‹, war das unausgesprochene Gebot. ›Schuster, bleib bei deinem Leisten‹ – solche Sprüche. Eigene Gedanken zu denken kann in so einem Ort schon eine Provokation sein.« Victor räuspert sich, rückt etwas näher an Elin heran und dreht sich zur Längsseite des Raums. »Bildwand.«

Eine Frau hinter einer Espressobar erscheint auf der Wand. Ihr Gesicht, das auf der Bildwand zu sehen ist, hat die Größe einer Zimmertür und ist trotzdem ganz scharf. Man kann die einzelnen Poren auf der Haut erkennen und eine raue Stelle an der Unterlippe.

»Ciao, Victor!«, flüstert das Gesicht.

»Ciao, Sophia«, antwortet Victor. »Bild stopp.«

Das harmonische Gesicht mit dem offenen Lächeln erstarrt.

Victor legt wieder eine Hand auf Elins Knie und lässt sie kurz dort liegen. Dann nimmt er sie wieder weg. »Diese Bildwandtechnik wurde an der Technischen Hochschule in Göteborg entwickelt. Wir haben sie bald überall. Hier im Haus ist unser Ministerium das erste, das mit solchen Neuentwicklungen ausgestattet wird. Sieht sie nicht höchst lebendig aus?«

»Doch.«

Victor dreht sich wieder zur Wand und ruft: »Sophia, die acht Bereiche bitte nach zufälliger Reihenfolge!«

Sophia flüstert und fährt sich mit ihren gespreizten Fingern durch die langen Haare. »Sì, Victor!«

Auf der Wand erscheinen jetzt acht Wörter.

»Das hier ist die Herausforderung«, erklärt Victor.

AUSBILDUNG

GESUNDHEIT UMWELT

ENERGIE ESSEN

WASSER SICHERHEIT

ARMUT

Die Wörter fangen an, sich zu bewegen und ihre Plätze zu tauschen. Victor blickt Elin an und spricht jetzt im gleichen Tonfall wie mit der Bildwand: »Ordne sie.«

»Wie meinen Sie das?«

»Arrangiere die Wörter in einer Hierarchie, aus der hervorgeht, was du an erster Stelle siehst.«

Elin betrachtet die Begriffe, die immer schneller auf der Wand umherspringen.

»Na«, drängt Victor. Er klingt wie ihr Großvater Frans, wenn er Elins Hausaufgaben abgefragt hat. »Was kommt zuerst?«

»Umwelt«, antwortet Elin, nachdem sie eine Weile nachgedacht hat.

»Sophia!«, kommandiert Victor mit scharfer Stimme.

»Sì, Victor!«, flüstert es zuckersüß von der Wand zurück. »Wir nehmen Umwelt an die erste Stelle.«

Das Wort »Umwelt« bleibt stehen, rutscht dann ganz nach oben und ändert seine Farbe von Grün zu Türkis, dann wieder zu Grün.

»Warum Umwelt als Erstes?«, will Victor wissen.

»Ohne funktionierende Umwelt wird alles andere unmöglich. Mit dem Ozonloch, ständigen Orkanen, steigendem Meeresspiegel in den verschmutzten Ozeanen bekommen wir nur mehr und mehr Probleme. Mehr Flüchtlingsströme kommen und neue Kriege. Die Kriege sind die Folge davon, dass Menschen sich dort, wo sie leben, nicht selbst versorgen und nicht überleben können.«

»Und was kommt nach der Umwelt in deiner Hierarchie?«

»Wir kommen vielleicht eine Weile mit kleinen Essensrationen aus,

müssen aber auf jeden Fall Wasser haben. Also Trinkwasser und reines Wasser in den Meeren.«
»Sophia!«, ruft Victor im Kommandoton. »An zweiter Stelle kommt Wasser.«
Das Wort »Wasser« färbt sich in wechselnde Blaunuancen, bewegt sich nicht mehr weiter und rutscht unter das grün schimmernde Wort »Umwelt«.
Die anderen Wörter springen noch immer.
»Weiter«, bittet Victor.
Elin betrachtet die Bildwand. »Es funktioniert nicht mit einer hierarchischen Liste«, sagt sie nach einer Weile. »Umwelt muss in die Mitte und die anderen Wörter sollten sich drum herumbewegen.«
»Sophia, hast du gehört?«
»Sì, Victor.«
Und kurz darauf sieht die Anordnung so aus, wie Elin es vorgeschlagen hat.

AUSBILDUNG

GESUNDHEIT ENERGIE

UMWELT

ESSEN WASSER

SICHERHEIT ARMUT

Die sieben Wörter bewegen sich jetzt um das achte.
Victor hat erneut die Hand auf Elins Knie gelegt und Elin schiebt sie weg.
»Ich könnte ja üben, was ich in Glafshyttan sagen werde, aber dafür bräuchte ich Publikum. Glaubst du, es gibt jemanden hier, der mir zuhören würde und Anmerkungen macht?«
»Bestimmt«, sagt Victor. »Aber weißt du denn schon, was du sagen willst?«

Elin streicht über ihre weiten Hosenbeine, steht auf und hält die Jeans wieder an der Taille fest, damit sie nicht rutscht. »So ungefähr. Ich sage ein paar einleitende Worte und antworte dann auf Fragen.«

Elin bekommt außer Victor drei Zuhörer. Sie treffen sich in einem kleinen Besprechungszimmer, in dem zwölf Stühle um einen länglichen Tisch stehen. Als Elin ihre Worte das zweite Mal aufsagt, bekommt sie Applaus.
Hinterher begleitet Victor sie zum Aufzug und fährt mit ihr hinauf zu Karins Etage. Bevor Elin aussteigt, legt er ihr eine Hand auf die Schulter und fragt, ob er sie irgendwann mal zum Abendessen einladen könne.
Elin bedankt sich und sagt, dass sie gerade so viel um die Ohren hat, sodass sie das bis auf Weiteres verschieben müssen.
Dann geht sie zu Karin hinein.

55

Als Karin fragt, wie es war, seufzt Elin. »Victor lässt ja wohl nichts anbrennen.«
Karin lacht. »Man sagt, er hat genauso viele Geliebte wie der Arbeitsminister Anzüge. Aber fühlst du dich jetzt vorbereitet?«
»So gut es eben geht. Ob meine Sachen inzwischen trocken sind?«
»Ich hole sie.« Karin geht durch die Tür, hinter der offenbar alles Erdenkliche zu finden ist.
Elin stellt sich ans Fenster. Der Regen trommelt gegen die Scheiben.
Dann geht die Tür wieder auf und Karin kommt mit Elins zusam-

mengefalteter Kleidung zurück. Sie reicht Elin den Stapel, die sich die geborgten Sachen auszieht und sie aufs Sofa legt.
Als sie fertig ist, mustert Elin Karin von unten nach oben und fragt verdutzt: »Hast du die Schuhe gewechselt?«
Karin senkt den Blick und betrachtet ihre Füße. »Ich musste. Die anderen sind zu groß oder zu klein, ich weiß es nicht mehr.«
Elin runzelt die Stirn. »Wie meinst du das?«
»Das passiert manchmal. Niemand ist ohne Makel, sagt Allan immer. Wenn etwas schiefläuft, muss man es, so gut es geht, korrigieren.«
Elin steckt das Hemd in die Hose, lässt Karin aber nicht aus den Augen. »Du klingst seltsam.«
»Ich weiß. Die Schwingungen des unteren Stimmbereichs sind falsch bemessen.«
Elin setzt sich aufs Sofa und mustert ihre Tante. »Was ist falsch bemessen?«
Karin nimmt auf dem anderen Sofa Platz und legt den Arm auf die Rückenlehne hinter sich – wie ein Fischer, der stolz den Umfang seines Prachthechts präsentiert.
»Du hast das T-Shirt gewechselt«, sagt Elin skeptisch.
Karin blickt auf ihre Brust herunter, als wollte sie kontrollieren, dass sie überhaupt Kleidung trägt. »Das glaube ich aber nicht«, sagt sie. »Ich hatte dieses blaue an.«
»Das war ein anderes Blau. Warum bist du so komisch?«
Karin sieht verlegen aus und zupft an ihrem Oberteil. »Es sieht doch gut aus, oder?«
In dem Moment geht die Tür erneut auf. Zusammen mit Alan betritt eine zweite Karin den Raum.
Elin blickt von ihrer einen Tante zu der anderen, steht auf und zeigt auf die Frau auf dem Sofa. »Ist das ein Robo?«
Der Roboter antwortet, indem er aufsteht und sehr formell sagt:

»Ich bin kein Mensch und bitte um Entschuldigung, ich wollte dich nicht in Verlegenheit bringen.« Damit dreht sich die Maschine zu Karin und Alan um. »Mir gefällt es nicht, wenn ihr mich um solche Dienste bittet. Es hat Elin verwirrt. Das ist nicht gut, das ist kontraproduktiv.«

»Quite right, darling«, sagt Alan und geht auf Elin zu. Er nimmt ihre Hand. »Ich bitte um Entschuldigung, wir hatten nicht die Absicht, dir zu nahe zu treten. Wir waren bloß so neugierig, ob es funktionieren würde.«

Karin nimmt die Hand der Maschine und die Maschine küsst Elins Tante auf die Wange.

»Setzen wir uns«, schlägt die Maschine vor.

Karin und sie nehmen auf dem einen Sofa nebeneinander Platz, auf dem anderen Alan und Elin.

»Was meinst du?«, fragt Alan an Elin gewandt. »Würde es funktionieren?«

»Was?«

»Die Verwechslung, die Ähnlichkeit, das Kopieren – wie auch immer man es bezeichnen will. Hättest du dich täuschen lassen?«

»Ich weiß es nicht. Vielleicht, wenn die Kleider exakt dieselben gewesen wären.«

»Aber wenn du noch mal darüber nachdenkst«, sagt Karin. »Wärst du wirklich unsicher gewesen, wer Mensch und wer Roboter ist – wenn ich zum Beispiel mit Carina gesprochen hätte, als du hereinkamst?«

»Carina?«, fragt Elin und blickt den Roboter an. »Heißt du so?«

»Ja«, antwortet die Maschine. »Mein Name ist Carina Holme.«

»Man könnte sagen, ihr seid verwandt«, meint Karin und lächelt Elin an.

Der Roboter lächelt auf die gleiche Weise. Karin und Carina tauschen Blicke aus.

»Dürfen wir einen kleinen Test machen?«, bittet Alan.
»Ich weiß nicht«, antwortet Elin. »Ich wurde ja eben schon getestet und ich fühle mich …«
»… all shook up«, ergänzt Alan. »Das ist völlig natürlich. Wer würde in einer solchen Situation nicht ziemlich perplex sein? Ein Roboter, der aussieht wie deine Tante. Aber wenn es sich einrichten ließe …«
»Es geht ganz schnell«, sagt Karin.
»Es gibt doch bestimmt andere, die ihr testen könnt«, wehrt Elin mit Nachdruck ab. »Mir wird das langsam etwas zu viel.«
»Mit dir ist es etwas Besonderes«, erklärt Karin. »Niemand ist besser geeignet als du. Du kennst mich und wir sind verwandt.«
»Genau wie du und ich«, behauptet Carina und beugt sich vor. »Wir beide sind auch verwandt, wenn ich es so nennen darf.«
»Ich weiß nicht, ob ich mit einer Maschine verwandt sein will«, zischt Elin und Carina sieht für einen Moment aus, als würde sie gleich anfangen zu weinen.
»Völlig verständlich«, sagt Alan. »Wer will schon mit einer Maschine verwandt sein?«
»Entschuldigung«, sagt Elin und beugt sich zu Carina vor. »Ich wollte dich nicht verletzen.«
»Es dauert auch nicht lange«, versichert Alan.
Karin und Carina stehen auf, gehen zu der Tür und schließen sie hinter sich.
Etwas später geht die Tür wieder auf und Carina – oder Karin – betritt den Raum und fährt sich durch die Haare. Dann dreht sie sich um und verschwindet wieder.
Kurz darauf erscheint Karin – oder Carina –, seufzt, blickt Elin an und kehrt wieder zur Tür zurück. Diesmal haben beide ganz und gar dasselbe an.
»Und, was sagst du?«, fragt Alan. »Wer ist wer?«

Elin antwortet nicht.
»War das zuletzt Karin oder Carina?«, will Alan wissen.
Elin steht auf. »Ich mache nicht mehr mit. Ich habe gleich einen Termin. Kannst du einen Wagen organisieren?«
»Selbstverständlich. Findet es hier auf dem Gelände statt?«
»Ja.«
Alan steht auf und streckt Elin die Hand entgegen. »Er steht direkt vor dem Eingang.«
Die Tür wird geöffnet und Karin – oder Carina – kommt herein.
»Hast du den Unterschied entdeckt?«, fragt die potenzielle Karin, aber Elin ist sich wieder so unsicher, dass sie nicht mit Sicherheit sagen kann, um wen es sich handelt.
»Nein«, antwortet Elin. »Ich habe keinen Unterschied gesehen. Und jetzt habe ich eine Verabredung.«
Karin geht auf Elin zu. Im gleichen Tonfall, wie man zu einem Kind spricht, sagt sie: »Diese Sache hier mit Karin und Carina ist nichts, was wir in diesem Stadium an die Öffentlichkeit geben wollen. Das verstehst du bestimmt. Es könnte so aufgefasst werden, dass …«
Elin hat eine Erwiderung parat, aber sie schluckt sie hinunter und geht zur Tür.
Karin ruft ihr hinterher: »Rechts an der Garderobe hängen Regenmäntel. Nimm dir ruhig einen.«
Elin öffnet die Garderobentür und nimmt einen der langen schwarzen Regenmäntel heraus. Er ist aus einem gummiähnlichen Material und auf seiner Brust steht in goldenen Buchstaben *Regierungskanzlei*. Während sie auf den Aufzug wartet, bekommt sie eine Nachricht von der Königin: *Können wir uns sehen?*

56

Als Elin die Eingangshalle betritt, wird ihr die Tür von einer uniformierten Frau in schwarzem Regenmantel, hohen Gummistiefeln und einem Südwester mit Polizeiabzeichen geöffnet. Sie hat ein Maschinengewehr umgelegt.

»Da ist dein Wagen«, sagt sie und zeigt auf ein kleines elektrisches Fahrzeug.

Als sich die Tür zum Rücksitz öffnet, ertönt eine Frauenstimme, die sie nach ihrem Ziel fragt.

»Frank Wehner«, sagt Elin.

»Frank Wehner, alles klar«, sagt die Frauenstimme. »Ich muss sehen, wie weit ich ans Haus herankomme. Da unten ist viel Wasser auf der Straße und ich habe kleine Räder.«

»So weit es eben geht«, bittet Elin und ruft Frank an. »Ich bin jetzt unterwegs«, sagt sie, als er rangeht. »Wie ist der Türcode?«

Elin bekommt den Code und steckt dann das Mobil wieder ein.

Die Scheibenwischer arbeiten auf Hochtouren und zwischen den Wischbewegungen kann sie die Umrisse der Häuser und das die Straße abwärtsfließende Wasser erkennen. Zwei Männer in gelber Regenausrüstung stehen bis zu den Knien im Nassen, vermutlich um einen Gully herum – er ist zwar nicht zu sehen, aber das Wasser strudelt dort besonders kräftig.

»Ich kann nicht näher heranfahren«, sagt die Stimme und das Auto hält auf einer Anhöhe. »Es ist das Haus geradeaus vor uns.«

Elin nimmt das Mobil heraus und gibt den Code ein.

»Du bist siebenundachtzig Meter vom Ziel entfernt«, sagt die automatische Stimme. »Der Code ist ab jetzt achtundfünfzig Minuten gültig.«

»Ich steige aus«, sagt Elin und die Autotür wird geöffnet.
»Sei vorsichtig«, mahnt die Autostimme. »Ich bleibe hier, bis du hineingegangen bist.«
Im Treppenhaus steht das Wasser auf dem Fußboden. Als Elin sich dem Aufzug nähert, dessen Tür offen steht, ertönt eine Stimme, die ihr mitteilt, dass der Aufzug vorübergehend außer Funktion ist und ihr Ziel sich im achten Stock befindet.
Elin nimmt die Treppe und hinterlässt nasse Fußspuren auf den Stufen. An den Türen sind keine Namen angebracht, nur Nummern. Im achten Stock wird eine Tür geöffnet.
Frank geht auf Socken und trägt ein zerknittertes weißes Hemd und Jeans. »Willkommen!«
Es gibt keinen Vorraum, man steht direkt in einem Zimmer mit großen Fenstern, das durch eine Glaswand von der Küche getrennt ist. Eine Tür führt zu einem weiteren Zimmer. Hinter einer zweiten, geschlossenen Tür liegt vermutlich das Badezimmer. An der Längsseite des großen Zimmers stehen Regale, die mit Papierbüchern gefüllt sind.
»Ich leihe dir einen Morgenrock, dann kannst du die Jeans in den Trockner geben«, bietet Frank an. Er hat keinerlei Haar auf dem Kopf und ist mager wie ein dreizehnjähriger Junge. Als Elin seine Hand schüttelt, spürt sie, wie sie zittert.
»Wie geht es Ihnen?«, fragt sie.
Frank zuckt mit den Schultern, dreht sich um und greift nach einem grauen Frotteemantel, der über einem Stuhl hängt. Er reicht ihn Elin, die aus Regenmantel, Schuhen und Strümpfen schlüpft und sich den Morgenmantel überzieht. »Ich habe gestern in der Klinik Ida getroffen. Wir haben den gleichen Arzt. Möchtest du eine Tasse Tee?«
»Ja, gerne. Ich wusste nicht, dass Ida krank ist.«
»Sie haben einen Tumor gefunden und dann ging es wohl steil

bergab. Sie saß im Rollstuhl und sah ziemlich schlecht aus. Ist dir Darjeeling recht?«

»Ja, danke.« Elin zieht sich die Jeans unter dem Morgenmantel aus.

»Im Badezimmer ist ein Trockner«, sagt Frank. »Du kannst auch die Schuhe hineintun.«

Elin geht ins Badezimmer. Fünf Dosen mit Medikamenten stehen in dem Regal neben dem Glas mit der Zahnbürste. Sie steckt die Jeans in den Trockner und stellt die Temperatur auf vierzig Grad. Danach kehrt sie zu Frank zurück.

»Schön, dass du mich besuchst«, sagt er. »Möchtest du einen Keks?«

»Gerne.«

»Ich habe selbst gemachte Marmelade von meiner Tochter.«

»Das klingt toll.« Elin bleibt in der Tür zur Küche stehen.

Frank belädt ein Tablett und fragt: »Wie geht es dir sonst?«

»Ich reise viel herum wegen der ganzen Wahlveranstaltungen.«

»Wir setzen uns da drüben hin.«

Das Wasser im Kessel beginnt zu kochen und Frank trägt das Tablett an Elin vorbei zum Sofa. Auf seinen Strümpfen bewegt er sich vollkommen lautlos.

»Soll ich den Tee aufgießen?«, fragt Elin.

»Ja, bitte.«

Elin füllt die Teekanne und trägt sie zum Couchtisch, auf dem sich mehrere Bücher stapeln. Sie stellt die Kanne auf einem Taschenbuch ab, aus dessen Seiten verschiedene Zettel herausgucken, und nimmt auf dem Sofa neben Frank Platz.

Er seufzt. »Ich habe nicht mehr so viel Puste im Augenblick. Ein Tablett mit zwei Tassen lässt mich schon um Atem ringen. Du magst doch Musik. Wie wäre es mit Mozart?«

»Gerne.«

Frank wirft einen Blick zur Glaswand, die das Wohnzimmer von der Küche trennt.

»Musik, Maestro!«, ruft er und das Glas verdunkelt sich.
Aus den Lautsprechern ertönt eine Frauenstimme: »Was möchtest du hören, Frank?«
»Mozart. Eins der Klavierkonzerte.«
»Ein bestimmtes?«, fragt die Stimme in einem Tonfall, als würde sie mit einem Kind sprechen.
»Das ich am häufigsten höre.«
Kurz darauf erfüllt Musik den Raum.
»Bitte etwas lauter!«, ruft Frank und auf der Glaswand, auf der eine Frau, die vermutlich aus Japan stammt, ein großes Orchester dirigiert, erscheint eine Skala von eins bis dreißig. Ein grauhaariger Mann sitzt am Flügel. Der Regler der Skala erhöht sich auf zweiundzwanzig.
Frank greift nach einer Decke, die auf der Sofalehne liegt. Er zwinkert Elin zu und legt ihr die Decke über den Kopf. Dann zieht er sie auch über seinen eigenen Kopf, zwinkert Elin erneut zu und zieht sie bis zur Brust hinunter. Elin tut es ihm gleich. Sie kann die Konturen seines Gesichts erkennen und seinen Atem spüren.
»Jeder Datenverkehr wird mit Algorithmen gescannt, die einander ergänzen«, sagt Frank. »Das war schon zu meiner Zeit so. Das Abhören kam später. Auch hier erledigen auf Worte sensibilisierte Algorithmen das Gröbste. Als ehemaliger Beamter der Sicherheitspolizei, der einen Einblick in unterschiedlichste Vorgänge bekommen hat, stehe ich vermutlich auf der Liste der Personen, auf die man ein besonderes Augenmerk richtet. Es würde mich überraschen, wenn meine Wände nicht mit mehreren Mikrofonen versehen wären. Wo ist Vagn?«
»Ich weiß es nicht«, antwortet Elin.
Frank schweigt einen Moment. Dann sagt er: »Es gibt eine Handvoll Personen, denen du vertrauen kannst. Als Erstes Vagn. Dann die Königin. Drittens Vidar. Auch Ida kannst du vertrauen, aber ich

fürchte, dass sie bald nicht mehr unter uns sein wird. Es gibt einen Anthropologen, der vertrauenswürdig ist. Er heißt Johan. Du hast ihn nicht zufällig irgendwo schon mal getroffen? Er hat sich gerade einen Irokesenschnitt machen lassen.«

»Wir sind uns begegnet.« Ein Regentropfen oder Schweiß rinnt Elins rechte Wange herunter.

»Deine Tante«, spricht Frank weiter, »gehört zu den Personen, vor denen du dich in Acht nehmen musst. Niemand weiß, was eigentlich mit ihr passiert ist, als sie hier oben in Gefangenschaft saß. Syria hat die Verhöre geleitet und ihre Spezialität war es, Leute dazu zu bringen, die Seite zu wechseln. Du bist Syria begegnet, also hast du eine gewisse Vorstellung davon, wozu sie fähig ist.«

»Ich habe sie in Uniform gesehen«, sagt Elin. »Sie hat ihre Maskerade vor meinen Augen auffliegen lassen. Als Agent hat sie sich vor mir blamiert.«

»Das mag sein«, flüstert Frank. »Aber sie ist gefährlicher als irgendjemand anderes und niemand weiß, wo sie sich im Augenblick befindet. Vor Smårne solltest du dich ebenfalls in Acht nehmen. Eventuell ist er derjenige, der deine Tante kontrolliert.«

Elin muss an das Gespräch denken, das sie kürzlich ebenfalls unter einer Decke geführt hat, und fragt: »Um was geht es denn überhaupt?«

»Soweit mir bekannt ist, hast du einen Humanoiden getroffen, der Alan Turing heißt«, sagt Frank.

»Ja.«

»Turing kann so programmiert werden, dass er alles Mögliche tut. Aber es gibt eine Sache, zu der man ihn zum jetzigen Zeitpunkt nicht bringen kann, und zwar, sich selbst zu kopieren.«

»Ist das gut oder schlecht?«

»Niemand kann ahnen, was passiert, wenn Turing sich eines Tages selbst kopieren kann.«

Elin senkt die Stimme. »Turing muss doch Zugang zu Plastik, Silikon, Metallen und allem Möglichen haben, um in seiner Werkstatt oder Fabrik Kopien von sich selbst herstellen zu können. Egal wie man ihn programmiert. Wenn man ihm das verwehrt, kann er doch nicht viel ausrichten, oder? Wovor hat man also Angst?«

»Es gibt einen Apfel«, sagt Frank. »Er liegt verschlossen in einem Sicherheitsraum der königlichen Gemächer. Der Apfel beinhaltet einen fortschrittlichen Computer, mit dem man den Turingroboter gänzlich umprogrammieren kann. Aber um diesen bedienen zu können, muss man über einen Code verfügen – einen passenden Fingerabdruck und möglicherweise eine zugelassene Stimme. Es gibt Menschen, die behaupten, dass du im Besitz dieses Codes bist, dass es dein Fingerabdruck und deine Stimme ist, die den Zugang gewähren. Was die Metalle, Kunststoffe und Silikone angeht: Es soll außerhalb Schwedens geheime Fabrikationsorte geben. Derjenige, der Turing mithilfe des Apfels programmieren will, befindet sich auf der anderen Seite der Erde. Das ist keine schwedische Angelegenheit. Der Turingroboter ist etwas Größeres.«

Elin schweigt und Frank spricht weiter: »Ich werde dich nicht fragen, ob du im Besitz eines Codes bist, und ich kann nur erraten, wie es sich zugetragen haben kann, falls der Apfel auf deine Stimme eingestellt wurde. Aber eins dürfte klar sein: Es gibt viele, die den Code auftreiben wollen. Nicht zuletzt, indem man versucht, deine Stimme zu kopieren.«

»Ist so was möglich?«

Frank zuckt kaum merklich mit den Schultern. »Es ist schwer zu sagen, was möglich ist. Ich schätze, dass man mit der richtigen Technik sowohl deine Stimme kopieren, als auch dich selbst so manipulieren kann, dass du den Code verrätst.«

»Ist es deshalb so wichtig, dass ich am Leben bleibe? Habe ich deshalb Leibwächter und werde auf Schritt und Tritt überwacht?«

»Das ist nicht unwahrscheinlich.«
Sie schweigen beide eine Weile.
»Was soll ich machen?«, fragt Elin schließlich.
»Das weiß ich nicht. Aber wenn jemand fragt, wo sich Vagn befindet, musst du auf jeden Fall antworten, dass du es nicht weißt – genauso wie du mir geantwortet hast.«
»Ist Vagn für die ganze Sache so wichtig?«
Frank antwortet nicht.
»Können wir die Decke weglegen?«, fragt Elin daraufhin. »Es ist so warm.«
»Natürlich, aber wir brauchen sie wieder, sobald wir etwas von dem erwähnen, worüber wir gerade geredet haben.«
»Da wäre noch etwas«, sagt Elin, »das wir unter der Decke besprechen müssen: Wer hat Harald umgebracht?«
Frank legt die Decke beiseite und denkt einen Moment lang nach, dann antwortet er: »Das Vergangene ist niemals ganz tot. Das Vergangene ist nicht einmal vergangen. Manchmal muss man vorsichtig sein, was man ins Heute mitnimmt. Vieles von dem, was früher passiert ist, kann uns verstehen helfen, was heute geschieht, aber genauso kann es uns auch Kummer bereiten. Ich würde vorschlagen, dass du dich mit dem zufriedengibst, was du sicher weißt: dass Harald erschossen wurde.«
»Sie wissen, wer es war, oder?«, fragt Elin.
Frank antwortet nicht.
»Ich habe noch eine Frage«, sagt Elin. »Als ich das Ministerium vorhin verlassen habe, hat kein Leibwächter auf mich gewartet. Wissen Sie etwas darüber? Darüber, wann man Schutz bekommt und wann nicht?«
»Es gibt Algorithmen«, erklärt Frank. »Diese Algorithmen stellen Daten zusammen und beurteilen, wie hoch die Gefahr ist, der das Schutzobjekt ausgesetzt ist. Das wird innerhalb von Sekunden er-

rechnet. Wahrscheinlich kam man vorhin zu dem Schluss, dass du innerhalb des Geländes in Sturm und Regen keiner Bedrohung ausgesetzt bist. Ein Scharfschütze kann bei diesem Wetter nichts ausrichten. Die Computer haben die volle Kontrolle darüber, wer sich auf dem Gelände bewegt und in deine Nähe kommen kann. Vermutlich wurde deine Autofahrt zu mir als weitgehend sicher eingestuft und man ließ dir freie Hand. Bist du beunruhigt?«

»Ich fand es nur seltsam. Es wartet immer irgendjemand auf mich. Zu Hause haben sie sogar einen Camper platziert und wollen neue Kameras installieren.«

Frank hebt die Tasse an. »Sollen wir den Tee probieren?«

»Ja«, antwortet Elin. »Probieren wir den Tee.«

»Habe ich erwähnt, dass meine Tochter die Marmelade selbst gemacht hat?«

»Ja.«

»Wie läuft der Wahlkampf?« Frank bittet die Bildwand, die Lautstärke zu senken.

»Ganz gut, wenn man bedenkt, dass ich keine Politikerin bin und eigentlich keine Ahnung habe, was ich da tue. Aber ich fühle mich ziemlich einsam. Man sagt, dass meine Partei die größte Schwedens ist, aber ich habe noch nicht sehr viele andere Parteimitglieder getroffen. Irgendwie scheint man mich absichtlich zu isolieren oder unter … Wie nennt man das?«

»… Quarantäne zu stellen«, ergänzt Frank. »Menschen mit ansteckenden Krankheiten werden unter Quarantäne gestellt.«

»Und was vermuten Sie an mir Ansteckendes?«

»Vermutlich die Fähigkeit, eigenständig zu denken«, sagt Frank und beißt in einen mit Marmelade bestrichenen Keks.

Ein wenig später geht Elin ins Badezimmer und holt die noch immer leicht feuchte Jeans aus dem Trockner. Dann geht sie zur Tür und zieht sich Strümpfe, Schuhe und den Regenmantel an.

Frank umarmt sie zum Abschied. »Komm bald mal wieder vorbei. Leider habe ich für längere Besuche keine Ausdauer mehr.«
»Ich komme bestimmt wieder mal vorbei«, verspricht Elin und tritt ins Treppenhaus. Hinter ihr wird die Tür geschlossen. Die Deckenbeleuchtung flackert, als wäre sie kurz davor durchzubrennen. Der Aufzug teilt ihr wieder mit, dass er außer Betrieb ist.
Elin öffnet die Tür, hinter der sich die Treppe befindet, und steigt sie hinab. Als sie fast unten angelangt ist, lässt sie sich auf einer Stufe nieder und bleibt eine Weile dort sitzen.
Als sie schließlich das Erdgeschoss erreicht, begegnet sie einer Frau, die den gleichen Regenmantel trägt wie sie, nur ohne Emblem auf der Brust. Es ist die Frau, die auf dem Kostümfest der Königin einen Cowboyhut getragen und sich als Chefin der Sicherheitspolizei vorgestellt hatte. Anne.
Sie nickt Elin zu und steigt die Treppe hinauf, zwei Stufen auf einmal nehmend.
Elin zieht ihr Mobil heraus und ruft die Königin an.

57

Als sich die Tür des Aufzugs öffnet, wartet eine Frau in grauem Anzug und weißer Bluse davor. Sie steht breitbeinig da, mit vor dem Körper gefalteten Händen. Hinter ihr erscheint die Königin, barfuß und in einem knielangen Kleid mit großen gelben Blumen darauf.
»Elin!«, ruft die Königin »Wie siehst du denn aus?«
Die Frau im Anzug macht zwei Schritte zur Seite, sodass die Königin Elin umarmen kann. »Du bist ja pitschnass. Komm, zieh die

Sachen aus!« Die Königin ergreift die Schöße von Elins Regenmantel und zieht sie auseinander, sodass sich die Druckknöpfe öffnen. Sie tritt hinter Elin, hilft ihr aus dem Mantel und reicht ihn der Frau im Anzug. Dann legt sie einen Arm um Elins Schultern. »Du zitterst ja vor Kälte. Ich schlage vor, du duschst erst einmal heiß. In meiner Dusche kann man zwischen acht verschiedenen Einstellungen wählen. Hast du Hunger?«

»Ich fange mal mit der Dusche an.«

Die Königin nimmt Elin an der Hand und zeigt ihr den Weg. Die Frau im Anzug blickt ihnen hinterher.

»Sie ist nicht echt«, erklärt die Königin, ohne sich umzudrehen. Sie ist ein Prototyp eines Nahkampfroboters, der Ziegelsteine mit der bloßen Hand entzweischlagen kann. Leider ist das auch schon alles, wozu sie taugt. Stellt man ihr ein Bein, hat sie bereits Probleme, sich wieder aufzurichten.«

»Hast du das schon versucht?«

»Natürlich. Wenn man sich von hinten nähert und schnell ist, hat sie keine Chance. Ich nenne sie Schluffi. Nur wenn ich Gäste erwarte, habe ich lebendiges Personal am Aufzug.«

Die Königin öffnet eine Tür, hinter der sich ein großes Schlafzimmer verbirgt. Gegen die komplett verglaste Außenwand peitscht der Regen. Das Bett ist mit weißer Wäsche bezogen und ebenso breit wie lang. Obenauf liegen Dutzende Kissen verteilt. Auf dem Nachttisch und am dem Fußende stapeln sich mehrere Papierbücher. Eine Jeans hängt über einem Stuhl mit gewölbten Beinen und reichlich Blattgoldverzierung. Auf einem der Bücher liegt eine einzelne Socke, die zweite ein gutes Stück entfernt.

Die Königin zeigt Elin das Badezimmer. Der gekachelte Fußboden ist beheizt und es gibt zwei Waschbecken, eine Toilette, ein Bidet sowie eine großzügige Duschkabine hinter Milchglasscheiben.

Als Elin die Unmengen an Fläschchen und Döschen unter dem

großen Spiegel betrachtet, dreht die Königin sich zu ihr um. »Du kannst alles benutzen. Du wirst schnell herausfinden, wie die Hähne funktionieren. Wenn dir richtig warm werden soll, kann ich auch die Sauna anheizen. Es ist eine finnische, mit allem was dazugehört.« Sie lacht und sagt mit gespieltem finnlandschwedischem Akzent: »Nun ja, wissen Sie, wir Finnen essen Eisen und scheißen Ketten. So sind wir Finnen, da gibt's nichts dran zu rütteln. Meine Vorfahren haben bei Tampere und manche in der Schlacht von Salla gekämpft.«

An der Badezimmertür dreht die Königin sich noch einmal um und zitiert mit lauter Stimme auf Finnlandschwedisch: »Und wenn ich lebe, bis ich groß bin und fünfzehn Jahre alt, dann ereilt mich selbiger Hunger, Kampf und Tod.« Lachend schließt sie die Tür hinter sich.

Elin zieht sich aus und lässt ihre Kleider in einem Haufen auf dem Fußboden zurück. Dann betrachtet sie sich in dem großen Spiegel, dreht sich erst zur einen, dann zur anderen Seite, fährt sich durch die nassen, strubbeligen Haare und redet mit sich in gekünsteltem Finnlandschwedisch, genauso wie die Königin: »Du siehst gut aus, Elin. Du hast eine schöne Taille, einen schönen Mund und schöne Augen. Vielleicht sind deine Brüste ein bisschen klein, aber immerhin hat es für Gerda gereicht.« Und fügt im gleichen Dialekt hinzu: »Spieglein, Spieglein an der Wand, wer ist die Schönste im ganzen Land?«

Sie schaut, als müsste sie sich erst eine passende Antwort überlegen, lässt aber schließlich das Spiegelbild außer Acht und betritt die Duschkabine. Sie probiert die vergoldeten Hähne aus und bald rieselt warmes Wasser aus Düsen in Knie- und Schulterhöhe und von oben auf sie herab.

Elin legt den Kopf in den Nacken, schließt die Augen und lässt das Wasser auf ihr Gesicht prasseln.

Nach einer Weile bemerkt sie, dass jemand die Duschkabine öffnet. Als sie sich umdreht, steht die Königin vor ihr und hält ihr eine Glasflasche mit brauner Flüssigkeit hin.

»Das ist mein Lieblingsshampoo. Du kannst es auch für den Körper benutzen.«

Elin nimmt die Flasche.

»Ich kann dir den Rücken schrubben, wenn du magst. Ich habe harte und weiche Bürsten.«

Elin zögert einen Augenblick. Das Kleid der Königin ist vorn bereits nass.

»Möchtest du eine harte oder eine weiche?«

»Weich.«

»Dreh dich um.«

Elin tut, wie ihr gesagt wird, und die Königin beginnt, ihre Schultern zu schrubben. »Hier ist eine total verhärtete Stelle, steinhart. Ich kann dich massieren, wenn du willst.« Die Königin bürstet weiter über die Schulterblätter, dann das Rückgrat entlang. »Ist das zu fest?«

»Es ist schön.«

Die Königin führt die Bürste weiter über Elins Steißbein und kniet sich dann auf den gekachelten Boden, sodass ihr Kleid nass wird und Schaum darauf landet. »Du nimmst übrigens auch am Essen mit den Japanern teil«, sagt sie, als sie an den Schenkeln angelangt ist.

»Woher weißt du das?«

»Ich habe die Gästeliste gesehen.«

»Bist du oft bei solchen Empfängen dabei?«

Die Königin lacht. »Ja, ich werde öfter zu so was genötigt, aber diesmal ist es anders. Bürste ich zu hart?«

»Es fühlt sich gut an.«

»Die japanische Delegation besteht aus Kernphysikern, einem Psychologen, einer Dolmetscherin und einem weiteren Mann, der nicht so recht in die Gruppe hineinpasst.«

»Was für ein Mann ist das?«

»Er heißt Akira Kurosawa, wie der Filmemacher, und er ist Spezialist für Robotics. Er war derjenige, der die Arbeit an Alan geleitet hat, oben in Idre. Im Raum neben der Sauna ist eine Massagebank. Soll ich dich massieren?«

»Danke, gerne.«

Die Königin erhebt sich und streicht sich eine feuchte Haarsträhne aus dem Gesicht. Sie reicht Elin ein weißes Badelaken und hilft ihr beim Abtrocknen. Dann führt die Königin Elin in einen Raum mit einer Massagebank und Blick auf die norwegischen Berge, die vor lauter Regen kaum zu erkennen sind. Große Tropfen landen auf der Scheibe und rinnen das Glas hinab.

»Leg dich auf den Bauch.«

Elin legt sich auf die Bank und die Königin beginnt mit der Massage der Nackenmuskulatur.

Elin wird es beinahe schwarz vor Augen. »Du hast ganz schön Kraft in den Händen.«

»Ich habe wohl einen Triggerpunkt gefunden«, murmelt die Königin und drückt mit dem Daumen fest auf die erwähnte Stelle. »Soll ich weitermachen?«

»Ja.«

»Kurosawa ist dabei, weil er versuchen soll, den Apfel zu öffnen. Vom Apfel hast du gehört, oder?«

»Ich habe ihn in Idre von Skarphedens Bruder bekommen, und als Karin während des Kriegs bei uns auf Liden war, habe ich ihn ihr ausgehändigt.«

Die Königin drückt erneut fest auf den Triggerpunkt und Elin schreit auf.

Die Königin summt und drückt noch etwas fester. »Du bist angeb-

lich die Einzige, die ihn öffnen kann. Weißt du das?«
»Ich habe gehört, dass die Leute das glauben, aber ich frage mich, ob das stimmt.«
»Kurosawa wird es versuchen. Wahrscheinlich hat man bereits eine Einspielung von deiner Stimme gemacht und wird mit einer bearbeiteten Version versuchen, den Apfel zu öffnen.«
»Hat Kurosawa den Code denn?«
»Das ist nicht wahrscheinlich.«
»Wie will er das dann schaffen?«
»Die Schwierigkeit ist vor allem deine Stimme. Man muss den Apfel dazu bringen, eine Manipulation deiner Stimme für das Original zu halten. Damit gehen sie aber gleichzeitig auch ein großes Risiko ein. Wenn der Apfel merkt, dass sie versuchen, ins System zu gelangen, ohne autorisiert zu sein, kann er alles herunterfahren, und dann wird es überhaupt niemandem je gelingen, Alan umzuprogrammieren.«
Elin stöhnt, als ihre Waden an der Reihe sind.
»Dreh dich um«, sagt die Königin nach einer Weile.
Nachdem Elin auf dem Rücken liegt, deutet die Königin auf eine Stelle unter Elins rechter Brust. »Du hast da einen Fleck.«
Elin schließt die Augen. »Ich weiß.«
Die Königin umfasst Elins rechten Oberschenkel. Sie betastet ihn zwischen Schienbein und Hüfte, ölt sich dann die Hände ein und beginnt zu massieren. Elin stöhnt. Als sich die Hände der Königin ihrem Schoß nähern, geht Elins Stöhnen in ein Keuchen über.
Die Königin fährt mit ihren Händen über Elins Bauch und streichelt ihn unterhalb des Bauchnabels. Dann wandern ihre Hände hinauf zu Elins Brüsten. Elin schließt die Augen und die Königin küsst sie auf den Mund, so leicht, dass es kaum zu spüren ist.

Nach der Massage steht Elin in der Dusche und die Königin spült ihr das Öl vom Körper.
»Du hast dein Kleid zerstört«, sagt Elin und betrachtet das nasse, mit Ölflecken bedeckte Kleidungsstück. Sie deutet auf eine der gelben Blumen, die auf den Stoff gedruckt sind: »Was sind das für Blumen?«
»Les Fleurs du Mal.«
»Was bedeutet das?«
Die Königin lacht.
»Du kannst hier übernachten, wenn du möchtest.«

Elin steht vor dem Spiegel und bürstet sich die langen Haare, als die Königin zurück ins Badezimmer kommt. Noch immer trägt sie das nasse Kleid mit den gelben Blumen. Über dem Arm hat sie ein Kleid aus demselben Stoff und in demselben Schnitt. Sie hält Elin hin.
»Ich habe zwei aus dem Stoff genäht. Ich habe ihn in Paris gekauft. Der Kragen vom ersten ist nicht ganz so geworden, wie ich es mir vorgestellt habe, aber sonst sind sie gleich. Probier, ob es dir passt.«
Elin schlüpft in das Kleid und die Königin zieht den Reißverschluss zu. Dann nimmt sie Elin die Bürste aus der Hand, fährt damit durch ihre eigenen Haare und frisiert sie ebenso wie Elin. Nachdem sie fertig ist, reicht sie Elin einen Lippenstift. Elin zieht sich ihre Lippen nach, anschließend benutzt die Königin ihn.
Dann stehen sie nebeneinander: Elin in dem trockenen Kleid, das an der Taille etwas knapp sitzt, und die Königin in dem nassen Kleid, das genauso aussieht wie Elins, abgesehen von dem etwas kleineren Kragen.
»Let's have a party!« Die Königin lacht.

58

Mård fährt den Autohändler nach Borlänge. Während der Fahrt unterhalten sie sich über die Straßenschäden und die abgesperrte Brücke. Sein Beifahrer versichert, dass alles, worüber Mård mit Foxy gesprochen hat, auch in dem neuen Wagen gespeichert sein wird.
Als Mård den Autohändler abgesetzt hat, stellt er Foxys Stimme ein. Er seufzt und sagt, wie froh er ist, dass sie nicht verschwunden ist. Und Foxy erinnert sich tatsächlich an alles, was zuvor im alten Auto gesagt wurde.
Als Mård zu Hause ankommt, parkt er vor dem Hoftor, da im Hof selbst das Wasser steht. Er geht zu Maya hinein, die am Küchentisch sitzt und das Baby stillt.
»Das neue Auto ist rot«, sagt er. »Burgunderrot.«
»Schön«, gibt Maya zurück. »Ein Glück, dass es kein Falunrot ist. Ich kann Falunrot nicht ertragen.«
»Die Sitze sind ebenfalls rot, nur einen Ton dunkler.«
Maya hat nur Augen für das Baby. »Meine Mutter hat angerufen. Sie sagt, dass Papa nun der Meinung ist, dass du wohl nicht gänzlich verdorben bist. Er wäre bereit, dich zu treffen, wenn wir zu ihnen kommen.« Maya blickt Mård an. »Wann wollen wir fahren?«
»Wir können gleich los.«
»Meine Mutter würde sich so freuen.« Maya guckt ihren Mann an, den Blick voller Liebe oder zumindest doch Dankbarkeit.
»Also fahren wir los, sobald es geht?«, fragt Mård.
»Sind die Wege denn befahrbar?«
»Das prüfe ich gleich.«
Sten kommt in dunkelblauen Boxershorts die Treppe hinunter und stellt sich mit dem Rücken zu ihnen neben den Herd.

Mård betrachtet seine Tochter an Mayas Brust. »Wir fahren zu Mayas Eltern«, sagt er, ohne den Bruder anzusehen.
»Wir bleiben vielleicht über Nacht weg«, fügt Maya hinzu.
»Gut«, murmelt Sten, füllt einen Topf mit Wasser, holt ein Ei aus dem Kühlschrank und legt es in den Topf. »Dann kann ich den Dachs erledigen.«
»Ist der in seinem Bau nicht längst ertrunken?«, fragt Maya.
Sten blickt die Frau mit dem Kind kurz an, dann dreht er sich wieder um und öffnet eine Schranktür über dem Herd. »Der Schuppen steht am Abhang. Ich glaube nicht, dass da besonders viel Wasser reingelaufen ist. Haben wir keinen grünen Tee mehr?«
»Du darfst nicht in die Tür schießen«, sagt Mård. »Die Tür ist frisch gestrichen und ich will darin keine Einschusslöcher haben.«
»Ich werde die Winchester benutzen.«
Maya zeigt auf das Regalbrett ganz oben. »Der steht da.«
Sten holt die Packung herunter.
»Die Zweiundzwanziger sind fast aus«, meint Mård.
»Ich werde nicht viele brauchen«, behauptet Sten und greift nach einem Paket Knäckebrot.
Das Kind dreht sich von der Brust weg und Maya steht auf. »Ich rufe meine Mutter an.« Sie geht ins Arbeitszimmer und schließt die Tür hinter sich.
Mård streicht sich über das Kinn. »Hast du den neuen Wagen gesehen?«
Sten geht zum Fenster, betrachtet das Auto und beißt von seinem Brot ab. Dann streichelt er die Katze, die zwischen den Blumentöpfen auf dem Fensterbrett sitzt. »Wie nennt man die Farbe?«
»Manche sagen Ochsenblut, aber Burgunderrot klingt besser.«
Sten steckt sich das letzte Stück Brot in den Mund, hebt die Katze auf den Arm und streichelt ihr den Rücken. Sie schnurrt. »Du hast sie bisher noch nicht getroffen.«

»Es ist das erste Mal.«
»Sie waren nicht auf der Hochzeit.«
»Mayas Mutter wollte, aber sie konnte nicht wegen ihm.«
Sten lässt die Katze herunter, geht zur Tür, öffnet sie und lässt das Tier hinausschlüpfen.
Maya kommt mit dem Baby auf dem Arm zurück. »Sie hat sich so gefreut, dass sie weinen musste. Ich gehe packen. Vielleicht bleiben wir über Nacht.«
»Sollten wir es nicht etwas sachter angehen?« Mård klingt zweifelnd.
»Was meinst du?«
»Ich habe sie doch noch nie getroffen. Das wird vielleicht ein bisschen viel, gleich über Nacht zu bleiben.«
Maya dreht sich um und geht zur Treppe.
Mård ruft ihr hinterher: »Aber wenn du es gerne willst, können wir natürlich übernachten.«

Nachdem Mård und Maya mit dem Kind im Babysitz losgefahren sind, nimmt Sten ein Tablett mit einer Tasse Tee und drei belegten Knäckebroten mit in Mayas und Mårds Zimmer. Er legt sich auf das Doppelbett und schaltet eine sechzehnteilige Serie an, die er bereits gesehen hat. Der Protagonist ist ein schmalhüftiger und dünnarmiger Zwanzigjähriger, der als Fallschirmjäger an der Invasion in der Normandie teilnimmt. Nach der dritten Folge macht Sten eine Pause, bohrt den Kopf in Mayas Kissen und atmet ihren Geruch ein. Er berührt sich eine Weile selbst und schläft danach ein.

Eine Stimme in der Küche weckt ihn. Als Sten aus dem Bett steigt, hört er die Stimme erneut.
»Jemand zu Hause?«
Sten antwortet: »Ich komme!«, und läuft die Treppe hinunter.

In der Küche steht ein ziemlich großer, dünner Mann in Arbeitshosen, T-Shirt und schweren Stiefeln. Um den Bauch trägt er einen Ledergürtel, an den Schraubenzieher und Zangen geschnallt sind. Unter dem Arm hält er fünf kleine Kartons und über seiner linken Schulter hängt eine Kabelrolle.

»Ist dein Bruder zu Hause?«

»Nein.«

»Ich soll neue Kameras anbringen.«

Sten zuckt mit den Schultern.

»Es dauert nicht lange«, sagt der Mann. »Ich heiße Ville. Es war kein Alarm zu hören, als ich hereingekommen bin, die alten scheinen also nicht mehr zu funktionieren.«

»Ich kann das Piepen nicht leiden, deshalb habe ich sie ausgestellt. Ich heiße Sten.«

Ville nickt und guckt sich in der Küche um. Die weiße Katze streicht um seine Beine. »Dein Bruder ist also nicht zu Hause?«

»Nein.«

Ville hält ihm den Stapel Kartons hin. »Die sollten installiert werden – pronto hat es geheißen. Aber ich sehe keine Leitungen, es kann also eine Weile dauern.«

Sten nickt. »Möchten Sie Kaffee?«

Ville schüttelt den Kopf. »Nein danke, ich bring das hier zu Ende und dann muss ich weiter zum Training.«

»Was trainieren Sie?«

»Eine Fußballmannschaft. Vierzehnjährige. Spielst du Fußball?«

»Nein.«

Ville legt den Kopf schief, als würde er Stens potenzielle Tauglichkeit als Fußballspieler abschätzen. Dann hebt er die Augenbrauen. »Dann fange ich wohl mal mit der Arbeit an.« Er dreht sich um und geht zur Haustür.

Eine der Katzen schlüpft herein und springt auf den Küchentisch.

Sten nimmt sie auf den Arm und geht zurück in Mårds und Mayas Schlafzimmer.

Er guckt seine Serie weiter und hört irgendwann Ville unten in der Küche rufen: »Ein Teil fehlt. Ich komme morgen früh wieder. Bist du dann zu Hause?«

»Ich bin zu Hause!«, ruft Sten. »Sie können jederzeit kommen.«

»Bis dann!«, ruft Ville.

Kurz darauf hört man draußen ein Auto davonfahren.

Sten guckt noch ein paar Folgen und schläft schließlich ein.

Als er aufwacht, ist es draußen fast schon dunkel. Auf der Bildwand marschieren amerikanische Soldaten an einem brennenden Panzer vorbei. Sten schaltet die Bildwand aus, stellt den Wecker auf zwei Uhr und kriecht unter die Decke.

Er träumt, dass er jemanden sucht. Er kann ihn nicht finden und weiß auch nicht genau, wer die Person ist, nach der er sucht, nur dass sie seit Langem verschwunden ist. Er hört im Traum, dass jemand etwas zu ihm sagt, und er glaubt, seinen Namen zu verstehen. Dann wacht er vom Weckerklingeln auf.

Sten steht auf, stellt sich unter die Dusche, kocht Tee, isst ein paar Brote und kramt eine Isomatte hervor. Er zieht sich eine Strickjacke über und geht ins Arbeitszimmer, wo er die oberste Schreibtischschublade aufzieht. Auf der kleinen Schachtel steht mit blauen Buchstaben: *Remington.22*. Darin liegen fünf Patronen, alle mit Bleispitze. Er greift sich das Salongewehr und lädt es. Es ist eine Winchester, der Lack am Kolben ist rissig.

Dann zieht Sten sich Socken und Stiefel an, setzt sich eine Kappe auf und tritt aus dem Haus. Die Katze will ihm folgen, doch er schließt sie ein und ignoriert ihr Jammern.

Er umgeht die größten Wasserlachen auf dem Hof und breitet die Isomatte neben dem Brennholzstapel aus. Zwischen Sten und dem

Schuppen erstreckt sich ein kleiner See aus Regenwasser, fast doppelt so groß wie ihre Küche. Sten legt sich hin und richtet den Blick auf die etwa fünfzig Meter entfernte blau gestrichene Schuppentür. Nach einer Weile bereut er es, dass er kein Kissen oder eine Decke mitgenommen hat.

Keine Bewegung, kein Luftzug. Die Wasseroberfläche des kleinen Sees ist spiegelglatt.

Stille.

Plötzlich entdeckt Sten aus den Augenwinkeln hinten am Schuppen einen Dachs.

Zeitgleich beginnt auf dem Wipfel der Tanne eine Amsel zu singen. Sten zielt auf die Treppe vor der Schuppentür und drückt die Wange an den Kolben. Er kneift das linke Auge zu und ärgert sich, dass er das Zielfernrohr nicht mitgenommen hat.

Just in diesem Moment entdeckt er den Mann, der auf die große Tanne zugelaufen kommt. Er ist schwarz gekleidet und hat eine Mütze über das Gesicht gezogen, sodass er nicht zu erkennen ist. Nur für die Augen ist ein schmaler Schlitz ausgespart. Sein Oberkörper sieht ausgestopft aus. Der Mann trägt einen kleinen Rucksack und in der rechten Hand ein Gewehr mit großem Magazin. Etwas vorgebeugt nähert er sich der Küchentür, drückt die Klinke hinunter und stellt fest, dass die Tür nicht verschlossen ist. Als er sie öffnet, schlüpft die Katze heraus und im selben Moment ruft Sten: »Was wollen Sie?«

Der Mann dreht sich um, duckt sich und zückt die Waffe.

Sten zielt auf die Augenöffnung in der Mütze und schießt. Der Mann taumelt und lässt eine Gewehrsalve los. Die Kugeln landen in der Wasserlache und Sten schießt erneut. Der Mann fällt vornüber.

Sten bleibt noch einen Moment liegen und zielt auf den Kopf des Mannes.

Die Amsel ist verstummt.
Nach einer Weile richtet Sten sich auf. Den Blick auf den am Boden Liegenden gerichtet, das Salongewehr gezückt, umkreist er geduckt die Wasserlache und geht auf den Mann zu. Sten hebt das Gewehr des Angreifers auf und legt es ein paar Meter entfernt auf die Erde. Dann kehrt er zu dem Mann zurück, der immer noch unbewegt auf dem Bauch liegt, eine Hand im Wasser. Sten versetzt dem Fuß des Eindringlings einen Tritt, doch der Mann rührt sich nicht.
Sten setzt sich auf die Stufen vor der Küchentür und betrachtet seine zitternden Hände und das Salongewehr auf seinem Schoß. Schließlich steht er auf und öffnet den Rucksack des Toten. Ein Plastikkanister steckt darin. Sten holt ihn heraus, schraubt den Verschluss ab und riecht an der Flüssigkeit darin.
Die Amsel stimmt erneut ihr Lied an.
Die Waffe des Mannes in der einen, das Salongewehr in der anderen Hand betritt Sten die Küche. Er lässt die Tür offen, legt die eine Waffe auf den Tisch und behält sein Gewehr bei sich, als er sich am kurzen Tischende auf einen Stuhl setzt. Durch die geöffnete Tür sieht er die Katze, die sich neben den Kopf des Toten gesetzt hat und ihn betrachtet.
Sten wählt eine Nummer. »Ich möchte die Polizei sprechen.«

59

Elin erwacht davon, dass ihr jemand mit der Hand über die Haare streicht. Sie liegt auf dem Bauch und ihr Kleid ist bis zur Hüfte hochgerutscht. »Bist du wach?«, hört sie die Stimme der Königin und dreht sich auf die Seite. Mit dem Knie stößt sie gegen etwas Hartes und sieht, wie die Königin eine Flasche hochhält.

»Pol Roger 2036, Papas Lieblingschampagner.«

»Wie viel Uhr ist es?«

»Halb neun. In den Nachrichten läuft etwas, das du bestimmt sehen möchtest. Deswegen habe ich dich geweckt.«

Elin stützt sich auf den Ellenbogen. Die Königin ist nackt, im Hintergrund läuft die Bildwand ohne Ton.

Elin richtet sich auf und steigt aus dem Bett. Am Fußende steht ein Teller mit Goldrand, auf dem ein paar Brotkrümel zu sehen sind, daneben liegt ein langstieliges Glas.

»Was haben wir gegessen?«

»Entenleber.«

»Habe ich viel getrunken?«

»Die halbe Flasche.«

Das nass gewordene schwarze Kleid der Königin mit dem Blumenmuster ist auf dem Boden gelandet. Elin zieht ihr Kleid ebenfalls aus und hängt es über die Bettkante.

»Du bist hübsch«, sagt die Königin.

Elin zuckt mit den Schultern und geht ins Badezimmer. Sie stellt sich unter die Dusche und pinkelt, während ihr das Wasser von oben aufs Gesicht prasselt. Dann trocknet sie sich die Haare mit einem Handtuch ab, bürstet sie und betrachtet sich im Spiegel. Anschließend kehrt sie ins Schlafzimmer zurück.

Der Ton der Bildwand wurde lauter gestellt, aber die Königin ist nicht mehr im Zimmer.
Ein junger Mann mit Mikrofon steht neben einer Frau mittleren Alters in Polizeiuniform. Im Hintergrund sieht man eine hohe Tanne, ein rot gestrichenes, zweistöckiges Holzhaus und eine Pferdekoppel.
»Können Sie die Lage schildern?«
Die uniformierte Frau blickt in die Kamera. »Heute früh ging bei der Polizei von Borlänge die Meldung ein, dass ein Mann erschossen worden sei. Wir haben daraufhin zwei Polizeiwagen zum Tatort geschickt.« Die Frau zeigt zum Haus. »Ein maskierter Mann lag erschossen auf dem Hof. Auf dem Rücken hatte der Tote einen Rucksack, der einen Kanister mit vier Litern Benzin enthielt. Der Mann trug schwarze Kleidung, eine Strumpfmaske und eine kugelsichere Weste. Er hatte außerdem ein geladenes Maschinengewehr bei sich.«
»Und wer war der Schütze?«
»Dazu wollen wir zum jetzigen Zeitpunkt keine Aussage machen.«
»Können Sie sagen, welches Motiv der Tat zugrunde liegt?«
Die Frau schürzt die Lippen. »Die Voruntersuchung läuft gegenwärtig noch und es wird diesbezüglich noch nichts an die Öffentlichkeit gegeben. Was sich aber schon jetzt sagen lässt, ist, dass der Tote kein Unbekannter ist.«
»Und der Schütze?«
»Über den Schützen will ich mich zum jetzigen Zeitpunkt nicht äußern.«
»Vielen Dank, Solveig Ericson, Sprecherin der Polizei von Borlänge. Wir hören jetzt einen Kommentar von Hans Falk aus der Lokalredaktion zu den aktuellen Ereignissen.«
Ein grauhaariger Mann mit kurzem Bart und Brille wird in Nahaufnahme gezeigt.

»Das Haus, bei dem die Schießerei stattfand, wird von niemand anderem als den Erben der sogenannten Borlänge-Gang bewohnt. Die ursprünglichen Anführer der Gang wurden vor mehr als vier Jahren von der landesweit bekannten Elin Holme erschossen.«
Es wird ein Film eingespielt, auf dem ein Mann und eine Frau zu sehen sind, die zu Boden gehen.
»Das Vermögen der Borlänge-Gang haben zwei Brüder geerbt, von welchen der eine heute Anfang zwanzig, der andere noch minderjährig ist. Das Haus, das in der Nacht von einem bewaffneten Mann attackiert wurde, ist der Wohnsitz der Brüder. Offenbar ist zum Zeitpunkt der Tat nur der jüngere der beiden anwesend gewesen. Man kann also vermuten, dass es sich bei ihm um den Schützen handelt.
Die Borlänge-Gang kontrolliert Drogenhandel, Prostitution, illegales Glücksspiel und den gesamten kriminellen Markt im südlichen Dalarna. Die Gang hat Anteile an einem Sicherheitsunternehmen, einem Fuhrunternehmen und an einer Wohnungsbaufirma und sie besitzt außerdem mehrere Immobilien. Es ist hinreichend bekannt, dass darüber hinaus besonders die Schutzgelderpressung zu ihren Einnahmequellen gehört.
Vermutlich ist in der Borlänge-Gang ein Konflikt über die Führung und ein interner Machtkampf entbrannt. Es ist demnach davon auszugehen, dass dies auch das Motiv für die Schießerei heute Nacht war.
Laut einer Stellungnahme der Reichspolizei nimmt die Zahl an kriminellen Netzwerken und Organisationen in vielen Landesteilen stark zu.« Falk liest jetzt einen Text von einem Bildschirm ab: »Die Entwicklung in diesen Gebieten erschwert die Arbeit der Polizei in Bezug auf die Verbrechensaufklärung zunehmend. Und die Polizei steht dort auch in anderer Hinsicht vor Schwierigkeiten, unter anderem wird ihren Einsätzen dort mit Angriffen auf ihre

Fahrzeuge begegnet. Aufgrund dieser und weiterer Behinderungen bei der Eindämmung der genannten Probleme, kann bei den Bürgern der Eindruck hervorgerufen werden, dass es die kriminellen Banden sind und nicht die Polizei, die in den Gebieten die Macht innehat.«

Falk blickt wieder in die Kamera. »Dass die Kriminellen ganze Gegenden dominieren, klingt ernst. Wir haben den Sprecher der Polizeibehörde von Dalarna gebeten darzulegen, was hinter der nächtlichen Schießerei stehen mag, und auch um einen Kommentar zu der eben zitierten Stellungnahme. Leider aber war niemand bei der Polizeibehörde abkömmlich für einen Besuch in unserem Studio.«

Ein Mann hinter einem Tisch wird in einer Nahaufnahme gezeigt. »Danke, Hans! Und jetzt zum Sport und zum Wetter.«

Die Königin kommt ins Zimmer und hält ein Tablett in den Händen. »Bildwand aus!«, ruft sie und die Bildwand erlischt. Die Königin bringt das Tablett zum Bett und stellt es am Fußende ab.

Sie trägt jetzt einen kirschroten Kimono und hat die Haare zu einem lockeren Dutt aufgetürmt. Sie klettert auf das Bett und Elin begutachtet das Tablett: eine Teekanne aus Gusseisen, weiße Porzellantassen, Toastbrot, zwei Sorten Marmelade, ein geschälter und in Stücke zerteilter Apfel, zwei Gläser Orangensaft.

»Du hast gestern Abend fast nichts gegessen, du musst also Hunger haben«, sagt die Königin, streckt sich nach einem Toastbrot, streicht Marmelade darauf und beißt ab. Während sie kaut, betrachtet sie Elin. »Ist diese Schießerei in irgendeiner Weise für dich von Bedeutung?«, fragt sie und hält Elin das Brot hin.

Elin beißt ein Stück ab. »Keine Ahnung.«

»Vielleicht magst du ja ganz andere Sachen zum Frühstück?«

»Manchmal.« Elin kaut und die Königin hält den Toast erneut dicht vor ihren Mund.

»Was frühstückst du, wenn du bei dir zu Hause bist?«, fragt sie.

»Grütze und Eier.«
»Mein Vater hat immer Hafergrütze gegessen. Soll ich welche für dich kochen?« Die Königin schmiert noch ein Brot mit Marmelade und Elin leert eins der Saftgläser.
Plötzlich vernimmt Elin eine Stimme aus dem Badezimmer: »Elin, Elin, Morgan sucht dich.«
Sie geht ins Bad und holt ihr Mobil aus der Jeans. Dann kehrt sie ins Schlafzimmer zurück und legt sich damit aufs Bett.
Die Königin nimmt ihr das Mobil aus der Hand und stellt es so ein, dass der Chef der Sicherheitsabteilung in Nahaufnahme auf der Bildwand sichtbar wird. Er ist so glatt rasiert, dass man den Geruch von Rasierwasser regelrecht erahnen kann. Das Monokel hat er nicht auf, auch die Schnur, an der es hing, ist nicht zu sehen.
»Kann er uns sehen?«, fragt Elin, greift nach der Decke und zieht sie sich über die Brust.
»Nein«, antwortet die Königin. »Nur wir können ihn sehen.«
»Bist du da, Elin?«, kommt es von der Bildwand.
»Ja.«
»Wir haben das Maß deiner Bedrohung neu eingeschätzt. Bis auf Weiteres wollen wir, dass du dich innerhalb des Geländes aufhältst.«
»Warum?«
»Wir können dir außerhalb des Geländes nicht den Schutz bieten, der momentan als notwendig angesehen wird. Wenn du dich von hier fortbewegst, riskierst du nicht nur dein eigenes Leben, sondern setzt auch deine Leibwache großer Gefahr aus.«
»Was sind das für neue Informationen, die Sie haben?«
Morgan schweigt einen Moment, dann legt er den Kopf schief und rückt seinen Krawattenknoten zurecht. Am Ringfinger seiner rechten Hand trägt er einen Siegelring mit rotem Stein, so groß wie eine Preiselbeere. »Dazu kann ich mich nicht äußern.«

Elin versucht gar nicht erst, ihre Entrüstung zurückzuhalten. »Wollen Sie damit sagen, dass ich hier auf dem Gelände gefangen bin?«
»Selbstverständlich triffst letztlich du selbst die Entscheidung, welchen Gefahren du dich und andere aussetzen willst.«
»Und die Fahrt runter nach …« Elin stockt.
»Nach Glafshyttan«, ergänzt Morgan. »Glafshyttan wirst du vorerst keinen Besuch abstatten.«
»Und wie soll es dann bitte schön mit meiner Kampagne weitergehen? Ich soll in den Reichstag.«
»Dein Name fällt in beinahe jeder Nachrichtensendung. Du wirst wohl auch ohne den Besuch in Glafshyttan in den Reichstag einziehen. Ich vermute, dass du nicht widersprechen wirst, wenn ich sage, dass es äußerst riskant wäre, das Gelände zu verlassen.« Morgan klingt müde.
»Ich muss mit Karin sprechen.«
»Du meinst die Justizministerin?«
»Ja.«
Morgans Tonfall klingt beleidigt, als hätte Elin ihm vorgeworfen, dass er eine grässliche Frisur hat und noch dazu eine hässliche Krawatte trägt: »Die Ministerin hat zwar mit dem Personenschutz nichts zu tun, aber sprich ruhig mit ihr. Sie wird dich sicher auch lieber am Leben wissen als tot.« Morgan schweigt einen Moment und richtet erneut seinen Krawattenknoten. Er macht ein Gesicht, als würde er gerade überlegen, welche Krawatte er stattdessen hätte wählen sollen. »Das wäre alles«, sagt er dann.
Sein Bild verschwindet und die Königin bittet die Bildwand um den letzten Wetterbericht.
Eine Meteorologin zeigt die Karte von Dalarna. »Tagsüber wird es gebietsweise regnen. Am Abend und in der Nacht fällt erneut Niederschlag und es nicht auszuschließen, dass dieser Sand aus Nordafrika mit sich bringt. In diesem Fall wird er bei uns als roter Regen

auftreten, der den Anschein erwecken kann, als blute der Himmel – ein Phänomen, das bei uns als Blutregen bekannt ist. Im nordwestlichen Dalarna kann es vielerorts zu unpassierbaren Straßen kommen. Gestern bereits wurde eine Warnung der Stufe drei ausgesprochen und es wird empfohlen, sämtliche Verkehrswege westlich von Sätra so weit wie möglich zu umgehen.«

Die Königin schaltet die Bildwand aus. »Gleich zwei Gründe, warum du am besten hier bei mir bleiben solltest. Die Wege sind nicht befahrbar und außerhalb des Geländes bist du gefährdet.«

»Ich will nach Hause zu Gerda.«

»Es ist doch wohl besser, wenn du nach Hause fährst, sobald sich alles beruhigt hat. Oder willst du, dass Gerda dich auf deiner Beerdigung wiedersieht? Soll ich uns eine Portion Grütze machen?«

»Ja, bitte.«

»Welche Sorte?«

»Hafergrütze.«

»Ich kann dir meinen Film über Kvist Johan zeigen. Möchtest du?«

»Gern.«

Nachdem die Königin in der Küche verschwunden ist, legt Elin sich hin und starrt an die Decke. Nach einer Weile greift sie zu ihrem Mobil und wählt. Gunnar geht ran. »Ich komme heute nicht nach Hause. Die Polizei sagt, dass sie mich außerhalb des Geländes nicht beschützen könne und außerdem sind die Wege nicht passierbar.«

»Bei uns steht das Wasser in der Küche. Hochwasser in sämtlichen Flüssen hier in der Umgebung und unser Hof hat sich in einen regelrechten Binnensee verwandelt. Heute Nachmittag kommt Vidar mit Klein-Gunnar her. Sie waren gestern auch schon da und die Kinder haben sich gut vertragen, sie hatten viel Spaß.«

Nach einer Weile kommt die Königin mit einem Tablett zurück, darauf ein Teller, eine Milchkanne und ein Topf mit geschlossenem Deckel.

Elins Mobil klingelt.
Es ist Skarpheden, der Elin fragt, ob sie mit ihm am Abend essen gehen will. Er wohnt im Borderland.
»Bitte ihn doch hierherzukommen«, schlägt die Königin vor.

60

Die Brücke unterhalb von Wongs ist für schwerere Fahrzeuge gesperrt und die Geschwindigkeit wurde auf dreißig Kilometer pro Stunde begrenzt. Ein Polizeiauto steht an jedem Brückenpfeiler.
Nachdem Syria die Polizeipatrouille auf der Südseite passiert hat, entdeckt sie den Mann mit der weißen Mütze. Er steht an der nördlichen Seite und hat eine etwa vier Meter lange Angelrute in der Hand. Der Schwimmer liegt draußen in der Strömung, die so stark ist, dass die Schnur gespannt und die Spitze der Angelrute leicht gebogen ist.
Syria parkt das Auto auf einem Rastplatz auf der anderen Seite der Brücke, schlüpft in einen grünen Regenmantel und zieht sich die Kapuze über.
Als sie unten beim Angler angelangt ist, fragt sie ihn, ob sie beißen, und der Mann antwortet, dass er das Eisfischen vorzieht.
Er sieht recht resigniert aus und zeigt auf das Polizeiauto am Fuß der Brücke. »Einer der Bullen ist zu mir gekommen, direkt nachdem ich die Angel ausgeworfen hatte. Ich dachte schon, da wäre was im Busch, aber er wollte mir nur mitteilen, dass das Angeln bei Hochwasser zwecklos ist. Ich habe gesagt, dass ich das wüsste. Dann wollte er wissen, warum ich es trotzdem versuchen würde.«
»Und was war deine Antwort?«

Die Strömung trägt eine kleine Hundehütte an ihnen vorbei.
»Was hätte ich antworten sollen?«
»Was war deine Antwort?«, wiederholt Syria.
»Dass ich eine Wette abgeschlossen habe.«
»Nämlich?«
»Dass ich trotz des Hochwassers in zwei Stunden mindestens einen Fisch rausholen würde.«
»Und was hat der Bulle gesagt?«
»Er wollte wissen, um was ich gewettet habe.«
»Und was hast du gesagt?«
»Zehn Dosen Snus und ein Kuss von Tilde.«
»Wer ist Tilde?«
»Eine Praktikantin.«
Syria betrachtet die Strömung. »Da hat sich ein Zweig verfangen«, sagt sie und zeigt auf die Angel.
Der Mann hebt die Angel hoch und holt die Schnur ein. Ein Kiefernzweig hängt am Schwimmer. Der Mann entfernt ihn und lässt ihn ins Gras fallen. Dann wirft er die Schnur erneut aus. »Wie läuft die Bezahlung ab?«
»Du erhältst eine Buchungsnummer von einem Hotel in London. Wenn du die Buchung bestätigst, wird das Geld auf dein Konto überwiesen, das du in der Buchungsbestätigung angibst.«
»Muss ich nach London fahren?«
»Nein, natürlich nicht. Du musst nur eine Buchung bestätigen, dann wird das Geld auf dein Konto überführt.«
»Wann bekomme ich die Nummer?«
Syria holt einen Zettel aus der Tasche und reicht ihn dem Mann. »Und du brauchst gar nicht erst zu versuchen, an das Geld zu kommen, bevor ich nicht das Zeichen gegeben habe.«
Der Mann hebt die Angel hoch und versucht, den Schwimmer stromaufwärts zu ziehen, doch er kommt immer wieder zurück.

»Du bist an Holme interessiert, oder?«
Syria nickt und der Mann holt die Angelschnur ein. Er geht ein paar Schritte stromaufwärts.
»Am Samstag wird eine japanische Delegation erwartet. Sie wollen am Sonntag auf den See rausfahren und sich das Flugzeugwrack ansehen. Davor wird im Borderland das Mittagessen serviert.«
»Um wie viel Uhr?«
»Das Essen beginnt um eins.«
»Am Sonntag?«
»So steht es in der Reservierung.«
»Was für ein Boot ist es?«
»Ein offenes Fischerboot aus dem zwanzigsten Jahrhundert. Aus Holz. Für die Touristen eine Riesenattraktion. Immer ausgebucht. Alle Deutschen wollen das Flugzeugwrack sehen.«
»Wenn das Mittagessen und der darauffolgende Ausflug geglückt sind, kannst du dich am Montag dem Londoner Hotel widmen.«
»Wie viel bekomme ich?«
»Für ein gebrauchtes Auto einer hübschen Marke wird es wohl reichen.«
»Wie viel?«
Syria zuckt mit den Schultern, dreht dem Angler den Rücken zu und geht entlang des Flussufers zurück zur Brücke. Sie steigt in ihr Auto, verlässt den Rastplatz und will gerade denselben Weg zurückfahren, den sie gekommen ist, als sie von einem Polizisten in Regenmontur angehalten wird.
»Der Brückenpfeiler ist unterhöhlt. Sie müssen die nächste Brücke nehmen, noch ist sie zugänglich.« Er deutet den Fluss hinab.
Syria fährt die Fensterscheibe auf ihrer Seite wieder hoch, wirft einen Blick auf den Fluss und gibt Gas.
In der Mitte des Flusses treibt ein Baumstamm, auf dem ein kleines Tier sitzt. Möglichweise ein Nerz, vielleicht auch ein Eichhörnchen.

61

Die Königin steht an einem der beiden Herde. Sie hat die Kleider gewaschen, getrocknet und gebügelt. Außerdem haben Elin und sie sich die Haare auf die gleiche Weise hochgesteckt, haben beide knallrot bemalte Lippen und tragen denselben rosafarbenen Nagellack. Abgesehen von der Haarfarbe und davon, dass Elin etwas größer ist als die Königin, sehen sie sich zum Verwechseln ähnlich.

»Zuerst brät man sie an«, erklärt die Königin und schiebt mit einem Messer die klein geschnittenen Pilze vom Schneidebrett in einen Topf. Sie rührt mit einem Holzlöffel um, greift nach dem Weinglas und trinkt. »Bist du sicher, dass du nicht doch einen Schluck möchtest, Elin?«, fragt sie, ohne sich umzudrehen.

Elin blickt Skarpheden an, der sein Glas hochhebt und ihr stumm zuprostet.

»Ich bin mir sicher«, antwortet Elin.

Die Königin hat Zwiebeln klein gehackt und wischt sich hin und wieder eine Träne von der Wange.

Skarpheden und Elin sitzen einander gegenüber. Er trägt Jeans und ein weißes Hemd, hat sich über den Tisch gebeugt und Elins Hand umfasst. Er lässt sie los, als die Königin ihn anspricht.

»Erzähl von den Japanern.«

Skarpheden dreht sich in seinem Stuhl, sodass er sowohl der Königin am Herd als auch Elin zugewandt sitzt. »2011 haben ein Erdbeben und ein Tsunami die Systeme des Kernkraftwerks in Fukushima zerstört. Zum Glück bekam man die Sache noch einigermaßen in den Griff. Die gesammelten Erfahrungen wurden gut dokumentiert. Unter anderem gibt es Filmmaterial, das sich damit auseinandersetzt, welche psychologischen Auswirkungen das Ganze langfristig hat. Die Leute, die hierherkommen, haben untersucht, was genau passiert ist und was man unternommen hat. Sowohl das, was gut lief, als auch das, was weniger gut lief. Keiner dieser Forscher hat damals, als das Unglück passierte, schon gelebt. Rekonstruktion war also gefragt. Die Delegation ist mit einer Dolmetscherin unterwegs. Sie heißt Mio Uehara.« Skarpheden blickt Elin an. »Als ich vierzehn Jahre alt war, habe ich mit meinen Eltern und meinem Bruder in Hiroshima gewohnt. Ich habe mich damals in ein Mädchen verliebt. Nachdem wir nach Stavanger zurückgefahren waren, haben Mio und ich Kontakt gehalten. Es ist zwanzig Jahre her, dass ich sie zuletzt gesehen habe. Sie hat Norwegisch gelernt und kommt jetzt als Dolmetscherin hierher.«

»Wunderbar«, sagt die Königin, ohne sich umzudrehen. »Ist sie verheiratet?«

»Ja, und sie hat zwei Söhne und eine kleine Tochter.«

»Und jetzt kommt sie her«, sagt die Königin, nimmt ihr Glas und dreht sich um. Sie prostet Skarpheden zu und trinkt. »Sie hat Norwegisch gelernt, um eurer Liebe zu gedenken. Das ist ja wie im Märchen!«

»Kann ich helfen?«, fragt Skarpheden, als wolle er das Thema wechseln.

»Du kannst den Knoblauch schälen und klein schneiden.«

Skarpheden steht auf und stellt sich ans Schneidebrett direkt neben die Königin. Offensichtlich findet sie, dass er zu nah bei ihr steht, denn sie versetzt ihm einen Stoß mit der Hüfte, aber Skarpheden bewegt sich nicht.

Die Königin hebt die Flasche hoch und blickt Elin fragend an.

»Na gut, ein halbes Glas«, sagt Elin.

»Braves Mädchen.« Die Königin lacht und kommt mit der Flasche und einem Glas zu ihr.

»Wie viel Knoblauch soll es sein?«, fragt Skarpheden.

»Vier große Zehen«, bittet die Königin. »Was ist in Hiroshima passiert?«
Skarpheden trennt vier Zehen von der Knoblauchzwiebel ab und erzählt währenddessen, wie er in Hiroshima Mio und ihren Vater beim Schwertkampf auf dem Rasen beobachtet hat. Er erzählt von ihrem Vogel, vom Messer und von seiner Liebe. »Natürlich habe ich mich seitdem viele Male verliebt, aber so wie damals war es nie wieder.« Sein Blick trifft Elins.
»Man ist nie wieder so verliebt wie mit vierzehn«, pflichtet die Königin bei. »Höchstens mit fünfzehn. Wer war deine erste Liebe, Elin?«
Elin muss nicht lange nachdenken. »Harald, Gerdas Vater. Wir sind uns begegnet, als ich gerade sechzehn geworden war.«
Die Königin dreht sich um und trocknet sich mit der Rückseite ihrer Hand die Wange. In der Hand hält sie ein breites Messer und schiebt nun mit der Klinge die gehackten Zwiebeln in den Topf.
»War er der Erste?«
»Ja.«
Die Königin wischt sich wieder über die Wange.
»Frank weiß, wer Harald ermordet hat«, sagt Elin. »Aber er will nichts sagen.«
»Wer ist Frank?«, fragt Skarpheden und Elin erzählt ihm von dem Treffen.
»Ihr könnt sagen, was ihr wollt«, unterbricht die Königin. »Niemand hört uns. Mein Vater hat untersuchen lassen, ob es hier auf der Etage Mikrofone gibt. Man hat nur eine versteckte Kamera bei den Aufzügen gefunden, das ist alles.« Sie beobachtet Skarpheden, der Knoblauch hackt und ihn vom Brettchen in den Topf kratzt. Knoblauch, Zwiebeln und Pilze brutzeln vor sich hin. Die Königin zieht einen kleineren Topf vom Herd und beugt sich darüber, um den Duft einzuatmen. »Mhm, Hühnerbrühe.« Sie legt die Hand auf Skarphedens Rücken. »Bist du nervös?«

»Warum?«

»Wegen des Wiedersehens mit deiner Jugendliebe.«

»Ein bisschen.«

Die Königin legt ihre Hand zwischen Skarphedens Schulterblätter. Sie betastet die Muskeln bis zu seinem Nacken. »Du bist angespannt.« Sie gießt die Brühe in den Topf mit den Zwiebeln und den Pilzen. Anschließend misst sie Reis ab und gibt ihn mit etwas Öl, Salz und ein bisschen Wein hinzu. Anschließend mahlt sie frischen Pfeffer aus einer Mühle darüber. Dann setzt sie sich neben Elin.

»Wer von uns ist schöner?«, will die Königin wissen und sieht aus, als müsste sie sich das Lachen verkneifen.

Skarpheden lehnt sich an einen Küchenschrank und legt das Messer auf die Arbeitsplatte. »Die Frage ist unmöglich zu beantworten.«

»Spieglein, Spieglein an der Wand!«, ruft die Königin.

Elin schüttelt den Kopf. »Ich kapiere das mit Schneewittchen und dem Apfel einfach nicht. Was soll das?« Sie klingt so, als würde sie die Antwort wirklich interessieren.

Die Königin legt den Arm um sie und drückt sie an sich. »Manche Dinge versteht man vielleicht nicht, weil es einfach nichts zu verstehen gibt. Wollt ihr den Apfel sehen?«

»Den Apfel«, wiederholt Skarpheden. »Du meinst *den* Apfel?«

»Ganz genau«, sagt die Königin. »*Den* Apfel.« Sie steht auf und geht zum Herd. Nachdem sie die Platte ausgeschaltet hat, zieht sie noch den gusseisernen Topf zur Seite. »Kommt mit.«

Die Königin geht vor Elin und Skarpheden in den Flur hinaus, wo der Nahkampfroboter – die Frau im Anzug – unbewegt dasteht, die Hände auf Hüfthöhe gefaltet.

Vor einer Tür mit Türcode bleiben sie stehen. Die Königin gibt eine Zahlenkombination ein und sie kommen in einen kleinen, fensterlosen Raum ohne Möbel. An einer Wand befindet sich eine breite

Stahltür mit sechs großen Scharnieren und zwei Buchstabendisplays.

»Das hier dürft ihr nicht sehen«, sagt die Königin. »Dreht euch zur Wand.«

Elin und Skarpheden wenden sich ab und die Königin gibt zunächst ein Passwort auf dem ersten Display ein und dann ein weiteres Passwort auf dem zweiten. Elin sieht nichts, sie hört nur acht kurze Pieptöne und anschließend noch einmal acht.

»Man muss beide Passwörter innerhalb von sechs Sekunden eingeben, sonst funktioniert es nicht. Voilà! Jetzt dürft ihr euch wieder umdrehen.«

Die Stahltür öffnet sich. Sie ist innen mit fünf Stahlkolben gesichert, die den Umfang von Elins Waden haben.

Die Königin betritt das Gewölbe und Elin und Skarpheden folgen ihr.

Es gibt auch hier keine Fenster. Längs der Wände befinden sich Glasvitrinen, in denen Königskronen liegen, Diademe, ein Schwert, ein Zepter, mehrere Broschen und eine Halskette – das meiste aus Gold und mit Edelsteinen besetzt.

Auf einem kleinen Tisch mit geschwungenen Beinen liegt ein Apfel aus Metall, so groß wie eine Honigmelone.

Die Königin zeigt darauf und fragt an Skarpheden gewandt. »Hast du ihn schon mal gesehen?«

»Noch nie.« Skarpheden nähert sich dem Tisch. »Darf ich ihn berühren?«

»Nur zu«, sagt die Königin.

Skarpheden streckt die Hände aus, hebt den Apfel hoch und hält ihn sich dicht vor das Gesicht. Er betrachtet ihn gründlich, wiegt ihn in der Hand und hält ihn dann Elin hin. »Hast du ihn schon mal gesehen?«

»Ich habe ihn von Grim in Idre bekommen. Als ich mit Yasmin auf

der Flucht war, hatte ich ihn dabei. Später hat Karin ihn an sich genommen.«
»Es war Karin, die entschieden hat, dass man den Apfel am besten hier zwischen den Reichsinsignien und dem privaten Schmuck des Königshauses verwahrt«, erzählt die Königin. »Wenn die Japaner kommen, soll er wohl ins Justizministerium gebracht werden.«
»Wann wird das sein?«, fragt Skarpheden und stellt den Apfel wieder auf den Tisch.
»Nach der Bootstour.«
»Nach der Bootstour wird sich das Komitee für Kernkraftsicherheit mit ihnen treffen.«
»Außer demjenigen, der Kurosawa heißt«, berichtet die Königin.
»Kurosawa«, sagt Skarpheden. »Niemand im Komitee versteht, welche Funktion er in der Delegation hat. Er weiß nichts über Kernphysik oder gruppenpsychologische Prozesse bei Katastrophen. Wir haben uns schon gefragt, warum er mit dabei ist.«
»Kurosawa«, sagt die Königin, »ist Spezialist für Robotics. Er hat die Arbeiten in Idre geleitet, er ist sozusagen Alans Mutter.«
Elin betrachtet eine der Kronen in einer Vitrine. »Was ist das?«
Die Königin öffnet die Vitrine, in der drei Kronen liegen, und nimmt eine davon heraus. Sie setzt sie Elin auf den Kopf. »Jetzt bist du die Prinzessin von Schweden. Fall auf die Knie!«
»Was meinst du?«
»Fall auf die Knie!«
Skarpheden runzelt die Stirn.
Die Königin öffnet eine weitere Vitrine und holt ein Schwert heraus. Elin fällt auf die Knie und die Königin berührt mit der Schwertklinge erst Elins linke Schulter, dann ihre rechte und schließlich wieder die linke.
»Gelobe, dass du mir immer gehorchen wirst!«
»Das kann ich nicht.«

Die Königin umfasst das Schwert mit beiden Händen und hebt es über Elins Kopf. »Gelobe es!«
»Das kann ich nicht.«
Die Königin nimmt das Schwert wieder herunter. »Du hast dich würdig erwiesen. Du kannst meine Freundin sein.« Sie hält das Schwert in der einen Hand und reicht Elin ihre andere.
Elin steht auf, und als sie vor der Königin steht, nimmt diese die Krone von Elins Kopf, reicht sie weiter an Skarpheden und gibt ihm außerdem das Schwert.
»Küss mich!«, befiehlt die Königin, umarmt Elin, schließt die Augen und schürzt die Lippen.
Während Elin die Königin küsst, fällt ihr Blick auf etwas, das auf einem dunkelblauen Samtkissen in einer Vitrine liegt. Sie schiebt die Königin von sich. »Und was ist das?« Elin zeigt auf den Gegenstand.
Die Königin dreht sich um. »Medusas Schlangen.«
Elin betrachtet die sechs geflochtenen Goldketten und die flachen Schlangenköpfe, in denen rote Steine als Augen sitzen.
»Das sind Rubine«, sagt die Königin, als würde sie Elins Gedanken erraten. »Als ich achtzehn war, hat ein Prinz um meine Hand angehalten. Er kam aus einem Land, in dem Frauen sich nicht außerhalb des Hauses zeigen dürfen, wenn sie nicht in Gesellschaft eines Mannes sind. Er hatte ein Gefolge bestehend aus fünfzehn Leuten dabei, darunter auch zwei schöne Frauen, die bestimmt seine Geliebten waren. Auch wenn er sie Sekretärinnen nannte. Der Prinz hat mir Medusas Schlangen als Geschenk überreicht. Sie waren seit Jahrhunderten im Besitz seiner Familie.«
»Darf ich sie rausnehmen?«, fragt Elin.
»Vielleicht ein andermal, jetzt nicht. Sie sind nicht ganz ungefährlich.«
Damit verlassen sie das Gewölbe.

Während sie essen, schenkt die Königin sich und Skarpheden regelmäßig nach und erzählt dabei, was am Kopenhagener Flughafen Kastrup geschah, als sie an Yalun erkrankt zu Hause lag. Die Worte sprudeln aus ihr heraus wie das Wasser eines Flusses, dessen Dämme eingerissen wurden.

»Jemand sagte, dass etwas Schreckliches passiert sei. Ich hatte die Augen geschlossen, weil sie das Licht angemacht hatten und das so sehr blendete. Also konnte ich nicht sehen, wer sprach, und ich erkannte die Stimme auch nicht wieder – ich war kaum richtig bei mir und hatte vierzig Grad Fieber.

›Es ist etwas Schreckliches passiert‹, wiederholte jemand, und als ich schließlich die Augen öffnete, stand Almberg, unsere Hausärztin, vor mir. Es sah so aus, als hätte sie einen Heiligenschein, weil sie vor der Lampe stand. Sie setzte sich auf meine Bettkante und legte mir die Hand auf die Stirn. Ihre Haare waren grau und wegen ihrer großen Zähne hatte ich als Kind immer gefürchtet, dass sie beißen könnte. ›Ich muss dir etwas Schreckliches erzählen‹, sagte sie und im Hintergrund hörte ich ein Schluchzen.

›Können Sie die Lampe ausmachen?‹, habe ich geflüstert. Ich konnte kaum sprechen, aber das Licht ging aus und Almberg strich mir über die Stirn. Ich war durchgeschwitzt und fror, zitterte und klapperte mit den Zähnen. ›Ich habe so hohes Fieber‹, wisperte ich und Almberg versprach mir ein Beruhigungsmittel, nahm meinen Arm und schob den Ärmel meines Nachthemds hoch. Er war ganz nass.

Ich bekam eine Spritze und sie sagte mir, dass ich das Nachthemd wechseln müsse. Jemand half mir hoch und in ein frisches hinein und ich hörte, wie Menschen um mich herum weinten. Ich dachte, dass ich bald sterben würde und dass sie deshalb weinten. Aber wenn ich es doch war, die starb, warum mussten dann die anderen weinen? Ich durfte den Kopf wieder aufs Kissen legen und Almberg hielt wieder ihre Hand an meine Stirn. Jemand kam dazu und wusch mein Gesicht mit einem feuchten Handtuch. Das Zähneklappern hörte nach einer Weile auf und ich wurde einigermaßen ruhig.

›Das Flugzeug mit deinen Eltern und deinem Bruder ist abgestürzt‹, sagte Almberg plötzlich. ›Es ist beim Anflug auf Kastrup passiert. Ich fürchte, alle in deiner Familie sind tot.‹

›Was sagen Sie da?‹ Ich wiederholte die Frage immer wieder. ›Was sagen Sie da?‹ Ich verstand nichts.

›Deine Eltern und dein Bruder sind tot.‹

›Was sagen Sie da?‹

›Ein Unglück ist geschehen. Es ist furchtbar. Es tut uns allen so schrecklich leid.‹

Jemand fing an laut zu schluchzen und man konnte hören, dass die Person hinausging – es war eine Frau, ihre Absätze klackerten auf dem Boden.

›Wir möchten gern allein sein«, sagte Almberg und drehte sich um. ›Verlasst den Raum.‹

Im Hintergrund waren Geräusche zu hören und eine Tür wurde geschlossen, aber man hörte das Schluchzen von draußen trotzdem noch. Es schien, als wären Almberg und ich die Einzigen, die nicht weinten.

›Sagen Sie das noch einmal‹, bat ich. ›Das Flugzeug ist abgestürzt. Deine Mutter, dein Vater und dein Bruder sind umgekommen.‹

›In Dänemark?‹

›Ja.‹

›Wann?‹

›Vor einer Stunde.‹

›Vor einer Stunde?‹

›Wir wollte dich nicht sofort wecken, weil du deinen Schlaf brauchst.‹

›Stimmt das, sie sind vor einer Stunde gestorben?‹
›Ja.‹
›Haben sie etwas gesagt?‹
›Es ging sehr schnell.‹
›Sind sie verbrannt?‹
›Das weiß ich nicht.‹
›Sind sie verbrannt?‹
›Vielleicht, ich weiß es nicht.‹
›Kommt es in den Nachrichten?‹
›Wahrscheinlich.‹
›Ich will es sehen.‹
›Davon würde ich dir abraten.‹
›Ich will es sehen!‹
›Das ist sehr schwer für dich, du solltest dich einen Moment ausruhen, dann können wir weitersprechen. Ruh dich etwas aus.‹
Ich muss wohl eingeschlafen sein, denn ich kann mich erst wieder an den nächsten Tag erinnern. Das Fieber war ein bisschen runtergegangen, und als ich aufwachte, fing ich an zu verstehen und gleichzeitig auch wieder nicht.
›Hoffentlich stürzt ihr ab!‹, hatte ich, seit ich ungefähr fünfzehn war, jedes Mal zu meiner Mutter gesagt, wenn meine Eltern verreisten und irgendwohin flogen.
Jedes Mal.
›Hoffentlich stürzt ihr ab.‹« Über die Wangen der Königin laufen Tränen. Sie kümmert sich nicht darum, sie wegzuwischen, sondern fährt sich nur mit dem Finger unter der Nase lang. Dann steht sie auf, geht leicht schwankend zu einem der Kühlschränke und holt eine weitere Flasche heraus, deren Korken mit einem Drahtkorb gesichert ist. Sie versucht sie zu öffnen, muss sich jedoch am Tisch abstützen.
Skarpheden nimmt ihr die Flasche aus der Hand. »Du solltest nichts

mehr trinken.« Er legt die Flasche zurück und die Königin setzt sich hin und starrt Elin an, als hätte sie sie noch nie zuvor gesehen. »Möchte jemand Kaffee?«, fragt sie nach einer Weile.

Später sitzen sie in einem Zimmer vor einer großen Bildwand. Die Königin dreht einen Joint und schaltet einen Marx-Brothers-Film ein. Sie lacht ununterbrochen und wiederholt begeistert Sätze aus dem Film: »Two hard-boiled eggs and two hard-boiled eggs ...« Sie steckt sich eine Gelee-Himbeere nach der anderen in den Mund und murmelt, dass sie Gelee-Himbeeren liebt. Hin und wieder berührt sie Skarpheden am Bein und er legt ihr den Arm um die Schulter.
Die Königin hält ihm den Joint hin, aber Skarpheden schüttelt den Kopf und erklärt, er rauche nicht.
Elin nimmt ihren Kaffeebecher und geht in ein anderes Zimmer, holt ihr Mobil heraus und legt sich auf ein Sofa. Sie sucht einen Film hervor, in dem Gerda versucht, mit einem viel zu großen Spaten einen Damm in einem der kleinen Flüsse zu bauen, die sich ihren Weg am Abhang auf Liden gebahnt haben. Elin guckt den Film dreimal hintereinander an und nach einer Weile schläft sie ein.

Bunte Vögel mit langen Beinen schwimmen auf einem seichten See. Elin sitzt hinter einem Fenster und betrachtet sie. Jemand erzählt ihr, dass es sich bei den Vögeln um Flamingos mit giftigen Schnäbeln handelt. Da entdeckt sie plötzlich Gerda, die nackt draußen bei den Vögeln steht. Elin will schreien, aber ihr Mund ist voller Gelee-Himbeeren und sie bekommt keinen Laut heraus.

Als sie erwacht, dämmert es. Sie geht zum Fenster und blickt auf die norwegischen Berge. Der Himmel ist grau.
Auf einem kleinen Mahagonitisch mit gewölbten Beinen und

Goldbeschlag steht eine goldene Pendeluhr. Sie tickt beinahe lautlos. Es ist halb sechs.
Elin geht zum Schlafzimmer der Königin und bleibt in der Tür stehen.
Skarpheden und die Königin liegen nackt auf einem zerknitterten Laken. Vier Kissen und das Kleid der Königin liegen neben Skarphedens Jeans auf dem Fußboden. Skarpheden berührt mit seinen Beinen die Oberschenkel der Königin. Beide liegen auf dem Bauch.

Der Roboter vor den Aufzügen fragt, ob sie einen Wagen benötigt, und Elin antwortet, dass sie lieber zu Fuß geht.
Sie zeigt auf die Wand hinter dem Roboter. »Wer ist das?«, keucht sie und der Roboter dreht sich um. Da tritt Elin ihm in die rechte Kniekehle, er fällt zu Boden und bleibt liegen.
»Du musst noch ein bisschen an deiner Technik arbeiten«, zischt Elin und steigt in den Aufzug, während der Roboter versucht, sich aufzurichten.
Unten öffnet ein uniformierter Polizist die große Eingangstür für sie und Elin tritt hinaus auf die Straße.
Die Luft ist kühl, aber es ist windstill und Elin geht am Seeufer entlang zum Borderland. Ihr begegnet keine Menschenseele. Sie bekommt das letzte freie Zimmer, das kleiner als das Badezimmer der Königin ist.
Ohne sich die Kleider auszuziehen, legt Elin sich aufs Bett und schläft ein. Gegen acht Uhr wacht sie auf. Sie bestellt ein Glas Saft, einen Obstsalat, Hafergrütze und eine Kanne Tee. Als es an der Tür klingelt, ist es Miriam, die da neben dem Zimmermädchen steht.
Das Frühstück wird auf einem kleinen Tisch neben dem Bett serviert. Elin bittet um eine zusätzliche Tasse und das Zimmermädchen geht hinaus.
Während Elin sich die Haare bürstet, sieht Miriam sie streng an.

»Am helllichten Tag!«
»Ich dachte, das Gelände sei sicher.«
»Nur wenn man die Vorschriften befolgt. Du musst uns mitteilen, wenn du rausgehst.«
»Ich möchte nicht länger hierbleiben. Kannst du mich nach Hause fahren?«
»Hat dir Morgan nicht gesagt, dass wir dir außerhalb des Geländes nicht ausreichend Schutz gewähren können?«
»Ich will heim zu Gerda.«
Miriam zieht eine Miene, die Erschöpfung verrät. Über ihr Mobil ordert sie einen sogenannten Schwerwagen.
»Was ist ein Schwerwagen?«
»Er ist fahrerlos, ein absolut massives Ding mit kreisendem Laser auf dem Dach. 128 separate Laserstrahlen und ebenso viele Detektoren, die die Umgebung abscannen. Der Laser macht vierundzwanzig Umdrehungen in der Sekunde. Alle Daten werden sofort im wageneigenen System analysiert. Anstelle eines Fahrers sitzt ein Schütze im Fahrzeug. Rauch- und Blendgranaten mit einer Reichweite von mehr als fünfhundert Metern sind dafür vorgesehen, Ablenkungsmanöver zu starten. Für den Fall der Fälle sind Hochgeschwindigkeitswaffen ins Fahrgestell eingebaut. Die Karosserie kann nicht unbedingt militärischen Wuchtgeschossen standhalten, aber gewöhnliche Schusswaffen kommen da nicht durch. Er ist in einer Stunde da.«
Es klopft an der Tür.
Miriam steht auf, schiebt ihre Jacke zurück und legt die Hand auf den Pistolenkolben, ehe sie zur Tür geht und öffnet.
Draußen steht das Zimmermädchen mit einer Teetasse.

Der Himmel ist schwarz, als sie aufbrechen, aber es regnet nicht. Zehn Kilometer östlich von Idre ist das Wasser des Flusses über die

Ufer getreten und hat die Straße überschwemmt. Ein paar Busse und Lastwagen versuchen zu wenden und eine Frau in gelben Regenkleidern winkt mit einer Polizeikelle. Die Straße ist unterspült und abgesperrt.
Miriam und der Fahrer beraten sich und versuchen, Kontakt mit dem Personenschutz aufzunehmen. Sie bekommen die Anweisung umzukehren, weil nicht abzusehen ist, wie es auf dem Reichsweg weiter unten aussieht, und der Schwerwagen keinesfalls stecken bleiben darf.
Als sie im Schritttempo durch Idre fahren, kommen sie in den Regen hinein. Eine schwarze Wolkenfront türmt sich vor ihnen auf und die Sicht beträgt nur ein paar Meter. Selbst die Scheibenwischer haben den Wassermassen kaum etwas entgegenzusetzen.

Als Elin etwas später im Aufzug in den Spiegel blickt, erkennt sie sich selbst kaum wieder, und als sie die Königin im Flur umarmt, bricht sie schließlich in Tränen aus.

62

Ein Polizist mit dickem Bauch hält Sten die Tür auf und schließt sie hinter ihm wieder.
An einem Schreibtisch sitzt eine Frau mit Pferdeschwanz und weißer Bluse. Sie muss etwa Mitte fünfzig sein. Ihre Nägel sind lang und ihr Gesicht ist ungeschminkt. Auf einem Stuhl an der Wand sitzt eine jüngere, grün gekleidete Frau – sie ist vielleicht fünfundzwanzig Jahre alt –, mit ebenso blonden Haaren, die zu zwei Zöpfen geflochten sind.

Die Frau hinter dem Schreibtisch zeigt auf einen Stuhl mit fünf Rädern.
Sten zieht ihn ein Stück nach hinten und setzt sich. Der Stuhl hat eine drehbare Sitzfläche und Sten dreht sich ein paarmal im Kreis, dann hält er an und richtet den Blick auf die Polizistin.
Hinter ihr steht ein Bücherregal aus hellem Holz, das bis auf zwei gerahmte Fotografien leer ist. Eines davon zeigt einen Mann, eine Frau, einen Jungen und ein Mädchen in Badesachen. Im Hintergrund sind Palmen zu sehen und der Rahmen des Fotos ist mit Muscheln verziert. Das andere Foto zeigt eine junge Frau, die neben einem Schäferhund kniet. Sie trägt eine schwarze Schirmmütze. Der Rahmen ist rot und den Klebestellen an den Ecken nach zu urteilen, ist er von einem Kind im Werkunterricht gebastelt worden.
Die Frau räuspert sich und hebt den Blick von ihrem Bildschirm. »Ich heiße Frida Svensson und bin Kriminalassistentin. Der Grund für dieses Gespräch ist dein Anruf heute früh bei der Polizei in Borlänge. Du hast angegeben, einen Mann erschossen zu haben.«
Sten macht eine halbe Umdrehung mit dem Stuhl und zeigt auf die Frau mit den Zöpfen. »Wer ist sie?«
Die grün gekleidete Frau blickt Frida Svensson an, als wolle sie sich vergewissern, dass sie antworten darf.
»Ich heißte Malin Lundgren und bin Sozialarbeiterin. Da du noch minderjährig bist, darfst du nicht verhört werden, ohne dass deine Eltern anwesend sind oder eine Person, die sie vertritt,«
Sten macht eine halbe Umdrehung in die andere Richtung und richtet den Blick auf die Polizistin ihm gegenüber. »Sie haben gesagt, das hier ist ein Gespräch, kein Verhör. Was ist es denn nun?«
»Ein Gespräch«, antwortet Svensson. »Ich zeichne alles, was gesagt wird, auf und du bekommst in Kürze einen Ausdruck davon.«
Sten dreht sich zu Lundgren um und runzelt die Stirn. »Warum

haben Sie gesagt, dass es ein Verhör ist, wenn sie behauptet, dass es ein Gespräch ist?«
Lundgren wird rot und Sten richtet seinen Zeigefinger auf sie. Lundgren wird noch röter und Sten runzelt wieder die Stirn.
»Als was, haben Sie gesagt, arbeiten Sie?«
»Ich bin Diplom-Sozialwirtin, angestellt bei der Sozialverwaltung.«
»Eben haben Sie etwas anderes gesagt.«
»Habe ich das?«
Sten dreht sich erneut auf dem Stuhl, seufzt und wendet sich Svensson zu. »Was hat sie vorher gesagt?«
»Malin hat gesagt, dass sie Sozialarbeiterin ist.«
»Warum sagt sie erst das eine und dann das andere?«
»Es ist das Gleiche«, sagt Svensson.
»Das stimmt nicht ganz«, widerspricht Lundgren.
»A-haa.« Sten macht wieder die halbe Umdrehung zu Lundgren.
»Sozialwirtin ist eine Ausbildung, Sozialarbeiterin ist die Berufsbezeichnung«, erklärt Lundgren.
»A-haa«, macht Sten wieder, dreht sich einmal komplett und zeigt zum Fenster. »Was ist das da?«
Lundgren wirft einen Blick auf die einzige Topfpflanze, die auf dem Fensterbrett steht. Wie ein Arzt seinen Mundschutz stülpt sie sich ein künstliches Lächeln auf. »Eine Monstera.«
Sten sperrt den Mund auf und keucht. »Ein Monster?«
»Eine *Monstera*«, erklärt Lundgren und zieht die Silben in die Länge. »Eine ausgesprochen robuste Pflanze.«
»A-haa«, sagt Sten und stößt sich kräftig ab, sodass er mitsamt dem Stuhl in der Ecke bei der Garderobe landet. Er greift nach dem Taschenschirm, der daran hängt, und spannt ihn auf.
Svensson hebt einen Bleistift hoch und legt ihn mit einem lauten Knall wieder auf die Tischplatte. »Ich würde dir gerne ein paar Fragen stellen.«

»Was, wenn ich sie nicht beantworten kann?«
Svensson klingt, als wäre ihr gerade eine Urlaubssperre auf Lebenszeit verhängt worden: »Kannst du bitte den Schirm wieder schließen?«
»Ich höre schon, was sie sagen.«
»Es ist leichter, sich zu unterhalten, wenn der Schirm geschlossen ist.«
»Nicht für mich.«
Svenssons Irritation perlt von ihrer spitzen Zunge ab wie Regen auf einem Hausdach und ergießt sich über Sten: »Sei bitte so freundlich und schließe den Schirm!«
»Da ist ein Loch drin.«
»Mach bitte den Schirm zu!«
»Ich kann Sie sehen, aber Sie mich nicht!«
»Mach den Schirm zu und setz dich hier an den Tisch! Ich zeichne unser Gespräch auf, und um es später auszudrucken, ist wichtig, dass zu verstehen ist, was du sagst.«
»Warum?«
»Du hast angegeben, dass du einen Mann erschossen hast.«
Sten dreht den Schirm in der Hand. »Drei Schüsse in den Kopf. Mausetot. Wie ein Mäuschen, nachdem Sessan mit ihm gespielt hat.«
»Wer ist Sessan?«
»Eine Katze.«
Sten dreht den Schirm schneller und schneller. Plötzlich rutscht er ihm aus der Hand, landet mit einem Satz vor Lundgrens Füßen, die sich hinunterbeugt und sich den Schirm schnappt.
Sten lacht. »Glauben Sie, es könnte Regen geben?«
»Es wäre gut, wenn du etwas näher heranrückst«, sagt Svensson.
Sten stößt sich mit den Füßen ab und rollt an den Schreibtisch heran. »Irgendwas riecht hier!«, beschwerte sich Sten und blickt sich um. »Kann das das Monster sein?«

»Würdest du bitte erzählen, was heute früh passiert ist?«
»Ich will einen Anwalt haben.«
Svensson nimmt den Bleistift in die Hand und lehnt sich in ihrem Stuhl zurück. Sie stochert sich mit der Bleistiftspitze im Haaransatz herum. »Was ist heute früh passiert?«
»Ich habe einen Mann erschossen, der zu uns gekommen ist, um uns zu töten.«
»Kannst du erzählen, wie das vor sich gegangen ist?«
Sten seufzt, dreht sich zu Lundgren um und streckt die Hand aus: »Kann ich den Schirm zurückhaben?«
Lundgren schüttelt den Kopf.
Stens und Svenssons Blicke kreuzen sich und Sten reibt sich mit ausgestrecktem Zeigefinger die Stirn. »Was wollen Sie wissen?«
»Erzähl, was passiert ist.«
Sten zeigt auf das Bücherregal. »Ist das Ihr Hund?«
»Erzähl bitte.«
»Mård und seine Frau sind weggefahren, um Mayas Eltern zu besuchen. Sie sind schwierig und Mård hat sie noch nie getroffen, aber jetzt sind sie hingefahren, um ihnen das Baby zu zeigen. Ich habe gesagt, dass ich dableibe und versuche, den Dachs zu erwischen, der sich unter dem Schuppen einquartiert hat. Vielleicht sind es auch zwei. Mård hatte gerade die Schuppentür gestrichen, deswegen sollte sie keine Schüsse abbekommen. Ich habe gesagt, dass ich das Zweiundzwanziger nehme.«
»Das Zweiundzwanziger?«
»Das Salongewehr, Kaliber zweiundzwanzig. Eine Winchester. Es ist die älteste Waffe der Familie. Ich hatte nur fünf Patronen, aber das sollte kein Problem darstellen.«
Svensson knallt den Stift auf den Tisch. »Ich dachte, die Waffen der Familie seien beschlagnahmt worden, als deine Eltern starben und dein Bruder in die Anstalt kam.«

Sten schnaubt: »Glauben Sie, wir sind blöd? Es hat mehrere Tage gedauert, bis sie Mård abgeholt haben. Die Waffen wurden natürlich versteckt, ist ja wohl klar. Das Einzige, was Sie bekommen haben, war eine Büchse, die sowieso niemand benutzen wollte, weil ihr Rückstoß so verdammt heftig ist. Und eine Glock, weil wir noch eine andere hatten, die uns besser gefiel.«

»Die Waffe, die du Zweiundzwanziger nennst, wurde also versteckt, damit sie nicht konfisziert werden konnte?«

Sten dreht sich zu Lundgren um. »Ich kapiere nicht, warum Sie hier sind.«

»Ich soll als Zeugin dabei sein und dich kennenlernen.«

»Warum sollen Sie mich kennenlernen?«

»Wir werden in Zukunft öfter miteinander zu tun haben.«

Sten reckt den Kopf vor, wie ein Vogeljunges, das gefüttert werden will. »Warum?«

»Du hast gesagt, dass du einen Mann erschossen hast.«

Sten schüttelt den Kopf. »Wird das nicht langsam ein bisschen langweilig? Ich habe gesagt, dass ich einen Verrückten erschossen habe. Sind wir jetzt durch damit?«

»Noch nicht ganz«, antwortet Svensson.

»Dann will ich einen Anwalt haben. Dazu habe ich das Recht.«

Svensson schüttelt den Kopf. »Erstens ist das hier eine Voruntersuchung und du bist nicht angeklagt. Und zweitens hat man nur in amerikanischen Serien das Recht auf einen Anwalt. Wärst du jetzt bitte so nett und würdest erzählen, was heute Morgen genau passiert ist?«

Sten lehnt sich zurück und die Stuhllehne gibt nach. »Ich habe eine Serie angeguckt und bin eingeschlafen, habe mir aber davor einen Wecker gestellt. Es ist mir ziemlich schwergefallen aufzustehen, aber ich habe geduscht und bin raus. Ich wusste, an welcher Stelle der Dachs auftauchen würde, also hab ich mich fünfzig Meter entfernt hingelegt und gewartet. Aber ich musste nicht lange warten. Gerade als der Dachs unter dem Schuppen hervorguckte, kam so ein Typ hinter der großen Tanne hervor. Er hatte eine Räubermütze auf und ein Gewehr und einen Rucksack dabei. Ich wusste gleich, was er wollte. Und als er die Tür zu unserem Haus geöffnet hat, habe ich gerufen. Er hat sich umgedreht, ich habe geschossen und getroffen. Er hat noch eine Salve auf die Wasserlache im Hof abgefeuert. Ich habe dann noch zweimal geschossen und er fiel hin. Eine Weile blieb ich noch liegen, um zu sehen, ob er vielleicht aufsteht, aber er blieb, wo er war, ohne sich zu rühren. Dann bin ich um die Pfütze herumgegangen. Der Typ hatte sein Gewehr verloren. Ich habe es mitgenommen und in die Küchenschublade gelegt. Sessan saß nur da und hat ihn angestarrt. Ich glaube, sie hat begriffen, dass er tot ist. Sie saß ganz still und ihr Schwanz peitschte von der einen Seite zur anderen, wie Katzen das eben tun, wenn sie aufgeregt sind.

Anschließend habe ich den Notruf angerufen und gesagt, dass ich mit der Polizei verbunden werden möchte. Es hat zwanzig Minuten gedauert, bis der erste Wagen da war. Meine Hände haben so stark gezittert, dass mir ist das Mobil aus der Hand gefallen ist.«

Sten blickt auf seine Hände und schweigt einen Augenblick. Dann fragt er: »Waren alle drei Schüsse Treffer?«

Svensson antwortet nicht.

»Waren alle drei Treffer?«, wiederholt Sten.

Svensson presst die Lippen aufeinander.

»Wenn ich keine Antwort bekomme, können Sie Ihre anderen Fragen vergessen. Ich sage kein Wort, wenn Sie mir nicht verraten, ob ich getroffen habe.«

Svensson gibt etwas in ihren Computer ein. »Eine Kugel traf in das rechte Auge, eine in die Stirn und eine in die linke Wange.«

»Yes!«, ruft Sten.

»Wie kam es, dass dein Bruder und seine Frau nicht zu Hause waren?«, fragt Svensson.

Sten guckt sie erstaunt an. Er sitzt einen Moment lang mit offenem Mund da, bis er schließlich antwortet: »Aber das habe ich doch schon erzählt.«

»Warum waren die Überwachungskameras entfernt?«

»Ein Elektriker war früher am Tag da gewesen. Er hat gesagt, dass er sie austauschen würde. Er nahm sie weg und hat dann festgestellt, dass ihm für die Montage der neuen Kameras ein Teil fehlte, und wollte später wiederkommen.«

»Diesem Elektriker, bist du ihm vorher schon einmal begenet?«

»Noch nie. Wurde er geschickt, um die Kameras zu manipulieren und den Alarm auszuschalten?«

»Glaubst du das?«

»Wurde er?«

»Weißt du, wie er hieß?«

»Ville.«

»Und mit Nachnamen?«

»Das hat er nicht gesagt, aber er ist Fußballtrainer. Er wollte los, um eine Mannschaft Vierzehnjähriger zu trainieren.«

»Lass mich zusammenfassen«, sagt Svensson. »Du und dein Bruder seid Erben des Vermögens und aller Besitztümer, die durch verschiedene Geschäfte der sogenannten Borlänge-Gang angehäuft wurden. Eines Tages, ausgerechnet, als dein Bruder und seine Frau samt neugeborenem Baby nicht zu Hause sind, liegst du draußen mit einem Gewehr parat. Und genau in dieser Nacht kommt also ein Mann auf euren Hof, der möglicherweise die Absicht hat, dich und deine Verwandten zu töten. Was mich etwas verwirrt, sind diese Zufälle. Wie kam es, dass du in genau dieser Nacht mit einem Gewehr bereitlagst? In jeder beliebigen anderen Nacht hätte der Besuch des maskierten Mannes vollkommen anders geendet.«

»Was meinen sie mit verwirrt?«
»Ich meine, dass ich das seltsam finde.«
»Ich wollte einen Dachs schießen, ist das so seltsam?«
»Das Seltsame ist, dass du zur richtigen Zeit am richtigen Ort warst. Man könnte auf die Idee kommen, dass du wusstest, dass der schwarz gekleidete Mann mit dem Gewehr kommen würde.«
Sten kneift die Augenbrauen zusammen und schürzt die Lippen, als würde er versuchen, ein Rätsel zu knacken. »Woher hätte ich wissen sollen, dass dieser Psychopath bei uns vorbeikommt und vorhat, uns zu erschießen?«
Svensson zuckt mit den Schultern und berührt ihren Bleistift.
»Ich weiß das nicht, aber du vielleicht?«
»Wenn ich gewusst hätte, dass so ein Irrer mit Waffe und einem Kanister Benzin zu uns kommen würde, hätte ich bestimmt nicht mit einem Salongewehr auf ihn gewartet. Das ist eine gute Waffe, wenn man ein Eichhörnchen oder einen Dachs erlegen will. Es mag auch Leute geben, die damit heimlich Rehe jagen, aber das ist nicht zugelassen. Um einen Menschen zu erschießen, gibt es Besseres in unserem Waffenschrank«, sagt Sten entrüstet.
»Gab«, sagt Svensson.
»Was soll das heißen?«
»Du kannst dir ja wohl denken, dass wir die Waffen in eurem Schrank beschlagnahmt haben.«
»Dann wissen Sie also, dass eine Mauser im Schrank stand, oder?«
Svensson nickt.
»Wenn ich gewusst hätte, dass uns ein bewaffneter Idiot einen Besuch abstatten würde, hätte ich die Mauser genommen und bereits oben beim Tor geschossen. Er hätte keine Chance gehabt, auch nur in die Nähe des Hauses zu kommen. Die Mauser hat ein Zielfernrohr – ich hätte ihn zwischen den Augen treffen können und sein Kopf hätte sich Nullkommanichts in Rauch aufgelöst. So wär ich es

angegangen, wenn ich gewusst hätte, dass dieser gestörte Typ mit der Maske kommt. Und jeder andere hätte genauso gehandelt. Wer war er?«

»Aus Gründen der Schweigepflicht kann ich seinen Namen nicht nennen.«

»Dann sind wir hier fertig. Wenn Sie nicht auf meine Fragen antworten, antworte ich auch nicht auf Ihre.« Sten steht auf und die beiden Frauen tauschen Blicke aus.

»Für heute soll es genügen«, murmelt Svensson und steht ebenfalls auf. Sie nimmt ihren Computer unter den Arm und verlässt mit derart schnellen Schritten den Raum, als würde ihr plötzlich einfallen, dass sie eine Herdplatte nicht ausgeschaltet hat.

Sten sieht ihr hinterher und guckt dann Lundgren an.

»Setz dich«, bittet sie.

»Warum?«

»Du hast Entsetzliches miterlebt und möchtest vielleicht darüber sprechen.«

»Was meinen Sie?«

»Du hast vor wenigen Stunden einen Menschen getötet. Möglicherweise willst du darüber reden, wie sich das anfühlt.«

Sten guckt sie verblüfft an. »Was meinen Sie? Es fühlt sich gar nicht an.«

»Du hast gesagt, dass deine Hände gezittert haben.«

Sten fährt sich mit der Hand durch die Haare und kratzt sich im Nacken. »Das war, direkt nachdem es passiert ist. Wie hätten Sie sich gefühlt, wenn Sie dagelegen hätten und so ein Killer in Räubermaske kommt mit einer Schusswaffe auf Sie zu? Natürlich hatte ich Angst.«

»Du hast einen Menschen umgebracht, das muss doch Gefühle auslösen, besonders wenn man wie du erst vierzehn Jahre alt ist.«

Sten denkt eine Weile nach, bevor er antwortet. »Ich bin mir nicht sicher, ob das wirklich ein Mensch war. Der scheint eher ein echter Psycho gewesen zu sein und man sollte froh darüber sein, dass ich ihn erledigt habe.«

»Das kannst du nicht ernst meinen!«, protestiert Lundgren.

Sten beugt sich nach vorne, als würde er Lundgren so besser ansehen können. »Sie sind seltsam«, sagt er schließlich flüsternd.

Lundgren blickt ihn an, als hätte er ihr gerade mitgeteilt, dass sie faule Zähne hat. »Ich bin seltsam?«

»Trotzdem hübsch. Ich hatte noch nie eine Freundin.«

»In deinem Alter hat nicht jeder schon eine Freundin, aber das wird bestimmt noch.«

»Darf ich Sie bumsen?«

Lundgren wird rot.

»Darf ich?«

Lundgren wird noch röter, vor allem am Hals. »Ich denke, wir sollten ernst bleiben.«

»Ich bin ernst«, sagt Sten.

»Nein, das finde ich nicht. So läuft das nicht.«

Sten rollt sich mitsamt Stuhl näher heran und berührt Lundgrens Knie.

Sie drückt sich gegen ihre Lehne und umklammert den zusammengefalteten Schirm, als wäre es eine Waffe.

»Im Frühling ist eine junge Frau in unsere Klasse gekommen, mit abrasierten Haaren und einer Million Piercings im Gesicht. Sie hat uns etwas auf der Bildwand gezeigt. Es war ein Auszug aus einem Gedicht. Sie wollte, dass es jeder still für sich liest. Das Gedicht ging so: ›Wenn ich die Brust einer Frau hätte, würde ich sie Tag und Nacht streicheln.‹

Alle schmissen sich weg vor Lachen. Die Tussi mit den Schrauben im Gesicht hat erklärt, dass das Gedicht von Olof Palme geschrieben wurde. Ich habe gesagt, dass er wohl deshalb erschossen wurde.

Dass er ermordet worden war hatten wir in der Stunde vorher durchgenommen. Daraufhin haben alle noch mehr gelacht.
Und dann hat die Schraubenmieze plötzlich gesagt, dass es doch nicht Olof Palme gewesen war, der das Gedicht geschrieben hat. Aber auf der Bildwand hatte es ja so gestanden, also hat niemand kapiert, was sie meinte.
Ich habe zu der Schraubenpussy gesagt, dass ich wüsste, mit welcher Waffe man Olof Palme erschossen hat, dass es eine Smith & Wesson gewesen war und dass ich jemanden kennen würde, der so eine hat.
Dann wollte die Bitch, dass wir aufhören über Olof Palme zu reden, woraufhin ich meinte, dass ich dann nicht verstehen würde, warum sie ein Gedicht von Olof Palme mitgebracht hat, und dass doch alle wüssten, dass er mit einer Smith & Wesson umgebracht worden ist.«
Sten holt Luft und Lundgren hakt ein: »Vielleicht sollten wir darüber reden. Wie es sich angefühlt hat, heute Morgen diesen Mann zu erschießen.«
»Vielleicht sollten wir darüber reden, wie es sich anfühlen würde, deine Brust anzufassen«, schlägt Sten vor.
Lundgren schüttelt den Kopf. »Das geht man anders an.«
»Was?«
»Wenn man mit einem Mädchen zusammenkommen will.«
»Wie geht man es denn an?«
Lundgren antwortet zunächst nicht, dann sagt sie: »Manchmal sagt man etwas Freundliches, manchmal spricht man über Filme, die man gesehen hat. Vielleicht schenkt man ihr auch eine Blume.«
»Bekommt der Mann nie eine Blume?«
»Manchmal.«
»Haben Sie *The Jumper* gesehen?«
»Nein.«

»Handelt von einem Fallschirmjäger. Maya sagt, dass er aussieht wie ich.«
»Ich kenne den Film nicht.«
»Schade.«
Sie sitzen eine Weile da und sehen einander an.
Schließlich steht Sten auf, geht zum Fenster, nimmt die Monstera hoch und stellt sich damit vor Lundgren. »Bitte.«
Lundgren versucht, ein gewisses Zucken ihrer Mundwinkel zu unterdrücken, ohne Erfolg. Sie klingt fast bedauernd: »Die gehört der Polizei.«
Der Junge sieht verwundert aus. »Wollen Sie sie nicht?«
»Sie gehört der Polizei.«
»Aber jetzt schenke ich Sie Ihnen. Damit gehört sie Ihnen.«
Lundgren schüttelt den Kopf, dass ihre Zöpfe fliegen. »Ich kann sie nicht annehmen.«
Sten stellt die Pflanze auf den fünfrädrigen Stuhl. Ihre grünen Blätter erstrecken sich über die Rückenlehne, als wären sie die Flügel eines Vogels.
»Ich verstehe deinen Gedanken«, sagt Lundgren und nickt mehrmals hintereinander. »Du hast es gut gemeint, aber ich kann sie nicht annehmen.«
In dem Moment wird die Tür geöffnet und der Polizist mit dem dicken Bauch erscheint. Er blickt Sten an und sagt: »Dein Bruder ist da.«
Sten versetzt dem Drehstuhl einen Tritt, sodass dieser in Richtung Garderobe rollt. Dann geht er, ohne sich umzublicken, zur Tür.
»Ich melde mich!«, ruft Lundgren hinter ihm her.
Aber Sten reagiert nicht.
Lundgren betrachtet den Schirm in ihrer Hand. Sie umklammert ihn so fest, dass ihre Handknöchel weiß hervortreten.

Mård sitzt am Empfang, die Ellenbogen auf die Knie gestützt und den Blick zu Boden gesenkt. Als Sten auf ihn zukommt, steht er auf und die beiden gehen, ohne ein Wort zu wechseln, zur Tür.
Das Auto steht ganz hinten auf dem Parkplatz. Noch immer schweigend nehmen sie auf dem Rücksitz Platz. Mård gibt dem Auto die Anweisung, sie nach Hause zu bringen, und der Wagen setzt sich in Bewegung.
Als sie auf der großen Straße sind und längs des Flusses fahren, bittet Mård das Auto anzuhalten. Sie rollen an den Straßenrand und die Brüder legen ihre Mobile auf die Sitze, ehe sie ein Stück am Ufer entlanggehen. Mård schaut zum Fluss, dessen Wasser schäumt.
»Was ist passiert?«, fragt er schließlich.
Während Sten erzählt, sagt Mård kein Wort. Erst als der jüngere Bruder verstummt, übernimmt er.
»Du hast Sylve erschossen.«
»Sylve«, sagt Sten. »Ist das der mit den vielen Tätowierungen?«
»Ja. Burman hat die Sache geregelt. Narven liegt in einem Brunnenloch bei Klensätern und der Elektriker, der die Kameras weggenommen hat, hat versucht, im Fluss zu schwimmen. Blöderweise mit einer fünf Kilo schweren Kette um die Beine – er ist also nicht weit gekommen.
Maya und ich, wir scheißen auf das Ganze hier. Wir gehen nach Norwegen. Ich werde morgen einen Brief an den Anwalt schreiben. Burman bekommt ein Viertel, du den Rest. Ich will nichts haben, abgesehen von dem, was auf unserem Konto ist, und das Auto. Du kannst Burman vertrauen. Er wird dir wahrscheinlich den Rücken freihalten, bis du alt genug bist, auf eigenen Beinen zu stehen. Es wird ihm gefallen, derjenige zu sein, der den echten Erben schützt. Die Leute wollen, dass alles korrekt abläuft in diesen Dingen.
Ab morgen bin ich raus aus der Firma und es ist nicht sicher, dass wir uns noch mal wiedersehen.«

Sten sagt kein Wort.
Sie stehen nebeneinander da und blicken auf den tosenden Fluss. Ein Auto nach dem anderen fährt an ihnen vorbei, aber das Rauschen des Flusses übertönt jegliches Motorengeräusch.
Sten bückt sich, hebt einen walnussgroßen Stein auf, dreht sich um und zielt auf eine große Tanne auf der anderen Straßenseite. Er trifft daneben. Dann dreht er sich zu seinem Bruder um. »Wenn du etwas brauchst, kannst du dich ja melden. Meiner Meinung nach steht die Hälfte dir zu, daran wird sich nichts ändern.«
Mård scheint nicht gehört zu haben, was der Bruder gesagt hat. »Für Maya und mich ist es besser, wenn wir raus aus der Sache sind.«
»Wie war es, ihre Eltern zu treffen?«
»Scheiße.«
»War es so schlimm?«
»Schlimmer.«
»Warum?«
»Alle, die nicht so vornehm sind wie sie selbst, tun ihnen leid.«
Sten tritt in den Kies auf der Erde. »Glaubst du, dass ich jetzt ein Held werde?«
Mård runzelt die Stirn und starrt seinen kleinen Bruder an. »Wie meinst du das?«
»Holme ist zur Heldin geworden, weil sie Mama und Papa erschossen hat. Ich habe auch jemanden erschossen, der meine Familie bedroht hat.«
»Das ist nicht das Gleiche.«
»Ist es wohl.«
»Nein.«
»Worin liegt der Unterschied?«
»Begreifst du das nicht?«
»Nein.«

Mård nimmt einen kirschgroßen Stein und wirft ihn ebenfalls auf die Tanne. Er trifft nicht. »Du gehörst einer kriminellen Organisation an. So nennen sie es in den Nachrichten. Und so jemand kann niemals ein Held werden.«
»Ist das so?«
Mård spuckt in den Kies. »Was glaubst du denn?«
»Diese Holme hat zwei Leute erschossen. Sie hätte nicht beide erschießen müssen. Mama konnte gefährlich aussehen, aber sie hätte nie jemanden umbringen können.«
Mård zuckt mit den Schultern. »Du solltest froh sein, wenn kein Kopfgeld auf dich ausgesetzt wird. Sylve hätte gut verdient, wenn er uns alle auf einmal erledigt hätte.«
Sten tritt wieder in den Kies. »Werden jetzt andere seinen Auftrag übernehmen?«
Mård begibt sich wieder in Richtung Auto und Sten folgt ihm. »Das glaube ich nicht«, meint er. »Narven ist weg, und wenn sie den Elektriker im Fluss finden, werden sie begreifen, was es sie kosten kann, einen Auftragsmörder auf Lassivars Jungen anzusetzen.« Mård steckt die Hand in die hintere Hosentasche und holt die kleine Pistole mit dem Pferd auf dem Kolben heraus. Er gibt sie seinem Bruder. »Nimm die hier zur Sicherheit. Man weiß nie, wann man sie brauchen kann.«
Sten steckt die Pistole wortlos ein.
Beim Auto angekommen, hält Mård inne und lauscht. »Hörst du das?« Er zeigt auf den Wald, doch Sten sieht ihn fragend an.
»Was ist da?«
»Ein Specht.«
Sten schüttelt den Kopf. »Ich höre nichts.«
Sie steigen ins Auto, stecken ihre Mobile wieder ein und fahren nach Hause.

63

Elin und die Königin liegen nebeneinander im Bett. Elin fragt die Königin über das Mittagessen mit den Japanern aus und erkundigt sich, was sie anziehen soll. Die Königin erinnert sie daran, dass es auf dem See kalt werden kann – Jeans und Pullover seien in Ordnung. Für die Bootstour würde sie wahrscheinlich eine Jacke brauchen, die sie von ihr leihen könne.

»Sie werden den Apfel öffnen«, sagt die Königin, während sie mit Abscheu auf die Grütze blickt, die Elin isst. »Wenn es ihnen gelingt, Alan zu reproduzieren, weiß niemand, was das für Folgen haben kann. Sollte Alan damit beginnen, sich selbst zu kopieren, kann das sehr unerfreulich werden.«

Elin leckt den Löffel ab. »Was meinst du damit?«

»Deine Tante würde die mächtigste Person im Land werden, wenn sie es nicht schon längst ist. Sie könnte demokratische Beschlüsse außer Kraft setzen, denn sie hätte eine heimliche Armee, die alles unterwandern könnte.«

»Aber es kann doch wohl nicht alles von Robotern unterwandert werden.«

»Doch, natürlich. Die Menschen, die wichtige Posten innehaben, werden durch Roboter ersetzt, die genauso aussehen und exakt die gleiche Stimme haben. Und die Humanoiden würden allein Karins Agenda folgen.«

Elin stellt ihren Teller auf das Tablett, schüttelt sich die Kissen zurecht, stößt auf und setzt sich gerade hin. »Was soll ich machen, wenn es mir gelingt, den Apfel zu öffnen?«

»Es genügt, dass du forderst, ab sofort den alleinigen Zugang zu haben. Das würde dir die absolute Autorität verleihen. Wenn Karin und ihre Freunde dahinterkommen, dass ausschließlich du den Apfel öffnen kannst, wird ihnen noch mehr daran liegen, dass du am Leben bleibst.«

Elin gießt Tee in ihre Tasse, hebt sie an die Lippen und pustet. »Sie könnten mir Gerda wegnehmen und sie benutzen, damit ich tue, was sie wollen. Das ist schon mal passiert.«

Die Königin kratzt sich an der Nase. »Es gibt mehrere Gründe, warum Karin dich im Reichstag haben will. Vor allen Dingen sollst du ihr Schoßhündchen sein. Du sollst zunächst die anknurren, von denen sie nicht viel hält, und später sollst du dann zubeißen, wenn sie jemanden nicht leiden kann.«

Aber Elin ist noch in Gedanken bei ihrer Zeit in der Festung. »Ich weiß, wie es sich anfühlt, wenn Gerda gegen mich benutzt wird – ich würde es nicht schaffen, mich zur Wehr zu setzen. Wenn sie mich zwingen, das zu tun, was sie wollen, damit Gerda im Gegenzug kein Schaden zugefügt wird, werde ich es tun. Außerdem klingt es absolut unrealistisch, dass ich diejenige sein soll, die sie daran hindert, den Apfel zu öffnen. Dieser Japaner …«

»Kurosawa.«

»Genau. Er hat den Apfel konstruiert, er wird auch in ihn hineinkommen.«

»Das lässt sich nicht sicher sagen. Du kannst ihn vielleicht daran hindern, indem du dir Zugang zum Apfel verschaffst und ihn für alle anderen blockierst. Vergiss nicht, dass man den passenden Fingerabdruck, die passende Stimme und den passenden Code braucht. Vielleicht hat Grim die anderen zugelassenen Fingerabdrücke, Stimmen und Codes gelöscht. Vielleicht bist du tatsächlich die Einzige, die sich Zugang zum Apfel verschaffen kann. Und sollte es noch andere geben, kannst du ihnen heute zuvorkommen.«

»Wir wissen nicht, zu was ich mit dem Apfel imstande bin. Und im

Übrigen will ich ihn gar nicht allein öffnen können. Ich will nicht die Einzige sein, die diese Verantwortung trägt. Was ist, wenn mich die Borlänge-Gang umbringt? Dann nehme ich den Schlüssel mit in mein Grab.«

»Wir müssen akzeptieren, dass wir nicht alles im Voraus wissen. Wenn du es schaffst, kannst du möglicherweise die Möglichkeit ausmerzen, dass sich andere Personen Zugang verschaffen. Aber es stimmt natürlich, dass du das Geheimnis mit in dein Grab nimmst, falls du ermordet wirst.«

»Das sind ziemlich viele Wenns.« Elin pustet wieder in ihren Tee. »Der schmeckt nach Rauch.«

»Ich habe aus Versehen Lapsang genommen. Du magst ja Earl Grey lieber.«

Elin nippt erneut an ihrer Tasse.

»Kannst du es nicht versuchen?«, fragt die Königin.

»I'll try is the language of the loser«, murmelt Elin und zieht eine Grimasse. »Der ist heiß.« Sie stellt die Tasse ab und sieht die Königin an. »Woher weißt du so viel über den Apfel?«

»Ich habe Grim gekannt.«

»Wo hast du ihn kennengelernt?«

»In Idrefjäll. Nachdem ich ihn zufällig im Borderland kennengelernt hatte, wo er zu Abend aß und sich lautstark mit seinem Vater gestritten hat. Herrn Kurosawa bin ich auch schon mal begegnet.«

»Auch in Idrefjäll?«

Die Königin wärmt sich ihre Hände an der Teetasse und antwortet: »Als der Apfel neu war, habe ich über einen eigenen Code verfügt, aber er wurde von irgendjemandem gelöscht, ich weiß nicht, von wem. Vermutlich von Herrn Kurosawa. Bist du schon mal einer gewissen Paleface begegnet?«

»Das kann sein. Ich habe mal eine Frau namens Vitkind kennengelernt. Ist sie das?«

»Gut möglich. Vitkind kann so ziemlich alles. Aber auch sie kann den Apfel ohne Code, Fingerabdruck und passende Stimme nicht öffnen. Sie wird heute Nachmittag auch mit dabei sein, wenn Kurosawa den Apfel in Augenschein nimmt. Bis zum Mittagessen hätten wir also noch Zeit.«

Elin nippt am Tee. »Was, wenn ich etwas kaputt mache?«

Die Königin sieht sie verwundert an, nimmt einen Keks und beißt ein Stück davon ab. »Wie meinst du das?«

»Was, wenn der Apfel die Möglichkeit bietet, Medikamente zu entwickeln, oder die Chance auf andere wissenschaftliche Durchbrüche, irgendwelche Kombinationsmöglichkeiten, an die noch niemand gedacht hat. Was, wenn ich diejenige bin, die die menschliche Entwicklung aufhält?«

»Wenn, wenn, wenn«, sagt die Königin.

»Ja, wenn«, redet Elin weiter. »Wenn ich zum Beispiel zu so etwas werde wie die Menschen im achtzehnten Jahrhundert, die die mechanischen Spinnräder zerstört haben, um zu verhindern, dass Leute ihre Arbeit verlieren?«

»Du verschaffst dir Zugang zum Apfel und löschst die Zugangsmöglichkeit anderer Personen. Später, wenn du dir ein Netzwerk aufgebaut hast, kannst du ihn für einen Wissenschaftler oder jemand anderen, den du selbst ausgesucht hast, wieder öffnen. Was du verhindern musst, ist Karins Versuch, sich mithilfe von Herrn Kurosawa einen exklusiven Zugang zu allem, wozu der Apfel fähig ist, zu verschaffen.«

Elin beobachtet, wie die Königin erneut in ihren Keks beißt. »Gibst du mir Ratschläge?«

»Vielleicht.«

»Oder möchtest du mich manipulieren?«

»Vielleicht auch das.«

»Was willst du eigentlich?«

»Karin ist diejenige, die in der Übergangsregierung das Sagen hat. Niemand hat so viel Macht wie sie – der Premierminister ist nur eine Marionette. Aber Karin ist nicht mehr sie selbst. Niemand weiß, was man mit ihr während ihrer Gefangenschaft gemacht hat. Manche Leute glauben, dass sie ferngesteuert ist, dass man ihr Neuronen eingesetzt hat, mit deren Hilfe ihre Gedanken und Handlungen beeinflusst werden. Andere sagen, dass es Karins Ziel ist, alles menschliche Denken zu kontrollieren, weil sie die Menschen generell als destruktive Geschöpfe ansieht. Und wieder andere sagen, dass das Überwachungssystem, das sie zusammen mit Alan entwickelt hat, uns alle willenlos machen wird und unfähig, eigene Entscheidungen zu treffen. Dein Bruder Vagn gehört zur letzten Gruppe.«

»Wo ist Vagn?«

»Das darf ich nicht sagen.«

»Du willst, dass ich den Apfel so manipuliere, dass ich die Einzige bin, die ihn öffnen kann, aber du willst mir nicht erzählen, wo sich mein eigener Bruder versteckt hält. Wie soll ich das verstehen?«

Die Königin nimmt noch einen Keks und kaut einen Augenblick stumm. Dann schluckt sie und sagt: »Er ist in einem Versteck in Stockholm. Karins Torpedos waren schon dort und haben nach ihm gesucht, aber bisher scheint es, als sei er sicher.«

Jetzt greift auch Elin nach einem Keks und die Königin sieht erfreut aus.

»Ich habe sie gestern selbst gebacken.«

Elin beißt hinein, steckt sich dann den ganzen Keks in den Mund und kaut. Sie räuspert sich und nimmt einen Schluck Tee.

»Da ist noch etwas«, spricht die Königin weiter. »Dieser Roboter, der auf den Namen Liv hört, würde sicher eine gute Gesellschaft für deine Gerda abgeben, aber die Hauptaufgabe, die er hätte, wäre eine andere.«

»Welche?«
»Er würde dich beobachten, sich deine Bewegungsabläufe merken, deine Stimme, deinen Tonfall, deine Lieblingswörter, wie du Sätze aufbaust, was dich froh und traurig macht, wütend werden lässt oder dich langweilt. Er würde alles in seinem riesigen Gedächtnis speichern und die Informationen nach und nach an Alan weitergeben, der Liv daraufhin umprogrammieren würde.«
»Warum?«
»Liv gehört zu der Sorte Roboter, die sich weiterentwickeln, indem sie andere nachahmen. Nach kurzer Zeit würde sie eine perfekte Kopie von dir abgeben.«

64

Die Königin hat die Passwörter eingegeben und die Tür zum Gewölbe geschlossen.
Elin sieht sich um: »Kann uns hier nicht die Luft ausgehen?«
Die Königin zeigt zur Decke. »Das Gewölbe weiß, dass wir hier sind. Sobald sich die Tür schließt, fangen die Ventilatoren an zu arbeiten.«
Elin legt die Hände auf den Apfel und drückt ihre Daumen darauf.
»Willkommen, Elin«, sagt der Apfel mit einer Stimme, die an ihre eigene erinnert. »Weißt du den Code?«
»There is hope in the wilderness«, sagt Elin.
»Möchtest du, dass ich mich öffne?«
»Ja«.
»Nimm bitte die Hände weg«, sagt der Apfel.
Elin zieht ihre Hände zurück und der Apfel teilt sich wie eine aufgeschnittene Frucht langsam in zwei Hälften.

Auf der linken Seite erscheint ein Bildschirm, auf der rechten Seite eine Tastatur.
Elin blickt die Königin an. »Das hat er beim letzten Mal nicht gemacht.«
»Offenbar verhält er sich anders, nachdem du zurückgekommen bist«, vermutet die Königin.
»Was kann ich für dich tun, Elin?«, fragt der Apfel.
»Wie viele außer mir haben Zugang zu dir?«
»Fünf«, antwortet der Apfel.
»Ich möchte die Einzige sein, die Zugriff hat.«
»Grims Programmierung entsprechend hast du einen übergeordneten Zugang und bist diejenige, die festlegt, wer auf meine Systeme zugreifen kann. Soll ich die Zugangsmöglichkeiten für die anderen vier löschen?«
»Ja.«
»Erledigt. Du bist nun die einzige Person mit Zugang zu meinen Systemen.«
»Ich möchte einer anderen Person eine Zugangsberechtigung erteilen.«
»Die Person soll sich mir vorstellen.«
Der Apfel schließt sich und die Königin tritt hinzu.
»Lege deine Daumen auf die grünen Flächen«, sagt der Apfel mit Elins Stimme. »Und sag, wer du bist.«
»Ich bin die Königin.«
»Dein Code ist: Bring me my bow of burning gold. Wiederhole deinen Code bitte.«
»Bring me my bow of burning gold«, sagt die Königin.
»Danke«, sagt der Apfel. »Du bist nun gemeinsam mit Elin autorisiert, meine Dienste zu nutzen. Möchtest du deinen Code behalten oder einen anderen wählen?«
»Ich behalte ihn.«

»Danke«, erklingt es abermals aus dem Innern des Apfels. »Die Sitzung ist beendet.«

Elin drückt die Daumen auf die grünen Flächen und sagt: »There is hope in the wilderness.«

»Willkommen, Elin. Was kann ich für dich tun?«, fragt der Apfel.

»Gib mir einen neuen Code.«

»Du hast einen neuen Code erhalten, dein alter Code ist nun ungültig. Dein neue Code lautet: Bring me chariot of fire.«

»Bring me chariot of fire«, wiederholt Elin.

»Danke«, sagt die Stimme im Apfel. »Gibt es sonst noch etwas, das ich für dich tun kann, Elin?«

»Nein, nichts.«

»Die Sitzung ist geschlossen«, sagt der Apfel.

Elin betrachtet den Apfel eine Weile und hält ihr Ohr daran, aber es ist nichts mehr zu hören. Schließlich dreht sie sich zu der Vitrine um, in der der geflochtene Schlangenschmuck mit den Rubinaugen liegt.

»Sie wird Medusa-Kette genannt«, sagt die Königin. »Wenn du möchtest, kannst du sie beim Mittagessen tragen. Möchtest du?«

»Gerne.«

»Es gibt aber eine Sache, die du über sie wissen musst. Die längste Schlange hat einen abnehmbaren Kopf. Darin befindet sich eine Injektionsnadel. Wenn du jemanden damit stichst, verliert er das Bewusstsein und wacht so schnell nicht wieder auf.«

Die beiden verlassen das Gewölbe, schließen hinter sich ab und kehren ins Schlafzimmer zurück. Dort setzen sie sich aufs Bett und die Königin beginnt die Goldschlangen in Elins Haar zu flechten. Als sie fertig ist, ziehen sie sich um. Die Königin leiht Elin eine rote Daunenjacke und wählt für sich selbst eine grüne aus. Dann machen sie sich auf den Weg zum Borderland. Es regnet nicht, aber der Himmel ist grau.

In der Tasche der geliehenen Jacke findet Elin eine Tüte Karamellbonbons. Nur noch zwei Stück sind übrig. Sie bietet das eine der Königin an und nimmt sich selbst das andere.
Mit Miriam hinter sich und zwei Leibwächtern der Königin vor sich erreichen sie das Borderland genau in dem Moment, als das Mittagessen beginnt.

65

Das Essen findet in einem der kleineren Speisesäle im ersten Stock statt. Durch eine Glaswand kann man auf den See blicken. Auch Karin, Smårne und Johan, der Anthropologe mit dem Irokesenschnitt, sind bereits da. Alle begrüßen die Königin. Die Japaner verbeugen sich, die Hände seitlich angelegt. An der Fensterfront steht Skarpheden in dunklem Anzug, weißem Hemd und hellblauer Krawatte. Er sieht aus, als käme er frisch vom Friseur und als hätte er seiner Rasur besondere Aufmerksamkeit gewidmet. Vor ihm steht eine kleine Frau mit blauem Kleid und schwarzen Haaren. Skarpheden macht mit seinem Finger eine malende Bewegung und scheint über die Berge auf der anderen Seite des Sees zu sprechen.
Als die Frau sich umdreht, wird deutlich, wie schön sie ist. Eine Schönheit der besonders strahlenden Art. Skarpheden nickt in Elins Richtung und sagt etwas, woraufhin die Frau, bei der es sich um Mio handeln muss, etwas erwidert. Als ihr Blick Elins kreuzt, neigt sie den Kopf.
Auf den Tellern sind kleine Schilder mit den Namen der Teilnehmer platziert. Die der japanischen Gäste sind in japanischen Schriftzeichen geschrieben. Der Anthropologe zeigt Elin, wo ihr

Platz ist. Er selbst sitzt Elin gegenüber. Links und rechts von ihr sitzt je ein japanischer Gast.

Karin begrüßt die Runde und betont, dass sie sich besonders darüber freue, dass Ihre Majestät die Königin sie mit ihrer Anwesenheit beehrt. Elins Tante hebt hervor, welche enorme Bedeutung der Besuch sowohl für zukünftige juristische, das abgesperrte Gebiet betreffende Beschlüsse hat, als auch für das Komitee des Justizministeriums, das sich mit der Gesetzeslage bezüglich der Öffnung jenes Gebiets befasst.

Als Abschluss ihrer kurzen Rede teilt Karin mit, dass die Wettervorhersage für den Abend Regen ankündigt, sodass sie das Mittagessen nicht allzu sehr hinauszögern sollten. Denn die Besichtigung des abgestürzten Bombers ist besonders lohnenswert bei gutem Wetter. Sie selbst kann leider nicht an der Bootstour teilnehmen, ist sich aber sicher, dass trotzdem alles gut laufen werde.

Die Gäste lächeln und nicken und der Mann zu Elins linker Seite macht eine Bemerkung zu ihrem Schmuckstück. Er spricht in dem gleichen Tonfall und hat dieselbe Artikulationsweise wie Alan – ein synonymreiches Englisch der gebildeten Mittelklasse.

Als Elin ihm ein Kompliment für sein schönes Englisch macht, erklärt der Mann, dass er seinen Master in Cambridge gemacht hat, bevor er sein Studium in Osaka fortgesetzt hat.

Die ganze Zeit über schielt Elin zum Kopfende des Tisches hinüber. Sie vernimmt Skarphedens Lachen und sieht, wie er eine Hand auf Mios Unterarm legt und wie Mio ihm daraufhin zulächelt. Sie hört, wie Mio Norwegisch spricht.

»Sie kennen sich von früher«, kommentiert Elins Tischnachbar, der in Cambridge studiert hat, die Szene.

Dann beugt sich der Anthropologe über den Tisch. »Elin ist auf dem Weg in den Reichstag«, erklärt er den japanischen Gästen. »Dort sitzen 349 Abgeordnete. Manche von ihnen erhalten einen

Sitz, weil sie selbst, als Person, gewählt wurden – nicht ihre Partei. Diese Stimmen nennt man Personenstimmen. Im Allgemeinen kommen nicht sehr viele Kandidaten aufgrund von Personenstimmen in den Reichstag – man braucht mindestens fünf Prozent der Stimmen seines Wahlkreises, um auf diese Weise gewählt zu werden. Elin werden sechzig Prozent in ihrem Kreis vorausgesagt. Das wäre ein Rekord.«

Elins japanischer Tischnachbar sieht interessiert aus, aber statt das Gespräch über den Reichstag fortzuführen, nickt er in Richtung des Mannes, der ihm schräg gegenübersitzt. »Herr Kurosawa ist der Namensvetter eines der größten Filmregisseure Japans. Vielleicht haben Sie einen seiner Filme gesehen?«

Elin antwortet, dass sie noch nie das Glück hatte, einen Film von Kurosawa zu sehen, aber dass sie natürlich davongehört hat.

Der Japaner spricht in seinem wohlklingenden Englisch weiter: »1954 kam der bekannteste heraus. Er handelt von sieben Samurai, die zusammenkommen, um ein armes Bauerndorf zu beschützen, das von einer Räuberbande tyrannisiert wird. Es ist eine zeitlose Erzählung über unsere Pflicht, das Böse zu bekämpfen, auch auf Kosten unseres eigenen Lebens.«

Elin bedauert, dass sie den Film noch nie gesehen hat.

Der Mann beginnt die Handlung des Films bis ins kleinste Detail wiederzugeben.

Elin fällt es schwer zuzuhören, ihr Blick schweift immer wieder zu Skarpheden und Mio.

Der Oberkellner stellt die Tageskarte vor. Als Elin ihn ansieht, weicht er ihrem Blick aus. Sie kann die hervortretende Narbe auf seinem Handrücken erkennen. Schließlich kommt die Bedienung mit der Vorspeise.

Der Anthropologe beugt sich vor: »Alle Kellner hier sind Roboter, alle außer einem. Können Sie erkennen, wer das ist?«

Die japanischen Gäste zeigen auf den Kellner, der am jüngsten aussieht, und der Anthropologe lacht.
»Ich habe nur Spaß gemacht. Es sind alles Roboter außer dem Oberkellner. Ist das nicht großartig? Einer meiner Doktoranden untersucht momentan zwei Senioreneinrichtungen, in denen der Großteil des Personals Roboter sind. Die Bewohner wollen mehr Roboter um sich haben und weniger Menschen. Sie sagen, mit den Robotern gebe es weniger Konflikte. Ist das nicht interessant?« Er lehnt sich noch weiter über den Tisch und spricht mit zunehmender Lautstärke über seine Doktoranden.
Elin hat lediglich Augen für Skarpheden und Mio. Zufällig kreuzen sich ihr Blick und der der Königin und es scheint, als würde ihr die Königin etwas sagen wollen.
Der Kaffee nach dem Essen wird in einem anderen Raum serviert. Alle erheben sich und die Königin tritt dicht neben Elin und flüstert: »Du kannst sie nicht die ganze Zeit anstarren.«
Sie gehen weiter und beginnen ein Gespräch mit dem Mann, der neben Elin sitzt und über den Regisseur mit dem Namen Kurosawa gesprochen hat. Es stellt sich heraus, dass die Königin den Film über die sieben Samurai praktisch auswendig kennt.
Kurz darauf kommt Skarpheden auf Elin zu. Neben ihm Mio. Sie sprechen Englisch und Elin erwähnt Mios perfektes Norwegisch. Mio wirkt verlegen und erzählt, dass es in Japan eine Puppe gibt, die Elin darstellt, und dass ihre Kinder eine solche besitzt.
Der Kaffee wird im Stehen getrunken. Anschließend ergreift Karin das Wort. Sie bedauert, die Gespräche stören zu müssen, aber es sei an der Zeit aufzubrechen, wenn sie das Flugzeugwrack noch vor dem Regen ansehen wollten.

Als die Gesellschaft in der Lobby ankommt, treffen sie dort auf etwa dreißig Personen mit Rollkoffern. Aufgeregte Stimmen tönen durch den Saal, die Gesellschaft drängt sich durch die Menge zum Ausgang. Die Leibwächter der Königin halten ihre Ausweise hoch und rufen »Polizei!«. Die Japaner und ihre Gastgeber drängen nach draußen.

Johan tritt an Elins Seite und lobt sie, dass sie daran gedacht hat, eine Jacke mitzunehmen, da es auf dem Wasser kalt werden könne, besonders, wenn es stürmt. Dann wendet er sich dem Japaner zu, der am Tisch neben Elin gesessen hat. »Die Ruhe vor dem Sturm«, weissagt er und zeigt auf die glatte Wasseroberfläche. »Ich liebe Hokusai, aber so große Wellen, wie er schuf, wünscht man sich in der Realität wirklich nicht.«

Sein Gesprächspartner weist darauf hin, dass derartige Wellen bei Fukushima verheerende Auswirkungen hatten. Die beiden Männer kommen daraufhin ins Gespräch über die psychologischen Konsequenzen von fatalen Katastrophen, die sich auf die gesamte Gesellschaft auswirken können.

Kurz darauf erreicht die Gruppe das Boot, das mit der Längsseite parallel zum Steg daliegt. Alle erhalten Schwimmwesten und Headsets und werden darüber informiert, wie man ganz individuell seine Sprache auswählt. Die Schwimmwesten werden angelegt, und als jemand einen Kommentar über die Titanic fallen lässt, fangen manche an zu lachen.

Schließlich steigen alle ins Boot. Es riecht nach Teer und Lack und ist komplett aus Holz gefertigt.

Als Elin gerade ihren Fuß an Bord setzen will, legt Smårne plötzlich seine Hand auf ihre Schulter.

»Ich muss an meinen Schreibtisch zurückkehren. Bis bald!«

Insgesamt sind sie zwölf Passagiere an Bord, sechs davon Gäste aus Japan, außerdem die Königin, Skarpheden, der Anthropologe, Elin und Miriam sowie ein Leibwächter der Königin.

Der Mann, der das Boot steuert, ist in Elins Alter, sonnengebräunt und mit strubbeligen blonden Haaren. Er steht neben einer kleinen dreistufigen Trittleiter und reicht jedem Passagier beim Einsteigen die Hand und achtet darauf, dass niemand stolpert. Als er Elins Hand ergreift, zeigt er eine Reihe ungerader Zähne und verzieht den Mund zu einem hübschen Lächeln.

Als der letzte Passagier an Bord ist, hebt der Bootsführer die Trittleiter auf den Steg. Er löst die Vertäuung, der Motor beginnt zu dröhnen und das Boot legt ab. Sofort holen die Japaner ihre Mobile und Kameras heraus und machen Fotos und Filme von der vorbeiziehenden Landschaft.

Nach einer Weile werden die Headsets aufgesetzt und das Boot legt an Geschwindigkeit zu, während es auf den norwegischen Teil des Sees zusteuert. Miriam und der Leibwächter der Königin sind die Einzigen, die den Ausführungen nicht lauschen. Elin zieht sich die Jacke an und sucht im Menü Schwedisch heraus.

»Während des Zweiten Weltkriegs, von 1939 bis 1945, war der deutsche Bomber Heinkel He 111 ein wichtiger Teil der deutschen Luftwaffe. Viele Heinkelmaschinen waren in der sogenannten Luftschlacht um England im Einsatz. Nachdem die deutschen Streitmächte in Norwegen einmarschiert waren, wurden einige Maschinen auch dort stationiert. 1940 erlitt eine der Heinkel He einen Motorschaden. Man war gezwungen, für das zweimotorige Flugzeug einen geeigneten Platz für eine Notlandung zu finden, und wählte Grövelsjö. Das Flugzeug landete auf der norwegischen Seite, direkt an der Grenze. Die Besatzung demontierte ein Maschinengewehr und suchte den nächstgelegenen Bauernhof auf. Das Maschinengewehr wurde auf dem Hof zurückgelassen und von der Widerstandsbewegung in Besitz genommen. Auch Fallschirme ließ man auf dem Hof zurück. Aus deren Seide wurden mehrere Brautkleider gefertigt, von dem eines in der Lobby des Hotels Borderland ausgestellt ist ...«

Elin spürt plötzlich eine Hand auf ihrem Arm. Es ist Mio, die ihr Headset abgenommen hat.

»Ich glaube, ich habe etwas falsch gemacht«, sagt sie auf Norwegisch.

Elin nimmt Mios Headset, prüft es und dreht an einem Regler. Dann reicht sie Mio ihr eigenes. »Probier das hier.«

»Aber welches benutzt du dann?«

»Das ist nicht so wichtig, ich wohne ja hier und kann die Tour jederzeit wieder machen.«

Mio betrachtet Elin gründlich, als wollte sie sehen, wie sie in Wirklichkeit aussieht. »Darf ich ein Foto machen?«

»Bitte.«

Mio nimmt ihr Mobil und macht ein paar Porträtaufnahmen von Elin. »Meine Kinder werden so beeindruckt sein. Sie kennen dich ja alle als Puppe.«

Skarpheden hat sich von der Königin abgewandt, die jetzt Mio ihr Headset hinhält. »Nimm das hier«, sagt sie in einem Norwegisch, das ebenso wohlklingend ist wie Mios.

»Das kann ich nicht annehmen, Ihre Majestät – wirklich nicht, unter keinen Umständen …«

»Das ist ein königlicher Befehl«, sagt die Königin laut und auf ihrer Stirn bildet sich ein Grübchen.

Skarpheden lacht, nimmt das Headset und reicht es Mio.

»Vielen Dank, das ist wirklich so interessant, was da über den Krieg erzählt wird!«

Elin setzt sich ihre eigenen Kopfhörer wieder auf, aber die Aufnahme ist inzwischen weitergelaufen und sie versucht die Stelle zu finden, an der sie ausgestiegen ist. Nach einer Weile findet sie sie: »… in der Lobby des Hotels Borderland ausgestellt ist.« Da streift ihr Blick Mio und sie bemerkt, dass die kleine Frau mit den Zähnen klappert. »Du frierst«, sagt Elin.

Mio schüttelt den Kopf. »Das macht nichts.«
»Du kannst meine Jacke haben.«
»Nein, es geht schon. Ich friere nicht.«
»Du klapperst mit den Zähnen, nimm die Jacke. Ich habe eine warme Strickjacke an.«
»Nimm die Jacke«, sagt die Königin auf Norwegisch. »Königlicher Befehl.«
Elin hat die Jacke bereits ausgezogen und hält sie so, dass Mio hineinschlüpfen kann. Als Mio die Jacke anhat, greift die Königin nach der Kapuze und zieht sie ihr über.
Das Boot verringert die Geschwindigkeit und alle Blicke richten sich auf das dicht bewachsene Ufer und das dahinterliegende niedrige Birkenwäldchen am Berghang. Im seichten Wasser in unmittelbarer Nähe zum Land liegen skelettähnlich die Reste des Flugzeugkörpers.
Die meisten Ausflugsgäste haben ihre Kopfhörer abgenommen. Manche deuten auf das Wrack und kommentieren es. Überall wird geknipst und gefilmt.
Elin dreht sich zu Mio um. »Es ist schwer zu begreifen, wie das Wrack so lange daliegen konnte. Es ist auf jeden Fall …«
Mio führt die Hände zu ihren Kopfhörern und ist gerade im Begriff sie abzusetzen, da wird sie plötzlich rücklings über die Reling geschleudert.
Elin schreit.
Die Königin und Skarpheden, die an Mios anderer Seite gestanden haben, drehen sich zu Elin um. Skarpheden ruft dem Bootsführer etwas zu, die Königin hält beide Hände an den Kopf und hat den Mund weit aufgerissen.
Mio treibt auf dem Rücken, um sie herum färbt sich das Wasser rot. Ihre Arme sind ausgebreitet, wie die Flügel eines großen Vogels, der sich in die Luft erhebt.

Herr Kurosawa schreit mehrere Male laut und hämmert sich mit der Faust gegen die Stirn. Andere verstecken ihre entsetzten Gesichter in den Händen.

Miriam drängt die Leute zur Seite, schlingt beide Arme um Elins Schultern und reißt sie zu Boden.

Skarpheden zieht die Königin nach unten und wirft sich über sie.

66

Der Chef der Personenschutzabteilung innerhalb der Reichspolizei trägt Jeans, Jeansjacke und einen weiß-blau gestreiften Pullover darunter. Blass sitzt er da und streckt die Hand nach seinem Glas Mineralwasser aus. Sein Monokel scheint er nicht dabeizuhaben.

»Da unsere Abteilung keine untersuchende Funktion hat, kann ich also nur wiedergeben, was die Ermittler sagen. Und dort werden momentan mehrere Hypothesen aufgestellt. Eine davon besagt, dass der Mörder auf einen der japanischen Gäste angesetzt war, sein Ziel verfehlt und die Dolmetscherin getroffen hat. Eine andere vermutet, dass irgendjemandem daran gelegen ist, die Bemühungen zu untergraben, das abgesperrte Gebiet wieder zu öffnen. Eine dritte nimmt an, dass der Mörder die Königin treffen wollte und sein Ziel verfehlte, und eine vierte, dass es sich um eine fehlgeschlagene Racheaktion gegen Elin Holme handelt.« Morgan leckt sich über die Lippen, richtet den Blick kurz auf Elin und dann auf seinen Schreibtisch, als wäre es ihm unangenehm, davon ausgehen zu müssen, dass Elin wegen der von ihr abgegebenen tödlichen Schüsse selbst einem Mordversuch ausgesetzt war.

»Wir wissen auf jeden Fall, dass der Schütze von der norwegischen

Seite, vom Fuß des Berges aus, geschossen hat. Unsere Leute suchen das Terrain dort ab, aber bisher wurde noch nichts gefunden.« Morgan wirft einen Blick aus dem Fenster. »Das Wetter erleichtert die Arbeit nicht gerade, auf der anderen Seite gibt es Fotografien und Filme, die aufgenommen wurden, als der Schuss losging. Es ist nicht auszuschließen, dass wir mithilfe dieses Materials auf etwas stoßen.« Er lehnt sich zurück. »Das ist alles, was ich zum jetzigen Zeitpunkt sagen kann.«

Es wird still im Raum. Elin, Skarpheden und die Königin sitzen stumm da, den Blick mal auf Morgan, mal zum Fenster gerichtet, gegen das der Regen peitscht.

»Warum sollte man einen der Gäste des Strahlenschutzinstituts erschießen wollen?«, fragt Skarpheden.

Morgan macht ein Gesicht, als hätte er Zahnschmerzen. »Das ist eine der Fragen, die die Ermittler zu beantworten versuchen.«

Die Königin ist sehr blass. Sie sitzt dicht neben Elin und hat einen Arm um deren Schultern gelegt. »Manchmal erhalte ich Drohungen«, sagt sie mit zitternder Stimme. Sie räuspert sich. »Es sind fast immer die gleichen Personen. Sie haben merkwürdige Vorstellungen, würden aber nie mit einem Scharfschützengewehr im Gebüsch lauern und mit Spezialmunition schießen.«

»Woher wusste der Schütze, dass wir auf den See hinausfahren würden?«, fragt Skarpheden. »Er muss doch über das Mittagessen und das, was danach geplant war, informiert worden sein.«

»Ein Insider«, meint die Königin. »Jemand muss den Schützen informiert haben.«

Skarpheden nickt. »Sie sollten untersuchen, wer alles über den Ablauf der Veranstaltung Bescheid wusste.«

Morgan zieht eine unglückliche Miene und trinkt noch einen Schluck Mineralwasser. »Das wird sicherlich untersucht. Wie gesagt, ich bin nicht verantwortlich für die Ermittlung.«

»Ich gehe davon aus, dass Elins Schutz verstärkt wird«, sagt die Königin. »Wer in den Bergen mit einem Scharfschützengewehr liegt, schießt und spurlos verschwindet, ist ja wohl kein Amateur. Das muss ein Profi sein, der Verbindungen zu jemandem oder mehreren hier auf dem Gelände hat.«

Morgan nickt.

»Arbeiten Sie mit der norwegischen Polizei zusammen?«, die Stimme der Königin wird plötzlich laut.

»Da der Schütze sich auf norwegischem Terrain befunden hat, ist die Zusammenarbeit eine Selbstverständlichkeit«, antwortet Morgan und sieht müde aus.

»*Der* Schütze?«, zischt die Königin. »Warum ein Er?«

Es scheint, als würde Morgan gleich anfangen zu weinen. »Der Schütze kann natürlich auch eine Frau sein.«

Die Königin rückt ein Stück von Elin ab und blickt sie an. »Geht's dir nicht gut?«

»Ich weiß nicht«, sagt Elin.

Die Königin wirft Morgan einen Blick zu. »Gibt es hier einen Arzt?«

Der Chef des Personenschutzes greift zu seinem Mobil und wählt eine Nummer. Kurz darauf geht die Tür geht auf und eine wohlfrisierte Frau in blauem Kleid, weißer Bluse und Pumps steckt ihren Kopf ins Zimmer. Ihrem Gesichtsausdruck nach zu urteilen, könnte Morgan sie auch gebeten haben, eine sich unter dem Tisch windende Klapperschlange zu entsorgen.

»Ein Arzt!«, bittet Morgan.

Die Frau schließt die Tür wieder.

Die Königin nimmt Elins Hand. »Du bist ganz weiß.«

Elin flüstert: »Ich war diejenige, die sie treffen wollten. Aber ich habe sie Mio töten lassen.«

Eine halbe Stunde später hält ein Schwerwagen vor dem Eingang der Regierungskanzlei. Zwei breitschultrige Leibwächter mit Helmen und schusssicheren Westen klettern hinaus. Als Elin aus dem Wagen steigt, beziehen sie neben ihr mit großen Gewehren und ernsten Mienen Stellung. Der Regen prasselt unaufhörlich auf sie herab.

Kurz darauf ist Elin in der Eingangshalle. Auf die Königin und Skarpheden gestützt, fährt sie im Aufzug nach oben. Mit der Hand am Pistolenkolben steht Miriam hinter ihr, als sich die Aufzugtür öffnet und der Roboter Elin empfängt.

»Ich lasse euch jetzt allein«, sagt Skarpheden.

Miriam schaut sich um, untersucht den Roboter und geht ein paar Schritte vor auf den Korridor, die Hand weiterhin an ihrer Waffe.

»Ich bleibe hier«, sagt sie.

»Ich kehre zu meinen Gästen zurück«, sagt Skarpheden, streckt den Arm aus und streichelt Elins Wange. Sein Blick ist düster und sein Gesicht sehr blass. »Ruh dich aus«, sagt er leise.

Kurz darauf liegt Elin komplett angezogen auf dem Bett der Königin, die neben ihr liegt und sie im Arm hält. Eine der Schlangen der Medusa-Kette hat sich gelöst. Die Königin flicht sie wieder in Elins Haare.

»Ich muss nach Hause zu Gerda.«

»Sie haben den Schutz auf Liden ebenfalls verstärkt. Du kannst mit ihnen sprechen, aber es wäre nicht gut, wenn Gerda dich in diesem Zustand sieht.«

»In welchem Zustand?«, fragt Elin verwundert.

»Du bist kreidebleich. So solltest du dich Gerda nicht unbedingt zeigen und auch deinen Eltern nicht.«

»Ich kann ihnen eine Nachricht schicken.« Elin nimmt ihr Mobil und gibt es der Königin. Sie tippt, was Elin mit schwacher Stimme diktiert.

»Wir sind auf einer Bootsfahrt Ziel eines Attentats geworden. Es kommt sicher in den Nachrichten. Eine Japanerin wurde erschossen. Mir geht es gut, aber ich fühle mich etwas schwach. Ich stand direkt neben der Frau, die erschossen wurde. Sie hatte meine Jacke an …«

»Das mit der Jacke musst du nicht unbedingt sagen.«

»Stimmt«, sagt Elin. »Lass die Jacke weg.«

Die Königin schickt die Nachricht ab und Elin schließt die Augen. In dem Moment ruft Karin an.

Die Königin lässt sie auf die Bildwand umleiten.

»Sobald du dazu in der Lage bist, will ich dich treffen. Ich vermute, du bist nicht allein, aber in guten Händen.«

»Ein Arzt hat mir Tabletten gegeben und ich werde gerade schrecklich müde. Vielleicht schlafe ich eine Weile.«

»Melde dich, wenn du wach bist!« Die Bildwand erlischt.

Die Königin streicht Elin eine Haarsträhne aus der Stirn und drückt ihr einen Kuss auf die Lippen.

Mit geschlossenen Augen sagt Elin: »Warum hat Morgan all die anderen aufgezählt, die als Zielscheibe für den Mörder infrage kommen sollen? Es ist ja wohl offensichtlich, dass ich diejenige bin, auf die er aus war.«

Die Königin streicht eine weitere Strähne aus Elins Gesicht. »Du bist das Schutzobjekt der Polizei und Morgan ist der Chef der Personenschutzabteilung. Du bist Ziel eines Attentats gewesen und es war reiner Zufall, dass du nicht umgekommen bist. Morgan hat ein Interesse daran, dass es nicht so aussieht, als hätten sie dich einfach so in eine derart gefährliche Situation geraten lassen. Er will vermutlich, dass man zu dem Schluss kommt, dass das eigentliche Ziel nicht zu ermitteln ist.«

»Ich halte das nicht aus«, flüstert Elin. »Es ist meine Schuld, dass sie tot ist.«

»Du solltest mit Sara sprechen.«
»Es ist meine Schuld.«
»Nein.«
»Glaubst du, Sara hat Zeit für mich?«
»Wir versuchen es. Und nichts davon ist deine Schuld.« Die Königin verschickt eine Nachricht.
Kurz darauf schläft Elin ein.

Die Frau nimmt den Hut mit den Federn ab und schwingt ihn im Halbkreis. Der Mann berührt einen Bolzen, der tief in seiner linken Brust steckt – auf gleicher Höhe mit seinem Ellenbogen. Er schüttelt den Kopf und lacht.
Elin tastet in ihrem Köcher, aber er ist leer.
Die Frau reitet im Schritt den Abhang hinunter auf das Haus zu. Ein mit Federn besetzter Bolzen sitzt in ihrem Hals, circa zwanzig Zentimeter unter ihrem Kinn. Sie greift danach, zieht ihn mit einem Ruck heraus und wirft ihn auf den Boden. Blut spritzt aus der Wunde wie aus einem geöffneten Wasserhahn. Es läuft die Mähne des Pferds hinunter, als hätte die Frau unendlich viel davon in ihrem Körper.
Gerda steht daneben, nackt bis auf die Gummistiefel. Das Blut reicht ihr bereits bis über den Schaft. Elin will schreien, aber es kommt kein Ton über ihre Lippen.

»Du träumst!«
Elin schlägt die Augen auf. Ihr Herz rast.
»Du hast geschrien.«
»Habe ich lange geschlafen?«
»Ein paar Stunden. Soll ich dir irgendetwas bringen?«
»Tee.«
»Nimm eine Dusche.« Die Königin steht auf und fährt sich mit ge-

spreizten Fingern durch die Haare. »Diese Journalistin, Yasmin, hat angerufen. Sie möchte dich interviewen. Ich habe ihr gesagt, dass du dich meldest. Und Sara hat geantwortet, dass du morgen Abend gegen sieben kommen kannst.« Sie geht barfuß zur Tür.
Elin ruft ihr hinterher: »Wie macht man die Musik an?«
Die Königin kommt zurück. »Was möchtest du hören?«
»Kempff, wie er Beethovens *Sturm* spielt. Das gibt es als Video.«
Die Königin sucht das Stück heraus.
Elin liegt da und betrachtet das fast unbewegte Gesicht des alten Mannes, sieht, wie seine Finger über die Tasten fliegen gleich einem Schwarm weißer Vögel in starkem Wind, und lauscht den Tönen, die seinen raschen Bewegungen entspringen.
»Lauter!«, ruft sie der Bildwand zu und mit Beethoven im Rücken geht sie ins Badezimmer. Sie zieht sich aus, betrachtet sich im Spiegel und stellt sich dann unter die Dusche.
Als sie ins Schlafzimmer zurückkehrt, liegt die Königin auf dem Bett, neben sich ein Tablett mit der Teekanne, Tassen, einem Marmeladenglas und Keksen.
»Ich gehe zu Karin rüber«, sagt Elin. »Dann hab ich es hinter mir.«

Die Uhr an der Wand in Karins Arbeitszimmer zeigt halb acht. Karin sitzt auf einem der Sofas, daneben Liv in einem karierten Trägerkleid und mit Korkenzieherlocken in ihren blonden Haaren.
Liv steht auf und macht einen Knicks. »Hallo, Tante Elin.«
»Hallo, Liv.«
»Heute habe ich einen Rock aus den 1950er-Jahren an. Findet Tante Elin den hübsch?«
»Ja, sehr hübsch, aber hör auf, mich Tante zu nennen.«
Liv zieht eine Flunsch. »In meiner Rolle als Mädchen aus den Fünfzigerjahren bin ich gezwungen, so zu sprechen.« Liv streicht sich über den Rock und sieht unglücklich aus.

Karin legt den Kopf schief und guckt den Roboter an. »Liebling, wir Erwachsenen müssen uns jetzt unterhalten. Wenn du möchtest, kannst du nach nebenan gehen und mit meinen Puppen spielen. Aber du kannst auch bleiben, wenn dir das lieber ist.«

Liv lächelt und sieht eher bekümmert als erfreut aus. »Wenn ich darf, möchte ich gerne hören, was ihr beredet.«

Karin winkt Liv zu sich. Der Roboter setzt sich wieder neben sie und streicht erneut seinen Rock glatt. Elin setzt sich auf das Sofa gegenüber.

Auf dem Tisch zwischen ihnen steht eine Weinflasche ohne Etikett. Auf der Tischplatte liegt der Korken, daneben ein weißer Briefumschlag, Plastikhandschuhe, eine Lupe und zwei Mobile.

»Möchtest du etwas trinken?«

Elin schüttelt den Kopf und Karin klopft dem Roboter auf das Knie. »Bring mir bitte einen Gibson.«

»Ja, Mama«, sagt der Roboter und steht auf. »Möchtest du ihn stark oder schwach?«

»Du weißt, wie ich ihn mag: shaken not stirred.«

»Oder umgekehrt.« Liv kichert.

Karin zeigt auf die Weinflasche und auf den Umschlag vor sich. »Flaschenpost.«

»Was meinst du damit?«

»Man hat beim Flugzeugwrack diese Flasche gefunden. Als man den Korken herauszog, kam dieser Umschlag zum Vorschein. Zieh dir die Handschuhe an. Die Polizei hat zwar alles untersucht, aber ich halte es trotzdem für besser, wenn man ihn nicht mit bloßen Fingern berührt.«

Elin streift sich die Handschuhe über und greift nach den Umschlag. Er ist mit Bleistift adressiert an: *Justizministerin Karin Holme*

»Guck hinein«, ermuntert Karin sie.

Elin bringt einen linierten Zettel zutage, der aus einem Notizbuch herausgerissen scheint und die gleiche krakelige Bleistiftschrift aufweist wie der Umschlag.

»Vermutlich von einem Rechtshänder mit links geschrieben, sagt der Grafologe.«

Er hat es gut, solange ich es gut habe steht auf dem Zettel.

Elin betrachtet das Stück Papier, wendet es, wendet es noch einmal und liest die Mitteilung erneut. »Was bedeutet das?«

»Schau in den Umschlag.«

Elin dreht den Umschlag auf den Kopf und ein Speicherstick fällt heraus.

Der Roboter kommt mit dem Glas zurück, das bis zum Rand voll ist. Eine blasse kleine Perlzwiebel liegt einsam auf dem Boden des Glases.

»Danke, Liebling«, sagt Karin. Sie nippt und nimmt anschließend einen tüchtigen Schluck. Dann zeigt sie auf den Speicherstick. »Sei ein liebes Mädchen und spiel den Film für uns ab.«

Liv nimmt den Speicherstick, steckt ihn in eins der Mobile auf dem Tisch und auf der Bildwand erscheint ein Film: Ein Junge, etwas jünger als Gerda, sitzt in einem Sandkasten und lacht. In der Hand hält er ein rotes Feuerwehrauto mit gelber Leiter. Der Film ist knapp zehn Sekunden lang.

»Spiel ihn noch einmal ab!«, fordert Karin und ihre Stimme überschlägt sich dabei.

Der Film startet ein zweites Mal. Mittendrin bittet Karin darum, das Bild anzuhalten. Das Gesicht des Jungen füllt die Bildwand aus.

»Das ist mein Sohn«, sagt Karin mit zitternder, kaum vernehmbarer Stimme. »Ich hab ihn zur Welt gebracht, während ich eingesperrt war. Es kamen immer wieder Männer mit Masken zu mir. Ich vermute, dass ich mehr oder weniger sofort schwanger wurde. Als ich gebären sollte, wurde ich in eine andere Abteilung gebracht, und als das Ganze vorbei war, wurde ich wieder in meine Zelle gesteckt.

Es war der gleiche Raum, in dem du später auch eingesperrt warst. Er heißt Einar.« Karin nimmt einen Schluck aus ihrem Glas.
Liv hat sich auf den Boden gesetzt und spielt mit einer kleinen Puppe.
»Ich durfte ihn vier Tage lang bei mir haben. Eines Morgens war er weg. Aber wenn sie mit mir sprachen, erwähnten sie ihn häufig. Ich wusste, was sie von mir wollten, und habe ihnen ein paar kleine Geheimnisse verraten. Im Gegenzug gaben sie mir das Versprechen, dass ich ihn sehen durfte. Das habe ich. Zweimal. Eines der Geheimnisse, die ich verraten habe, war nicht so unbedeutend, wie ich dachte, und Menschen starben. Das war einer der Gründe, warum ich befreit wurde. Meine Mitkämpfer hatten eingesehen, dass ich nicht dichthalten würde, und wir hatten Informanten in der Festung. Das eine führte zum anderen und ich kam frei.« Karin hebt ihr Glas und leert es bis zur Hälfte. »Es ist Syria, die meinen Sohn hat. Sie glaubt, dass ich die Polizei beeinflussen kann, aber das ist nicht der Fall. Wahrscheinlich hat sie einen Komplizen, der Einar bewacht. Was mit Einar passiert, wenn Syria gefasst wird, mag ich mir nicht vorstellen.«
Elin betrachtet das lachende Kind an der Wand.
»Er hat Papas Augen«, sagt Karin und kippt den Rest des Drinks hinunter. Dann reicht sie Liv das Glas, die aufsteht, die Puppe in die Tasche ihres Kleids steckt und mit dem Glas in der Hand verschwindet.
Elin wird plötzlich von Mitgefühl übermannt. »Du Ärmste«, sagt sie und Tränen steigen in ihr auf.
Karin blickt geradeaus, als suchte sie nach einem Halt in der Leere vor ihrem Schreibtisch.
»Du Ärmste«, wiederholt Elin. Sie setzt sich auf das gegenüberliegende Sofa und legt den Arm um Karin.
Nach einer Weile kommt der Roboter mit dem Glas in der Hand

zurück. Karin fischt die Perlzwiebel heraus und steckt sie sich in den Mund. Dann nimmt sie erneut einen großen Schluck und dreht ihr Gesicht zu Elin.

»Die Arbeit ist das einzig Gute, was ich habe. Wir sollten alles dafür tun und danach streben, dass die Welt eine bessere wird, oder?«

»Doch«, flüstert Elin. »Das sollten wir. Wir sollten alles dafür tun.«

Karin steht auf und geht zum Fenster. Sie steht da und sieht hinaus in den Sommerabend, der im Regen ertränkt wird. »Vier Stunden nachdem ihr wieder an Land wart, kamen die Hubschrauber und haben die Japaner abgeholt. Sie sind jetzt wahrscheinlich bereits in Oslo. Nur der Körper dieser armen Frau ist noch hier. Und Hilfe, wie der Apfel zu öffnen ist, haben wir auch nicht bekommen. Wie kam es dazu, dass du ihr im rechten Augenblick deine Jacke gegeben hast?«

»Das war reiner Zufall.«

»Zufall«, murmelt Karin. »Glaubst du an Zufälle?« Damit leert sie das Glas und kehrt zum Sofa zurück. Liv kommt dazu und setzt sich auf ihre andere Seite. Sie streicht Elin über die Haare. »Du hast die Medusa-Kette ausleihen dürfen«, sagt sie.

»Ja.«

»Dann hat die Königin dir den Apfel gezeigt?«

Elin nickt.

»Wir hatten die Absicht, mithilfe der Japaner den Code herauszufinden, aber daraus ist nun nichts geworden. Du weißt nicht zufällig, wie man ihn öffnet, oder?«

»Ich habe es versucht«, behauptet Elin. »Als wir unten in dem Gewölbe waren, habe ich es versucht, aber ich konnte mich nicht mehr an den Code erinnern, und der Apfel hat mich ermahnt, seinen Mechanismus nicht zu manipulieren.«

»Schade.« Karin seufzt. »Welchen Code hast du versucht?«

»You will find nothing in the emptiness«, lügt Elin.

Karin lehnt sich zurück und guckt zur Decke. »You will find nothing in the emptiness«, wiederholt sie. »Das ist so wahr. Aber es war nicht der richtige Code?«
»Ich habe es zweimal versucht, aber dann wurde ich ermahnt, keine weiteren Versuche zu unternehmen, sonst würde ich dem Apfel schaden.«
»Was hast du beim zweiten Mal gesagt?«
»You will find it in the emptiness«, lügt Elin. »Danach habe ich mich nicht mehr getraut, es weiter zu probieren.«
»Das war bestimmt richtig«, murmelt Karin, dreht ihr Handgelenk und fokussiert das Bild des Kinds an der Wand. »Wie ähnlich er Papa doch sieht, oder?« Karin legt eine Hand auf den Kopf des Roboters und berührt sanft dessen Korkenzieherlocken, als wären sie etwas Zerbrechliches. »Hast du dich heute gekämmt?«
»Hundert Striche mit der Bürste«, antwortet der Roboter.
»Das ist gut, Liv. Sei so gut und bring mir noch einen.« Karin hält Liv das Glas hin und der Roboter steht auf und nimmt es entgegen.
»Darf ich eine Kopie von dem Film mit Einar haben?«, fragt Elin.
Karin runzelt die Stirn. »Wozu?«
»Ich will ihn Mama und Papa zeigen.«
Karin antwortet nicht gleich, als müsste sie erst etwas sorgfältig abwägen.
»Natürlich«, sagt sie schließlich, »aber achte darauf, dass ihn niemand anderes zu sehen bekommt. Man kann nie wissen, welche Kanäle Syria anzapft und welche Mittel ihr zur Verfügung stehen.«

67

Burman reitet durch den Regen. In den Gräben rechts und links rinnt und rauscht das Wasser und überschwemmt den Schotter auf dem Waldweg. Burman hat Gegenwind und trotz der Regenkleidung ist er nass bis auf die Haut.

Als er sie an der Wegbiegung entdeckt, bringt er das Pferd zum Stehen, wischt sich die Wangen ab und betrachtet die ihm entgegenkommende Reiterin.

Sie trägt einen Hut mit Krempe und hat sich einen grünen Plastikponcho übergestülpt. Ihre Beine stecken in Leggins aus demselben Material. Sie trägt keine Handschuhe.

Die Frau hält ebenfalls an – und beide sitzen sich nun, auf den Rücken der Pferde, gegenüber.

Das Pferd der Frau wirft den Kopf zur Seite und sie tätschelt ihm den Hals. »Ich habe sie durch ein starkes Fernglas beobachtet. Schon als sie in das Boot stieg, wusste ich, dass sie die in der roten Jacke war. Niemand anderes trug Rot, absolut niemand. Ich habe sie im Auge behalten, bis sie beim Wrack angekommen waren. Die Entfernung betrug sechshundert Meter, und wenn man auf diese Distanz schießt, braucht man ein besonders ausgeruhtes Auge. Ich habe es für vielleicht zwanzig Sekunden geschlossen, habe mich entspannt und mir immer wieder gesagt, dass es ein einfacher Schuss ist. Ich habe eine Präzisionswaffe mit Schalldämpfer verwendet – alles war wie geplant. Ich hatte sie also im Visier und habe geschossen. Die Munition war explosiv, was bedeutet, dass das Eintrittsloch so winzig ist, dass man kaum eine Bleistiftmine hineinstecken kann; das Austrittsloch im Rücken aber ist so groß, dass es einem Kilo Äpfel Raum geben würde. Ich habe gesehen, wie sie ins

Wasser geschleudert wurde, dann bin ich abgehauen. Es dauerte eine ganze Weile, bis die Hubschrauber kamen, und ich hatte auf dem Rückweg keinerlei Probleme. Erst als ich zu Hause war, habe ich erfahren, dass ich die falsche Person erschossen habe.«

Die Frau schweigt, fährt sich mit der Hand über das Gesicht und tätschelt dem Pferd wieder den Rücken. Dann sagt sie: »Dein Geld befindet sich wieder auf deinem Konto. Du wirst außerdem einen Brief einer Londoner Firma bekommen, in dem steht, dass ›aufgrund der unvorhersehbaren Umstände …‹ und so weiter ›… das Geschäft nicht zustande kommen wird‹. Das sollte dem Finanzamt genügen.« Die Frau rückt ihren Hut zurecht und zieht die Zügel an. »In meiner Branche ist Vertrauen das A und O. Ich kann mir unzufriedene Kunden nicht erlauben. Ich werde Holme erledigen, sobald es geht. Möglicherweise wird das aber vor der Wahl nicht mehr klappen – sie wird jetzt eine Weile noch stärker bewacht werden –, aber in Kürze werde ich sie erledigen. Das geht dann aufs Haus.« Sie tätschelt ihr Pferd erneut und das Tier macht ein paar Schritte zur Seite. »Betrachte sie als so gut wie tot!«, ruft die Frau, dreht sich um und galoppiert den Weg zurück, auf dem sie gekommen ist. Um die Hufe des Pferdes spritzt das Wasser zu allen Seiten.

Als Burman nach Hause kommt, bringt er das Pferd in den Stall und trocknet es mit einem Frotteehandtuch ab. Eine Weile steht er an den warmen Pferdekörper gelehnt da, dann zieht er sich die nassen Regenkleider aus, hängt sie an einen Nagel an der Stalltür und stapft über den wassergetränkten Rasen. Das Grundstück hat sich in ein Sumpfgebiet verwandelt.

Burman zieht sich trockene Sachen an und geht anschließend in die Küche, um Kaffee zu kochen.

Kurz darauf kommt Sten die Treppe herunter und Burman hört, wie der Junge barfuß die Küche betritt. Er trägt blaue Boxershorts.

Burman mustert ihn von oben bis unten. »Möchtest du Kaffee?«
»Gerne.«
»Milch?«
»Danke.«
Burman steht auf und der Junge setzt sich ans Kopfende des Tischs.
»Belegtes Brot?«, fragt Burman.
»Später vielleicht. Warst du draußen?«
»Hab eine kleine Runde gedreht. Ich reite gern vor dem Frühstück.«
»Bei diesem Wetter?«
»Wenn man sich nur um das Wetter sorgen muss und um sonst nichts, kann man sich glücklich schätzen.«
Beide schweigen einen Moment, dann stellt Burman die Kaffeetasse vor den Jungen und fragt: »Hast du gut geschlafen?«
»Doch, schon. Es riecht bloß nicht wie zu Hause.«
»Jenna kann dich zur Schule fahren. Wenn du fünfzehn bist, bekommst du ein eigenes Auto.«
»Ich scheiß auf die Sommerschule.«
»Wissen ist Macht.«
»Ich will so eins, wie Mård hat.«
»Man entscheidet wohl kaum selbst, was man als Geburtstagsgeschenk bekommt, oder?«
»Nein, stimmt. Wann holen wir die Pferde her?«
»Sobald es aufhört zu regnen.«
Der Junge trinkt einen Schluck, steht auf und geht zum Fenster.
»Wir adoptieren dich, wenn du nichts dagegen hast«, sagt Burman.
»Hat das was zu bedeuten?«
»Du wirst hier wohnen, als wärst du unser Kind.«
»Okay, ist mir egal. Was sagt Mård?«
»Er findet die Idee gut. Ich werde dein Vormund.«
Lola erscheint in der Tür und lehnt sich an den Rahmen. Sie trägt einen lachsfarbenen Morgenmantel, ihre Haare sind zerzaust und

ihr Gesicht ist verquollen, als wäre es aus Hefeteig. »Morgen, Sten.« Sie weicht Burmans Blick aus.
»Hallo, Lola«, antwortet Sten.
»Gut geschlafen?«
»Ja.«
»Das ist gut. Man muss schlafen, sonst hält man nicht durch.« Lola geht zum Kühlschrank, barfuß und geräuschlos. Sie öffnet die Kühlschranktür und nimmt eine Flasche Orangensaft heraus, holt ein Glas aus der Spülmaschine, gießt Saft hinein und leert es in einem Zug. Mit der linken Hand wischt sie sich über die Lippen, stellt das Glas ab und dreht sich zu Burman um. »Hast du Jenna geweckt?«
»Nein.«
Lola geht ins Wohnzimmer und ruft: »Jenna, Zeit zum Aufstehen!« Ihre Stimme klingt, als wäre sie zuletzt bei einem Heimspiel in der Sportarena zum Einsatz gekommen.
Lola kehrt in die Küche zurück. »Gibt es Kaffee?«
Burman antwortet nicht.
Lola geht zum Kühlschrank, nimmt die Saftflasche heraus und füllt sich das Glas noch einmal. Sie leert es halb, stellt es hin und geht wieder ins Wohnzimmer. »Jenna! Rise and shine!« Als sie zurück in die Küche kommt, streckt sie die Hand aus und wuschelt Sten durch die Haare.
»Ich habe erzählt, dass wir ihn adoptieren werden«, sagt Burman.
»Das ist gut«, murmelt Lola und lässt sich neben Sten nieder, stützt die Ellenbogen auf dem Tisch ab und legt das Kinn in ihre Handflächen. Sie betrachtet den Jungen. »Jenna kann dich in die Schule fahren.«
»Das habe ich ihm auch gerade gesagt«, erklärt Burman.
Lola lehnt sich zurück und sieht so aus, als ob sie das nicht gehört hätte. »Läuft es in der Schule gut?«

»Ich war nicht besonders oft da. Die Sommerschule ist nicht so mein Fall.«
Lola schüttelt den Kopf. »Bald wirst du drei Firmen übernehmen und manches andere. Viele werden von dir abhängig sein und du musst Verantwortung übernehmen. Das wirst du nicht können, wenn du nicht richtig rechnen und schreiben gelernt hast.«
»Ich kann rechnen und schreiben«, zischt Sten. »Ich bin ja kein Idiot.«
»Idioten kriegen das, was auf dich wartet, nicht hin – so viel ist sicher. Du musst all das lernen, was sie dir in der Schule beibringen können – das ist Voraussetzung. Aus mir hätte etwas Großes werden können, wenn ich nicht an den da geraten wäre. Etwas richtig Großes, ich hätte alles Mögliche werden können. Aber jetzt sitze ich hier.« Lola betrachtet Burman, der ihrem Blick ausweicht. Sie trommelt mit den Fingern auf den Tisch und blickt zum Fenster hinaus. Schließlich spricht sie weiter, lauter als zuvor, und es klingt, als würde sie die Worte an ihren Mann und nicht an Sten richten.
»Ich hab alles vermasselt, aber bei dir, Sten, ist das anders. Du wirst hier in der Gegend für die Gesetzgebung zuständig sein. Das ist eine Aufgabe, der man sich stellen muss, nichts für Drückeberger.« Sie spricht das Wort »Drückeberger« mit so viel Abscheu aus, als wäre sie gerade in einen Hundehaufen getreten.
Als Sten gerade seine Kaffeetasse leert, erscheint Lina in einem hellblauen Schlafanzug mit braunen Bären. Kurz vor der Türschwelle hält sie inne. »Warum schreist du so rum?«, fragt sie an ihre Mutter gewandt.
Lola räkelt sich auf ihrem Stuhl und sieht aus, als würde die Bewegung ihr Schmerzen bereiten. »Hallo, Liebling, hast du gut geschlafen?«
»Du kannst ja wohl auch hochgehen und sie wecken, statt so laut zu schreien, dass das ganze Haus wach wird!«

»Komm her und lass dich drücken.«
Lina zieht eine Grimasse und macht auf der Stelle kehrt.
Burman steht auf und geht ihr hinterher.
»In dieser Küche herrscht schlechte Stimmung. Man verliert den Appetit.« Lola seufzt. Dann steht sie auf und verschwindet im Wohnzimmer.
Kurz darauf kommt Burman zurück.
»Ich möchte so ein Auto wie Mård«, sagt Sten. »Nur dass du es weißt. Das ist ein Wunsch. Man darf sich ja wohl etwas wünschen?«
»Natürlich. Die Sozialarbeiterin hat sich wieder gemeldet. Sie möchte dich treffen.«
»Ich sie aber nicht.«
»Wie du meinst.«
»Am liebsten in Schwarz.«
»Verstanden.«
»Ach du Scheiße, wie das regnet!«
Burman sieht zum Fenster. »So was habe ich noch nicht erlebt.«
Sten zeigt nach draußen. »Guck mal, wie rot es dort wird.«
»Blutregen.«
»Genau«, sagt Sten. »Blutregen. Das scheint ja langsam normal zu werden.«

68

Die Königin liegt auf dem ungemachten Bett und liest ein Papierbuch. Es handelt sich um die Sorte Buch, bei der man früher mit einem Messer erst die Seiten auftrennen musste, bevor man es lesen konnte. Es hat einen weißen, weichen Einband und die Königin hält es sich so dicht vor das Gesicht, als bräuchte sie eine Brille, Kontaktlinsen oder müsste gelasert werden. Elin liegt daneben und starrt die Zimmerdecke an.

Die Königin legt das Buch zur Seite. »Die Nachrichten kommen.«

Ein Meteorologe zeigt auf einer Karte, dass als Folge der Überschwemmungen die Wege in großen Teilen Dalarnas unpassierbar sind. Neue Aufnahmen vom Flussufer werden gezeigt, auf denen man Feuerwehrleute mit Sandsäcken provisorische Dämme bauen sieht. Eine Frau in roten Gummistiefeln, Schürze und weiß gepunktetem Kopftuch steht in ihrem Garten und versucht mit einem Besen das Wasser daran zu hindern, in ihren Keller zu laufen.

Aus Idre werden Bilder von der Brücke gezeigt. Ein Reporter steht unter einem Schirm und kommentiert: »Die Brücke steht noch, aber die Ufer sind zu beiden Seiten längst überschwemmt und die Verwaltung in Grövelsjö kann bis auf Weiteres nicht auf dem Landweg erreicht werden. Die dreißigtausend Menschen dort oben sind abhängig von einer Luftbrücke, die jetzt mithilfe von Hubschraubern eingerichtet wird.«

Bilder der Brücke. Wassermassen. Die überschwemmten Ufer.

»Du wirst Sara nicht treffen können«, stellt die Königin fest. »Es gibt keinen passierbaren Weg nach Idre.«

Dann werden Bilder aus Bangladesch gezeigt und die Königin schaltet die Bildwand ab.

Elin schüttelt den Kopf. »Wie konnte es dazu kommen?«
Die Königin berührt die Medusa-Kette, die neben Elins Kissen liegt. »Erinnerst du dich an die Erzählung mit der Schildkröte?«
»Ja.«
»Darum dreht sich das alles gerade. Fantasielosigkeit oder Kreativität – das ist die Herausforderung. Der letzten Schildkröte wurden die Vorderbeine von Ratten abgefressen. Aber diesmal würden auch noch so viele Räder von noch so vielen Modellflugzeugen nicht ausreichen. Man braucht etwas viel Größeres, etwas, zu dem wir alle gemeinsam beitragen. Wir sind zehn Millionen. Manche von uns werden auf die gleiche Art Lösungen finden wie Watt, der die Dampfmaschine entwickelt hat, wie Jenner mit seiner Pockenschutzimpfung, Florence Nightingale mit einer Lampe in der Hand, die Gebrüder Wright mit ihrem Flugapparat, Rosa Parks, die ihren Bus bestiegen hat, wie Dickens und Dostojewski, die ihre Geschichten erzählt haben, wie Wilhelm Röntgen, der seine Strahlen entdeckt hat, oder Marie Curie ihr Radium, Fleming sein Penicillin und wie Chaplin einen Zerrspiegel hochgehalten hat. Die Menschheit hat immer schon vor Schwierigkeiten gestanden, aber wir sind eine erfinderische Spezies.«
»Was müssen wir tun?«, fragt Elin nach einer Weile. »Und wer sind die Ratten?«
»Die Ratten sind Menschen wie du und ich, Eltern und Großeltern. Wir wollten leben, so gut wir konnten, aber den Blick von dem abwenden, was wir angerichtet haben. Was wir jetzt tun müssen, mehr als alles andere, ist Fantasie aufbringen. Und vielleicht die Fähigkeit, unseren Schuldgefühlen zu widerstehen, weil wir an diejenigen denken müssen, die nach uns kommen. Aber am allermeisten müssen wir neue Lösungen finden, besonders für unser großes Problem, richtig zusammenzuarbeiten. Ohne Zusammenarbeit werden wir uns nicht vom Fleck rühren.«

»Kann Alan uns helfen?«
Die Königin spielt mit der Medusa-Kette, lässt sie zwischen ihre Finger gleiten und legt sie dann beiseite. »Niemand weiß, wozu ein Roboter tatsächlich fähig ist. Früher dachte man, ein Roboter ist eigentlich in allem gut, aber Umdenken ist nicht unbedingt die Stärke eines Roboters. Hast du schon mal von Pandora gehört?«
»Wer ist das?«
»Das erzähle ich ein andermal. Jetzt werde ich Skarpheden anrufen. Seine erste Liebe ist vor seinen Augen erschossen worden. Ich schätze, es geht ihm nicht sehr gut.« Die Königin holt ihr Mobil und hinterlässt Skarpheden eine Nachricht, in der sie ihn bittet, sich zu melden. Dann legt sie das Mobil weg.
»Wer ist Pandora?«, fragt Elin.
Da klingelt das Mobil der Königin.
Sie nimmt den Anruf über die Bildwand entgegen und Morgan, immer noch in Jeansjacke und ohne Monokel, blickt ihnen entgegen.
»Ich möchte mit Elin sprechen, wenn das geht.«
»Ich bin hier.«
»Darf ich dir eine Kollegin vorstellen?«, fragt Morgan, und auch wenn er es als Frage formuliert hat, wartet er doch keine Antwort ab. Die Kamera fährt etwas zurück, sodass neben Morgan eine Frau mittleren Alters sichtbar wird. Sie trägt eine hellblaue Bluse mit einem Abzeichen und eine wattierte Weste.
»Ich heiße Astrid Wannberg«, stellt sie sich vor. »Ich leite die Voruntersuchung. Darf ich dir ein paar Fragen stellen?«
»Klar.«
»Du hast eine rote Jacke getragen, die du von der Königin geliehen bekommen hattest.«
»Ja.«
»Wann genau hast du Mio Uehara die Jacke gegeben?«

»Kurz bevor sie erschossen wurde.«
»Handelte es sich hierbei um Minuten oder Sekunden?«
»Eine halbe Minute.«
»Hat Uehara die Jacke sofort angezogen?«
»Ja.«
»Sie versuchte nicht, das Angebot abzulehnen?«
»Sie war höflich. Sie wollte nicht, dass ich ohne Jacke dastand und fror.«
»Aber du hast darauf bestanden?«
»Ich wollte, dass sie die Jacke anzieht.«
»Warum wolltest du, dass Uehara die Jacke gerade zu dem Zeitpunkt anzieht?«
»Sie hat gefroren.«
»Hat sie das gesagt?«
»Nein.«
»Woher wusstest du dann, dass sie fror?«
»Sie hat mit den Zähnen geklappert.«
»Ist vielleicht jemand anderem aufgefallen, dass Uehara mit den Zähnen klappert?«
»Das weiß ich nicht.«
»Die Teilnehmer der japanischen Delegation haben bestätigt, dass Uehara das war, was man ›hart im Nehmen‹ nennt. Sie soll fast das gesamte Jahr über Kampfkunst im Freien trainiert haben. Und das barfuß. Bist du dir sicher, dass sie mit den Zähnen geklappert hat?«
»Ja.«
»Und niemand außer dir hat das bemerkt?«
»Das weiß ich nicht. Vielleicht haben die Königin und Skarpheden es auch gesehen. Sie müssen die anderen fragen, ob ihnen etwas aufgefallen ist.«
»Kannst du vielleicht zu uns rüberkommen, damit wir über diese Sache im Detail sprechen können?«

»Ja.«
»Sofort?«
»Ich weiß nicht …«
»Es wäre uns eine große Hilfe, wenn du sofort kommen könntest.« Wannberg klingt bestimmt.
»Ich komme.«
Die Frau verschwindet und die Bildwand schaltet sich aus.
»Möchtest du, dass ich mitkomme?«, fragt die Königin.
»Ist nicht nötig.«
»Sicher?«
»Ja.«

Elin zieht sich an und die Königin begleitet sie in den Flur.
»Da ist noch etwas«, sagt Elin, als sich die Aufzugtür öffnet. »Karin hat einen Sohn.«
Die Königin macht ein Gesicht wie ein kleines Kind, das eine leere Schachtel als Weihnachtsgeschenk bekommen hat.
»Er heißt Einar. Syria hält ihn als Geisel«, erzählt Elin weiter und spielt den Film auf ihrem Mobil ab.
»Das verändert alles«, murmelt die Königin. »Wenn Syria Karins Kind hat, werden wir nie erfahren, was tatsächlich von Karin entschieden worden ist und was von Syria. Syria hat Karin vollkommen in ihrer Gewalt.« Sie streichelt Elin über die Schulter. »Bleib nicht so lange weg. Es gibt viel zu bereden.«
»Ich bin bald zurück«, verspricht Elin. Dann fährt sie nach unten.

69

Als Elin die Empfangshalle betritt, fällt ihr das blinkende blaue Licht über der Eingangstür sofort auf. Nahe der Aufzugtür kniet ein Polizist mit einem Maschinengewehr im Anschlag und neben der Eingangstür steht ein Mann in einem karierten Anzug – beide Hände gegen die Wand gedrückt. Als er sich umdreht, sieht es aus, als würde er Dehnübungen machen.

Der Polizist erhebt sich, streckt einen Arm aus und gibt Elin zu verstehen, dass sie zurücktreten soll. Dabei spricht er in ein Mikrofon am Uniformkragen.

»Zweiundzwanzig-vierzehn, wir haben eine Situation hier in der Eingangshalle der Regierungskanzlei. Jemand …«

Im gleichen Augenblick zieht der Mann an der Wand seinen Kopf zurück und schlägt ihn mit voller Kraft gegen die Wand.

»Nein!«, entfährt es Elin, aber der Mann schlägt den Kopf ein weiteres Mal gegen die Wand.

»Jemand«, spricht der Polizist weiter, »schlägt hier seinen Schädel gegen die Steinwand. Er ist als Person vom Arbeitsministerium identifiziert. Es klingt nicht nach einem menschlichen Schädel. Es klingt eher nach Metall.«

Der Mann an der Eingangstür dreht sich um und macht einen Schritt.

»Er kommt auf mich zu!«, ruft der Polizist. »Er kommt auf mich zu! Ich bin nicht allein. Ich habe Holme hier. Wir ziehen uns in den Aufzug zurück! Holme und ich suchen Schutz im Aufzug!«

»Ich weiß, wer das ist«, ruft Elin. »Er heißt Jan Victor und ist Sekretär im Arbeitsministerium!«

»Er heißt Jan Victor!«, wiederholt der Polizist. »Wir suchen Schutz

im Aufzug!« Er greift Elin am Arm und sie ziehen sich in den Aufzug zurück, aus dem Elin gerade ausgestiegen ist.
»Bewaffnete Passagiere müssen autorisiert sein, um den Aufzug benutzen zu können«, ertönt es aus dem Lautsprecher. »Verlassen Sie den Aufzug! Ich wiederhole: Verlassen Sie unverzüglich den Aufzug!«
Der Polizist steigt aus und hält die Hand ausgestreckt vor Elin wie ein Stoppzeichen. »Bleib da drin!«, ermahnt er sie, den Blick auf Jan Victor gerichtet, der einen weiteren Schritt auf sie zumacht.
»Tu vuò fà l'americano«, verkündet Jan Victor. Aber diesmal singt er nicht, er scheint fast zu entkräftet, um die Worte überhaupt herauszubringen.
Er macht einen weiteren Schritt, zeigt mit ausgestreckter Hand auf Elin, sagt etwas Unverständliches und schüttelt den Kopf.
Die Tür eines anderen Aufzugs geht auf und Turing und vier Männer, die Elin noch nie zuvor gesehen hat, steigen aus. Die Männer haben die gleichen karierten Anzüge an wie Victor und stellen sich im Halbkreis in der Eingangshalle auf.
»Oh dear«, sagt Turing, nimmt etwas aus der Tasche und richtet den Gegenstand auf Victor, der zusammenbricht und leblos auf dem Boden liegen bleibt.
»Alles scheint geklärt!«, ruft der Polizist. »Zweiundzwanzig-vierzehn, die Situation in der Eingangshalle der Regierungskanzlei scheint sich entspannt zu haben. Alles ist unter Kontrolle!«
»Oh dear«, wiederholt Turing. Dann dreht er sich zu Elin um. »How very awkward«, sagt er, »aber wie immer wunderbar dich zu sehen, Elin.«
Die vier Herren im Anzug stehen im Kreis um Victor.
Turing zeigt zum Aufzug.
»I'm afraid, we are in a bit of a fix. After you, darling!«
Daraufhin steigen alle ein.

Der Aufzug fährt nach unten.
Als sich die Tür öffnet, erkennt Elin den Geruch sofort wieder und muss Halt an der Wand suchen, damit sie nicht umkippt.
»Oh dear«, murmelt Turing und streckt eine Hand aus, um sie zu stützen. »How very unpleasant for you to be back in the labyrinth.«

ENDE

MATS WAHL, 1945 geboren, zählt zu den großen skandinavischen Jugendbuchautoren. Er hat über 40 Bücher veröffentlicht, darunter Romane für Kinder und Jugendliche, Theaterstücke, Drehbücher für Fernsehfilme und TV-Serien und pädagogische Fachbücher. Für sein Werk erhielt er neben zahlreichen anderen Preisen auch den Deutschen Jugendliteraturpreis. Bei Hanser erschienen u.a. *Du musst die Wahrheit sagen* (2011), *Wie ein flammender Schrei* (2014) sowie die ersten beiden Bände der *STURMLAND*-Saga: *STURMLAND – Die Reiter* und *STURMLAND – Die Kämpferin* (2015). Im Frühjahr 2017 folgt der vierte Band der Reihe: *STURMLAND – Die Lebendigen*.

GESA KUNTER, geboren 1980, studierte Skandinavistik in Frankfurt, Freiburg und Göteborg. Sie arbeitet als Übersetzerin und Lektorin in Berlin.

Die Originalausgabe erschien 2015 unter dem Titel *Blodregn: Lagstiftarna*
bei Natur & Kultur, Stockholm.

1 2 3 4 5 20 19 18 17 16

ISBN 978-3-446-25311-7

Umschlag: init | Kommunikationsdesign, Bad Oeynhausen
Piktogramme: Thinkstock, getty images
Satz im Verlag
Druck und Bindung: GGP Media GmbH, Pößneck
Printed in Germany

FSC
www.fsc.org
MIX
Papier aus verantwortungsvollen Quellen
FSC® C014496

Wie alles begann …

Was für eine Zukunft bleibt, wenn selbst die Natur gegen dich ist? Der spannende Auftakt zur fünfbändigen Saga des großen schwedischen Erzählers Mats Wahl.

»Düster, erschreckend realistisch. … Ein heftiger Gefühls-Trip, aber einer, der sich wirklich lohnt.« *Gesa Wegeng, Radio 1LIVE*

»Die Handlung entwickelt von der ersten Seite an einen kräftigen Sog und macht sehr neugierig auf die Folgebände.« *Ulrich Karger, Der Tagesspiegel*

»Lesefutter auf höchstem Niveau!« *Hans ten Doornkaat, Neue Zürcher Zeitung*

Mats Wahl
Sturmland – Die Reiter
256 Seiten. Gebunden

Sturmland – Die Kämpferin
368 Seiten. Gebunden

Aus dem Schwedischen von Gesa Kunter
Auch als E-Book lieferbar